AvaNinian

Das Fünfte Buch

Bibliografische Information der Deutschen Bibliothek: Die Deutsche Bibliothek verzeichnet diese Publikation in der Deutschen Nationalbibliografie; detaillierte bibliografische Daten sind im Internet über http://dnb.ddb.de abrufbar.

2015

© Pomaska-Brand Verlag
Alle Rechte der Verbreitung im deutschsprachigen Raum,
auch auszugsweise, vorbehalten

Umschlaggestaltung:
Sigrid Pomaska

Herstellung:
Druck und Verlag Pomaska-Brand GmbH
Schalksmühle

www.pomaska-brand-verlag.de

Printed in Germany
ISBN 978-3-943304-04-6

Ina Norman

AvaNinian

Das Fünfte Buch

1466 p.DC

Die letzte Fahrt

*

Entscheidung

Pomaska-Brand Verlag

Prolog

30. Tag des Weidemondes 1466 p. DC

Der Meister der Rennbahn besaß ein gewisses Geschick darin, jedem Schüler einen geeigneten Lehrer und den passenden Gaul zuzuteilen. Aber auch einem erfahrenen Mann unterlaufen bisweilen Fehler.
    Keine der drei Gestalten auf dem sandigen Übungsplatz am Rande der Rennbahn wirkte glücklich. Weder der Schüler, der zu seiner allmorgendlichen Reitstunde kam, noch der Reitmeister, der die undankbare Aufgabe hatte, ihn zu unterrichten. Und gewiss nicht der gutmütige, ältliche Wallach, dessen Los es war, Neulinge auf seinem breiten Rücken zu tragen. Er schielte vor Widerwillen.
    Ein neuer vollkommener Frühsommertag war aus der Inneren See heraufgedämmert und in blassem Blau wölbte sich der Himmel über Dea.
    Seit dem Frühlingsfest vor drei Wochen meinten es die Götter gut mit den Bewohnern der Stadt, sie sandten maßvolle Sonne, sanfte Brisen und milde Regenschauer im rechten Wechsel, so dass den Nörglern, denen die Klage über das Wetter liebe Gewohnheit war, der Gesprächsstoff ausging. So früh am Morgen prickelte die Luft wie junger Wein, auch über der Rennbahn im Osten der Stadt, die sonst in den Dunst Hunderter stampfender Hufe gehüllt war. Ein leichter Regen hatte den Staub im Morgengrauen gebunden und noch hatte der freundliche Sonnenschein die Feuchtigkeit nicht aufgesogen. Grün, Weiß und Blau erstrahlten die großen Ställe im Glanz eines neuen Anstrichs, den die Schirmherren der Rennmannschaften zum Dank für die Errettung der Stadt gespendet hatten. Selbst der Stall der Schwarzen glänzte wie die dunklen Edelsteine in der Brautkrone der Castlerea.
    Ein Morgen, wie geschaffen für einen Ausritt, dennoch verzog der Schüler das Gesicht, als ihm der scharfe Stallgeruch nach Heu, Mist und geöltem Leder in die Nase stieg. Seine schlechte Laune schien den Wallach anzustecken, schnaubend warf dieser den Kopf hoch, als der Reiter nach den Zügeln griff.
    „Das tut es absichtlich, das blöde Vieh", zischte der junge Mann und

riss so heftig an den Riemen, dass das Pferd empört schnaubte. „Ich sitze noch nicht oben und schon macht es Mätzchen!"

„Er ... er spürt, dass Ihr ihn nicht mögt", stotterte der Lehrer unglücklich. Sein Adamsapfel hüpfte auf und nieder.

„Warum auch? Er ist nur ein großes, dummes Schaf von einem Ross. Dumm wie Stroh! Was ist jetzt? Soll ich mir die Beine in den Bauch stehen? Das Biest taugt wirklich nur noch für den Abdecker!"

Der Lehrer presste die Lippen zusammen. Er schätzte den großen, sanftmütigen Wallach, aber er wagte nicht, seinen Schüler zurechtzuweisen. Er beruhigte das Tier und hielt den Steigbügel.

Der junge Mann schwang sich in den Sattel und riss die Zügel an sich.

„Fangen wir an mit dem Scheiß", knurrte er erbittert, „obwohl es völlig sinnlos ist."

Wer ihm vor zwei Mondumläufen gesagt hätte, dass er sich auf einem verdammten Gaul sein Hinterteil wundscheuern würde, um Reiten zu lernen, hätte sich eine gewaltige Maulschelle eingefangen. Jetzt wollte er nur noch sich selbst ohrfeigen.

Erster Teil

Die letzte Fahrt

1. Kapitel

Acht Wochen zuvor, 1. Tag des Blütenmondes 1466 p. DC.

Ein übler Wind fegte von den salzigen Weiten der Inneren See über die Dächer Deas und die Ebenen des Hinterlandes. Er vertrieb die schweren Regenwolken, die wochenlang über der Stadt gehangen hatten, aber sein beständiges, laues Wehen, der hohe, klagende Ton, der die Böen begleitete, verstörte die Gemüter der Menschen wie das Spiel auf einer falsch gestimmten Saite. Es steigerte ihre Streitsucht und reizte selbst die Friedfertigen.

Vor dem Nordtor staute sich eine lange Kette von Wagen. Die Wächter ließen sich Zeit und mit Flüchen und Peitschenknallen machten die Fuhrleute ihrem Ärger Luft. Ein zweirädriger Karren, von einem mageren Ochsen gezogen, scherte zur Freude seines Hintermannes aus der Schlange aus und rumpelte auf das unbefestigte Feld hinaus. Die Plane blähte sich, als ein Windstoß hineinfuhr, löste sich mit einem lauten Knall und flatterte den beiden Männern, die eilig abgesprungen waren, um die Ohren.

„Fordomme, du Scheetkopp, du hast sie nich richtig zugeschnürt ... ik sage dir, is diese Scheetsand in die Instrumente geraten un hat an sie Schaden gemakt, ich zieh dein Gedärm auf mein Laute, auch wenn sie dann noch furzt wie Ackergaul. Pack an, du Hundsfott ..."

Die Stimme übertönte den Wind und das Knattern der losen Wagenplane, während der hochgewachsene, massige Mann mit dem flatternden Tuch kämpfte. Sein kleinerer Begleiter sprang in vergeblicher Anstrengung hoch und als er endlich einen Zipfel erwischt hatte, riss ihm eine heftige Bewegung des anderen die Plane wieder aus den Händen. Die Unruhe des Ochsen machte die Sache nicht einfacher. Durch den Staub in Nase und Augen gereizt, bewegte sich das Tier im Geschirr, so dass der Wagen Stück für Stück voranruckte. Eine Weile verschaffte sich der größere Mann Luft durch fremdartige Schimpfworte, bis ihn der Sand zwang, seinen Groll für sich zu behalten. Als es ihnen schließlich gelungen war, die Plane festzuzurren, war er so schlechter Laune, dass er mit einem kräftigen Tritt nachhalf, als der Kleine vor ihm auf den Kutschbock kletterte.

In dem Badehaus am Rande des Ruinenfeldes überwachte LaPrixa mit finsterer Miene die Mädchen, die gelben Schlamm aus den abgelassenen Becken schöpften. Sie verzog den Mund und spuckte aus.

„Seht zu, dass ihr hier fertig werdet, und beeilt euch mit dem Fegen. Gleich schleppt der nächste Schwung 'ne neue Ladung von dem verdammten Zeug rein! Es kommt zum Verrecken nichts Gutes aus dem Süden", sagte sie rau zu Cheerot, wandte sich ab und ging mit schweren Schritten den gekachelten Gang entlang zu ihren Arbeitsräumen.

Der Türhüter, der die vollen Eimer auf eine Schubkarre wuchtete, sah ihr mitfühlend und besorgt nach. Die Racheorgie in der Mittwinternacht hatte LaPrixa nicht erleichtert. Ihr Gemüt war verdüstert, oft fand er sie in dumpfes Brüten versunken, das Werkzeug, mit dem sie arbeitete, müßig zwischen den Fingern drehend. Er fragte sich, ob es sie zurückzog, in jenes ferne südliche Reich. Nach all den Jahren des Exils musste es ihr fremd geworden sein wie ihm die eigene Heimat. Manchmal aber erwachte die Sehnsucht spät, die Begegnung mit den Battavern mochte sie zu neuem Leben angefacht haben. Was hielt sie in Dea? Er mochte nicht weiterdenken, aber eine Bangigkeit erfüllte ihn, wie sie einem einsamen Kind angestanden hätte, nicht einem riesenhaften Türsteher.

An den Fassaden der alten Kaiserpaläste im Herzen der großen Stadt schmirgelten Abermillionen winziger Sandkörnchen über die Reste von Maßwerk und Malereien und setzten ihr jahrhundertealtes Zerstörungswerk fort.

Zwei schwarze Gestalten krochen an der fensterlosen Mauer empor zu den Mädchenfiguren, die über ihren zerfressenen Gesichtern den Giebel des Kaiserinnenpalastes trugen. Mit einem geringen Vorsprung erreichte die kleinere Gestalt das Sims und schwang sich hinauf.

Sie kauerte sich dicht an die steinernen Figuren, um den Böen zu entgehen, zog das schwarze Tuch herunter und rief über das Heulen des Windes:

„Erste, wie ich's gesagt habe ..."

Ihr Gefährte zog sich auf das Sims, hustend und spuckend.

„Kunststück, wo du diesen Scheißwind herbeigerufen hast, um mich zu ersticken", keuchte er, nachdem er zu Atem gekommen war. „Ääh, überall sitzt der verdammte Sand."

Er schlenkerte ein Bein und rollte gereizt die Schultern.

„Scheißwind? Wer hat denn gebenzt und gebenzt, dass ich den Regen vertreiben sollte, he? Du meckerst nur, weil du nicht verlieren kannst!"

„Und du willst nicht zugeben, dass du den falschen Wind gerufen hast! Schau, wie du mit den Augen knibbelst …"

„Ich runzle die Stirn", erwiderte das Mädchen würdevoll. Sie hob die Hand, um sich vor den heranwirbelnden Staubwolken zu schützen.

„Du knibbelst", er grinste.

„Ich bin eben kein Wettermacher, ich hab's nur gut gemeint!", erklärte sie patzig, „ein wirklich trockener Wind aus dem Inneren der Südlichen Reiche! Woher sollte ich wissen, dass er die halbe Wüste mitbringt?"

„Schick ihn zurück."

„Das sagst du so, die Luftströme lassen sich nicht ohne weiteres hierhin und dorthin schicken. Alles gerät durcheinander und wie ich schon sagte, ich bin nicht wirklich wetterkundig …"

Sie schwiegen und lauschten auf das Heulen des Windes, das leise Knistern der Sandkörner auf den leidgeprüften Steinfiguren.

„Hören wir auf für heute", rief Jermyn und löste das Seil, das um seinen Leib gewunden war. Ninian hob die Brauen.

„Ach? Wollten wir nicht den ganzen Tag klettern? *Du* hast gesagt, wir seien derart aus der Übung, dass es eine Schande ist!"

„Ja und? Kann man seine Meinung nicht ändern? Ich ersticke fast in diesem Lederzeug und ich hasse den Sand zwischen meinen Zähnen. Ich will nichts mehr mit diesem elenden Wüstenwind zu tun haben! Du kannst ja allein weitermachen! Ich steige ab."

Ninian rührte sich nicht.

„Heute spielen sie in den Höfen, nicht wahr?"

Jermyn erwiderte ihren Blick unschuldsvoll.

„Ja, warum?"

„Dann brauch ich ja heute Nacht nicht mit dir zu rechnen. Ich werde Ely besuchen. Er hat mir schon zweimal Nachricht geschickt, dass er mich sehen will. Komm, wer zuerst unten ist …"

Jermyn sah ihr finster nach, dann schalt er sich einen Narren. Was schadete es schon, wenn sie den alten Kaufmann besuchte?

Krachend flog die Tür auf, der Wind hatte sie den Neuankömmlingen aus der Hand gerissen. Der große Fremde musste sich bücken, um die Schankstube des „Glücklichen Spielmanns" zu betreten. Stirnrunzelnd blieb er stehen und sein Begleiter fand sich zwischen ihm und der Tür eingeklemmt, fast zu Boden gedrückt von der Last des prall gefüllten Knappsacks.

Die Tische des „Glücklichen Spielmannes" waren gut besetzt, das laute Stimmengewirr sank nur wenig, als die Neuankömmlinge eintraten. An ihrem abgerissenen Aufzug und dem rechteckigen Kasten, den der Größere auf dem Rücken trug, erkannte man zwei Zunftbrüder.

Sichtlich verärgert, die Schenke so voll zu finden, ließ der Große seine Blicke durch die Stube streifen, doch bevor er noch etwas sagen konnte, hatte sich der Kleine mit einigem Zerren und Wenden aus seiner unbequemen Lage befreit und drängelte sich an ihm vorbei. Wie ein Ausrufer warf er sich in die Brust und legte die Hände als Sprachrohr an den Mund.

„Heho, Volk von Dea ..."

Vereinzelte Lacher ertönten, das Männchen mit seinen krummen Beinen und den runden Augen unter den kurzen Stirnfransen erheiterte die Zecher.

„Volk von Dea", fuhr der Kleine unverdrossen fort, „merkt auf und habt acht! Vor euch seht ihr den hochberühmten, weitgereisten, den, der vor Fürsten und Königen spielt, den Sänger der Sänger ..."

Seine Stimme füllte den Schankraum. Alle Köpfe wandten sich ihnen zu, Staunen malte sich jetzt auf den Gesichtern. Manche erhoben sich von ihren Sitzen, um den hohen Besuch besser zu sehen, Münder öffneten sich zu begeistertem Hurrageschrei, als der kleine Mann jäh verstummte. Der also Gepriesene hatte ihm eine kräftige Kopfnuss versetzt.

„Halt's Maul, Cecco."

Augenblicklich verschwand der Glanz, der die Ankömmlinge plötzlich umgeben hatte. Halb verwirrt, halb verärgert sanken die Leute auf die Bänke zurück. Bevor sie in ihrem Ärger über die Täuschung handgreiflich wurden, kam der Wirt hinter dem Schanktisch hervor.

Er war zu seiner Zeit selbst mit der Drehleier auf dem Rücken über die Landstraßen gezogen, bis ihn Glück und Unglück zugleich getroffen hatten, denn just als ihm eine böse Starre in die Finger der rechten Hand gefahren war, hatte die verwitwete Wirtin dieser Schenke ein wohlgefälliges Auge auf ihn geworfen. So hatte er sein Instrument mit dem Zapfhahn vertauscht und bewirtete nun seine ehemaligen Weggefährten. Er kannte sie alle.

„Marmelin? Marmelin vom Borne? Seid Ihr das wirklich?"

Der große Mann warf dem Kleinen, der sich den Schädel rieb, einen wütenden Blick zu.

„Jou," knurrte er, „aber es iss nich nötig, es so hinaus ssu schreien."

Wenig später fiel er in der Hinterstube über die Vorräte her, die der Wirt in aller Eile aus Küche und Keller herbeigeholt hatte. Er aß schweigend und gierig, als habe er gutes Essen lange entbehrt, und hatte schon zwei Krüge geleert, ohne dass der Wein die mindeste Wirkung zeigte. Der Instrumentenkasten lag neben ihm auf der Bank, sorgsam in den verschossenen Umhang gehüllt, während sein Famulus neben dem Kamin auf dem Boden hockte und seinen hölzernen Löffel mit großem Eifer handhabte.

Der Wirt wagte nicht, das gefräßige Schweigen zu brechen, doch als Marmelin vom Borne mit einem wohl modulierten Rülpser den Teller von sich schob und seinen Gürtel öffnete, murmelte er:

„Bei unserer letzten Begegnung saht Ihr ein wenig anders aus, mein Freund. Ich dachte, Ihr hättet eine Lebensstellung in Kalaallit Nunat."

„Hatte, mein Guter, hatte ..."

Der Barde schüttete sich einen weiteren Becher Wein ein.

„Sähest auch nit besser aus, wenn du wochenlang in einem elenden Karren durch die Wildnis gessogen wärest, und was die Lebensstellung angeht", er polkte mit der Zunge nach einem lästigen Speiserest und half schließlich mit dem Dolch nach, „die Dame, wegen der ich am Hof des Großfürsten geduldet wurde, is verschwunden und mir wurde ein wenig unwohl in meiner Haut. Kanut Laward is ssu keine Zeit ein umgängliche Mann, aber seit die kleine Herrin weg is, sah er mich so brütend an, als wundre er sich, warum *ich* die Sache lebend übersstandn hab. Hat mich ja auch fast umgebracht. Stundenlang im kalten Wasser treiben – das is kein Spaß! Zum Glück war ich damals wohlgenährter", er klopfte sich auf den faltigen Kittel über seinem Bauch. „Und ich hab ihm die schlechte Nachricht überbracht – wer liebt schon den Boten, der üble Kunde bringt? Als er mir vorschlug, die Herrin zu suchen, hab ich's aufgefasst, wie er's meinte, als Rausschmiss, und froh durft ich sein, dass er mich heil und unversehrt hat ziehn lassn. Sogar eine Belohnung hat er mir versprochen, eine hohe. Aber verdommet will ich sein, wenn ich mich jemals wieder in die Reichweite dieser Höllenhunde begebe."

„Warum seid Ihr nicht übers Meer durch die Tore des Westens gekommen? Es ist angenehmeres Reisen trotz der Seekrankheit."

Marmelin, der gerade wieder den Becher zum Munde geführt hatte, schauderte so ausdrucksvoll, dass er den Wein verschüttete. Er wischte sich mit dem Handrücken die Tropfen aus dem Bart.

„Schweig mir von Seereisen! Keinen Fuß werd ich mehr auf ein Schiff setzen! Unter uns Nördlichen gibt's raue Burschen, wie du weißt, un in die

Berge bin ich auf manche Halsabschneider getroffn, aber gegen die Bestien, die uns überfallen haben, sin sie alle ein Dreck. Abgeschlachtet ham sie die Besatzung, wie Schafe, das Deck war glitschig von Blut. Und sie ham die kleine Fürstin weggeschleppt ..."

Für einen Augenblick verließ den Barden sein aufgeblasenes, selbstgefälliges Wesen, er stierte vor sich hin, auf die kräftigen Hände und den Dolch auf dem Tisch. „Was hätt ich machen solln – allein?", er fuhr sich mit der Hand über die Augen, „ich bin Sänger, kein Krieger, ein Wunder iss es, dass ich davongekommen bin. Arme Kleine ... ach, verdomme, ich will nich mehr dran denken!"

Er schüttelte sich. „Kannst du mich aufnehmen, Ekkert? Solange, bis ich mich wieder zurecht gefunden habe?"

Der Wirt legte den Kopf schief. Sein Haus war voll, Donovans Ruf als Liebhaber der Sangeskunst hatte viel fahrendes Volk zum Frühlingsfest nach Dea gelockt, aber Marmelin vom Borne war kein beliebiger Sänger. Unter dem alten Cosmo hatte er im Gefolge der Fürstin Isabeau jahrelang am Hof gelebt und großen Einfluss gehabt. Er konnte sehr nachtragend sein.

„Ich werde etwas finden", antwortete er zögernd, „wenn es Euch nichts ausmacht, ein wenig beengt zu hausen. Was ist mit ihm?"

Er deutete auf den kleinen Mann, der seine Schüssel gelehrt hatte und dem Gespräch mit runden, unschuldigen Augen folgte.

„Der braucht nicht viel, ein Platz im Stall vielleicht, sonst kann er auch im Wagen schlafen. Lass dich nicht von ihm verwirren, er versteht sich auf allerlei Blendwerk, nicht wahr, Cecco?", höhnte Marmelin.

Der Angesprochene grinste unterwürfig und breitete ergeben die Arme aus. Der Wirt musterte ihn verächtlich und fragte:

„Was habt Ihr vor, Marmelin?"

„Ich denke, ich werde mir einen Gönner suchen. Viele Edle in Dea dürften sich meiner erinnern. Gewiss werde ich einen finden, der würdig ist, Marmelin vom Borne unter seinem Dach aufzunehmen, denn", er rülpste, zierlich zwei Finger vor den Mund haltend, „ich bin es allmählich leid, wie jeder hergelaufene Bänkelsänger mein Brot auf der Straße zu suchen!"

Ekkert Suchbrot, der dies viele Jahre getan hatte, runzelte ärgerlich die Stirn und Marmelin vom Borne lachte dröhnend.

An den wehrhaften Außenmauern der Höfe brach sich die Gewalt des Windes. Harmlos fegten die Böen über die flachen Dächer, nur selten verirrte sich ein Luftwirbel hinab in die Innenhöfe.

Derart ungestört von dem ärgerlichen Wetter hatte sich im Hof der Stiefelmacher ein Trupp Himmelspieler eingefunden. Die roten, fugenlosen Bodenplatten hatten sich hier beinahe unbeschädigt über die Jahrhunderte erhalten und bildeten den denkbar besten Untergrund für die Spielfelder. Rasch waren Bänke und Hocker entlang der Häusermauern aufgestellt und der Wirt des Hofausschanks hatte zwei Burschen als Helfer an Schanktisch und Spülbottich verdingt, denn sowohl das Spielen als auch das Zusehen machten Durst.

Einige Meister murrten, der Arbeitstag sei noch nicht beendet, das Spiel lenke die Gesellen ab und das Gedränge versperre den Kunden den Weg. Die meisten aber fanden sich ab, schlossen die Läden und mischten sich unter die Zuschauer.

Zwei Männer, bekannt für ihr Geschick im Zeichnen, malten vier Himmelspläne auf das Pflaster. Gebückt sprangen sie über den Boden, zogen mit Kreide Linien und Bögen und setzten die einfachen Zeichen in die Felder: Strich und Kreis als Baum für die Erde, zwei Wellenlinien für das Wasser, den Doppelbogen eines fliegenden Vogels für die Luft und so fort. Wer hier spielte, blickte mit Geringschätzung auf die prächtigen, fest eingelassenen Spielfelder der Reichen. Die Bilder lenkten ab und es verlangte keine Könnerschaft, die Felder zu treffen, wenn sich die Abmessungen niemals änderten. Hier wechselten die Maße mit jedem neuen Plan.

„Oi, Marlot, die Ruhefelder sin zu schmal, da passen ja nich mal Damenfüßchen hin …"

„Du solls da ja auch nich Wurzeln schlagen, stehste halt nur auf die Zehnspitzn."

„Überfluss un Mangel sin nich gleich un die Hölle is viel zu breit …"

Die beiden Zeichner ließen sich durch die Zurufe nicht beirren und vollendeten ruhig ihre Arbeit.

Nach lautstarkem Hin und Her beschloss man, keine Mannschaften zu bilden, jeder sollte auf eigene Faust sein Spiel machen. Am östlichen oberen Plan, wo die besten Spieler versammelt waren, jene, die ihre Spielzüge voraussagen konnten, drängten sich die Zuschauer und Wettlustigen.

Iwo hatte den Vorbereitungen mit wachsender Anspannung zugesehen. Schon seit Stunden wartete er auf die Ankunft der Spieler, jetzt hockte er auf der äußersten Kante seines Schemels und rieb die schweißnassen Hände an den Hosen aus rauem, selbstgesponnenen Tuch.

Heute musste er sich überwinden und antreten. Morgen würden sie sich auf den Heimweg machen. Der Onkel war mit seiner Geduld am

Ende, er hatte es abgelehnt, auch nur einen weiteren Tag in Dea zu bleiben. Von jeher war er gegen Iwos Leidenschaft für das Himmelsspiel gewesen und hatte sich nur darauf eingelassen, weil Iwo ihm versprochen hatte, ihm nie mehr damit in den Ohren zu liegen, wenn er nur einmal auf den berühmten Feldern von Dea spielen dürfte. Die Gelegenheit war gekommen, als der Onkel ein begehrtes Stück Land erwarb und den Kauf in Dea besiegeln musste. In der guten Laune, in die ihn das geglückte Geschäft versetzt hatte, war er bereit gewesen, Iwo mitzunehmen.

Seit sechs Tagen waren sie hier, der Onkel hatte Wohnung im Gästehaus genommen und sein Geschäft am dritten Tag abgeschlossen. Sie hätten heimkehren können, aber die unbestreitbare Verzweiflung, in der sein Neffe jeden Abend unverrichteter Dinge zurückgekehrt war, hatte den Onkel bewogen, die Abreise hinauszuschieben.

Aber auf morgen war sie festgesetzt, daran war nichts mehr zu ändern. Wenn er es jetzt nicht wagte, hatte er diese große Gelegenheit verscherzt und würde zum Hohn und Spott der anderen Burschen ins Dorf zurückkehren ...

Iwo spürte einen sauren Geschmack im Mund, sein Herz hämmerte schmerzhaft in seiner Brust, als er sich jetzt mit einem Ruck von seinem Schemel losriss und mit steifen Beinen an dem ihm zunächst gelegenen Spielfeld vorbeitakste. Der erste Spieler hatte seinen Stein schon geworfen und landete leichtfüßig im Feuerfeld. Iwo achtete nicht auf ihn, wie im Traum ging er weiter und stellte sich zu den sechs Männern, die sich zutrauten, jeden Wurf voraussagen zu können. Sie warfen ihm flüchtige Blicke zu, er spürte, dass sie seine Anwesenheit befremdete, aber sie waren zu beschäftigt damit, sich die Ansagen des Mannes zu merken, der beginnen sollte.

„Ich überspring jeden zweiten, werf in die Lieb, grätsch in Überfluss un Mangel un kehr im Himmel um, mach das gleiche zurück un behalt mir zwei", der Spieler verbesserte sich rasch, „nein, drei Fehler vor."

Die Zuschauer johlten.

„Drei Fehler ... du hast dich im Feld geirrt, Bruder!"

„Ja, willste nich lieber bei die Anfänger mitmachen?"

Der Gescholtene zuckte die Schultern und grinste.

„Halts Maul, 'n Mann darf sich wohl ers ma warm spielen."

Andere Spottworte folgten und einer der Zuschauer nahm seinen Einsatz aus dem Kasten des Wettmeisters. Der Wettmeister runzelte die Stirn, aber er sagte nichts. Iwo wunderte sich. Gesetzt war gesetzt, das war ein heiliges Gebot ...

„Willst du spielen, Junge? Da hinten sin die Anfänger."
Der Mann deutete mit dem Daumen zum unteren westlichen Spielfeld. Iwo vergaß alles um sich her. Er ballte die Fäuste und schüttelte den Kopf. Er war nicht nach Dea gekommen, um mit Anfängern zu spielen.
„Oha, ich glaub, der Grünschnabel will Ansagen machen ..."
Iwo trat der Schweiß auf die Stirn. Natürlich wollte er Ansagen machen! Er spielte gut, daran zweifelte er nicht, aber da war diese andere Sache ... daheim bei seinen Freunden war es nicht so schlimm, sie kannten ihn, warteten geduldig, bis er so weit war. Hier dagegen, unter all den Fremden, die so schnell und spöttisch sprachen ... gleich am ersten Abend hatte ihn das Übel so heftig überfallen, dass er den Mut verloren hatte, und an den nächsten Tagen war es nicht anders gewesen. Heute war die letzte Gelegenheit ...

Verzweifelt zerrte er den abgeplatteten Bleiknopf hervor, der ihn noch nie im Stich gelassen hatte, nahm Maß und platzierte ihn säuberlich mitten im Liebesfeld. Mit einem Satz übersprang er das halbe Spielfeld und landete gerade neben dem grob gemalten Herzen. Auf einem Bein balancierend nahm er den Knopf hoch und warf ihn, Lage und Größe der Felder in seinem Rücken berechnend, über die Schulter. Erstauntes Murmeln erklang hinter ihm, aber Iwo achtete nicht darauf. Vorsichtig hüpfte er zurück, durch das Kriegsfeld, die Armut, durch Luft und Feuer. Der Knopf lag zwischen den beiden geschlängelten Linien des Wasserfeldes, wie er es beabsichtigt hatte. Iwo kickte ihn mit der Stiefelspitze hoch, fing ihn auf und sprang über das Erdfeld aus dem Spielplan.

Schweratmend blieb er stehen. Er hatte es gewagt, er hatte das Himmelsspiel gespielt – in Dea!

Durch das Brausen in seinen Ohren hörte er Beifall und anerkennende Pfiffe, aber der Mann, der ihn angesprochen hatte, war nicht beeindruckt.

„Na schön, da kannste also gut werfen und hüppen, mein Sohn. Hier geht's aba um Ansagen, klar? Wenn de hier mitmachen wills, musste ansagen, wohin de wirfst, wie oft du wirfst ... welche Sprünge de machst un so weiter, die ganze Litanei. Also leg ma los, lass was hören."

Iwo trat der Schweiß auf die Stirn. Er umklammerte hilfesuchend den Bleiknopf. Vielleicht, wenn er nicht lange nachdachte ...

„I... iich ffang a... an mm... mmit j... j... jjje... jejee..."

Das Blut schoss ihm in den Kopf. Wie Blei lag die verräterische Zunge in seinem Mund. Verzweifelt versuchte er die Worte hervorzuzwingen, sie blieben in seiner Kehle stecken, erstickten ihn. Er würgte und würgte, spürte, wie sich sein Gesicht verzerrte. Und natürlich geschah, was er am meisten fürchtete: Die Zuschauer begannen zu lachen, tiefes, dröhnendes Männerlachen, das ihm die Tränen in die Augen trieb. Durch einen Schleier sah er die halb belustigten, halb mitleidigen Gesichter der anderen Spieler.

„Ein Stotterer! A...aa...mer K...k..kerl... na, damit erledigt sich wohl die Ansage. Komm, Kleiner, müh dich nich ab, geh rüber ins westliche Feld. Die sin auch nich schlecht und da musste nix sagen."

Er nahm Iwo nicht unfreundlich am Arm, um ihn vom Spielplan wegzuschieben. Brennend vor Scham schüttelte Iwo seine Hand ab. Am liebsten hätte er sich schreiend auf den Boden geworfen, wie er es als kleiner Junge getan hatte, wenn ihm seine Zunge nicht gehorchen wollte.

„Oi, Junge, sei nich sturköpfig ..."

„Lass ihn spielen!"

Kühl und bestimmt drangen die Worte an sein Ohr. Hastig wischte er sich mit dem Ärmel über die Augen.

„Was? Aba er kann die Regeln nich einhalten."

Der Mann, der ihn festhielt, blickte zu der Bank unmittelbar neben dem Spielfeld.

„Pfeif auf die Regeln! Ich sage, lass ihn spielen. Er interessiert mich."

„Aber Patron ..."

„Galus, mein Schatz, red ich so undeutlich? Der Junge spielt!"

Es war der Mann, der seinen Wetteinsatz aus dem Kasten genommen hatte, ein junger Mann, nur wenige Jahre älter als Iwo. Rotes Haar stand in kurzen, spitzen Stacheln über seiner Stirn, schwarze, durchdringende Augen waren auf Iwos Gegner gerichtet. In nachlässiger Haltung hockte er auf der Bank, die Beine lang von sich gestreckt, die Ellbogen auf den Tisch hinter sich gestützt. Als Galus unschlüssig zögerte, stand er auf und kam gemächlich näher. Er war kleiner als die anderen Männer und schmächtig dazu, aber der Spieler machte hastig einige Schritte zurück und zog den Kopf ein.

„Wie du willst, Patron."

„Genau. Wie heißt du?"

Die Frage kam so schnell, dass der Junge antwortete, ohne es recht zu merken.

„Iwo, Patron."

„Na, dann los, Iwo, zeig, was du kannst."

Die schwarzen Augen bohrten sich in die seinen und Iwo beschlich das unbehagliche Gefühl, als sähen sie jeden verborgenen Winkel seiner Seele.

Bevor das Gefühl unerträglich wurde, wandte der junge Mann sich lächelnd ab.

„Oi, Freunde", rief er, „der Stotterer spielt für uns und ich glaube, es wird uns gefallen!"

Iwos Ohren brannten, aber die Erregung schwemmte die Verlegenheit hinweg.

Die folgenden Stunden vergingen ihm wie im Traum. Ein Spiel folgte dem anderen, bald bestand die ganze Welt nur noch aus dem Himmelsplan, dem Klappern der Spielsteine, aus dem dumpfen Aufprall der Füße und den immer rascher aufeinander folgenden Rufen der Spieler. Iwo spielte wie besessen, seine Fehlwürfe waren an einer Hand abzuzählen und sein Fürsprecher, der vom ersten Spiel an auf ihn gewettet hatte, gewann viel Geld an ihm.

Als der Abend fortschritt, leerten sich die anderen Spielfelder. Spieler und Zuschauer versammelten sich um das obere Feld. Bewundernde Rufe begleiteten Iwos beste Würfe und Sprünge. Als er sich mit glühenden Wangen auf eine neue Runde vorbereitete, hörte er:

„Sag was, Iwo!"

So gefangen war Iwo in seinem Spiel, dass er ohne nachzudenken begann:

„I werd von hinten ofangn und rückwärts springn, Himmi, Hölln, ohne Pausen ..."

Er stockte, als er merkte, was er tat, der bekannte Schrecken griff nach ihm, aber da erklang die Stimme wieder:

„Weiter, weiter, du kannst das!"

Sie schien sich seiner Zunge zu bemächtigen und zugleich verspürte er einen merkwürdigen Druck hinter der Stirn. Noch schmerzte er nicht, aber Iwo wusste, dass er gehorchen musste.

„...i...i l...ass die Ruhfelder aus, i mach kaane Fehler ..."

Er erfüllte die Ansage in allen Punkten und Beifall brandete auf.

Iwo spielte, er vergaß die Zeit, vergaß, dass der Onkel im Gästehaus auf ihn wartete. Er bemerkte weder die Fackeln, die die Nacht über den Höfen erhellten, noch die Glockenschläge, mit denen die Stunden verrannen.

Seine Mitspieler gaben einer nach dem anderen auf, bis nur noch Galus übrig war. Gerade von ihm wollte Iwo sich nicht geschlagen geben und so machte er weiter, obwohl ihm die Spielfelder vor den Augen verschwammen.

Endlich rief der Schiedsrichter den letzten Durchgang aus. Wer den ersten Fehler machte, gleich ob bei Wurf oder Sprung, hatte die Partie und damit das ganze Spiel verloren. Die Zuschauer, die beide Spieler bisher lautstark angefeuert hatten, verstummten. Die Wetter machten ihre letzten Einsätze und unwillkürlich sah Iwo zu dem Rothaarigen hinüber. Doch der schüttelte den Kopf, obwohl die dunklen Augen aufmerksam dem Spielverlauf folgten. Seltsam gekränkt wandte Iwo sich wieder seinem Spiel zu.

Galus spielte als erster, er machte nur vorsichtige Angaben und ließ sich Zeit. Einige spöttische Zurufe kamen aus der Menge, aber der Mann ließ sich nicht stören. Er beendete die Partie fehlerfrei. Herausfordernd blickte er Iwo an, der langsam an den Spielplan trat. Es wurde sehr still um ihn, die Linien schienen ihn anzuspringen.

Er machte seine Ansagen, wenige nur, denn seine Stimme versagte, und begann.

Erde, Wasser, Luft und Feuer, Hass und Liebe, Drehung im Sprung, Mangel und Überfluss, Drehung im Sprung, keine Rast auf den Ruhefeldern, mit einem Sprung über die Hölle und geradewegs ins Paradies ...

Der Absprung gelang nicht, er spürte es sofort. Sein linker Fuß wollte sich nicht vom Boden lösen, die roten Fliesen des halbrunden Himmelsfeldes stürzten auf ihn zu. Er schlug hart mit dem Knie auf, die Steine raspelten ihm die Haut von den Handflächen, aber nicht der Schmerz trieb ihm die Tränen in die Augen.

Gestürzt – vor den Augen all dieser Männer aus der großen Stadt! Einen Augenblick lang lag er dort, erschöpft und ausgelaugt. Nie würde er den Mut finden, aufzustehen und sich dem Spott der Menge zu stellen.

Dann griffen von allen Seiten Hände nach ihm, rissen ihn in die Höhe, befühlten seine Glieder und klopften ihm derb auf die Schultern.

„Oioioi, gut gemacht, Kleiner!"

„Bravo, was für'n Spiel!"

„Weita so ... für so'n Grünschnabel nich schlecht, gar nich schlecht!"

Verwirrt ließ Iwo die rauen Freundlichkeiten über sich ergehen, die Worte dröhnten in seinen Ohren, eine plötzliche Schwäche übermannte ihn, seine Beine zitterten.

„Bringt ihn her!"

Die herrische Stimme schnitt durch den Tumult, halb zogen, halb trugen sie ihn vom Spielfeld und stellten ihn vor dem Rothaarigen auf die Füße. Er spielte mit dem Kupferring, der an einem langen, dünnen Zopf auf seine Brust hing, und musterte Iwo lange.

„Siehst du, es war doch richtig, im letzten Spiel nicht mehr auf dich zu setzen", er tippte dem Jungen auf die Brust. „Du hättest aufhören sollen, hattest dich schon zu sehr verausgabt. Deine Beinarbeit ist übrigens schwächer als die von Galus, keine wirklich gute Technik."

Iwos Wangen brannten nicht weniger als seine Handflächen. Dann grinste der andere und das kluge, grausame Gesicht war wie verwandelt.

„Wann hast du zuletzt gegessen, Mann? Komm, du bist mein Gast!"

Kurz darauf saß Iwo an einem Tisch in einer Kellerschenke und löffelte heißhungrig dicken Bohneneintopf in sich hinein. Einen Krug mit verdünntem Wein hatte er schon geleert, ein zweiter stand vor ihm. Der Schankraum war gut gefüllt, man unterhielt sich lautstark über das Spiel. Von dem Tisch, an dem er saß, hatten alle respektvoll Abstand gehalten, nur der Rothaarige und seine Begleiter teilten ihn.

Sie ließen ihn in Ruhe essen und sprachen halblaut miteinander. Iwo war so eifrig mit seinem Löffel beschäftigt, dass er nur mit halbem Ohr hinhörte.

„Du nimmst ihn zu dir, Bulle. Arbeite mit ihm an seiner Körperbeherrschung und Ausdauer. Ich treibe einen ehemaligen Stadtmeister auf, der ihm den letzten Schliff gibt. Wir werden ihn aufbauen, bald beginnen die Kleinen Meisterschaften, Gambeau wird sich wundern ..."

Der Rothaarige schlug begeistert mit der Hand auf den Tisch. Sein Gegenüber, ein wohlgebauter, kräftiger Mann mit kurzen Locken, meinte zweifelnd:

„Err ist noch jung, Jermyn, was werrden sagen die Eltern?"

Jermyn wischte die Einwände beiseite.

„Ach was, wenn ich es will ... und wenn er es will ..."

Wieder spürte Iwo den beunruhigenden Blick auf sich und ohne nachzudenken nickte er mit vollem Mund. Er wusste kaum, wovon sie sprachen.

„Siehst du, glaub mir, wir werden viel Spaß haben und ich werde gut verdienen. Woher kommst du, Iwo?"

„Aus Possi, P...patron."

„Aha, und wo liegt Possi?"

Die Antwort auf die erste Frage war ihm über die Lippen gepurzelt, bevor er es gemerkt hatte, aber als er weitersprechen sollte, spürte er das Band um seine Zunge und seine Kehle schnürte sich zusammen.

„E...e...et... etwwwa... zzzzww... zzw... eei... T...t...t..."

Die Stimme versagte ihm, mit brennendem Gesicht starrte er in die säuberlich ausgewischte Schüssel. Die drei mussten ihn für einen ausgemachten Trottel halten, ein Landei von allererster Güte.

„Er kann nicht richtik sprrechen", meinte der, den sie Bulle genannt hatten, mitleidig, nicht höhnisch, aber es stürzte Iwo in noch ärgere Verlegenheit. Jetzt würde er keinen Ton mehr herausbringen!

„Das ham wa ja schon bei den Ansagen gehört, da könn wa uns auf lange Partien gefasst machn."

„Halts Maul, Babitt, das passt schon. Er ist müde und du hast doch gehört, dass es ging. Man muss nur etwa nachhelfen."

„Hör zu, Iwo, mach dir nichts aus den beiden Trotteln. Deine Zunge gehorcht dir nicht ganz, aber das macht nichts, hast du gehört, wie der Bulle spricht? Hab keine Angst vor dem Reden, was soll's, wenn's etwas länger dauert?"

Es dauerte einen Augenblick, bevor Iwo merkte, dass die Stimme in seinem Kopf erklang, er spürte die Anwesenheit eines fremden Geistes und ihn schauderte.

Ein Gedankenlenker, der Rothaarige war ein Gedankenlenker! Die Händler aus Dea hatten von solchen Leuten gesprochen, aber in Possi hatte es nie einen gegeben. Ein Teil von Iwo lehnte sich gegen den Eindringling auf, doch zugleich fühlte er, wie sich in seinem Kopf etwas löste. Wieder ergriff ihn der unwiderstehliche Drang und von selbst formten Zunge und Lippen Worte.

Als der Morgen graute, lenkte Iwos Onkel sein Gefährt durch das südliche Stadttor. Er war allein. Während er voll Groll auf den säumigen Neffen im Gästehaus sein Frühstück verzehrt hatte, war ein rothaariger Bursche zu ihm getreten.

„Ihr müsst nicht länger warten, Iwo bleibt in Dea."

„Was fällt dem Bengel ein?", hatte der Onkel gepoltert, aber der Bursche war ihm ins Wort gefallen.

„Hier ist ein Zettel an seine Mutter, er wird ihr Bescheid geben, wenn er sein Glück gemacht hat. Gute Reise, Onkel!"

Die Stimme hatte sanft geklungen, doch der Blick war wie ein Schraubstock gewesen. Noch jetzt dröhnte dem angesehenen Großbauern der Kopf.

Iwo aber lag benommen und verwirrt auf einer schmalen Pritsche im Schlafraum der Scytenschule. Er versuchte zu begreifen, dass er statt seinem Onkel nun einem Patron gehorchen musste, und ihm schwante, dass der Onkel ein Muster an Sanftmut war, verglichen mit diesem hitzigen Burschen. Aber er durfte spielen, soviel und solange er wollte, ohne durch lästige Arbeiten wie Melken und Misten dabei gestört zu werden, bis er ein Meister des Himmelspiels geworden war, wie er es sich immer gewünscht hatte!

Jermyn schlenderte mit Babitt durch die erwachenden Straßen. Sie hatten die Kapuzen übergestülpt, um sich vor den lästigen Böen zu schützen. Babitt spuckte ab und zu fluchend aus, aber Jermyn pfiff tonlos vor sich hin, er war bester Laune. Als sie sich trennten, schlug er Babitt auf die Schulter.

„Oi, Bruder, schau nicht so sauer! Glaub mir, das Landei wird Meister Gambeaus Stuhl zum Wackeln bringen. Der Junge wird der nächste Stadtmeister, darauf wette ich!"

„Und was wird Ninian sagen, großer Patron, wenn du demnächst immer erst bei Tagesanbruch nach Hause kommst, weil du deinem Schützling beistehn musst? Äh, dieser verdammte Sand!"

Babitt wühlte ein säuberlich gefaltetes Tuch aus dem Hosensack und hielt es vor Mund und Nase. Jermyn verzog das Gesicht, als habe er auf Sauerampfer gebissen.

„Ich bin dir sehr verbunden, dass du mich daran erinnerst, aber das lass nur meine Sorge sein, mein Freund. Geplättete Sacktücher – Respekt, die gab's früher nicht bei dir", meinte er scheinheilig, „tja, nicht jeder hat das Glück, so klaglos und fürsorglich empfangen zu werden wie du."

Er lachte, als Babitt grimmig die Brauen zusammenzog und grußlos den Weg zum Gerberviertel einschlug.

7. Tag des Blütenmondes 1466 p.DC

Der Schuhwischer am Fuße der Treppe des Goldenen Badehauses fuhr ein letztes Mal über die festen Stiefel seines Kunden und schleuderte das schmutzige Binsenbündel mit einer geschickten Drehung des Handgelenks in den Abfallkorb.

Nachdem die Wut des Wüstenwindes sich ausgetobt hatte, waren die Wolken von den Bergen herabgerollt, als hätten sie nur auf die Gelegenheit gewartet, um rachsüchtig nach Dea zurückzukehren. Kräftige Regengüsse gingen über der Stadt nieder, schwemmten den gelben Staub hinweg und verwandelten die Straßen in die üblichen Schlammbäche.

Der Junge hielt die Hand auf, um seinen kleinen Obolus in Empfang zu nehmen, und Ely ap Bede warf ihm eine Kupfermünze zu. Der Kaufmann stieg die breiten Stufen empor und blinzelte. Als er die Handelshallen verlassen hatte, war ein Schauer herabgeprasselt, jetzt blendete ihn die trügerische Frühlingssonne in den blanken Silberkacheln der prächtigen Fassade.

Er trat in die Eingangshalle und entrichtete den lächerlich geringen Betrag, der einem den Besuch der Badeanstalt ermöglichte. Eine ganze Reihe reicher, vornehmer Herren hatten sich zusammengetan, um dieses angenehme Refugium zu schaffen, gemeinsam brachten sie die Summen für dieses luxuriöseste aller Badehäuser von Dea auf.

Von allen Seiten flogen ihm Grüße zu, die er mit freundlichem Nicken erwiderte. Ely ap Bede mochte an der altmodischen Tracht seiner Vorväter festhalten, aber die Schulterfibel in seinem wollenen Umhang war aus rotem Gold und die Nadel in dem schwarzen Samtbarett zierten weiße und grüne Steine. Man achtete ihn als den reichsten unter den nördlichen Kaufherren.

Er beeilte sich, die große Halle zu durchqueren. Der Lärm war beträchtlich, Lachen und Rufen, das laute Juchzen, das die Sprünge ins Kaltwasserbecken begleitete, das Klatschen der Abreiber und nicht zuletzt die aufdringlichen Stimmen der Haarausrupfer hallten in den hohen Gewölben wider.

Es wäre Ely niemals in den Sinn gekommen, in Gesellschaft anderer zu baden. Wie seine Vorfahren in den grünen Hügeln seiner Heimat reinigte er sich in einer dunklen, engen Hütte, in der ein einfacher Holzzuber stand, den ein Küchenjunge mit heißem und kaltem Wasser füllen musste. Erst nachdem der Junge die Kammer verlassen hatte, verrichtete Ely seine Säuberung in andächtigem Schweigen. Dame Enis und Violetta benutzten das großzügige Badehaus, aber Ely hielt eigensinnig an seiner düsteren Kammer fest.

Die übrigen Annehmlichkeiten des Goldenen Badehauses wusste er jedoch zu schätzen. Die Ruheräume mit den erholsamen Liegen, die Bibliothek, die anregenden Gespräche in der heiteren, gelösten Stimmung, in die das Bad selbst hartgesottene Kaufleute versetzte und die oft zu guten Geschäften führte, vor allem aber die ausgezeichnete Küche.

Auch jetzt war er auf dem Weg in den Speiseraum, als Gast Josh ap Gedews, der zu den Patronen des Goldenen Badehauses gehörte. Gebadet, gesalbt und mit geschorenem Haar lag er in ein loses, weißwollenes Gewand gehüllt auf seiner Liege. Auf einer zweiten Liege hockte ein anderer Badegast und redete eifrig auf ihn ein. Als Josh Ely zulächelte, erhob sich der Mann.

„Ah, seid gegrüßt, Ely", er enthüllte große, gelbliche Zähne, von denen er mehr im Munde zu haben schien als andere Menschen. Seine Augen blieben kalt, „wie schön, Euch hier zu sehen. Hat auch Euch die alljährliche Lust nach einem Bad hergeführt?"

Ely ließ sich umständlich auf der Liege nieder, die der Mann frei gemacht hatte. Er liebte es nicht, nach Art der Alten bei Tisch zu liegen, aber er wollte Josh nicht vor den Kopf stoßen.

„Nein, Rossi, deshalb komme ich nicht hierher; im Gegensatz zu anderen Bedauernswerten habe ich in meinem Haus eine eigene Badekammer, in der ich mich täglich zu säubern pflege. Freilich ist nicht jedem dieses Glück beschieden."

Scudo Rossi pflegte mit seinen prächtigen Baderäumen zu prahlen und sein Lächeln gefror.

„Wenn Ihr wider alle Vernunft an Eurem Vorhaben festhaltet, werdet Ihr auf lange Zeit, wenn nicht gar für immer, die Annehmlichkeiten des Bades entbehren. Gehabt Euch wohl!"

Er wickelte seinen Umhang um sich und marschierte davon. Josh sah ihm nachdenklich hinterher.

„Du hast ihn verärgert, Ely. Die ganze Zeit hat er auf mich eingeredet, wie unsinnig und gefährlich dein Plan sei, und manchmal, in den frühen Morgenstunden, liege ich wach und frage ich mich, ob er nicht recht hat."

„Ach Josh, haben wir das nicht alles besprochen? Es ist verständlich, dass die Seeherren unser Vorhaben äußerst misstrauisch betrachten. Wenn wir Erfolg haben, ist ihre Vorherrschaft im Südhandel in Gefahr und nach den Einbußen, die sie im letzten Jahr hatten, zittern sie bei dem Gedanken an ernsthafte Konkurrenz. Aber", Ely hielt seine Hände über das Becken, das ein Diener reichte, während ein anderer duftendes Wasser darüber goss, „ich habe nicht vor, ihnen den gesamten Südhandel zu entreißen. Das wäre wahrlich ein zu großes Unterfangen. Sollen sie ruhig weiter ihre Gewürze und Stoffe über die Innere See bringen. Ich habe anderes im Sinn. Sieh dir das an."

Er trocknete seine Hände und holte ein kleines Kästchen aus der Gürteltasche. Eine silberne Figur kam zum Vorschein, nicht größer als eine halbe Handspanne. Josh legte die Speckpflaume beiseite, die er zum Munde hatte führen wollen, und beugte sich vor.

Die Figur stellte ein Hähnchen dar, ein kleines Meisterwerk. Aus seinem Rücken ragte ein Schlüssel, den Ely vorsichtig bis zum Anschlag aufzog. Im Inneren des Tierchens begann es zu schnurren, die Flügel klappten, es hob den Kopf und machte alle Bewegungen eines krähenden Hahnes. Dazu ertönte ein melodisches Klimpern. Nach einer Weile war der Mechanismus abgelaufen und der kleine Vogel stand still.

Josh ap Gedew hob die Brauen.

„Nicht schlecht, das ist freilich etwas Neues und könnte unsere verwöhnten Kunden wohl reizen."

„Die gleichen Handwerker fertigen auch die Zeitmesser an. Fortunagra besaß einen und auch der Fürst von Tillholde hat einen erworben. Meine Gewährsleute haben mir nun berichtet, dass die Meister dabei sind, diese Zeitmesser mit solchen beweglichen Figuren zu verbinden, so dass der Hahn zur vollen Stunde krähen würde. Wäre das nicht verlockend? Und ich weiß von anderen Dingen, die auf der Frühjahrsmesse gewaltiges Aufsehen erregen würden!"

Ely ap Bede hatte sich in Hitze geredet, er löste die Fibel seines Umhangs.

„Und was willst du dafür geben? Die Belims sind ungeheuren Luxus gewöhnt."

Ein Schatten fiel über ihren Tisch. Der Ankömmling grüßte höflich und starrte auf die silberne Figur.

„Setzt Euch, setzt Euch, Artos", freundlich wies Josh auf das Fußende seiner Liege, „wie gehen die Geschäfte?"

„Gut, gut," erwiderte der junge Kaufmann, ohne den Blick von dem Hähnchen zu nehmen, „habt Ihr gehört, dass wir die größte Flotte ausgerüstet haben, die je in friedlichen Absichten die Innere See überquert hat? Wir werden Dea mit Waren überschütten."

„Ein guter Gewinn sei Euch gegönnt," antwortete Ely, „es kostet ein nettes Sümmchen, die Hälfte der Flotte als Wachschiffe auszurüsten. Wie man hört, sind die Battaver durch ihre Niederlage in Dea keineswegs entmutigt. Wie geht es meinem lieben Freund, Eurem Vater?"

„Er hat sich erholt", erwiderte der junge Sasskatchevan kühl, „den Göttern sei Dank. Aber er macht sich Sorgen um Euch, Ely. Als er von Eurem Vorhaben hörte, wollte er sich trotz seiner Schwäche auf den Weg machen, um Euch abzuraten – in Eurem Alter eine solche Strapaze! Er bittet Euch, gut abzuwägen, ob ein möglicher Erfolg nicht allzu teuer bezahlt wäre, und ich schließe mich seiner Warnung an."

Der junge Mann verstummte und klimperte mit den Spielsteinen in seiner Hand.

„Sagt Eurem Vater, ich danke ihm für seine Sorge, aber beruhigt ihn.

Kein Wagenzug kann anstrengender sein als eine Ratssitzung, noch dazu eine, wie er sie um Mittwinter mitmachen musste. Trotzdem dient er weiter Dea als Ratsherr und ebenso fürchte ich nicht die Mühen eines Wagenzuges."

„Aber Euch erwarten unbekannte Gefahren. Wir kennen die Battaver und die Tücken der Inneren See, Ihr dagegen lasst Euch auf das Fremde ein. Gebirge und Wüsten, fremde Völker ... ah, Eure Speisen kommen, ich will nicht länger stören. Gehabt Euch wohl und empfehlt mich Euren Damen."

Artos nickte den beiden Männern zu und begab sich zu den Himmelsspielern.

Josh grinste.

„Mein Lieber, du beunruhigst die großen Seefahrer!"

Ely zuckte die Schultern.

„Sollen sie sich beunruhigen. Sie haben sich lange genug über uns lustig gemacht!"

Er brachte sein Spielzeug in Sicherheit und die beiden Männer schwiegen, während die Diener Schüsseln, Becher und Teller auf dem Tisch bereit stellten. Als sie sich entfernt hatten, brach Ely mit einem Seufzer den Schenkel von einem gebratenen Vogel und tauchte ihn in die würzige Tunke.

„Aber Spaß beiseite, Josh, hast du gehört, was sie heute in den Handelshallen erzählt haben? Die Battaver mögen durch die Niederlage, die sie hier erlitten haben, ein wenig gedämpft sein, aber sie werden ihr Unwesen weiter treiben. Und sie wagen sich immer weiter vor."

Josh, der dem Vogel von der anderen Seite zu Leibe rückte, hob die Brauen.

„Du meinst das Gerücht, dass sie bis in die Gewässer der Nördlichen Inseln vorgedrungen sind? Es stammt von fahrenden Sängern, Gauklern, wer kann schon sagen, ob es stimmt. Soviel ich weiß, liegt der Großfürst immer noch in erbitterter Fehde mit seinem Sohn, sie versenken sich gegenseitig die Schiffe. Zurück zum Geschäft – was willst du als Handelsware mitnehmen? Pelze?"

„Unsinn, was sollen sie dort mit Pelzen? Es ist viel zu heiß, habe ich gehört ... nein, ich denke an Baumgold, Honig und Baumsirup und vor allem", Ely zwinkerte listig, „Lebenswasser. Wenn wir sie daran gewöhnen, werden sie uns ihre Spielsachen nachwerfen."

Josh ap Gedew lachte und drohte Ely mit dem abgenagten Knochen.

„Du bist ein Fuchs, mein Freund. Lebenswasser – glaubst du denn, die

Brenner werden das Rezept herausrücken? Sie hüten es besser als die Ehre ihrer Frauen."

Ely klappte einen dünnen Brotfladen auseinander und füllte ihn mit dünnen Scheiben geräucherten Fischs und fein geriebener Feuerwurzel. Er biss hinein und nieste, als ihm die brennende Schärfe der Wurzel durch die Nase fuhr.

„Warum bin ich wohl so bereitwillig in die Berge gezogen, als meine Mutterschwester den Clan um sich versammelt hat? Ich habe bei ihr gesessen, ganze Nächte hindurch, während sie auf den Tod gewartet und ihre Besitztümer verteilt hat. Ich habe großmütig auf alles verzichtet, auf das Land, die Schafe, selbst das Erbgold habe ich den anderen überlassen. Ich habe mir angehört, dass ich aus der Art geschlagen bin und meine Tochter ein bemaltes Lärvchen ist, meine Frau sich für was Besseres hält und wir eigentlich des Namens ap Bede nicht mehr würdig sind. Ich habe alles geschluckt und genickt und am Ende, als alles verteilt war und ich auf alles verzichtet hatte, musste sie mir nach dem Gesetz als Sohn ihrer Schwester einen Teil ihres Besitzes zugestehen und zwar das, worum ich bat. Was meinst du, habe ich verlangt?"

Diesmal lachte Josh ap Gedew nicht mehr, sondern sah den älteren Mann nur voller Hochachtung an.

„Das Rezept. Sehr klug, aber wo willst du es herstellen lassen? Es bedarf einiger Besonderheiten, damit es echtes Lebenswasser wird. Felsquellwasser, Berggerste, die alten Holzfässer, woher willst du das nehmen?"

Ely betrachtete den gefüllten Krapfen, bevor er hineinbiss.

„Am Fuß der Falarner Berge gibt es eine Obstbrennerei, dort haben sie die nötigen Geräte und das Wissen. Und dass es nur Quellwasser aus der Ebene ist und einfache Gerste – das merken doch die Südländer nicht. Ich habe drei Fässer aus dem Gebirge mitgebracht und in winzige Fläschchen abgefüllt. Damit will ich sie locken. Du wirst sehen, sie werden es mir aus den Händen reißen."

„Du bist also fest entschlossen, Ely. Ich bin dabei, wie ich gesagt habe. Ich werde das Eierschalenporzellan ein wenig billiger anbieten als Scudo Rossi und ich will sehen, ob ich nicht Glas bekomme oder Glassand, für den er so horrende Preise nimmt. So gehen wir also wieder auf große Fahrt, und diesmal ins Ungewisse. Was sagt Dame Enis zu deinen Plänen?"

Ely schnaubte. „Sie wird sich wohl abfinden müssen. Wenn alles gut geht, werde ich durch diese Fahrt einen schönen Gewinn machen, und das kann ihr nur recht sein, da sie sich den Luxus eines adeligen Schwiegersohns mit nutzlosem Beruf leistet!"

Mit einem Ruck brach er die Schere eines rotgesottenen Meerestieres ab. Josh schüttelte belustigt den Kopf.

„Was hast du gegen den Ehrenwerten Battiste? Er hat keine ausgefallenen Laster und ich habe gehört, er hat sich in der Mittwinternacht wacker geschlagen, nachdem ihn unser rothaariger Held aus dem Kerker befreit hat."

„Ja, aber erst hat er sich übertölpeln lassen", brummte Ely. Eine ganze Weile hatte er gehofft, Josh selbst als Schwiegersohn zu gewinnen. Er schätzte den Keramikhändler als schlauen, aber weitgehend ehrlichen Geschäftsmann und hätte es gerne gesehen, ihrer beider Handelshäuser zu vereinen. Josh war gute fünfzehn Jahre jünger als er, ein kraftstrotzender, vielseitig gebildeter Mann in der Blüte seine Jahre. Doch immer, wenn er die Rede vorsichtig auf Ehe und Sesshaftigkeit brachte, hatte Josh ap Gedew deutlich gemacht, dass ihm nichts daran lag. Ein Neffe würde sein Vermögen erben und er sah keine Notwendigkeit, seiner Freiheit und den Freuden, die das Leben einem reichen, ungebundenen Manne bot, zu entsagen. So hatte Ely seinen Traum aufgegeben und sich, wie so oft, den Wünschen seiner Frau gebeugt.

Und Josh hatte Recht. Battiste war kein schlechter Mann. Vernünftiger und nüchterner als Ely es bei einem Angehörigen des alten Adels für möglich gehalten hatte. Nein, gegen den Mann selbst hatte er nichts einzuwenden. Aber mit einem Grafen in der Familie begann Dame Enis den Boden unter den Füßen zu verlieren. Sie gebärdete sich so vornehm und hoffärtig, dass Ely es in seinem eigenen Haus nicht mehr aushielt. Allein die Vorbereitungen für die Hochzeit hatten ihn bewogen, den Plan, den er schon so lange hegte, endlich in die Tat umzusetzen. Dabei hatten die Verhandlungen um Violettas Mitgift noch gar nicht begonnen. Und es sollte seine letzte Fahrt werden.

Lange würde er den Strapazen eines großen Wagenzuges nicht mehr gewachsen sein. Er wollte aufhören, bevor er einen Zug nicht mehr heil und sicher ans Ziel bringen konnte. Reich genug war er und drei fähige Schwiegersöhne würden sein Geschäft fortführen. Es wäre ein guter Abschluss, einen Landweg in den Süden zu öffnen …

Das Plätschern von Wasser riss ihn aus seinen Gedanken. Ein Diener hatte Krug und Becken gebracht und goss Wasser über Joshs Hände. Während er sie an dem angewärmten Tuch trocknete, meinte er:

„Artos hatte nicht ganz Unrecht: Kein Mensch kennt die Gefahren, die auf uns lauern. Womit müssen wir rechnen? Sandstürme, Durst, es soll sogar Dämonen in der Wüste geben."

„Unsinn", erwiderte Ely, „keine anderen Dämonen, als die, die auch Orp ap Carroi, dem Herrn der Schluchten, im Nacken saßen. Aber ganz gleich, was uns erwartet, ich glaube nicht, dass wir irgendetwas fürchten müssen."

„Aah," Josh lachte, „hast du sie schon gefragt? Was hat sie gesagt?"

„Oh, sie war begeistert. Ich brauchte nicht die geringste Überredungskunst."

„Und er? Was ist mit ihm? Sie wird nicht ohne ihn kommen, unzertrennlich wie sie sind."

„Sie wird ihn überreden. Ich habe noch nicht erlebt, dass ein Mann widerstehen kann, wenn eine Frau sich etwas wirklich in den Kopf gesetzt hat!" Ely seufzte.

„Es wär mal was anderes, Jermyn. Ein bisschen Abwechslung schadet doch nicht, oder?"

„Abwechslung? Wozu? Man macht am besten das, was man am besten kann, Süße – klettern und klauen!"

„Meinst du? Woher weißt du das, wenn du nie etwas Neues versuchst? Ich säße wohl immer noch in Tillholde."

„Das ist was anderes. Das war ja kein Leben, ohne mich."

„Du bist ganz schön eingebildet!"

„Nee, ich sag nur, wie's ist! Ich weiß genau, dass es 'ne Menge Dinge gibt, die ich nicht kann und nicht will, die brauch ich nicht erst probieren. Genau wie diese Grütze, voller Klumpen, und angebrannt schmeckt sie auch, findest du nicht?"

„Ja, ja, schon, Wag hat sie gekocht. Lenk jetzt nicht ab."

Körperlos schwebten die Stimmen über Wags Kopf, nur gedämpft drang der Wortwechsel durch den Schleier der Müdigkeit zu ihm. Fast verrenkte er sich den Kiefer bei dem Versuch, das Gähnen zu unterdrücken, aber er kauerte vor dem Ofenloch und kehrte die pudrige Asche heraus – es würde üble Folgen haben, wenn er dem Drang nachgab und hineinpustete. Das Scharren des eisernen Schabers auf dem Ziegelboden marterte seine Ohren. Wenn er doch nur die Stirn gegen die Herdmauer lehnen und die Augen schließen dürfte! Selbst in dieser unbequemen Lage würde er schlafen können ... aber wenn der Herd ausgefegt war, wartete die Küchenarbeit auf ihn: Brotteig ansetzen, Gemüse putzen, die oberen Kamine säubern und Holz hinaufbringen. Jermyn hatte nichts gesagt, als sie sich nach ihrem morgendlichen Lauf durch die Ruinen in der Küche aufwärmen mussten, weil oben kein Feuer brannte. Aber mit seiner Langmut war es nicht weit her. Und war es ein Wunder, dass die Grütze angebrannt war? Schließlich hatte er ja auch Kahwe bereiten und den Ofen im Badehaus einheizen müssen, denn wenn das Wasser nicht warm war, dann gnade ihm ...

„Wag, oi Wag, was treibst du da unten?"

Jermyns Stimme schreckte ihn aus seinem schläfrigen Grübeln auf. Er fuhr hoch und stieß mit dem Kopf gegen den Pfannenstiel, der über den Herdrand ragte. Die Pfanne sprang aus dem Herdring und er verbrannte sich die Finger, als er hastig nach ihr griff.

„Tollpatsch!"

Jermyn schüttelte den Kopf und lachte, als Wag zum Wassereimer stürzte.

„Lass ihn, Jermyn! Cosmo hat heute Nacht auch keine Ruhe gegeben, nicht wahr? Wir haben ihn gehört."

Wag seufzte.

„Das kannste wohl sagn, Patrona. Ich hab ihn rumgeschleppt, Kamante hat ihn rumgeschleppt, aber kaum legste ihn hin, brüllt er zum Steinerweichen ... es is zum weglaufn."

Wag sank auf den dreibeinigen Kaminschemel. Mit der gleichen Liebe, die er Kamante entgegenbrachte, hing er auch an ihrem Kind. Er konnte sich kein größeres Wunder vorstellen, als die kräftigen, runden Ärmchen und Beinchen, die geschäftig herumwerkten, wenn Kamante den Kleinen aus seinen Hüllen befreite, die winzigen Hände, die seinen Finger umschlossen. Ein zahnloses Lächeln rührte ihn zu Tränen. Cosmo gedieh prächtig. Tagsüber, wenn er in seiner Hängewiege lag oder auf Kamantes Rücken herumgetragen wurde, schlafend oder aus glänzenden, schwarzen Augen um sich blickend, war er ein liebes, friedliches Kind.

Nachts quälten ihn jedoch manchmal verirrte Winde und entlockten ihm ein schauerliches Gebrüll. Dann krümmte er sich und biss verzweifelt auf seine kleinen Fäuste. Zwei Nächte lang hatte es Kamante diesmal allein ertragen, in der dritten hatte Wag sie haltlos weinend auf ihrem Bett gefunden, das schreiende Kind neben sich. Danach hatte er sich die Nachtwachen mit ihr geteilt. Sie und der Kleine schliefen noch und das hastig zubereitete Frühstück mochte unter seiner Müdigkeit gelitten haben. Ängstlich schielte Wag zu Jermyn hinüber, aber er hätte sich nicht sorgen müssen, die beiden schienen seine Anwesenheit vergessen zu haben.

„Wieso war es etwas anderes, als ich von Tillholde weggegangen bin? Ich hab mich schließlich auf ein ziemliches Abenteuer eingelassen, nicht wahr? Ich wusste nicht, was mich erwartet."

„Vielleicht bin ich nicht so tollkühn wie du, Süße."

„Oh, denk nicht schlecht von dir, mein Lieber. War es kein Wagnis, eine Gladiatorenschule zu gründen? Ich glaube, du bist nicht weniger tollkühn als ich, wenn du nur willst!"

Jermyn antwortete nicht, er grinste nur und verbeugte sich spöttisch. Wag lauschte dem seltsamen Gespräch mit wachsender Unruhe. Ninians leichter Ton wirkte gezwungen und obwohl Jermyn lächelte, lag ein harter Glanz in den schwarzen Augen. Er stellte seine Tasse ab und stand auf.

„Du kannst glauben, was du willst, Ninian, ich für meinen Teil werde jetzt meine Fingerfertigkeit üben, wenn du erlaubst. Mir ist das Vertraute lieber als Ausflüge ins Unbekannte!"

Er verließ die Küche und Ninian sah ihm finster nach. Eine Weile blieb sie noch sitzen, dann nickte sie Wag zu und er hörte, wie sie die Treppe hinauflief.

„Du kommst also nicht mit?"

„Nein!"

„Warum nicht?"

„Darum nicht!"

„Lass das, Jermyn, mach dich nicht lustig über mich! Nenn mir einen vernünftigen Grund!"

„Na schön, den besten, den ich kenne, Süße: Weil ... ich ... nicht ... will! Zufrieden?"

Ninian holte tief Atem. Sie war entschlossen, ruhig zu bleiben, ganz gleich, was er sagen würde. Bei ihrem ersten Versuch, vor einigen Tagen, hatte sie zu schnell die Fassung verloren.

In heller Begeisterung über das farbenprächtige Bild einer abenteuerlichen Reise, das Ely vor ihr entworfen hatte, war sie in den Palast gestürzt.

„Jermyn, rate, was Ely ap Bede mir vorgeschlagen hat!"

Ohne ihm Zeit zum Raten zu lassen, waren die Worte aus ihr herausgesprudelt.

„Wir sollen einen Wagenzug begleiten, als Bewacher. Er will einen Landweg in die Südreiche suchen und hat schon einige Kaufleute überredet, sich ihm anzuschließen. Wenn wir mitkommen, wollen sie es tun. Wir können unseren Preis nennen und uns am Handel beteiligen. Was meinst du, Jermyn? Wäre das nicht ein Abenteuer? Lass uns mitziehen! Das wird uns mehr einbringen als der Ausflug zum Ouse-See und ich komme mal wieder aus dieser Stadt heraus. Lass uns mitmachen!"

Sein schallendes Gelächter hatte sie so aufgebracht, dass sie weggelaufen war. Aber so schnell wollte sie nicht aufgeben. Immer wieder hatte sie davon angefangen, beiläufig, um ihn nicht kopfscheu zu machen, und er war, schlüpfrig wie ein Fisch, mit spöttischen Bemerkungen ausgewichen. Aber jetzt würde sie ihn nicht entkommen lassen, es gab noch Pfeile in ihrem Köcher und einige davon hatten Widerhaken!

„Warum willst du nicht auf Elys Vorschlag eingehen? Es wäre leicht verdientes Geld, ohne Gefahr, wir müssen nichts vorbereiten, haben keine Mühe. Wir müssen nur dabei sein ... hörst du, was ich sage?"

Er strich um den Schellenmann herum, schob die Hand in eine Tasche, zupfte am Zipfel eines Sacktuches.

„Ja, sicher, ich bin ja nicht taub ... verdammt ..."

Eines der Glöckchen hatte leise geklingelt und er musste das Seidentuch hängen lassen.

„Wenn wir mit Ely zögen, bräuchtest du nicht in fremde Taschen zu greifen, zur Abwechslung könnten wir unser Geld mal auf ehrliche Weise verdienen."

Keine kluge Bemerkung – er verdrehte die Augen, als habe sie etwas Ungehöriges vorgeschlagen. Sie unterdrückte den aufsteigenden Ärger.

„Wie viele Börsen musst du stehlen, bis du soviel hast, wie wir von Ely bekommen würden? *Du* jammerst doch die ganze Zeit, dass unser Schatz so zusammengeschmolzen ist seit dem Zirkusbau. Von dem, was wir in den Handelshallen erbeutet haben, ist die Hälfte in Babitts Taschen gewandert. Auf dein Wettglück will *ich* mich nicht verlassen, außerdem ärgert es mich, wenn du immerzu bei den Himmelsspielern steckst. Was willst du sonst machen? *Ihn* verkaufen?"

Sie wies mit dem Kinn auf die goldene Statue des kleinen Gottes, die er in den Übungsraum geschafft hatte.

„Nee, den geb ich nicht her!"

„Na also, und ich will mich auch nicht von meinen Schätzen trennen. Da kommt doch Elys Angebot wie gerufen. Jermyn, lass uns das machen, es wird dir gefallen."

„Ach ja? Den ganzen elenden Weg in einem stickigen Kasten durchgerüttelt werden? Wer weiß wie lang? Mir hat's schon zum Ouse-See gereicht!"

Er grinste zufrieden, denn er hatte die Börse herausgezogen, ohne dass der Schellenmann einen Laut von sich gegeben hatte. Ninian nutzte die günstige Stimmung.

„Nein, natürlich nicht! Wir werden einen Wagen haben, nur für uns, in dem wir schlafen, und für schlechtes Wetter, aber tagsüber wären wir damit zu unbeweglich. Wachleute reiten ..."

Jermyn ließ den Kreidebeutel fallen.

„Ich reite nicht."

Sie wedelte die Kreidewolke fort.

„Das macht doch nichts. Du lernst es eben. Es ist nicht so schwer und du kannst das Pferd *lenken*, wenn du willst."

„Du kapierst nicht", unterbrach er sie, „ich *will* nicht reiten! Feine Pinkel reiten und blöde Wächter, wir laufen, hast du das vergessen, Ninian? Ich verlasse die Stadt nicht, nicht als Krämer und nicht als Wächter für andere Krämer! Ely soll meinetwegen die ganze Stadtwache mitnehmen, wir bleiben hier!"

Er hatte mit solcher Endgültigkeit gesprochen, dass Ninian ihre guten Vorsätze vergaß.

„Aber ich möchte es gerne."

„Pech!"

„Du willst dir bloß keine Blöße geben, weil du etwas nicht kannst, großer Meister", sagte sie kalt. „Mit dem Schwimmen war es genauso. Es ist schlecht, wenn du etwas von anderen lernen musst, was?"

Wenn sie ihn getroffen hatte, ließ er es sich nicht anmerken. Er lächelte nur aufreizend.

„Du musst es ja wissen, Süße! Aber es bleibt dabei, ich geh nicht weg aus Dea!"

Sie kannte ihn gut genug, um zu wissen, dass ihn jetzt nichts umstimmen würde. Vor Enttäuschung stiegen ihr Tränen in die Augen, aber sie verdorrten im aufflammenden Zorn.

„Wieso tun wir immer nur, was *du* willst, Jermyn? Du schlägst etwas vor und ich mache mit, aber wenn ich einmal einen Wunsch habe, weigerst du dich."

„Ach nee, wenn ich mich recht entsinne, hast *du* immer deinen Willen durchgesetzt, Süße! Ob es ums Tanzen ging oder den verdammten Ouse-See. Und den Auftritt bei unserem lieben Donovan haben wir auch deiner Nörgelei zu verdanken! Aber diesmal hab ich die Schnauze voll! Ich reite nicht und ich verlasse die Stadt nicht!"

Er wandte sich wieder dem Schellenmann zu. „Ich dachte, wir handeln gemeinsam!"

Ihre Stimme zitterte, sie stampfte auf. Ein leises Beben lief durch den Boden, einer der Kerzenhalter auf dem Tisch fiel um und der Schellenmann rasselte. Jermyn hielt die Puppe fest.

„He, pass auf, sonst haben wir die längste Zeit in diesem Gemäuer gelebt!"

„Pass du nur auf, sonst habe auf jeden Fall *ich* die längste Zeit hier gelebt!", fauchte sie und stürmte zur Tür hinaus.

Am Nachmittag kam sie mit einem Träger zurück, dem sie Kleider und andere notwendige Dinge auflud.

Wag stand mit hängenden Armen in der Tür zur Küche.

„A... aber Ni... Ninian ... Patrona, das kannste doch nich machn. Du kannst uns doch nicht allein lassen. Wo willste denn hin?"

„Ich werde einige Tage bei Kaye bleiben, hier ist es mir zu öde!"

Sie warf einen bösen Blick zur Galerie, wo Jermyn mit verschränkten Armen stand und ihrem Auszug finster zusah. Er machte keine Anstalten, sie zurückzuhalten.

„Ganz wie's dir beliebt, Süße!"

Mit wütendem Auflachen rauschte sie aus der Halle, während Jermyn im Übungsraum verschwand.

Wag starrte ihm mit offenem Mund hinterher.

„Da schlägste doch lang hin!", stieß er hervor. „Weißte noch, was er das letzte Mal, als sie über Nacht weggeblieben is, für'n Aufstand gemacht hat? Un jetz sind's sogar 'n paar Tage! Versteh einer diesen Burschen!"

Kamante, die mit dem kleinen Cosmo auf der Hüfte neben ihn getreten war, klopfte ihm beruhigend auf die Schulter.

„Is kein Wunder, Wag! Sin viele Himmelsspiele in Höfe, nich wahr? Ninian liebt die nich, so is sie aus dem Weg, kann er machn was er will!"

Wag starrte sie verblüfft an, dann nickte er nachdenklich.

„Da könntste freilich recht haben, Mädchen. Nee, wirklich, du hast 'nen klugen Kopf auf den Schultern."

Er hatte Kamante zu Recht gelobt. Jermyn war sich Ninians unterdessen so sicher, dass es ihn nicht mehr am Boden zerstörte, wenn sie den Palast für einige Tage verließ.

Wenn sie glaubte, sie könnte ihn auf diese Weise zwingen, auf ihren albernen Plan einzugehen, würde sie lange warten müssen! Er hatte nicht vor, ihr nachzugeben und es traf sich gut, dass sie sich mit ihrem Groll gerade jetzt davonmachte.

Dieser Junge, Iwo der Stotterer, wie sie ihn nannten, erfüllte alle Erwartungen, die Jermyn in ihn gesetzt hatte. Er war wie besessen von dem Himmelsspiel, der Bulle lobte ihn als gelehrigen Schüler und sobald er über dem Spielfeld stand, verwandelte er sich von einem schüchternen Dorfburschen in einen gerissenen Spieler. Mit Jermyns Hilfe meisterte er sogar seine widerspenstige Zunge, aber noch brauchte er diese Unterstützung, um zu großer Form aufzulaufen. Und trotz seiner sorglosen Worte hatte es Jermyn einiges Kopfzerbrechen bereitet, wie er Ninian wegen seiner häufigen Abwesenheiten besänftigen sollte. Nun schien sich diese Schwierigkeit von selbst erledigt zu haben.

Sollte sie ruhig so lange wegbleiben, bis die kleinen Meisterschaften vorüber waren, danach würde sich schon alles wieder einrenken.

Er zerrte ein frisches Hemd aus der Truhe und das auffällige, schwarzweiß gewürfelte, wattierte Wams, das Kaye ihm zum Dank für die Errettung aus den Händen der Battaver aufgedrängt hatte – eine gewisse Eleganz war er seiner Stellung als mächtiger Patron schließlich schuldig.

Unter das Wams band er seine gutgefüllte Geldkatze, die Einsätze stiegen, seit Iwo aufgetaucht war und es sich herumgesprochen hatte, dass Jermyn ihn unterstützte. Selbst Meister Gambeau hatte sich schon blicken lassen, aber es war ihm nicht anzusehen gewesen, ob ihn Iwos erstaunliches Spiel beunruhigt hatte. Vielleicht würde es zu einem dieser Zweikämpfe kommen, an die man sich noch nach Jahren erinnerte.

Jermyn steckte die Spielsteine ein, obwohl er selbst nur selten spielte. Ninian hatte ihm einige davon geschenkt. Unwillkürlich fiel sein Blick auf das große Bett. Alleine mochte er nicht darin schlafen, es würde also eine Weile leer bleiben – ein wenig flau wurde ihm schon, wenn er daran dachte, dass sie nicht da sein würde, wenn er heimkam ...

Entschlossen warf er die lederne Jacke über die Schulter. Ach, was! Er konnte wegbleiben, solange er wollte, ohne sich Vorwürfe oder spitze Bemerkungen anhören zu müssen. Und er konnte die Spiele ohne schlechtes Gewissen genießen, weil er sie eh schon vergrätzt hatte.

Wenn er hart blieb, würde sie sich abfinden und zurückkommen. Er grinste seinem Ebenbild im Spiegel selbstgefällig zu und im Übungsraum berührte er zuversichtlich die Hand des Kleinen Gottes. Es würde alles gehen, wie er es wollte!

Er sprang die Treppe hinunter, an dem verblüfften Wag vorbei, der einen Eimer voll schmutziger Windeln ins Waschhaus schleppte.

„Oi, Patron, willste nich den Filzumhang umtun? Das Wetter is tückisch."

„Steck dir deinen Umhang an den Arsch!"

Filzumhänge waren etwas für alte Knacker, verpimpelte Kaufleute und ... Wachmänner! Jermyn sprang durch die Lücke in Ninians Sperrgürtel. Sollte Ely sich andere Wächter suchen, er würde niemals einen Gaul besteigen oder sich weiter als eine Tagesreise von seiner Stadt entfernen, und wenn sie sich auf den Kopf stellte! Lange hielt sie es gewiss nicht ohne ihn aus und bei Kaye gab es nichts zu befürchten.

22. Tag des Blütenmondes 1466 p.DC

„Es würde mir nie in den Sinn kommen, Euch zu widersprechen, lieber Hippolyte, da ich unter Eurem Dache weile und Euer Brot esse – nur noch ein wenig von dem Fisch, lasst die Pastete ruhig hier stehen - aber dies ist, mit Verlaub gesagt, Unsinn! Nur weil Messer Compo schreibt, er habe alles mit eigenen Augen gesehen, heißt es nicht, dass dies der Wahrheit entspricht. Wie ich beweisen werde – wollt Ihr noch von den Wachteln? Nein? Gebt sie nur her, es wäre schade drum. Wo war ich? Ah ja, keine einzige Stätte, von der er berichtet, hat er selbst bereist. Er ist ein Märchenerzähler, ein Meister der Fabulierkunst, wenn Ihr so wollt, aber kein ernsthafter Gelehrter. Es ist geradezu lächerlich, ihn in einem Atem mit Valens Citatus und Therodon zu nennen! Und selbst die Schriften dieser beiden, hochverdient und geachtet wie sie sind – danke, ich nehme gern ein zweites Mal – werde ich strenger Prüfung unterziehen, wenn ich erst Einblick in die Ewige Chronik genommen habe. Erlaubt, dass ich den Gürtel lockere. Ah ... so ist es besser. Ich bin froh, dass ich meine stille Klause verlassen und endlich den Weg zu Euch gefunden habe – bring noch Wein und mehr Brot, Bursche – Eure Bibliothek birgt wertvolle Schätze. Scheut Euch nicht, mein Angebot anzunehmen, ich will sie gerne ordnen, sie ist in einem bedauernswerten Zustand. Ich habe Zeit, weder Amt noch Familie belasten mich, nichts hindert mich, meinen Aufenthalt bei Euch auszudehnen. Aber mir scheint, Ihr habt Euch verschluckt, lieber Vetter, Ihr sprecht den Freuden der Tafel übermäßig zu und allzu viel Reden schadet der Verdauung. Erast, führt Euren Bruder hinaus, seine Gesichtsfarbe will mir nicht gefallen. Geht nur, ich bin es gewohnt, meine bescheidene Mahlzeit in Einsamkeit einzunehmen!"

„Von allen aufgeblasenen, eingebildeten Eseln", brach Hippolyte de Battiste los, kaum, dass er in seinen Gemächern zu Atem gekommen war, „ist er der schlimmste! Was habe ich getan, dass es diesem Schafskopf eingefallen ist, mich heimzusuchen? Er isst für zwei, redet für drei und hat nicht mal Verstand für einen!"

Battiste zuckte die Schultern. Er hatte dem Bruder auf den Rücken geklopft und seinen Kammerherrn nach Wein geschickt.

„Du hast versäumt, das Dach seiner stillen Klause in Stand zu setzen! Du kannst nicht erwarten, dass er und seine kostbaren Schriften verschimmeln. Wo sollte er sonst hingehen, wenn nicht hierher? Immerhin ist er Verwandtschaft!"

„Ich danke für die Belehrung", knurrte das Oberhaupt der Familie, „als Ratsherr hatte ich in den letzten Mondumläufen genug anderes im Sinn. Wozu habe ich schließlich Verwalter?"

„Du hast *ihn* als Verwalter auf dem Gut eingesetzt, erinnerst du dich? Du wolltest Geld sparen, indem du ihn zum Lohn dort draußen wohnen ließest. Ich habe dich gewarnt, er ist ein Bücherwurm, die achten nicht auf Dächer. Aber zu seiner Ehre muss ich sagen, dass er ein paar Mal über den ‚beklagenswerten Zustand seiner Heimstatt' geschrieben hat."

Hippolyte betrachtete mürrisch den Jüngeren, der in die Uniform der Palastwache gekleidet vor ihm stand. „Du hast leicht reden, du wohnst im Palast und musst ihn nicht ertragen."

Vor drei Wochen hatte der Sturm Lambin Assino wie eine verirrte Nebelkrähe in die Empfangshalle geweht.

„Ich komme, um Bescheid zu geben, dass nun mehr als Flickwerk Not tut, die Räume Eures Landhauses vor den Elementen zu schützen. Ihr habt auf meinen letzten Brief nicht geantwortet, Vetter Hippolyte, und der letzte Sturm hat das Dach vollends zerstört. Meine kostbaren Aufzeichnungen fallen Nässe und Fäulnis zum Opfer. Ich werde hier bleiben, bis das Dach gerichtet ist. Platz genug gibt es ja schließlich."

Die Tatsache hielt den gelehrten Herrn nicht ab, hartnäckig die Nähe seines Verwandten zu suchen, um ihn mit Berichten über seine Studien, Einsichten und Absichten zu unterhalten. Er schimpfte auf das verderbte, städtische Leben, lobte das schlichte Dasein auf dem Lande in höchsten Tönen und fütterte seine dürre Gestalt auf Kosten seines Vetters mit den geschmähten Köstlichkeiten.

Hippolyte, an das bequeme Leben eines adeligen Junggesellen gewöhnt, war nach einer Woche dem Wahnsinn nahe und die Zukunft brachte ihm wenig Trost. Er fand sich in einer scheußlichen Zwickmühle.

Wie bei vielen altadeligen Familien stand es mit seinen flüssigen Geldmitteln nicht zum Besten. Es reichte für seine Bedürfnisse, solange sein jüngerer Bruder Junggeselle war und von seinem Sold lebte. Aber Erast hatte sich entschlossen zu heiraten, eine vorteilhafte Partie zwar, wenn auch unter seinem Stand, aber die Verhandlungen zogen sich in die Länge. Der alte Krämer machte kein Hehl daraus, dass er von dem adeligen Schwiegersohn nicht begeistert war, ja, dass er ihn für einen besseren Mitgiftjäger hielt. Der Verdacht beleidigte Erasts empfindsames Ehrgefühl, er wollte keinen Kupferling von Ely annehmen, um den Palast, den ihm der alte Patriarch geschenkt hatte, für seine junge Frau herzurichten. Stattdessen verlangte er sein Erbteil. Rückte Hippolyte dies aber heraus, so blieb nicht genug, um das vermaledeite Landgut zu reparieren, und der lästige Langweiler Assino würde sich einnisten wie eine Laus im Pelz. Die Vorstellung bereitete dem Ehrenwerten Battiste schlaflose Nächte.

Es gab nur einen Ausweg aus diesem Dilemma und in seiner Verzweiflung scheute er nicht vor drastischen Mitteln zurück.

„Wie steht es mit Elys Reiseplänen?", fragte er scheinheilig und sah mit Genugtuung den Schatten, der über das Gesicht des Bruders glitt.

„Unverändert, die beiden können sich nicht entscheiden. Aber Ely will nicht mehr lange warten. Warum fragst du, Bruder? Willst du unter die Koofmichs gehen und einen Wagen mit Waren ausstatten?"

Obwohl die Heirat mit Violetta ap Bede gutes Geld in die leeren Kassen bringen würde, rümpfte Hippolyte gerne die Nase über jene, die ihren Reichtum durch Feilschen und Schachern erwarben. Doch er wedelte den Einwand ungeduldig beiseite.

„Ach was. Du hast ihn doch gehört, den gelehrten Mann. Er will Raol Compo des Betrugs überführen. Also sollte er selbst in die fernen Lande reisen, von denen Messer Raol berichtet hat. Lass es mich umgehend wissen, wenn eine Entscheidung gefallen ist, ich bin sicher, der gute Ely wird uns den kleinen Gefallen tun und ihn mitnehmen. Jetzt bitte ich dich, mich bei unserem Gast zu entschuldigen. Ich habe eine Magenverstimmung! Und ich wünsche weder Besuch noch einen Vorleser!"

„Meine Herren! Der Wachwechsel findet pünktlich zur fünften Stunde statt. Das heißt, am Ende des fünften Schlages steht die Ablösung bereit.

Nicht wie ein Hund hechelnd, Fähnrich d'Este. Vorschriftsmäßig gekleidet und absolut nüchtern, Fähnrich Gobbi. Gezappel und Geschubse wie bei der Stadtwache gehören nicht dazu! Auf Eure Posten. Bei der nächsten Ablösung will ich keinen Grund zur Klage haben, Leutnant d'Aquinas! Übrigens wird bis zum Ende der Reparaturarbeiten kein Urlaub gewährt! Wegtreten!"

Mit roten Ohren ließ Giles d'Aquinas den Tadel über sich ergehen und die Wachen, die paarweise den Weg zu ihren Posten antraten, wechselten vielsagende Blicke. Etwas musste den Hauptmann vergrätzt haben, der scharfe Tonfall war ebenso ungewöhnlich wie der Seitenhieb auf die Stadtwache.

Nachdem Battiste seinen schwitzenden jüngsten Leutnant entlassen und die Dienstpläne für die kommenden Tage geprüft hatte, machte er sich auf den Weg zum Arbeitszimmer des Patriarchen. Von der Treppe zum Ratssaal klang lautes Schelten.

„Oi, du Gauch, de Leiter hab ich für mich zurückgestellt, such dir gefälligst selbst eine."

„Was nich gar! Ich war zuerst da, beweg deine faulen Knochen demnächst schneller."

„Faule ... wart, du Quastelmacher, die langen dir gleich eine, meine faulen Knochen!"

„Ruhe, ihr zwei, sonst sitzt ihr schneller im Loch, als ihr gucken könnt!"

Der Bass des Gardisten machte dem Streit ein Ende. Battiste seufzte. Früher hatte die Palastwache den Patriarchen geschützt, seinem Amt das Gewicht des Schwertes gegeben. Jetzt mussten seine Leute Zwistigkeiten zwischen Handwerkern und Arbeitern regeln und kichernden Jungfern die Leitern verrücken.

Im Innenhof stapelten sich Bretter und Balken, Speiswannen und Werkzeuge für die Reparatur des Ratsturmes. Das Zeug behinderte die Gärtner und die Schimpfworte verstummten erst, als Battiste vorüberging. Im Palast musste er den Eimern der Mägde ausweichen, die mit ihren Schrubbern die Flure unter Wasser setzten. Andere stöberten mit Flederwischen graue Vorhänge von Spinnweben aus den dunklen Ecken, kreischend, wenn sich die erbosten Weberinnen von der Decke fallen ließen. Auch die Dienstbotengänge wurden geputzt und geweißelt.

Die langen Korridore, die nur das Rascheln seidener Röcke und das Wispern von Liebespaaren gekannt hatten, hallten wider von derben Scherzen und dem ernüchternden Lärm des Frühjahrsputzes.

Der junge Herr hatte es so angeordnet, im Auftrag der Dame, die ihm zur Seite stand, um die verfilzten Fäden des Patriarchenhaushaltes zu entwirren.

Manchmal wünschte Battiste, es würde sich jemand auch seiner verzwickten Lage annehmen.

Hippolyte hatte recht: Assino war ein lästiger Langweiler und Battistes Besuche im Stadtpalast waren noch seltener und kürzer geworden, seit der Gelehrte in Dea weilte. Aber er durfte Hippolytes verzweifelte Einladungen nicht zu oft ablehnen. Noch hatte der Ältere seine Einwilligung zur Hochzeit mit Violetta nicht gesiegelt. Verweigerte er sie, verlor Battiste am Ende auch die Unterstützung von Dame Enis und konnte alle Hoffnung auf die reiche Heirat begraben.

Er fuhr zusammen, als die Holzschäfte der Hellebarden zum Gruß auf den Marmorboden krachten.

„Ist Seine Gnaden allein?"

„Nein, Herr, die Stadtwache ist drinnen."

Obwohl der Mann keine Miene verzog, entging Battiste nicht der verächtliche Unterton. Peinlich berührt erinnerte er sich seines eigenen Lapsus' bei der Wachablösung. Es herrschte nur ein unruhiger Friede zwischen den Truppen des neuen Patriarchen, noch lastete das Andenken an Duquesne schwer auf ihrem Verhältnis. Doch er hatte sich geschworen, um des Herrn Donovans willen alle Anstrengungen zu unternehmen, um diesen unruhigen Frieden zu wahren.

„Wie lange sind die Herren Offiziere von der Stadtwache schon da?", fragte er streng und der Gardist nahm eilig Haltung an.

„Seit Mitte der vierten Stunde, Hauptmann."

„Danke, rührt Euch!"

Battiste betrat den Vorraum und ein Lakai öffnete ihm mit einer Verbeugung die Tür zum Arbeitszimmer.

Der Frühjahrsputz hatte auch vor diesem Raum nicht halt gemacht. Eine Seite der Wand war eingerüstet, an zwei weiteren Wänden war die düstere purpurne Pracht der alten Bespannung einem lichten Rosenton gewichen, der die Kälte der marmornen Säulen und Wandeinfassungen milderte. Vorhänge und Stuhlbezüge in den gleichen Farben belebten das große Gemach, ein Teil der Statuen, die der alte Patriarch gesammelt hatte, war verschwunden und ein zierliches, kleines Orgelspiel hatte ihren Platz eingenommen.

Battiste blinzelte. Die drei Männer am Schreibtisch hoben sich dunkel gegen den leuchtenden Himmel ab. Am Ende des Tages war die Wolkendecke aufgerissen, die Sonne ging majestätisch unter. Doch das rotgoldene Licht fiel nicht mehr auf Cosmo Politanus' fleischig brutale Züge, sondern auf das sanfte, längliche Antlitz der Lady Romola da Vesta, das so lange Zeit unbeachtet im Schatten an der gegenüberliegenden Wand gehangen hatte.

Es war Donovans erster Befehl am Tag nach seiner Inthronisierung gewesen und viele Ratsherren lachten heimlich über diese schüchternen Befreiungsversuche. Battiste hatte sich zuerst geärgert um des alten Mannes willen, dem er so lange gedient hatte. Aber in den folgenden Wochen hatte er seine Meinung geändert.

Die drei Männer erwarteten ihn schweigend. Sie fühlten sich sichtlich unwohl und schienen beinahe erleichtert, ihn zu sehen. Donovan nickte Battiste zu, sein Gesicht war blass und angestrengt.

„Hauptmann Battiste ... äh ... geduldet Euch einen Moment, ich ... wir sind gleich fertig."

Auch die beiden anderen grüßten, knapp und unbehaglich.

„Glaubt mir, Herr", wandte sich Thybalt an den Patriarchen, „Ihr könnt diese Galgenvögel ein Dutzend Mal begnadigen, sie werden immer wieder in ihr altes Tun verfallen, sie kennen auch keine Gnade", er zögerte und fuhr grimmig fort: „Eure Milde macht sie noch dreister. Sie haben uns fast ins Gesicht gelacht, als wir sie erwischten."

„Und was sollen wir den Bürgern sagen", fiel der andere ein, „wenn solche Schurken immer wieder freigelassen werden? Dass dem Patriarchen die Gauner mehr am Herzen liegen als anständiges Volk?"

Der Mann hatte mit brutaler Offenheit gesprochen, die Augen glühten in dem dunklen Gesicht. Battiste hielt den Atem an. War die Anspielung beabsichtigt, so bedeutete sie eine schwere Beleidigun, und auf's Neue fragte sich der Hauptmann, ob es klug gewesen war, Thybalt diesen zweiten Mann an der Spitze der Stadtwache zur Seite zu stellen.

Donovan zuckte zusammen, peinliche Röte stieg ihm in die Wangen.

„Die Bürger, ja, gewiss, sie müssen geschützt werden ..."

Sein Blick sank vor den harten Gesichtern der Stadtwächter und irrte zur Seite. Battiste krümmte sich innerlich. Immer wieder verfing sich der junge Fürst im erstickenden Gespinst seiner Schüchternheit. Bevor der Augenblick unerträglich wurde, ermannte Donovan sich mit einer Anstrengung.

„Wenn es nicht anders geht ..."

Hastig setzte er seine Unterschrift unter ein Schriftstück. Die Feder kratzte über das Papier, ungeschickt hantierte er mit dem erwärmten Wachsstift. Dann nahm er die Großen Siegel aus ihrem lackierten Behälter und drückte sie so heftig in die beiden blutroten Tropfen unter seinem Schriftzug, dass das Wachs breit auseinanderfloss.

Beide Siegel – ein Todesurteil.

Die Stadtwächter sahen schweigend zu. Als Donovan das Siegel der Demaris ergriff, ging ein Schatten über ihre Gesichter. Auch Battiste schauderte, von seinem Bruder wusste er, welch schauerliche Rolle die Reichsinsignien bei der Vernichtung Duquesnes gespielt hatten. Der Rand der Siegelfläche war braun von altem Wachs, doch darüber klebten einige frische Spritzer, wie Blutflecken ...

Donovan warf die Siegel zurück in den Kasten. Er nahm sich nicht die Zeit, Sand über das Schriftstück zu streuen, sondern drückte es Thybalt in die ausgestreckte Hand.

„Da, nehmt und tut, was getan werden muss. Hauptmann Thybalt, Hauptmann Yufat."

Die beiden Stadtwächter warteten keinen Moment länger, sie verneigten sich kurz vor ihrem Fürsten und kaum sichtbar vor Battiste, dann marschierten sie zur Tür.

Thybalt trug auch als Kommandeur der Stadtwache die blaurote Uniform der einfachen Wachleute, während Dubaqi Yufats einziges Zugeständnis an seine neue Stellung eine blaurote Kokarde an seinem braunen Wams war. Schwarz hatten sie beide vermieden, es erinnerte zu sehr an den glücklosen Duquesne.

Das Schicksal der Stadtwache hatte zur ersten Machtprobe zwischen dem neuen Patriarchen und den Ratsherren geführt. Die meisten hatten nachdrücklich die Auflösung von Duquesnes Streitmacht gefordert. Die Stadtwächter hatten die Haidarana unterstützt, viele Einwohner hatten Schaden durch ihre Hände gelitten und in der Stadt herrschte großer Zorn über ihre Rolle bei dem schändlichen Überfall. Doch Donovan hatte es sich in den Kopf gesetzt, die Stadtwache zu behalten, und eigensinnig auf seinem Entschluss bestanden, auch wenn er zuletzt bleich und schwitzend in seinem Stuhl saß. Die Ratsherren hatten geschäumt, aber sie alle hatten erlebt, wie stur ihr Herr sein konnte, wenn es hart auf hart kam. Außerdem hatte er mächtige Freunde. Die Stadtwächter waren begnadigt worden und dann war es zu einem weiteren Aufruhr gekommen, als Donovan Thybalt den Posten des Hauptmannes anbot. Thybalt selbst war wie vor den Kopf geschlagen gewesen.

„Da… darüber muss ich nachdenken, Herr, aber ich glaub, ich schaffe das nicht, nicht allein …"

„Das müsst Ihr auch nicht, Hauptmann, ich gebe Euch einen zweiten Mann zur Seite."

Donovans zweite Wahl hatte kein geringeres Kopfschütteln hervorgerufen und bis heute wusste Battiste nicht, warum der Seemann, der bis zu seinem überraschenden Seitenwechsel Duquesnes treuer Anhänger gewesen war, das Amt angenommen hatte.

Anders als sein Vater wollte Donovan die Rivalität zwischen seinen beiden Truppen bekämpfen. Er hatte angeordnet, die Ausbildung der Rekruten zusammenzulegen, bestellte die Hauptleute regelmäßig zum gemeinsamen Bericht und ermunterte die Palastwächter, in den Straßen Dienst zu tun. Zu Battistes Erstaunen gab es unter seinen jungen Männern einige, die unternehmungslustig genug waren, um mit den Blauroten gemeinsam auf Patrouille zu gehen.

„Hauptmann Battiste, verzeiht, dass ich Euch warten ließ. Gehen die Arbeiten im Palast gut voran? Benehmen sich die Leute?"

Während Battiste von den kleinen Vorkommnissen und Zusammenstößen sprach, spielte Donovan mit der Feder, zerrupfte und glättete sie. Einmal hob er die Hand an den Mund, als wolle er ein Zucken verbergen.

Battiste verstand. Die Menschenleben, die er gerade mit einem Schriftzug ausgelöscht hatte, lasteten dem jungen Mann auf der Seele. Er wollte es friedlich haben, der Herr Donovan, ein milder und wohlwollender Patriarch wollte er sein und wenn ihn die harte Wirklichkeit einholte, war er entsetzt wie ein Kind, das unter der schönen, grünen Wiese den stinkenden Sumpf entdeckt.

Als der Bericht zu Ende war, schwieg Donovan, in seine Gedanken versunken. Battiste räusperte sich.

„Ich bitte, mich zurückziehen zu dürfen, Herr."

„Wie? Oh, gewiss, Hauptmann, verzeiht, ich … ich war abwesend. Ach, nur eins noch: Wie … wie steht es mit den Reiseplänen Eures … äh, von Ely ap Bede? Ist … ist eine Entscheidung gefallen?"

Verwundert sah Battiste, wie ihm die Röte in die Wangen stieg.

„Versteht mich recht", setzte Donovan hastig hinzu, „die Innere See ist gefährlich und … die Battaver sch…scheinen durch ihre Niederlage nicht gezähmt zu sein, wenn sie sich sogar durch die Tore des Abends auf die Äußere See wagen ... vielleicht wäre es gut, einen Landweg in die Südreiche zu erschließen ... nur deshalb will ich wissen ..."

Er verstummte und unsanft an die Pläne seines Bruders erinnert, erwiderte Battiste kurz: „Ich weiß nicht mehr als Ihr, Herr, die Sache hängt in der Schwebe und bis jetzt gibt es keine Entscheidung, aber Ely ap Bede sagt, er kann nicht mehr lange warten."

Donovans Miene hellte sich auf.

„Keine Entscheidung, gut ... ich meine natürlich, nicht gut", stotterte er. „Ely ap Bede wird das Richtige tun. Ich danke Euch, gehabt Euch wohl, Hauptmann."

Er lächelte freundlich, aber während Battiste rückwärts zu Tür ging, konnte er sich des Eindrucks nicht erwehren, dass der junge Mann ihn schon vergessen hatte.

„Herr ... Herr, wollt Ihr nicht das Badehaus aufsuchen und Euch umkleiden? Ihr hattet Marco Nobilior und Marmelin vom Borne an Eure Abendtafel gebeten, wegen des Frühlingsfestes."

Donovan zuckte zusammen und ließ die malträtierte Feder fallen.

„Was ... oh, Bonventura ... ja, ja, ich komme gleich. Mach einstweilen alles bereit."

Erst als der Kammerherr die Tür geschlossen hatte, stand er auf und trat an den Instrumententisch. An der Laute fehlte eine Saite. Donovan griff nach dem Darmstrang, der zusammengerollt neben ihr lag. Er hatte sich fest vorgenommen, der Musik auch weiterhin zu dienen, aber die Tagesgeschäfte forderten ihn viel stärker, als er gedacht hatte. Manchmal fragte er sich, wie sein Vater, ein alter, kranker Mann, mit den tausendfältigen Anforderungen fertig geworden war. Oder war er gar nicht damit fertig geworden? Leere Kassen, das Verwirrspiel der Nachfolge, das beinahe zur Katastrophe geführt hätte, Verrücktheiten wie die Wiederbelebung des Alten Zirkus ...

Er kürzte die Saite, fädelte sie ein und verknotete sie sorgfältig. Ein wenig wunderte er sich, dass seine Hände nicht zitterten. Als er das erste Mal ein Todesurteil unterschrieben hatte, war er kaum in der Lage gewesen, die Feder zu halten. Anscheinend gewöhnte man sich an diese Dinge, sie gehörten zum Handwerk.

Sein Vater hatte gewusst, dass es ihm schwer fallen würde und vorgesorgt. Während Donovan die Saite straffte, wanderte sein Blick zu dem

Blätterstapel und er verzog den Mund, als habe er eine bittere Arznei geschluckt.

Nach seiner Inthronisierung hatte er sich eines Nachts an den Schreibtisch seines Vaters gesetzt und ihn, eingedenk der Worte des alten Mannes, nach Geheimfächern abgesucht. Er hatte mehrere gefunden, darunter diese Sammlung loser Blätter und ein altes Patriarchensiegel. Der hölzerne Griff war braun gewesen wie von getrocknetem Blut und als Donovan die Siegelschrift entzifferte, hatte er das Ding hastig zurückgelegt. *Darius Fitzpolis regit* – der Großonkel, dem sein Vater die Herrschaft entrissen hatte.

Die Schriftstücke dagegen stellten wohl ein Vermächtnis dar.

An meinen Sohn – Herrschaft zu erlangen und zu erhalten
Bedenke, in erblichen Fürstentümern, die an die Familie ihrer Herren gewöhnt sind, entstehen viel weniger Schwierigkeiten, sie zu erhalten als in neuen ...

So begannen die Aufzeichnungen in Malatestes spinnenfüßiger Schrift. Der alte Mann musste sie seinem Kammerherrn diktiert haben.

Donovan wickelte den Darm um den Stimmwirbel und drehte den Wirbel, um die Saite zu spannen. Nicht zu fest, sonst riss sie – man durfte es nicht übertreiben mit der Spannung, bei Saiten wie bei Menschen, auch das konnte er der Schrift entnehmen. Manchmal ekelten ihn die klugen, kaltblütigen Ratschläge an und er fragte sich, warum er so hartnäckig um diese Herrschaft gerungen hatte. Duquesne wäre ein Herrscher nach seines Vaters Geschmack gewesen.

Die Saite saß zu seiner Zufriedenheit und Donovan rieb goldenes, herb duftendes Öl in den bauchigen Leib der Laute.

Während er sich von den Strapazen der Mittwintertage erholte, hatte er viel Zeit zum Nachdenken gehabt. Schrecklich, wie sie gewesen waren, hatten sie ihn doch einiges über sich selbst gelehrt: er taugte nichts, wenn es darum ging, schnell und geschickt zu handeln, aber wenn er etwas wirklich wollte, konnte er sich darin verbeißen wie ein Rattenhund. Und er hatte erkannt, dass er diese Herrschaft wollte, um jeden Preis! Es würde ein schwerer Weg, der Widerstand gegen ihn war nicht verschwunden und bitter dachte er an die Geringschätzung, die ihm während der Ratssitzungen immer noch entgegenschlug. Die großen Kaufleute, allen voran Scudo Rossi, ließen sich deutlich anmerken, wie wenig sie von ihm hielten. Selbst der alte Sasskatch und sein Sohn hielten sich zurück. Sie warteten ab ...

Seitdem rang er mit ihnen, trotzte ihnen Zugeständnisse ab – wie den Erhalt der Stadtwache. Dabei vergaßen weder er noch die Ratsherren, dass er Mächte zu seiner Unterstützung rufen konnte, gegen die jeder Widerstand sinnlos war.

Donovan lächelte bitter. Er dachte nicht gern an diese Hilfe aus der Ruinenstadt, für die er wohl dankbar sein musste. Nur, wenn alle anderen Mittel versagten, würde er sich in Anspruch nehmen, das hatte er sich geschworen.

Graues Zwielicht hatte die warmen Rosenfarben des Gemachs ausgelöscht, aber er läutete nicht nach den Dienern. Um die Laute zu stimmen, brauchte er kein Licht. Bald klangen die geliebten Töne durch die Dämmerung.

Manches hatte er aus eigenem Antrieb entschieden, ohne die Anweisungen des Vaters. Auf sein Geheiß schlossen sie die tiefen Kerker unter der Schatzkammer, niemand sollte unter seiner Herrschaft dort verderben. Fortunagras Vermögen war nicht nur in die Staatskasse gewandert, obwohl sie es bitter nötig hatte. Mit einem Teil belohnte er jene, die zu ihm gestanden oder besonders gelitten hatten, auch die Bettler und die Bewohner des Wilden Viertels, was ihm einen wohlgemeinten, aber übelriechenden Besuch des Bettlerkönigs und der Vorsteher des Viertels einbrachte.

Er hatte Ralf de Berengar wieder als Kämmerer gewonnen, obwohl der Verrat und Tod seines Neffen den alten Mann beinahe gebrochen hatten. Doch Donovan hatte in seinem Bitten nicht locker gelassen und nach langem Zögern willigte Berengar ein, wenigstens für ein Jahr im Amt zu bleiben. Als erstes schockierte er seinen Herrn mit den Unsummen, die der Unterhalt seines Hofstaats verschlang. Cosmo Politanus hatte sich niemals um den Zustand seines Hausstands gekümmert und Isabeau war eine denkbar schlechte Hausfrau gewesen. Donovan wollte sich nicht so bald verheiraten, aber wenn er es tat, sollte seine Gemahlin ein geordnetes Hauswesen vorfinden.

Er bat Berengar eine adelige Dame zu finden, die Ordnung in seine Hofhaltung bringen und an seiner Seite Gäste empfangen konnte. Der Kämmerer hatte eine gute Wahl getroffen.

Donovan lächelte, während er einen wohlklingenden Akkord schlug. Sabeena Sasskatchevan erfüllte die schwierige Aufgabe mit Würde und Klugheit. Es hatte einiger Überredungskunst bedurft, aber nun ging sie im Patriarchenpalast, den sie früher selten betreten hatte, ein und aus. Vor allem hatte sie ihm geholfen, sich mit Anstand Isabeaus zu entledigen.

Seine Stiefmutter lebte nicht mehr in Dea. In der Mittwinternacht waren aufgebrachte Männer auf der Suche nach Schwarzen Wächtern und abtrünnigen Palastwachen auch in die Räume ihrer ehemaligen Fürstin eingedrungen und auf eine kostbar gekleidete, von Juwelen funkelnde Gestalt getroffen. Isabeau hatte an Duquesnes Erfolg geglaubt und sich sorgfältig herrichten lassen, um den neuen Patriarchen zu beeindrucken. Ihr Anblick überzeugte die wütenden Männer, dass auch sie zu den Verrätern gehörte. Sie hatten die arme Frau rau angefasst und als Palastwächter sie aus den Händen ihrer Peiniger retteten, war sie vor Entsetzen wie von Sinnen.

In dem Wirbel, der den Unruhen bis zu Donovans Inthronisierung gefolgt war, hatte niemand an die Witwe des alten Patriarchen gedacht und als Sabeena sie bei ihrem ersten Besuch im Palast aufsuchte, war sie in einem traurigen Zustand gewesen.

Sabeena hatte für Isabeau nie Zuneigung empfunden, aber angesichts der jammervollen Gestalt in dem ungemachten, schmutzigen Bett hatte sie einen Heiler bestellt und mit den nachlässigen Zofen war sie streng ins Gericht gegangen.

Donovan hatte seine Stiefmutter besucht, als sie wieder in der Lage war, Gäste zu empfangen, und das Gewissen hatte ihm geschlagen. Blass und abgemagert, in tiefe Trauer gekleidet, hatte sie in ihrem Stuhl gesessen, das blonde Haar unter einer schwarzen Haube verborgen. Sie hatte ihm nicht in die Augen sehen können, als er sich über ihre Hand gebeugt hatte.

„Wie geht es Euch, Madame?"

„Helft mir, lieber Herr!", hatte sie unter Schluchzen hervorgestoßen. „Ihr seht mich arm und mittellos, Euer Vater ist ohne Testament verschieden, nichts hat er zu meiner Versorgung bereitgestellt. Ich besitze nur meine Kleider und meinen Schmuck, und davon ist nicht alles bezahlt. Ohne Eure Hilfe bleibt mir nur der Tod."

Ihre Tränen hatten Donovans weiches Herz gerührt. Sie hatte ihm übel mitgespielt, sein Vertrauen missbraucht und sich über seine tiefsten Empfindungen lustig gemacht, aber in seiner einsamen Kindheit hatten ihn ihr schönes Gesicht und ihr heiteres Wesen über vieles hinweggetröstet.

Er wollte sie nicht in seiner Nähe haben, aber er stand auch in ihrer Schuld. Nachdem er sich mit Sabeena beraten hatte, beglich er ihre Rechnungen und stellte ihr eine Leibrente aus, unter der Bedingung, dass sie ihren Wohnsitz in das Sommerschloss am Ouse-See verlegte. Zwei Tage später war sie mit fünf hochaufgetürmten Wagen davongerollt.

„So war es nicht gedacht", hatte Berengar stirnrunzelnd gemeldet, „ihre Gemächer sind vollständig ausgeräumt. Wenn es möglich gewesen wäre, hätte sie wohl auch die Marmoreinfassungen mitgenommen."

Aber Donovan wollte nicht kleinlich sein und hatte sie ziehen lassen. Er lächelte dankbar, als er an Sabeena dachte. Sie war ihm eine Freundin geworden und als er den Anblick von Meister Valetes und sein ständiges Jammern nach Isabeau nicht mehr ertragen konnte, hatte sie Kaye in den Palast gebracht – Kaye, mit dem er sich über den Schnitt eines Wamses, den tadellosen Sitz der Beinlinge und das Für und Wider von gemusterten Stoffen unterhalten konnte, der ihm pikanten Klatsch berichtete, mit dem Sabeena sich nicht abgab – und vor zehn Tagen in aller Unschuld erzählt hatte, dass Ninian den Palast in der Ruinenstadt im Streit verlassen hatte und jetzt bei ihm wohnte.

„Die beiden Dickköpfe haben sich zerstritten", schwatzte er, während er an Donovans Beinen Maß nahm, „weil der gute Jermyn sich geweigert hat, Dea zu verlassen, um mit Ely ap Bedes Wagenzug nach Süden zu ziehen, und die liebe Ninian schwört, sie wird erst zurückkehren, wenn er nachgibt, aber ich fürchte – was haltet Ihr von schwarzen Beinlingen und schwarzsamtenen Pumphosen, die Schlitze mit gelber Seide unterlegt? – da wird sie lange warten. Was mir nur recht ist."

Schöne, die du mein Leben
in deinen Händen hältst.

Donovan presste die Hand auf die Saiten und erstickte die süße Melodie. Er hatte geglaubt, seine Liebe sei erloschen, gestorben in den Qualen der Mittwinternacht. Ihr Auftritt bei der Inthronisierung hatte ihn nur gedemütigt, sie war zu sehr Jermyns hochmütige Geliebte gewesen, die Patrona, von deren Gnaden er regierte.

Die erste, zufällige Begegnung im Stadtgraben belehrte ihn eines Besseren. Ihr unverhoffter Anblick hatte ihn im Innersten erschüttert und er dankte den Göttern, dass er Kayes Wagen zuerst entdeckt und so Zeit gehabt hatte, sich zu fassen. Es war ihm nicht leicht gefallen, unter ihrem kalten, hellen Blick ruhig mit Kaye zu reden. Als er schließlich nicht mehr umhin konnte, sie anzusprechen, hatte ihn der hart erworbene Gleichmut beinahe im Stich gelassen. Er hatte losgeplappert, das erste beste, was ihm in den Sinn gekommen war.

„Ich habe gehört, du willst auf den Spuren von Raol Compo wandeln? Glaubst du, du findest die Ruinen von Klia?"

Kaum waren die Worte heraus, hätte er sich die Zunge abbeißen mögen. Warum musste er die Reise erwähnen, den Grund für ihren Streit mit Jermyn? Aber ein guter Geist hatte es gefügt, dass er kein besseres Thema hätte wählen können. Sie blieb zurückhaltend, aber die Kälte wich aus ihrem Blick.

„Die Ruinen von Klia? Hat Raol Compo geglaubt, es gäbe sie wirklich?"

„Ja, er war sich sogar ziemlich sicher, wo man sie suchen musste. Hast du seine Aufzeichnungen nicht gelesen?"

Zum ersten Mal hatte sie gelächelt.

„Nicht ganz, muss ich gestehen. Ich hatte es immer vor, aber ... etwas kam jedes Mal dazwischen."

Das Lächeln verschwand, sie hatte die Stirn gerunzelt. *Etwas* – das war wohl Jermyn, der gewiss keinen Sinn für solche Lektüre hatte.

„Liebe Leute, ich will euch nicht stören", hatte Kaye dieses erste Gespräch unterbrochen, „aber die Wolken sehen nach Regen aus und ich fürchte um mein Barett. Pfauenblau – sehr hübsch, aber wahrscheinlich nicht wasserfest."

Beim nächsten Mal war sie zu Pferde und umgänglicher, wenn auch immer noch auf ihrer Hut. Aber er hatte klug von Musik gesprochen, von den Arbeiten im Ratssaal und den Streitereien der Handwerker. Das hatte sie zum Lachen gebracht. Als Kaye gestern bei ihm gewesen war, hatte er ihm eine Abschrift des Compo mitgegeben.

„Für Euren Gast ..."

Es war ein prächtiges, unverfängliches Thema und solange der Streit sie von der Ruinenstadt fernhielt, würde er ihr im Stadtgraben begegnen, wie zufällig. *Schöne, die du mein Leben ...*

Der Akkord endete in einem Misston. Entschlossen legte Donovan die Laute beiseite. Er würde keinen Narren mehr aus sich machen, er würde sich fest in der Gewalt haben, er würde ...

„Herr! Das Bad!"

Die vorwurfsvolle Stimme riss ihn aus seinen Gedanken.

„Ich komme schon, Bonventura, ich habe die Zeit vergessen."

„Ich verstehe wahrhaftig nicht, warum du mich nicht in den Palast begleiten willst, Ninian. Der Patriarch ist doch ein reizender Mensch, leutselig und liebenswürdig und manchmal ganz allerliebst unsicher, halt still, mein Herz, dabei hat er einen erlesenen Geschmack. Ein winziges Bisschen zu bunt vielleicht, aber das treiben wir ihm schon noch aus ... huch, mi pardonai, da war eine Nadel, aber das bist du selber schuld, du sollst nicht lachen. Jetzt will ich es schnell aufzeichnen, dann erlöse ich dich."

„Ja, aber hurtig, ich bin schon ganz steif!"

Mit geübten Strichen hielt Kaye den Entwurf fest, den er an Ninian drapiert hatte. Seit er Meister Valetes als Hofschneider abgelöst hatte, konnte er sich vor Aufträgen kaum noch retten und Ninian kam ihm als Kleiderpuppe gerade recht.

Er hatte bereitwillig zugestimmt, als sie um Aufnahme gebeten hatte, unter angemessenem Augenrollen und empörtem Zungenschnalzen, aber insgeheim hatte er Jermyn Recht gegeben. Warum wollte sie Dea, die Herrliche, verlassen und sich auf solch gefährliche Abenteuer begeben? Er würde ihr den Aufenthalt so angenehm wie möglich machen, damit sie von diesem törichten Vorhaben abließ, und im Übrigen auf Jermyns Sturheit vertrauen.

Er hatte ihr einen der prächtigen Räume im ersten Stockwerk seines neuen Hauses abtreten wollen, aber das hatte sie abgelehnt.

„Nein, da fühle ich mich eingeschlossen. Mir reicht eine Dienstbotenkammer, von der ich schnell auf dem Dach bin."

„Was willst du auf dem Dach? Du wirst abstürzen ..."

„Kaye, ich stürze nicht ab. Wenn ich dir lästig bin, kann ich auch zu Ely ap Bede ..."

„Nein, nein, schon gut, du sollst deine Dachstube haben."

Er freute sich zu sehr, um ihr etwas abzuschlagen.

„Wie kommst du darauf, dass du steif werden könntest?", meinte er jetzt, während er sie von den Stoffbahnen befreite. „Bei den gräulichen Verrenkungen, mit denen du dich quälst ..."

„Die sind auch nötig, wenn ich in Übung bleiben will." Sie sprang vom Schemel, dehnte und streckte sich und stemmte schließ-lich erst den einen, dann den anderen Fuß in Augenhöhe gegen den Türrahmen.

„Schlecht – sonst komme ich noch höher."

Sie griff nach dem Wams, das sie für die Anprobe abgelegt hatte. Kaye klatschte begeistert in die Hände.

„Also, ich finde das richtig toll, mir tut alles weh, wenn ich es nur sehe. Aber, mein Schatz, ich meine, du solltest dich wieder einmal wie die schöne Frau kleiden, die du bist. Wenigstens zum Frühlingsfest. Wenn ich daran denke, wie ich dich voriges Jahr zu den Freien Tänzen gestaltet habe ..."

Er küsste entzückt seine Fingerspitzen, aber Ninian verzog das Gesicht.

„Ich gehe nicht zu diesem Frühlingsfest. Jermyn kreuzt bestimmt dort auf, die d'Este sind auch verrückt nach diesem bescheuerten Himmelsspiel und ich wette, sie haben einige Asse eingeladen."

„Die ganze Bande", bestätigte Kaye, der durch seine Besuche bei Paola d'Este auf dem Laufenden über die Vorbereitungen für das große Gartenfest war. „Aber das braucht dich nicht zu stören, du meidest einfach die Spielfelder. Es wäre ewig schade, wenn du dir die Sause entgehen ließest! Der Park wird herrlich aussehen, ich habe auch ein paar Vorschläge gemacht. Sie haben Tausende von Seidenblumen anfertigen lassen und bunte Glasampeln, es gibt einen Liebesparcour und einen Sängerwettstreit. Der liebe Donovan hat mich ausdrücklich eingeladen! Und Biberot auch! Ist das nicht süß von ihm?"

Ninian hatte es sich auf seinem Arbeitstisch bequem gemacht und sah zu, wie er geschäftig Ordnung in seinem Reich machte.

Sie bereute es nicht, zu Kaye gegangen zu sein. Auch Ely hätte sie freundlich aufgenommen, aber sie wollte seine Gastfreundschaft nicht in Anspruch nehmen, solange die Angelegenheit der Reise nicht geklärt war.

Als sie wütend aus dem Palast gestürmt war, hatte sie sich geschworen, den Wagenzug allein zu begleiten, wenn es sein musste. Aber bisher hatte sie es hinausgeschoben, Ely Bescheid zu geben. Sagte sie ihm zu, war der Bruch mit Jermyn endgültig. Ihr Herz krampfte sich zusammen, wenn sie daran dachte, aber sie war entschlossen, nicht nachzugeben. In Elys Haus wäre sie dieses Zwiespalts ständig gewärtig, abgesehen davon, dass sie weder Dame Enis noch das balzende Liebespaar Violetta und Battiste lange ertragen könnte.

Bei Kaye war es besser, er lenkte sie mit seinem Geschwätz ab. Durch Lady Sasskatchevan, seine bedeutendste Gönnerin, hatte er Zugang zum Palast bekommen und wenn Ninian abends unruhig wurde, unterhielt er sie mit süßen Getränken, Leckereien und seinem unterhaltsamen Klatsch.

„Du bist der reinste Hofberichterstatter", spottete sie einmal, „weiß Sabeena, dass du all diese Palastgeheimnisse ausplauderst? Oder sind ihre Ohren zu tugendhaft, um solche pikanten Geschichten zu hören?"

„Mach dich nicht lustig über sie!" Kaye war beinahe böse geworden. „Man kann auf viele Arten heldenhaft handeln. Isabeau hat kein gutes Haar an ihr gelassen, ich habe oft gehört, wie die Damen ihres Zirkels über die ‚farblose Ziege' gespottet haben. Aber sie hat es Isabeau nicht entgelten lassen. Ohne meine Lady Sasskatchevan wäre sie wahrscheinlich in ihrem Bett verhungert."

Auch von der ehemaligen Fürstin hatte er einiges zu erzählen gewusst. „Sie hat's nicht schlecht getroffen, bedenkt man die Umstände – allein die Spiegel, die sie aus ihrer Suite zum Ouse-See geschleppt hat, waren ein Vermögen wert."

„Wir sollten ihr einen Besuch abstatten", hatte Ninian erwidert und war verstummt. Vielleicht würde sie nie wieder mit Jermyn bei jemandem einsteigen ...

Kaye hatte sie schließlich auch zu einer Ausfahrt im Stadtgraben überredet, wo sie prompt Donovan begegnet waren. Seit der Inthronisierung hatte Ninian ihn nicht mehr gesehen, sie legte keinen Wert darauf, mit ihm zu sprechen. Doch mit seinem unnachahmlichen Gespür für peinliche Momente hatte er sich von seinem Gefolge gelöst und war zu Kayes Wagen geritten.

Unwillkürlich hatte sie die anderen Reiter gemustert, die ebenfalls das milde Frühlingswetter genossen und sich dann geärgert. Was kümmerte es sie, ob Jermyn etwas von diesem zufälligen Treffen erfuhr und falsche Schlüsse zog? Er scherte sich auch nicht um *ihre* Gefühle.

Sie hatte ihr Unbehagen hinter eisiger Zurückhaltung versteckt, aber nach einer kurzen, höflichen Verbeugung hatte Donovan zunächst nur mit Kaye gesprochen. Als er von Messer Raol anfing, hatte sie sich soweit gefasst, dass sie unbefangen antworten konnte, und dabei entdeckt, dass er recht gut über die Auslegung der Legenden und Compos Berichte Bescheid wusste. Es war angenehm, mit ihm über Ulissos und die Ruinen von Klia zu reden, statt sich mit Vitalonga mühsam über Zettel zu verständigen ...

Danach hatte sie beschlossen, Kaye nicht mehr zu begleiten, aber als das Wetter sich besserte, hielt sie es im Haus nicht aus. Die Gefahr, Jermyn im Stadtgraben zu treffen, war gering, beruhigte sie sich. Er ritt nicht und verabscheute Leute, die es taten.

Sie hatte Luna aus Elys Stall geholt, sie wollte Donovan lieber hoch zu Pferde begegnen, als aus dem Wagen zu ihm aufzuschauen.

„Bist du fertig mit dem Compo?", fragte Kaye jetzt, als habe er ihre Gedanken gelesen. „Der Patriarch meinte, er wollte im Archiv nach Dokumenten und Karten suchen lassen. Und er würde dir gern Marmelin vom Borne vorstellen, den berühmten Barden – aber du willst ja nicht in den Palast kommen."

„Sei nicht beleidigt. Ich werde mir den Sängerwettstreit ansehen, an dem wird Marmelin sicher teilnehmen."

Nein, sie würde den Palast nicht betreten. Sie wollte das entspannte Verhältnis zu Donovan nicht durch zu große Nähe gefährden – dafür unterhielt sie sich zu gut mit ihm über Dinge, von denen Jermyn keine Ahnung hatte.

2. Kapitel

3. Tag des Weidemondes 1466 p.DC, abends

Marco Nobilior rieb sich die Hände. Er hatte sich selbst übertroffen, dieses Festes machte die katastrophale Zirkuseröffnung mehr als wett!

Einem Feldherrn gleich stand er auf der Empore und ließ seine Blicke über den prächtig geschmückten Garten schweifen. Die Nacht war beinahe vollständig hereingebrochen, nur im Westen hoben sich vor einem letzten grünblauen Streifen die schwarzen Lanzen der Zypressen ab. Dennoch entging Nobilior nichts von dem lebhaften Treiben, man hatte nicht an Laternen auf den Wegen und bunten Ampeln im Geäst gespart.

Er sah auf den galanten Parcours, der sich vor ihm erstreckte. Nur zu zweit durfte man ihn betreten, um die mannigfaltigen Aufgaben zu bewältigen. Kichernde, junge Paare mühten sich ebenso wie gestandene Eheleute unter dem reizenden Joch und als Lohn winkte ein Liebeskranz für die Damen und ein Herz aus Zuckerwerk für die Herren.

Die Schlange der Wartenden ringelte sich bis unter Nobiliors luftigen Ausguck, eine zärtliche Weise von Schalmeien und Harfen umschmeichelte das heitere Treiben.

Lautes Gelächter und Kreischen riefen Nobilior an das andere Ende der Empore. Hier beugten sich die Zuschauer weit über das Geländer und riefen den Mutigen, die sich in das Labyrinth darunter gewagt hatten, hilfreiche Hinweise und schadenfrohe Spottworte zu. Die ausgewachsenen Hecken waren frisch gestutzt und einige spitze Schreie ließen Nobilior schmunzeln. Auf seinen Rat hin hatten die Gärtner in düsteren Winkeln recht gräuliche Figuren aus dem dichten Gezweig geschnitten. Flackernde Windlichter verstärkten noch den schauerlichen Eindruck. Das mochte manchem Galan sein Liebchen in die Arme treiben!

Zwei hölzerne Brücken überspannten das Labyrinth, von denen die Schaulustigen sich an der Verwirrung der Verirrten ergötzen konnten. Aber es standen genügend Bedienstete bereit, um einen Verzweifelten aus seiner hoffnungslosen Lage zu befreien.

Zufrieden zog Nobilior die ärmellose Schaube aus grauem Samt enger um sich. Er war stolz auf das kostbare, mit rosenfarbener Seide und grauem Fell gefütterte Gewand, ein Geschenk der Familie d'Este, und hatte nicht darauf verzichten wollen, obwohl ihm an dem lauen Frühlingsabend ab und zu ein Schweißtropfen von der Stirn rollte.

„Gute Arbeit, Meister."

Eine schwere Hand fiel ihm auf die Schulter und als er herumfuhr, nickte ihm Talbot de Cornelis leutselig zu. Das schwergewichtige Oberhaupt der Cornelis-Sippe schnaufte vom Aufstieg auf die Empore, aber das störte seine gute Laune nicht. Sein Sohn Horatio war als Mittwinter-Verschwörer in Ungnade gefallen und schmachtete auf einem Landgut der Familie zwischen Kohl und Rüben in der Verbannung. Aber Talbot hatte viele Söhne, der unselige Horatio war schon vergessen.

„Ich sag's ja immer, es geht nichts über gute Planung und das muss man Euch lassen, Nobilior, planen könnt Ihr gut! Wenn's auch manchmal an der Durchführung hapert!"

De Cornelis lachte über seinen eigenen Witz und sein Gefolge fiel pflichtschuldig ein.

Nobilior verneigte sich würdevoll, um seinen Ärger zu verbergen. Er erinnerte sich nicht gern an das monumentale Scheitern der Zirkuseröffnung und es verdross ihn, wenn sich seine Standesgenossen gar so überheblich gegen ihn betrugen. Schließlich war er wieder einer der Ihren. Der alte Cosmo selig hatte noch am Morgen des verhängnisvollen Tages die Urkunde unterzeichnet, nach der er sich wieder der Ehrenwerte Marco *de* Nobilior nennen durfte. Aber von einem Titel wird man nicht satt, das hatte er schnell gemerkt. Auf einen Teil seines Lohnes wartete er immer noch.

„Eine Hälfte habt Ihr bekommen", hatte Ralf de Berengar trocken erklärt, „die zweite Hälfte steht Euch nicht zu, immerhin habt Ihr Eure Hälfte der Verpflichtung, nämlich die Spiele durchzuführen, nicht erfüllt."

Dass dies nicht die Schuld des Spielemeisters gewesen war, hatte den Kämmerer nicht gerührt.

Damit hatten Nobiliors hochfliegende Pläne, seinem alten Namen neuen Glanz zu verleihen, einen herben Dämpfer bekommen. Als er mit Meister Violetes die Reste des Stadtpalastes besichtigte, in dem seit Jahrzehnten ein Dutzend Mieter hausten, war ihm klar geworden, dass es des Reichtums der Sasskatchevan bedurft hätte, um dem Bauwerk neues Leben einzuhauchen. Und leider waren mit Siegel und Titel nicht die Pfründe von einst zurückkehrt.

Seine Standesgenossen, mit denen er als Meister der Feste durchaus auf vertraulichem Fuße gestanden hatte, wussten nicht, wie sie sich gegen ihn betragen sollten, jetzt, da er wieder zu ihnen gehörte. Da das adelige Volk solche Ungewissheiten nicht liebte, hatten sie ihn also gemieden und Nobilior war in der wirren Zeit nach dem Tod des Patriarchen sehr einsam gewesen. Bestürzt hatte er festgestellt, dass er keinen Drang verspürte, sein bequemes Leben in dem gemieteten Quartier aufzugeben und sich den Feinheiten der vornehmen Etikette zu unterwerfen. Was hätte er etwa mit seiner langjährigen Geliebten machen sollen, einer Akrobatin von wunderbarer Biegsamkeit, die er herzlich liebte und deren Verbindungen zu Schaustellern und Gauklern von unschätzbarem Vorteil waren?

Kurz entschlossen hatte Marco Nobilior auf Glanz und Ruhm verzichtet. Er war zu seiner alten Profession zurückgekehrt und erleichtert hatte der edle Kreis seiner Kunden ihn wieder als Meister der Spiele aufgenommen.

Doch die Feiern zum Jahreswechsel waren im blutigen Tanz des Battaverüberfalls untergegangen und in den Wilden Nächten war niemandem zum Feiern zu Mute gewesen. Die dunklen Mächte hatten sich in den Mittwintertagen ausgetobt und viele adelige Familien waren noch überschattet von den Entbehrungen, die ihre Ältesten in jenen Tagen erlitten hatten, sie dachten nicht an Feste. Nobilior hatte den Gürtel enger schnallen müssen.

De Cornelis und seine Sippe ließen sich am Geländer der Empore nieder und ihr lautes Geschwätz verdarb Nobilior die Freude an dem schönen Ausblick. Er entschuldigte sich höflich, raffte seinen Mantel um sich und stieg die frisch gesäuberten weißen Stufen hinunter.

Der Duft weißer Blütendolden umfing ihn süß und betäubend. Zwei junge Leute schlüpften lachend, Hand in Hand aus dem grünen Tor des Liebesparcours. Der Jüngling hielt das Zuckerherz umklammert, während das Mädchen den Kranz auf seinem Haar zurechtrückte.

Nobilior lächelte wohlwollend. Daphne da Vesta und Vincenzo d'Este – wenigstens die jüngste Vesta würde nicht als alte Jungfer enden, die d'Este konnten einen ihrer zahlreichen Jungmänner entbehren, der den altehrwürdigen Namen der Vesta weiterführte.

Über den heiteren Lärm und das Gezirpe des Liebesorchesters drangen die majestätischen Klänge der Wasserorgel und Nobiliors Lächeln vertiefte sich.

Dieses Jahr hatten sie wahrhaft Grund zum Feiern, die d'Este: Der alte Piero war dem Tod um Haaresbreite entgangen. Nobilior hatte ihm zugejubelt, als er aufrecht aus dem Ratssaal getrippelt war, aber später zeigte sich, dass die Entbehrungen der drei Tage beinahe zuviel für ihn gewesen waren.

Ein böses Fieber hatte ihn auf sein Lager geworfen und viele Wochen hatte die große Familie um sein Leben gebangt. Heiler und Kräuterweise hatten sich um ihn bemüht und ob es ihr Können war oder Pieros zäher Natur zu verdanken war – wie durch ein Wunder hatte er sich erholt und seine dankbare Sippe wollte ihre Freude mit der ganzen Stadt teilen.

„Dieses Fest soll alle in den Schatten stellen, die wir jemals veranstaltet haben, Meister. Vor allem aber geht es darum, meinen Vater zu erfreuen, ihm noch einmal zu zeigen, wie sehr wir ihn lieben."

Francesco d'Este hatte feuchte Augen bekommen und Nobilior hatte weise genickt. Ein Teil der Freude war gewiss die Erleichterung, dass es dem behäbigen Mann noch einmal erspart geblieben war, den Vorsitz über die quirlige, weitverzweigte Familie zu übernehmen, die stets in Geldnöten war.

„Und die Kosten?", hatte Nobilior vorsichtig eingeworfen.

„Macht Euch deshalb keine Sorgen", hatte Francesco großartig abgewunken, „es wird wie immer genügend Geld da sein. Und dies Mal müssen wir es nicht zurückzahlen …"

Nobilior hatte verstanden. Auch die d'Este hatten einen ordentlichen Batzen von dem gewaltigen Vermögen des Verräters Fortunagra bekommen. Obwohl es angesichts des Zustandes ihres riesigen, alten Stadtpalastes wohl bessere Verwendung für das Geld gegeben hätte.

Ihm sollte es recht sein, er hatte es klug eingesetzt und dafür gesorgt, dass bei diesem Fest alle auf ihre Kosten kamen.

Nobilior wanderte über die geharkten Kieswege und lauschte auf das liebliche Zusammenspiel des rieselnden Wassers und der tiefen Orgeltöne. Als junger Mann hatte Piero die Wasserorgel bauen lassen, um seine Gattin zu erfreuen, aber schon bald hatte ein Brand das empfindliche Räderwerk verstummen lassen. Im Viertel der Südländer hatte Nobilior einen Handwerker aufgetrieben, der sich auf solch feine Mechanismen verstand und neben der Orgel auch die Hundert Wasserscherze in der Südlichen Allee in Stand gesetzt hatte. Nicht jedem gefielen die Güsse, die die Lustwandelnden dort in mannigfaltigen Formen überraschten, aber die meisten bewunderten die Wasserspiele, die sich im Licht der Fackeln in glitzernde Schleier verwandelten.

Piero d'Este hatte sich gefreut wie ein Kind. Bevor das Gartenfest eröffnet worden war, hatten sie ihn herumgeführt und der alte Mann hatte Tränen der Rührung in den Augen gehabt.

Nun saß er unter dem Baldachin, der ihn vor der sanften Frühlingsbrise schützte, in Sichtweite der Wasserorgel und hielt Hof. Seine Sammlerfreunde hatten sich bei ihm niedergelassen und als Nobilior ihm seine Aufwartung gemacht hatte, waren sie in ein angeregtes Gespräch über die Feinheiten der spätkaiserlichen Gartenkunst vertieft gewesen.

Nobilior wanderte dem südlichen Ende des inneren Gartens zu. Ein Seidenband trennte ihn dort von dem äußeren Park, der wie immer für das Volk geöffnet war. Die muntere Melodie eines Gassenhauers wand sich neckend um Geschrei und Gelächter, punktiert von den lauten Kommandos der Jongleure und Akrobaten. Es war noch zu früh für das Grölen der Betrunkenen. Der Patriarch hatte die Stadtwächter angewiesen, für Ordnung zu sorgen, sollten die guten Leute über die Stränge schlagen, was Nobilior sehr beruhigte. Duquesne hatte seine Männer nie dazu hergegeben – luden die Herrschaften den Pöbel leichtsinnig ein, so sollten sie auch gefälligst dafür sorgen, dass er sich benahm!

Der Meister der Spiele rümpfte die Nase. Der Geruch von Schmalzgebackenem, den ein leichter Wind herüberwehte, legte sich ernüchternd über die Blütendüfte und störte die Eleganz des Festes. Aber er machte Appetit.

Nobilior kehrte um und ließ sich in einem Pavillon einen Teller mit gesulztem Wildgeflügel und geschmorten Distelherzen reichen. Seinen Wein trank er verdünnt, als Maître de Plaisir musste er seine Sinne bis zum Ende des Festes zusammenhalten.

Nach der Stärkung schloss er sich den Scharen an, die dem kleinen Theater zustrebten, wo der Höhepunkt des Festes stattfinden würde. Um ihn her raschelte Seide, klingelten Juwelen, man kicherte und flüsterte. Vor allem die Damen warteten auf diesen Moment.

Als sie in den breiten, von weiß schimmernden Statuen gesäumten Hauptweg einbogen, an dessen südlichem Ende das grüne Amphitheater lag, wäre er beinahe mit einem Pulk junger Männer zusammengestoßen, die schwatzend und gestikulierend aus einem Seitenweg kamen. Sie wichen ihm aus, ohne ihn zu beachten. Missmutig blickte Nobilior ihnen nach. Er war kein Freund des Himmelsspiels, dennoch hatte er einen Teil des Parks für Spielfelder freigeben müssen. Francesco hatte Meister Gambeau eingeladen, der seit einigen Wochen einen ernsthaften Herausforderer hatte, einen Jungen vom Land, ungebildet und derb, aber ein brillanter Werfer und Springer, der die ganze Spielergemeinde durcheinanderwirbelte.

„Sie werden die Herren den ganzen Abend an den Spielfeldern festhalten", hatte er Paola d'Este sein Leid geklagt, aber sie hatte in beruhigt.
„Sorgt Euch nicht, Meister, wir achten darauf, dass dem nicht so sein wird."
Vielleicht waren die Partien zu Ende, immer mehr Männer strebten dem Theater zu.
Nobilior hatte den Eingang noch nicht erreicht, als ihm schon die berühmte Stimme ans Ohr schlug.

Ihr Wellen, die ihr durch die Lande gleitet,
Dahingetrieben von dem Windeswehen,
Ergreift mein Herzeleid und lasst es gehen
Zu ihr, die mir's, wo sie auch sei, bereitet.

Sagt ihr, dass ihr euch immer mehr verbreitet,
Sagt ihr, mein Leben wäre am Vergehen,
Sagt ihr, dass allzeit Schmerzen mich bestehen,
Sagt ihr, dass Hoffnung mich nicht mehr geleitet.

Er lächelte. Die Götter mussten es gut mit ihm meinen, dass sie Marmelin vom Borne zurück nach Dea geschickt hatten. Vor zehn Jahren hatte er zu den eifrigsten Bewunderern der schönen Isabeau gehört, dann war er einem anderen Stern zurück in seine nördliche Heimat gefolgt. Nun schien der Stern verschwunden und der Barde suchte sein Glück wieder hier, wo ihm Huldigung und guter Verdienst sicher waren.
Nobilior trat zwischen den mannshohen, aus den lebenden Bäumen geschnittenen Statuen des Lyros und seiner Töchter in das grüne Amphitheater. Ein hübscher Knabe reichte ihm einen Korb, Nobilior nahm einen immergrünen Zweig heraus und sah sich um.
Die flache Mulde füllte sich, unter den weiten, schimmernden Röcken der Damen verschwanden die Sitzreihen aus Buchsbaum. Geschmeide glitzerte und der süße Atem der Blütenkaskaden mischte sich mit dem Geruch der Duftwässer und dem harzigen Rauch der Fackeln.

Sagt ihr, wie ihr verloren mich gefunden,
Sagt ihr, was mir gewinnend mich verloren,
Sagt ihr, ich würde nimmermehr gesunden.

Sagt ihr, wie mich die Wunden so durchbohren,
Sagt ihr, wie ich mich außer mir befunden,
Sagt ihr, wie ich ihr allzeit zugeschworen...

Im Allgemeinen dachte man sich nichts dabei, die Unterhaltung während des Vortrags fortzusetzen, aber bei Marmelins Ballade war es still geworden und als er endete, brach sich der Beifall an den dunklen Hecken, die das Halbrund einrahmten.

Der Barde verneigte sich vollendet. Er überragte die meisten Männer in Dea und war dabei massig und schwer, ein wahrer Sohn der nördlichen Inseln. Der zierliche Kratzfuß hätte lächerlich wirken können, aber Marmelin vom Borne trug seine Statur mit solcher Würde, dass es niemandem in den Sinn gekommen wäre, über ihn zu lachen.

Er schüttelte die blonde Mähne zurück, die nicht, wie bei den Nordmännern üblich, in zwei feste Zöpfe geflochten war, sondern schön gekräuselt und parfümiert auf seinen Schultern lag. Seine kostbare Harfe wie ein Kind in den Armen haltend, trat er beiseite. Ein anderer nahm seinen Platz in der Arena ein, zupfte probeweise an den Saiten seiner Leier und hub an zu singen.

Das Jahr gab seinen Mantel her
Aus Wind und Eis gewebt und Regen,
Ein Spitzenkleid sich umzulegen
Von Sonne glänzend, schön und hehr

Nobilior sah, wie Marmelin sich zu dem Herrn Donovan hinunterbeugte, der, die Laute auf den Knien, in seinem Sessel saß. Sie verstanden sich gut, diese beiden. Er war dabei gewesen, als der Barde dem Patriarchen seine Aufwartung gemacht hatte, und er bewunderte Marmelin für diesen Auftritt.

Mit ausgebreiteten Armen war er vor Donovan auf die Knie gesunken.

„Hochedler Herr, ohne Aufenthalt bin ich hergeeilt, um mich Euch zu Füßen zu werfen. Der Ruf von Eurem Ruhm und Eurer Größe hat mich hergelockt! Ihr seht mich trost- und heimatlos, gebt mir Asyl, wo ich mein Herzeleid und meinen Verlust beklagen kann."

Dem jungen Herrn war nicht wohl in seiner Haut gewesen. Immer noch fehlte ihm die Leichtigkeit, mit der sein Vater für jeden den richtigen Ton gefunden hatte.

„Herr Marmelin, Ihr wisst, dass wir uns glücklich schätzen, Euch bei uns zu sehen", hatte er endlich ein wenig lahm erwidert. „Bleibt solange es Euch gefällt. Wollt Ihr, äh ... eine kleine Erfrischung?"

Der vom Borne hatte dem Wein ungeniert zugesprochen, während er von seinen Erlebnissen berichtete.

„Fünf Jahre hab ich meiner Herrin gedient, edler Fürst. Ein größeres Wunder als sie gibt es nicht auf dieser Welt. Sie gleicht dem Mondlicht auf dem grünen Eis", er brach ab, summte ein paar Töne und fuhr seufzend fort, „ich sah sie heranwachsen, das herrlichste Kleinod in Kanut Lawards Reich, und ich habe geschworen, ihr zu dienen bis an mein Lebensende, aber, ach", mit tragischem Augenaufschlag, „die Götter haben es anders gefügt, sie ist verloren und verdorben und ich muss mit dem Schmerz leben. Ach, wäre ich nur auf jenem unseligen Schiff gewesen – bis zum letzten Blutstropfen hätte ich für sie gekämpft und müsste mich nun nicht quälen", aufstöhnend hatte er die Stirn in den Händen geborgen, sich dann wieder aufgerichtet und ergeben die Arme ausgebreitet.

Nobilior hatte vor Bewunderung gebebt. Der Mann war ein wirklicher Künstler, sogar eine Träne hatte er hervorgebracht. Auf einen solchen Gefühlsausbruch hatte der Patriarch nichts zu erwidern gewusst und zufrieden mit dem Eindruck, den er gemacht hatte, hatte Marmelin trocken hinzugefügt:

„Aber nicht an Kanut Lawards Hof. Seit zehn Jahren führt der Mann Krieg gegen seinen Sohn, in seinen Hallen finde ich keine Nahrung, weder für den Körper noch für meine Seele. Habt Ihr noch Wein?"

Donovan hatte ihm nicht widerstehen können, er hatte Marmelin seinen Schutz angeboten und der Barde hatte gnädig angenommen.

Kein Vogel und kein Tierlein mehr
Ist, das nicht singt und will sich regen.
Das Jahr gab seinen Mantel her
Aus Wind und Eis geweht und Regen.

Quell, Bäche, Flüsse ringsumher
Sind hübsch gewandet allerwegen,
Von Silbertau und Goldschmuck schwer;
Um neu ein Kleid sich umzulegen,
Das Jahr gab seinen Mantel her.

Der Sänger, Karel vom goldenen Feld, verneigte sich und man klatschte dem hübschen Frühlingslied höflichen Beifall, der sofort abbrach, als sich Donovan erhob. Erwartungsvolles Raunen erfüllte das grüne Theater. Dafür waren sie gekommen, die vornehmen Familien, die Musikliebhaber, vor allem aber die adeligen Damen, Mütter und Töchter, die sich Großes von diesem Ereignis erhofften.

„Ein Sängerwettstreit!" In seiner Begeisterung hatte Nobilior damals vergessen, dass er an der Tafel des Patriarchen saß. „Ein Wettstreit, an dem der Fürst von Dea und der Fürst der Barden teilnehmen – das wird sie in Scharen anlocken!"

„A… aber das Trauerjahr", hatte Donovan gestammelt. Erleichtert, dass dem jungen Herrn nur diese Formalität Sorgen bereitete und nicht die Angst vor einem öffentlichen Auftritt, hatte Nobilior es unternommen, diese Sorgen zu zerstreuen. Marmelin, der Donovans Meisterschaft kannte, hatte ihn eifrig unterstützt. Viel Feind, viel Ehr, mochte der Barde gedacht haben. Nobilior schmunzelte, er setzte sich zurecht, um seinem Patriarchen zu lauschen.

Liebevoll hob Donovan die Laute aus ihrem Kasten und stimmte sie. Dann trat er in die Arena. Beifälliges Raunen erhob sich. Der junge Mann hatte sich seinen Mitstreitern und der heiteren Stimmung des Festes angepasst. Das kurze, bunte Wams stand über der nackten Brust offen, sein blondes, sorgfältig gestutztes und gekräuseltes Haar glänzte unbedeckt im Fackelschein.

Er schien befangen und hatte Mühe, das Lautenband über den Kopf zu stülpen, es verhedderte sich mit dem Kragen. Nobilior verspürte eine leise Beklommenheit. Wenn der junge Mann sich vor all seinen Edlen zum Narren machte …

Aber kaum hatte er die ersten Akkorde angeschlagen, legte sich diese Besorgnis und als Donovan zu singen begann, entspannte sich der Meister der Spiele und lehnte sich gegen die Hecke, um dem Vortrag zu lauschen.

Der Falter, den es nach dem Lichte zieht
Weiß von der Flamme nichts, die ihn verzehrt;
Der Hirsch, der dürstend hin zur Quelle kehrt,
Weiß nichts vom Pfeil, durch den ihm Leids geschieht;

Die Qualen der Liebe – wie es gerade Mode war. Jeder klagte und jammerte um eine verlorene oder abwesende Liebste und Nobilior hoffte, dass sich die Stimmung noch ein wenig hob, diese Klagen passten nicht zum heimlichen Zweck dieses Wettstreits.

Aber singen konnte er, der junge Herr. Er hatte gute Lehrer gehabt und seine Stimme besaß Wärme und Empfindsamkeit. Nur mangelte seinem Vortrag die Sicherheit der Berufssänger.

Es würde einen knappen Ausgang des Wettgesanges geben, aber Nobilior fürchtete nicht um das richtige Ergebnis. Die adeligen Damen, die ihn überredet hatten, den Sieger auf diese Weise zu ehren, würden dafür sorgen. Zudem hatte der Meister der Spiele jedem Sänger ins Ohr geflüstert, dass er sich zurücknehmen sollte, wenn es nötig war. Nur bei Marmelin hatte er es nicht gewagt, der Mann stellte seine Kunst über alles andere und wer ihn verärgerte, fand sich am Ende durch ein Spottlied der Lächerlichkeit preisgegeben.

Der Patriarch hatte seinen Vortrag beendet und kehrte unter dem Beifall der Menge zu seinem Stuhl zurück. Den nächsten beiden Liedern schenkte Nobilior keine Beachtung, neugierig sah er sich unter den Zuschauern um.

Alle, die Rang und Namen hatten, waren erschienen, doch überwogen die Damen – und jene Herren, die eingekeilt zwischen den weiten Röcken saßen, blickten nicht alle glücklich drein. Der Hauptmann der Palastwache etwa, der neben Violetta ap Bede und ihrer Mutter saß. Die Damen lauschten den Sängern, Battiste aber neigte sich dem hochgewachsenen, dünnen Mann an seiner linken Seite zu, der ohne Unterlass auf ihn einredete. Der Hauptmann sah aus, als wäre er gern an jedem anderen Ort der Stadt. Ely ap Bede war nicht unter den Zuhörern. Nobilior hatte mitbekommen, dass sich die Verhandlungen um die Mitgift in die Länge zogen.

Perlendes Lachen, ein klein wenig zu laut, lenkte seine Aufmerksamkeit auf die andere Seite der grünen Mulde: Thalia Sasskatchewan, wie immer die anderen Damen mit dem Glanz ihres Auftritts überstrahlend. Da war eine, die sich Hoffnungen machte …

Ein paar Neuankömmlinge drängten sich durch die Reihen, Himmelsspieler, ihre lautes Fachsimpeln störte den Vortrag. Einer von ihnen war Artos, der sich schnaufend zwischen seine Schwester und seine Gattin zwängte. Sabeena nickte ihm kühl zu und legte den Finger auf den Mund. Sehr elegant wirkte sie in ihrer zartrosa Robe mit der kostbaren Silberspitze, eindrucksvoller als Thalia in all ihrer Pracht.

Ein neuer Sänger betrat die Arena. Nobilior erkannte ihn – Cecco Aretino, Marmelins Famulus, ein Schelm mit scharfer Zunge. Nach den schwermütigen Liebesweisen mochte ein munteres Lied die Zuhörer ein wenig aufrütteln. Cecco blies eine schrille, kleine Melodie auf seiner Flöte und begann.

Wär ich der Wind, ich riss die Welt in Fetzen.
Wär ich das Feuer, zerfräß ich sie zu Funken.
Wär ich das Meer, sie läge längst versunken.
Wär ich ein Gott: Spaß, gäb das ein Entsetzen!

Lachender Protest erhob sich, aber Cecco übertönte ihn mit schrillem Gepfeife.

Wär ich ein Priester, wie würd es mich ergetzen,
zu ärgern meine Gläub'gen, die Halunken!
Wäre ich Fürst, ich ließe wonnetrunken
Mein Volk mit Hunden an den Galgen hetzen!

In das Lachen mischten sich empörte Rufe und Ceccos Gesang wurde schneller. Es war schon vorgekommen, dass man ihn mit Pfiffen, Buhrufen und Geschossen vom Platz getrieben hatte, und Nobilior fragte sich, ob es klug gewesen war, ihn zu dem Sängerstreit zuzulassen.

Wär ich der Tod, besucht ich auf der Stelle
Die lieben Eltern wieder mal; als Leben
Beträt ich nun und nimmer ihre Schwelle!

„Lümmel!" – „Frechling!" – „Schandmaul!"
Ein halb gegessener Apfel flog knapp an seinem Kopf vorbei. Cecco duckte sich, sang aber unverdrossen weiter. Ein Blumenbukett traf ihn unsanft am Rücken, begleitet von dem empörten Zetern der Dame, der es entrissen worden war, doch bevor der unfreundliche Regen heftiger wurde, hob der Patriarch warnend die Hand. Die Botschaft war unmissverständlich, der Sänger hatte in dieser Runde das Recht, sein Lied zu singen, auch wenn es den Zuhörern nicht gefiel. Der ärgerliche Lärm verebbte.

Wär ich der Cecco – hm, der bin ich eben;
Drum wünsch ich mir die schönsten Jungfern schnelle
Und will die hässlichen gern andern geben!

Er steckte die Flöte in den Mund, saugte auf unflätige und unmissverständliche Weise daran und beendete seinen Vortrag mit einem schrägen Triller. Nach einer schwungvollen Verbeugung vor Donovan, streckte er seinen ungnädigen Zuhörern die Zunge heraus und setzte sich seelenruhig neben seine Sangesbrüder.

„Bravo, gut gesungen!"

Im Ganzen erntete Cecco mehr Schelte als Lob und nicht nur Nobilior sah sich neugierig nach dem begeisterten Rufer um. Als er ihn entdeckte, verzog er das Gesicht.

Sie gehörten nicht in den inneren Garten, die drei, die dort saßen: Ein Schneider, sein verschnittener Leibwächter und eine Abenteurerin von zweifelhaftem Ruf. Was Wunder, dass ihnen Ceccos unverschämtes Liedchen gefiel? Aber wer wollte es ihnen verwehren? Der Schneider genoss die Gunst des Patriarchen, er machte keinen Schritt ohne den stutzerhaft gekleideten Hünen, und das Fräulein aus der Ruinenstadt – niemand wagte es, ihr etwas abzuschlagen. Ihre weiße Bluse unter dem engen Mieder, die eine Schulter unbedeckt ließ, passte eher in eine Schenke der Dunklen Viertel als auf dieses Gartenfest. Sie hatte die Füße auf die Sitzreihe vor ihr gestellt, der graue Rock fiel auseinander und entblößte die Beine in den schwarzen Beinlingen, sehr undamenhaft. Jetzt schüttelte sie lachend den Kopf, bläuliche Funken knisterten in dem dunklen, offenen Haar.

Nobilior wandte sich ab. Sie schien nicht sehr bedrückt. Er gehörte nicht zu denen, die Wetten darauf abgeschlossen hatten, ob sie in die Ruinenstadt zurückkehrte oder nicht. Wenn ihr rothaariger Galan davon erfuhr, würde er den Tollkühnen ihre Einsätze wohl mit Zins und Zinseszinsen heimzahlen und es war nicht leicht, etwas vor ihm verborgen zu halten. Aber wie es aussah, würden wohl die, die auf ihre Rückkehr gesetzt hatten, ihr Geld verlieren. Sie machte keine Anstalten, ihr Domizil bei dem Schneider aufzugeben.

So war auch dieses schier allmächtige Pärchen den Wechselfällen des Glücks ausgesetzt ...

Nobilior unterdrückte die hämischen Gedanken hastig. Es würde Meister Jermyn wohl kaum auf dieses Sängerfest verschlagen, aber er wusste um den dünnen Faden, durch den auch er mit dem Gedankenlenker verbunden war.

Früher am Abend war Nobilior ihm begegnet, in Begleitung des Bullen und eines untersetzten Burschen mit mürrischem Gesicht auf dem Weg zu den Spielfeldern.

Jermyn hatte ihn erkannt.

„Oi, Meister, habt Ihr wieder eine kleine Katastrophe eingeplant? Rechnet nicht auf mich, es tät mir leid, ein Himmelsspiel zu verpassen, nur weil ich den Retter in der Not spielen muss."

Der Bulle hatte ihm etwas zugeflüstert und ein boshaftes Grinsen war über das schmale, harte Gesicht gegangen. „Aber wie ich höre, gibt es nichts Schlimmeres als einen Sängerwettstreit mit unserem werten Patriarchen."

Oh, sie hatten gelacht, die Banausen. Nobilior mochte Jermyn nicht. Der Junge hatte ihm im Zirkus das Leben gerettet, aber gegen alle Vernunft grollte Nobilior ihm, weil er die prunkvolle Zeremonie unterbrochen hatte.

„Schlucken, verehrter Meister, immer schön schlucken, den Ärger …"

Nobilior hatte sich zu einem sauren Lächeln gezwungen. Es blieb ihnen wenig verborgen, diesen schwarzen Augen …

Solang vergeblich, deinem Haar zu gleichen,
Das lautre Gold sich müht im Sonnenstrahle,
Solang die schöne Lilie nicht im Tale
Darf deiner weißen Stirn das Wasser reichen …

Vor Marmelins warmer Stimme zerstob die demütigende Erinnerung. Lind und süß erklang die Melodie, in der er den Liebreiz seiner Dame besang, ihre Sanftheit und lichte Schönheit. Über den Glanz eines Sommertages erhob er sie und schwor, ihr ein Denkmal zu setzen, das für immer im Gedächtnis der Menschen bestehen würde.

Es war ein kunstvolles Stück, elegant vorgetragen und die Zuhörer jubelten dem Barden zu und schwenkten die Zweige. Marmelin dankte leutselig und siegesgewiss in die Runde, aber noch flogen die Zweige nicht in den weißen Sand zu seinen Füßen. Erwartungsvoll blickte das vornehme Volk zu Donovan. Er erhob sich und nach einem Augenblick des Besinnens, begann er zu singen.

In ihrer Schönheit wandelt sie
Wie wolkenlose Sternennacht;
Vermählt auf ihrem Antlitz sieh
Des Dunkels Reiz, des Lichtes Pracht:
Der Dämmrung zarte Harmonie,
Die hinstirbt, wenn der Tag erwacht.

So wie Marmelin die goldene Sonne bemüht hatte, um seine Dame zu preisen, so beschwor der Patriarch Nacht und Sternenlicht. Nobilior beugte sich vor.

Eine Dunkelhaarige also.

Sollte doch der große Reichtum der Sasskatchevans den Ausschlag geben? Rasch ging der Meister der Spiele im Geiste die dunkelhaarigen Fräulein durch, aber es gab keine unter ihnen, die der junge Fürst durch besondere Aufmerksamkeit ausgezeichnet hätte. Heute Abend wollten sie es erzwingen, die hohen Damen.

Donovan schien ergriffen von seinem Gesang. Er schloss die Augen und die Laute schluchzte unter seinen Fingern. Als der Beifall aufbrauste, blickte er wie erwachend auf. Die vornehme Gesellschaft war sichtlich entzückt von ihrem Fürsten. Nobilior entging nicht, dass Marmelin vom Borne die hohe Stirn runzelte. Er war es nicht gewohnt, dass ihm ein Laie den Rang ablief.

Mit einer gebieterischen Bewegung nahm er die Harfe von der Schulter und nahm den Platz ein, den sein Rivale freimachte. Karel vom Goldenen Feld, der dem Patriarchen hätte folgen sollen, trat demütig in die Reihe zurück. Keiner der Zunft wagte es, Marmelin in die Quere zu kommen. Seine Hände, die so zierlich die Saiten zupfen konnten, waren groß und kräftig ...

Mit ihrer Augen zaubervollem Licht
Lockt sie mich an. Mir vor den Blicken flimmert
Ein Glanz, wie Schnee von Rosen überschimmert,
Wenn ich sie seh – und lausche, wie sie spricht.

Noch einmal zog er alle Register seines Könnens, seine Stimme sang und klagte, weinte und jubilierte, bebte vor Ergriffenheit und dröhnte wie eine Glocke. Sein Publikum lauschte hingerissen. Die Worte verwoben sich kunstvoll mit der Musik, es war ein Meisterstück der Sangeskunst und Nobilior wurde es angst um den Sieg des jungen Fürsten.

Den letzten Akkord verschlang der Jubel. Marmelin verneigte sich, dann nickte er Donovan triumphierend zu. Eine geringschätzige Geste, die ihn den Sieg kostete. Die Edlen von Dea gestanden sich das Recht zu, auf ihren neuen Herrn herabzusehen, nicht aber einem fahrenden Sänger, der von ihrer Gunst lebte.

Der Beifall ebbte ab und Marmelin erkannte seinen Irrtum zu spät. Es nützte nichts, dass er sich hastig vor seinem Gönner verneigte, Donovan schien es gar nicht zu merken. Er stand lange schweigend, mit gesenktem Kopf im weißen Sand. Man begann zu tuscheln und Nobilior wetzte unruhig hin und her. Sollte es dem jungen Mann, wie so oft, die Sprache verschlagen haben?

Schöne, die du mein Leben
in deinen Händen hältst.

Donovans Stimme klang brüchig. Seltsam steif stand er dort unten, die Laute haltsuchend an sich gepresst.

Die du mein liebend Streben
mit deinem Lächeln quälst.
Komm lösch die Feuersbrunst
Mit deiner süßen Gunst.

Er sang nach unten, gegen den Boden. „Lauter, lauter", tönte es von den Reihen und da blickte er auf. Nobilior erschrak. Er sah aus, als enträngen sich ihm die Worte unter Qualen.

Warum fliehst du, meine Herze
Wenn ich dir nahe bin.
Ich leide süßen Schmerze,
Verliere mich darin.
Du Holde ohne Fehl
Erquicke meine Seel.

Es war ein einfaches Liebesliedchen, nicht zu vergleichen mit der kunstvollen Ballade Marmelin, und doch schlug es die Zuhörer in seinen Bann. Still wurde es in dem grünen Theater.

Donovan sang, als gälte es sein Leben. Seine Stimme gewann Festigkeit, aber immer noch schienen sich die Töne gewaltsam seinem Inneren zu entringen. Sein Blick ging in die Ferne. Oder hatte er eine bestimmte Dame im Auge? Nobilior beugte sich vor.

Komm zu mir, meine Schöne,
komm her und tröste mich.
Mit deinem Los versöhne

und zier nicht länger dich.
Kannst du nicht bei mir sein,
Bleibt mir der Tod allein
Bleibt mir der Tod allein ...

Die Saite zersprang. Kein Beifall übertönte den Misston, mit dem das Lied endete. Donovan atmete schwer, sein Kopf war wieder auf die Brust gesunken.

Nobilior überlief es kühl. Er schämte sich für den jungen Mann, der sein Innerstes so hemmungslos entblößte. Das Gefühl, das durch die schlichten Töne und Worte geklungen hatte, war eindeutig echt. Zu all seinen Schwierigkeiten zappelte der neue Patriarch auch noch in den Banden einer unglücklichen Liebe! Wer mochte die spröde Schöne sein, die sich seinem Werben widersetzte? Eine Bürgerliche oder eine verheiratete Frau? Wusste sie am Ende gar nichts von ihrem hochgeborenen Verehrer? Es würde ihm ähnlich sehen ...

Nobilior zuckte zusammen, als der Sturm der Begeisterung losbrach. Der glatten Lieder müde, mochten den Zuhörern die verzweifelte Klage zu Herzen gegangen sein. Vielleicht aber machten sie auch ihrer Verlegenheit Luft. Er beeilte sich, in den Beifall einzustimmen. Verwirrt sah Donovan auf, ein Zweig war ihm vor die Füße gefallen, ein zweiter, ein dritter folgte und bald prasselte ein Regen von Zweigen, Bändern und Blumen auf ihn nieder.

Die anderen Sänger hatten sich von ihren Sitzen erhoben und klatschten aus Leibeskräften. Sie würden ein schönes Handgeld für ihre Bemühungen bekommen. Marmelin hatte sich rasch gefasst. Er wusste, an wessen Tafel ein Platz für ihn gedeckt war, und so watete er durch die Zweige und umarmte den betäubten Sieger.

Jetzt war der richtige Augenblick. Nobilior kletterte in die Arena, nahm den vergoldeten Blätterkranz und drückte ihn Donovan in die Finger.

„Werft ihn Eurer Dame zu, damit sie Euch zum Meistersänger krönt", zischte er. Donovan starrte verständnislos auf das goldene Ding in seiner Hand. Nobilior zweifelte, ob er verstanden hatte, und gab ihm einen ungeduldigen kleinen Schubs.

„Werft doch, zu Eurer Dame ..."

Das Gesicht des jungen Mannes verzerrte sich, mit einer fahrigen Bewegung schleuderte er die Trophäe fort.

Ein Seufzer rauschte durch die Ränge, in einem Aufblitzen von Gold wirbelte das Gebinde durch den Nachthimmel und alle Augen folgten gebannt seinem Flug. Nobilior hielt den Atem an, der junge Herr aber sah aus, als wolle er umsinken.

Das glitzernde Ding sauste über die Zuschauer, über manches hübsche Edelfräulein hinweg. Einige duckten sich unwillkürlich, andere haschten zaghaft danach, aber keine wagte, kühn nach dem Glück zu greifen.

Dann fiel der Kranz. Die junge Frau hob mit einem Ausruf der Überraschung den Arm vors Gesicht, als die vergoldeten Blätter sie streiften. Er ging zwischen ihr und ihrem Begleiter zu Boden und sie bückte sich, um ihn aufzuheben.

Ein Ächzen lief durch die glänzende Versammlung. Nobilior schnappte nach Luft. Donovan brachte einen röchelnden Laut hervor und Nobilior hätte ihn am liebsten geschüttelt. Es sah dem Tolpatsch ähnlich, dass der Kranz ausgerechnet zu Füßen der Abenteurerin aus der Ruinenstadt landete.

Ihr Blick wanderte von dem goldenen Ding in ihren Händen zu dem unseligen Werfer. Sie lächelte, schüttelte den Kopf und warf die Sängerkrone zielsicher in den Schoß von Sabeena Sasskatchevan.

Nobilior sackte erleichtert in sich zusammen. Klug – sie war klug, die Kleine. Ohne Zögern und alberne Ziererei hatte sie die einzige Person gewählt, die die verfahrene Krönung noch zu einem annehmbaren Abschluss bringen konnte. Mit der Brautwahl war man zwar keinen Schritt weiter gekommen, es herrschte weiter Ratlosigkeit darüber, auf welche Dame die Wahl des Patriarchen fallen würde. Oder?

Ein schneller Seitenblick auf den jungen Herrscher ließ einen Verdacht in Nobilior aufkeimen. Röte und Blässe gingen in schnellen Wellen über das Gesicht des neuen Meistersängers, er atmete zu schnell und zu flach. Die Hand umklammerte den Hals der Laute. Nobilior konnte es kaum glauben. Dies war kein Fehlwurf gewesen – mit oder ohne Absicht war der Kranz dorthin geflogen, wo das Herz des Herrn Donovan weilte.

Diese Entdeckung beschäftigte Nobilior so sehr, dass er kaum wahrnahm, wie Sabeena Sasskatchevan anmutig in die Arena herabstieg und den Blätterkranz mit sanftem Ernst auf die blonden Locken ihres Fürsten setzte. Donovan hatte das Knie gebeugt, wie es der Sänger, egal welchen Standes, vor seiner Dame tat, und den Kopf tief gesenkt. Schweiß stand auf seiner Stirn. Mitleidig sah Nobilior fort. Was war er für ein Pechvogel, der junge Herr.

Unwillkürlich glitt sein Blick zu der jungen Frau in dem grauen Kleid. Sie lachte, der Vorfall schien ihr Vergnügen zu bereiten …

Plötzlich war dem Meister der Spiele, als gefriere die Luft um ihn her zu Eis. Ihn schauderte, sein Rücken prickelte wie unter unzähligen Nadelstichen. Langsam drehte er sich um. Über ihm, im Eingang des Grünen Theaters standen ein paar junge Männer: der Bulle, der Mürrische, der mit offenem Mund in die Arena starrte, und zwischen ihnen Jermyn.

Das spöttische Lächeln war auf seinen Lippen festgefroren, aber die Augen in dem blassen Gesicht glichen Fenstern in eine höllische Finsternis. Nobilior wandte sich fröstelnd ab und zog den Mantel eng um die Schultern. In diesem Moment hätte er keine Kupfermünze auf das Leben des jungen Patriarchen gesetzt.

30. Tag des Weidemondes 1466 p.DC

„Die Zügel, Herr, denkt an die Zügel."

Jermyn biss die Zähne zusammen, als er de Weldes mahnende Worte hörte. Er hatte gelernt, diese Stimme zu hassen.

„Was ... was ist mit den verdammten Zügeln?", bellte er. Sie polterten in schwerfälligem Trab den Weg entlang und er versuchte, nicht auf das Auf und Nieder der Landschaft zu achten.

„Zu straff, Ihr haltet sie zu straff, Herr. Es ist nicht nötig bei ihm."

„Eben hast du noch gesagt, ich soll sie fester halten, du Depp," schrie Jermyn erbost zurück, aber er lockerte den Griff an den durchgeschwitzten Lederriemen.

„Weil Ihr ihm die Richtung anzeigen solltet. Sitzt Ihr sicher, Herr?"

Einmal war er beinahe von dem blöden Ross gefallen, weil ihm von dem Schaukeln übel geworden war. De Welde hatte ihn gerade noch aufgefangen und Jermyn hätte ihn umbringen können. Krampfhaft umklammerte er den fassartigen Wanst mit den Beinen, bemüht, sich der Bewegung anzupassen. Am besten ging es, wenn er starr geradeaus sah, über das lächerliche Haarbüschel und die spitzen Ohren hinweg.

Sie waren sehr früh hergekommen, um bei diesem ersten Ritt im Stadtgraben keine Zuschauer zu haben. Seine südlichen Ausläufer grenzten an die Rennbahn und nach zwei, drei Runden, zum Aufwärmen, hatten sie das Übungsgelände verlassen.

Zum Aufwärmen? Jermyn war nassgeschwitzt, als sie die schattigen Wege erreichten. Es war Schwerstarbeit gewesen, das begriffsstutzige Ross zwischen den Ställen her zu lenken und es zu diesem Zockeltrab zu bewegen. Jetzt presste ihm der Wind das nasse Wams an den Leib und er fror. Nicht runterschauen. Wieso machte es ihm nichts aus, dreißig Fuß über dem Boden an einer Mauer zu hängen, während ihn schwindelte, wenn er vom Rücken eines Pferdes hinuntersah?

Er hatte nicht die geringste Lust gehabt, Reiten zu lernen, aber die Erkenntnis, dass er es nicht konnte, dass er die großen Tiere nicht nur verabscheute, sondern sogar fürchtete, war eine niederschmetternde Demütigung gewesen.

Alle ritten – Duquesne, Artos, *Donovan*! Unwillkürlich fielen ihm die Gelegenheiten ein, an denen er sich über Donovans Reitkünste lustig gemacht hatte. Aber der Schwachkopf konnte es immerhin. Nur er, der am meisten gefürchtete Mann Deas, schien unfähig, es zu lernen!

Der Wallach machte einen kleinen Hopser und Jermyn verlor einen Steigbügel. Hastig angelte er danach, riss dabei am linken Zügel und der Gaul schwenkte gehorsam nach links in die Büsche. Jermyn klammerte sich fest, aber de Welde erschien neben ihm und brachte sie zurück auf den Weg.

„Reitet besser im Schritt, Herr, das ist sicherer."

Er erntete einen bösen Blick und fiel eingeschüchtert zurück.

Während sie dahintrotteten, drehten sich die Gedanken wie ein Mühlstein in Jermyns Kopf.

Er war ein Narr gewesen, Ninian gehen zu lassen. Aber sie hatte ihn Feigling genannt und noch jetzt kam ihm die Galle hoch, wenn er daran dachte. Er wollte nicht weg aus Dea, schon gar nicht auf eine lange Reise ins Ungewisse. Zuerst hatte er sich keine Gedanken gemacht, sondern die Freiheit genossen, sich ungestört um Iwo und das Himmelsspiel kümmern zu können. Als Ninian nicht nach wenigen Tagen zurückgekehrt war, hatte er sich vorgenommen, diesen Machtkampf auszusitzen. Sie würde nicht ohne ihn mit Ely ziehen. Aber als ihre Entzweiung länger und länger dauerte, kamen ihm Zweifel. Sie liebte das Wanderleben und sie tat, was ihr gefiel. Deshalb lebte sie bei ihm – noch.

Schmutzwasser spritzte ihm ins Gesicht, als der Gaul durch eine Pfütze platschte. Jermyn fluchte.

Noch dümmer war es gewesen, zu glauben, bei Kaye sei es ungefährlich. Aber woher hätte er wissen sollen, dass der Schneider neuerdings zu Donovans Busenfreunden gehörte? Von Wag hatte er erfahren, dass Kaye im Patriarchenpalast ein- und ausging, und es war nur eine geringe Beruhigung, dass Ninian sich weigerte, ihn zu begleiten. Denn Wag hatte von

Ausritten im Stadtgraben geschwatzt, von regem Büchertausch zwischen dem Palast und dem Schneiderhaus ... schon damals war die Versuchung groß gewesen, sie zurückzuholen, aber er wollte nicht nachgeben.

Furzend erleichterte sich der Wallach und Jermyn zog sich hastig das Halstuch über die Nase.

Er hatte sich abgelenkt, mit Hahnenkämpfen, dem Himmelsspiel. Er hatte mit dem Bullen Churos Kampfkunst geübt, und wenn er sich die Nächte in den Höfen um die Ohren geschlagen hatte, war es erträglich gewesen.

Bis zu dem verdammten Frühlingsfest. Zuerst hatte er nicht hingehen wollen, weil er ahnte, dass Ninian dort sein würde. Aber Francesco d'Este hatte Gambeau eingeladen und der Stadtmeister hatte eine Herausforderung an Iwo ausgesprochen. Jermyn hatte nicht widerstehen können, außerdem war die Gefahr gering, Ninian bei den Spielfeldern zu begegnen. Und dann hatte Iwo drei von fünf Partien für sich entschieden, eine Sensation, und Jermyn fette Gewinne beschert. Sie waren alle sehr aufgekratzt gewesen und plötzlich hatten sie in diesem grünen Theater gestanden. Donovan hatte gesungen und seinen Kranz geworfen ...

Der Weg gabelte sich vor einem kleinen Gehölz und wie immer brach Jermyn der Schweiß aus, weil er den sturen Gaul in eine andere Richtung lenken musste. Rechts oder links – er entschied sich für den rechten Pfad, aber der Wallach hielt weiter auf das Gehölz zu. Jermyn brüllte vergeblich auf ihn ein und erst, als er sich schon mitsamt dem Tier in den Ästen hängen sah, bog es scharf nach links ab. Der Pfad war so eng, dass Jermyn ihm seinen Willen ließ, aber kaum vereinigten sich die Wege wieder, riss er heftig an beiden Zügeln. Der Wallach wieherte vorwurfsvoll und stemmte beide Vorderhufe in den Matsch. Jermyn klammerte sich fest.

„Warum hat er das jetzt gemacht?", fauchte er. De Welde wäre beinahe in sie hineingeritten und hatte Mühe, sein eigenes Tier zu bändigen.

„Er ist nicht so dumm, wie Ihr glaubt", erwiderte er schärfer als sonst. „Der rechte Weg ist stark durchwurzelt, ein Pferd kann sich dort leicht den Knöchel brechen. Und weil er das weiß, vermeidet er diese Seite."

„Und warum hast du mir das nicht gesagt?"

Schweißtropfen erschienen auf de Weldes Stirn.

„I... ich habe es Euch gesagt, Herr. Ihr solltet ihm auf den Wegen seinen Willen lassen", stotterte er.

Der schwarze Blick hielt ihn wie in einer Schraubzwinge, dann wandte Jermyn sich wortlos ab.

Der Kranz war Ninian vor die Füße gefallen und egal, ob Donovan es beabsichtigt hatte oder nicht – er war immer noch hinter ihr her …

Sie hatte gelacht und das alberne Ding an Sabeena weitergegeben, aber es hatte ihr geschmeichelt, daran konnte Jermyn nicht zweifeln. Es hatte ihr gefallen, dass ihr hartnäckiger Verehrer sie besang, dass sie immer noch seine Schöne war. Und sie sah Donovan oft, sie redeten miteinander, verstanden sich gut. Donovan würde nie aufgeben …

In diesem Augenblick war Jermyn klar geworden, dass er verloren hatte. Wenn er seine Liebe retten wollte, musste er nachgeben. Die verdammte Reise würde Ninian aus Donovans Dunstkreis entfernen. Durch die alberne Treuebekundung bei der Inthronisierung waren sie an ihn gebunden, es war Ninians Einfall gewesen, sie würde sich nicht davon abhalten lassen, Donovan beizustehen, ihn zu sehen, wenn er nach ihr rief … nein, die Reise war Jermyns einzige Rettung. Und dafür musste er Reiten lernen – bevor er seine Schlappe eingestand. Er wollte sich nicht von ihr vorführen lassen, wie bei der Schwimmerei am Ouse-See.

Gleich am nächsten Tag war er auf die Rennbahn gegangen, und jetzt, vier Wochen später, war alles umsonst, er schaffte es nicht!

„Gebt acht", drang de Weldes Stimme in seine Gedanken, „Reiter von rechts."

Jermyn fuhr zusammen. Er hatte nicht bemerkt, dass sie einen belebteren Teil des Stadtgrabens erreicht hatten. Der Wald hatte sich gelichtet, die Wege waren breiter, weniger durchwurzelt. Ein weißes Pferd schimmerte durch die Bäume, ein helles Kleid, dahinter dunklere Gestalten – eine vornehme Dame mit ihrem Gefolge. Er würde sich vor ihr zum Narren machen …

In Panik zog er an den Zügeln, bohrte seine Fersen in den Bauch des Wallachs und versuchte die Schnalzlaute hervorzubringen, die das Tier in Trab bringen sollten. Das geplagte Ross wusste mit diesen widersprüchlichen Befehlen nichts anzufangen und blieb stehen.

Jermyn verlor den Kopf, er vergaß alles, was de Welde ihm beigebracht hatte. Am Nachmittag wäre es in der ganzen Stadt herum, was für eine jämmerliche Gestalt er abgab.

„Los, geh, hau ab, du fettes, beschissenes Vieh! Mach schon!"

Der bösartige Befehl bohrte sich in das dumpfe Bewusstsein und wirkte wie ein Donnerschlag. Schrill wiehernd bäumte sich der Wallach auf und raste in einem Galopp davon, den er schon lange nicht mehr zustande gebracht hatte.

Wie durch ein Wunder blieb Jermyn im Sattel, er krallte sich in der Mähne des Tieres fest und klammerte sich mit aller Kraft an den schwankenden Körper. Büsche, Bäume sausten vorbei, Zweige schlugen ihm ins Gesicht, die donnernden Hufe wirbelten ihm Sand und Steinchen in die Augen.

Er spürte einen metallischen Geschmack im Mund, ihm wurde übel, wie in den Stromschnellen. Anhalten, wie brachte er das Vieh dazu, anzuhalten ...

Halt an, du dummer Gaul, bleib stehen ...

Flucht, die uralte Angst vor den Krallen im Nacken, den Zähnen in den Flanken ... blinde, kopflose Panik ... laufen ... laufen ...

Jermyn fand keinen Halt in dem brodelnden Meer, er versank darin.

Undeutlich hörte er das Trommeln anderer Hufe hinter sich, Stimmen, die er nicht verstand. Aus dem Augenwinkel sah er einen zweiten Pferdekopf neben sich, eine helle Stimme ...

„Die Steigbügel, löst die Steigbügel!"

Er zappelte sich frei, ein Schatten schob sich an ihm vorbei. Ein heftiger Ruck, der Wallach stolperte, bockte und Jermyn flog in hohem Bogen über seinen Hals.

Instinktiv rollte er sich zusammen, lockerte die Gelenke in Erwartung des Aufpralls. Krachend und prasselnd brach er durch das Gestrüpp. Die Zweige milderten den Sturz, aber einen Moment lang japste er wie ein gestrandeter Fisch. Als er wieder atmen konnte, begann er sich aus dem Gebüsch herauszuarbeiten. Seine Glieder gehorchten, er schien sich nichts Schlimmeres getan zu haben. Aber es war nicht ganz einfach, sich zu befreien, ein paar Dornenranken hatten sich liebevoll um ihn geschlungen. Dem ledernen Wams konnten sie nichts anhaben, aber als er sich endlich losriss, hatten sie ihm Nacken und Hände zerkratzt und seine Beinlinge zerfetzt.

„Geht es Euch gut? Kommt, ich helfe Euch."

Jermyn schlug die ausgestreckte Hand beiseite. Wehe dem Geschöpf, dass ihm als nächstes begegnete!

„Seid Ihr verletzt?"

Er sah auf und sein Zorn bohrte sich in die blauen, besorgten Augen von Sabeena Sasskatchevan.

Sie schrie auf und taumelte. Jermyn wandte sich so schnell ab, dass er um ein Haar wieder in das Gestrüpp stürzte.

„Wartet ... wartet ...."

Mühsam rang er die Wut nieder, bis er sich halbwegs in der Gewalt hatte.
„Seid Ihr verletzt?", wiederholte die sanfte Stimme.
Er schüttelte den Kopf. „Nein, etwas angekratzt, aber ich bin Schlimmeres gewohnt. Aber Ihr, verzeiht mir, wenn ich Euch wehgetan habe."
Vorsichtig sah er sie an. Sie trug ein schlichtes Reitkleid aus blauem Samt mit weißem Pelz verbrämt, das blonde Haar in einem Haarnetz unter einem breitrandigen Hut verborgen. Es wunderte ihn, aber für sein Leben hätte er sie nicht verletzen wollen.
„Es ist schon vorbei", sie lächelte.
„Habt Ihr den dummen Gaul aufgehalten?"
„Ja, aber er ist nicht dumm. Seht Ihr, jetzt steht er lammfromm da. Etwas muss ihn erschreckt haben."
Jermyn warf dem Wallach einen bösen Blick zu, dann seufzte er.
„Ich wahrscheinlich. Ihr seid eine gute Reiterin."
Wieder lächelte sie, erfreut, wie ihm schien.
„Ich reite seit Kindertagen, ich habe Freude daran."
„So? Ich nicht. Ich versuche es erst seit ein paar Wochen."
Seine Worte mussten seine Verzweiflung verraten haben, denn plötzlich sagte sie:
„Erlaubt Ihr, dass ich Euch helfe?"
Jermyn starrte sie an. Sie errötete ein wenig.
„Was? Ihr, Lady Sasskatchevan, Tochter des Ehrenwerten Castlerea, wollt mir beibringen, wie man auf solch einem vierbeinigen Unglück reitet? Er", mit einer Kopfbewegung zu de Welde, der ängstlich näher gekommen war, „hat es nicht geschafft."
„Gewiss hat er sein Bestes getan", sie nickte dem Mann freundlich zu und entließ ihn mit einer Handbewegung, „aber manchmal passen Lehrer und Schüler nicht zueinander."
„Und Ihr glaubt, wir passen besser zusammen?"
Diesmal wurde sie dunkelrot, aber sie hob das Kinn, wie er es von Ninian kannte.
„Immerhin habe ich keine Angst vor Euch, das ist ein großer Vorteil und ... und ich würde Euch sehr gerne helfen. Ich ... ich bin Euch etwas schuldig."
Sie hielt seinem forschenden Blick stand und er nickte langsam. Es stimmte, sie fürchtete ihn nicht, anders als de Welde, dessen Furcht ihn vom ersten Augenblick gereizt hatte, und so seltsam es war, er fühlte keinen

Groll gegen sie, obwohl sie eine hochgeborene Dame war. Er hatte ihr einen Dienst erwiesen, wenn er ihr Angebot annahm, gab er ihr die Möglichkeit, ihm zu danken.

„Also gut, versuchen wir es! Aber ich habe es eilig, ich hab schon zu viel Zeit vertrödelt."

„Ich werde zur Rennbahn kommen, jeden Morgen. Wenn Ihr Euch sicher fühlt, wollen wir uns hier treffen, in der Frühe, wenn noch niemand hier ist. Meine Leute sind verschwiegen."

„Sie sollen außer Sichtweite bleiben, bis ich nicht mehr wie ein Trottel aussehe."

„Wenn Ihr es wünscht."

Und so machte Jermyn einen neuen Anfang und was dem erfahrenen Reitmeister misslungen war, gelang der sanften, jungen Frau.

Furchtlos nannte sie ihm jeden Fehler und vor ihr mochte er sich nicht so gehen lassen wie vor de Welde. Vor allem tat er etwas, was er aus lauter Widerwillen von Anfang an bei dem armen Reitmeister versäumt hatte: Er hörte zu, wenn Sabeena etwas erklärte, und fragte, wenn er es nicht verstanden hatte. Sie versuchte, ihm das Wesen der Pferde nahe zu bringen und verwies ihm entschieden seine Meinung, dass sie törichte und dumpfe Geschöpfe seien.

„Wenn wir mit Tieren nicht zurechtkommen, liegt es an uns, nicht an ihnen. Machen meine Diener Fehler, habe ich sie nicht richtig unterwiesen, und ich wäre töricht, regte ich mich über das Geschrei meiner Tochter auf, nur weil ich nicht erkenne, was ihr fehlt, nicht wahr?"

„Ihr seid zu gut für diese Welt, Sabeena", knurrte Jermyn, mit den Zügeln kämpfend, „ich glaube an die Bosheit."

„Deshalb habt Ihr Schwierigkeiten, mein Freund", erwiderte sie trocken, „aber ich glaube, dieses Pferd ist nicht gut für Euch – es ist wie mit dem Reitmeister, es fürchtet und verabscheut Euch."

„Ach ja? Das beruht auf Gegenseitigkeit. Was ratet Ihr mir?"

„Kauft Euch ein Pferd. Eines, das Euch gefällt, damit werdet Ihr besser zurechtkommen."

Jermyn war nicht begeistert von diesem Gedanken, es widerstrebte ihm, Geld für etwas auszugeben, was er nicht mochte. Da Sabeena ihn begleiten musste, weil er keine Ahnung von Pferden hatte, konnte er sich auch nicht um den Kaufpreis drücken. Ließ er sich andererseits auf die Reise ein, brauchte er ein Reittier, und so war er drei Tage später Besitzer eines Braunen, dessen Flanken im Sonnenlicht wie dunkle Bronze schimmerten. Er war kleiner als der Wallach, aber Sabeena pries seinen Wuchs als kräftig und edel.

„Was hat er für Fehler?"

Unter Jermyns Blick hatte der Händler zugegeben, dass das Tier ein wenig launisch war.

„Oh, ob er dann der Richtige für Euch ist?", hatte Sabeena gezweifelt.

„Das lasst meine Sorge sein. Er gefällt mir und ich bin sicher, der gute Mann kommt mir deswegen beim Preis entgegen."

Er zahlte schließlich vier Goldstücke, ein guter Preis, wie Sabeena versicherte. Auf der Rennbahn stellte er sich vor das Tier, das ihn misstrauisch beäugte. Mann und Pferd sahen sich eine Weile an und das Pferd warf ein paar Mal unwillig den Kopf hoch, aber als Jermyn es am Halfter packte und auf den Reitplatz führte, ging es steifbeinig mit. Als er aufstieg, tänzelte es zuerst unruhig, dann erstarrte es. Manchmal lief ein Zittern durch seinen Leib, seine Nüstern bebten. Reglos hockte Jermyn auf seinem Rücken, Sabeena sah Schweißtropfen auf seiner Stirn. Endlich bewegte er sich, der Braune machte einige kleine, zögernde Schritte und lief in leidlichem Trab einmal um den Reitplatz herum. Als sie wieder bei Sabeena ankamen, war Jermyn ein wenig blass, aber er schien zufrieden.

„Was habt Ihr gemacht?"

„Wir haben uns vorgestellt", er grinste, „und ich habe ihm klargemacht, dass ich das Sagen habe. Ein komisches Gefühl, wenn man so weit hinter sich gucken kann."

„Warum habt Ihr es nicht bei dem Wallach genauso gemacht?"

Er zuckte die Schultern. „Es war der Mühe nicht wert, er gehörte mir ja nicht mal. Dieser hier ist mein Eigentum, da lohnt es sich."

Tatsächlich passte ihm Milans lebhaftes Wesen besser. Nie würde eine solch innige Liebe zwischen ihnen bestehen wie zwischen Sabeena und ihrer Stute, aber sie gewöhnten sich aneinander.

Drei Wochen nach ihrem ersten Zusammentreffen schlug Sabeena einen Ausritt im Stadtgraben vor. Es gelang gut und eine Woche lang ritten sie jeden Vormittag durch den blühenden Park. Ein Reitknecht und eine Jungfer begleiteten sie dabei, dennoch folgten ihnen viele neugierige Blicke. Sabeena schien sie nicht zu bemerken und Jermyn wunderte sich darüber. Offensichtlich war der Ruf einer Lady Sasskatchevan über jeden Zweifel erhaben.

Sie unterhielten sich gut, was ihn ebenfalls wunderte. Die tägliche Stunde verging, ohne dass sie ein einziges Mal in unbehagliches Schweigen versunken wären. Sabeena erzählte von ihrer kleinen Tochter, die sie sehr zu lieben schien.

„Ich habe keine Zeit mehr für sie, seit ich dem Herrn Donovan zur Seite stehe", seufzte sie, „ich hoffe, er findet bald eine würdige Gattin."

„Das hoffe ich auch!", erwiderte Jermyn mit solcher Inbrunst, dass sie ihn überrascht ansah.

Aus ihrem Geplauder hatte er erfahren, dass *sie* Kaye im Patriarchenpalast eingeführt und damit unwissentlich die unselige Verbindung zwischen Ninian und Donovan geschaffen hatte, aber er trug es ihr nicht nach.

Nein, er war ihr wirklich zugetan und eines Tages brachte er ihr eine bunt glasierte Kachel mit, die er mit Ninian aus den Ruinen geholt hatte, ein Stück von außerordentlicher Schönheit. Wie sollte er ihr, die alles im Überfluss besaß, anders danken?

Es sollte eine kleine, freundliche Geste sein, aber als er ihr die Kachel reichte, wechselte sie die Farbe und betrachtete schweigend den zarten Blütenzweig mit dem winzigen, lebensechten Vogel.

„Ich danke Euch, Jermyn."

„Ich freue mich, wenn sie Euch gefällt."

„Sie ist vollkommen."

„Ja, das sagt Ninian auch."

Er sah nicht, dass sie zusammenzuckte. Aus dem goldenen Dunst kam ihnen einen Reitergruppe entgegen, die seine Aufmerksamkeit fesselte.

Fünf oder sechs Reiter und ein hochrädriger Wagen, ein modisches Fahrzeug, wie es die jungen Gecken fuhren, die mit dem Reichtum ihrer Väter prahlten. Die jungen Gecken und Kaye.

Jermyn kniff die Augen zusammen. Er hatte Ninian nie zu Pferde gesehen, aber obwohl sie nun die Sonne im Rücken hatte und ihr Gesicht im Schatten lag, erkannte er sie sofort. Anders als Sabeena ritt sie nicht im Damensattel, sondern wie ein Mann. Neben ihr, Knie an Knie ritt Donovan und schwatzte eifrig auf sie ein. Er war barhäuptig und in der Sonne leuchtete sein blondes Haar wie ein goldener Helm. Ninian sah zu ihm auf, er sagte etwas, beugte sich zu ihr.

Jermyn trieb Milan an.

„Glaub mir, Ninian, es ist eine einmalige Gelegenheit. Wir müssten nur ein bisschen weiter nach Osten ziehen. Die Quellen sagen deutlich, dass Klia zwischen den Ausläufern eines Gebirges lag. Wäre es nicht ein ungeheurer Triumph, wenn wir die Heimatstadt des Ulissos finden würden?"

Donovan versuchte die Begeisterung, die er empfand, auch auf seine Begleiterin zu übertragen.

„Du bist nicht gescheit, Donovan. So eine Reise ist anstrengend und ich glaube nicht, dass Ely Sinn für die Suche nach mythischen Städten hat," erwiderte Ninian trocken.

„Er könnte ja weiterziehen und seine Geschäfte machen, während wir einen kleinen Abstecher machen."

„Kleine Abstecher in völlig unbekannte Gebiete? Sei vernünftig, du bist der Patriarch, sie werden dich nicht auf solch ein Abenteuer gehen lassen!"

„Wenn du dabei bist, um auf mich aufzupassen."

Er sagte es leise, wie zu sich selbst, aber sie hatte es gehört und runzelte die Stirn. Allmählich wurden seine Anspielungen lästig. Sie musste Ely sagen, dass sie den Zug allein begleiten würde, bevor Donovan vollends den Verstand verlor.

Mit einem leichten Schenkeldruck trieb sie Luna an. Er kam ihr zu nahe.

„Lass uns ein wenig schneller reiten, das ist ja zum Einschlafen."

Luna setzte sich bereitwillig in Trab, Ninian achtete nicht darauf, ob Donovan ihr folgte.

Zwei Reiter kamen ihnen entgegen. Eine Frau im Damensattel, an deren Barett eine weiße Feder wippte, und ein Mann. Sein Haar glänzte wie Kupfer in der Sonne.

„Ooh, wie hübsch", erklang es entzückt hinter ihr, „jetzt sind wir gleich alle zusammen. Huhu, Lady Sasskatchevan ..."

Ninian hatte gehört, dass Jermyn Reitstunden nahm und sich ausgerechnet Sabeena Sasskatchevan als Lehrerin ausgesucht hatte. Obwohl sie damit als Siegerin aus ihrem Streit hervorgegangen war, hatte sie sich geärgert und als sie sich jetzt gegenüber standen, flammte ihre alte Abneigung gegen die Tochter des Ehrenwerten Castlerea mächtig auf.

Donovan hatte aufgeholt und sie zügelten ihre Pferde. Ninian nickte Sabeena zu, so knapp, dass es beinahe eine Beleidigung war, während Jermyn eine tiefe, schwungvolle Verbeugung machte.

„Der Herr Patriarch ... welche Ehre!"

Donovan schoss das Blut in die Wangen. Fünf Worte und seine neugewonnene Würde löste sich in Nichts auf.

Ninian musterte Jermyn kalt, der Höflichkeit war Genüge getan und das Gefecht begann.

„So, jetzt reitest du also. Na ja, es geht, wenn man bedenkt, wann du damit angefangen hast."

„Viel lieben Dank", er lächelte zuckersüß, „du machst es auch nicht schlecht, wenn man bedenkt, seit wann *du* reitest."

Sie biss sich auf die Lippen und vielleicht wusste sie selbst nicht, ob vor Ärger oder weil sie sich das Lachen verkneifen musste. Dann fiel ihr Blick auf die Kachel in Sabeenas Hand.

„Hast du so viel beim Wetten verloren, dass du die Ruinenstadt Stück für Stück verkaufen musst?"

Sabeena errötete nicht weniger peinvoll als Donovan.

„Nee, denk mal, ich habe sehr schön gewonnen, aber du scheinst bei Kaye deine Manieren verloren zu haben! Oder war es gar im Palast?"

„In welchem? Mir ist nicht bekannt, dass bei uns ein solch vornehmer Ton herrscht!"

„Vielleicht hat er sich geändert, willst du kommen und nachschauen?"

„Pah, was soll schon anders sein, öde wie eh und je ..."

Jermyn wendete Milan in die Richtung, aus der er mit Sabeena gekommen war, und trotz ihrer missmutigen Antwort ließ Ninian Luna neben ihn trotten.

„Sehr nett, das Wendemanöver."

„Ich wette, du bist vollkommen aus der Übung und schlapp wie eins von diesen Dämchen hier."

„Meinst du? Die Wette verlierst du, mein Lieber, du wirst dich wundern. Ist Cosmo sehr gewachsen?"

„Weiß nicht, ich hab Besseres zu tun, als das Gör jeden Tag zu messen."

Ohne sich einmal umzudrehen, bogen sie in den nächsten Seitenweg ein, der sie zum Südtor und zurück in die Stadt führen würde. Bevor sie im Schatten der Bäume verschwanden, streckte Jermyn die Hand aus. Ninian ergriff sie, sie beugten sich zueinander, ihre Köpfe verschmolzen und er wäre beinahe wieder vom Pferd gefallen.

Sabeena gab einen merkwürdigen, klagenden Laut von sich.

„Was ist, Lady Sabeena?", sagte Donovan bitter, als er ihre fassungslose Miene sah, „habt Ihr geglaubt, er würde auch nur einen Gedanken an Euch verschwenden? Die beiden sind nicht so. Wenn sie uns nicht mehr brauchen, vergessen sie uns. Daran solltet Ihr Euch gewöhnen."

Nachdem Ninian Wag und Kamante umarmt und den kleinen Cosmo bewundert hatte, schafften sie es gerade in den Übungsraum, bevor sie über einander herfielen.

„Bei meinem kleinen Gott, wie habe ich es so lange ohne dich ausgehalten?", keuchte Jermyn, als er aus dem süßen Rausch auftauchte, um Luft zu schnappen.

„Weiß ich nicht ... au, meine Rippen ... nicht aufhören, mach weiter, wie ich deine Arme vermisst habe ... du, lass uns zu Bett gehen ..."

„Warte, erst müssen wir was klären."

Er küsste ihre wonnevoll geschlossenen Lider und schob sie von sich.

„Was? Warum denn, ich will jetzt nichts klären."

„Doch, doch. Was ist mit dem Wagenzug? Glaubst du, ich hab die Schinderei mit den Gäulen umsonst mitgemacht?"

Ninian öffnete die Augen.

„Meinst du das ernst? Willst du wirklich mitmachen? Vielleicht sollte doch einer von uns hier bleiben, um auf die Stadt aufzupassen."

„Bist du nicht bei Troste? Nee, wir machen das zusammen. Morgen gehen wir zu Ely!"

Sie sprang ihn an und schlang die Beine um seine Mitte.

„Oh, Jermyn, es wird wundervoll, mit dir auf Fahrt zu gehen. Oh, ich freu mich, dass ich wieder hier bin!"

„Na, und ich erst," murmelte er und trug sie ins Schlafgemach.

23. Tag des Reifemondes 1466

Zwei Tage später verkündete Ely ap Bede in den Handelshallen, dass er im Rebenmond mit einem Wagenzug auf dem Landweg in die Südreiche aufbrechen werde, um Handel zu treiben.

„Wer genügend Mut und Unternehmungsgeist hat, mag sich anschließen. Zehn meiner Wagen sind noch frei, auch eigene Wagen können gestellt werden. Und wisset: Wir haben Ninian und Jermyn von der Ruinenstadt als Wächter gewonnen. Unter ihrem Schutz wird uns nichts geschehen."

Zu Beginn des Hitzemondes war jeder von Elys Wagen vergeben, zwölf weitere hatten sich dem Zug angeschlossen. Die Wetten, die auf den Ausgang abgeschlossen wurden, überstiegen beinahe den Warenwert des Zuges, und Ninian begann zu zweifeln, ob es klug gewesen war, Jermyn zu dieser Reise zu zwingen.

Die Wochen bis zur Abreise waren voller Geschäftigkeit. Wollten sie nicht ein ganzes Jahr verlieren, so mussten sie sich jetzt sputen.

Die Wintermonde waren für die Reise günstig, weil die Gegenden jenseits des Karamai-Passes wasserarm waren und die Ochsen im Sommer nicht genügend Wasser finden würden. Brachen sie jedoch zu spät auf, so könnten Schneefälle den Pass unbegehbar machen. Einen anderen Weg durch das Karamai-Gebirge gab es nicht und so trieb Ely seine Leute zur Eile.

Jermyn scherte sich nicht um die Vorbereitungen für den Wagenzug. Ungerührt machte er seine Kletterübungen, kümmerte sich um Iwo und lieferte sich mit Witok wilde Wortgefechte über die Ausgaben der Scytenschule.

Ninian aber war fasziniert von den mannigfaltigen Dingen, die es zu bedenken gab. Sie hatte sich nicht vorstellen können, welch vielfältige Vorbereitung ein solcher Wagenzug benötigte.

„Wir ziehen über weite Strecken durch's Unbekannte, man muss auf alles gefasst sein", erklärte Ely, „und es eilt, hm ... wir haben uns etwas spät entschlossen. Nahrung für Mensch und Tier, vor allem aber Wasser, werden ein Drittel des Platzes einnehmen, jenseits des Karamai vielleicht noch mehr."

Sie stand mit Ely im Nördlichen Fuhrpark und beobachtete den Strom von Packen, Ballen und Fässern mit Futterkuchen, getrockneten und gesalzenen Lebensmitteln, der unaufhörlich in den Hof rollte. Donovan hatte den Fuhrpark zur Sammlung des Zuges zur Verfügung gestellt, da Elys eigener nicht genügend Raum bot.

„Dort wird es wild", fuhr Ely fort, „früher gab es auf beiden Seiten der Lathischen See Stützpunkte und Garnisonen, wo man Vorräte auffrischen konnte. Heute weiß ich nur von Omph, östlich des Gebirges. Die Seeräuber haben alle Küstendörfer südlich von Zarah ausgelöscht."

„Ich weiß, der Bulle und Witok kommen von dort."

„Ja, die Leute haben aufgegeben und sind über das Gebirge ins Herrschaftsgebiet von Dea gezogen."

„Wir bekommen einen eigenen Wagen", erzählte Ninian später auf dem Weg zum Stadtgraben. Sie ritten dort mehrmals in der Woche – übungshalber, wie Jermyn betonte, nicht zum Vergnügen.

„Du solltest einmal kommen und ihn dir anschauen. Er ist perfekt."

„Ach was, ich hab doch keine Ahnung von Wagen. Ich vertraue dir. Hauptsache, wir nehmen genug Kahweperlen mit."

„Du könntest dich wirklich mehr interessieren", entfuhr es ihr. Seine Gleichgültigkeit enttäuschte sie.

„Warum?", schnappte er zurück. „Ich habe eingewilligt, mitzukommen und mich mit dieser verdammten Reiterei abgequält. Das reicht!"

Er trieb Milan zum Galopp, den er unterdessen recht gut beherrschte. Ninian sah ihm finster nach.

Manchmal ertappte sie sich dabei, dass sie Jermyns ruppiges Benehmen mit der beinahe ehrfürchtigen Hochachtung verglich, mit der ihr Donovan begegnete. Sein Interesse für die Ruinen von Klia hatte nicht nachgelassen. Er schickte ihr Abschriften von Dokumenten über die Ursprünge Deas und überredete die Vesta und die d'Este als letzte Nachkommen der Sieben, ihre Archive zu öffnen. Unter dem Vorwand, keine Zeit zu haben, ließ Ninian ihn allein dort stöbern, obwohl es sie gereizt hätte, die uralten Schätze zu sichten. Jermyn sollte keinen Grund finden, sich wieder aus ihrem Abkommen zu winden. Sie ahnte nicht, dass Donovans Eifer mehr als alles andere dazu beitrug, Jermyn bei der Stange zu halten.

Das Unternehmen besaß ganz offensichtlich die Unterstützung des Patriarchen. Als es Schwierigkeiten mit dem Nachschub von Pökelfleisch gab, griff er die Vorräte seiner eigenen Güter an, um auszuhelfen, und er stellte Ely großzügig Empfehlungsschreiben für alle Vögte in seinem Herrschaftsbereich aus. Immer wieder bestellte er Ely zu sich oder erschien im Nördlichen Fuhrpark, um sich über die Fortschritte der Vorbereitungen zu erkundigen, und niemand merkte ihm an, dass ihm bei jeder guten Nachricht das Herz blutete. Sein Eifer steigerte das Gewicht der Unternehmung und die Mienen der Seeherren verdüsterten sich.

„Sie beunruhigen sich", kicherte Josh ap Gedew, nachdem er und Ely in den Handelshallen frostige Grüße mit Scudo Rossi und einigen anderen getauscht hatten. „Hast du gesehen, wie er beim Lächeln die Zähne gefletscht hat? Am liebsten würde er uns verschlingen."

„Ja, es macht mir etwas Sorge. Rossi ist ein einfallsreicher Kopf. Mir wäre lieber, der Patriarch würde seine Begeisterung ein wenig dämpfen. Wir können uns in Dea nicht mehr blicken lassen, wenn die Sache nicht gelingt."

„Daran solltest du nicht einmal denken, mein Freund!"

Um die Mitte des Hitzemondes sah Ely sich genötigt, eine Gesellschaft im Zunftsaal der Nördlichen Kauffahrer zu geben, um dem Patriarchen für seine Unterstützung zu danken. Ein Ereignis, dem nur Marmelin vom Borne und Lambin Assino, der zusammen mit den Brüdern Battiste eingeladen war, mit Gelassenheit entgegensah.

17. Tag des Hitzemondes 1466 p.DC

Marmelin vom Borne schritt über den Platz vor den Handelshallen. Groß und breit in der schwarzen Samtschaube, die Füße in den Ochsenmaulschuhen auswärts gedreht, glich er in allem einem Mann von Stand und Ansehen.

Nichts erinnerte an einen Barden, schon gar nicht an den abgerissenen, fahrenden Sänger, der vor mehr als drei Monden durch das Stadttor gefahren war. Die Frauen blickten bewundernd auf das gekräuselte, blonde Haar, den gepflegten Spitzbart und die ansehnliche Brust, die Männer auf die schwere, goldene Kette, die sie schmückte. Es war das einzige Stück, das ihm von der Gunst der kleinen Fürstin geblieben war, alles andere hatte die Reise verschlungen. An der Kette hatte er festgehalten, ein solches Schmuckstück zog andere Kleinodien zu sich, sorgte für Ansehen und Kredit, selbst wenn die Taschen leer waren.

Und er hatte richtig gerechnet: Der Beutel war prall gefüllt, eine Agraffe schmückte sein Barett und mehrere Ringe glänzten an seinen Fingern. Donovan hatte sich beeilt, ihn in sein Gefolge aufzunehmen. Hundert Goldstücke Leibrente im Jahr – davon ließ sich leben, wenn man häufig an fremden Tafeln speisen konnte. Marmelin schmeichelte sich, dem jungen Fürsten schon jetzt unentbehrlich zu sein. Mit wem konnte Donovan schon über Dichtkunst und Musik schwärmen oder über sein neuestes Steckenpferd, die Altertumskunde? Nicht, dass Marmelin sich rühmte, etwas davon zu verstehen, aber er wusste ein kluges Gesicht zu machen, an den richtigen Stellen zu nicken und ab und zu eine einfache Frage zu stellen. Wenn Donovan seine Schüchternheit überwunden hatte, redete er gern, dann reichte es, Zuhörer zu sein.

Marmelin betrat die Kolonnaden und blickte lächelnd zu den Statuen in den Nischen. Früher oder später drehten sich die Monologe des jungen Mannes nicht mehr um sagenhafte Städte oder steinerne Göttinnen, sondern um Frauen aus Fleisch und Blut. Die kleine Abenteurerin hatte es ihm angetan, dabei sah ein Blinder, dass sie von ihrem durchtriebenen, rothaarigen Gefährten besessen war.

Als Kenner weiblicher Reize musste Marmelin zugeben, dass sie es wert war, bewundert zu werden. Sie besaß nicht die unfassbare Schönheit seiner Herrin, aber die schrägen, hochmütigen Augen, das herzförmige Gesicht übten einen eigenartigen Zauber aus.

Das seltsame Pärchen war nicht zu unterschätzen. Als sie gestern den

Raum betraten, hatte Marmelins empfindsames Gemüt sogleich wahrgenommen, wie sich die Stimmung veränderte.

Der Patriarch und die Lady Sasskatchevan, die ihn begleitete, wechselten die Farbe, Ely ap Bedes wettergegerbtes Gesicht strahlte und das Fräulein Violetta lächelte verschämt, während die beiden Battistes sich steif verneigten. Nur ihr Vetter Lambin Assino, der Gelehrte, redete und redete. Unfähig, sich auf höfliche Weise frei zu machen, ließ der bedauernswerte Josh ap Gedew den Schwätzer endlich stehen, um die beiden jungen Leute zu begrüßen. Der Gelehrte dozierte ungerührt weiter, als habe er gar nicht bemerkt, dass ihm der Zuhörer fehlte. Er schien ein seltenes Exemplar von Hanswurst zu sein, blind und taub für alles außer seine gelehrten Texte. Die Fama sagte, nach Jahrzehnten hinter seinen Büchern habe er sich jetzt in die Welt hinausgewagt, unerfahren und hilflos wie ein Wickelkind, aber von dünkelhaftem Eifer beseelt. Eine gefährliche Mischung, aber offenbar besaßen solche Narren einen eigenen Schutzgeist.

Marmelin schmunzelte in seinen blonden Bart. Der Vorfall hatte ihn amüsiert und er gönnte sich das Vergnügen, sich daran zu erinnern: Nach den Begrüßungen waren sie in befangenes Schweigen versunken und Marmelin hatte sich vorzüglich dabei unterhalten, die Gesellschaft zu beobachten. Alle schienen erleichtert, als Ely ap Bede zu einer Rede ansetzte.

„Liebe Freunde, zu Beginn eines Unternehmens, wie wir es uns vorgenommen haben, sollte man zusammenkommen, um den Göttern zu opfern und um ihren Segen zu bitten. Wir reisen ins Unbekannte, nie ist bisher ein Wagenzug von Dea nach Tris über Land gezogen. Gefahr erwartet uns, Gebirge, Wüsten, Hunger und Durst, obwohl wir versuchen, diese beiden durch gute Planung zu vermeiden. Man warnte uns vor Räubern, aber sie können nicht schlimmer sein als die Battaver. Zudem haben wir Wächter, die es mit jedem Raubgesindel aufnehmen können."

Er verneigte sich vor den beiden jungen Leuten. Sie erwiderten die Geste höflich und mit Anmut, aber um den Mund des Jungen zuckte es spöttisch.

Ely redete, bis die Diener zu Tisch riefen. Donovan führte mit waidwundem Blick die Lady Sabeena hinaus, Hauptmann Battiste Violetta ap Bede und Josh ap Gedew wurde die Ehre zuteil, Dame Enis an die Tafel zu geleiten. Ely bot dem Fräulein aus der Ruinenstadt seinen Arm.

„Bei meinem kleinen Gott, glaubt er, sie findet nicht allein den Weg zum Futter?", spottete ihr Freund und erntete einen missbilligenden Blick von Hippolyte de Battiste, der mit seinem Vetter folgte.

„Wir sind also die Letzten", meinte der junge Mann leichthin. Marmelin hatte in der großen Halle von Kalaallit Nunat manchen unbehaglichen Moment in der Gegenwart des Großfürsten erlebt, doch vor dem Glitzern in den schwarzen Augen kroch es ihm kalt über den Rücken. Nur Mut, ermutigte er sich, mit einem solchen Moment bist du noch immer fertiggeworden, dafür bist du schließlich ein Gaukler ...

„Kommen nicht die Besten immer zum Schluss? Der König der Gedankenlenker und der König der Sänger. Nach Euch, mein Herr."

Der starre Blick löste sich, der Junge lachte.

„Ihr habt recht, auf zum Trog."

Bei Tisch benahmen sie sich erstaunlich gut für Vogelfreie. Als Marmelin sah, mit welcher Selbstverständlichkeit das Mädchen Bestecke und Gläser handhabte, fiel ihm das Gerücht ein, nach dem sie aus gutem Hause stammte. Er beobachtete sie, bis er ein leises Stechen in den Schläfen spürte und die schwarzen Augen auf sich gerichtet fand.

Genug geglotzt.

Sein Schädel dröhnte wie eine Glocke und hastig wandte er sich dem Gespräch über die bevorstehende Reise zu.

„Wir werden zuerst nach Norden ziehen, bis Vineta, umrunden die Bucht von Vineta und richten uns landeinwärts nach Südosten. Bis Molnar ist die Gegend bekannt, die Straßen sind in gutem Zustand, dank der Voraussicht des seligen Patriarchen."

Ely deutete eine Verbeugung vor Donovan an, die dieser mit säuerlichem Lächeln entgegennahm. Marmelin war schon aufgefallen, dass der junge Fürst mit dem Andenken an seinen Vater nicht recht umzugehen wusste.

„Warum setzt Ihr nicht von Vineta nach Zahra über? Das Meer ist nicht breit an dieser Stelle, ihr würdet eine Menge Zeit sparen", Battiste rückte sein Glas und die Fingerschale zusammen, um zu zeigen, wie gering der Abstand war.

„Der Hafen von Vineta fasst eine solche Flotte nicht mehr", erwiderte Ely, „und das Delta der Adiga ist so versandet, dass es ewig dauert, große Schiffe hindurchzulotsen. Bedenkt, wir müssten mehr als vierzig Wagen übersetzen, nicht zu vergessen die Zugtiere."

„Außerdem soll es ja auf dem Landwege nach Süden gehen", fiel Josh ap Gedew ein, „die Seeherren würden schön lachen, wenn wir um ihre kostbaren Schiffe angekrochen kämen."

„Nun, nun, schimpft nicht zu sehr auf den Seehandel, immerhin hat er

Dea groß gemacht", näselte Hippolyte Battiste hinter der Serviette, mit der er seinen Bart betupfte.

„Nicht wir schimpfen, Herr, die Seeherren zerreißen sich die Mäuler", fuhr Josh auf. Sein Gesicht rötete sich und Ely sprach schnell weiter.

„Wenn wir Molnar verlassen haben, beginnt der unbekannte Teil der Reise. Mein Mittelsmann hat zuverlässige Führer ausfindig gemacht, die uns über den Karamai-Pass bis Omph bringen werden. Der Pass bereitet mir einige Sorgen, aber es würde zu viel Zeit kosten, das Karamai-Gebirge nach Osten zu umfahren. Bis Omph halten wir uns in Sichtweite der Küste, aber danach müssen wir ins Landesinnere abbiegen und damit beginnt das wahre Abenteuer."

Er lächelte und Marmelin merkte, dass der würdige Kaufmann sich trotz der geäußerten Sorgen wie ein Junge auf dieses Abenteuer freute. Seine Gattin dagegen bekam schmale Lippen, sie schien die Begeisterung ihres Mannes nicht zu teilen.

„Von Omph müssen wir zunächst weiter nach Süden ziehen, mitten in die Kleine Wüste hinein, bis zur Oase von Jaffa, dann geht es wieder nordwärts zur Küste."

„Ich habe mir die Karte angesehen", warf Battiste ein, der offensichtlich seine Anteilnahme an der Reise seines zukünftigen Schwiegervaters bekunden wollte, „der direkte Weg von Omph nach Tris scheint mir kürzer. Warum der Umweg über Jaffa?"

„Alle Berichte, die wir gefunden haben, nennen diese Route", erklärte Ely geduldig, „die Kaufleute aus den Südreichen, die ich dazu befragte, versicherten mir, dass es für einen Handelszug, wie ich ihn plane, keinen anderen Weg gibt. Zwischen Omph und Tris kann man nirgendwo genügend Wasser und Futter für die Tiere aufnehmen."

„Woher wisst Ihr, ob Ihr Euch in, wie heißt es noch, in Jaffa ausreichend versorgen könnt?"

Hippolyte schien sich auf die Rolle des Widersachers versteift zu haben und wieder schwoll die Zornesader auf Josh ap Gedews Stirn.

„Seid Ihr die ersten, die auf dem Lande von Dea in die Südreiche reisen?"

Ein wenig unvermittelt stellte Donovan die Frage, seine Stimme schwankte, aber Ely musste ihm antworten und so war der Streit erst einmal abgewehrt.

„Nein, Herr, in der Spätzeit des Kaiserreiches hat der große Raol Compo seine Reisen gemacht. Zum Glück sind seine Berichte fast vollständig erhalten. Da er entsetzlich unter der Seekrankheit litt, hat er beinahe immer den Landweg gewählt. Er ist nicht nur nach Tris gekommen, sondern noch weiter in den Süden, nach Haidara und darüber hinaus. Seine letzte Reise führte ihn in die Länder gegen Morgen, von denen man in Dea erst durch ihn erfahren hat."

„Ah, bah, Geschwätz!"

Die Tischgesellschaft fuhr zusammen. Bisher hatte Lambin Assino die Speisen schweigend in sich hineingeschaufelt. Als der Name des großen Reisenden fiel, hatte er die Gabel sinken lassen. Jetzt schlug er mit der Hand auf den Tisch, dass die Gläser tanzten.

„Compo hat nie einen Fuß über Molnar hinausgesetzt! Ein Schwindler ist er, ein Betrüger und Märchenerzähler. Zum Glück sind seine Berichte fast vollständig erhalten!", ahmte er Ely nach, „Kunststück – er hat ja dafür gesorgt, dass sie tausendmal abgeschrieben und unter das fahrende Volk verteilt wurden! Fragt den Sangesbruder hier, ob nicht jeder Gaukler sie in seinem Repertoire führt!"

Er gestikulierte mit der Gabel zu Marmelin, der die Lippen zusammenkniff. Er liebte es nicht, als Sangesbruder bezeichnet zu werden. Donovan blickte den erregten Gelehrten verwundert an.

„Ihr leugnet Compos Rechtschaffenheit?"

„Rechtschaffenheit? Der Mann war ein Scharlatan."

„Und sein Bericht über die Ruinen von Klia? Die Ewige Chronik?"

„Die Ewige Chronik?"

Lambin Assino war krebsrot angelaufen.

„Geschwätz, Geschwätz, Geschwätz! Alles verdreht hat er! Klia ist eine Legende, Ulissos und Demaris – was für ein Witz! Ausgedacht von klugen Köpfen, die ihren Herrschaftsanspruch festklopfen wollten! Es gibt keine Ruinen von Klia. Aber die Chronik, die Ewige Chronik, die musste er ins Reich der Götter versetzen! *Und ich sah sie vor mir im Geiste, las mit meinem geistigen Auge in der Schrift, die da besteht seit Anbeginn der Welt ...* Humbug alles! Ich werde beweisen, dass er unrecht hatte. Die Ewige Chronik ist ein Buch des Wissens, aufbewahrt von weisen Männern. Deshalb werde ich den Wagenzug begleiten, auf einer Mission, die unendlich mehr bedeutet als die Jagd nach dem schnöden Gewinn."

Er wischte sich die Speisereste vom Kinn, die ihm bei der leidenschaftlichen Rede aus dem Munde gespritzt waren. Dass er unterdessen beinahe jeden am Tisch beleidigt hatte, störte ihn offensichtlich nicht. Nur Jermyn schien sich immer besser zu amüsieren.

„Andere Gelehrte sind anderer Ansicht, vielleicht habt ja auch *Ihr*

Unrecht", das Mädchen hatte eine feste, klare Stimme, gewohnt, in jeder Gesellschaft ihre Meinung zu sagen, „Ihr solltet weniger hart mit Messer Raol ins Gericht gehen."

„Und Ihr, junges Fräulein, solltet den Mund halten, wenn sich Erwachsene unterhalten! Wie sagt doch das Sprichwort: Langes Haar, kurzer Verstand."

Marmelin lächelte, aber an jenem Abend war ihm nicht zum Lächeln zumute gewesen. In den Nächten des Inselwinters brach die Kälte manchmal so schnell herein, dass man zusehen konnte, wie die Eishaut auf dem Wasser wuchs. Es hätte ihn nicht gewundert, wenn das Wasser in den Fingerschalen gefroren wäre.

Die Tischgesellschaft hatte geschlossen nach Luft geschnappt. Der Patriarch von Dea, Herrschaften von altem Adel und zwei mächtige Kaufherren duckten sich wie Kinder vor einem drohenden Gewittersturm. Ihre Angst steckte an, aber Marmelin hatte den Blick nicht von der jungen Frau wenden können. Sie war nicht errötet wie andere Mädchen bei einer solchen Zurechtweisung, ihre Züge waren kalt und weiß wie die Gesichter der Statuen, die den Speisesaal schmückten. Marmelin schauderte.

Eine Göttin aus Marmelstein ... die Gläser vor seinem Teller klirrten leise, der dunkle Wein schwappte über, rote Flecken breiteten sich auf dem weißen Tischtuch aus, langsam rutschten die zweite Portion Klöße, die er sich gerade aufgetan hatte, auf den Rand des Tellers zu, der silberne Tafelaufsatz neigte sich, eine rosige Pflaume fiel von dem aufgetürmten Obst und kollerte über den Tisch. Unwillkürlich klammerte Marmelin sich an die Armlehnen seines Stuhls, er sah seine Angst in den Mienen der anderen gespiegelt. Was tat dieses Mädchen?

Lautes Prusten löste die Spannung. Die Gegenstände auf dem Tisch verloren ihr unheimliches Leben und erstarrten wieder. Das Prusten verwandelte sich in einen Hustenanfall und als er gar nicht aufhören wollte, wandte sich das Fräulein ihrem keuchenden Gefährten zu und klopfte ihm unsanft auf den Rücken.

„Du isst, wie immer, zu schnell", sagte sie missbilligend, während er sich mit dem Ärmel über die Augen wischte.

„Eine verbreitete Sünde", ließ sich der Gelehrte vernehmen, der allein den Kälteeinbruch nicht bemerkt zu haben schien. Und der Gott der Narren war mit ihm gewesen. Mit einem bösen Blick auf ihren belustigten Freund hatte die junge Frau Ely gebeten, weiter von ihrem Reiseweg zu erzählen.

Marmelin tauchte in das kühle Halbdunkel der Foren ein. Als sich seine Augen angepasst hatten, blieb er stehen und blickte bewundernd zum Scheitelpunkt des Gewölbes auf. Die Eingangshalle reichte über alle Stockwerke und war reich mit verschiedenfarbigem Marmor ausgelegt. Die Brust des Sängers hob sich in einem tief empfundenen Seufzer. Es war gut, in Dea zu leben! Die große Holzhalle auf Kalaallit Nunat, in der Kanut Laward seine Vasallen empfing, entbehrte nicht einer gewissen Majestät. Doch was ging über die klaren, klassischen Bauten des alten Dea? Sein Vater mochte ein rauer Nordmann gewesen sein und Marmelin konnte, wie jeder Angehörige des fahrenden Volkes, ein hartes Leben ertragen, wenn es sein musste, aber seine wahre Heimat war hier, im Mittelpunkt der Welt!

Der Barde lachte ein wenig bei diesem Gedanken – als ob Kanut Laward den Großen Stuhl nicht ebenso dafür hielt!

Der Lärm der Versteigerung drang an sein Ohr, der Singsang des Ausrufers, die Gebote der Käufer, die sich aus dem Stimmengewirr lösten. Marmelin vom Borne ging weiter, manchmal gefiel es ihm, das Hin und Her der Waren zu betrachten, aber die Idee zu einer Ballade trieb ihn in sein Quartier.

Er verließ die Hallen durch einen Hintereingang und schritt zwischen den angrenzenden Häusern her, schon tief in Gedanken, als er vor einer Toreinfahrt, halb verborgen hinter einem Vorhang aus wildem Wein, stehenblieb und lauschte. Gesangsfetzen wehten aus dem Innenhof zu ihm heraus. Es war nicht ungewöhnlich, dass ein Sänger vor den Fenstern um sein Brot sang, aber Marmelin hatte eines seiner Lieder erkannt.

Ihr Wellen, die ihr durch die Lande gleitet,
Dahingetrieben von dem Windeswehen,

Jeder Barde nimmt Anteil an seinen Melodien, als seien es Kinder, und dieses Kind wurde ganz offensichtlich misshandelt!

Ärgerlich duckte er sich unter dem Blätterschleier her und blickte aus dem grünen Dämmerlicht in den sonnenbeschienenen Hof.

Sagt ihr, dass ihr euch immer mehr verbreitet,
Sagt ihr, mein Leben wäre am Vergehen,

Marmelin knirschte mit den Zähnen, als wolle er die grausam falschen Töne zermalmen. Er wollte dem Banausen, der seine Melodie marterte, ein Liedchen singen …

„Nein, nein, du machst es noch nicht richtig!"
Die Stimme hielt ihn, wo er war.
„An der Stelle musst du die Augen schließen – so und deine Hand auf's Herz ... auf das Herz, nicht auf den Magen, Dummkopf, so und jetzt mit viel Schmalz in der Kehle ..."

Cecco, unverkennbar. Der Hof war voll, etwa zwei Dutzend Menschen starrten gebannt auf das Schauspiel in ihrer Mitte. Marmelin überragte die meisten Männer in Dea, er hatte einen großartigen Überblick.

Sagt ihr, dass allzeit Schmerzen mich bestehen,
Sagt ihr, Hoffnung mich nicht mehr geleitet.

Der Sänger, ein blasser, schlaksiger Jüngling, knödelte die sehnsüchtigen Worte mit klebriger Wehmut. Ein kleiner, heißer Ball formte sich in Marmelins Eingeweiden. Doch auch Cecco schien nicht zufrieden.

„Hör auf, hör auf. Da wünsch ich ja, ich hätt meine Ohren heute im Bett gelassen! Selbst der große Ochse macht es besser. Los, noch mal, und achte darauf, dass deine Beine im gleichen Takt wie deine Stimme zittern."

Während sich der Jüngling erneut auf das unglückliche Lied stürzte, erkannte Marmelin mit einem Schock, dass *er* mit dem großen Ochsen gemeint war. Der Ball in seinen Eingeweiden wuchs, aber auf morbide Weise gefesselt, hörte er weiter zu.

Cecco führte den unseligen Jungen zum Gaudium seiner Zuhörer nach allen Regeln der Kunst vor. Er sagte ihm, wie er singen, stehen und gestikulieren sollte, und wenn der arme Kerl sich brav abmühte, kritisierte sein unbarmherziger Richter gerade das, was er ihm geraten hatte. Es war eine großartige Vorstellung und die Zuschauer hielten sich die Bäuche vor Lachen. Aber was folgte, war noch schlimmer.

Als habe er die Geduld verloren, schubste Cecco sein Opfer an den Rand des Kreises und stellte sich in Positur.

„Du hast so viel Talent wie eine Bohnenstange, mein Sohn. Seht, hier ist der Meister selbst."

Cecco war ein kleiner Mann, mit seinen dunklen, lächerlich kurzen Haarfransen, den runden Augen und krummen Beinen konnte er Marmelin nicht unähnlicher sein. Doch von dem Augenblick an, da er die Harfe, die er dem Möchtegern-Sänger entrissen hatte, innig an die Brust drückte, die Füße auswärts spreizte und endlich mit weitausholender Geste in die

Saiten griff, erkannte der Barde sich selbst. Geste für Geste ahmte Cecco ihn nach, all die kleinen Eigenheiten, die Pausen, die schmerzlich gerunzelten Brauen, entstanden vor den Augen des begeisterten Publikums. Dabei übertrieb er es, gerade so viel, dass jede Bewegung albern wirkte. Die Stimme blieb Ceccos Stimme, durchaus geschult und geschmeidig, aber mit schnarrendem Unterton, der quälte und reizte. Die Zuhörer tobten, Marmelin dagegen stand erstarrt, wie einer der Unglücklichen, die Kanut Laward zum Tod durch Erfrieren verurteilt hatte. Mit seinen gleisnerischen Kräften verführte Cecco die Sinne. Um seine rundliche Person irrlichterte wie ein Schatten die imposante Gestalt eines Nordmannes, ein blonder Hüne, der sich zum Narren machte.

Marmelin hatte nicht geahnt, wie sehr sein Gefolgsmann ihn hasste. Die Verspottung seiner Person hätte er vielleicht ertragen, aber während Cecco sang, enthüllte er gnadenlos die schwachen Stellen des Liedes, jede langweilige Phrase, jede abgedroschene Wendung. Mittelmaß, nicht die Leistung eines Sängerfürsten – der heiße Ball platzte, Wut füllte Marmelins Brust, seinen Kopf und schmolz die eisige Starre.

Sie spritzten auseinander wie Hühner, wenn ein Habicht sich vom Himmel stürzt. Cecco schrie, als Fäuste auf ihn nieder fuhren, die jedem nördlichen Seefahrer Ehre gemacht hätten.

„Ratte, Hurensohn!"

Marmelin brüllte, er trat und schlug, versuchte, den Kleinen, der sich wie eine Schlange wand, zu fassen. Seine Hände gierten nach der Kehle des Frevlers, er wollte sie herausreißen, nie wieder sollte ein Ton aus diesem Schandmaul kommen.

Als kleiner Mann mit bösem Mundwerk musste Cecco Vorkehrungen treffen, um sich gegen die wütenden Opfer seiner Späße zu wehren, und Blei in den Schuhspitzen war nicht die schlechteste Waffe. Als Marmelin sich krümmte, riss er sich los.

„Verswinde, du Scheetkerl, ich werde sorgen, dass dir der Boden in Dea unter den Füßen brennt … ah, verdomme, mein Knie …"

So schnell er konnte, humpelte Cecco über den Hof. Seine Kehle brannte, das eine Auge schwoll zu, dennoch grinste er. Es war die Sache wert gewesen, er hatte ein Bresche in die unerträgliche Selbstverliebtheit des Barden geschlagen und sich damit für all die Demütigungen gerächt. Vier Jahre hatte er den Watschenmann für Marmelin vom Borne gemacht. Da kam einiges zusammen.

Als er einige Tage später in den Schankraum des „Heiteren Spielmanns" kroch, war ihm das Grinsen vergangen. Es war früh am Morgen, der Hausknecht fegte die alten Binsen hinaus und grunzte unfreundlich, als er Ceccos geschundenes Gesicht sah.

„Was willst? Wir ham noch nich auf."

„Der Wirt ... ist Meister Ekkert schon wach?"

„Geht dich nix an, du Vogelscheuche, schleich dich!"

Aber Cecco rührte sich nicht. Die Beine gaben unter ihm nach, er ließ sich schwer auf eine Bank fallen.

„Dann musst du mich rauswerfen, ich kann nicht mehr."

So gelassen sagte er es, dass der Hausknecht stutzte. Solches Benehmen kannte er nicht von Bettlern. Zögernd legte er den Besen beiseite.

„Sach nich, ich hätt dich nich gewarnt." Er spuckte in die Hände und bückte sich, um die halbe Portion vor die Tür zu setzen.

„Was der Deibel ... hast du Blei gefressen?"

Noch einmal versuchte er es, spannte seine Muskeln, dass die Adern an seinem Hals hervortraten, aber er konnte den kleinen Mann keinen Zoll bewegen. Er bemerkte nicht, dass auch Cecco der Schweiß übers Gesicht strömte.

„Was treibst du da?"

Meister Ekkert betrat die Schankstube.

„Er rührt sich nich", keuchte der Hausknecht. Der Wirt kam näher und musterte Ceccos Züge unter den verklebten Stirnfransen.

„Nee, das glaub ich wohl. Geh raus, ich kümmere mich um ihn. Was willst du?", fragte er, als der Knecht verschwunden war.

„Was zu essen, Obdach für ein paar Tage, bis sich der Meisterzupfer beruhigt hat, und einen Bader", krächzte Cecco, nach dieser letzten Täuschung vollkommen ausgelaugt. Der Wirt schüttelte den Kopf.

„Zu Essen sollst du haben, aber keine Unterkunft. Die Botschaft war sehr deutlich: keine Unterstützung für Cecco, den kleinen Scheißkerl! Marmelin würde meine Schenke zum Pesthaus erklären, das kann ich mir nicht leisten. Warum hast du dich mit ihm angelegt?"

„Er ist mir auf den Sack gegangen", spuckte Cecco gehässig. Meister Ekkert zuckte die Schultern.

„Ein guter Grund, aber er kommt dich teuer zu stehen. Wenn du gegessen hast, verschwindest du!"

Bevor Cecco den „Heiteren Spielmann" verließ, sah er sich vorsichtig nach allen Seiten um. Vielleicht war es wirklich kein guter Einfall gewesen, Marmelin zum Gespött zu machen. Der nachtragende Fettsack hatte nicht nur unter den Gauklern Deas verbreiten lassen, dass Cecco persona non grata war, er hatte auch Schläger angeheuert, die seinem abtrünnigen Gefolgsmann das Fell gerben sollten. Nur durch ständige Wachsamkeit war Cecco ihnen bisher entkommen. Aber allmählich verließen ihn die Kräfte. Zu Essen konnte er auftreiben, aber er musste sich ausruhen. Wenn er keine Ruhe fand, konnte er den Tölpeln nichts mehr vormachen. Er hatte kein Geld, um aus Dea zu verschwinden, und er konnte keines verdienen.

„Freund, auf ein Wort."

Da – da zeigte sich seine Erschöpfung! Er hatte die Verfolger nicht bemerkt, während er an den Hauswänden entlanggeschlichen war. Zu müde um zu kämpfen, duckte er sich und hielt den Arm vor das Gesicht. Der Schlag blieb aus. Cecco starrte auf Füße in weichen, modischen Schnabelschuhen, darüber schwarzbunte Beinlinge, eine seidengesäumte Mantelkante. Nicht die üblichen Schläger.

„Keine Angst, wir wollen Euch nichts Böses, Cecco Aretino. Wir haben ein Angebot für Euch."

29. Tag des Hitzemondes 1466 p.DC

Cecco hinkte in den Hof des Fuhrparks. Seine Hüfte schmerzte, wo Marmelins Stiefelspitze ihn getroffen hatte, und seine Kehle war immer noch wund, aber der Heiler hatte gute Arbeit geleistet und zum Glück war kein Knochen gebrochen.

„Oi, aus dem Weg, Schnarchhahn!"

Er sprang zurück und ein Wagen mit Pökelfleischfässern rollte an ihm vorbei. „Pass uff, du Zwerg!"

Zwei Träger, eine mit Decken beladene Trage zwischen sich, rempelten ihn beiseite, so dass er um ein Haar in einen dampfenden Haufen Pferdekot getreten wäre. Cecco rettete sich an einen Pfosten unter der Galerie, um zu verschnaufen. Dann drückte er sich an den Ställen vorbei, bis zum Kontor des Zugführers. Das unaufhörliche Klingklang des Schmieds schrillte in seinen Ohren. Unter den Seefahrern hieß es, Ely habe sein gesamtes Vermögen in dieses gewagte Unternehmen gesteckt – wenn es misslang, war er ruiniert. Und mit ihm viele andere, er würde sich in Dea nicht mehr sehen lassen können.

Cecco fand die Reihe der Männer, die sich anwerben ließen, und stellte sich geduldig an. Er hatte Zeit und konnte sich schonen, unterwegs würde er alle seine Kräfte brauchen.

Die gestempelte Zahlrolle in der Hand stand er kurz darauf wieder im Hof.

„Meldet Euch bei der Wache", hatte ihm der Schreiber aufgetragen, „sie muss Euch mit Eurer Anstellung in ihre Liste eintragen."

Cecco straffte sich, hier kam die erste Hürde. Er leerte seinen Geist und setzte ein dümmliches Gesicht auf. Seine Schultern rundeten sich, er stelzte mit gerümpfter Nase über den Hof, jeder Zoll ein empfindlicher Herrschaftsdiener. Schließlich entdeckte er die Fuhrknechte, die vor ihm gestanden hatten. Und dann fiel ihm ein Stein vom Herzen. Seine neuen Herren hatten Recht gehabt, das Mädchen war allein. Von ihr hatte er nichts zu befürchten.

Während er wartete, beobachtete er sie. Von weitem konnte man sie für einen jungen Mann halten, das dunkle Haar war zu einem festen Zopf geflochten, sie trug ein geschlitztes, wadenlanges Wams über Beinlingen und hohe Stiefel. Aber als sie von der Liste aufblickte, blitzte der Stein in ihrem Nasenflügel und sie war hübsch genug, um den Tölpel vor ihr zum Stottern zu bringen. Sie wirkte lächerlich jung, aber Cecco ließ sich nicht täuschen. In ihrer Haltung lag die gelassene Autorität eines Menschen, der weiß, dass er unbesiegbar ist. Als sie den vorletzten Mann abfertigte, lockerte Cecco seine Kinnlade und stierte ins Leere.

Dann war er an der Reihe und reichte ihr seine Zahlrolle. Ihr Blick wanderte zwischen dem Schriftstück und seinem Gesicht hin und her. Cecco beschlich Unbehagen, die hellen Augen waren merkwürdig durchdringend. Sollte sie am Ende *sehen*, wie ihr Freund ...

„Du kannst noch nicht lange in den Diensten von Lambin Battiste sein. Du bist Sänger, kein Herrendiener."

Cecco riss die Augen auf.

„Sänger, wertes Fräulein? Keinen Ton bekomm ich heraus", krächzte er.

Das Mädchen runzelte die Brauen.

„Hör auf! Ich kenne dich, du hast auf dem Frühlingsfest dieses freche Lied gesungen."

Er zwang sich, seine Erleichterung nicht zu zeigen. Sie hatte nur ein gutes Gedächtnis ...

„Ja und? Deshalb bekomm ich jetzt doch keinen Ton hervor!", jammerte er, „ich hatte einen kleinen ... hm, Streit und der Bastard hat mir meine Kehle gequetscht. Jetzt kann ich nicht singen und wovon soll ich leben, schönes Fräulein? Wenn der andere mich erwischt, dann ist's damit für immer aus! Also dachte ich, eine schöne, lange Reise in ein fernes Land ist gerade das Richtige für mich! Geld hab ich keins und die harte Arbeit für die Überfahrt auf einem Schiff schmeckt mir nicht. Als der Herr Lambin daher einen Burschen suchte, hab ich mich gemeldet. Wollt Ihr mir das versauen?"

Er schraubte seine Stimme höher, halb unverschämt, halb Mitleid heischend und wie erwartet, missfielen ihr die schrillen Töne.

„Schon gut, schon gut. Finde dich rechtzeitig mit deinem Herrn ein. Und denk daran, er ist kein Händler, sondern Reisender, das heißt, *du* musst für seine Bedürfnisse sorgen."

Sie mochte ihn nicht, dass war nicht zu übersehen, aber das beunruhigte Cecco nicht. Er würde darauf achten, ihr aus dem Weg zu gehen.

3. Kapitel

3. Tag des Rebenmondes 1466 p.DC

Ninian schlief nicht in ihrer letzten Nacht in Dea, zu viele Gedanken kreisten in ihrem Kopf. Die erste Fahrt mit Ely drängte sich in ihren Sinn und die Erinnerung an Tillholde brachte die üblichen Gewissensbisse mit sich. Jetzt trug *sie* einen großen Teil der Verantwortung für das Gelingen des Unternehmens. Es war ein Wagnis, eine Reise ins Unbekannte, niemand konnte sagen, was sie erwartete. Scheiterten sie, so würde man nicht zuletzt ihr und Jermyn die Schuld geben.

Er war nach Hause gekommen, als sie lange das Licht gelöscht hatte, und wortlos neben ihr ins Bett gekrochen. Plötzlich war es ihr als schlechtes Omen erschienen, dass sie diesen letzten Tag nicht zusammen verbracht hatten. Er rührte sich nicht, aber sie wusste, dass er ebenso wach lag wie sie.

Je näher der Tag der Abreise gerückt war, desto mürrischer war er geworden, und sie zweifelte nicht daran, dass er mit dem Schicksal haderte, das ihn zwang, Dea zu verlassen. Es bedrückte sie, sie hatte gehofft, sie würden die gemeinsame Reise genießen, aber plötzlich schien es ihr wahrscheinlicher, dass sie den engen Wagen wochenlang, vielleicht für mehrere Monde, mit einem schlecht gelaunten Jermyn teilen musste.

Als sie sich ruhelos auf die Seite drehte, hörte sie Cosmo kläglich schreien. Die dünnen Töne versetzten ihr einen Stich. Der Kleine hatte in den letzten Tagen gekränkelt und obwohl LaPrixa sein Unwohlsein auf das lästige Zahnen geschoben hatte, malte Ninian sich alle möglichen Schreckensbilder aus: Das Kind erkrankte ernsthaft, die anderen Patrone machten sich ihre Abwesenheit zu Nutze, um sich die Ruinenstadt einzuverleiben, die Battaver sannen auf Rache und wagten einen zweiten Angriff auf Dea – in der Dunkelheit nahmen die Ängste groteske Formen an. Sie schalt sich eine Närrin. LaPrixa würde ein wachsames Auge auf die kleine Familie im Palast haben, Donovan, wenn es sein musste, die Stadtwache einsetzen, um die Ruinenstadt vor Übergriffen zu schützen – sehr zum Missfallen von Thybalt und Dubaqi! Überhaupt Donovan – auch der Gedanke an ihn rumorte in ihr. Sie hatten sich häufig gesehen in der letzten Zeit, natürlich nur, um über die Reise und die Suche nach Klia zu sprechen. Warum auch nicht, wenn Jermyn seine ganze Zeit mit dem albernen Himmelsspiel verbrachte! Donovan hatte sich beherrscht, nie über Gefühle gesprochen, aber sie hatte manchen Blick gefühlt, der ihr Unbehagen bereitete. Und Jermyn spürte dieses Unbehagen. Donovan würde kommen, um sich zu verabschieden. Nicht offiziell, als Patriarch von Dea – das durfte er sich nicht erlauben, wollte er nicht die mächtigen Seeherren noch mehr gegen sich aufbringen – aber als Altertumsforscher und Freund von Ely, den er schätzengelernt hatte. Und Jermyn würde es übel nehmen ...

Als die Tempelglocken die Stunde vor Sonnenaufgang ankündigten, war sie geradezu erleichtert.

„Verdammte Scheiße!"

Die kalte Wut in seiner Stimme fuhr ihr wie ein Messer durchs Herz. Sie sprang aus dem Bett, raffte die Kleider zusammen, die sie bereitgelegt hatte, und stürzte durch die Tür. Auf dem Weg zum Badehaus rannen ihr Tränen der Wut über die Wangen. Er hätte sich zurückhalten können, bis sie fort war.

Aber Wag hatte getreulich den Ofen eingeheizt, das heiße Wasser spülte die Müdigkeit fort und linderte ihren Kummer. Als sie die Küche betrat, hatte sie sich leidlich gefasst und das war gut so, es herrschte trostlose Stimmung dort.

Niemand sprach, Kamante trug den schlafenden Cosmo im Tuch. Ihre Augen waren rot, aber sie brachte ein Lächeln zustande. Wag rührte trübselig in der Grütze und warf ängstliche Blicke auf Jermyn, der finster auf der Bank hockte und Kahwe hinunterschüttete.

„Bist du endlich fertig?"

Ohne sie anzusehen, stand er auf und drückte sich an ihr vorbei. Als die Tür hinter ihm zufiel, atmeten sie leichter.

„Heute großer Tag, Patrona."

Kamante stellte dampfenden Tee und eine Schüssel gerührter Eier auf den Tisch.

„Iß tüchtig, is letzte ordentliche Mahlzeit."

Ninian musste lachen.

„Es gibt einen Küchenwagen und Ely beschäftigt einen guten Koch."

„Ach, ich weiß nich."

„Ihr werdet euch verlaufen un verdursten", orakelte Wag, „oder von grässlichen Bestien gefressen werden."

„Für das erste haben wir Führer, wegen dem zweiten sind wir beide dabei. Sieh nicht so schwarz, Wag. Es wird alles gut gehen."

„Das sagst *du*, aber *er* guckt, als ging's zum Schlachthof."

Vielsagend deutete er mit dem Daumen zur Tür. Ninian runzelte die Stirn.

„Er hat schlechte Laune, weil er seine dämlichen Meisterschaften verpasst", knurrte sie. Wag antwortete nicht, seine Miene drückte Verständnis aus.

Kamante zuliebe schluckte Ninian einige Bissen Ei und Grütze herunter, aber ihre Kehle war wie zugeschnürt. Entsetzt spürte sie wieder Tränen hinter den Lidern brennen. Es konnte nicht angehen, dass ausgerechnet sie mit verweinten Augen im Fuhrpark erschien!

„Wie geht es Cosmo?", fragte sie, um sich abzulenken.

„Och, besser", Kamante schaukelte das Bündelchen vor ihrer Brust liebevoll.

„Jou, er hat nich mehr die ganze Nacht geschrien, sondern nur die halbe."

„Sei still, Wag. Is nich wahr, Zahn is durch, glaub ich. Wenn du wieder da bist, ist er großer Junge. Läuft un spricht, wirst ihn nich mehr erkennen."

„Unsinn, wir werden rechtzeitig zum Frühlingsfest zurück sein. Ich komme gleich noch einmal herein."

Sie hielt es in der Küche nicht mehr aus und stand auf. Das große Gepäck war schon vor Tagen abgeholt worden, und weil Jermyn sich nicht blicken ließ, lief sie über den Hof zur vorderen Fassade.

Allmählich hatte sie genug von tränenreichen Abschieden. Der Bulle hatte geschnieft und herumgedrukst und selbst Witok hatte etwas Bedauerndes gebrummt. Am schlimmsten war es gestern bei Kaye gewesen. Er und Biberot hatten rückhaltlos geschluchzt, bis es ihr zuviel geworden war.

„Ich komme wieder, Kaye! Mach nicht so ein Theater."

„Ach, w…weißt du", hatte er geschluckt, „das muss man ausnutzen, es geht nichts über eine ausgiebige Flennerei, so befreiend! Deshalb komme ich morgen nicht zum Fuhrhof. Ich müsste mich zurückhalten – als Geschäftsmann darf ich mich nicht vor allen Leuten gehen lassen. Aber, im Ernst, Süße", zierlich hatte er mit seinem seidenen Schnupftuch hantiert, „gib gut auf dich acht und auch auf den lieben Jermyn. Es wäre kein lustiges Leben mehr, ohne Euch in Dea. Und denk daran, alles, was Dir begegnet, kommt ins Buch."

Er hatte ihr das Versprechen abgelockt, von allen Trachten und Bekleidungen, die ihnen in der Fremde unter die Augen kämen, Zeichnungen anzufertigen, und ihren Einwand, sie könne nicht zeichnen, ungeduldig beiseite gewischt.

„Unsinn, erstens weißt du nie, was du kannst, bevor du es versuchst, und zweitens wirst du ja wohl aufschreiben können, dass der Rock blau und das Wams grün ist, oder?"

Weder Mond noch Sterne standen am dunklen Himmel, die Luft streichelte mild und feucht ihr erhitztes Gesicht. Ihr Magen zog sich zusammen und der Abschied von Tillholde fiel ihr ein, als Vater Pindar sie ins Haus der Weisen gebracht hatte. Niemand hatte geweint und wie gelassen war sie selbst gewesen ... hastig schüttelte sie den Gedanken ab, er brachte nur Gewissensbisse.

Über den Schuttberg kletterte sie zur Fassadenmauer und tastete sich die Wand hinauf, den Weg zu den leeren Fensterhöhlen kannte sie im Schlaf.

Vor ihr lag die Ruinenstadt in ihrem Totenschlaf, dahinter breitete sich Dea, die Gewaltige aus und über ihr, gegen Sonnenaufgang, lichtete sich der Himmel. Ein breiter Perlmuttstreifen trieb die Dunkelheit vor sich her. Ninian starrte ihm entgegen. Was erwartete sie dort, jenseits der Inneren See? Setzte sie das Glück, das sie in Dea gefunden hatte, leichtfertig auf's Spiel?

„Warum willst du so unbedingt weg?", hatte LaPrixa gefragt. „Die Fremde taugt nichts, du wirst unglücklich sein und unser rothaariger Freund wird das Seine dazu beitragen."

Die Hautstecherin hatte die Worte über die Schulter geworfen, während sie mit ihren Gerätschaften hantierte. Das Abmessen der Tinkturen schien ihre ganze Aufmerksamkeit zu erfordern und ihre Gleichgültigkeit angesichts dieses Abschieds hatte Ninian enttäuscht. Die letzte Bemerkung glich so sehr ihren eigenen Befürchtungen, dass sie ärgerlich aufgestanden war.

„Wenn du nur unken kannst, werde ich jetzt gehen. Gehab dich wohl, LaPrixa."

Bevor sie die Tür erreichte, hatte die dunkle Frau vor ihr gestanden. Ninian war in ihrer Umarmung fast verschwunden. Die schwarzumrandeten Augen glänzten, als LaPrixa sie freigab.

„Hast du alle Medikamente eingepackt, die ich dir gegeben habe, und alles aufgeschrieben, was ich dir zu Krankheiten und Verletzungen gesagt habe?", fragte sie rau. „Zum Glück sind die Hakims, die Heiler im Süden, klüger als die Quacksalber von Dea. Komm heil wieder!"

Damit hatte sie Ninian hinausgeschoben und die Tür mit lautem, endgültigem Knall ins Schloss geworfen. Niemand schien dieser Reise wohlgesonnen.

Entschlossen warf Ninian die beunruhigenden Gedanken ab, stützte die Hände auf die Brüstung und versenkte sich in den Untergrund der Ruinenstadt.

Schwer ruhten die gewaltigen Fundamente aus Kalk, Ziegeln und Mörtel auf den Schultern der Erde. In Jahrhunderten hatten sie den sumpfigen Boden des alten Flussdeltas zu dichtem Lehm gepresst, und so verfallen der oberirdische Teil der Paläste war, so dauerhaft hatte sich der unterirdische erwiesen. Geduldig trugen die Kinder der Erdenmutter ihre Last und als sie ihre Anwesenheit in der sanften Berührung von Ninians Geist spürten, öffneten sie sich gehorsam ihren Wünschen.

„Dies bin ich, erkennt mich. Duldet keinen Fuß außer meinem, erhebt euch gegen jeden Fremden, bis ich euch von diesem Spruch entbinde!"
Zwei Fuß breit zog sie den Sperrgürtel um den Palast, lückenlos, bis auf einen schmalen Durchlass in jeder Himmelsrichtung. Außer LaPrixa würden nur Wag und Kamante die Stellen kennen, innerhalb des Palastes waren sie sicher. Einen Moment lang verharrte Ninian in der träumenden Wärme des Erdenbewusstseins. Würde die Berührung des Gesteins unter einem fremden Himmel ebenso vertraut und tröstlich sein? Jähe Sehnsucht nach der Erdenmutter überfiel sie, aber es schien, als habe sich das alldurchdringende Wesen der Mutter zurückgezogen und eine Scheu hielt Ninian ab, sie in ihrem innersten Heiligtum im Herzen der Erde aufzusuchen. Sehr lange schon war sie nicht mehr bei ihr gewesen ...

Mit einem Ruck löste sie sich aus dem Gestein. Schwarz hoben sich die Ruinen vor dem heller werdenden Himmel ab. In der Nähe kollerten Steinchen in die Tiefe und als sie hinsah, lehnte Jermyns dunkle Silhouette reglos in einer Fensteröffnung. Er drehte sich nicht nach ihr um, aber Ninian war sicher, dass er sie gesehen hatte. Es fiel ihm schwer, jemanden *nicht* zu bemerken ...

Sie kletterte hinunter, ohne ihn anzusprechen, er hätte nicht geantwortet.

Als sie in die Küche kam, um endgültig Lebewohl zu sagen, hielt Kamante ihre Tränen nicht mehr zurück.

„Pass gut auf dich auf, Ninian, is böses Land da unten, böse Männer!"
Auch Wag gingen die Augen über.

„Recht hatt se, überleg's dir lieber noch mal, Patrona: Wüste un Räuber un kein Dach übern Kopf – das is doch nix für'n anständgen Menschen. Wenn ihr nu nich wiederkommt, du un der Patron, was wird dann aus uns?", er schniefte und wischte sich mit dem Ärmel über das Gesicht. Kamante schluchzte auf und der kleine Junge in ihrem Arm fuhr aus dem Schlaf. Erschrocken blickten die dunklen Augen aus dem Tuch hervor, sein Mund verzog sich und im nächsten Moment schallte sein jämmerliches Geschrei durch die Küche.

Die tränenreiche Szene ließ Ninian beinahe die eigene Fassung verlieren.

„Macht euch keine Sorgen, so lange wird es gar nicht dauern, bis wir zurück sind", brachte sie hervor und umarmte hastig die drei, die ihre Familie geworden waren. „Ich bringe euch was Schönes mit."

Sie griff nach der Filzkapuze, die auf der Bank lag, und flüchtete aus der Küche.

„Un der Patron?", rief Wag gekränkt hinter ihr her, „sagt er nich ade?"

Auf dem Hof stieß sie mit Jermyn zusammen.

„Bist du endlich soweit?", knurrte er unfreundlich.

„Kannst du auch was anderes sagen?", fuhr sie ihn an, froh, den Kloß in ihrem Hals loszuwerden. „Sag ihnen Lebewohl oder bist du zu feige dazu?"

Ohne eine Antwort abzuwarten, lief sie zur Tür und blieb erst stehen, als sie die unsichtbare Sperre erreicht hatte. Einen Moment lang war sie versucht, sie zu überschreiten und Jermyn auf der anderen Seite zappeln zu lassen, aber warum sollte sie sich ebenso kindisch benehmen wie er? Sie setzte sich auf das Kapitell, das die Lücke markierte, und wartete. Er ließ sich Zeit, sie hatte ihn beleidigt und sie sollte seinen Ärger spüren. Die Ruinen lagen im grauen Licht der Dämmerung, als er endlich heranschlenderte.

Ninian sprang auf.

„Komm, wir sollten bei Sonnenaufgang bei Ely sein!"

Er ließ sich nicht aus der Ruhe bringen.

„Hast du die Durchgänge geändert? Ich will nicht auf der Schnauze landen, weil du sauer bist."

„Nein", fauchte sie, „obwohl du es verdient hättest."

„*Du* wolltest unbedingt, dass ich mich verabschiede, da konnte ich Wag ebensogut noch ein paar Ratschläge für Iwo mitgeben."

Seine Stimme klang seidenweich, er *wollte* streiten. Ninian presste die Lippen zusammen und marschierte über das Geröll, während er vorsichtig in der Flucht des Kapitells folgte.

Als sie durch das Tor von Elys Anwesen schritten, hatten sie kein Wort miteinander gewechselt. Trotz der frühen Stunde war der ganze Hausstand auf den Beinen. Der Haushofmeister eilte ihnen entgegen und führte sie zu den Stufen des Wohnhauses, wo Dame Enis sie erwartete. In den Händen hielt sie einen großen Pokal.

„Mögen die Götter gnädig auf euren Auszug und eure Rückkehr blicken und euch sicher durch die Fremde führen", sagte sie feierlich und diesmal erschien Ninian ihr würdiges Gehabe nicht albern. Elys Gattin kannte alle Gefahren, die auf einen Wagenzug lauerten. „Opfert den hohen Mächten und trinkt auf gutes Gelingen."

Sie vergoss ein wenig auf den Lehmboden des Hofes, trank und reichte Jermyn den Pokal. Entgegen Ninians Befürchtungen nahm er ihn und tat es Dame Enis nach, ohne eine Miene zu verziehen. Als sie an der Reihe war, hatte sie alle Mühe, den Schluck des warmen Getränks herunterzuwürgen. Es brannte in der Kehle und sie hustete.

„Lebenswasser, vermischt mit frisch gemolkener Milch", erklärte Dame Enis, „damit beginnt und endet jede Fahrt. Ein ehrbarer Wagenführer duldet es nur dann auf seinem Zug", fügte sie streng hinzu.

„Dafür wollen wir dankbar sein", erwiderte Jermyn glatt. Ninian warf ihm einen warnenden Blick zu, doch Dame Enis hatte den Spott nicht bemerkt. Sie neigte majestätisch den Kopf und kehrte ins Haus zurück. Violetta kam die Stufen herunter. Jermyn nickte sie scheu zu, Ninian aber umarmte sie.

„Gib gut auf dich acht und auf alle anderen auch. Je eher ihr zurückkommt, desto besser", sie errötete. Ohne Ely gab es keine Hochzeit.

Jermyn grinste breit und falsch.

„Ja, ja, wenn wir nicht voranmachen, ziehen sie am Ende ohne uns los. Das wäre ein Unglück!"

Die Röte in Violettas Wangen vertiefte sich. Ninian unterdrückte ihren Ärger und erwiderte die Umarmung.

„Keine Sorge, zum Frühlingsfest sehen wir uns wieder."

Stallburschen hatten Luna und Milan fertig gesattelt in den Hof geführt und sie saßen auf. Jermyn ritt mittlerweile annehmbar, aber der Hengst mochte seinen Widerwillen spüren, er tänzelte unruhig und sein Reiter hatte Mühe, in den Sattel zu kommen.

Alle im Hof Versammelten spürten den zornigen Befehl, sie duckten sich unter dem jähen Schmerz, der durch ihre Schädel zuckte.

„Jermyn!"

Milan donnerte durch das Tor und das Gesinde atmete erleichtert auf. Ninian winkte hastig und trieb Luna an. Als sie Jermyn einholte, war er in gemächlichen Trab gefallen. Wenigstens beherrschte er sein Reittier. Mit unbewegtem Gesicht hockte er im Sattel und schweigend machten sie sich auf den Weg zum Nördlichen Fuhrhof.

Es war noch still in den breiten Straßen. Das Klappern der Hufe hallte von den Mauern der vornehmen Häuser wider, deren Läden fest verschlossen waren. In den Vierteln der reichen Bürger begann der Tag später als bei den Armen, die wenigen Bediensteten achteten kaum auf die beiden frühen Reiter.

Nur selten winkte jemand oder rief einen Abschiedsgruß. Ninian antwortete, aber Jermyn zeigte mit keiner Bewegung, dass er etwas gesehen oder gehört hatte. Nur mühsam bewahrte sie ihre Haltung und als die großen Tore vor ihnen auftauchten, war ihre Kehle wie zugeschnürt. Warum hatte sie ihn gezwungen, die Reise mitzumachen? Wochenlang würde sie mit ihm in dem engen Wagen eingepfercht sein, musste mürrisches Schweigen oder hämische Sticheleien ertragen – es war ein Fehler gewesen.

Die Stadtmauer kam in Sicht und Ninian spornte Luna an, sie wollte den bedrückenden Ritt so schnell wie möglich hinter sich bringen. Jermyn dachte nicht daran, seinen Trott zu beschleunigen und bald lagen mehrere Pferdelängen zwischen ihnen.

Man hörte und roch den Fuhrpark, lange bevor das Tor in Sicht kam. Der Wind trug ihnen die Rufe der Wagenknechte zu, das Blöken der Ochsen, die Luft war geschwängert von den Ausdünstungen der Tiere, es roch nach Dung, Futterkuchen und Wagenschmiere.

Ninian wartete, bis Milans Kopf sich neben sie schob, es machte keinen guten Eindruck, wenn sie nicht gemeinsam in den Hof ritten. Aus dem Augenwinkel sah sie, wie er ausspuckte. Er hatte von seiner Abneigung gegen den Tiergeruch keinen Hehl gemacht, aber die Geste kränkte sie wie eine persönliche Beleidigung.

„Reiß dich zusammen", zischte sie böse, „sie bezahlen uns."

„Bis jetzt hab ich keinen beschissenen Kupferling gesehen", knurrte er zurück, dann waren sie unter dem Torbogen hindurch und steckten mitten im geordneten Chaos des Aufbruchs.

„Den Göttern sei Dank, da seid ihr endlich, die Herren warten schon." Hände griffen in die Zügel ihrer Pferde und führten sie durch das Gewühl, zwischen Warenballen und Gepäck her zu der hölzernen Galerie an der Breitseite des Fuhrhofgebäudes.

Ely ap Bede und Josh ap Gedew, die Wagenführer, standen dort, im Gespräch mit dem Fuhrmeister und einem kahlköpfigen Mann im Priestergewand. Erstaunt erkannte Ninian den Hohepriester aus dem Tempel Aller Götter. Sie hatte nicht erwartet, dass der Primas selbst den Segen erteilen würde. Vielleicht lag es an dem großen Interesse, das Donovan dem Unternehmen entgegenbrachte – dort stand er ja, in nüchternes Schwarz gekleidet, unter den Zuschauern vor der Brüstung. Er redete auf Battiste ein, der den lästigen Lambin Assino hergebracht haben mochte, mit großer Erleichterung wahrscheinlich. Wie sie gedacht hatte, war Donovan als Privatmann hier, er würde nicht vor allen das Wort ergreifen, nur ihr würde er etwas zu sagen haben … das flaue Gefühl in ihrem Magen verstärkte sich.

Jetzt hatte er wohl die Hufschläge gehört und sah sich um. Errötend wie ein Mädchen verneigte er sich. Mit steifem Nacken erwiderte sie den Gruß, wobei sie ihn hundert Meilen wegwünschte. Milan wieherte empört, also hatte auch Jermyn seinen angeblichen Rivalen entdeckt. Oh, sie hatte keine Geduld mit diesen Männern!

Ely winkte sie zu sich, Ninian stieg ab und überließ Luna einem Reitknecht, heimlich betend, dass Jermyn sich benehmen möge. Er folgte ihr ohne Zögern – die Vorstellung, von der Galerie auf Donovan herabzublicken, musste ihm zusagen.

„Gut, dass Ihr da seid. Wir haben nur noch auf Euch gewartet", flüsterte Ely, „alles ist bereit."

Er wandte sich an den Hohepriester.

„Beginnt, ehrwürdiger Herr, wir wollen das gute Wetter nutzen."
Der Priester trat an die Balustrade und hob die Arme. Die Knechte unterbrachen ihre Tätigkeit, der Lärm im Hof verstummte, bis auf das Mahlen der Ochsenkiefern und das Klirren der Ketten. Alle Männer entblößten ihr Haupt.

„Gedenket der Götter, in deren Händen unser Schicksal ruht, bittet sie um guten Verlauf und glückliche Heimkehr. Nicht in unserer Macht liegt es, den Ausgang der Fahrt zu bestimmen, wem sie ein anderes Los bescheren, der beuge sich ihrem Urteil. Sprecht mir nach: *Wir nahen uns, Lenker der Welt, in Demut und bitten, schaut auf uns.*"

Einer nach dem anderen fiel ein. Während die Worte des Bittgebetes aus vielen Kehlen gebrummt in den herbstlichen Himmel aufstiegen, ließ Ninian ihre Blicke über die Menge schweifen. Zu ihrer Überraschung entdeckte sie auch einige Seeherren. Zusammengedrängt standen sie in einer Ecke des Hofes, ihre Lippen bewegten sich nicht. Kein Wunder – der Erfolg dieses Unternehmens lag nicht in ihrem Interesse, vielleicht schickten sie ganz andere Bitten zu den Hohen Mächten. Artos Sasskatchevan drückte das Kinn auf die Brust und runzelte missbilligend die Brauen. Neben ihm stand Scudo Rossi.

„... so zieht hin und kehrt zurück mit ihrem Segen."

Der Hohepriester segnete die Menge und trat zurück. Ely ap Bede verneigte sich vor ihm und nahm seinen Platz ein.

„An die Arbeit, Leute, mit dem Schlag der zwölften Stunde muss der letzte Wagen den Hof verlassen haben. Wenn wir heute Rivero erreichen, gibt es eine Prämie. Bringt die Sänfte Seiner Gnaden her."

Die andächtige Stille verwandelte sich in lärmende Geschäftigkeit. Die Kaufleute eilten, Befehle rufend, zu ihren Wagen. Jermyn folgte ihnen missmutig. Wie besprochen würde er sich am Tor postieren, um zu verhindern, dass sich blinde Passagiere oder Saboteure in den Gefährten verbargen. Während der Priester und seine Begleiter die Sänften bestiegen, murmelte Ely:

„Habt ihr Rossi gesehen?"

„Ja, mit allen seinen Zähnen", erwiderte Josh, „er muss Maulsperre bekommen."

„Genau das gefällt mir nicht. Welchen Grund sollte er zum Grinsen haben?"

„Mach dir keine Gedanken, er will nur seinen Ärger verbergen."

Wie Ninian befürchtet hatte, erwartete Donovan sie am Fuß der Treppe.

„Ich ... ich wollte dir ... euch guten Weg wünschen", stotterte er und plötzlich tat er ihr leid. Jermyn war, ohne ihn eines Blickes zu würdigen, an ihm vorbeigerauscht, eine komische Mischung aus Kränkung und Erleichterung stand ihm ins Gesicht geschrieben.

„Ich danke dir", sagte sie herzlicher als beabsichtigt, „vielleicht finden wir ja die Ruinen von Klia. Jedenfalls werden wir viel zu berichten haben, wenn wir zurückkommen."

Donovans Miene hellte sich auf.

„Darauf freue ich mich jetzt schon", rief er mit so viel Begeisterung, dass sie ihre Worte bereute.

„Hier", er hielt ihr eine geschnitzte, beinerne Röhre hin, so lang und so dick wie ihr Arm.

„Was ist das?"

„Eine alte Beschreibung von Klia und Ulissos Flucht", er senkte die Stimme, „die älteste, die es gibt, glaube ich. Mit einer Karte. Angeblich stammt sie aus der Zeit des dreizehnten Kaisers."

„Aber das gehört zum Staatsschatz. Es muss ein Vermögen wert sein. Wer weiß, was uns unterwegs zustößt ..."

„Nichts, dafür bist du doch dabei", Donovan lächelte, „und wenn sie zum Staatsschatz gehört, ist sie mein und ich kann darüber verfügen. Schließlich bin ich der Erbe der alten Kaiser", etwas von der Skrupellosigkeit seines Vaters blitzte in den blauen Augen auf.

Ninian lachte.

„Wie du meinst, ich werde versuchen, sie heil zurückzubringen. Auch ich wünsche dir Glück bei deinen Regierungsgeschäften. Wenn es Schwierigkeiten gibt, mit denen du nicht fertig wirst, ruf uns." Sie deutete mit dem Kinn in Jermyns Richtung. Donovan zog eine Grimasse.

Battiste erschien an seiner Seite.

„Wir sollten aufbrechen, Herr, bevor die Wagen den Hof verlassen, danach ist kein Durchkommen mehr. Ich wünsche Euch Glück, Ninian", sagte er zu ihr gewandt, „Ihr glaubt nicht, was Ihr uns für einen Gefallen tut. Ich meine, meinem Bruder und mir."

„Danke, Hauptmann", sie grinste, „sollen wir uns beeilen mit der Heimkehr oder sollen wir uns Zeit lassen?"

Battiste seufzte.

„Ich überlasse es Euch. Eine interessante Gegend, die südlichen Reiche, habe ich mir sagen lassen", er betrachtete angelegentlich seine Fingernägel. „Besonders für Gelehrte ..."

Ninian lachte laut heraus.

„Ja, in der Bibliothek von Tris soll man jahrelang studieren können – ich will dafür sorgen, dass Meister Assino dort eingeführt wird."

„Fräulein", ein Stallbursche keuchte heran, „der Patron sagt, alle Faulenzer", er warf Donovan und Battiste einen gequälten Blick zu, „alle Faulenzer, die nichts im Fuhrhof zu tun haben, sollen sich jetzt davonmachen."

Ninian runzelte die Brauen. Mit dem Patron meinte der Bursche nicht Ely. Jermyn stand mit verschränkten Armen am Tor, er sah nicht zu ihnen herüber, aber das war auch nicht nötig, er hatte den Jungen fest im Griff.

„Meister Ely hat recht, wir sollten aufbrechen", erwiderte Battiste würdevoll und beide Herren verbeugten sich. Kurz darauf ritten sie zum Tor hinaus, an Jermyn vorbei, der einen übertriebenen Kratzfuß machte, zum Gaudium der Knechte, die dort beschäftigt waren.

Donovan und Battiste waren noch nicht außer Hörweite und Ninian presste die Lippen zusammen. Er benahm sich wie ein ungezogener Gassenbengel.

Wieder verengte ihr der Gedanke an die langen Wochen, die vor ihnen lagen, die Kehle. Aber es half nichts, ihre Arbeit begann. Die ersten Wagen setzten sich in Bewegung und in einer Ecke des Hofes erhob sich lautes Geschrei, weil sich die Räder zweier Wagen ineinander verhakt hatten. Die Fahrer drohten handgemein zu werden und mit einem wütenden Blick auf den roten Haarschopf am Tor bahnte sie sich einen Weg durch das Getümmel, um den Streit zu schlichten.

„Wer sagt, dass Esel nicht reiten können?"
Jermyn starrte auf Donovans Rücken, er kämpfte um seine Selbstbeherrschung, das Gelächter der Knechte hörte er kaum.

Wegen dieses schwachsinnigen Trottels musste er in die Fremde ziehen! Er hatte geglaubt, sich mit der Reise abgefunden zu haben, aber der gallebittere Ärger, den er seit der letzten Nacht im Mund schmeckte, hatte ihn eines besseren belehrt.

Er wollte Dea nicht verlassen, die Stadt hielt ihn fest, jeder Straßenzug, jedes Haus schrie ihn an: „Bleib, bleib", von jenen Fünfzigtausend, die er aus dem Zirkus geführt hatte, ganz zu schweigen.

Nach dem letzten Spiel gestern Nacht war Gambeau zu ihm gekommen.
„Ein guter Spieler, Euer Iwo. Ein wenig unsicher, vielleicht …"
Mehr hatte der Meister nicht gesagt, aber es brachte die Sache auf den Punkt. Iwo würde ohne Unterstützung nicht gewinnen. Er spielte großartig, aber ein einziger stotternder Spottruf bei einer entscheidenden Partie würde ihn aus der Bahn werfen, er war zu jung, zu unsicher. Der Junge brauchte ihn als Rückhalt, das war Jermyn bei den letzten Spielen gestern klar geworden. Dea brauchte ihn – stattdessen begab er sich auf eine unsinnige Reise, die ihm nichts einbrachte, außer seine närrische Geliebte dem Einfluss ihres fürstlichen Galans zu entziehen. Einfacher wäre es gewesen, dem verliebten Gockel den Garaus zu machen – er ballte seine Hand zur Faust, so fest, dass die Knöchel weiß hervortraten.

Der erste Wagen rumpelte heran und widerwillig richtete Jermyn seinen Geist auf das leichte Gefährt.

„Spurführer", brüllte der Fahrer, „ein Mann!"
Unterwegs würden weitere Führer dazukommen, jetzt durfte kein anderes menschliches Wesen unter der Plane verborgen sein.

Jermyn winkte den Wagen weiter.
Ein großes, prächtiges Gefährt folgte. Die Beschläge blinkten, die Räder bewegten sich geschmeidig in ihren Achsen. „Josh ap Gedew – feins-

te Irdenware" war in schwungvollen Buchstaben auf die Leinwand gepinselt.
„Zugmeister, drei Mann."
Josh, sein Fahrer und sein Leibdiener. Ely, der zweite Zugmeister würde in der Mitte des Zuges folgen.
„Weiter!"
Josh ap Gedews freundlichen Gruß übersah er. Dreck knirschte zwischen seinen Zähnen, von vier Rädern und acht Paar Ochsenhufen aufgewirbelt, als der Wagen vorbeirollte.
Wagen auf Wagen zog vorbei, ein paar Mal wurde er fündig und hob die Hand.
Raus, ihr habt hier nichts verloren
Es war nicht nötig, die Fracht zu durchsuchen. Flennend kamen drei Burschen herausgekrochen, der jüngste war zum allgemeinen Entsetzen kein geringerer als der zwölfjährige Sohn und Erbe von Francesco d'Este. Unter anderen Umständen hätte Jermyn die Abenteuerlust der Jungen vielleicht belustigt – sie mochten mit seiner stillschweigenden Duldung sogar gerechnet haben. Aber in seiner kalten Wut war er nicht zur Nachsicht bereit.
Vor Ely, der während des Auszugs neben Bigos auf dem Kutschbock saß, neigte er steif den Kopf, das einzige Zugeständnis, zu dem er bereit war. Ely hatte er es zu verdanken, dass Ninian Ameisen im Hintern bekommen hatte.
„Halt!"
So beschäftigt war er mit seinem Groll, dass er das leise Flackern eines abgeschirmten Geistes beinahe übersehen hätte. Der Fahrer, ein Gerber nach der Aufschrift, zog die Zügel an.
„Bist du allein?"
„Ja, ich kann mir keinen eigenen Knecht leisten, ich teile mir einen mit ..."
„Schwatz nicht", herrschte Jermyn ihn an, „durchsuch deinen Wagen."
„Da ist niemand ..."
„Tu, was ich sage!"
Sonst sorg ich dafür, dass die Reise hier für dich zu Ende ist, und es ist mir scheißegal, dass du dein ganzes Geld in den Wagen gesteckt hast ...
Der Gerber ächzte, als ihm die Worte durch den Schädel fuhren, kopfüber stürzte er durch das Einstiegsloch. Eine Weile rumorte es, ein zorniger Ausruf folgte, das Geräusch von Hieben und ein Schmerzenschrei.
„Komm raus!"

Ein Kopf mit einem zuschwellenden Auge und blutender Lippe erschien am hinteren Einstieg, dann schoss ein schmächtiger Mann heraus und stürzte vor die Hufe des nachfolgenden Gespanns. Der Gerber sprang hinter ihm her.

„Den hab ich nie gesehn, ich schwör's, Patron. Glaub mir, ich kenn den Kerl nich", beteuerte er keuchend.

„Halt's Maul." Grob zerrte Jermyn den Eindringling hoch. Er hielt sich nicht mit Fragen auf, sondern riss die Sperren nieder und durchwühlte den Geist des Mannes. Viel kam nicht zum Vorschein.

„Warum geht es nicht weiter?" Ninian erschien auf Luna.

„Saboteur", erwiderte Jermyn knapp, „er sollte den Zug aufhalten, indem er Futter oder Wasser vergiftete. Hier", er hielt ein Säckchen hoch, das sein Gefangener willenlos ausgehändigt hatte, „irgendein Gift. Du kannst weiterreiten, ich brauch hier keine Hilfe."

„I… ich kenn den nich, Patrona, hab den nie vorher gesehn", schnatterte der Gerber, der bei der Erwähnung von Gift weiß geworden war.

„Sei still", fauchte Ninian, „ich nehme an, er weiß nicht, wer ihn geschickt hat?"

Jermyn zuckte widerwillig die Schultern.

„Nein, es ist ausgelöscht oder es gab nur einen Mittelsmann, der auch nicht mehr wusste. Aber ich wette, die Seeherren stecken dahinter. Verschwinde und melde deinen Auftraggebern, dass sie sich die Mühe sparen können!"

Mit einem Tritt schickte er den Ertappten aus dem Tor und fasste den Gerber ins Auge. Der Mann schwitzte und zitterte, aber schließlich gab Jermyn ihn frei.

„Er hatte tatsächlich keinen blassen Schimmer. Du kannst weiterfahren."

Während der Gerber hastig auf den Bock kletterte und mit den Zügeln kämpfte, sagte Ninian: „Gibst du jetzt zu, dass du wichtig für den Erfolg des Unternehmens bist?"

„Das hätte jeder mittelmäßige Gedankenschnüffler fertiggebracht", knurrte Jermyn, „weiter!"

Er sah ihr nicht nach, als sie aufgebracht davonstob. Glaubte sie, er ließ sich mit billiger Schmeichelei besänftigen?

Die nächsten Wagen rollten ohne Störung vorbei und seine Aufmerksamkeit ließ wieder nach, als er einen Namen *hörte*.

Scudo Rossi…

„Halt!"

Ninian hatte ihm gesagt, dass Rossi der erbittertste Gegner des Landhandels war. Woher war der verräterische Gedanke gekommen? Vor ihm standen drei Wagen, zwei kleinere Händler, die ein Sammelsurium von Waren mitführten, die sie den Südländern anzuhängen hofften, und ein eleganter, gut ausgestatteter Reisewagen – Lambin Assino, der verrückte Gelehrte, der Ninian so verärgert hatte.

Die Kaufleute sahen ängstlich zu ihm auf. Der Mann auf dem Kutschbock von Assinos Wagen dagegen schien abwesend, er dachte ...

Er ist ein Narr, der Scudi. All das schöne Geld auf Gambeau, der ist die längste Zeit Stadtmeister gewesen, der Kleine wird ihn schlagen. Iwo, der Stotterer! Sie werden sich wundern, die Herren, ein geborener Meister, wenn ich je einen gesehen habe. Wenn wir zurückkommen, werd ich ein schönes Stück Geld einsacken, wenn sie's mir auszahlen, die Betrüger, sind alle Betrüger, warum konnte der Zug nicht später los...

„Warum fährst du nicht weiter, Bursche? Wir werden unser Ziel nie erreichen, wenn wir jetzt schon trödeln."

Assino steckte seine lange Nase aus dem Einstiegsloch und der kleine Mann mit den runden Augen schreckte auf.

„Weiß nich, Herr. Der da hat uns aufgehalten."

Er schielte zu Jermyn, der ihm zugrinste, ohne sich um Assino zu kümmern. „Du hast also auf den Stotterer gewettet?"

„W...wie, woher w...weißt du ...?", er stotterte selbst, kniff kurzsichtig die Augen zusammen und riss sie kugelrund auf. „Oh, der Patron, verzeiht, gleich geht es weiter... hü, hü ..."

„Warte, ich will wissen, warum du auf den Stotterer gewettet hast?"

„Wer will nich reich werden, Herr? Ein armer Mann wie ich ... der Junge is gut, besser als jeder Spieler, den ich in zwanzig Jahren gesehen habe."

„Was ist jetzt wieder?"

Ninian kam mit Milan im Schlepptau herangetrabt, während Assinos Kopf ungeduldig auf und nieder ruckte.

„Wieso fahren wir nicht?", schimpfte er, „ist dies ein Ort, um über läppische Spielereien zu reden?"

Sie musterten sich unfreundlich. Jermyn beachtete sie beide nicht. Er lächelte, als er den Wagen weiterwinkte. Die schwarze Wolke, die seit dem Morgen auf ihm lastete, hatte sich ein wenig gelichtet.

„Wenigstens ein Mensch mit Verstand in diesem ganzen verdammten Wagenzug."

„Dieser aufgeblasene Wichtigtuer? Du bist nicht gescheit!"

„Und du hältst den Verkehr auf. Gib mir meinen Gaul und scheuch die letzten. Ich hab jetzt schon eine Tonne Staub geschluckt."

Mit dem Schlag der zwölften Stunde schloss sich das Tor des Fuhrparks hinter dem letzten Wagen. Der große Landzug hatte begonnen.

Die Knechte bekamen ihre Prämie, die Strecke nach Rivero gehörte zu Elys üblicher Handelsroute und bot keine Überraschungen. Zwei Stunden nach Anbruch der Dunkelheit erreichten sie den Ort und die Torwächter öffneten ihnen, da ein Bote mit Elys Siegel ihre Ankunft gemeldet hatte.

„Keine schlechte Leistung", meinte der Fuhrmeister und reichte Ely die Papiere zurück. „Über vierzig Meilen am ersten Tag, aber das Wetter war günstig, die Wege sind trocken und fest."

„Ja", Ely rieb sich zufrieden die Hände, „wenn es so weitergeht, kommen wir vor dem Schneefall durch die Berge."

„Wollt Ihr auch hier handeln?"

„Nein, es hielte uns zu sehr auf, wir haben Eile."

„Habt Ihr genügend Wächter, um für Ruhe zu sorgen und Eure Leute im Zaum zu halten?" Der Meister wusste, wozu Knechte mit etwas Geld in den schwieligen Fingern nach einem langen Arbeitstag fähig waren. Josh grinste und schüttelte beruhigend den Kopf.

„Ausreichend, mein Bester, ausreichend. Die beiden sind ihnen mehr als gewachsen!"

„Die beiden? Nur zwei?"

Ely und Josh genossen es, den erfahrenen Mann in Erstaunen zu versetzen, und versicherten ihm, dass er sich um den Frieden in seiner Stadt nicht beunruhigen müsse.

Um den Frieden der Wächter war es schlechter bestellt.

Als sie am Ende des Zuges in Rivero eingeritten waren, hatten sie den ganzen Tag über kein Wort mehr als nötig gewechselt. Jermyn war im Sattel geblieben, er pflegte seinen Groll, während Ninian mit dem Gefühl kämpfte, einen gewaltigen Fehler gemacht zu haben. Die Strecke war ihr unheimlich vertraut, ständig stiegen Erinnerungen an die Fahrt vor mehr als zwei Jahren in ihr auf, die Aufregung, Jermyn wiederzusehen, die sie nächtelang nicht hatte schlafen lassen. Leider riefen sie auch Bilder von Tillholde wach, die traurigen Gesichter der Eltern, Eyras vorwurfsvolle Blicke ...

Und Jermyn, für den sie das alles auf sich genommen hatte, zeigte ihr die kalte Schulter. Nicht einmal hatte er sich den Wagen angesehen, den sie mit Elys Hilfe so angenehm wie möglich ausgestattet hatte. Sie fing ihn vor dem Stall ab, wo er einem Stallburschen Milans Zügel in die Hand gedrückt hatte.

„Wir müssen die Wagen kontrollieren, ob nicht jemand unterwegs aufgesprungen ist und alles seine Ordnung hat."

Ihre Lippen war steif, sie hatte Mühe, die Worte herauszubringen.

„Na, Scheiße. Ich geh nach vorne, du nach hinten."

Er ließ sie stehen, stapfte steifbeinig über den Hof. Sie hörte ihn fluchen. In Dea war er täglich geritten, aber zehn Stunden im Sattel forderten ihren Tribut. Sein Bild verschwamm vor ihren Augen und sie grub die Zähne in die Unterlippe. Geschah ihm recht! Sie wünschte ihm die ärgsten Schmerzen seines Lebens, eine Abreibung würde er von *ihr* nicht bekommen!

Als sie ihre Runde beendet hatte, war sie todmüde. Zum Glück machte außer ihnen kein anderer Wagenzug Station, dank Elys Boten fanden sie alles vorbereitet, in ausreichender Menge und es gab kein lästiges Gezänk mit fremden Fuhrleuten.

„Esst mit uns, Ninian", rief Ely ihr auf dem Weg in die Gaststube zu, aber sie schüttelte den Kopf.

„Ich danke Euch, aber ich bin zu müde."

„Nehmt trotzdem etwas zu Euch. Ich kenne das, gerade in den ersten Tagen vergisst man vor Erschöpfung schnell das Essen", warnte Josh, „versprecht es!"

„Ja, ja, wir haben genug in unserem Wagen."

Sie winkte und drehte sich schnell um. Entsetzt merkte sie, dass sie Sehnsucht nach der Küche im Palast hatte, nach Wag und Kamante. Aus dem Augenwinkel sah sie Jermyn, er stand mit einigen Männern in einer Ecke des Hofes und kratzte mit einem Stock auf dem Boden herum – dieses elende Himmelsspiel!

Erbittert holte sie sich einen Eimer heißes Wasser aus der Küche und stapfte zu ihrem Wagen.

Trotz ihrer Erschöpfung ließ der Schlaf auf sich warten und die scharfen Kanten der Wirklichkeit verschwammen gerade erst, als die Leinwand knirschte. Sofort war sie hellwach, aber sie rührte sich nicht. Sie würde sich schlafend stellen.

Jetzt hatte er den Verschluss aufgenestelt, kühle Nachtluft strömte in den Wagen. Münzen klimperten, er pfiff!

„Autsch."

Ninian setzte sich auf und tastete nach den Phosphorhölzern. Kurz darauf brannte die Kerze in der Laterne. Jermyn rieb sich das Schienbein, aber er grinste dabei reumütig und sie musste lachen.

„Das wird dir öfter passieren."

„Wetten, das nicht?"

Die schlechte Laune schien vergessen. Einen Augenblick lang überlegte sie, ihrerseits zu grollen, aber sie war zu müde und zu erleichtert.

„Hast du gewonnen?"

Zum ersten Mal war sie dankbar für seine Spielleidenschaft.

„Ja, obwohl ein paar ganz gute Spieler dabei sind. Hat Spaß gemacht", er sah sich um, „wo sind unsere Sachen und wo kommt das Bettzeug her?"

„Hier", sie hob die Klappe und ließ ihn in den Wagenkasten sehen.

„Sieh mal an, gar nicht so dumm!"

„Natürlich nicht!", fuhr sie auf, „Ely hat den besten Wagenbauer beauftragt, den er finden konnte, und ich habe den Wagen zusammen mit ihm eingerichtet. Das ist kein Vergleich zu dem Vehikel, in dem ich nach Dea gekommen bin. Alles hat seinen Platz, nichts wackelt, nichts quietscht. Es gibt Halterungen für die Waschschüssel, für Becher, wir können Wasser für Tee heißmachen und sogar baden …"

„Hey, schon gut, ich will ihn doch nicht kaufen."

Während sie sprach, hatte er sich seiner Stiefel und des Wamses entledigt.

„Wenn du dir einmal die Zeit genommen hättest, ihn anzuschauen …"

„Warum? Du hast alles bestens geregelt, ich hab doch keine Ahnung davon." Er grinste, schloss die Klappe, die sie immer noch aufhielt, und rutschte zu ihr. „Nichts quietscht? Hast du darauf besonders geachtet?"

„Was? Oh …", sie errötete, weil sie tatsächlich daran gedacht hatte. Seine Fingerspitzen streichelten sanft ihren Hals unter dem Ohr, glitten tiefer und streifen den Saum des Hemdes herunter. Die Berührung löste eine Hitzewelle aus, und obwohl Ninian sich in ihrem Ärger fest vorgenommen hatte, ihn die nächsten vierzehn Tage nicht an sich heranzulassen, schauderte sie wohlig. Er sah es und zog sein Hemd über den Kopf.

„Lass es uns ausprobieren, Süße", murmelte er und beugte sich vor.

Der Wagenbauer hatte gute Arbeit geleistet, nichts quietschte …

Sie setzten ihren Weg fort, zunächst nach Norden, von einer Handelsstation zur nächsten. Es lief so glatt, dass Josh ap Gedew am Abend des dritten Tages, als Ninian mit Ely in seinem Wagen speiste, bedenklich den

Kopf schüttelte. Jermyn hatte sich entschuldigt, er brauche Ruhe, um seinen Geist zu entspannen – mit höflichen Worten und gewinnendem Lächeln, aber Ninian wusste, dass er sich keineswegs in ihren Wagen zurückgezogen hatte, sondern mit den anderen Verrückten Steinchen warf. Sie hatte beschlossen, sich nicht zu ärgern, dafür war Joshs Küche zu gut.

„Was habt Ihr?", fragte sie, genüsslich eine Auster schlürfend, die ein Reiter von der wenige Meilen entfernten Küste geholt hatte.

„Es geht zu glatt", orakelte Josh, „wir verbrauchen unser ganzes Glück schon in diesen harmlosen Gegenden. Wenn es gefährlich wird, ist nichts mehr übrig."

„Besprich es nicht", erwiderte Ely streng, während Ninian lachte.

„Seid Ihr abergläubig, Josh?"

„Nein, nur erfahren", seufzte der Kaufmann, „wenn es am Anfang holpert, entwickelt man größere Wachsamkeit, ist aufmerksamer für Gefahren. Ein leichter Start wiegt dich in Sicherheit."

Manchmal erhören die Götter Gebete schneller als einem lieb ist …

Am Ende der ersten Woche erstreckten sich vor ihnen die Grasebenen, schon gelblich verfärbt, und in der Ferne sahen sie am Horizont den dunklen Schatten der Berge, Vorboten des nördlichen Gebirges. Beinahe zweihundert Meilen waren sie nach Norden gezogen, immer einen halben Tagesritt von der Küste entfernt. Jetzt schwang die große Handelsstraße nach Westen, zog sich in einem langen, seichten Bogen ins Innere der Lathischen Halbinsel.

„Sie umging ein Sumpfgebiet", erklärte Ely Ninian, seine gespreizte Hand bedeckte die ganze Fläche der Karte zwischen dem Marktflecken, von dem sie am Morgen aufgebrochen waren, bis zur Bucht von Vineta.

„Die Alten haben es trockengelegt und den Hafen erbaut, aber sie haben den Lauf der Straße nicht geändert. Ich denke, in zwei, höchstens drei Tagen erreichen wir Vineta, dann beginnt das Abenteuer."

Gegen Abend trafen sie auf die große Kreuzung, an der sich die Straße nach Westen gabelte, Elys übliche Route, und nach Osten, in das vinetische Hinterland und weiter ins Unbekannte. Während die Wagen langsam vorüberrollten, brachte Ely am Fuß des uralten Wegekreuzes ein Trankopfer, Dank für das bisherige Glück und Bitte um weiteren Erfolg. Der Stein war dunkel gefärbt von Abertausenden solcher Gaben. Seit man denken konnte, gedachte man an dieser Stelle der Götter. „Merse, Merse, sihu dine Gesinde, domine cauporum, gib guode risan, gib guode heimker."

Eindrucksvoll rollten die kaum verständlichen Worte des alten Reisegebets aus Elys Mund und die anderen Kauffahrer fielen ein.
„Merse, Merse ..."
„Siehst du, mein kleiner Gott!", flüsterte Jermyn Ninian zu, „der einzige, der was taugt, in der ganzen göttlichen Sippschaft!"
Sie zuckte die Schultern. Jermyn musterte sie verstohlen. Im blassen Licht der Dämmerung war ihr Gesicht verschlossen, in sich gekehrt. Der Weg zur Linken ging in die Berge hinauf, zum Haus der Weisen und weiter nach Tillholde. Über diese Straße war sie geflohen. Dachte sie an Heimat und Familie, bereute sie?
Er spürte die Wut im Bauch. Warum hatten sie Dea verlassen? Dort gehörte sie ihm, hier entfernte sie sich, mit jeder Meile, die sie zurücklegten. Sie teilten nachts den Wagen, tagsüber sahen sie wenig voneinander. Er hielt sich in der Nähe seiner Mitspieler auf, vor allem bei Cecco, dem Diener des Klugschwätzers Assino. So lächerlich er aussah, war der Kleine ein gewiefter Himmelsspieler, mit dem man ausgiebig über die Feinheiten des Spiels fachsimpeln konnte. Außerdem besaß er eine scharfe Zunge, die Jermyn erheiterte. Ninian mochte Cecco nicht.
„Er ist falsch", erklärte sie eigensinnig, „ich trau ihm nicht."
„Bloß weil er das Spiel liebt und freche Sprüche von sich gibt. Er ist ein harmloses Gewächs."
Er sah ihr an, dass sie ihm nicht glaubte. Das ärgerte ihn und er hielt sich erst recht neben Assinos Gespann. Ninian dagegen ritt von Wagen zu Wagen, schwatzte mit den Knechten und erneuerte alte Bekanntschaften. Die Kauffahrer waren Männer mittleren Alters, dennoch stieg ihm die Galle in den Mund, wenn er sah, wie sie mit ihnen scherzte und lachte, wenn sie sich mit Josh und Ely über die Wegekarten beugte. Er hatte sie aus Donovans Dunstkreis entfernen wollen, nur deshalb hatte er sich auf dieses Wagnis eingelassen, aber die Angst, sie zu verlieren, begleitete ihn getreulich. Wer wusste schon, wem sie noch begegneten auf dieser Reise – gutaussehenden Männern, Männern, die eine junge Frau beeindruckten. Und das Ärgste war: Diese Fahrt verlief so glatt, er fühlte sich überflüssig und hereingelegt. Er könnte jetzt in Dea sein und Iwo zum neuen Stadtmeister machen.
„Willst du hier Wurzeln schlagen? Da vorne rollt unser Wagen", es war wohl lustig gemeint, aber ihre Stimme klang harsch in seinen Ohren. Ohne ein Wort zu sagen, gab er Milan die Sporen. Sie kampierten in der Wildnis und er suchte sein Lager erst auf, als er sicher war, dass sie schlief.

Als er am nächsten Morgen erwachte, stand die Sonne hoch am Himmel und das vertraute Schwanken des Wagens fehlte. Es war kein Ruhetag angesagt, er fuhr hastig in seine Hosen und steckte gerade den Kopf in den Wassereimer, als Ninian heranritt. Sie sprang vom Pferd und schlang den Zügel um den Wagenring. Ihr Gesicht war finster.

„Ah, endlich ausgeschlafen ..."

Er überhörte den spitzen Tonfall. „Was ist los, warum fahren wir nicht?"

„Sie lassen uns nicht."

„Wer? Banditen? Gibt es endlich was zu tun?"

Eine ordentliche Rangelei hätte er jetzt geradezu begrüßt, aber Ninian schüttelte den Kopf.

„Nein, verdammt noch mal. Damit wäre ich auch allein fertiggeworden", erwiderte sie unfreundlich. „Diese Idioten von Landbewohnern bilden sich ein, unsere Ochsen wären krank. Maulweh. Ein Bauernfluch", fügte sie gereizt hinzu, als er sie verständnislos ansah, „schwer zu heilen und ansteckend wie die Pest. Sie wollen nicht, dass wir durch ihre Felder ziehen, und wenn es sich herausstellt, dass es stimmt, können wir umkehren. Jetzt gehen sie mit ihrem Heiler von Gespann zu Gespann und untersuchen die Viecher. Das wird den ganzen Tag dauern."

Jermyn hatte Mühe, seine Freude nicht zu zeigen.

„Und? Sind sie schon fündig geworden?"

Sie kletterte in den Wagen, schleuderte die Stiefel von den Füßen und warf sich auf die Polster.

„Das ist es ja, sie sind nicht ganz sicher. Gleich beim zweiten Wagen haben sie ein paar Anzeichen gefunden, aber es könnte auch ein harmloser Ausschlag sein oder so. Deshalb müssen sie jedes Tier genau anschauen. Ach, Scheiße ..."

Sie drehte sich zur Wand. Jermyn zog sich an und schlenderte die Wagen entlang, ein wenig schämte er sich der Hoffnung in seinem Herzen. Wenn sie zurück in Dea waren, würde er eine ganze Woche mit ihr an den Ouse-See fahren, oder wenigstens ein paar Tage, wenn die Meisterschaften vorbei waren.

Er fand den Zug in Aufruhr. Fast alle Belegschaften standen vor den Wagen, gestikulierten und redeten durcheinander.

„Meine Ochsen sin nich krank!"

„Ich hab doch Augen in Kopp, ich würd doch sehn, wenn die Viecher siech wärn."

„Möcht nur wissen, wer das Gerücht in die Welt gesetzt hat!"

Auch Ely stellte sich diese Frage, als Jermyn bei ihm anlangte.
„Sie wollen es mir nicht sagen. Ein Mann sei gestern ins Dorf gekommen, habe in der Schenke davon gesprochen und die Knechte hätten die Dorfältesten gewarnt. Wie er aussah, der Mann? Groß, klein, dick, dünn ... sie wissen es nicht genau! Bist du jetzt zufrieden?", wandte er sich heftig an Josh ap Gedew, der mit zusammengebissenen Kiefern neben ihm stand. „Da hast du deine Schwierigkeiten! Sie werden uns ein Vermögen kosten!"

Josh ging nicht auf die Vorwürfe ein.

„Sie winken, sie haben etwas gefunden."

„Bei Assino. Verdammt ... ausgerechnet. Mein zukünftiger Schwiegersohn wird sich freuen, wenn wir ihm seinen Vetter schon nach einer Woche wieder nach Hause bringen."

Ely wischte sich den kahlen Schädel, der eine beängstigend rote Farbe angenommen hatte. Sie stapften über den runden Platz zwischen den Wagen und Jermyn folgte ihnen. Ninian hatte recht – gegen diese Widrigkeiten halfen ihre Kräfte nicht. Immerhin unterschied es sich vom täglichen Einerlei.

Assino saß auf dem Kutschbock, den unvermeidlichen Talar um sich gezogen, mit einer Miene, als habe man ihn persönlich beleidigt.

„Die Ochsen stammen vom Landgut meines Vetters, des Ehrenwerten Hippolyte de Battiste, ausgesuchte Tiere mit tadellosem Stammbaum, Aubrac de Maraichine, wie Ihr unschwer erkennen werdet. Sie sind bekannt für ihre Ausdauer, ihren guten Willen. Krankheiten, wie Ihr sie vermutet, gibt es nicht unter dem Viehbestand derer de Battiste."

„Und was sagt's Ihr *dazu*, werter Herr?", unterbrach ihn der Anführer der Dorfbewohner und hielt das Maul des Ochsen auf. Ely und Josh traten widerwillig näher und auch Jermyn warf einen flüchtigen Blick auf die bläuliche Zunge.

„Seht ihr die Pusteln? Hier und hier ..."

„Aber die Klauen sind sauber", Josh hockte sich, ungeachtet seines dunklen Mantels, in den Staub. „Sie können auch Nesseln gefressen haben."

„Was? Sauber nennt Ihr des? I seh's doch genau, die Quaddeln zwischen die Huf."

Auch der Dörfler war in die Hocke gegangen, sie begannen zu streiten und Jermyn wandte sich ab. Er hatte keine Ahnung von Rindviechern und ihren Krankheiten.

„Wo ist Cecco?"

Im allgemeinen ließ Assino seinen Diener lenken und bei Aufenthalten hatte er stets einen Auftrag für den Kleinen. Jetzt deutete der Gelehrte hoheitsvoll über seine Schulter.

„Drinnen."

Er hielt es für unter seiner Würde, mit den arbeitenden Mitgliedern des Wagenzugs zu reden, und beschränkte seine Äußerungen auf das Nötigste. Jermyn, der ihn für einen vollkommenen Narren hielt, störte sich nicht daran. Er ging zum hinteren Einstiegsloch.

„Oi, Cecco, lass dich sehen. Das dauert noch, wir haben Zeit für eine Partie."

Es rumorte und ächzte im Wagen, dann schob sich ein struppiger Kopf über den Wagenrand. Cecco sah übel aus, seine Augen waren trübe und lagen tief in den Höhlen, tiefe Furchen gruben sich von der Nase zum Mund. Die Lippen aber waren rissig und fest zusammengepresst.

„Holla, was ist mit dir los?"

Cecco starrte ihn, als habe er nicht verstanden. Sein Blick trübte sich. Eine seltsame Empfindung schwappte über Jermyn, ein dunkles Gefühl, als klopfe etwas an seine Sperren …

„Zahnweh", krächzte Cecco, „Zahnweh, Patron."

Jermyn zuckte zusammen, dann grinste er mitfühlend. Er dachte an seine eigenen leidvollen Erfahrungen mit kranken Zähnen.

„Armer Kerl, du solltest den Schmied aufsuchen."

Cecco brachte ein schwaches Lächeln zustande.

„Zuviel Schiss, Patron. Werd's überleben."

Er kroch zurück in den Wagen und Jermyn blieb es überlassen, sich den Rest des Tages zu langweilen.

Am Abend hatten sie drei Tiere gefunden, deren Mäuler von Pusteln befallen waren, doch gab es keine weiteren Anzeichen für Krankheiten. Gemächlich mahlten die großen Kiefern das heraufgewürgte Futter und die braunen Augen blickten milde auf die aufgeregten Menschen.

Bigos, Elys Wagenlenker, der sich auf Ochsen und ihre Krankheiten verstand wie kein zweiter, beharrte darauf, dass seine Schützlinge nicht von der gefürchteten Seuche befallen waren.

„Nee, nee, Meister, die sin nich krank! Ich weiß nich, wer die so'n Floh ins Ohr gesetzt hat, aber ich möcht schwör'n, die Pusteln sin in zwei Tagen verschwundn."

„Ihr solltet Blutegeln anlegn", fiel ihm der Sprecher der Dorfleute ins Wort, „ganz in der Nähe san Sümpf, da hat's genug."

Bigos warf ihm einen vernichtenden Blick zu. „Des werd nich nötig sein, es schwächt die Viecher nur."

Sie einigten sich darauf, dass der Zug seine Reise fortsetzen konnte, wenn nach einer Woche die Pusteln verheilt und keine neuen Fälle aufgetreten waren. Die Reisenden durften die Wagenburg nicht verlassen, die Dörfler würden sie mit Nahrungsmitteln, Futter und Wasser versorgen, was sie sich natürlich bezahlen ließen.

Vor den Fremden hatte Ely ab Bede seine Fassung bewahrt, aber als sie sich in seinem Wagen zusammenfanden, um zu beraten, ließ er seinem Ärger freien Lauf.

„Eine Woche Verzögerung! Wir werden die Saumstraßen vor Einbruch des Winters nicht erreichen. Das Gelände steigt an, wenn wir uns nach Westen wenden. Man schafft nur die Hälfte einer Tagesstrecke in der Ebene."

„Ich möchte wissen, wer sie auf den Einfall gebracht hat", meinte Ninian, „es kann doch nur jemand vom Zug gewesen sein."

„Nein, wir wurden immer wieder von Reitern überholt, erinnert Ihr Euch?", erwiderte Josh, „vielleicht hat ein Knecht ihn dumm angeredet, vielleicht hatte er auch nur eine schwarze Seele und wollte Unheil stiften. Könnt Ihr uns nicht durchschmuggeln?", fragte er hoffnungsvoll. Jermyn, der sich auf Elys üppigen Polstern lümmelte, hob träge den Kopf.

„Ihr meint, den ganzen Wagenzug unsichtbar machen?"

„Ja, oder ihre Erinnerung auslöschen."

„Hm ... ich müsste beides tun, in dieser Ebene sind wir ewig lang zu sehen. Zu anstrengend." Als er die enttäuschten Blicke der beiden Wagenführer sah und Ninians Stirnrunzeln, ließ er sich zu einer Erklärung herab. „Erinnerungen sind eine kitzlige Angelegenheit, sie liegen nicht wie ... wie Tontöpfe einzeln, schön geordnet nebeneinander. Sie sind verfilzt, verwoben wie Schafswolle", er zupfte ein paar Strähnen aus dem Kissen, „einen einzelnen Strang daraus zu lösen, erfordert Zeit und Sorgfalt, sonst werden jede Menge wichtiger Dinge mitgelöscht. Der eine hat vielleicht von diesem Maulfäule-Gerücht gehört, als er gerade ein Geschäft abgeschlossen hat. Ein anderer hat der Tochter des Vogts vielleicht einen Antrag gemacht. Wenn sie davon nichts mehr wissen, fällt es auf und sie haben bestimmt einen Weisen, der eins und eins zusammenzählen kann. Sie werden es übelnehmen und uns nachreiten. Dann müssen wir kämpfen."

„Hört auf, hört auf", mit der dem Kaufmann eigenen Abneigung vor kriegerischem Tun hob Ely die Hände. „Es bleibt uns nichts anderes übrig, wir müssen warten."

Bigos Voraussagen erfüllten sich. Zwei Tage später waren die Ochsenmäuler rein „wie Kinderärsche", wie er sich ausdrückte. Trotzdem bestanden die Dörfler auf der ausgehandelten Zeit. Sie machten ein großes Gewese daraus, ihre Schuhe und die Pferdehufe zu umwickeln und die Lappen in Sichtweite des Wagenlagers zu verbrennen. Der magere Handel bot wenig Entschädigung, die gesamte Belegschaft litt an schlechter Laune. Nur Jermyn traf es besser. Ebenso wie die Ausschläge der Tiere verschwand auch Ceccos Zahnweh nach zwei Tagen und sie vertrieben sich die Zeit damit, die Partien berühmter Himmelsspieler nachzuspielen und zu fachsimpeln.

Man ließ sie schließlich ziehen, keiner der Dörfler zeigte sich, als der Wagenzug im ersten Morgengrauen an Ursa vorbeirollte.

„Hätten sich wenigstens entschuldigen können, die Trottel", knurrte Bigos auf seinem Kutschbock, aber Ely seufzte.

„Das Maulweh ist eine Geißel, lass uns dankbar sein, dass die Gerüchte falsch waren. Immerhin sind die Tiere ausgeruht und stehen gut im Futter. Wir wollen das nutzen, solange das Gelände eben ist."

Mittags begann es zu regnen und hörte nicht mehr auf. Die alte Handelsstraße war in besserem Zustand als die Gebirgspfade, aber nicht überall. Bis zum Wegekreuz ließen die Patriarchen sie notdürftig in Ordnung halten, doch die Hafenstadt Vineta hatte nach dem Fall der Kaiser an Bedeutung verloren. Aller Handel lief über Dea, man sah keinen Grund, die Straße nach Vineta zu pflegen, Straßenbau war teuer.

Am Ende des zweiten Regentages fühlte Ninian sich zu ihrer Reise nach Dea zurückversetzt. Die Straße hatte sich in einen Schlammbach verwandelt, statt der stolzen dreißig Tagesmeilen der ersten Woche hatten sie in den letzten beiden Tagen gerade fünfzehn geschafft. Und wieder blieben die Wagen stecken.

„Was für'n Pisswetter", schimpfte Ozark, der Josh ap Gedew die Treue gehalten hatte, auch wenn es ins Unbekannte ging, und jetzt die Schulter gegen den Wagenkasten schob, um das Gefährt weiterzuhieven.

„Sei froh, dass hier kein Sumpf mehr ist", erwiderte Ninian, die sich bereitmachte, auf das Erdreich einzuwirken, „sonst würden wir jetzt alle weggeschwemmt."

„Ich für mein Teil bin vor allem froh, dass *sie* dabei is", murmelte Ozarks Nebenmann, als der Wagen nach leichtem Druck weiterrollte, „sonst wäre des 'ne verdammte Schinderei."

Aber auch mit Ninians Hilfe mussten sie hart arbeiten und kamen trotzdem nur erbärmlich langsam voran. Sie war vom Anspannen in der Früh bis zum Abend auf den Beinen. Auf ihrer Fahrt nach Dea hatte sie der Gedanke an Jermyn beflügelt, jetzt quälte sie die Vorstellung, dass die Unternehmung ein Fehlschlag war. Und obwohl viele Knechte sie von damals kannten, fehlte der kameradschaftliche Ton. Sie war nicht mehr „die Maus", sondern „das Fräulein", die Männer betrachteten sie mit heimlicher Scheu.

Jermyn sah sie kaum und sie war froh darüber. Der unaufhörliche Regen schlug ihm auf's Gemüt, tagsüber verkroch er sich im Wagen, mürrisch und unleidlich. Wenn sie jedoch abends nach ein paar Bissen todmüde in ihre Polster fiel, war er oft nicht da. Sie fragte nicht, wohin er verschwand.

Am fünften Regentag weckte sie das Prasseln auf der Wagenplane. Sie seufzte verzweifelt und ein halblauter Fluch antwortete ihr. Dann flammte ein Phosphorhölzchen auf. Auf den Ellenbogen gestützt sah sie zu, wie Jermyn mit der Laterne hantierte und in Kleider und Stiefel fuhr.

„Hast du dir den Kahwe abgewöhnt? Ich riech morgens gar nichts mehr."

Vitalonga hatte Jermyn ein Messinggeschirr verehrt, wie Ely und Josh stand ihnen ein Glutkorb zu, auf dem sie Wasser kochen konnten, und in den ersten Tagen hatte Ninian der bittere, aromatische Duft geweckt. Jermyn brummte etwas, während er sich am Verschluss der Plane zu schaffen machte.

„Was?"

„Ich sagte, Assino trinkt auch Kahwe."

Damit war er aus dem Wagen, sie hörte seine Stiefel durch den Schlamm schmatzen. Sie merkte, dass ihre Stirn schmerzte, weil sie die Brauen so heftig runzelte. Dieser verdammte Cecco ... viel fehlte nicht und sie würde eifersüchtig werden!

Sie ahnte nicht, wie sehr Jermyn gegen seine Lage wütete. Er fühlte sich überflüssig, sie war die Patrona hier, das Fräulein, sie riefen nach ihr und es war nur ihr Verdienst, dass sie überhaupt weiterkamen. Im Allgemeinen war er stolz auf ihre Fähigkeiten, er liebte und bewunderte sie dafür. Aber gerade jetzt stieß es ihm sauer auf. Sie brauchten nicht ihn, bei dieser albernen Reise, nur sie ...

Er wollte sie nicht sehen, wenn sie nach einem Tag harter Arbeit müde und schlammbespritzt in den Wagen kam, nachdem er sich die Seele aus dem Leib gelangweilt hatte. In dem aufgeweichten Boden konnte man keine Spielfelder ziehen, selbst wenn sie dem strömenden Regen hätten trotzen wollen. Assino ließ Cecco nicht von seiner Seite, er füllte nach dem Diktat des Gelehrten Blatt um Blatt. Erst, wenn es so dunkel wurde, dass der Schreiber seine Schriftzüge nicht mehr entziffern konnte, entließ ihn sein Herr ungnädig. Der Magister sah es als gutes Recht, jeden Abend bei den reichsten Kaufleuten zu speisen, und er dehnte seine Besuche aus, bis seine bedauernswerten Gastgeber „Krämpfe in den Arschbacken bekamen", wie Cecco es respektlos ausdrückte, während er sein Schreibpult in ein Würfelbrett verwandelte. „Aber lasst uns für seine Ausdauer dankbar sein", fuhr er fort und legte Feder und Papier zurecht, „hier sind die Würfel, wie hoch ist der Einsatz heute?" In Assinos Abwesenheit kam in seinem bequemen Wagen ein Kreis von Spielern zusammen, die es sich zur Ehre anrechneten, von Jermyn ausgenommen zu werden. Die Einsätze waren hoch und er nahm Schuldverschreibungen an, obwohl er wusste, dass Ninian es zutiefst missbilligen würde – nein, *weil* er es wusste. Am dritten Tag des Windmondes, einen Mondumlauf nach ihrem Aufbruch und mehr als zwei Wochen später als geplant, rumpelten sie in den Fuhrhof von Vineta. Die Stadt lag im großen Mündungsdelta der Adiga, in früheren Tagen hatte ihr Hafen an Bedeutung nicht hinter Dea zurückgestanden und die äußeren Stadtbezirke hatten den Fuhrpark umschlossen. Doch Vinetas Größe war geschwunden, jetzt lag er mehrere Meilen von den ersten bewohnten Häusern entfernt. Das große, alte, aus grauen Steinschindeln errichtete Gebäude erinnerte Ninian mit seiner zweistöckigen Galerie und den zahllosen Stallungen an den Gasthof in Neri am Ouse-See. Es musste aus der gleichen Zeit stammen, aber während jener trotz des hohen Alters lebendig und rüstig schien, so war dieses Haus vom Verfall gezeichnet. An den meisten Fenstern waren die hölzernen Verschläge geschlossen, ein Teil des Maßwerks in der oberen Galerie fehlte. Im Hof türmten sich große Haufen mit zerbrochenem Gerät und Unrat.

Man empfing sie freundlich. Knechte waren zur Stelle, um den erschöpften Fuhrleuten zur Hand zu gehen, und der Hofmeister erwartete sie händereibend. Ely hatte am Tag zuvor durch einen Boten Nachricht von ihrer Ankunft geschickt, mit einem klingenden Beutel und einem gesiegelten Brief des Patriarchen als Vollmacht. Man hatte ausreichend Verpflegung für Mensch und Tier herbeigeschafft, in aller Eile Zimmer hergerichtet und sogar das alte Badehaus eingeheizt.

„Meine Vorfahren waren es gewohnt, so viele Leute zu beherbergen", erzählte der Hofmeister, der die Führer des Zuges in seinen eigenen Räumen bewirtete. „Früher konnten wir uns durchaus mit Dea messen, der größte Teil des Handels mit dem Osten lief über Vineta, aber in diesen Tagen ...", er schüttelte den Kopf, „der Hafen versandet immer mehr und uns fehlen die Mittel, ihn freizuhalten. Vergebt also, wenn ihr nicht alles in bester Ordnung findet. Wir haben unser Möglichstes getan."

„Gewiss, gewiss", beeilte Ely sich, ihn zu beruhigen. „Wir sind dankbar, endlich wieder ein festes Dach über dem Kopf zu haben."

„... und Steine unter den Füßen", setzte Josh ap Gedew hinzu.

„Ja, ein ungewöhnlich nasser Herbst", bestätigte ihr Gastgeber. „Wann wollt Ihr Euch einschiffen? Es wird höchste Zeit, auch die Stürme könnten früh einsetzen."

„Das stört uns nicht, wir ziehen über Land", erwiderte Ely.

„Über Land?"

Der Hofmeister hielt im Tranchieren des Bratens inne.

„In die Berge hinauf, mit einem solchen Zug? Wo wollt Ihr dort Handel treiben? Nach Nordosten hin leben nur wenige Gebirgsstämme, Jäger vor allem, ihre Felle bringen sie hierher, und ein bisschen Honig. Es ist wenig genug, aber wir hier in Vineta sind froh über jeden zusätzlichen Verdienst. Aber Dea hat immer schon alles von uns abgezogen ..."

Das freundliche Lächeln war verschwunden und Ely unterbrach ihn hastig.

„Nein, nein, sorgt Euch nicht. Wir umrunden die Bucht und ziehen über das Gebirge, wir wollen auf dem Landweg in die südlichen Reiche. Wie Ihr eben selbst sagtet, ist die Innere See zu dieser Zeit kein sicherer Weg, Stürme und Seeräuber – das kennt Ihr gewiss."

„Aus leidvoller Erfahrung", bestätigte der Wirt, trotzdem sichtlich erleichtert. „Aber glaubt Ihr wirklich, jener andere Weg sei besser? Nicht alle Gebirgler jagen nur nach Fellen, besonders im Karamai. Dort gibt es nicht mehr viel Wild, nachdem die Alten für ihre Schiffe alles kahlgeholzt haben. Eine solch fette Beute, wie ihr es seid, werden sie sich nicht entgehen lassen."

Seine Gäste wechselten einen Blick.

„Wir haben gute Wächter", lächelte Ely.

„Hm", der Meister schien nicht überzeugt, „meint Ihr? Sie überfallen euch aus dem Hinterhalt, hier und dort, unerwartet, an gefährlichen Stellen."

„Uns werden sie nicht überraschen", beharrte Josh.

„Nun gut, aber es gibt andere Hindernisse, gegen die der beste Wächter nichts ausrichten kann. Ihr müsst über den Karamai-Pass, die Schneefälle beginnen dort um die Mitte des Windmondes und Ihr braucht wenigstens zwanzig Tagesreisen, wenn alles gut geht. Und dann habt Ihr den Pass vor euch, mit Ochsengespannen", er wiegte bedenklich den Kopf.

„Gibt es keinen anderen Weg?", fragte Josh, die Augen sehnsüchtig auf das knusprige, dampfende Fleisch gerichtet.

„Freilich, die Schlucht, Aradena. Aber das könnt Ihr nicht ernsthaft erwägen."

„Dann hat er endlich weiter geschnitten, ich war schon halb verhungert", erzählte Josh düster, als sie sich nach dem Gastmahl in Elys stattlichem, wenn auch etwas verwahrlostem Gemach besprachen.

„Und was ist so gruselig an der Schlucht?", fragte Ninian.

Ely seufzte.

„Wie es scheint, gibt es verheerende Steinschläge."

Jermyn zuckte die Schultern. „Na und? Dafür ist sie doch dabei."

Es klang nicht besonders liebenswürdig und Ninian warf ihm einen verdrossenen Blick zu, aber sie nickte bestätigend.

„So ist es. Und vor räuberischen Überraschungen schützt euch Jermyn", setzte sie hinzu. Es sollte eine versöhnliche Geste sein, aber sie verfehlte ihr Ziel.

„Genau, damit ich auch endlich mein Geld verdiene. Ich wünsche eine gute Nacht."

Er verbeugte sich und stelzte hinaus. Ninian bekam schmale Lippen und nach wenigen Augenblicken rutschte auch sie vom Bett.

„Entschuldigt mich, Ely, Josh. Ich bin todmüde, es waren harte Tage."

Als sich die Tür hinter ihr geschlossen hatte, warf Ely verzweifelt die Arme hoch. „Sie streiten sich. Wir stecken bis zum Hals in Schwierigkeiten und diese verrückten Kinder streiten sich! Gütige Götter, warum habe ich mich auf dieses Unternehmen eingelassen?"

„Sollen wir uns nach Zarah einschiffen, mein Freund?", schlug Josh vor. „Nach den Worten des Hofmeisters liegen mehrere Schiffe im Hafen. Wir könnten den Karamai mit all seinen Schwierigkeiten umgehen."

Ely schwieg lange. Er stand auf und trat ans Fenster. Unter ihm lag der heruntergekommene Hof. Jede Zeit ging einmal zu Ende, manchmal beschleunigt durch falsche Entscheidungen. Sollte er das Schicksal herausfordern?

„Erkundige dich morgen, Josh", sagte er müde, „wenn es genügend Laderaum gibt, setzen wir nach Zarah über und ziehen von dort weiter."

Ely verbrachte eine schlaflose Nacht.

„Ich weiß nicht, ob ich wünschen soll, dass er erfolgreich ist, oder nicht", sagte er am nächsten Tag im Hof zu Ninian, nachdem Josh in einem leichten Wagen des Meisters abgefahren war.

„Es wäre keine reine Landreise mehr, aber ich will nicht leichtfertig meinen Besitz riskieren, von so vielen Leben ganz abgesehen. Entschuldigt mich, ich muss ausrechnen, wieviel die Überfahrt kosten darf."

Er saß in seinem Gemach bei einem einsamen Abendmahl, als Josh zurückkam.

„Wir haben Glück, eine kleine Flotte liegt im Hafen, fünf Schiffe. Sie müssen nicht einmal einen Umweg machen, auch sie wollen nach Zahra. Alles, was nicht mitgeht an Wagen oder Ochsen, können wir hier verkaufen, ich habe schon mit dem Vogt gesprochen."

„In der Tat", seufzte Ely. „Ich weiß wahrhaftig nicht, ob ich lachen oder weinen soll. Für wen fahren sie?"

Josh zögerte einen Augenblick.

„Für, äh ... Scudo Rossi."

Am nächsten Tag rumpelte der Wagenzug durch das Tor des Fuhrhofes. Vor Mittag erreichten sie die alte Heeresstraße, die den Fluss begleitete, und zogen nach Norden, bis sie sich teilte und über die Adiga nach Westen wandte. Vier Brücken hatten den Fluss einst überspannt, nun gab es nur noch zwei: die Kleine Brücke auf der Höhe des Fuhrparks, die jedoch dem Gewicht eines Wagenzuges nicht standgehalten hätte, und die Große Brücke, zehn Meilen flussaufwärts, kurz bevor der Hauptstrom sich in seine beiden Mündungsarme aufspaltete. Die Gespanne rumpelten hinüber, damit lag Lathica hinter ihnen und sie betraten die schmale Tiefebene von Caspi.

Sie folgten der Küstenlinie unter tiefblauem Herbsthimmel, durch braungoldene Kastanienwälder, deren Laub unter den Hufen der Ochsen raschelte. Am dreizehnten Tag des Windmondes hatten sie die Bucht umrundet, die Straße bog nach Süden und sie begannen den langen Anstieg nach Molnar, dem letzten Ort im Herrschaftsgebiet Deas.

Als Ninian am Morgen die Tageskerbe in den Wagenkasten schnitt, fiel ihr ein, dass sie an diesem Tag ihr neunzehntes Jahr vollendet hatte. Seit zwei Jahren wäre sie jetzt neben ihren Eltern Regentin von Tillholde ... hastig schob sie den Gedanken beiseite, es war müßig, daran zu denken.

Das gute Wetter blieb ihnen treu. Tagsüber, wenn die Sonne schien, flogen die wattierten Jacken und gefütterten Goller beiseite. Sie kamen kräftig ins Schwitzen, die Knechte und alle Kaufleute, deren Kräfte und Würde es erlaubten, zu laufen, um den Ochsen ihre Last zu erleichtern. Der unaufhörliche Aufstieg kostete die Tiere viel Kraft. Nachts aber wurde es kalt, dabei erlaubte Ely nur sparsame Feuer. Je höher sie kamen, desto spärlicher wuchsen die Bäume, Brennholz war knapp.

„Wie soll das werden, wenn es richtig Winter wird?", nörgelte Jermyn, als bei dem morgendlichen Gang zur Latrine zum ersten Mal bereiftes Gras unter seinen Stiefeln geknistert hatte.

„Kalt", erwiderte Ninian knapp, „wir kommen in die Berge."

„Oh, toll, wir werden uns den Arsch abfrieren."

Seine Laune besserte sich nicht, am Hang konnte man ebensowenig Spielpläne aufzeichnen wie im Schlamm, zur Unterhaltung blieb ihm nur das Würfelspiel. Auch Ninian langweilte sich, die öde Karstlandschaft bot wenig Abwechslung. Zweimal begegnete ihnen eine Karawane aus Molnar, beladen mit grauschwarzen, fettig glänzenden Steinplatten. Sie zogen mit angezogenen Bremsen bergab, um den Schub der schweren Last auszugleichen.

„Wenn de hier ins Rollen kommst, bleibste nich mehr stehn", brummte Ozark, während die Karren an ihnen vorbeirumpelten. Es war eine beunruhigende Vorstellung und am Abend, als sie auf dem abschüssigen Weg kampierten, ritten sie den Zug zweimal ab, um sich zu vergewissern, dass alle Bremsen gezogen waren und Steine die Räder blockierten.

In der Nacht erwachte Ninian, ein Geräusch hatte sie geweckt. Es war nie ganz still, Holz knackte, die Ochsen bewegten sich in ihren Ketten, aber dieser Laut beunruhigte sie. Ein Stein, der einen Abhang hinunterkollerte, ein zweiter, ein leises Knacken, das langsame Knirschen von Eisen auf Stein. Sie fuhr auf. „Jermyn, spürt du das?"

Ihr Gefährt ruckte vorwärts. Sie hatten die Ochsen im Joch gelassen, nur die Ketten gelockert, damit die Tiere sich hinlegen konnten. Sie würden vom Gewicht des Wagens mitgezogen …

Wie der Blitz war sie draußen, stemmte sich gegen die Bremse. Es krachte und sie hatte den Holm in der Hand. Unaufhaltsam rutschte der Wagen nach hinten, schleppte sie mit sich und über das ohrenbetäubende Knirschen hörte sie es rumpeln, ein weiterer Stein rollte an ihr vorbei den Weg hinunter.

„Jermyn", sie schrie laut und gellend, „die Bremsen, sie lösen sich!"

Er sprang aus dem Wagen, während Ninians Geist in den steinigen Grund fuhr.

Auf, auf, erhebe dich, einen Wall, bilde einen festen Wall
Der Boden wogte unter ihren Füßen, gehorsam stülpte sich das Erdreich auf, Felsbrocken schoben sich aus den Tiefen empor, blockierten die Räder. In den Wagen wurde es lebendig, wer nicht von ihrem Schrei erwacht war, den hatte Jermyns Ruf aus dem Schlaf gerissen. Ninian tastete sich den Zug entlang, den Geist im Erdboden versunken, um die Blockaden zu prüfen, als sie beinahe über etwas gestolpert wäre. Sie musste empfindliche Teile getroffen haben, jemand quiekte und sie packte zu.

„Wer bist du, was machst du hier?"

Ihr Gefangener wand sich, bis sie ihm den Arm auf den Rücken drehte und er in ihrem Griff erschlaffte.

„Bringt Licht, ich habe jemanden erwischt."

Jermyn kam mit einer Fackel, Ely und Josh im Schlepptau.

„Cecco?"

Das Licht spielte über das runde, verängstigte Gesicht mit den weit aufgerissenen Augen.

„Was hattest du draußen zu suchen?"

Ninian schüttelte ihn wie einen nassen Lappen. Der kleine Mann klapperte mit den Zähnen.

„Erbarmen, Patrona, ich hab nix böses nicht getan", wimmerte er, die Hände auf den Leib gepresst.

„Was ist geschehen?", verlangte Ely zu wissen und Ninian berichtete.

Andere kamen dazu und Cecco jammerte unaufhörlich, er habe „nix, gar nix getan".

„Du musst ihn durchsuchen, Jermyn", verlangte Ninian aufgebracht, aber bevor er antworten konnte, erschien ein Kopf mit Schlafhaube in der Wagenöffnung.

„Was soll der Lärm zu nachtschlafender Zeit? Bei Tage kann ich meine Gedanken nicht sammeln wegen des Gerumpels, jetzt bleibt mir der erquickende Schlummer verwehrt!"

„Um ein Haar hättet Ihr nicht nur den verloren", erwiderte Ninian barsch, „jemand hat die Bremsen gelöst, beinahe wäre der ganze Wagenzug den Abhang hinuntergestürzt. Wir haben Euren Diener ertappt, wie er sich hier draußen herumgetrieben hat!"

Assino blinzelte und starrte Cecco an, als sähe er ihn zum ersten Mal.

„Erbarmen, Patron", quäkte der Kleine, „Ihr habt mich doch selbst …"

„Ich habe ihn rausgeworfen, weil ihn die Winde plagten. Der ganze Wagen … roch …"

Er rümpfte die lange Nase und wie zur Bestätigung krümmte Cecco sich, ein lauter, saftiger Furz entfuhr ihm. Ninian ließ ihn hastig los, ein übler Gestank stieg ihr in die Nase. Wie ein Hase sprang der Freigelassene in die Dunkelheit. Die Männer prusteten und Jermyn lachte mit, aber später, im Wagen, stritten sie sich.

„Warum hast du ihm nicht ins Hirn gesehen? Er hat nicht auf sich aufmerksam gemacht. Wenn ich nicht in ihn hineingelaufen wäre, hätten wir nie gemerkt, dass er draußen war. Ich trau ihm nicht!"

„Eben. Warum sollte er rausposaunen, dass er scheißen musste? Außerdem schätze ich es nicht, wenn man mir sagt, was ich tun soll!"

Die Stimmung zwischen ihnen verschlechterte sich, sie sprachen kaum noch miteinander. Die Reise ging weiter, aber es schien, als habe sich das Unglück an ihre Fersen geheftet. Drei Tage später, als Ninian zur Morgenbesprechung in Elys Wagen kletterte, fand sie den Proviantmeister bei ihm.

„Unbrauchbar? Was heißt unbrauchbar?"

Ruppert zuckte die Schultern. „Ausgetrocknet, rissig, was Ihr wollt. Auf jeden Fall sin sie nich mehr dicht."

„Alle?"

„Alle, die wir in Vineta dazugekauft hatten. Für die Wüstenfahrt."

„Was ist los?"

Ely schlug sich verzweifelt gegen die Stirn und Ruppert antwortete an seiner Stelle: „Die Wasserschläuche, Frollein, sie sin hin. Könn wir alle wegschmeißn."

„Wie konnte das passieren?"

„Man muss sie vor der ersten Füllung mit flüssigem Talg oder Butter einreiben. Das is wohl nicht gemacht worden."

„Habt Ihr sie in Vineta nicht geprüft?"

„Aber gewiss doch, Frollein!", erwiderte der Proviantmeister beleidigt, „ich erinnere mich, dass ich sie in de Finger hatte." Er stockte. „Wenigstens die obersten", fügte er kleinlaut hinzu.

„Und die sind in Ordnung?"

„Ja ..."

„Als sollte er getäuscht werden", meinte Ninian, nachdem der verstörte Proviantmeister abgezogen war.

„Er ist einer meiner zuverlässigsten Männer, seit Jahren fährt er mit mir. Wie kann ihm ein solcher Fehler unterlaufen? Wer weiß, ob wir in Molnar genügend Ziegenbälge auftreiben können. Die Götter müssen gegen dieses Unternehmen sein."

„Hm, ich zweifle, ob die Götter verantwortlich dafür sind …"

Es blieb die letzte böse Überraschung auf diesem Abschnitt der Reise. Sechs Wochen nach ihrem Aufbruch aus Vineta erreichten sie die Geröllhalden des Karamai.

14. Tag des Nebelmondes 1466 p.DC

„Gewaltig, nicht wahr?" Ninian lenkte Luna neben Milan. Jermyn antwortete nicht und auch ihr war nicht nach Reden zumute. Sie fröstelte. Die Welt war verblasst. Bleiern hing der Himmel über ihnen, nur selten zeigte sich eine fahle Wintersonne. Seit sie aber heute, kurz nach Mittag, in den düsteren Schatten des Karamai eingetreten waren, bewegten sie sich in nächtlicher Kälte. Vor ihnen erstreckte sich die Ebene von Molnar. Nachdem Wagen auf Wagen die letzte Steigung überwunden hatte, ließ Ely anhalten und jetzt starrten sie mit offenen Mündern.

Zwei bis drei Meilen verlief die Straße über die Ebene, dann stieg sie wieder an, über einen ungeheuren Geröllhang, höher und höher bis zu einer überhängenden Klippe, in deren Schutz sich die Häuser von Molnar duckten. Darüber erhoben sich, wie die Mauern und Türme einer von Riesen erbauten Festung, die grauschwarzen Felsen des Karamai.

Als Kind des Nördlichen Gebirges kannte Ninian schroffe Gipfel, viele tausend Fuß hohe Wände und Schluchten, aber mit ihren Spitzen stürmten die heimatlichen Berge den Himmel, trugen die Blicke hinauf zu den Göttern. Der Karamai endete wie abgeschnitten in einem gewaltigen Felsplateau, ein Klotz, abweisend und bedrohlich. *„Du bist nichts"*, beschied er dem Menschen, der sich ihm näherte, *„ein Schatten in Raum und Zeit, vor mir, dem Unveränderlichen."*

„Ich würde gern hinauf", murmelte Jermyn. Ninian musterte ihn überrascht. Felswände interessierten ihn nicht, hatte er einmal zu ihr gesagt. Klettern war für ihn Mittel zum Zweck. Aber sie ahnte, dass die Worte nicht für ihre Ohren gedacht waren.

„Niemand besteigt den Karamai", hörten sie eine Stimme hinter sich. „Er ist den Göttlichen vorbehalten. Kein menschlicher Fuß hat die Ebene dort oben je betreten."

Sie drehten sich um. Am Morgen war Uzbek, der Führer aus Molnar zu ihnen gestoßen, der den Wagenzug über das Massiv und weiter bis Omph geleiten würde. Jermyn blickte in das breite, zerfurchte Gesicht hinunter.

„Na, dann wird es aber Zeit", erwiderte er gefährlich sanft. „Es gibt keine Mauer in Dea, die ich nicht bezwingen kann, und ich fürchte die Götter nicht." Ein Funke glomm in seinen Augen auf und Ninian machte unwillkürlich eine Bewegung, um ihn zuzurückzuhalten, der Wagenzug war auf den guten Willen und die Hilfe der Menschen von Molnar angewiesen. Uzbek zuckte unter dem schwarzen Blick zusammen, aber sein Gesicht blieb unbewegt.

„Das mag sein, wie es will. Hier würdet Ihr nicht weit kommen, die Wände tragen Euer Gewicht nicht. Seht Ihr das Geröll? Der Karamai besteht aus Flint, aus Blattgestein. Unser Segen und unser Fluch. Wir bauen es ab – man muss nur leicht mit dem Hammer dagegenschlagen, damit sich die Platten lösen – und liefern es in die Ebenen, nach Vineta und weiter hinunter, in Dea deckt ihr die Häuser damit. Aber wir sind auch gefährdet. Molnar lebt nur, weil die Götter jenen Bug aus echtem Felsen wachsen ließen. Sonst wäre die Stadt längst unter dem Schutt des Karamai begraben."

Ninian nickte. Sie erinnerte sich an die Häuser von Vineta, deren Wände und Dächer aus schwarzgrauen, ein wenig fettig glänzenden Schuppen errichtet waren.

„Wie transportiert ihr die Steine?", fragte sie.

„Mit dem Wagen bis Vineta und von dort über See. Der Flint ist unser Brot, deshalb achten wir ihn."

Jermyn schwieg, gegen diese Auskunft konnte er nichts sagen. Aber sie gefiel ihm nicht, das war deutlich. Er wendete Milan und klapperte über den steinigen Weg zurück zu den Wagen. Ninian seufzte – ein weiterer Stein auf der Mauer des Grolls. Als sie Luna die Fersen in die Weichen drückte, streifte etwas kalt ihre Wange, eine zarte Berührung, leichter als Regen. Ein weißer Stern setzte sich auf das raue, schwarze Leder ihres Ärmels, ein anderer blieb in den grauen Mähnenhaaren hängen. Lunas Ohr zuckte. Ninian sah auf. Der bleifarbene Himmel hatte sich tief herabgesenkt, eine Flocke nach der anderen löste sich daraus, fiel sanft auf ihr aufwärtsgewandtes Gesicht. Schnee …

Abends, als der Vogt von Molnar sie in seinem Haus bewirtete, war aus den vereinzelten Sternen ein dichter, stetiger Vorhang geworden, der die Nacht mit bleichem Licht erfüllte.

„Der Pass? Nur, wenn Ihr des Lebens müde seid. Selbst im hohen Sommer wäre es gefahrvoll, ihn mit Wagen zu überqueren. Jetzt – ein schneller Weg um zu den Göttern zu gelangen."

Der Vogt reichte Ely eine Tasse Tee, die der Kaufmann wie einen Giftbecher entgegennahm.

Er wechselte einen Blick mit Josh ap Gedew.

„Schlechtere Kunde könnt Ihr mir kaum geben, Meister Odugan."

„Ihr hättet Saumtiere nehmen sollen, Herr. Ochsenkarren werden Euch weder hier noch in der Wüste nützen."

Der Vogt blies auf den dampfenden Tee, bevor er ihn geräuschvoll schlürfte.

„Das weiß ich", fuhr Ely auf, in seiner Ehre als kundiger Fahrensmann getroffen, „ich ziehe seit vierzig Jahren mit Gespannen in die nördlichen Gebirge."

Der Vogt lächelte dünn. „Gewiss, aber dies ist der Karamai. Der Passpfad folgt einer Ader aus Muttergestein, und die ist schmal."

„Also bleibt uns nur die Schlucht", seufzte Ely, „wie hieß sie noch gleich ..."

Meister Odugan streichelte die schütteren Bartsträhnen, die seinen Mund einrahmten.

„Aradena? Mit einem Wagenzug? Kaum ein besserer Weg, mein Freund. Hat man Euch nicht erzählt, wie es sich mit Aradena verhält?"

„Wie es aussieht, ist die Schlucht unten etwa zwanzig Fuß breit, oben neigen sich diese verdammten Flintfelsen noch dichter zueinander, selbst am hellen Tag fällt kaum Licht auf den Weg. Aber das ist nicht das Schlimmste."

Ely zog das zottige Schaffell enger um seine Schultern. Sie saßen auf dem gemauerten, beheizten Bett in einem der Gästehäuser, die ihnen der Vogt zugewiesen hatte.

„Spannt uns nicht auf die Folter", sagte Ninian ungeduldig und Ely warf ihr einen verzweifelten Blick zu.

„Wir werden diese Schlucht nicht durchqueren können. Die Wände sind schierer Flint, eine Berührung, ja, noch schlimmer, jedes Geräusch kann sie zum Einsturz bringen. Die Wände verstärken jeden Laut um das Hundertfache. Die Einheimischen benutzen diesen Weg nur im äußersten Notfall und immer nur mit wenigen. Die Huftritte der Ochsen, das Rollen der Räder, ein Hustenanfall – und wir werden unter den abgesprengten Flintplatten begraben. Wir werden umkehren."

„Hätte man das nicht früher wissen können?" Jermyn gab sich keine Mühe, seinen Ärger zu verbergen. Ely sah ihn unfreundlich an.

„Nein, junger Mann. Bevor wir in Vineta ankamen, hatte ich nie von dieser vermaledeiten Schlucht gehört. Wir hätten den Pass genommen, gefährlich, aber nicht unmöglich – wenn wir, wie geplant, vor vier Wochen in Molnar gewesen wären."

„Aha, aber die Trödelei war nicht unsere Schuld."

„Habe ich das gesagt? Ein wenig mehr Eifer hatte ich allerdings von Euch erwartet."

Jermyns Augen glühten auf. Er glitt vom Bett.

„Ich kann Euch meinen Eifer zeigen, Ely ap Bede. So schnell könnt Ihr gar nicht gucken, wie ich meine Siebensachen zusammengepackt habe."

„Hört auf, ihr zwei …"

„Friedlich, friedlich …"

Josh und Ninian hatten gleichzeitig gesprochen.

„Wir wussten zu allen Zeiten, dass diese Fahrt ein gewagtes Unternehmen ist", meinte Josh begütigend, „Scheitern war immer eine Möglichkeit, ohne dass jemand die Schuld daran trägt. Wir können umkehren und nach Vineta zurückziehen. Es wird leichter sein als der Herweg, es geht bergab und wir ziehen wieder in wärmere Gefilde. Von Vineta können wir nach Zahra übersetzen. Unseren Stolz müssen wir eben hinunterschlucken. Auf diese Weise kommen wir doch zu unserem Handel."

Ely schüttelte den Kopf.

„Zurückfahren, den ganzen Weg …"

„Ein bestechender Einfall", spottete Jermyn, „ich bin dabei."

„Wartet doch!"

Ninian hob die Hände.

„Warum seid Ihr so voreilig? Wir wagen die Schlucht. Ein Fuhrwerk nach dem anderen, so leise wie möglich. Es darf eben nichts klappern und klirren. Die Hufe können wir mit Lappen umwickeln, gehustet wird nicht – und wenn wir die Leute knebeln müssen. Und wenn doch etwas passiert", sie holte tief Luft, „habt ihr immer noch mich. Ich werde vorangehen und die Felsen besänftigen."

Die Männer starrten sie an. In Jermyns Zügen spiegelte sich eine seltsame Mischung von Ärger und Stolz, die ihr beinahe die Fassung raubte. Sie drehte sich abrupt um.

„Morgen sprechen wir mit dem Vogt. Ich bin müde. Entschuldigt mich."

Jermyn und sie hatten ein Ofenbett, von den Einheimischen Kang genannt, für sich allein bekommen, durch einen Bretterverschlag von der Gesindestube abgetrennt. Sie hatte darauf bestanden und Ely hatte es bei Meister Odugan durchgesetzt. Der Vogt hatte sie sehr befremdet angesehen, als Ely sie als Zugwächter vorstellte, es war ihm anzumerken gewesen, dass er das ganze Unternehmen für eine verrückte Spinnerei hielt.

Angezogen und wach lag sie auf der wattierten Matte, eingewickelt in eine gefütterte Felldecke. Die Bretterwände hielten das Gerede der Knechte, das Klappern der Würfel nicht ab, aber nicht nur der Lärm hinderte sie am Schlafen. Jermyn war nicht gekommen, sie hörte ihn reden und lachen. Die Arme hinter dem Kopf, starrte sie zur Decke und lauschte den Gesprächen der Männer. Selten hatte sie sich so einsam gefühlt.

„Des sin ja prächtige Aussichten", krähte Ozark, „entweder durch 'ne lebensgefährliche Schlucht oda mit eingekniffnen Schwanz nach Hause, die ganze Schinderei umsonst."

„Jou, in Dea wern se sich die Mäuler zerreißen, de größte Lacher seit die Blamage mit den ollen Zirkus."

„Der Ely kann sich unter die Brücke setzen und wir stehn ohne Arbeit da."

„Schrei doch nich, Arbeit findste schon wieder, aber ich hab all mein Erspartes da rein gesteckt."

Das war Maffeo, der sich mit drei anderen einen Wagen teilte, den sie bis zum Bersten mit gefärbter Wolle beladen hatten, so dass sie im Freien schlafen oder bei den anderen einen Platz schnorren, für ihren Unterhalt aber als Knechte arbeiten mussten. Trotzdem machte er mehr Gewese um seinen viertel Anteil als Ely oder Josh.

„Wenn ich heil hier rauskomme, mach ich nur noch in Seehandel!"

„Un fällst die Battavers in die Hände."

„… oder die Schiffsherrn, kommt auf des gleiche raus."

Ozark hielt nicht viel von den Seehändlern.

„Die reiben sich die Hände, die Seeherren …"

„Ja, man könnte fast glauben, sie stecken hinter dem ganzen Elend. Es gibt schließlich Wettermeister", Ninian zuckte zusammen, als sie Jermyns Stimme hörte. „Oi, pass doch auf, Tölpel", es schepperte, als seien mehrere Tonbecher zu Boden gefallen.

„Tschuldige, Patron, meine Finger sin ganz taub. Assino hat mich unentwegt schreiben lassen. Der wird toben, wenn wir umkehren."

„Ach komm, was nützt des Reden. Erzähl uns was, Cecco."

Er zierte sich ein wenig. Ninian schnaubte verächtlich, der Kleine ließ sich nie lange bitten, etwas zum Besten zu geben.

„Gut, gut, ein Märchen", die quarrenden Töne der Maultrommel erklangen, mit denen er seine Geschichten gewöhnlich begleitete, „aber erst

muss meine Kehle geschmiert werden. Ihr wisst ja, Wein und Gold bringen den Sänger zum Singen."
„Halsabschneider! Dünnbier und Kupfer kannste haben."
Es klirrte, als sie ihren Obolus zusammenwarfen.
„Ich erzähle euch die Geschichte eines liebenden Vaters. Merkt auf."
Er begann und nach wenigen Minuten hatte Ninian ihren Widerwillen gegen die quäkende Stimme vergessen. Vor ihren Augen entrollte sich das Panorama eines düsteren, sturmgepeitschten Reiches, hoch im Norden der Welt. Ein Ring von Inseln, schwarzgrüne, eisige Wogen, die gegen felsige Küsten schlugen. Ein Drittel des Jahres herrschte nächtliches Dunkel, ein weiteres sank die Sonne nicht unter den Horizont, „dann schuften sich die Untertanen des Großfürsten die Hände blutig und den Rücken krumm, um dem Boden und dem Meer ihre Nahrung abzuringen, in den Übergängen aber, wenn Tag und Nacht sich die Waage halten, schlagen sie sich tot für ihren gütigen Herrn. In seiner Halle auf Kalaallit Nunat, der Hauptinsel inmitten des Binnenmeeres, sitzt Kanut Laward wie eine Spinne im Netz und sendet seine Vasallen auf die graue See. Die Inseln gen Mitternacht und Sonnenaufgang sind ihm lehnspflichtig, die gen Sonnenuntergang halten es mal mit, mal gegen ihn. Die Mittagsinseln aber, wo das Korn üppig wächst und das Vieh fett wird, verweigern ihm standhaft den Gehorsam. Gegen sie wütet er und schickt seine Schiffe, bemannt mit blonden, grauäugigen Kriegern. Wer ihm die Herrschaft streitig macht? Ich will es euch erzählen: Kanut Laward nahm ein Weib, die Tochter des Herrn der größten Mittagsinsel, um ihres Erbes willen. Sie schenkte ihm einen Sohn, stark und tapfer, ein würdiger Nachfolger. Doch Kanut Laward gelüstete es nach den Erzminen des Nordens. Auch der Herr der Mitternachtsinseln hatte eine Tochter, der Großfürst holte sie in seine Gemächer und setzte sie, wie der Schwäher es verlangte, über seine erste Gemahlin. Die verwand die Schande nicht, sie starb aus Gram, und Rurik, ihr Sohn, der eben mannbar geworden, schwor Rache. Er floh in den Süden, in die Heimat seiner Mutter, von wo er seither Krieg gegen seinen Vater führt. In wechselnden Bündnissen tobt er zwischen ihnen seit beinahe zwanzig Jahren, weder der eine noch der andere kann einen endgültigen Sieg erringen."
Cecco schlug ein paar Töne auf seiner Maultrommel, die Parodie eines Liebesliedes und fuhr fort:
„Kanut Laward besaß einen Schatz, den er wie seinen Augapfel hütete, die Tochter seiner zweiten Gemahlin, das Wunder der nördlichen Welt.

Ihre Schönheit erhellte die düsteren Hallen auf Kalaallit Nunat, jeden Wunsch erfüllte er ihr und nur zu ihr sprach er mit sanfter Stimme. Sein Unterpfand war sie, als Trumpf und Lockvogel hielt er sie den Inselherren vor die Nase: Seht, wer sich würdig erweist, wer mir am treuesten dient, wer mir den Kopf des ungehorsamen Welpen bringt, der darf sie heimführen. Jedoch", schrill plärrte die Maultrommel, „er hat sie verloren! Geraubt wurde sie, von Seeräubern, die sich über das Nordmeer in die Inneren Gewässer geschlichen hatten. Nun muss er ohne Preis um die Gunst der Inselherren buhlen. Späher haben ihm zugetragen, dass die Schöne an den Küsten entlang, durch die Innere See in die Südreiche verschleppt wurde, aber in Tris verliert sich ihre Spur. Wer ihm sein Kleinod zurückbringt, den wird er über die Maßen belohnen, rotes Gold und weißes Silber aus seinen nördlichen Minen. Denkt daran, wenn ihr euch durch den Wüstensand schleppt!"

Mit einem grellen Dreiklang verstummte er.

„'S scheint, nicht nur der alte Cosmo hatte Pech mit seinem Nachwuchs", lachte einer, als der Zauber von Ceccos Geschichte sie losließ.

„Wenn wundert's? Sind schließlich beide keine Muster an Vaterliebe."

„Vaterliebe? Nennt einen Raben weiß, einen Henker zartfühlend, *so* passen Vater und Liebe zusammen!"

Soviel Gift lag in Ceccos Worten, dass das Stimmengewirr verstummte. Wieder quarrte die Maultrommel.

Oh, wie ich meinen Vater hasse!
Von einem End der Welt zum andren
Jagt mich die Wut auf ihn, den Alten,
der meiner Nöte lacht!
Erwart's kaum, dass der Tod ihn fasse,
dass frei ich endlich dürfte walten,
in allem was mich glücklich macht.
Doch er, zäh wie ein alter Schuh,
hat, wie es scheint, das ew'ge Leben
und also find ich keine Ruh.

Er musste sein infames Lied mit komischen Gesten begleitet haben, denn seine Zuhörer grölten begeistert. Wieder hörte Ninian Jermyns Stimme.

„Recht hast du, Schreihals. Scheiß auf alle ..."

Ninian hielt es nicht mehr aus. Krachend flog die Tür des Verschlags auf, die Männer fuhren zusammen, als sie plötzlich zwischen ihnen stand. Mit Genugtuung sah sie, dass Cecco sein Bier über sein Wams verschüttet hatte. Und dass Jermyn errötete.

„Macht Platz, ich will auch ein Märchen erzählen."

Mit einer Handbewegung scheuchte sie die Männer vom Kang.

„Es lebte einmal ein Fürst, Herrscher über ein Land mit hohen Bergen und tiefen Schluchten, reichlich Wald, aber wenig fruchtbarem Boden, ein armes Land. Er liebte es nicht und zog es vor, durch die Welt zu ziehen, auf der Suche nach lieblicheren Gefilden. Das Regieren überließ er seinen Räten, die ihre Aufgabe mehr schlecht als recht erfüllten. Lange weigerte sich der Fürst zu heiraten, aber zweimal kehrte er von seinen Reisen heim und brachte ein kleines Mädchen mit. Beide stellte er als Tochter vor. Von ihren Müttern sprach er nie. Es waren seltsame Mädchen, die eine dunkel und furchterregend schon als Kind. Sie lächelte nie und zog sich mit vierzehn Jahren in den ältesten Turm der Burg zurück. Von dort las sie in den Sternen und deutete den Menschen ihr Schicksal. Ihr Blick war scharf, er schien in die Weiten des Himmels ebenso wie in die Herzen der Menschen zu dringen. Ihre Zunge gebrauchte sie unbarmherzig, kein Mann wagte es, sich ihr zu nähern.

Die jüngere bildete den Tag zu ihrer Nacht. Vielen dünkte sie das schönste Geschöpf unter der Sonne, golden und weiß. Sie besaß die Gabe, die Menschen für sich einzunehmen, und als sie älter wurde, konnte kein Mann ihrem Zauber widerstehen. Zahllose Freier stellten sich auf der Burg ein. Keinen wählte sie zum Ehemann, aber wenn ihr einer gefiel, folgte sie ihm – für eine Weile. Früher oder später kehrte sie zurück, jung und unberührt, wie sie gegangen war.

Der Fürst ließ sie gewähren, bis sein Haar grau wurde und Räte sorgenvolle Blicke wegen der Nachfolge wechselten. Da nahm er zur Überraschung aller ein Mädchen seines Volkes zur Frau und gab sein Reiseleben auf. Sie schenkte ihm eine dritte Tochter, unscheinbar und scheu, aber begabt mit geschickten Händen. Die Weberei wurde ihre Leidenschaft, der sie in der Abgeschiedenheit eines Bergklosters ihr Leben widmen wollte.

So sah sich der Fürst ohne Nachfolger und auf seine alten Tage lernte er die ganze Last eines armen, schuldenbeladenen Landes kennen. Auf seinen Reisen hatte er an vielen Höfen geborgt und als Sicherheit das Erbteil seiner Töchter angegeben.

Nun kamen die Freier, aber sie fanden schroffe Felsen, karge Äcker und Erdstöße, und schreckte sie dies nicht, so vertrieb sie das Gebaren der drei

Fräulein: Die erste war hochmütig, die zweite flatterhaft und die dritte blöde vor Schüchternheit. Die Hochzeiter zogen wieder ab, nicht ohne die Drohung, ihre Schulden mit Gewalt einzutreiben.

Eines Tages fuhr der Fürst über Land. In einem Schlagloch brach eine Achse des Wagens und er musste für die Nacht Obdach bei einem Bauern suchen. Man nahm ihn nicht gerne auf, in der Scheune schlief schon ein Landstreicher und der Bauer murmelte etwas von Gesindel, das sich in der Welt herumtrieb, statt seine Arbeit zu tun. Nur widerwillig opferte die Bäuerin eine zähe Henne. Am nächsten Morgen setzte sie ihrem Landesherrn mit der dünnen Wassersuppe die Nachricht vor, der Bauer sei mit dem Knecht ins Holz gefahren und käme erst spät zurück.

‚Ich kann nicht zum Nachbarn laufen, dass er Euch den Wagen richtet, ich hab Brot im Ofen und die Magd ist alt und hat das Reißen im Rücken.'

Nach einer schlaflosen Nacht stürzte dieser Bescheid den Fürsten in Verzweiflung und er jammerte der Bäuerin die Ohren voll. Als der zweite, unwillkommene Gast über die Halbtür hinweg um eine Schüssel Suppe bat, beschied sie ihm barsch:

‚Ohne Arbeit keinen Bissen', und weil der Ärger sie plagte, setzte sie höhnisch hinzu: ‚Reparier dem Herrn da sein Karren, nachher will ich dir was geben.'

Der Kammerherr wollte Anstoß nehmen, doch der Fürst vergaß seine Würde und schrie:

‚Ja, versuch's! Fahr mir den Karren aus dem Dreck', er fasste den abgerissenen Burschen mit dem braunen, hölzernen Gesicht in's Auge, ‚und wenn es dir gelingt, kannst du es auch gleich mit meinem ganzen Reich versuchen! Ich schenk es dir zur Belohnung und eine meiner Töchter obendrein!'

Der Kammerherr schnaufte entsetzt und die Bäuerin lachte meckernd, der Wanderbursche aber verzog keine Miene, drehte sich auf dem Absatz um und verschwand. Nach kurzer Zeit war er zurück, bat um Holz, Werkzeug und noch vor dem Abendmelken rollte der fürstliche Wagen in den schmutzigen Hof.

Die Bäuerin hielt ihr Versprechen und setzte dem Burschen Kohl, Rüben und Speck vor. Als er fertig war, rückte sie damit heraus, dass in Haus und Hof dies und jenes zerbrochen sei.

„Um Kost und Schlafplatz kannst wohl länger bleiben."

Der junge Mann sah den Fürsten an.

‚Der Herr hat mir auch eine Belohnung versprochen.'

Der Kammerherr schnaufte und der Fürst ließ seine Börse fallen.

‚Mein guter Bursch', begann er, aber der junge Mann mit dem hölzernen Gesicht unterbrach ihn.

‚Ihr habt es gesagt, vor Zeugen!'

Der Kammerherr presste die Lippen zusammen, doch die Bäuerin grinste. Sie hatte eine weitere Henne opfern müssen und vielleicht nur, um dem Fürsten eins auszuwischen, bestätigte sie die Forderung.

‚Jawoll, ich hab es gehört. Ihr glaubt nicht, wie schnell Nachrichten die Runde machen, morgen wird ganz Tillholde wissen, dass Ihr Euer Wort gebrochen ...'

Die Faust des Fürsten krachte auf den Tisch.

‚Schweig, Weib! Du weißt nicht, worauf du dich einlässt', wandte er sich grimmig an den jungen Mann, „aber gut, machen wir einen Handel: Ein Jahr gebe ich dir, hast du mich danach von meinen drückendsten Sorgen befreit, soll es sein, wie ich gesagt habe. Wenn nicht – ich bin ein friedliebender Mann, aber es wird mir ein Vergnügen sein, deiner *öffentlichen* Hinrichtung beizuwohnen.'

Die Bäuerin schlug die Hände vor den Mund, aber das Gesicht des lebensmüden Burschen blieb unbewegt. Am nächsten Morgen rollte der Wagen davon, der junge Mann stand, zitternd in seinen Lumpen, auf der Lakaienbank.

Ein Jahr und einen Mondumlauf später jubelte die Bäuerin auf der Burg von Tillholde dem neuen Fürstenpaar zu."

Ninian verstummte, sie fuhr sich mit der Hand über die Augen, als erwache sie aus einem Traum. Schon einmal, auf einem Turm im Haus der Weisen, vor langer Zeit, hatte sie sich so vergessen und von Dingen gesprochen, die andere nichts angingen. Die Männer starrten sie mit offenem Mund an, Jermyns Ausdruck blieb undeutbar, aber Ceccos Augen glitzerten.

„Seht Ihr, noch ein Beispiel für Vaterliebe."

Ninian zuckte zusammen, so hatte sie es nicht gemeint. Plötzlich war ihr, als habe sie sich vor diesen Fremden die Kleider vom Leib gerissen. Ihre Wangen brannten. Sie drehte sich um und rannte hinaus, in die tröstende Umarmung der Schneeflocken. Die schallende Ohrfeige, die Jermyn Cecco verpasste, sah sie nicht mehr.

Er fand sie in dem dunklen, kalten Wagen. Die Arme um die Knie geschlungen, kauerte sie, in das Schaffell gewickelt, auf den Brettern, von kurzem, hartem Schluchzen geschüttelt. Jermyn kroch zu ihr und legte den Arm um sie, aber ihre Schultern entspannten sich nicht.

„Er hat Tillholde gerettet", stieß sie hervor, „er hat einen Aufschub bei den Gläubigern bewirkt, die Salzstöcke besetzt und die Tongruben, und den reichen Landherren Salz und Ton verweigert, wenn sie nicht ihre Steuern zahlten. Von dem Geld hat er die Straßen ausbessern lassen, damit die Wagenzüge ihren Weg durch Tillholde nahmen, er hat nur geringen Wegezoll verlangt und den Wagenführern billigen Proviant versprochen, wenn sie regelmäßig in Tillholde Station machten, hat alle, auch die armen Leute ermutigt, Waren mitzugeben: Gewebtes, Honig und Honigwein, geschnitzte Löffel, Baumharz, egal was, und hat ihnen den größten Teil des Erlöses gelassen. Nach einem halben Jahr hat das Volk ihm aus der Hand gefressen, er hat die Guten Väter um Rat gefragt und Pflanzenkundige ins Land geholt, die die Böden prüften und ihm guten Rat für den Ackerbau gaben, Gesteinskundige, die er in die Gebirge schickte auf die Suche nach seltenen Erzen und Kohleadern, er ist selbst in die Berge gegangen, hat heilkräftige Quellen gefunden, deren Wasser er verkaufte, er hat ein ganzes Jahr täglich nicht mehr als vier Stunden geschlafen und gearbeitet wie ein Pferd und am Ende des Jahres gab es Hoffnung für Tillholde."

Ninian keuchte schluchzend, Jermyn schüttelte sie sanft.

„Hey, ist ja gut, du musst niemanden überzeugen ..."

Aber der Damm war gebrochen, die Worte brachen hervor, als habe sie ihn nicht gehört.

„Er sorgte für Wachen, die Tag und Nacht auf die Bewegungen der Berge achteten, die Alarm gaben, wenn sich ein Hang bewegte, er stellte eine Truppe zusammen, die schnelle Hilfe bringen konnte, wenn durch Erdrutsche Häuser verschüttet wurden, ließ Türme errichten, durch die mit Spiegeln und Feuern Notzeichen übermittelt werden konnten. Er schuftete und schuftete und mein Großvater musste zugeben, dass er den ‚Karren aus dem Dreck gefahren hatte', aber als mein Vater nach seinem Lohn fragte, kniff er den Schwanz ein.

‚Du hast drei zur Auswahl, such dir halt eine aus.'

Sie hatten in dem einem Jahr kaum drei Worte mit ihm gesprochen. Natürlich war er in Laluns Schönheit vernarrt, kein Mann konnte ihr widerstehen. Aber er fragte zuerst Eyra, die älteste, weil sie ihm fähig schien, ein Reich zu regieren. Sie hat ihn nur angeschaut und du weißt nicht, wie Eyra schauen kann. Lalun wagte er danach nicht mehr zu fragen. Blieb nur meine Mutter, die ins Kloster, zu den Mondenweberinnen gehen wollte. Eine Woche hat sie geweint und meinen Großvater angefleht, nicht ‚diesen Mann' heiraten zu müssen. Zuletzt hat mein Großvater behauptet, es sei sein Tod, wenn er ihretwegen wortbrüchig würde. Und dabei blieb es.

‚Dieser Mann' hat sie in Ruhe gelassen, bis sie ihn von sich aus in ihr Bett rief, bis sie seinen Wert erkannte. Er hat lange gewartet. Mein Vater …", die Fäuste in die Augen gepresst weinte sie, als wolle ihr das Herz brechen. Jermyn sah hilflos auf ihre zuckenden Schultern, sie schien ihn vergessen zu haben.

„Er hat mich überallhin mitgenommen, als ich klein war. Vor sich, auf dem Pferd, er hat mich schwimmen gelehrt, reiten, er hat mir von der Welt erzählt. Er hat mich immer tun lassen, was ich wollte. Und er hat alle seine Hoffnungen auf mich gesetzt und ich, ich hab ihn verraten, wie …", sie grub die Zähne in ihr Knie.

Jermyn fuhr zusammen.

„Hör jetzt auf", beinahe grob zog er sie an sich, erstickte die krampfhaften Schluchzer an seiner Schulter. Zuerst blieb sie steif und er glaubte schon, sie würde sich wehren. Aber die Kraft schien aus ihr gewichen, sie schlang die Arme um seinen Hals und er hielt sie, bis es so still im Wagen war, dass er das weiche Wischen des Schnees auf der Plane hörte.

„Ninian …"

Sie schniefte und er tastete um sich, fühlte Stoff zwischen den Fingern, einen Lappen, ein Kleidungsstück und reichte es ihr. Sie schnäuzte sich und klammerte sich wieder an ihn. Eine Weile saßen sie so und die Kälte kroch ihnen in die Glieder.

„Wir müssen zurück, Süße, hier erfrieren wir."

Sie schüttelte den Kopf, wollte sprechen und musste erst die Heiserkeit weghusten. „Nein, ich geh da nicht mehr rein, die glotzen mich an, ich hab mich lächerlich gemacht!"

„Traust du mir nicht zu, dass ich sie alles vergessen lasse?"

„Du hast gesagt, es ist mühsam, Erinnerungen zu löschen."

Ihre Stimme klang klein und verloren, sie presste ihm das Herz zusammen.

„Ninian", er drückte sie so heftig, dass sie nach Luft schnappte, „wenigstens das kann ich für dich tun."

Sie verstand es, wie er es meinte: eine Bitte um Verzeihung und ein Friedensangebot. Die Freude, die sie durchfuhr, erschütterte ihn. Ohne sich zu besinnen, weitete er seinen Geist.

Die Gästestube summte von ihren Empfindungen. Neugier, beißend oder sanft, je nachdem, ob sie von Schadenfreude oder Mitleid geprägt war. Bei manchen fand er Neid, Ärger, dass eine kleine Schlampe über einen anständigen Mann gesetzt war, und, schlimmer, Gier, die sich an ihrem Bild aufgeilte. Mühsam seine Wut zügelnd suchte er in jedem Geist das Gewebe, in dem alle Eindrücke aufgehoben sind, zupfte die Fäden heraus, die Ninians Erzählung hineingewoben hatte.

Es war ein anstrengendes Geschäft und als er in seinen Körper zurückkehrte, fand er ihn steif vor Kälte, obwohl Ninian eine Decke um sie beide gewickelt hatte und sich darunter an ihn schmiegte.

„Komm jetzt", sagte er zähneklappernd, „sie wissen nichts mehr!"

Sie liefen durch den knöchelhohen Schnee zurück und schlüpften zwischen den Männern hindurch hinter den Bretterverschlag. Die meisten waren eingeschlafen, die anderen sahen sie stumpfsinnig an, in keinem Gesicht blitzte Erinnerung auf. Im Vorübergehen bemerkte Jermyn, dass Cecco nicht mehr in der Stube saß, der Esel Assino musste ihn zu sich gerufen haben.

Dankbar krochen sie auf den warmen Kang.

„Was für eine wundervolle Erfindung", murmelte Ninian. Im Schein der Ölfunzel lächelte sie ihn an, wie sie es lange nicht getan hatte, ihre Lippen bewegten sich, lautlos, aber er wusste, dass sie zärtliche Worte formten. Dann flatterten ihre Lider, schlossen sich, bald atmete sie tief und regelmäßig. Der Ausbruch hatte sie erschöpft.

Jermyn fand keinen Schlaf.

So stand es also um sie. Nie sprach sie über das, was sie zurückgelassen hatte, vielleicht wusste sie selbst nicht, wie sehr sie ihre Heimat, ihre Familie vermisste. Gerade aber hatte sie die verbotene Tür geöffnet, die Erinnerungen hatten sie überfallen, zerrten an ihr, und mit ihnen vielleicht die Reue. Wenn sie jetzt umkehrten und wieder an jener Kreuzung standen, wo der Weg nach Tillholde abzweigte – was sollte er tun, wenn die Reue stärker war als ihre Liebe zu ihm?

Seine große Angst kehrte zurück, fiel ihn mit Zähnen und Klauen an. Er hatte sich auf dieses Abenteuer eingelassen, weil er Ninian aus Donovans Nähe entfernen wollte, aber nun gab es einen weiteren Grund, warum sie die Reise fortsetzen mussten.

Er richtete sich auf den Ellenbogen auf und betrachtete das schlafende Mädchen. Ihr Gesicht war gerötet, der Mund stand ein wenig offen, dunkle Strähnen klebten an ihren Schläfen. Die Zärtlichkeit, die er für sie empfand, schmerzte, sie war der Mittelpunkt seines Lebens. Ohne sie war alles sinnlos.

Sie würden weiterreisen, seinen Widerwillen musste er überwinden. Sanft strich er mit den Lippen über ihre Wange, spürte, wie sie im Schlaf lächelte. Die Haut unter seinem Mund, weich und salzig von den Tränen, weckte sein Begehren, aber er wollte sie nicht stören. So kroch er unter die Decke, umschlang sie mit Armen und Beinen. Sie gehörte ihm, niemals würde er sie gehen lassen.

Am nächsten Tag wurden sie beim Vogt vorstellig.

„Wir haben uns entschlossen, den Weg durch die Schlucht zu wagen", erklärte Ely würdevoll, „und bitten Euch um Eure Unterstützung."

„Habt Ihr es gut überlegt? Das Für und Wider sorgsam abgewogen?"

Ely öffnete den Mund, doch Jermyn ließ ihn nicht zu Wort kommen.

„Ja, und wir wären Euch dankbar, wenn Ihr uns jetzt mit dem Abwägen vom Halse bliebet. Helft Ihr uns oder nicht?"

Meister Odugan musterte den Sprecher überrascht, solche Töne war er nicht gewohnt, schon gar nicht von einem Jungmann. Er begegnete einem Blick, undurchdringlich wie der Flint und messerscharf wie seine Bruchkanten. Der Vogt senkte die Augen, bevor er sich schneiden konnte. Die Frage gestattete ihm nicht wirklich eine Wahl.

„Gewiss, so gut ich kann", hörte er sich sagen und das Gewicht eines halben Fuders Flintplatten hob sich von seinen Schultern als der Blick ihn losließ. Er bemühte sich, seine Fassung zurückzuerlangen, während sie die Einzelheiten besprachen. Das Wort führten die beiden jungen Leute, die Ely als Wächter des Zuges vorgestellt hatte. Die älteren Männer saßen dabei und schienen nicht weniger eingeschüchtert als er.

„Kannst du dir diesen Sinneswandel erklären?", flüsterte Josh Ely zu, als sie aus der Wärme des Vogthauses hinaustraten.

„Nein, aber ich habe schon lange aufgehört, mich über sie zu wundern. Ich bin nur froh, dass sie sich wieder einig sind."

Es war nicht zu übersehen, Jermyn hatte die mürrische Miene abgelegt, die er seit Wochen zur Schau trug, und Ninian strahlte.

„Vielleicht schaffen wir es ja."

Die Aussichten schienen nicht schlecht. Der Himmel über Molnar war trüb, aber es schneite nicht mehr. Die Knechte platschten durch den Schneematsch und luden Wasserschläuche, getrocknetes Ziegenfleisch, Futterkuchen und Decken ein.

„Ihr habt einen Marsch von vier Tagen vor euch, bevor ihr die Schlucht erreicht", hatte der Vogt erklärt, „nehmt euch dann Zeit, um die Wagen vorzubereiten. Das leiseste Geräusch kann einen Steinschlag auslösen, besonders jetzt, nach dem ersten Frost. Uzbek hat sich bereit erklärt, euch bis Omph zu führen, danach müsst ihr weitersehen. Er hat die Schlucht schon einige Male durchquert, tut, was er euch sagt", mit einem Seitenblick auf Jermyn, der süß gelächelt hatte.

Nach einer weiteren Nacht im Gästehaus brachen sie im Morgengrauen auf. Der Vogt sah ihnen nach.

„Es wäre nicht schlecht, wenn regelmäßig Handelszüge über Molnar liefen", meinte der Wirt, der ein nettes Sümmchen eingenommen hatte. „Glaubt Ihr, wir sehen sie wieder?"

Meister Odugan knurrte.

„Wer weiß, ich lege keinen Wert darauf. Der Bursche hat mir Schädelweh verursacht."

Sie brauchten vier Tage, wie der Vogt vorausgesagt hatte. Uzbek führte sie um die Klippe von Molnar herum. Dort verlief zwischen den Geröllhalden die Straße zu den Abbauhalden. Sie stieg stetig an, bis sie sich nach einer Tagesreise gabelte. Der linke Zweig wand sich an der Bergflanke empor, der rechte stieß tiefer ins Innere des Massivs vor. Kaum waren sie in den Schatten zweier gewaltiger Türme eingetaucht, senkte sich Stille auf den Wagenzug. Entfuhr einem Knecht ein lauter Ausruf, knirschte oder krachte es in den Wagen, zuckten alle zusammen. Die düsteren Felswände warfen jedes Geräusch zurück, die Echos schienen die Reisenden zu erdrücken, selbst das graue Band des Himmels lastete auf ihnen. Es war still, bis auf die Schreie kreisender Raubvögel und das gelegentliche Rieseln von Wasser.

„Was für eine liebliche Gegend", murmelte Jermyn", „da kriegt man ja das heulende Elend."

Er ritt mit Ninian und Uzbek voraus. Der Führer zuckte die Schultern.

„Leidet besser stumm, Lärm nehmen sie übel."

Ninian sagte nichts, sie sah hinauf zu den schweigenden Wänden, drehte den Kopf von einer Seite zur anderen, als lausche sie.

„Hörst du etwas?"

„Ja, sie flüstern."

„Wer ‚sie', verdammt noch mal?", fragte er gereizt.

„... och mal, ... och mal, ...mal ...", wisperte es geisterhaft spottend über ihren Köpfen.

„Schsch", erschrocken legte Uzbek den Finger auf die Lippen.
„Die Felsen", erwiderte Ninian, „sie sind sehr wach, sie spüren uns. Und sie mögen uns nicht."
Sie sah ihn an und er erschrak. Ihre hellen Augen waren schattengrau und hart wie die Wände, die sie umgaben.
Am Ende des vierten Tages weitete sich der Weg zu einem Geröllfeld, einer nach dem anderen ruckelten die Wagen auf den freien Platz hinaus und kamen knirschend zum Stillstand. Milchig hingen die Atemwolken der Ochsen in der frostigen Luft.
„Wohin jetzt? Hier geht es nicht weiter", meinte Ely zähneklappernd, er hatte seinen Wagen verlassen und war zu Uzbek getreten. Es hatte wieder zu schneien begonnen und die weißen Flocken tanzten vor einer hundert Fuß hohen, schieren Mauer, die ihnen den Weg versperrte. Der Führer streckte den Arm aus.
„Dort, seht Ihr, beginnt Aradena, die Schlucht des Schweigens."
Sie starrten auf den tiefschwarzen Spalt.
„Da bleiben wa drin stecken wie 'n Korken in 'ner Flasche."
Bigos, der seinem Herrn gefolgt war, sprach aus, was alle dachten. Aber Uzbek schüttelte den Kopf.
„Nein, selbst an der engsten Stelle ist die Schlucht zwölf Fuß breit, die rechte Wand ragt ein wenig vor, wir werden seitlich einfahren. Bereitet die Wagen vor."
Nach einem hastigen Abendessen begann die Arbeit. Im Schein der Laternen umwickelten sie die Klauen der Ochsen und die Pferdehufe mit Lappen, schmierten Fett zwischen Kettenglieder, in lederne Aufhängungen und auf die eisernen Reifen der Räder. Jermyn, Ninian und Uzbek prüften jeden Wagen und schärften den Männern ein, wie sie sich verhalten sollten.
„Kein Lärm, hört ihr? Macht eure Ladung fest, nichts darf scheppern oder runterfallen. Wer nicht auf dem Kutschbock hockt oder die Ochsen führt, sitzt drinnen und hält die Luft an."
„Übertreibt Ihr nicht 'n bisschen?", brummte der Koch, der angewiesen war, jeden Topf einzuwickeln.
„Nein. Jedes Geräusch kann einen Felssturz auslösen und dann, mein Freund …", Uzbek fuhr sich mit dem Zeigefinger über die Kehle.
„Tut, was er sagt", fuhr Ninian den Koch an, „wir haben zwölf Meilen vor uns und müssen im Morgengrauen los ziehen, ich will nicht die Nacht über in dieser Ritze stecken."

„Was ist los?", fragte Jermyn, als sie ihren eigenen Wagen fertig machten.
„Du solltest dich am wenigsten unwohl fühlen zwischen diesen Felsen."
„Du hörst sie nicht."
„Und die Erdenmutter?"
„Sie ist weit weg. Gib mir den Fetttopf."
Sie kamen nicht zum Schlafen in dieser Nacht und als die undurchdringliche Finsternis trübem Zwielicht wich, gab Uzbek das Zeichen zum Aufbruch. Er ritt an der Spitze, Ninian folgte in der Mitte des Zuges, Jermyn sicherte den Schluss. Am Kopf eines jeden Leitochsen stand ein Mann, sie durften die Tiere nicht durch Zurufe oder Peitschenknall antreiben.
„Bleibt so gut es geht, in Bewegung", befahl Uzbek, „bis etwa zur Mitte steigt der Weg an, dann fällt er ab, aber die Steigung ist gering, sie wird keine Schwierigkeiten machen. Die engste Stelle liegt eine halbe Meile vor dem Ausgang. Sie ist etwa hundert Fuß lang und dort wird es wirklich gefährlich, die Felsen sind brüchig wie Glas." Er hob eine Fackel. „Ich werde sie entzünden und hochhalten, wenn es so weit ist. Wir müssen einzeln hindurchziehen. Ich gebe jedes Mal das Zeichen, wenn der nächste an der Reihe ist."
„Und ich werde dort warten, bis jeder Wagen an mir vorübergezogen ist", setzte Ninian hinzu.
„Ihr müsst absteigen, Euer Ross hat keinen Platz zwischen Wagen und Wand", erwiderte Uzbek und sie zuckte die Schultern.
Sie baten Ely, sich an die Spitze des Zuge zu setzen, aber er weigerte sich.
„Warum sollte ich meinen Platz in der Mitte aufgeben? Ich vertraue darauf, dass unser Unternehmen zu einem guten Ende kommt."
„Aber ich, ich bestehe darauf, als zweiter hinter dem Leitwagen einzufahren!" Es sollte herrisch klingen, aber Assinos Stimme kippte vor Furcht und Aufregung. „Ein Gelehrter von meinem Stand und Ansehen", fuhr er zähneklappernd fort, „sollte nicht länger als nötig einer solchen Gefahr ausgesetzt sein!"
Die Knechte brummten unwillig, aber Ely nickte.
„Mir ist es lieber, der Wirrkopf ist so schnell wie möglich aus dieser Schlucht hinaus", knurrte er, als er neben Bigos auf den Kutschbock kletterte. „Wenigstens machen seine Bücher und Schriftrollen keinen Lärm."
So rollte Assinos Wagen als zweiter um die vorstehende rechte Wand und tauchte in den dunklen Tunnel.
Die Nacht schien sich hier länger zu halten, nur hoch über ihren Köp-

fen sahen sie einen dünnen Streifen hellgrauen Himmels. Ob es schneite, konnten sie nicht erkennen, keine Flocke erreichte den Grund der Schlucht, aber der Flint strahlte eisige Kälte aus. Am Anfang schien es ihnen, als rollten die Karren vollkommen lautlos dahin, doch in der hallenden Stille schärfte sich ihr Gehör, bis die gedämpften Tritte der Ochsen, das kaum wahrnehmbare Reiben der gefetteten Ketten und das leise Rumpeln der Räder in ihren Ohren dröhnten.

Obwohl Kälte und Düsternis sie niederdrückten, ging es zunächst gut voran. Jermyn und Ninian mussten die Leute nicht ermahnen, niemand hatte Lust zu reden. Es fiel beiden immer schwerer, an den Wagen entlangzureiten, die Wände rückten unbarmherzig zusammen. An manchen Stellen verschwand sogar der dünne Streifen Himmel. Als alle das Gefühl hatten, seit Wochen in der Schlucht zu stecken, flammte vor ihnen ein rötlicher Feuerschein auf, das Fackelzeichen.

Ninian ritt an die Spitze des Zuges und saß ab. Uzbek führte Luna und sein eigenes Reittier.

„Jetz gilt's", flüsterte der Fahrer des Leitwagens und der Ochsenführer zog am Halfter. Widerwillig setzten sich die Tiere in Bewegung, ihnen mochte vor dem schwarzen Spalt genauso grauen wie den Menschen.

Gespannt warteten sie auf das Zeichen. Ein Aufblinken der Fackel und Cecco zerrte die kostbaren Aubrac-Rinder seines Herrn hinter sich her. Als er über die Schulter zurückblickte, sah Jermyn seine runden, ängstlichen Augen. Plötzlich musste er an Iwo, an die Himmelsfelder von Dea denken und der übliche Ärger auf die Reise durchfuhr ihn. Dann verschluckte der Spalt Assinos Wagen und Jermyn schüttelte die Regung ungeduldig ab. Zwei weitere Wagen folgten, ein dritter, der Küchenwagen ...

Wenige Geräusche fahren einem so in die Glieder wie das Scheppern eines umstürzenden Stapels Kupfertöpfe. In der gespenstischen Stille, in der man unwillkürlich den Atem anhielt, sprang allen ein Aufschrei aus dem Mund. Aufgescheucht stampften die Ochsen im Joch, ihr Gebrüll brach sich an den Felstürmen und stürzte auf die verstörten Reisenden zurück.

Und der Lärm in der Kluft vor ihnen verebbte nicht. Das blecherne Scheppern schwoll an wie heranrollendes Donnergrollen.

„Das Echo, die Felsen werfen das Echo zurück."

„Sie brechen, die Wände brechen ..."

Uzbek stolperte aus dem Spalt. Seine Augen quollen aus den Höhlen, er ruderte wild mit den Armen. Jermyn stürzte auf ihn zu, packte ihn am Wams.

„Was ist geschehen? Wo ist Ninian?"

„Der Narr, er hat die Töpfe aus dem Wagen geworfen", keuchte der Führer, „das Echo sprengt die Flintplatten ab, die ganze Schlucht stürzt ein!"

Jermyn ließ ihn los und rannte zwischen die Felsen hinein. Mit der Dunkelheit umschloss ihn ein gewaltiges Dröhnen, als befände er sich im Inneren einer ungeheuren Bronzeglocke. Er presste die Hände gegen die Ohren und lief weiter, bis er sich die Zehen an einem harten Gegenstand stieß, der klappernd davonrollte. Ein Kessel, und dort war der Wagen. Ein Mann kniete zwischen verbeultem, blinkendem Kupfergeschirr, das Gesicht eine Maske der Angst. Aber Jermyn beachtete ihn nicht. Er starrte nach oben.

Er hörte das Dröhnen nicht nur, er sah es. Der graue, blättrige Felsen bewegte sich vor seinen Augen, einzelne Platten lösten sich, rutschten an der Wand herunter. Wo sie auf Vorsprünge trafen, zersprangen sie und die Bruchstücke fielen, fielen scharf wie Beilkanten. Die ganze Wand über ihm bewegte sich.

„Vorwärts, vorwärts ..."

Ninians Stimme klang hoch und schrill, aber sie übertönte das Dröhnen. „Bewegt euch, weiter, weiter ... ich halte sie auf, aber macht schnell."

„Ninian!"

Sie stand mit hochgereckten Armen neben dem Wagen, ihr Gesicht war grau und hart, als habe es sich in Stein verwandelt. Über ihr hingen die zitternden Platten, ein seltsames, durchdringendes Klingen und Schwirren umgab sie.

Jermyn berührte ihren ausgestreckten Arm, aber sie wandte den Kopf nicht.

„Bring die Wagen durch, schnell, schnell. Sie sind wie Schwertklingen, und so viele ..."

Zwei Fußtritte trieben den Mann in den Karren. Ein Gedankenstoß setzte die Ochsen in Trab. Es machte nichts, dass der Wagen rumpelte und rasselte, nur Schnelligkeit zählte jetzt.

Voran, voran, durch die Schlucht, ein Wagen nach dem anderen. Wer trödelt, den häute ich bei lebendigem Leib. Vorwärts!

Die Worte, die durch ihre Schädel tobten, machten den Leuten Beine. Uzbek hatte sich gefangen und trieb sie mit der Fackel an. Es brauchte keine große Überredung, auch die Felswände, die den Geröllplatz umgaben, gerieten in zitternde Bewegung.

Voran, oder ihr krepiert unter einem Haufen Schutt!
Sie zogen an Ninian vorbei, die unbeweglich in dem Tunnel stand, jede Faser ihres Wesens in das Gestein ausgegossen. Sie verschmolz mit ihm, teilte seinen Hass auf das warme, flüchtige Leben, das in seinen Eingeweiden wühlte, seine Glieder zerschnitt und von seinen Wurzeln wegschleppte. Alle Willenskraft musste sie aufbringen, um sich aus dieser Umklammerung zu lösen, und dann musste sie ihren Willen gegen diesen uralten Zorn richten, ihn mit der Allmacht der Erdenmutter zu unterwerfen. Sie beschwor, besänftigte, drohte und hielt den Bergsturz auf, bis der letzte Wagen an ihr vorbei gerollt war und Jermyn sie auf sein Pferd hochzerrte.

Milan bebte und kämpfte gegen die Trense, Schaum flog von seinem Maul, aber Jermyn hielt es mit eisernen Banden. Allein konnte er Ninian, die schwer und reglos in seinen Armen hing, nicht aus der Schlucht schaffen. Sie stöhnte und weil sie das Klingen nicht mehr übertönen konnte, öffnete sie sich.

Kann nicht mehr halten, schnell weg, bricht alles …
Jermyn ächzte, als er für einen Moment ihre Empfindungen teilte. Sie war mit dem Flint verwachsen, spürte das Absprengen der Platten, als reiße man ihr die Glieder vom Leib. Er biss die Zähne zusammen und hieb Milan die Absätze in die schweißbedeckten Flanken.

Komm zurück, Ninian, ich bring uns hier raus
Die Hufe donnerten durch den Tunnel, hinter ihnen krachte es, als die freigelassenen Bruchstücke auf dem Boden zerschellten. Die Starre wich aus Ninians Körper, sie sackte gegen seine Brust, erschöpft, verausgabt. Etwas zischte an seinem Gesicht vorbei, Milan wieherte schrill und Jermyn spürte einen Schlag, der Schmerz zog eine brennende Spur über seinen Schenkel. Die Felsen waren zornig, vielleicht würde nicht einmal die Achtung vor der Erdenmutter sie aufhalten … wie Lanzen zischten rechts und links Flintstücke an ihnen vorbei. Er zog den Kopf ein, des tödlichen Stoßes in Kopf oder Rücken gewärtig. Er musste Milan nicht mehr antreiben, in Panik raste das Tier weiter, Funken sprühten in der brüllenden Dunkelheit.

Plötzlich war es hell, sie schossen aus der Tunnelöffnung und ohrenbetäubender Donner verkündete, dass sie die letzten Menschen gewesen waren, die das Gebirge auf diesem Weg durchquert hatten. Eine Wolke aus grauem Staub hüllte sie ein. Der Berg spuckte ihnen einen Schauer schwarzer Splitter hinterher, aber Milan trug sie in seiner Angst aus ihrer Reichweite. Er galoppierte den abschüssigen Pfad hinunter, auf die Wagen zu, die sich in einer halben Meile Entfernung in der Ebene gesammelt hatten.

„Haltet ihn auf", brüllte Jermyn, als sie in Rufweite kamen. Ninian drohte aus seinem Griff zu rutschen und er fühlte sich nicht fähig, das verängstigte Tier zu bändigen. Die Arme schwenkend kreisten die Knechte es ein und schließlich stand es, zitternd, die Vorderhufe in den Boden gestemmt. Helfende Hände streckten sich ihnen entgegen und Jermyn glitt mit Ninian aus dem Sattel, außer der brennenden Wunde an seinem rechten Oberschenkel spürte er seine Beine kaum. Ninian wurde behutsam auf ein paar Mäntel gebettet. Sie war immer noch sehr bleich und hatte die Augen geschlossen. Ely kniete neben ihr nieder und fühlte ihren Puls.

„Etwas langsam, aber regelmäßig. Sie ist kalt, wir müssen sie wärmen. Bringt sie in meinen Wagen."

„Wartet! Erst will ich den Schurken sehen, der das ausgelöst hat!"

Mit dem Gefühl in seinen Gliedern kehrte die Erinnerung an Uzbeks entsetzte Worte zurück. Und mit ihnen die Wut.

„Küchenwagen!"

Wie ein Feuerstoß fuhr sein Geist in die Köpfe der Kochmannschaft, die wie alle anderen vor den Wagen standen. Aufbrüllend pressten die Männer die Hände gegen die Schläfen und taumelten näher, die Hälse vorgereckt, als habe eine unsichtbare Hand sie an den Ohren gepackt.

„Wer von euch konnte seine dreckigen Finger nicht von den verdammten Töpfen lassen?"

Sie klapperten vor Furcht mit den Zähnen, während er ihren Geist durchwühlte. Der Koch, seine drei Gehilfen und der Proviantmeister sackten erleichtert in sich zusammen, als er sie freiließ, und alle Augen richteten sich auf den bedauernswerten Spülburschen. Er sank in die Knie, ein bibberndes Häuflein Elend.

„Du warst das!"

Jermyn stürzte sich auf ihn, packte ihn am Kragen und schüttelte ihn. Seine Augen glühten rot und der Bursche hing schlaff wie eine Gliederpuppe in seinem Griff. Josh machte einen Schritt auf ihn zu.

„Mäßigt Euch, er ist doch nur ein armer Tölpel. Niemandem ist etwas geschehen und das Fräulein erholt sich schon wieder."

Jermyn beachtete ihn nicht. Seine Blicke bohrten sich in sein Opfer, von dessen Augäpfeln nur noch das Weiße zu sehen war. Speichel sickerte aus seinem Mundwinkel. Josh machte einen weiteren Schritt, während Ely besorgt das Mädchen in seinen Armen ansah, das langsam zu sich zu kommen schien. Im Ernstfall würde nur sie den wütenden Jermyn aufhalten können.

Der Spülbursche stöhnte und Josh wappnete sich. „Halt ein, ich lasse nicht zu, dass du ihn umbringst."

Abrupt stieß Jermyn den Jungen von sich, aber Joshs Worte schien er nicht gehört zu haben. Mit ausdruckslosem Gesicht wandte er sich den Männern zu, die in einem Halbkreis vor ihm standen. Das Glühen in seinen Augen war erloschen, dennoch duckten sie sich unter dem leeren Blick. Er glitt von einem zum anderen und über sie hinweg zu den Wagen. Dann setzte Jermyn sich in Bewegung. Sie sahen ihm nach und Josh, der neben dem zitternden Spülburschen kniete, tippte sich mit dem Finger an die Stirn.

„Was ist los, was ist in ihn gefahren?"

Ninian kämpfte noch mit der Benommenheit, sie gab keine Antwort auf Elys Frage, aber Jermyns Verhalten schien ihr ebenso rätselhaft zu sein wie den anderen. Er war unterdessen zwischen den kreuz und quer stehenden Wagen verschwunden.

Und dann hörten sie alle einen spitzen Schrei, gefolgt von empörtem Zetern.

„Unerhört ... was fällt Euch ein ... Übergriff gegen meine Person ..."

Eine seltsame Prozession erschien zwischen den Wagen. Vorneweg kam Jermyn, das Gesicht gerötet und grimmig. Er führte einen fluchenden Cecco am Ohr und hinter ihnen hüpfte Lambin Assino, scheltend und in wilder Empörung mit den Armen fuchtelnd. Als sie bei den mit offenen Mündern staunenden Männern angekommen waren, stieß Jermyn den kleinen Mann so heftig von sich, dass er auf Händen und Knien vor Ely landete.

„Hier, da habt Ihr die Laus, die sie uns in den Pelz gesetzt haben!"

„Was sollte ich denn machen?", sagte Cecco mürrisch. Sie saßen in Elys Wagen und hörten sein Geständnis an, nachdem Jermyn die ganze üble Geschichte aus dem Gespinst in seinem Kopf entwirrt hatte. Die rundäugige Unschuld war verschwunden, vor Ely, Josh und Ninian kauerte ein schlecht gelaunter, zynischer Gnom.

„In Dea war mir der Boden zu heiß geworden, Marmelin vom Borne ist nachtragend wie ein verschmähtes Weib, selbst aus dem schäbigsten Hinterhof hat er mich vertreiben lassen und irgendwas muss der Mensch schließlich essen, wie Ihr vielleicht selbst wisst, edle Herren ... autsch."

„Sei höflich", knurrte Jermyn. Rote Flecken brannten auf seinen Wangenknochen. Er rührte den kleinen Mann nicht an, aber in Gedanken war er mit ihm verbunden und es fiel ihm sichtlich schwer, sich zu beherrschen. Ninian drückte seine Hand.

„Also hast du das Angebot der Seeherren angenommen", sagte sie.

„Ja, Scudo Rossi versprach mir hundert Goldstücke, wenn ich den Zug so sabotieren könnte, dass Eure Reise scheitert. Ein solches Angebot konnte ich nicht ausschlagen."

„Du bist für alle Missgeschicke verantwortlich?" Josh schien es kaum glauben zu können.

Cecco verneigte sich. „Zu Euren Diensten", grinste er, „außer für den Regen natürlich, da haben die Götter nachgeholfen."

„Lass die Götter aus dem Spiel", befahl Ely streng.

„Wie Ihr wollt, bleibt mir die ganze Ehre ... autsch."

Mit einem bösen Blick auf Jermyn rieb er sich die Stirn und presste die Lippen zusammen, als wolle er nicht weiter sprechen. Aber das Bedürfnis zu prahlen, war stärker.

„Ich habe das Gerücht vom Maulweh in die Welt gesetzt, die Bremsen gelockert und dafür gesorgt, dass die Wasserschläuche nicht eingefettet wurden. Wenn möglich, sollten euch schon diese Vorfälle entmutigen, aber ich wusste von der Aradena-Schlucht. Rossis Spitzel hatten es herausgefunden. Hier hätte ich euch endgültig aufhalten können. Ich musste nur dem täppischen Küchenjungen eingeben, dass die Töpfe zu schwer waren und er sie als Ballast abwerfen musste. Aber Rossi, der Idiot, hat mir nicht gesagt, dass sie so gut ist!"

Der Blick, den er Ninian zuwarf, war schlicht mörderisch. Gleich darauf schaukelte er wimmernd vor und zurück, während er seinen Schädel mit beiden Händen umklammerte.

„Seltsam, dabei hat Rossi auch im Zirkus gesessen", meinte Ninian nachdenklich, ohne sich um Ceccos Qualen zu kümmern, „er wusste, dass ich den ganzen Steinhaufen zusammengehalten hatte."

„Genug jetzt", gebot Ely, als Äderchen in den hervorquellenden Augen des Kleinen platzten.

„Du bist also auch ein Gedankenlenker, deshalb warst du für die Seeherren der richtige Mann."

Aber Cecco konnte nicht antworten. Übelkeit übermannte ihn und sie stießen ihn hastig zu dem Eimer am Ende des Wagens.

„Ja", erwiderte Jermyn an seiner Stelle, „in gewisser Weise ist er das. Nicht einmal ein besonders guter. Aber er kann auf den Empfindungen und Gedanken der Menschen spielen wie ein Lautenschläger. Er musste nur herausfinden, was mich bewegte, um mich sehr erfolgreich an der Nase herumzuführen."

Nach diesen Worten war es bis auf Ceccos Würgen still im Wagen. Sie ahnten, was Jermyn dieses Geständnis kostete.

„Er wusste, dass ich nur ungern mitfuhr, dass ich den Kopf voll hatte von Iwo und dem Himmelsspiel. Also lullte er mich damit ein, machte sich beliebt bei mir. Und die ganze Zeit bestärkte er heimlich meinen Widerwillen und versuchte, uns zu entzweien. Eine Möglichkeit, sein Ziel zu erreichen, wäre gewesen, mich zur Umkehr zu bewegen, und manchmal war er nicht weit davon entfernt."

„Wir haben ihn auch gespürt, nicht wahr?", murmelte Ninian.

„Ja, er hat alle Gefühle von Unlust und Verzagtheit aufgenommen und verstärkt. Und ich habe es nicht gemerkt", erwiderte Jermyn bitter. Auch die Gründe für sein Bleiben waren nicht schmeichelhaft, es gab nichts bei dieser Geschichte, auf das er stolz sein konnte.

„Was hätte er gemacht, wenn sein Plan gelungen wäre?", fragte Josh.

„Er hatte ja Uzbek bei sich, mit dem hätte er sich nach Zahra durchgeschlagen und wäre auf dem Seeweg nach Tris gekommen. Rossi hat ihm eine Zahlanweisung mitgegeben, die sein Gewährsmann in Tris eingelöst hätte. Mit hundert Goldstücken kann man dort wohl ganz gut leben."

„Nun", Ely holte tief Luft, „dank eurer Hilfe dürfen Scudo Rossi und die Seeherren sich ein Loch in den Bauch ärgern! Wir ziehen weiter und ich werde höchstpersönlich mit der Zahlanweisung bei Rossis Gewährsmann erscheinen! Ihr habt das Vertrauen, das wir in Euch gesetzt haben, gerechtfertigt, Jermyn. Zu guter Letzt habt Ihr das Lügengespinst doch durchschaut und nicht einen armen Unschuldigen für das Unglück in der Schlucht büßen lassen. Und Ihr, mein Fräulein", er nahm Ninians Hände und zog sie an die Lippen. „Zum zweiten Mal stehe ich tief in Eurer Schuld. Wir werden euch beide reich entlohnen."

„Gewiss, gewiss", fiel Josh ein, „aber was machen wir mit ihm? Sollen wir ihn einfach hier sitzen lassen, in der Einöde, oder wollt Ihr ihm einen Knoten ins Hirn machen?"

Jermyn starrte auf die Silhouette des Gauklers, der sich immer noch über den Eimer beugte. Aber er wusste, dass Cecco jedes Wort hörte.

Es wäre nicht schwer, diesen irrlichternden Geist zu einem stumpfsinnigen Trottel zu machen, verdient hatte er es unbedingt. Wieder stieg der Zorn heiß in ihm hoch und ein Ausläufer dieses Zorns traf den kleinen Mann. Er jappte wie ein Hund. Jermyn spürte Ninians Hand in der seinen. „Nein", sagte er kurz, „ich weiß jetzt, woran ich mit ihm bin. Wir werden ihn unter Aufsicht stellen. Er muss arbeiten."

4. Kapitel

5. Tag des Wendemondes 1466 p.DC

Der Reiter richtete sich in den Steigbügeln auf, weniger um sich einen Überblick als um sich Bewegung zu verschaffen. Er wusste, was er sehen würde, und der Anblick blieb unverändert trostlos. Zur Rechten begleiteten sie die weißen Kalkfelsen des Küstengebirges, an dessen westliche Hänge die Wellen der Inneren See schlugen, hinter ihm schimmerte ein schmaler, dunkler Streifen durch den Dunst, den die Ochsenhufe aufgewirbelt hatten – der Karamai. Der Reiter ließ sich seufzend in den Sattel zurückfallen. Nichts störte die Eintönigkeit des Tages, der Steinschlag war das letzte Missgeschick gewesen, der Spuk hatte ein Ende.

Aus den Wolken vor ihm drang das Klirren der Ketten und das unwillige Schnauben der Zugtiere. Der ewige Staub hatte die Planen rötlich eingefärbt. Die morgendliche Kühle war der trockenen Hitze des Vormittags gewichen und die armen Viecher schluckten mehr Dreck als ihnen gut tat.

Auch seine Kehle war trocken, er griff nach dem Wasserbalg am Sattel und ließ die Hand wieder sinken. Keine Ladung des Zuges war so rar und kostbar wie Wasser und es würde lange so bleiben. Grenzenlos dehnte sich die baum- und strauchlose Steppe und verschmolz in der Ferne mit einem fahlen, gleißenden Himmel.

Der Fahrer des Wagens an seiner Seite begann einen eintönigen Singsang.

„Seit langer Zeit ist die Wüste meine Freundin.
Ich necke sie, ich lache über sie.
Zwei Einsame sind wir und sie spricht:
Meinen Freund fresse ich nicht!"

„Schweig! Du hast es gerade nötig! Wenn das Wasser nicht reicht, bist du der erste, den sie fressen wird!"

„Umso mehr muss ich sie beschwören, die Hohe Frau", erwiderte der Gescholtene frech. Leise vor sich hinsummend, lenkte er das Gespann um eine Bodensenke.

„Wie kommt es, dass ein Sänger so gut mit dem Zügel umgehen kann?", fragte der Reiter mürrisch.

„Ein armer Sänger, Patron, ein armer Sänger! Man darf nicht wählerisch sein. Ich bin mit dem großen Marmelin herumgezogen, glaubst du, der fährt seine Wagen selbst? Aber ich will nicht jammern, Schläge gabs nur selten und zu essen beinahe jeden Tag." Eine komische Grimasse begleitete die Klage und wider Willen musste der Reiter lachen, dann hustete er.

„Verdammter Staub."

Er zerrte den Wasserschlauch heran und trank. Der Fahrer musterte das tiefbraune Gesicht mit den rotgolden schimmernden Bartstoppeln. Als er dem nachtdunklen Blick begegnete, senkte er die Augen.

„Seit langer Zeit ist die Wüste meine Freundin ..."

„Was singst du da eigentlich?"

„Das Lied von der Wüste? Ein Zauberspruch, den mir ein alter Wüstenreiter beigebracht hat. Wer ihn nicht hundertmal am Tag wiederholt, den frisst sie, wie du gesagt hast."

„Unsinn, Ammenmärchen."

Der Fahrer grinste, ihm entging nicht, dass der andere nach dem schlaffen Wasserschlauch an seinem Knie tastete.

„Kein Wasser in der Wüste", murmelte er in die staubige Luft, „kein Tropfen auf dem gaanzen, laangen Weg", genüsslich dehnte er die Worte, bis der Reiter mit den Fingern schnippte.

„Halt's Maul!"

Hufschläge trommelten über die knochenharte, rissige Erde, aus dem Staubschleier tauchte eine weiße Stute auf, die Flanken rötlich bepudert. Sie prustete mutwillig, aber der Rappe schnaubte nur und trottete trübsinnig weiter.

„Milan ist genau so ein Trauerkloß wie du, Jermyn."

Ninian lockerte den Schleier, um sich verständlich zu machen. Ihre hellen Augen glitzerten spöttisch.

„Jetzt hör auf! Nicht mal du kannst Gefallen an dieser ausgedörrten Einöde finden", eine weit ausholenden Geste begleitete die anklagenden Worte. „Ich sterbe vor Langeweile."

Sie zupfte ein paar dunkle Haarsträhnen, die sich unter dem Kopfschleier hervorgestohlen hatten, von der fettig glänzenden Stirn. Auch Wangen und Nase bedeckte eine dicke Fettschicht. Den Diamanten hatte sie abgelegt, als sie sich in Wüstenreiter verwandelt hatten. Jermyn sah sie von der Seite an.

Macht dir die Sonne zu schaffen?", fragte er scheinheilig und sie schnitt eine Grimasse.

„Ich lass es lieber nicht drauf ankommen. Zwei Tage musste ich letztes Mal im Wagen bleiben! Wir stammen schließlich nicht alle von dschungarischen Ziegenhirten ab!"

Verdrossen musterte sie sein braungebranntes Gesicht.

„Nur kein Neid, meine Idee war dieser Ausflug nicht!"

Sie funkelten sich an, dann lachte Ninian plötzlich.

„Eigentlich gibt es keinen Grund zu streiten. Uzbek meint, dass wir gut vorwärtskommen. Heute ist Vollmond, wenn wir noch etwa drei Stunden nach Sonnenuntergang weiterziehen, erreichen wir morgen Abend Omph."

„Das Tor zur Hölle", krähte der Fahrer vergnügt.

„Schweig, Cecco, sonst läufst du den Rest des Weges – angebunden an den Wagen", erwiderte das Mädchen streng.

„Wie Ihr meint, Patrona", unterwürfig zog der Gescholtene den Kopf ein und begann wieder zu summen.

„Komm, ich mag sein Gekrächze nicht mehr hören!"

Die beiden Reiter gaben ihren Pferden die Sporen und trabten an die Spitze des Zuges.

„Nur vor dir hat er Respekt, Ninian."

„Meinst du?"

„Ja, du hast dich als Einzige nicht blenden lassen."

Sie sah ihn von der Seite an. „Er hat eben deine Schwächen erkannt."

„Nämlich?"

Seine Augen glitzerten gefährlich.

„Du liebst es, bewundert und verehrt zu werden, das hat er ausgenutzt. Aber lass uns von was anderem sprechen, sonst streiten wir doch. Dazu ist der Wagen zu eng und außerdem haben wir Cecco mit seinen Riesenohren auf dem Hals."

Einen Moment lang presste Jermyn verstockt die Lippen aufeinander, dann seufzte er.

„Du hast Recht. Also, was gibt's Neues, außer der frohen Botschaft, dass wir auch in der Nacht keine Ruhe kriegen werden? Worüber sprechen die Herren Kauffahrer?"

„Vor allem über Wasser, Wasser und Futterkuchen, wieviel wir für die Strecke zwischen Omph und Tris brauchen. Es gibt nur eine kleine Oase, Jaffa, wo wir die Schläuche auffüllen können."

Sie schwiegen.

Vor vier Tagen hatten sie den letzten Brunnen passiert. Das Wasser schmeckte schal und war streng eingeteilt. Ein Schlauch pro Tag für jeden Menschen, sechs für Ochsen und Pferde. Wenn sie ohne Zwischenfälle weiterkamen, würde es wie die Futterkuchen gerade bis Omph reichen, wo sie neue Vorräte aufnehmen konnten, bevor sie sich an den letzten Abschnitt der Reise machten. Und von diesem letzten Teil sprachen alle nur mit bedenklichen Mienen. Zwischen Jaffa und Tris gab es keine Wasserstelle mehr.

Während der langen, eintönigen Stunden, die er auf Milan dahintrottete, dachte Jermyn oft an Donovan, dem er die Schuld an seiner Verbannung aus Dea gab. Und wenn sie je zurückkehrten, war er der Lösung seines Problems keinen Schritt näher gekommen: Donovan konnte Ninian nicht aufgeben und Jermyn konnte es nicht ertragen, dass er ihr nachstellte. Es gab nur einen Weg – wie hatte Sabeena gesagt?

„Wenn er doch eine Gemahlin fände …"

Zwar hielt die Ehe viele Männer nicht davon ab, anderen Frauen nachzusteigen, doch Donovan war – ha – ein Ehrenmann, er würde sich an seine Gelübde halten. Aber wie brachte man ihn dazu, sich zu verheiraten?

Ninians Stimme unterbrach seine Gedanken.

„Seine Gnaden Assino sind ungehalten."

„Ach, erzähl mir was Neues! Weshalb denn diesmal?"

„Weil wir die letzten Tage immer erst nach Anbruch der Dunkelheit gerastet haben. Er kommt mit seinen Aufzeichnungen nicht nach."

„Das ist freilich ein Grund … was will er denn aufschreiben? Dass das Wasser knapp ist und es rein gar nichts zu sehen gibt außer Himmel, Bergen und Geröll und das seit Wochen?"

Ninian kicherte.

„Ich weiß nicht, er sieht auf jeden Fall sein großes Werk gefährdet und liegt Ely in den Ohren, das Lager früher aufzuschlagen."

Jermyn zuckte die Schultern, sein Mitleid mit dem Kaufmann hielt sich in Grenzen. Ely hatte er diese Reise zu verdanken, es war nur gerecht, dass der Gute ein wenig unter dem närrischen Verwandten seines zukünftigen Schwiegersohnes litt.

Wie Uzbek vorausgesagt hatte, zogen sie am Abend des nächsten Tages in Omph ein. Die Sonne war noch nicht hinter dem Horizont verschwunden, es blieb genügend Licht, um sich durch die Fremdartigkeit der Stadt verblüffen zu lassen.

„Grünzeug", stieß Jermyn hervor, als hochgewachsene, schlanke Stämme mit breiten, gefiederten Blätterwedeln in Sicht kamen. „Ich hätte nicht gedacht, dass ich mich mal so über den Anblick von Grünzeug freuen würde."

Unter Milans Hufen raschelte es und der Hengst senkte eifrig den Kopf, um von dem lang vermissten Gras zu kosten. Nach zwei Bissen spuckte er das Gefressene angewidert aus.

„Es scheint nicht nach seinem Geschmack zu sein", meinte Ninian und Uzbek, der auf dem Bock des ersten Wagens saß, erwiderte:

„Es sind Salzpflanzen, Pferde und Ochsen können nicht viel davon fressen."

„Wieso wundert mich das nicht?", knurrte Jermyn. „Nichts taugt in diesem Land."

Die Wagen rollten über das mit Salzkräutern und niedrigem Gehölz bewachsene Vorland und tauchten in den Schatten der Bäume ein. Die Straße führte zwischen niedrigen Erdwällen hindurch, über die sie auf ordentliche, kleine Felder sehen konnten. Als sie näherkamen, erkannten sie, dass die Wälle Kanäle waren, von denen schmale Rinnen zu den Beeten führten.

„Sie pumpen das Wasser aus den Brunnen herauf, es regnet sehr selten in Omph", erklärte Uzbek, „aber sie besitzen vier gute Quellen, deshalb ist die Stadt reich."

Ninian blickte an den zweiglosen, faserigen Stämmen empor.

„Sie erinnern mich an die Bäume in d'Ozairis Garten", murmelte sie, nur für Jermyn hörbar.

„Ja, ich wünschte wahrhaftig, wir wären dort", kam die mürrische Antwort.

Kurz vor Einbruch der Dunkelheit erreichten sie die Stadtmauer, einen zwei Mann hohen, weiß getünchten Lehmwall. Die Wächter schlossen gerade die hölzernen Tore. Uzbek kletterte vom Wagen und ging ihnen entgegen. Jermyn und Ninian folgten ihm. Die Männer sprachen zuerst in fremden, gutturalen Lauten miteinander, dann fiel Uzbek ins Lathische.

„Lasst sie passieren, es sind ehrenwerte Kaufleute, sie bringen Empfehlungsschreiben vom Patriarchen von Dea und von Meister Odugan."

Er zeigte den Wächtern die Dokumente, die Ely ihm überlassen hatte. Sie reichten sie hin und her, beäugten misstrauisch die Siegel im Schein ihrer Laterne. Dazwischen fassten sie die lange Reihe staubiger Wagen ins Auge und redeten in ihrer unverständlichen Sprache.

„Ja, ja, über das Gebirge", bestätigte Uzbek ungeduldig, „wir haben einen Boten vorausgeschickt, er müsste vor drei, vier Tagen hier gewesen sein."

Die Auskunft schien die Wächter nicht zu beeindrucken. Endlich verschwand der eine mit den Schreiben, während der andere breitbeinig seine Lanze vor den geschlossenen Torflügeln aufpflanzte.

„Er muss den Emir oder wenigstens seinen Vorgesetzten fragen, an einen Boten kann er sich nicht erinnern", seufzte Uzbek.

Jermyn starrte den wackeren Krieger an, der wichtig seinen Schnurrbart zwirbelte. „Was hindert uns, einfach hineinzuziehen? Er würde nicht mal merken, dass er uns eingelassen hat."

„Ihr seid auf das Wohlwollen der Leute von Omph angewiesen. Sie haben gute Gründe, die Tore nachts zu schließen. In der Steppe treibt sich genügend rechtloses Gesindel herum."

Jermyn musterte den Führer scharf, doch Uzbek schien ohne Hintergedanken gesprochen zu haben. Natürlich hatte der Mann Recht, hier galten unbekannte Regeln, es musste sich schon lohnen, wenn man dagegen verstieß. Für die Aufnahme von Wasser und Proviant war der Preis wahrscheinlich zu hoch. Dennoch ärgerte er sich, dass er warten musste wie ein Bittsteller am Hintereingang eines vornehmen Hauses.

„Was murmelst du?", fragte er mürrisch. Weit über Lunas Hals vorgebeugt, ließ Ninian kein Auge von dem Wächter.

„Hohe Kappe, wie ein umgestülpter Becher, ein Wams mit aufgebogenen Schulterspitzen, Pumphosen..."

„Bist du wahnsinnig geworden?"

„Nein, ich sollte doch fremdartige Trachten für Kaye sammeln. Diese Schulterspitzen werden ihm gefallen."

„Also doch wahnsinnig!"

Bevor sie protestieren konnte, öffnete sich der Torflügel. Der andere Wächter kam mit einem dritten Mann zurück.

„Kappe mit Quaste – ein Vorgesetzter", murmelte Ninian. Jermyn verdrehte die Augen.

„Seid gegrüßt, Fremde", der Ankömmling sprach mit kehligem Akzent, doch gut verständlich, „verzeiht diesen Holzköpfen, sie haben offenbar ihre Befehle vergessen. Ich werde euch zum Khanat geleiten. Morgen wird der Bey eure ... eure Anführer begrüßen."

Seine Brauen hoben sich fragend beim Anblick der beiden jungen Leute neben Uzbek.

„Wir sind die Wächter des Zuges", erwiderte Ninian herablassend, „wir werden es ausrichten."
Damit stieß sie einen schrillen Pfiff aus, das verabredete Zeichen. Rumpelnd setzten sich die Wagen in Bewegung, während sie mit Jermyn und Uzbek hinter dem Befehlshaber der Tore in die Stadt hineinritt.
Hinter der Mauer setzten sich die Gärten fort, immer überschattet von Anpflanzungen der hohen Bäume. Eine zweite Mauer schimmerte weiß zwischen den schlanken Stämmen, sie hielten darauf zu, obwohl kein Durchlass zu erkennen war. Kurz davor zweigte die Straße nach beiden Seiten ab und der Wächter wandte sich zur Linken. Im Vorbeireiten sahen sie, dass es sich um die schmuck- und fensterlosen Außenmauern von zweistöckigen Häusern handelte, die so dicht beieinander standen, dass sie wie eine Wand erschienen. Die schmalen Gassen zwischen ihnen waren kaum mannsbreit.
„Ein zweiter Schutzwall, wenn Angreifer den ersten überwinden", erklärte Uzbek, „die Durchlässe sind schnell verrammelt und von den Dächern können sie viel Unschönes hinunterkippen."
„Räuberbanden?"
„Ja ...", ein schauerliches Geheul unterbrach ihn und ließ sie zusammenfahren. Es steigerte sich zu schrillem Diskant, schwankte klagend auf und nieder und endete in dumpfem Grollen.
„Was war das? Ein Raubtier?"
„Oder die Räuberbanden? Da waren Worte drin."
Sie hörten Uzbek lachen.
„Nein, der Ausrufer hat die neue Doppelstunde angekündigt."
„Was, das geht die ganze Nacht so? Anstelle von Tempelglocken? Barmherzigkeit, wir werden kein Auge zutun."
Ein höheres Gebäude mit einem runden Eckturm erhob sich vor ihnen. Das schwere Holzgitter war geöffnet und sie zogen unter den furchterregenden Balkenspitzen her in den Hof ein. Der viereckige Platz war größer als der nördliche Fuhrpark in Dea und auf allen Seiten von dreistöckigen Gebäuden mit Laubengängen umgeben. Männer in bodenlangen Hemden starrten ihnen neugierig entgegen. Ein Mann, dessen fassartiger Wanst sich unter einer prächtig bestickten Weste wölbte, rollte eilig auf sie zu.
„Das ist Dragoman, der Vater des Khanat."
„Sieht eher aus wie 'ne werdende Mutter", grinste Jermyn.
„Seid vorsichtig, er spricht Eure Sprache und Ihr seid ..."
„... auf sein Wohlwollen angewiesen. Ich weiß."

Ungeachtet seines Aussehens war Dragoman ein fähiger Mann, er versetzte seine Leute in eifrige Geschäftigkeit und bald waren die Wagen ordentlich in einer Ecke des Hofes aufgereiht und die Ochsen in Ställe geführt. Das Abschirren hatte den Männern aus Omph dabei etwas Mühe bereitet.

„Als hätten die noch nie 'n Ochsengespann gesehen", knurrte Bigos, der eifersüchtig die Versorgung seiner Schützlinge überwacht hatte. „Von was lassen die ihre Wagen ziehen?"

„Wir brauchen keine Wagen", erwiderte ein Knecht, der ihn verstanden hatte, „wir haben Ka'ud."

„Aha, na, da bin ich gespannt."

Der durchdringende Ruf war ein zweites Mal erklungen, bis die Reisenden selbst zur Ruhe gehen konnten. Dragoman hatte ihnen Schlafzellen in den oberen Stockwerken zugewiesen, in denen sie gemauerte Betten fanden, wie in Molnar, und einen Raum zu ebener Erde mit einer Feuerstelle, wo sie kochen und essen konnten.

„Ist nicht viel Handel zur Zeit, leider. So habt ihr Platz genug, auch in Badehaus."

Ninians müdes Gesicht erhellte sich.

„Ein Badehaus? Wie herrlich, das letzte war in Vineta. Ich hab das Gefühl, ich müsste eine Tonne Dreck abwaschen."

Der Vater des Khanat, der sie von Anfang an mit seltsamen Blicken bedacht hatte, meinte:

„Frauenbad ist geschlossen, sind lange keine reisende Frauensleut da gewesen."

„Oh, das macht nichts", versicherte Jermyn großzügig, „wir beide baden sowieso allein, vor den anderen Männern. Sie werden uns gerne den Vortritt lassen."

Nach dem Bad gesellten sie sich zu den Kaufleuten, die sich im Speiseraum versammelt hatten. Ohne Appetit stocherte Ely in dem hastig zusammengekochten Eintopf.

„Morgen machen wir dem Bey von Omph unsere Aufwartung, Josh und ich, ihr beide und ..."

„Ich werde Euch begleiten, ap Bede, wenn Ihr gestattet, als Vertreter der Edlen Deas", Assino erhob sich in seiner ganzen Länge. „Meinen Studien zufolge wird die Ewige Chronik in der Wüste aufbewahrt und ich möchte in den Archiven der Stadt nach Hinweisen forschen. Entschuldigt mich, ich habe noch viele wichtige Gedanken niederzuschreiben. Sie dürfen der Nachwelt nicht verlorengehen. Und nachdem man mich meines Adlatus beraubt hat ..."

Mit einem giftigen Blick auf Jermyn und Ninian stelzte er hinaus.

„Möge er an seinen Studien ersticken", knurrte Ely, „aber wir werden ihn wohl mitnehmen müssen."

„Warum? Ihr seid der Herr des Wagenzuges", Jermyn stocherte die fasrigen Reste des Ziegenfleisches aus seinen Zähnen, „wenn Ihr wollt, lasse ich ihn sein alberne Chronik vergessen."

„Führt mich nicht in Versuchung, junger Mann. Ich habe versprochen, seine Wünsche zu erfüllen, so weit sie nicht unser Fortkommen behindern", seufzte der Kaufmann und als Jermyn spöttisch die Brauen hob, setzte er streng hinzu: „Nicht diesen Battistes, meiner Frau habe ich es versprochen."

„Was treibt er übrigens, der Adlatus?", fragte Ninian, die unruhig wurde, wenn sie Cecco längere Zeit aus den Augen verlor. Jermyn neigte lauschend den Kopf.

„Er erzählt den anderen Knechten Schauergeschichten von der Wüste."

„Siehst du, er stiftet Unheil, wie immer! Fuhrknechte sind die abergläubigsten Geschöpfe, die man sich vorstellen kann."

Aber Jermyn lachte. „Was soll er schon anrichten? Sie müssen mit uns kommen, zurück können sie nicht. Und hier bleiben? In diesem Kaff, um sich alle zwei Stunden dieses Geschrei anzuhören? So dumm sind nicht mal Ochsentreiber! Lass Cecco seinen Spaß."

Auf dem Weg in ihre Zellen hörten sie zum dritten Mal den Ausrufer.

„Der ist ja schlimmer als der Hahn an deinem Ouse-See", brummte Jermyn, als er seine Stiefel auszog. „Rate, wer gleich krächzen wird wie 'ne Krähe?"

„Lass ihn in Ruhe", gähnte Ninian und hob die Decke, damit er darunter kriechen konnte. „Die Leute sind daran gewöhnt, ihn zu hören. Wenn er nicht schreit, schlagen sie am Ende Krach. Du bist so müde, dass du nicht aufwachen wirst."

„Das wollen wir zu seinem Besten hoffen!"

Aber es war ihnen nur wenig Nachtruhe vergönnt. Jermyn hatte das Gefühl, gerade erst die Augen geschlossen zu haben, als gellendes Geschrei sie weckte.

Mit einem Satz war er aus dem Bett.

„Oi, verdammt, ich werde diesem Rabenaas das Maul stopfen, ich dreh ihm die Gurgel um ..."

„Das ist nicht der Ausrufer", Ninian hatte sich aufgerichtet, „da ... da schreit jemand vor Angst."

„Wahrscheinlich ist mir einer zuvorgekommen", spottete Jermyn, aber seine Wut legte sich ein wenig. Er zog Hosen und Stiefel an und trat auf den Gang.

Panisches Schluchzen drang aus dem Hof herauf, er verstand einzelne Worte: „Bes... Bestie ... Gift gespien ... oh, wie es brennt, es brennt ..." Lathisch – ein Mann des Zuges, ein junger Bursche, der Stimme nach.

Fackelschein flackerte über die Säulen und ohne sich mit Gang und Treppen aufzuhalten, schwang Jermyn sich über das Geländer und kletterte über die Pfeiler in den Hof hinab.

Sie glotzten ein bisschen, als er mitten unter sie sprang.

„Was gibt es, Mann? Ich hoffe für dich, du hast eine gute Erklärung für dieses Geheule."

Der Übeltäter, ein junger Fuhrknecht, klapperte so heftig mit den Zähnen, dass er nicht sprechen konnte. Einer seiner Gefährten rief:

„Er is 'nem Dämon begegnet, 'nem Ungeheuer, des ihn fast verschlungen hätte. Er is nur mit knapper Not entwischt. Hier, hier, seht ihn doch nur an!"

Sie schoben den sich Sträubenden nach vorne. Jermyn rümpfte die Nase.

„Bleib mir vom Leibe. Wenn das Ungeheuer so ausgesehen hat, wie du riechst ..."

„Das is Gift, Patron", erklärte der Mann, der sich zum Sprecher aufgerufen fühlte, wichtig und deutete auf den Jungen, von dessen Gesicht und Brust grünlicher, stinkender Schleim tropfte. „Ich wette, das Zeug frisst sich durch seine Haut un in sein Gedärm, bis das Fleisch von seine Knochen fällt ..."

Bei dieser lustvollen Beschreibung brach der Jungknecht erneut in Geheul aus, bis ein stummer Befehl in sein Hirn fuhr und seine Zunge lähmte.

„Bringt mir Cecco", befahl Jermyn streng, „das ist doch nicht auf deinem eigenen Mist gewachsen. Wenn er für das Theater verantwortlich ist, reiß ich ihm die Ohren ab", sagte er wütend zu Ninian, die sich unterdessen zu ihm gesellt hatte.

Doch diesmal war der Kleine unschuldig.

„Wasch'enn, wasch'enn", lallte er, als sie ihn heranschleppten, „kama nichma in Ruhe sein Rausch auschschlafn ..."

Nur mit Mühe konnte er die Augen öffnen und Jermyn überzeugte sich, dass seine Schlaftrunkenheit nicht gespielt war.

„Schnaps", erklärte er kurz, „er hat sich vollaufen lassen. Nur die Worte stammen aus seinen Gruselgeschichten."

„Und sind maßlos übertrieben." Ninian hatte sich dem zitternden Jüngling mit zugehaltener Nase genähert. „Er hat keine Wunde, weder im Gesicht noch am Hals. Er ist nur schmutzig. Jetzt beruhige dich und erzähl, was passiert ist."

Unter Stottern und Stammeln kam die Geschichte heraus.

„I... ich wwollte zur La... Latrine un dann hab ich m... mich verirrt ... zw... zwischen den Ställen un... un plötzlich grunzte es ganz komisch ... so über mir un da war es – dreimal so groß wie ich, mit einem langen Hals, so geschlängelt, un teuflische Augen un als ich geschrien hab, hat's mich angespien!"

Der Junge schüttelte sich und seine Gefährten warfen furchtsame Blicke über die Schultern. Selbst Jermyn schaute ein wenig bedenklich, aber Ninian lachte.

„Ich glaube, du hast zuviel getrunken, wie Cecco. Auf dem Weg zur Latrine bist du in einer Ecke liegengeblieben und eingeschlafen. Ein Geräusch hat dich aufgeweckt..."

„Wahrscheinlich der verdammte Ausrufer", giftete Jermyn.

„... und du hast dir eingebildet, was du in deinem besoffenen Kopf gesehen hattest, sei wirklich geschehen. Geht wieder schlafen, Leute. Morgen gibt es viel zu tun. Helft ihm, sich am Brunnen zu säubern."

Gewohnt, ihr zu gehorchen, trotteten sie davon.

„Ungeheuer und Stadtschreier – was für ein großartiges Land", knurrte Jermyn, als sie in ihre Schlafzelle zurückkehrten.

Am nächsten Morgen erschien ein Bote mit dem Auftrag, sie zum Bey von Omph zu bringen. Ely, Josh und Assino bestiegen Elys Wagen, Ninian und Jermyn begleiteten sie zu Pferde. Uzbek ging mit dem Dienstmann des Stadtherrn voraus.

Als sie ins Freie kamen, blendeten sie weißgetünchte Wände. Blauer Himmel wölbte sich über ihnen, ein Rest der nächtlichen Kälte machte die Luft frisch und anregend. Ninian sah sich neugierig um, nach der wochenlangen Fahrt durch die Ödnis der Steppe war sie dankbar für die Abwechslung.

Die Oasenstadt lag in einer Bodensenke wie in einer flachen Schüssel, sie musste bessere Zeiten gesehen haben, die gegenüberliegenden Hänge bedeckten Reste von Gebäuden. Wind und Sand hatten sie abgeschmirgelt, dass sie sich kaum von Felsen unterschieden, nur ihre regelmäßige

Anordnung und die leeren Fensterhöhlungen verrieten die menschliche Behausung.

Das lebende Omph hatte sich auf den Grund der Mulde zurückgezogen, umgeben von seinen Gärten und Palmenhainen. Die zweistöckigen Häuser glichen kleinen Festungen mit zwei oder vier Ecktürmen und einem Innenhof. Fenster gab es nur in den oberen Stockwerken, verschlossen mit durchbrochenen, hölzernen Läden. In ihrem abweisenden Äußeren erinnerten sie Ninian an die Stadtpaläste der alten Adelsfamilien von Dea.

Ein halbstündiger Ritt brachte sie schließlich zu einem Durchgang, eine schmale, spitzbogige Pforte, gerade breit genug für zwei Menschen nebeneinander. Das kunstvoll geschnitzte Lattenwerk reichte so tief herab, dass die Reiter die Köpfe einziehen mussten. Der Gang glich einem Tunnel, in regelmäßigen Abständen fiel Tageslicht durch Luken in der Decke. Er wand sich und öffnete sich schließlich auf einen weiten Platz, der so belebt war, wie die Straßen draußen verlassen gewesen waren. Stand an Stand reihte sich, in der Mitte erhoben sich drei große Brunnen. Zwischen Brunnen und Ständen liefen zwei Straßen, die eine führte auf ein kuppelbekröntes Gebäude zu, die andere von ihm weg.

„Die Residenz des Bey", rief Uzbek nach hinten.

Ein vertrautes Geräusch ließ Ninian aufblicken. Durch die geöffneten Läden der oberen Stockwerke konnte sie Webstühle erkennen, die dicht an die Fenster gerückt waren. Daneben ragten Pfosten aus den Hauswänden, an denen Garnstränge in vielen, lebhaften Farben hingen. Purpurn, feuerrot und tiefblau hoben sie sich von den weißen Mauern ab.

Die Webstühle weckten unwillkommene Erinnerungen, aber das Farbenspiel entzückte Ninian so, dass sie erst nach einer Weile auf die Menschen achtete, die um den Leib der Stute quirlten. Viele Frauen mit Krügen auf den Köpfen strebten zu den Brunnen und als Ninian sie näher betrachtete, verschwand das Lächeln von ihrem Gesicht. Sie trieb Luna vorsichtig an, bis sie neben Uzbek und dem Beamten des Bey ritt.

„Warum tragen die Frauen Fesseln?"

Der Beamte blinzelte. „Sind ehrbare Weiber, wir dulden nicht Käufliche auf Platz von Residenz."

„Was?"

Ein Gassenjunge rannte dem Mann vor die Füße, er schimpfte und Uzbek beantwortete statt seiner Ninians entrüsteten Ausruf.

„Ist Sitte in südlichen Reichen. Nach vollzogener Ehe Frau bekommt Fesseln, wenn Ehemann sich leisten kann, sie von eigener Hände Arbeit zu erhalten. Nur ganz Arme, Nomadenfrauen und eben Huren bleiben ungefesselt."

Ninian fiel neben Joshs Sänfte zurück und betrachtete ungläubig die Metallstreifen um die braunen Handgelenke. Die meisten waren verziert und glänzten wie Silber, aber an allen hingen dünne Ketten, deren anderes Ende an einem metallenen Gürtel befestigt war.

„Seht Euch diesen barbarischen Brauch an", zischte sie Josh zu. Er hob die Brauen.

„Sklavinnen?"

„Nein, Ehefrauen! Die Fesselung scheint eine Auszeichnung zu sein!"

Josh wiegte den Kopf. „Andere Länder, andere Sitten, Fräulein", sagte er weise, „immerhin legt die Ehe einem tatsächlich Ketten an ..."

„Aber hier offenbar nur den Frauen", unterbrach Ninian ihn empört.

Er grinste. „Das stimmt. Allerdings, wenn ich an den guten Ely und Dame Enis denke ...", seine Stimme ging im Lärm der Fanfaren unter, die ihre Ankunft vor dem Palast des Bey verkündeten.

Der Bey empfing sie im Saal unter der Kuppel. Er thronte auf einem Stapel von Teppichen, klein und rundlich, mit listigen Augen und einer daumennagelgroßen, silbrigen Narbe über der Nasenwurzel. Ein Schreiber kniete mit Schreibbrett und Feder neben ihm und ein wenig hinter ihm, im Schatten, saß ein schwarzgekleideter Mann, der die Ankömmlinge finster musterte.

Der Bote, der sie geleitet hatte, schlüpfte aus den Schuhen, bevor er den Teppich betrat und vor seinem Herrn das Knie beugte. Er raunte etwas Unverständliches.

Ely und Josh wechselten einen Blick. Sie trugen Stiefel, es würde ein unwürdiges Schauspiel abgeben, wenn sie diese vor den Augen des Bey ausziehen mussten, mit Sicherheit aber würde er es als Beleidigung empfinden, wenn sie die Teppiche mit Schuhen betraten. Doch der Bey machte keine Anstalten, sie näher zu bitten. Er richtete einige Worte in seiner eignen Sprache an den Boten.

„Mein Herr begrüßt euch, er hofft, ihr seid gut untergebracht und wünscht euch eine gute Weiterreise."

In einem Atemzug rappelte der Bote die Rede herunter, sein Herr verzog dabei keine Miene. Ely hob die Brauen, er nahm den kargen Gruß mit einem ebenso knappen Nicken entgegen. Assino schnaubte empört.

„Nicht gerade ein höflicher Empfang", murmelte Josh aus dem Mundwinkel.

„Kein Wunder, aber das werden wir gleich ändern", ließ Jermyn sich vernehmen.

„Macht keinen Unsinn, junger Mann."

Ein erstickter Ausruf des Mannes im Schatten schnitt ihm das Wort ab. Alle Gesichter wandten sich ihm zu, als er sich steif aufrichtete und gleich darauf in sich zusammensank, das Kinn auf der Brust, als habe ihn ein plötzlicher Schlummer übermannt.

Der Bey ließ sich keine Überraschung anmerken, aber mit einem Mal schien er der Gemeinsamen Sprache mächtig zu sein.

„Seid gegrüßt, ihr Herren aus Dea, mein Haus gehört euch."

Eine Handbewegung brachte Diener mit Stühlen und Filzpantoffeln, die die Gesellschaft aus Dea über die Stiefel ziehen konnte.

„Seht Ihr, geht doch", murmelte Jermyn, als er sich neben Josh niederließ.

Die Geschenke – Wollballen, gedrechselte Kugeln und unbearbeitete, graugelbe Klumpen Baumharz und die Honigtöpfe – nahm der Bey gelassen an, wie es einem großen Herrn gebührt. Erst als Ely ihm in einem fingerhutgroßen Silberbecher eine Kostprobe aus seiner Gürteltasche anbot, leuchtete sein Gesicht auf.

„Ah, Wein aus Dea." Er kostete und das Leuchten verwandelte sich in entzücktes Strahlen. Ely lächelte zufrieden.

„Etwas Besseres, Herr – Lebenswasser aus den grünen Hügeln des Westens."

„Handelt Ihr damit?"

„Gewiss, ich hoffe, gute Preise in Tris zu erzielen. Bei uns wird es mit Gold aufgewogen."

„So? Liegt alles in Hand von Verborgenen. Ihr wollt also wagen, die Fahrt durch die Wüste? Auch im Ruq von Omph könnt Ihr treiben den Handel, die Wüste ist gefährlich."

„Wir haben uns vorgenommen, einen Landweg nach Tris aufzutun, zwei Handelszüge jährlich", lockte Ely.

„Und immer Ihr würdet Halt machen in Omph! Ein nobler Plan. Nur leider wird er nicht gelingen."

Die schlauen Äuglein des Bey zwinkerten, Ely runzelte die Stirn.

„Warum zweifelt Ihr, Herr? Wir haben einige Abenteuer überstanden, bis wir Omph erreichten. Wenn wir den Winter meiden, werden wir ohne Schwierigkeiten über den Karaman-Pass ziehen können. Ich glaube nicht, dass die Wüste größere Schrecknisse bereit hält."

„Ah, das kommt, weil Ihr nicht kennt die Wüste!", der Bey schauderte ausdrucksvoll, „und sie frisst den Unwissenden, Haut und Haar."

„So unwissend sind wir nicht", meinte Josh gereizt, „ein Drittel des Laderaums haben wir für Wasser und Vorräte freigehalten und es gibt Brunnen, wenigstens bis Jaffa."

„Gewiss, gewiss, aber nicht immer die Brunnen führen Wasser, manchmal Buran deckt sie zu, pfff, einfach so", der Bey hob bedauernd die kurzen Ärmchen.

„Wer ist Buran?"

„Ihr kennt nicht Buran? Oh, Ihr werdet kennen, bevor ihr ankommt in Tris. *Wenn* ihr dort ankommt," er rieb sich die Hände.

„Fein, dass wir Euch so einen vergnüglichen Vormittag bescheren, aber jetzt spuckt endlich aus, warum Ihr so guter Laune seid!"

Jermyn war dem Gespräch mit wachsendem Unbehagen gefolgt. Ceccos Liedchen war ihm eingefallen, die Anspielungen des Bey schienen es zu bestätigen. Ohne sich um Joshs und Elys warnendes Murmeln zu kümmern, starrte er den Herrn von Omph an.

Lasst die Spielchen, redet oder Ihr werdet Euch gleich einbilden, Ihr seid Euer eigener Latrinenputzer

Der Bey saß sehr still, dann wandte er den Kopf nach dem Schwarzgekleideten, der leise schnarchend in seinem Stuhl hing.

Richtig, er ist ein Gedankenlenker und kein schlechter, aber ich bin stärker

Es dauerte eine Weile, bis der Bey seine Gedanken so weit in der Gemeinsamen Sprache gesammelt hatte, dass er antworten konnte.

Das hilft nicht in der Wüste

Eben, deshalb werden wir in Omph bleiben, bis wir Euch alles verkauft haben, was in diesen verdammten Wagen ist, und vielleicht noch länger

Jermyn zog sich zurück und der Bey schüttelte sich. Mit einem sauren Blick wandte er sich an Ely.

„Eure Wagen taugen nicht für die Wüste", sagte er ohne weitere Umschweife, „und Ochsen auch nicht. Räder versinken im Sand, Ochsen verdursten und ihr auch."

„Aber wir haben ohne Schwierigkeiten das Gebiet vom Karamai bis hierher durchquert", erwiderte Ely bestürzt, „und wüstenartiger kann ein Landstrich kaum sein."

Der Bey wischte den Einwand ungeduldig beiseite.

„Das war Steppe, nicht Wüste. Sagte ich, Ihr seid unwissend! Eine Tagesreise nach Mittag, ist Sand, nur noch Sand, von hier bis Jaffa, von Jaffa bis Tris. Sand ist wie Meer, verschluckt alles."

„Aber es ziehen Handelszüge durch die Wüste!", warf Josh ein, „verratet uns ihr Geheimnis."

Mit einem Mal fand der Bey seine gute Laune wieder.

„Ka'ud", schmunzelte er und faltete gemütlich die Hände über dem beachtlichen Bauch.

Josh und Ely sahen sich an.

„Was sollen wir kauen?", fragte Jermyn ungeduldig, „Sternenstaub, um diese ganze unselige Reise zu vergessen?"

„Shabash – Unsinn! Kommt, ich werde euch zeigen. Was ist mit meine ... hm, Berater?"

Er deutete mit dem Daumen hinter sich. Jermyn zuckte die Schultern.

„Nichts, er schläft und wird erst aufwachen, wenn ich es will. Und er wird sich nur an das erinnern, was ich erlaube. Ein Geschenk aus Haidara?"

„Ja, von meinem lieben Freund und Bruder, dem Nizam", der Bey seufzte. Er winkte den Dienern, die hinter ihm standen, um sich von seinem Teppichstapel helfen zu lassen, als Assino sich bemerkbar machte. Sie hatten ihn vergessen, jetzt räusperte er sich vernehmlich.

„Erlaubt, dass ich mich vorstelle: Lambin Assino", begann er, „verwandt im zweiten Grad mit dem hochgeborenen Haus de Battiste von Dea, Magister der Künste und Wissenschaften, Beherrscher der alten Sprachen und Kenner des Offenbaren und Geheimen. Lasst einen in den Schriften bewanderten Übersetzer kommen, auf dass Ihr mein Anliegen versteht."

Der Bey runzelte die Stirn, das Mal zwischen seinen Brauen rötete sich. Die beiden Kaufleute verdrehten die Augen, aber Ninian, die am weitesten von Assino entfernt saß, tippte vielsagend an die Schläfe. Der Bey beherrschte sich.

„Ich verstehe gut Eure Sprache", sagte er steif.

„Für unbedeutendes Hin und Her mag es reichen", erwiderte Assino herablassend, „wir werden sehen. Nun denn, Capoeira in apidistra, wie die Alten sagten, ich will Euch mein Anliegen schildern, in einfachen Worten, dem Laien angemessen. Jahrelanges Studium der Schriften ließ in mir den Entschluss reifen, mit eigenen Augen die Wahrheit zu sehen, einzudringen in das Gedächtnis der Welt, aufzuspüren die Irrtümer oberflächlicher Legenden, um Klarheit zu schaffen und die dumpfen Köpfe mit dem Licht des Wissens zu füllen. Zur Erleuchtung des Geistes will ich die Schätze heben, die, wie ich nach jahrelangem Forschen entdeckte, verborgen schlummern in der Obhut der Weisen, auf dass eine Fackel entzündet werde, die die Spinnweben albernen Aberglaubens und fruchtlosen Spekulierens enthüllt, die den Blick der Unwissenden umfangen. Nicht des schnöden Mammons willen – der Weise verachtet Geld und Gold – habe ich mich diesen hier angeschlossen, nein, die heilige Suche nach Wahrheit trieb mich an, die stille Klause zu verlassen, die Suche nach der Ewigen Chronik, in der alles aufgeschrieben steht, was Menschen je gesehen und getan haben, und die aufbewahrt wird an einem Ort, den nur der Fuß des Auserwählten betreten kann. Zu den Meistern der Wüste zieht es mich, um Aufschluss zu erlangen, über diesen Quell des Wissens, und ich will nicht Mühe noch Anstrengung scheuen, um an mein Ziel zu gelangen. So gebt mir Kunde über den Aufenthalt der hohen Lehrer, so Ihr von ihnen wisst, auf dass ich meine heilige Aufgabe erfülle."

„Was?"

Während Assinos Redeschwall hatte sich das Gesicht des Bey wieder gerötet. Jermyn konnte es ihm nicht verdenken. Auch er hatte nur eine vage Vorstellung von dem, was Assino wollte. Dem Bey konnte es kaum möglich gewesen sein, den gedrechselten Worten zu folgen. Musste er nun zugegeben, nichts verstanden zu haben, verlor er sein Gesicht, was ihn der Reisegesellschaft nicht gewogener machen würde. Und trotz der Drohung, die Oasenstadt zu belagern, wollte Jermyn nichts mehr, als Omph und die ganze Reise so schnell wie möglich hinter sich zu bringen. Der Gedanke an Dea zehrte an ihm. Aber er hatte den Bey unterschätzt.

„Fragt das meine Gelehrten!", erwiderte er nicht weniger herablassend als Assino, „sie werden Euch alles sagen, was Ihr hören wollt. Folgt mir jetzt, ich werde euch zeigen die Ka'ud."

26. Tag des Wendemondes 1466 p.DC

Ninian blickte auf den geschwungenen, zotteligen Hals, der in sanftem Auf und Ab vor ihr her schwankte, den Kopf mit den schwerlidrigen Augen und der hängenden Unterlippe. Sie war froh um den Mann, der das Tier an der Kopfleine führte. Obwohl ihr nach mehr als einer Woche die Lenkung allmählich vertraut wurde, waren ihr die Ka'ud immer noch nicht recht geheuer.

Sie steckte den Gesichtsschleier fester, den Drang, nach dem Wasserschlauch zu greifen, unterdrückte sie. Der glühende Sonnenball rollte dem Horizont entgegen, in wenigen Stunden würden sie ihr Lager aufschlagen, die einheimischen Knechte, die ihnen der Bey mitgegeben hatte, würden bitteren Tee kochen, der den Durst besser löschte als das knappe, lauwarme Wasser. Noch vier Tage bis Jaffa und es war nicht gewiss, in welchem Zustand sie den Brunnen vorfinden würden. Hamid, ihr neuer Führer, hatte ihnen eingeschärft, sparsam mit dem Wasser umzugehen, sie hörten auf ihn, lammfromm, von Ely ap Bede bis zum jüngsten Knecht, selbst Jermyn hatte sie nie so folgsam erlebt. Der Bey hatte es ihnen ans Herz gelegt.

„Gehorcht Hamid und ihr werdet leben, wo nicht – ihr verschwindet ohne Spur."

Schon am Abend des ersten Tages wussten sie, dass er recht hatte. Ohne den hageren, schweigsamen Mann wären sie hoffnungslos in die Irre gegangen, die rollenden Sandwogen boten nicht mehr Anhaltspunkte für den richtigen Weg als die Wellen des Meeres. Doch Hamid bewegte sich so sicher zwischen ihnen wie Jermyn in den Straßen von Dea. Als sie abends um das Feuer aus Ka'ud-Dung saßen, hatte Ninian ihn gefragt, woran er sich hielt. Er hatte die Schultern gezuckt.

„An Himmel, Sonne, Sterne – stehen immer gleich. Nur Buran ist gefährlich, deckt alles zu. Bei Buran am besten ist, sich nicht zu rühren", sie wusste unterdessen, dass er die gefürchteten Sandstürme meinte, die aus dem Nichts entstanden und über die Wüste fegten, „und ich achte auf Ka'ud, sie kennen richtigen Weg, riechen Wasser über viele Tagesmeilen. Ohne Ka'ud – kein Leben in der Wüste."

Ninian betrachtete den grotesken Schatten auf dem goldenen Sand. Verschmolzen mit ihrem Reittier wirkte sie wie ein Ungeheuer auf langen, spindeldünnen Beinen, aus dessen fleischigem Buckel ein zweiter Kopf wuchs. Sie lächelte, kein Wunder, dass der arme Kerl im Khanat bei seiner ersten Begegnung mit den Tieren an einen Dämon geglaubt hatte.

Eine lange Kette von Schattentieren glitt hinter ihr über den Sand. Fünf Tage zähen Feilschens hatte es bedurft, bis Ely sich mit dem Bey geeinigt hatte, die Ka'ud waren der wertvollste Besitz der Stadt Omph. Zusätzlich zu den Ochsen und Wagen, die sie zurückließen, musste Ely sich von mehr Fässchen Lebenswasser trennen, als ihm lieb war. Fünf weitere Tage hatte es gedauert, bis alle Waren auf die achtzig Höckertiere umgeladen waren. Außer Jermyn und Ninian ritten nur die reichen Kaufleute, die Knechte liefen. Ely hatte ihnen freigestellt, mitzukommen, einige würden mit der nächsten Karawane – so nannte man einen Handelszug in Omph – nach Zahra an der Küste aufbrechen und von dort nach Dea zurückkehren. Einen Teil der Ochsenwagen nahmen sie mit, auch Luna und Milan, Bigos würde den Rückzug leiten. Zum Ausgleich hatte der Bey ihnen zwei Dutzend eigener Leute mitgegeben, die mit den Ka'ud und den Anforderungen eines Wüstenmarsches vertraut waren.

In den ersten Tagen war das Laufen in dem losen Sand die Männer sauer angekommen, dennoch hatten die Reiter sie beinahe beneidet. Der Ritt auf den hohen, schwankenden Holzsätteln glich einer Fahrt auf See, mit grünen Gesichtern hatten sie sich an den Sattelbug geklammert, und mehr als einer hatte sein Frühstück in hohem Bogen wieder von sich gegeben. Ninian blickte an den Schatten entlang, sie verschwammen ineinander, sie konnte Jermyns am Ende des Zuges nicht erkennen. Sie wechselten sich ab, heute war sie an der Spitze geritten.

Als sie die Ka'ud zum ersten Mal in ihrem Pferch gesehen hatten und Jermyn begriff, dass er auf ein neues Reittier wechseln musste, nachdem er sich gerade an Milan gewöhnt hatte, war er blass geworden. Der Bey hatte seine Leute ein Tier einfangen und satteln lassen und beim Anblick des Mannes, der hoch auf dem merkwürdigen Höcker thronte, hatte Jermyn seiner Wut freien Lauf gelassen.

„Was soll diese Scheiße, Pferde und Ochsenwagen heißt es im Vertrag."

Ninian, die die Anzeichen kannte, war angst und bange geworden, aber Assino war ihm wie ein Echo ins Wort gefallen.

„Auf diese Bestien soll ich mich setzen? Ich, ein Angehöriger alten Adels, ein Gelehrter von meinem Format soll auf diesen Höckern herumrutschen, zum Gespött der Leute? Niemals, ich versichere Euch: Niemals!"

„Ihr könnt auch laufen, edler Herr", der Bey hatte die Schultern gezuckt.

„Wollt Ihr mich verhöhnen? Ein Assino läuft nicht wie ein Knecht!"

In den schrillsten Tönen hatte er gezetert und die Tiere geschmäht, die ihn unter langen Wimpern hochmütig musterten. Sie hatten alle Mühe gehabt, ihn zum Schweigen zu bringen, denn der Bey, der die Beleidigung seiner eigenen Person großmütig überhört hatte, nahm die Geringschätzung seiner Herde sichtbar übel. Assino aber war bei seiner Weigerung geblieben und hatte Ely in einen schweren Konflikt gestürzt. Er durfte den Mann nicht einfach zurücklassen, der Ehrenwerte Battiste hätte dies als Angriff auf seine ganze Sippe ansehen können, Violettas Heiratspläne boykottieren und damit Dame Enis Zorn auf Elys Haupt herabbeschwören können.

„Ein Korb, gebt ihm einen Korb", hatte der Bey schließlich ausgerufen und als sie ihn verständnislos ansahen, hatte er erklärt, dass Frauen und Kinder, aber auch ehrwürdige Greise in Tragekörben reisten, die zu beiden Seiten eines Ka'ud befestigt wurden.

„Wichtig für Gleichgewicht, Tier kann zwei tragen, die nicht mannhaft reiten können."

Er hatte keine Miene verzogen und Ninian hatte ein Kichern nicht unterdrücken können. Das großzügige Angebot hatte es Jermyn unmöglich gemacht, sich zu weigern, das Ka'ud zu reiten. Assino schien es zufrieden, aber sie dachte nicht gerne an den Blick kalter Wut, den Jermyn ihr zugeworfen hatte. Die folgenden beiden Tage hatte er nicht mit ihr gesprochen, aber alles mitgemacht, was von ihm verlangt wurde. Und zum Glück hatte er sich schneller als die anderen an den schaukelnden Gang der Ka'ud gewöhnt. Da jeder Reiter einen Führer zur Seite bekam, war es nicht nötig, das schwierige Geschäft des Lenkens so gründlich zu erlernen wie bei den Pferden.

Die Schatten wuchsen ins Riesenhafte, dann sank die Sonne hinter den Horizont. Die Farben zog sie in einem schillernden Schleier mit sich und ließ eine graue Welt zurück. Das Schauspiel begeisterte Ninian jeden Abend, genau wie sie der plötzliche Absturz von der atemberaubenden Hitze des Tages in die klirrende Kälte der Nacht beeindruckte. Sie verkroch sich in den blauen Tschalak. Das weite Gewand der Wüstenbewohner, das sie von Kopf bis Fuß einhüllte, trug sie über einem knielangen, geschlitzten Hemd, der Bey hatte ihnen dringend dazu geraten.

„Schützt euch vor Hitze und Kälte, ist wie kleines Zelt bei Buran, ohne Tschalak es geht euch schlecht."

Ely hatte ihm geglaubt und Tschalaks für die ganze Mannschaft eingetauscht.

„Wir sehen aus wie eine ganze Horde verdammter Haidarana", meinte Jermyn mit grimmigem Spott, als sie am Tag des Aufbruchs aus Omph alle in der blauen Vermummung erschienen waren.

„Aber die waren doch schwarz."

„Jaha, aber auch eingewickelt von Kopf bis Fuß. Nimm nicht immer alles so wörtlich."

Er hatte sie stehenlassen. Nein, die Stimmung war nicht gut gewesen in jenen Tagen. Dabei hatte sich einmal mehr gezeigt, dass er sich bestens an die Gegebenheiten der Wüste anpasste. Selbst wenn er den Gesichtsschleier nicht trug, litt er nicht unter der Sonne. Er wurde dunkel wie die Männer aus Omph, die rotgoldenen Barthaare bildeten einen seltsamen Kontrast zu der braunen Haut. Aber die Einheimischen gingen glattrasiert, beim ersten Licht der Sonne sah man sie mit dem Schabemesser hantieren und Jermyn hatte Cecco dazu gebracht, ihn zu balbieren.

„Hast du keine Angst?", fragte Ninian ihn, als er sich das erste Mal zufrieden das Kinn gerieben hatte.

„Nein, ich weiß früher als er, was seine Hände tun. Ich habe einen Haken in seinem Geist und wenn er mir die Kehle durchschneidet, nehm ich ihn mit in die Dunkelheit."

Sie hatte geschaudert bei der brutalen Offenheit, mit der er von seinem Tod sprach.

Den Kopfschleier nahm niemand ab und Jermyn glich mehr denn je einem Wüstenbewohner.

Ninian wagte nicht, ihn zu fragen, ob er nicht doch eine Erinnerung an seine Eltern hatte. Sie blies gegen den Stoff vor ihrem Mund und spürte, wie sich der Atem niederschlug, tagsüber verdunstete die geringe Feuchtigkeit sofort. Das schwarze Gewebe speicherte noch eine Weile die Gluthitze des Tages, aber an ihren Händen fühlte Ninian, wie schnell die Luft sich abkühlte.

„Arré, arré ..."

Hamid hatte ihr Reittier in einen großen Halbkreis geführt und befahl ihm mit kehligem Zuruf, sich niederzulassen. Die anderen folgten ihm. Er hatte beschlossen, dass die Tagesreise zu Ende war, und wie in allem vertrauten sie seinem Urteil. Ninian passte sich dem Schaukeln an, mit dem das Ka'ud in die Knie ging, und sprang in den Sand. Am Anfang, als sie die Bewegungen der Tiere noch nicht kannte, hatten ihr abends alle Knochen wehgetan, jetzt dauerte es nur kurze Zeit, bis sie die Steifheit abgeschüttelt hatte. Während sie den Kaufleuten half, die sich ächzend aus ihren Sätteln quälten, bauten die einheimischen Knechte Zelte auf, entfachten die Feuer aus getrocknetem Dung und stellten eiserne Dreifüße hinein. Bald roch es herb und erfrischend nach Chai und in den Töpfen brodelte die Suppe aus Dörrfleisch und Hirse, gewürzt mit bitteren Kräutern. Eintönige Kost, aber am besten geeignet, um Leib und Seele in dieser lebensfeindlichen Umgebung zu erhalten. Die Ka'ud bildeten einen Ring um das Lager, Ninian hörte das Knirschen, mit denen sie die Futterkuchen zerbissen, ein mittlerweile vertrautes Geräusch, ebenso wie das Schelten

Assinos, den zwei Knechte wie jeden Abend aus seinem Korb zerren mussten. Gleich würde Cecco ihm die Glieder mit Öl einreiben, sonst litt der gelehrte Herr solche Krämpfe, dass er die ganze Gesellschaft durch sein Jammern am Schlafen hinderte. Seit die Wüstenfahrt begonnen hatte, teilten sie den kleinen Mann mit Assino, kein anderer Knecht mochte seine schlechte Laune ertragen. Nur Cecco hielt die endlosen Monologe über die Ewige Chronik aus, über versunkene Städte und singende Türme, von denen Assino den Gelehrten des Bey die Ohren vollgeschwatzt hatte, wie Jermyn es ausdrückte.

Ninian sah wenig von ihm, um der Sicherheit der Karawane willen ritten sie nicht nur am Anfang und Ende des Zuges, auch die Nächte verbrachten sie getrennt.

„Wenn wir keinen Wagen haben, macht es eh keinen Sinn", hatte Jermyn geknurrt, als er sich am ersten Abend mit seiner Schlafrolle auf die andere Seite des Kreises aufgemacht hatte. Seine mürrischen Worte hatten sie verletzt, aber im Grunde war es wohl besser, nicht allzusehr auf ihr Verhältnis aufmerksam zu machen. Nur einmal hatte der Bey sich dazu geäußert, dass einer der beiden Wächter von Elys Zug eine junge Frau war.

„Gewiss ist es hier nicht üblich, dass Frauen sich frei bewegen und wie Männer kämpfen", hatte Ninian ihn während des Festmahls zu Ehren der Kaufleute aus Dea herausgefordert. Ihr Ärger über die Fesselung der Frauen war immer noch frisch.

„Nicht in Omph und unter gesitteten Menschen", war seine Antwort gewesen. „Bei den Bassiden, Nomaden, die unstet in der Wüste umherziehen, ist das anders. Als Kriegerin wird man Euch anerkennen. Nur solltet Ihr die Knechte nicht daran erinnern, dass Ihr für *einen* Mann ein Weib seid." Sein Blick war zu Jermyn geschweift.

„Ich kann mich schützen, besser als jeder Mann", hatte sie aufgebracht erwidert, aber er hatte gleichmütig die Schultern gehoben.

„Vielleicht, aber es schafft Unfrieden. Nicht gut in der Wüste."

Vieles war nicht gut in der Wüste, manches dagegen war unvergleichlich schön. Langsam den lauwarmen Tee schlürfend blickte Ninian zum Himmel. Die letzten Schleier der Dämmerung hatten sich verzogen und die Nacht schmückte sich mit der kalten Pracht unzähliger Sterne. Obwohl kein Mond schien, war es so hell, dass Assino auf sein Pergament kritzeln konnte. Er schrie nach Cecco um Feder und Tinte. Selbst in den Bergen hatte Ninian nie solche Sterne gesehen. Sie waren fremd, die doppelgestaltige Göttin AvaNinian reiste nicht über diesen Himmel und ihre menschliche Namensschwester war froh darüber. Unwillkürlich musste sie an die gefesselten Frauen in Omph denken. Es gab viele Arten von Fesseln und nicht alle konnte man sehen.

„Oi, Sternenguckerin", Sand knirschte und sie wandte den Kopf. Jermyn kam mit seinem Kahwe-Geschirr und setzte sich zu ihr ans Feuer. Geschickt baute er seine Geräte auf.

„Wie weit noch bis zum nächsten Wasser? Sie sagen mir, ab morgen gäb es keins mehr für Kahwe ... das wird hart."

„Drei Tage", sie wusste nicht, wie oft sie die Worte an diesem Abend schon gesagt oder gehört hatte, „und du hast keinen Grund zu jammern. Für die Bilha gibt es schon lange kein Wasser mehr."

Es freute sie, dass er friedlicher Stimmung war.

„Bei meinem kleinen Gott, ich werde saufen wie diese verrückten Viecher ... und baden, wir stinken bestimmt von Kopf bis Fuß nach Ka'ud."

„Wahrscheinlich hast du recht", stimmte Ninian ihm zu, „seit wir von Omph aufgebrochen sind, haben wir uns nicht mehr gewaschen, ich will nicht wissen, wie wir riechen, wenn wir in Jaffa anlangen. Das Öl in meinen Zöpfen wird bestimmt ranzig. Aber auf die Ka'ud lass ich nichts kommen."

Sie schienen wirklich Wundertiere zu sein. Seit drei Tagen bekamen sie nichts mehr zu trinken, doch war ihnen keine Entbehrung anzumerken. Gravitätisch schritten sie auf ihren breiten, weichen Füßen durch den Sand ohne einzusinken. Einmal vollgesoffen, hatte der Bey erklärt, konnten sie das Wasser in ihren Höcker speichern und so etwa vierzehn Tage leben, selbst, wenn sie große Lasten tragen mussten.

„Da bist du aber die Einzige. Du hättest hören sollen, wie ap Gedew auf sie geschimpft hat. Anscheinend kann er nicht mehr sitzen."

Ninian kicherte. Sie sah zu, wie Jermyn den Kahwe zubereitete, und plötzlich erfüllte sie tiefes, dankbares Glück, hier mit ihm unter dem Sternenhimmel in der Wüste zu sitzen. Nicht weit von ihr saß eine Gruppe Knechte und sie durfte ihre Hand nicht an seine Wange legen, wie sie es gerne getan hätte. Aber sie konnte ihn ansehen, er merkte es schnell und blickte auf. Das Sternenlicht spiegelte sich in den schwarzen Augen.

„Jermyn ..."

Er lächelte und ihr war, als streichle er sie.

„Schade, dass wir keinen Wagen mehr haben, Süße."

Hinter ihr furzte ein Ka'ud, die Knechte lachten und einer machte eine zotige Bemerkung. Der Moment ging vorüber, Ninian seufzte und Jermyn widmete sich wieder dem Kahwe.

„Hast du dir mal Gedanken über unseren Lohn gemacht?", fragte er beiläufig, nachdem er die erste Tasse getrunken hatte. Sie bewegte sich unruhig, der Verdienst bedeutete ihr nichts. Für ihn musste er wohl an erster Stelle stehen.

„N... nein, ich denke, wir werden einen Anteil am Erlös des Unternehmens bekommen."

„Und wenn es keinen Erlös gibt? Wenn das Unternehmen scheitert?"

„Dann haben wir versagt und keinen Lohn verdient."

„Warum?", fuhr er auf, „ist es unsere Schuld, wenn die Brunnen in Jaffa nicht genügend Wasser führen?"

Sie schwiegen. Jermyn wiegte die kleine Tasse in seiner Hand und sah in die glimmenden Dungziegel.

„Vielleicht gibt es unterirdische Wasseradern", murmelte er wie zu sich selbst. Ninian antwortete nicht, sie fürchtete das, was als nächstes kommen würde.

„Kannst du sie nicht aufspüren? Man könnte sie anzapfen ..."

„Du weißt nicht, was du redest", fauchte sie. Er hatte den schönen Augenblick gründlich zerstört.

„Ach, nein? Klär mich auf."

Ninian ballte die Fäuste, dass sich die Nägel in ihre Handflächen bohrten. „Erinnerst du dich, wie du dich mit den Zuschauern im alten Zirkus verbunden hast?", fragte sie mit erzwungener Ruhe. „Du hattest Angst davor, dich zu verlieren, und beinahe hättest du nicht zurückgefunden. Wie viele waren es? Fünfzigtausend?" Sie grub die Hand in den Sand und ließ ihn durch die Finger rieseln. „Wie viel Sandkörner sind in dieser Handvoll? Zehntausend, zwanzigtausend? Hier ist kein felsiger Grund, kein Lehm, der Sand reicht weit in die Tiefe, unzählige Körner ... zahllos wie die Sterne. Diese Kinder der Mutter sind mir fremd. Nur in großer Not werde ich in sie eintauchen, um nach Wasser zu suchen. Vielleicht löse ich mich in ihnen auf. Willst du das?"

Ihre Stimme war zu einem Flüstern gesunken.

„Eher würde ich verdursten", stieß er hervor. „Ninian, warum mussten wir Dea verlassen, wo wir sicher waren?"

Sie lachte ein wenig.

„Sicher? An einer senkrechten Wand, in zusammenbrechenden Mauern, vor blutrünstigen Gedankenlenkern? Wir beide werden nie sicher sein."

„Unserer selbst sicher, meine ich. In Dea weiß ich, wer ich bin, aber hier ... sie brauchen mich nicht. Mit dir ist es vielleicht anders, selbst wenn es für dich gefährlich ist, du könntest ihnen in der Wüste helfen. Ich bin nur ein überflüssiges Rad am Wagen."

„Und Cecco? Ohne dich wären sie ihm nie auf die Schliche gekommen."

„Ach, was", ungeduldig kippte Jermyn den schwarzen Satz aus der Kanne in den Sand, verscharrte ihn und stieß den Dreifuß mit der Stiefelspitze aus dem Feuer. „Gerade mich konnte er an der Nase herumführen, hätte er nicht mich täuschen müssen, wäre er unvorsichtiger gewesen und sie hätten ihn eher entdeckt." Ninian öffnete den Mund, aber bevor sie widersprechen konnte, fuhr er fort:

„Ich helfe den Knechten beim Abladen der Zelte und des ganzen Krams, den wir für das Lager brauchen."

„Ich weiß, ich habe mich schon gewundert", rutschte es ihr heraus. Schon am zweiten Tag hatte sie gesehen, wie er Stangen und Zeltbahnen hochgereicht hatte. „Du musst das nicht tun, keiner erwartet es von dir, es sind Knechte genug dabei."

Er sprach weiter, als habe er ihren Einwand nicht gehört.

„Ich tue das nicht, um ihnen zu helfen. Aber ich werde bei dem ganzen verdammten Nichtstun schlapp wie Seine Gnaden", sie lauschten beide einen Moment auf die schrillen Töne, in denen Assino jemanden abkanzelte, „und du auch. Wenn wir je nach Dea zurückkommen, taugen wir nichts mehr. Ich geh jetzt schlafen, du hast die erste Wache."

Der Vorwurf in seiner Stimme traf sie, als habe er ihr Wasser ins Gesicht geschüttet. Sie sagte nichts, als er aufstand und wortlos durch den Sand davonwatete. Er hatte recht, warum hatten sie Dea verlassen? Ein Schatten fiel über sie und Josh ap Gedew ließ sich schwerfällig neben ihr nieder.

„Erlaubt Ihr? Bei den Göttern, ich bin steif wie ein altes Weib. Ich frage mich, wie Assino sich nach einem Tag in seinem Korb noch bewegen kann. Streit?"

Ninian zuckte die Schultern, sie hatte Mühe, die Tränen zurückzuhalten.

„Lasst ihn, er fühlt sich nutzlos, ein schlechtes Gefühl für einen Mann, vor allem, wenn er Angst hat."

Sie war so überrascht, dass sie ihren Kummer vergaß.

„Ihr glaubt, Jermyn hat Angst?"

„Gewiss, wir alle fürchten diese Wüste, aber Ely und ich besitzen die Gelassenheit des Alters und die Knechte sind gewohnt, zu tun, was wir ihnen sagen. Euch treibt ein unruhiger Geist, weil Ihr nicht seid, wo Ihr hingehört", er hob bedeutsam eine Braue, „aber er ist entwurzelt und er fürchtet um seinen Besitz, um Dea und um Euch. Seid nachsichtig mit ihm. Nicht, dass ich es wünsche, aber wenn es eine kleine Bedrohung gäbe, würdet Ihr ihn nicht wiedererkennen. So, jetzt werde ich versuchen, aufzustehen und ein wenig Schlaf zu bekommen."

Wie betäubt blieb Ninian zurück, sie hatte genug nachzudenken, um ihre Wachzeit mühelos zu überstehen.

Am nächsten Tag löste Jermyn sie an der Spitze des Zuges ab. Seine Gedanken waren nicht weniger düster als Ninians. Und er war nicht der einzige mit übler Laune. Beim ersten Morgenlicht hatte er nach Cecco gepfiffen. Wenn schon nicht gewaschen, dann wenigstens rasiert ...

Der kleine Mann rieb ihm das Gesicht ohne sein übliches Gerede mit Fett ein und begann, die Wangen abzuschaben, als Jermyn sein Handgelenk mit so festem Griff packte, dass er mit einem kleinen Aufschrei das Messer fallen ließ.

„Was ist los, Cecco? Gilt die Mordlust mir?"

„Au, lasst los, Patron, sonst brecht Ihr mir die Knochen und müsst Euch von jetzt an selbst balbieren! Es geht nicht gegen Euch, nicht diesmal."

Jermyn lachte über soviel Ehrlichkeit und gab ihn frei.

„Also, gegen wen? Spuck' s aus, danach wird es dir besser gehen."

Cecco schüttelte sein Handgelenk. „Was glaubt Ihr wohl? Der Esel Assino macht mir das Leben schwer. Tu dies, tu das und der Herr", er wies mit dem Kopf zu Elys Zelt, „hat mich angewiesen, ihm zu dienen, weil er sonst den ganzen Zug aufhält. Gegen die Arbeit hätt ich nichts, ich bin's gewohnt, dass man mich ausnutzt", er schnitt eine Grimasse und Jermyn verneigte sich, „aber er schwatzt mich tot, den ganzen Tag, und abends dazu höre ich nichts als ‚ewige Chronik', ‚sprechende Türme' und Schmähreden gegen jeden Schreiberling, der je etwas über die Historie gesagt hat. Könnt Ihr ihm nicht den Mund verschließen?"

Jermyn grinste.

„Ich könnte schon, aber ... der Herr wird's nicht erlauben."

„Als ob Ihr Euch an Verbote haltet", schmollte Cecco. „Außerdem fürchtet Ihr nicht den guten Ely, sondern das Fräulein", fügte er frech hinzu.

Jermyns Grinsen verschwand.

„Ich sollte dir den Mund verschließen, du Ratte."

„Nein, nein, Herr, wer unterhält Euch dann? Hier, ein lustiges Lied und seht, meine Hand ist wieder ganz ruhig."

Wider Willen musste Jermyn lachen.

„Na, los, sing dein lustiges Lied."

Cecco räusperte sich übertrieben und begann, während er das Messer ansetzte.

Drei Dinge sind' s, die Freude mir im Leben gaben:
Weiber, Gesang und Himmelsspiel.
Nichts anderes bedeutet mir so viel –
doch keines ist umsonst zu haben!

Nur selten darf ich mich daran ergötzen,
denn meine Börse gähnt mir ins Gesicht,
führwahr, es ist zum Kotzen,
zu seh'n, wie oft es mir an Geld gebricht.

Drum sag ich: Geh, stich ihn ab, den Vater,
der mich hielt so kurz,
dass nicht mal Atem blieb mir für 'nen Furz.

Kein Schnorrer, sei er noch so frech, entringt ihm Geld,
Es klebt wie Schusterpech an seiner Hand –
Viel eher macht man Gold aus Sand!

Nicht lachen, Herr, das ist 'ne kitzlige Stelle."
„Was hast du immer mit deinem Vater, Cecco?"
„Ein ehrenwerter Mann, Patron, nur leider passten seine und meine Vorstellung vom Leben nicht zusammen. Weiber – er war meiner Mutter stets treu ergeben, Gesang – nichts, außer dem Gejaule der Priester, und Himmelsspiel – müßiger Zeitvertreib, der geradewegs ins Verderben führt. Er dachte, wenn er mir Geld verweigerte, könnte er mich kirre machen, also hab ich mir's selbst genommen. Er hat's gemerkt und mich davongejagt. Assino erinnert mich an ihn, das ist ganz schlecht."

„Und trotzdem kümmerst du dich um ihn wie eine Mutter", spottete Jermyn. Cecco grinste und wischte das Messer ab.

„Nun ja, einer muss es ja tun, sonst treibt er uns in den Wahnsinn mit seinem Geschrei."

Jermyn verlagerte sein Gewicht, trotz der Decken drückte der hölzerne Sattel. Cecco hatte ihn am Morgen tatsächlich aufgeheitert, aber als er jetzt an seine Tirade über den Vater dachte, sank seine Stimmung wieder.

Väter – vielleicht sollte er sich glücklich schätzen, dass er keinen hatte. Der Patriarch hatte das Leben seiner Söhne zur Hölle gemacht, den einen sogar in den Tod getrieben, wenn man es recht bedachte. Der Fürst von Tillholde erwartete, dass Ninian – wie er – ihr Leben ihrem Land opferte, und der Druck war höher, weil sie ihn liebte. Diese Reise war eine Flucht, weiter weg von ihren Pflichten, von ihrem Vater. Wie sie gestern zum Sternenhimmel aufgesehen hatte – suchte sie AvaNinian, die doppelgestaltige Göttin, an die ihr Schicksal gebunden war, wie man ihr eingeredet hatte? Wenn sie nach Dea zurückkehrten, würden auch ihre Gewissensbisse wieder wachsen. Er konnte nicht ohne Dea leben und nicht ohne Ninian. Aber in Dea lauerte Donovan – ein Dilemma, dass nicht zu lösen war.

Ein heftiger Ruck riss ihn aus seinen Gedanken.

„Oi, pass doch auf! Was ist denn?"

Hamid zerrte an der Leine, aber das Ka'ud beschleunigte seine Schritte keinen Deut.

„Will nich vorwärts, ist störrisch."

„Erzähl mir was Neues. Dann wird's wohl nichts mit Jaffa übermorgen", knurrte Jermyn gleichgültig, doch der Führer schüttelte sorgenvoll den Kopf.

„Is schlechtes Zeichen, sollten schon rennen, weil riechen Wasser. Wenn nicht rennen – vielleicht kein Wasser oder …"

„Was?"

Um ein Haar hätte Jermyn das Gleichgewicht verloren, so weit beugte er sich zu Hamid herab.

„Hab ich dich recht verstanden? Es kann sein, dass wir in Jaffa kein Wasser finden?"

„Ja, Herr, Brunnen können versiegen, manchmal nach Sturm oder wenn zu viele haben getrunken. Quellen in Jaffa nicht treu wie in Omph oder … hut, hut", versuchte er das Ka'ud anzutreiben, doch das Tier bog unwillig grunzend den Kopf zurück.

„Na, Scheiße … oder was?"

Hamid blickte zum Himmel.

„Oder Buran."

Jermyn sah auf. Erst jetzt bemerkte er, dass der Himmel nicht wie sonst als Meer aus flüssigem Silber um den Glutball der Sonne schwebte, sondern sich und das Gestirn hinter einem dichten, gelben Schleier verbarg.

„Hört Ihr, Sand singt."

Es stimmte, ein feines Sirren hatte die ohrenbetäubende Stille der Wüste abgelöst. Als rieben die Myriaden von Sandkörnern aneinander.

„Und was jetzt?"

„Wenn Sand läuft, wir müssen machen Schutzkreis und abwarten. Ka'ud wissen, gehen nicht, wenn is soweit. Aber jetzt, wir müssen noch weiter."

„Sand läuft ... was für ein verdammtes Land!"

Jermyn musste an den sandbeladenen Wind denken, den Ninian im Frühjahr aus der Wüste herbeigerufen hatte. Er hatte sich nie gefragt, wie es ausgesehen hatte, als sich das Zeug auf die Reise machte.

Den ganzen Tag begleitete sie das Singen und am Abend befahl Ely auf Hamids Rat, das Wasser noch strenger zu rationieren. Es herrschte gedrückte Stimmung im Lager und als er abends auf Ninian traf, kauerte sie auf ihren Decken, sorgfältig darauf bedacht, nicht den Boden zu berühren.

„Mir ist, als würde ich mit Sandpapier abgeschmirgelt, wenn ich den Sand berühre", erklärte sie und schien so unglücklich, dass er sich die bissigen Worte verkniff, die ihm auf der Zunge lagen.

„Kannst du nichts gegen diesen elenden Buran tun?", fragte er, denn von Hamid hatte er erfahren, dass ein Sandsturm sie verschütten und alle Wegzeichen verwehen konnte, zumindest aber einen Aufenthalt von mehreren Tagen bedeutete. Sie zuckte die Schultern.

„Ich weiß nicht. Ich werde es versuchen, aber das Zeug macht mir Angst", sie schauderte und er drang nicht weiter in sie. Auch die einheimischen Knechte fürchteten sich, er spürte es deutlich. Die Männer aus Dea waren nur unruhig, sie wussten nicht, was auf sie zukam.

„Wir hätten diese bescheuerte Reise ..."

„... nicht machen sollen, ich weiß. Verschone mich doch mit dem Spruch, ja?", sie rollte sich auf der Seite zusammen und zog die Decke über den Kopf. Er hatte die erste Wache.

Am nächsten Tag war die Luft bleiern und es ging nicht mehr darum, ob sich ein Sandsturm erheben würde, sondern nur noch, wann er losbrach. Ängstlich beobachteten die Kaufleute Hamid, der um eine Entscheidung rang.

„In Lagerstellung, is einfacher Buran zu überstehen, noch besser aber zwischen Bäumen in Oase. Vielleicht wir schaffen bis Jaffa ..."

„Wir ziehen weiter, ich habe keine Lust, hier zu sitzen und zu warten, dass ich verschüttet werde." Jermyn steckte den Gesichtsschleier fest und watete zu seinem Ka'ud. Hamid sah die Kaufleute an, sie waren die Herren des Zuges. Aber Ely blickte fragend auf Ninian. Sie nickte langsam.

„Ja, ich glaube, er hat recht. Wir sollten versuchen, Jaffa zu erreichen."

Die einheimischen Knechte konnten eine erstaunliche Schnelligkeit vorlegen – eine halbe Stunde später war das Lager abgebrochen. Bis zur Mittagsstunde gab es keine Veränderung, die Ka'ud waren unruhig, aber auch sie schien der Schutz der Oase anzuziehen, die Führer hatten keine Mühe, sie anzutreiben.

Jermyn starrte auf den Horizont, wo der gelbe Himmel mit den Sandbergen verschmolz. Zum hundertsten Mal verwünschte er Elys Tatendrang und es tröstete ihn wenig, dass der Kaufmann jetzt vor Angst wahrscheinlich die Hosen voll hatte. Er zerrte an seinem Schleier, unter dem er fast erstickte, aber es half nichts, die Luft war zu heiß zum Atmen. Die Hitze narrte ihn, dunkle Flecken flimmerten vor seinen Augen. Er kniff sie zusammen, öffnete sie wieder, aber die Flecken blieben. Sie schwollen an, schwankten hin und her. Hamid stieß eine lange Folge von Worten aus, auch ohne Übersetzung wusste Jermyn, dass es ein Fluch war. Das Ka'ud teilte die Empfindungen des Führers offensichtlich, es stemmte die Vorderhufe so plötzlich in den Sand, dass Jermyns Brustbein schmerzhaft gegen den hohen Sattelknauf stieß. Er achtete nicht darauf, denn jetzt erkannte er, dass die Flecken aus Vogelleibern bestanden.

„Autsch ... was ist?"

„Ka'udscheiße, das ist, was ist!"

Er stieß einen gellenden Schrei aus und eine Wolke schwarzer Vögel erhob sich in die Luft, die dunklen Punkte aber blieben zurück.

„Alle tot, und nicht lange – Aasfresser haben noch viel zu tun."

Sie gingen zwischen den blauen Bündeln her. Die Vögel hockten in einer Entfernung am Boden und ließen sie nicht aus den Augen.

Ninian war blass und Jermyn hatte die Lippen grimmig zusammengepresst. Hamids Urteil war nicht anzuzweifeln, die Angreifer hatten dafür gesorgt, dass es keine Überlebende gab. Ninian wandte sich ab vom Anblick eines kopf- und armlosen Torsos, der von Insekten wimmelte, aus der aufgerissenen Bauchhöhle huschte ein braunes Kriechtier. Dumpf wunderte sie sich, dass es in dieser toten Wüste so viele Lebewesen gab. Ein widriger, süßlicher Gestank hing in der Luft, sie musste gegen den Würgereiz kämpfen.

„Chandchar – Räuber", murmelte Hamid, „vor wenigen Stunden, sonst hätten Geier und Wüste alles verschlungen. War große Karawane", er zeigte auf den aufgewühlten Boden rund um die Toten.

„Aber ich sehe keine Ka'ud."

„Ka'ud ist wertvoll", erwiderte der Führer beinahe verächtlich, „wird nicht getötet."

„Dort drüben liegt eines", rief Ninian. Der fahlbraune Körper lag ein wenig abseits, gegen den Sand fiel es nicht so ins Auge. Hamid runzelte die Stirn, der Tod des Tieres schien ihn mehr zu entrüsten als der seiner Artgenossen.
„Verschwendung, vielleicht Reiter versuchte zu fliehen."
„Ich sehe keinen Reiter."
Sie hörte, wie Jermyn scharf Atem holte.
„Doch, hatte es, mehrere und sie leben noch, ich spüre sie."
Sie arbeiteten sich durch den Sand zu dem Kadaver. Hamid hatte recht gehabt, das Ka'ud trug einen Sattel und zwei Pfeile staken in seinem Hals. Der Führer hob eine Braue.
„Ihr habt Euch geirrt, Herr, der hier ganz sicher tot."
Der Reiter lag einige Schritte von ihm entfernt, ein weiterer Pfeil hatte seinen Hinterkopf durchbohrt und ragte aus seinem Mund. Jermyn kümmerte sich nicht um ihn. Er trat zu dem Leichnam des Ka'ud und trat dagegen. Die scharfen Schnäbel der Aasfresser hatten die Bauchhöhle aufgerissen und angefangen, die Eingeweide herauszuzerren. Ninian stieß einen leisen Schrei aus, als die blutige Masse sich plötzlich bewegte. Sie hörten ein ersticktes Stöhnen und ein Arm schob sich unter dem Leib des Tieres hervor.

„Sechzig Lasttiere – und dreißig Wächter, außer den beiden Kaufleuten. Muss Wertvolles geladen haben."
Sie hatten zwei Männer unter dem Ka'ud hervorgezogen und mit Wasser belebt, dem ein Maß von Elys kostbarem Lebenswasser beigemischt war. Er hatte sogar etwas davon geopfert, um die beiden notdürftig zu säubern, Wasser durfte dafür nicht verschwendet werden. Sie waren nicht schwer verletzt, ein gebrochener Arm und eine Fleischwunde am Schenkel, die schnell behandelt waren.
Während der Heiler sie versorgte, schilderten sie in abgerissenen Worten das Schicksal ihrer Karawane. Hamid übersetzte ihre Worte, als einfache Knechte beherrschten sie die Gemeinsame Sprache nicht.
„Die Räuber sitzen also mit ihrer Beute in Jaffa", meinte Ely sorgenvoll. Hamid nickte.
„Ja, Überfall war zwei Stunden nach Aufbruch. Bei solchem Wetter, sie werden dort Schutz suchen."
„Und die Bewohner dulden das?"
Der Führer zuckte die Schultern.

„Was sollen sie machen gegen Chandchar? Ihr seht, haben keine Skrupel", er deutete auf die Leichen.

„Und was machen wir?", fragte Josh. „Wir brauchen Schutz und Wasser und auch wir haben Wertvolles geladen."

Niemand antwortete, aber Ninian spürte ihre Blicke auf sich und Jermyn gerichtet. Und es fiel nicht schwer, die Gedanken der Kaufleute zu erraten – wie sollten zwei junge Leute gegen eine schwerbewaffnete, zu allem entschlossene Räuberbande bestehen? Und tatsächlich, wie sollten sie? Sie dachte an den Kampf gegen die Haidarana, bei dem Churo umgekommen war, aber damals hatte sie weißglühender Zorn erfüllt, eine große Flamme, mit der sie gegen ein ganzes Heer gekämpft hätte. Jetzt spürte sie nur ein seltsam flaues Ziehen im Magen. Sie sah zu Jermyn, aber er schien ihre Bedenken nicht zu teilen. Mit glänzenden Augen blickte er in die Richtung, in der Jaffa lag, und dann auf seine Füße. Er lächelte.

„Ich glaube, wir haben jetzt andere Sorgen. Seht, der verdammte Sand läuft." Er hatte recht, in kleinen Wellen fegte der Sand um ihre Knöchel, dann hob einer der Knechte seine Stimme. „Buran, Buran …"

Über ihnen wuchs eine dunkelbraune Wand empor, die sich in rasender Geschwindigkeit näherte. Ein erster Windstoß fuhr ihnen ins Gesicht, Sand füllte Mund, Nase und Augen. Das Singen, auf das sie kaum noch geachtet hatten, steigerte sich zum Brüllen und eine Wolke von ungeheuren Ausmaßen wälzte sich auf sie zu.

„Sammelt die Ka'ud", schrie Hamid, an der Leine des Leittieres zerrend, „macht Kreis, alle Menschen nach innen", er versetzte Ely, der hilflos in dem Brausen stand, einen Stoß. „Haltet fest an Ka'ud, lasst nicht los, sonst Buran verschluckt Euch!"

Im Nu war die Luft um sie her mit Sand gefüllt, der Sturm heulte in ihren Ohren. Die einheimischen Knechte schrien Befehle und versuchten, die Tiere in einen Kreis zu bugsieren, während die Männer aus Dea blindlings auf Schatten zustolperten, die sie für Ka'ud hielten. Als erhebe sich das Blut der Erschlagenen gegen die Lebenden, verwandelte sich das Licht in ein tiefes Rot und verdunkelte sich weiter.

Wie betäubt starrte Ninian auf die Hölle aus Hitze und Staub, die um sie herum losgebrochen war. Die Stimme des Sturms war zu einem tiefen Orgelton gesunken, darüber hörte sie das Reiben von Myriaden von Sandkörnern. Sie waren überall, krochen in ihre Kleidung, unter den Gesichtsschleier, drangen mit jedem Atemzug in ihren Leib …

Verschwindet, fort mit euch

Es war ein Aufschrei, nicht bewusst gedacht, aber im nächsten Moment war sie frei. Die Sandkörner, winzige Kinder der Erdenmutter, gehorchten, nicht anders als Felsen und Erdmassen. Sehen konnte sie nichts, undurchdringliche Schwärze umgab sie, doch der Sand hielt sich von ihr fern. Ein Schatten löste sich aus der Dunkelheit, kämpfte sich auf sie zu. Als sie seine Hände auf sich spürte, erkannte sie Jermyn. Er schlang die Arme um sie und zog sie dicht an sich, so dass auch er in ihrer schützenden Hülle stand.

„Lass mich ein", brüllte er über das Tosen in ihr Ohr und sie senkte die Sperren. Er drang nicht weit vor, sie fühlte ihn nur am Rande ihres Bewusstseins, als befände sie sich auf der Mitte eines Sees und er riefe ihr vom Ufer aus etwas zu.

Tu was, der Sturm ist zu schnell gekommen, sie haben den Kreis nicht geschlossen. Wir verlieren Leute

Ich versuche es, aber bleib bei mir, damit ich wieder zurückfinde

Keine Angst, so leicht wirst du mich nicht los

Sie holte tief Luft und so, wie sie sich in die festen Glieder der Erdenmutter versenkte, verband sie sich mit diesen winzigen, vielgestaltigen.

Augenblicklich verschwand die Begrenztheit ihres Leibes, sie wuchs ins Unermessliche. Im ersten Moment erschrak sie vor der Grenzenlosigkeit dieses Gefühls, bis sie merkte, dass sie von Liebe umgeben war, von überschäumender Freude. Sie vergaß die Menschen, die sie schützen musste, und stürzte sich in den wirbelnden Tanz, der sie hoch über die braune Wolke hinauftrug. Die glühende Hitze, unter der ihr Leib gestöhnt hatte, wiegte sie sanft unter dem blauen Himmel, bis sie sich abgekühlt hatte und sie in jauchzender, rasender Fahrt wieder in den tobenden Mahlstrom des Buran riss. Nie zuvor hatte der Sturm ihr einen Leib geboten. Das Gefühl der Erdenschwere, das Wissen um den sicheren Tod, sollte sie die Gewalt über die Bö, die sie trug, verlieren, hatte sie bei jedem Windritt begleitet. Jetzt gab es diese Ängste nicht mehr, sie war leicht, schwerelos wie der Wind selbst und sie teilte seine ungeheure Macht. Sie lachte und Blitze zuckten durch die Schwärze.

Ninian

Die Stimme durchfuhr sie wie ein Schock.

Ninian, schön, dass du Spaß hast, aber uns geht hier unten allmählich die Puste aus

So musste sich ein wildes Pferd fühlen, das der Zügel hinderte, in die Freiheit zu entkommen. Die Verbindung zu Jermyn hielt sie wie eine Leine. Sie bäumte sich dagegen auf. Würde er sie zwingen zurückzukommen? Wer würde Sieger bleiben in einem solchen Zweikampf? Einen Moment lang lockte sie die Versuchung, ihre Kräfte mit den seinen zu messen, aber er nahm die Herausforderung nicht an. Stattdessen überschwemmte sie eine Welle wilder, kopfloser Panik. Fremde Todesangst erfüllte sie. Nicht Jermyns Angst. Wieder hörte sie ihn, kühl, fast verächtlich.

Mach, was du willst, ich komme zurecht. Aber du wolltest sie als Wächter begleiten, es war nicht meine Idee

Erfolgreicher hätte er ihren Widerstand nicht brechen können. Bedauernd erinnerte sie sich ihrer Pflicht und zog sich aus den unzähligen Körperchen zurück.

Erhebt euch, verlasst diesen Ort und tanzt gegen Morgen weiter. Trag sie fort, Wind der Welt, nimm sie mit dir ... fort ... fort

Zuerst glaubte sie, der Sturm würde nicht gehorchen. Sie fand sich in ihrem eigenen Körper, mit erhobenen Armen in undurchdringlicher Finsternis stehend, jetzt kämpfte sie mit dem bockenden Pferd. Vage spürte sie Jermyns Arme um sich und plötzlich war sie dankbar für den Halt, den er ihr bot.

Fort ... fort oder ihr sollt meinen Zorn erleben! Ich banne euch in unterirdische Höhlen, wo ihr liegen werdet bis ans Ende der Zeit

Die Finsternis lichtete sich, etwas traf ihr Gesicht. Wasser – es regnete ... im gelben Zwielicht sah sie schattenhafte Gestalten umherirren, es hatte sich abgekühlt und große, blutig rote Tropfen klatschten neben ihnen auf den Boden.

Höher, höher hinauf ...

Sie fühlte die Luftströme zwischen ihren Fingern und griff zu. Den Kaufleuten und Knechten, die plötzlich wieder sehen und atmen konnten, bot sich ein Bild, das keiner von ihnen je vergaß:

Wenige Fuß über ihnen schwebte die gewaltige, braune Wolke, aus der rötlicher Regen fiel. Einige Wolkenfetzen reichten bis auf die Erde herab und verschwanden in Ninians Händen. Sie hielt das riesige Gebilde und begann es über ihrem Kopf zu drehen – wie eine Tänzerin ihren Schleier. Mit offenen Mündern starrten die Männer hinauf in den brodelnden Wirbel. Die Wolke stieg auf, immer länger zog sich der Schlauch, bis das Mädchen ihn mit einem letzten Drall freigab. Er schoss in die Höhe und die Männer duckten sich ängstlich. Doch der Buran gehorchte, majestätisch zog er nach Osten davon, in die Wüste, aus der er gekommen war.

Tiefe Stille herrschte, nur das Prusten war zu hören, mit dem die Ka'ud den Sand aus ihren Nasenlöchern bliesen. Auch den Männern knirschte er zwischen den Zähnen, aber sie merkten es nicht. Sie starrten Ninian an, die dem davoneilenden Sturm bedauernd nachsah.

Endlich schüttelte sich einer von ihnen und stapfte mit ausgebreiteten Armen auf sie zu. Gelber Staub saß in jeder Falte seines Gesichts, hob sich von seinem schwarzen Gewand und schwebte in kleinen Wolken hinter ihm nieder. Er nieste, spuckte aus und zog das Mädchen an sein Herz.

„Bei den Göttern, Fräulein, was für ein Schauspiel! Zum zweiten Mal habt Ihr unser Leben gerettet!"

Seine Worte rüttelten die anderen auf, sie brachen in Lobrufe auf Ninian aus und Josh klopfte ihr begeistert auf die Schulter.

„Ely hat recht daran getan, Euch mitzunehmen: Ihr habt Euren Lohn mehr als verdient!"

„Genau, und wir wollen die Räuber nicht vergessen, die in Jaffa auf uns warten", Jermyn drängte sich durch die erleichterten Männer hindurch. „Da dort gewiss auch noch ein nettes Stück Arbeit auf *uns* wartet, finde ich es an der Zeit, von unserem Lohn zu sprechen."

Wie beabsichtigt, dämpfte das die ausgelassene Stimmung. Besorgt sahen Ely und Josh sich an, während Ninian die Stirn runzelte. Jermyn störte sich nicht daran.

„Wir verlangen die Karawane, die die Räuber nach Jaffa gebracht haben, mit allem, was dazugehört. Ihre ehemaligen Besitzer werden nichts dagegen haben, sie brauchen keine irdischen Güter mehr, die beiden Überlebenden sind nur Knechte."

Nach einem Moment der Verblüffung rief Ely: „Gewiss, gewiss, was immer Ihr wollt, junger Mann. Die Karawane, mit allem, was dazugehört, sei Euer und damit sind Eure Ansprüche an uns getilgt."

Die Erleichterung der beiden Kaufleute war geradezu komisch anzusehen, eifrig streckten sie den jungen Leuten die Hände hin. Jermyn schlug ein, aber Ninian rührte sich nicht.

„Entschuldigt uns", sie zerrte ihn ein paar Schritte beiseite, „bist du wahnsinnig? Ohne mich zu fragen … du hast doch keine Ahnung, was sie geladen haben."

„Sei nicht dumm, Süße, die Banditen wussten bestimmt, was sie tun. Das wird ein großer Batzen, wenn wir das Zeug in Tris verkaufen! Die armen Teufel sind tot, wir haben die Ware sozusagen gefunden und was man findet, darf man behalten."

„Es gibt vielleicht Erben, die einen Anspruch darauf haben."

„Quatsch, ihre Ansprüche haben sie verloren, entweder an die Räuber oder an uns. Hätten halt nicht an den Wächtern sparen dürfen." Er grinste, aber sie war nicht besänftigt.

„Trotzdem wäre es nett, wenn du wenigstens so tun würdest, als ob ich auch entscheiden dürfte. Schließlich habe ich die ganze Arbeit getan!"

Sein Grinsen verschwand.

„Gut, dass du mich daran erinnerst", erwiderte er höflich, die Augen hart wie Glas, „ich hätte es beinahe vergessen. Andrerseits darf ich dich daran erinnern, dass du mir das Recht überlassen hast, die Belohnung zu nennen."

Ninian biss sich auf die Lippen, als sie an die Versprechungen dachte, mit denen sie versucht hatte, ihn zu ködern.

„Trotzdem ist es kleinlich, davon Gebrauch zu machen", sagte sie erbittert, „aber du liebst ja einsame Entscheidungen."

„Ich liebe einsame Entscheidungen? *Du* hast beschlossen, dass wir Ely begleiten, *du* machst, was du willst, aber ich soll wegen jedem Scheiß um Erlaubnis fragen. Ich werde diese Karawane nehmen, ob du einverstanden bist oder nicht, basta!"

Er hatte die Stimme gehoben, unbekümmert um neugierige Ohren. Ninian wollte sich wortlos umdrehen, aber ein schriller Schrei hielt sie zurück.

„Wahi, wahi ..."

Einer der Kameltreiber deutete auf den Dünenkamm, der messerscharf vor ihnen aufragte. Eine lang gezogene Reihe dunkler Gestalten wuchs über dem Grat empor, bis sich die Silhouetten einer großen Zahl Reiter schwarz gegen den kupfernen Mittagshimmel abhoben. Einen Moment standen sie still, dann riss einer den Arm in die Höhe. Ein großes Krummschwert blinkte im Sonnenlicht, die glasklaren Luft trug ein heiseres Signal herüber und wie ein Mann stürzten die Gestalten den Hang hinunter. Ihre Ka'ud griffen weit aus und reckten die Hälse. Hauben mit einem blinkenden Dorn an der Stirn bedeckten ihre Köpfe. Ihr Anblick löste Panik unter Elys Mannschaft aus.

„Chandchar, chandchar ..."

Der Schrei mischte sich mit dem Brüllen der Ka'ud, die ihre heranstürmenden Artgenossen witterten, und dem Heulen der Angreifer.

„Also, was ist?", schrie Jermyn, „gehört die Karawane uns?"

„Alles, was ihr wollt", brüllte Ely verzweifelt zurück, „soweit ich etwas vergeben kann, was nicht mir gehört. Aber wenn wir Jaffa je erreichen, setze ich mich dafür ein, dass sie Euer wird. Mehr kann ich nicht sagen."

„Euer Wort genügt mir", Jermyn packte Ninian, die den Räubern finster entgegensah, am Arm. „Hör auf zu schmollen, Weib. Es gibt endlich Arbeit!"

„Was du nicht sagst. Und was tun wir gegen diese Horde?"

„Das, was wir am besten können. Du holst den Sandsturm zurück und ich werde ihn würzen, dass ihnen Hören und Sehen vergeht. Auf geht's!"

Ninian sah ihn an. Aller Ärger hatte ihn verlassen, seine Augen glänzten und wie so oft entzündete sie sich an seiner Erregung. Sie musste an die verstümmelten Leichen der Erschlagenen denken, das wüste Geschrei der Mörder gellte in ihren Ohren. Sie stieß den Fuß in den Sand.

Erwacht, Kinder, wir tanzen

Zu ihren Füßen brodelte es, der Sand begann sich zu drehen, schneller und schneller, eine Mulde entstand, vertiefte sich zum Trichter, der immer mehr Sand schluckte. Dumpfes Grollen stieg aus dem Strudel, dann schleuderte er eine Sandfontäne hoch über die Köpfe der zurückweichenden Knechte.

„Wahi, wahi ..."

Sie stürzten zu ihren Tieren, suchten Schutz im Schatten der unförmigen Leiber, als immer mehr Sand aus dem Loch sprudelte und als gewaltige Säule in den Himmel stieg, sich ausdehnte und auf's Neue das Sonnenlicht auslöschte. Von allen Seiten fuhren heulend Böen heran und trieben die Wolke vor sich her auf die Angreifer zu. Sie hatten versucht, ihre Ka'ud zu zügeln, aber ihr Schwung war zu groß, auf den Hinterteilen schlitterten die Tiere in die Finsternis hinein. Eine Finsternis, in der sie nicht alleine waren.

Es hieß, von dem Chandchar Kabli, der Jaffa an jenem Tag verließ, sei kein Mann wieder lebend gesehen worden. Aber noch viele Jahre später trieb sich ein Bettler in Omph herum, der behauptete, einer von Kablis Männern gewesen zu sein und den zweiten Angriff überlebt zu haben. Er war nicht recht im Kopf, manchmal trieben ihn Dämonen um, so dass er kreischend und weinend durch die Straßen taumelte, bis ihm ein mitleidiger Genosse einen milden Schlag versetzte, der ihm das quälende Bewusstsein raubte. Zu anderen Zeiten aber, wenn er mehr als sonst gegessen hatte, gebärdete er sich als Geschichtenerzähler und berichtete von den grauenerregenden Bestien, die in der Wüste hausten.

„Der Buran hatte sich schneller verzogen, als Kabli geglaubt hatte, un er wollte nu auch die zweite Karawane abgreifn, 'ne große Karawane wie da Späher gemeldet hatte, un er hat geprahlt, keiner hätt je zwei an ein Tag erwischt. Wir warn wütend, warn grade an Saufn un die Ka'ud auch. Aber Kabli sagte, bei nächsten Stundenruf wir können weiterzechen. Hah – bei nächsten Stundenruf war er Vogelfraß! Na, sin wir los, über die Düne runter un Ka'ud ham gebrüllt un da war die Karawane, sin rumgehüpft wie Sandflöhe, spaßig. Waffen ham wa nich gesehen, ham uns gefreut – chop, chop, geht schnell. Keine Wächter, kein Kampf. War nur eins komisch: zwei standen da, unten am Fuß von Düne. Schrien nich, rannten nich, guckten nur un dann, eine winkte. Un plötzlich sprang Buran vor unser Füßen aus dem Boden, hoch, hoch in Himmel und machte schwarz um uns, heulte und schrie wie Verdammte. Hab ich mich fallen lassen un wollte unter Ka'ud kriechen, aber hing ich fest an Sattelriemen. War meine Rettung, denn war kein gewöhnlicher Buran …"

Hier pflegte er innezuhalten und auf seine trockene Gurgel hinzuweisen. Nachdem seine Zuhörer pflichtschuldig für Befeuchtung gesorgt hatten, spann er sein Garn weiter.

„Dankt Göttern, dass ihr nich wisst, was sich versteckt in Sand – ich hab ihn gesehn, den großen Wurm, den Sandspeier! War tiefes Loch, wo er rauskroch, groß wie Haus, nackt un bleich wie Made. Blind, aber braucht nich Augen, hat Rüssel mit Stacheln vorne, schnuffelt und saugt, hab ich gesehn, wie er einschlürft Kameraden, mit Füßen zuerst, ham geschrien, aber ich hab nix gehört, weil Buran heulte, nur gesehn, chop, chop … Sand rutscht und ich auch, immer näher an Rüssel, dann hab ich gehört, wie Stacheln rasseln, wie Säbel … Ka'ud hat mich gerettet, is gerannt und hat mich mitgeschleift, raus aus Geisterburan …"

Manchmal endete die Geschichte damit, dass er mit Schaum vor dem Mund zu Boden stürzte, dann warfen sie ihm ein paar Münzen in die aufgestellte Mütze und er sammelte sie ein, wenn er wieder zu sich kam. Keiner konnte sagen, ob er Erlebtes oder wahnhafte Träume erzählte, aber eine angenehme Gänsehaut verursachte er ihnen allemal.

Die Männer von Elys Karawane packte mehr als ein wohliger Schauder. Sie hörten Schreie aus der braunen Wolke, die ihnen das Blut gefrieren ließen. Als sich ein Schatten aus dem Dunkel löste, wichen sie furchtsam wie Kinder zurück. Es war kein Dämon, wie sie halb erwartet hatten, sondern ein blaugekleideter Mann. Das Grauen hatte seine Züge verzerrt und es musste ihm den Verstand geraubt haben: Vor ihren entsetzten Blicken warf er sich auf die Knie und bohrte seinen Kopf mit dem Gesicht voran in den Sand. Unwillkürlich ging Josh ap Gedew auf ihn zu, um den

Unglücklichen vor dem sicheren Tod zu bewahren, aber als er sich auf wenige Schritte genähert hatte, taumelte er zurück, streckte abwehrend die Hände aus.

„Nein, nein ... lasst mich", er fiel zu Boden und fingerte an seiner Kehle, als müsse er sich von einem umschlingenden Griff befreien. Erst als Hamid und Ely ihn weiter von dem Mann fortzerrten, dessen Kopf jetzt bis zum Hals im Sand steckte, verließ ihn der Schrecken. Von diesem Moment an hüteten sie sich, den Männern nahezukommen, die aus der Wolke herausstolperten, und nach einer Weile wandten sie sich ab, um ihre rasenden Augen und die Verletzungen, die sie sich in ihrer Verblendung beigebracht hatten, nicht mehr sehen zu müssen. Manchmal brach auch ein Reiter hervor und raste mit seinem durchgehenden Reittier in die Wüste.

Plötzlich begann sich die Wolke zu drehen, sie zog sich zusammen und schraubte sich in den Himmel, bis eine gewaltige Säule vor ihnen hin und her schwankte. Sie gab den Blick frei auf blaue, verstreut liegende Körper und auf zwei Gestalten, die in einander verschmolzen schienen. Die eine stieß einen schrillen Pfiff aus, die Staubsäule setzte sich in Bewegung, saugte wie ein riesiger Rüssel die Reglosen auf und trug sie, eine breite Schneise in die Sandhügel ziehend, nach Osten davon. Nur der dunkel befleckte Sand und die beiden Gestalten blieben zurück.

„Du hast dir ja allerhand einfallen lassen", murmelte Ninian, ein wenig grün um die Nase.

„Nee, das war ich nicht, das steckte alles in ihnen. Bei meinem kleinen Gott, ich habe nicht gewusst, wie viele Dämonen diesen Erdteil bevölkern", erwiderte Jermyn. Er war blass und stützte sich auf sie, als sie zu den anderen zurückgingen, die vorsichtig hinter ihren Ka'ud hervorlugten, „diese Karawane haben wir uns wahrhaftig verdient."

Sie zogen an diesem Tag nicht weiter, obwohl sie nur wenige Wegstunden von Jaffa trennten. Sie waren erschöpft an Leib und Seele und es schien Ely besser, am Morgen mit frischen Kräften in die Oase einzuziehen.

„Wer weiß, wie viele Wachen die Räuber dort gelassen haben", gab er zu bedenken. Hamid spuckte aus.

„Glaubt Ihr, die können *Eure* Wachen aufhalten?"

„Das nicht", fuhr Jermyn dazwischen, „aber sie können uns gehörig Kopfschmerzen machen! Ich dürfte ihre Dämonen nicht so ungehindert toben lassen, die anderen Oasenbewohner sollen uns schließlich bewirten, nicht dem Wahnsinn verfallen!"

Die Nacht zog kalt und sternenklar herauf, wie stets, und mancher Knecht fragte sich, ob die Ereignisse des Tages nicht Hirngespinste gewesen waren, ausgebrütet von Hitze und Wassermangel. Aber das Heulen, das bald näher, bald ferner rund um das Lager ertönte, zeigte, dass zumindest die vierbeinigen Aasfresser reichlich Beute fanden.

Im Morgengrauen brachen sie auf und am Vormittag, nachdem die Sonne alle Farben gefressen hatte, erschien eine dunkle Linie am Horizont. Die Ka'ud beschleunigten ihre Schritte, so dass die Führer sich in die Zügel hängten und mitschleifen ließen.

Jermyn hatte es am Ende des Zuges nicht ausgehalten und seinen Führer gezwungen, ihn an die Spitze zu Ninian und Hamid zu bringen.

„Wer sollte uns jetzt noch angreifen? Diese Chandchar sind alle hin und ein Buran wird sich auch nicht so schnell wieder blicken lassen. Ich langweile mich da hinten zu Tode."

Er vertrieb sich die Zeit mit Spekulationen über Größe und Wert *seiner* Karawane und Cecco, der den Platz neben Assinos Ka'ud im Stich gelassen hatte, unterstützte ihn eifrig.

„Ich habe mit Ely gesprochen. Er meinte, gemessen an unserer Ladung müsste sie, mit den Viechern und allem, gut acht- bis neuntausend Goldstücke einbringen, vielleicht mehr, wenn sie Edelsteine und Gold geladen haben."

„Oder Teppiche. Vergesst die Teppiche nicht, Patron", krähte Cecco zu ihm hinauf.

„Spinnst du? Was sollen denn die wert sein?"

„Habt ihr nicht die Teppiche im Palast des Bey von Omph gesehen? Der saß mit seinem dicken Hintern auf einem Vermögen. Und je älter und dünner sie sind, desto höher werden sie geschätzt. Am kostbarsten sind die blauen, wenn sie zum Silber verblichen sind."

„Wirklich?", Ninian beugte sich vor, „Vitalonga hat uns so einen geschenkt."

„Seid ihr sicher, dass er seinen Wert kannte?" Cecco wackelte ungläubig mit den Augenbrauen und wich geschickt Jermyns Stiefelspitze aus.

„Halt den Rand, du Hund. Egal, was sie geladen haben, Ely wird für uns in Tris den Verkauf unternehmen und einen guten Preis herausschlagen", Jermyn lächelte versonnen, „begeistert wie er ist darüber, dass nicht *er* für unseren Lohn aufkommen muss."

„Er hätte uns gerne bezahlt", wandte Ninian ein, „Ely ist ein ehrlicher Mann."

„Auch ehrliche Männer lieben ihr Geld."
Hamids Stimme machte dem aufkeimenden Streit ein Ende.
„Seht, dort is Jaffa."
Die Linie hatte Farbe angenommen und zerfiel in einzelne Baumgruppen, nicht anders als in Omph, doch wirkte das Grün matter und es gab nur eine kleine Ansammlung schmutziggrauer Lehmhütten.
„Sieht nicht gerade einladend aus", knurrte Jermyn, „hoffentlich gibt's wenigstens Wasser."
Ninian lockerte ihren Gesichtsschleier, sehnsüchtig sah sie dem grünen Streifen entgegen.
„Hör auf zu unken, ich kann es kaum erwarten, mich zu waschen", sie beschattete ihre Augen und deutete in die Wüste zu ihrer Linken. „Früher müssen sie genügend Wasser gehabt haben. Täusche ich mich oder sind das Ruinen?"
Das Gelände fiel flach ab, statt der Sandwogen erstreckte sich eine weite Ebene, übersät mit Felsformationen in allen Größen, aber von seltsam regelmäßiger Gestalt. In ihrer Mitte, etwa eine halbe Meile von der Karawane entfernt, ragte ein Gebilde in die Luft, das verblüffend den Überresten eines Turmes ähnelte.
„Es muss hier eine größere Stadt gegeben haben. Kennst du ihren Namen, Hamid?"
Der Führer antwortete nicht. Sein Blick folgte ihrer Handbewegung.
„Niemand weiß, Patrona", sagte er gleichgültig, „waren immer schon da. Manchmal sind halb verschwunden unter Sand, vielleicht Buran hat freigelegt ... hört ihr?"
Ein dünner Ton schwebte zu ihnen herüber, ein melodisches Pfeifen, hoch und unirdisch. Es wiederholte sich und verklang seufzend.
„Was ist das?"
Hamid setzte zu einer Antwort an, aber Jermyn unterbrach ihn ungeduldig.
„Zum Teufel damit, alte Gemäuer interessieren uns nicht. Ich will zu meiner Karawane!"
Sie begegneten keinem Menschen, als sie zwischen den kärglichen Feldern in die Oase einzogen. Eine ängstliche, abwartende Stille lag über den Häusern. Die Straße führte geradewegs auf das größte Gebäude zu, einem rechteckigen Kasten aus Lehmziegeln. Die schweren Tore waren geschlossen.
„Das Khanat", murmelte Hamid, „da haben sich Räuber verschanzt."

„Ja, aber nicht mehr als ein Dutzend", erwiderte Jermyn, nachdem er einen Moment *gelauscht* hatte, „sie müssen die Einwohner fest im Griff haben, dass sie nur so wenig Wachen zurücklassen haben. Also gut, machen wir's kurz."

Sein Blick kehrte sich nach innen. Ninian beobachtete ihn, während sein Gesicht jenen strengen, abweisenden Ausdruck annahm, den es immer hatte, wenn er seinen Geist auf andere richtete.

Es dauerte nicht lange. Die Torflügel flogen auf und eine Reihe Männer stolperten im Gänsemarsch heraus, waffenlos. Ohne die Neuankömmlinge zu beachten, trabten sie die Straße entlang, die Augen starr geradeaus auf ein unbekanntes Ziel gerichtet. Als der letzte das Ende ihrer Karawane passiert hatte, kehrte Jermyn in sich zurück.

„Was hast du mit ihnen gemacht?", fragte Ninian.

„In die Wüste geschickt", lautete die knappe Antwort, „los jetzt, ich will meine Beute begutachten."

Am Tor angekommen, sprang er aus dem Sattel zur Erde, ohne zu warten, bis sein Reittier sich niedergelassen hatte, und verschwand im Hof des Khanats. Sein Führer kam zurück und sprach mit Hamid.

„Hof is voll", übersetzte Hamid, „is nich so groß wie in Omph. Müssen sehen, wie wir unsere Tiere unterbringen. Da is Meister."

Zwei Männer kamen auf sie zu, zögernd, als trauten sie sich nicht heran. Ely, der sich mit Josh ap Gedew an der Spitze eingefunden hatte, befahl:

„Ruft sie an, sagt ihnen, dass sie von uns nichts zu befürchten haben."

Als der Meister des Khanats und sein Gehilfe begriffen, dass sie von den Räubern befreit waren, leuchteten ihre ausgemergelten Gesichter, sie redeten, stotternd vor Erleichterung auf Hamid ein und verneigten sich bis auf den Boden vor Ely.

„Sie leiden schon lange unter Chandchar", erklärte Hamid und fügte sorgenvoll hinzu: „Wasser is knapp, Quelle versiegt …"

Ely konnte einen entsetzen Ausruf nicht unterdrücken.

„Das ist schlecht."

„Ja, wir müssen sehen. Aber jetzt, er wird uns führen zu Bey von Jaffa."

„Und wo lassen wir unsere Tiere? Erst will ich sie versorgt wissen, seht doch, wie unruhig sie sind."

Die Ka'ud drängten nach vorne, sie rochen das Wasser und ihre Artgenossen und die Knechte hatten Mühe, die erschöpften Tiere zurückzuhalten. Der Meister hob verzagt die Arme und redete auf Hamid ein.

„Bringt sie einstweilen auf die Mitternachtsseite des Khanats in den Schatten der Mauern", übersetzte der Führer. „Er wird so viel Futter und Wasser, wie er entbehren kann, nach draußen bringen lassen. Später, wir müssen weitersehen."

Ninian war abgestiegen und als sich der Zug in Bewegung setzte, ging sie mit Ely, Josh und dem Meister auf das Tor zu. Hamid begleitete sie, um zu übersetzen.

Sie hatten den Hof noch nicht betreten, als sie überrascht aufschrie und taumelte. Ihren Gefährten ging es nicht anders, Ely und Josh klammerten sich aneinander, der Meister wimmerte.

„Erdbeben", keuchte Hamid, als ihnen die nächste Erschütterung durch die Glieder fuhr. Hinter sich hörten sie die Ka'ud brüllen. Die Knechte, die die scheuenden Tiere halten mussten, fluchten.

„Nein", Ninian begann zu laufen, obwohl tausend glühende Nadelstiche auf jeden Teil ihres Körpers einstachen.

„Jermyn ... Jermyn!"

Im Hof schien die Hölle ausgebrochen. Aufgebrachte Ka'ud versuchten sich zu erheben und zerdrückten dabei beinahe die Männer, die sie daran hindern und beruhigen wollten. Ninian würgte, als eine weitere Welle sie traf. Neben ihr stolperte ein Junge und schlug mit dem Kopf gegen einen der abgestellten Säcke. Er schrie auf, Blut sickerte aus einem langen Riss auf seiner Wange.

„Jermyn!"

Ihre Hände an die Schläfen pressend, drängte Ninian sich zwischen den Säcken und Körben hindurch zu ihm. Auch ohne den Zorn, dem er hemmungslos seinen Lauf ließ, in ihrem Kopf und am ganzen Leib zu spüren, wusste sie, dass er vor Wut kochte. Wie wild hackte er mit dem Messer auf die Schnürungen der Körbe ein, die im Hofe standen, stieß er das Messer in einen Jutesack und schlitzte den groben Stoff mit einem brutalen Stoß von einem Ende zum anderen auf. Bevor er über den nächsten Korb herfallen konnte, fiel Ninian ihm in den Arm.

„Was ist los? Bist du wahnsinnig geworden?"

Sie stampfte mit dem Fuß auf, ein dumpfes Grollen lief durch den Boden und das Geschrei um sie her schwoll an. Jermyn schien sie jetzt zu bemerken, aber seine Wut legte sich nicht. Er ließ das Messer stecken und fuhr mit beiden Händen in die Öffnung. Sand rieselte durch seine Finger.

„Was los ist? Hier, das und das ...", mit jedem Wort schleuderte er Sand in die Höhe. „Das ist unser verdammter Lohn für diese verdammte

Reise! Sand, Sand und Steine ...", er trat einen Korb um und Gesteinsbrocken kollerten heraus. Aus dem Augenwinkel sah Ninian einen Mann, der sich verzweifelt bemühte, sie wieder einzusammeln.

„Das ist deine beschissene, wertvolle Karawane – ein Witz! Edelsteine, Gold, Teppiche – hier, bedien dich, nimm reichlich", wieder griff er in den Sand. Ninian stieß ihn von dem Sack weg, unterdessen ebenso zornig wie er.

„Hör auf mit dem lächerlichen Getue! *Du* wolltest sie haben, diese Karawane, weil du den Hals nicht voll kriegen kannst! Du benimmst dich wie ein ungezogener Gassenbengel, wie du das schon auf der ganzen Reise getan hast."

„Ach ja? Sie ist ja auch lächerlich, diese Reise, aber du musstest ja unbedingt deinen Willen haben, du verwöhnte Prinzessin."

„Was? Ich bin nicht verwöhnt, du ... *du* bist verwöhnt – der Patron der dunklen Viertel, pah, dass ich nicht lache!" Ninian spürte, wie die Anstrengung ihre Kehle zusammenpresste, aber es tat gut zu schreien, hemmungslos allen Ärger hinauszubrüllen, der sich in ihr angestaut hatte, seit Jermyn zum ersten Mal über ihr Ansinnen gelacht hatte.

Und sie würde das letzte Wort behalten, obwohl sie an seinem geröteten Gesicht erkannte, dass er ebenfalls dazu entschlossen war. Wenigstens lenkte sie dadurch seine Wut von den anderen ab.

„Was passt dir denn nicht an dem Patron, hä?"

„Oh, eine ganze Menge."

Ein denkbar unwahrscheinliches Geräusch unterbrach sie – jemand lachte, laut und unbekümmert. Sie fuhren herum. Josh ap Gedew beugte sich über den geöffneten Sack und betrachtete eine Handvoll Sand.

„Was ist so lustig, Kaufmann?", Jermyns Stimme klang gefährlich, aber Josh schüttelte belustigt den Kopf.

„Erregt Euch nicht so, junger Mann. Ihr habt keine schlechte Wahl getroffen. Das ist der feinste Quarzsand, den ich je gesehen habe, und die Steine dort, Galeniterz, wenn ich mich nicht irre", er nahm einen Brocken aus dem Korb. Eingebettet in das Gestein blinkte ein undurchsichtiger, bläulicher Würfel.

„Aha, und was ist Besonderes daran?", fragte Jermyn misstrauisch. Josh lächelte.

„Man macht Glas daraus, und Galenit benötigt man für bestes, durchsichtiges Kristallglas. In Dea wird man Euch diese Ladung mit Gold aufwiegen", er zwinkerte Ninian zu, „Ihr hättet es erkennen müssen, Fräulein."

Sie errötete. Nun, da sie darauf achtete, *hörte* sie das feine, helle Singen des Quarzes. Sie berührte das Gestein in Joshs Hand und ihre Fingerspitzen kribbelten. Sie spürte den glutflüssigen, wasserklaren Schmelz, in den es sich verwandeln konnte. Aus dem Augenwinkel schielte sie zu Jermyn. Er starrte sie an und sie nickte kurz. Ihre Wangen brannten. Sie hatten sich beide wie Kinder benommen. Eine Frage, ein Griff in den Sack hätten sie vor dem albernen Schauspiel bewahrt, das sie allen Augen geboten hatten. Sie wagte kaum, Jermyn anzusehen. In seinem Gesicht arbeitete es, er hasste es, sich zum Narren zu machen.

In die gespannte Stille, die über dem Hof lag, schnaubte ein Ka'ud. Es klang schadenfroh und alle Blicke flogen zu den Tieren, die hochmütig überlegen auf die Menschen herabsahen. Ein Knecht prustete los, ein zweiter fiel ein und plötzlich krümmten sich alle in hilflosem Gelächter. Jermyn lächelte säuerlich.

„Das haben wir ja wohl verdient", murmelte er.

„Allerdings", bestätigte Josh freundlich, „macht also gute Miene zum bösen Spiel. Der Verdienst ist Euch sicher."

Gongschläge unterbrachen scheppernd die allgemeine Heiterkeit, die Ankunft des Bey von Jaffa erlöste die jungen Leute aus ihrer peinlichen Lage.

Einige Stunden später war Ely und Josh das Lachen vergangen. Der Bey, ein verhärmter, mutloser Mensch, hatte sie bewirtet, so gut es ihm möglich war, und ihnen mit den kargen Speisen schlechte Nachrichten vorgesetzt.

„Quelle sinkt seit langem. Reicht oft gerade für Bewohner von Jaffa, für unsere Felder. Kommt Karawane, Wasser wird knapp. Jetzt, wir hatten Heimsuchung von Chandchar, nehmen, was sie brauchen, und zwei Karawanen – wenn wir geben Wasser, dauert halben Mondwechsel, bis Quelle wieder voll, Ernte vertrocknet. Wir müssen kaufen, von Omph oder Tris. Ist teuer, und Steuer an Haidara sind bald fällig."

„Warum? Sie haben nichts getan, um Euch gegen die Räuber zu schützen", brummte Ely. Der Bey hob die Hände.

„Nein, aber was können wir tun? Haidara fordert, wir müssen gehorchen. Sind schlimmer als Chandchar."

„Wem sagt Ihr das?", seufzte Josh. „Andererseits haben wir euch von ihnen befreit. Haben wir dafür nicht auch Lohn verdient?"

„Gewiss, und Ihr sollt bekommen das Kostbarste, was es gibt: Wasser. Aber Ihr werdet nicht wünschen, dass wir alle verhungern."

„Was sollen wir also tun? Wir brauchen Wasser und Vorräte."
„Überlasst mir Karawane mit Glassand. Gehört niemandem, Besitzer alle tot. Wir verkaufen in Tris, haben Geld für Nahrung und Steuern, ihr bekommt, was ihr braucht."
Die Kaufleute wechselten betretene Blicke.
„Das wird lange dauern", nannte Ely das kleinere Übel, „wir können nicht warten, bis der Handel abgeschlossen ist."
„Das keine Sorge, Gedankenmeister sprechen über weite Strecken, Händler sehen Größe von Karawane durch ihre Augen, Ware und Erlös gehen zugleich auf die Reise."
„Auch keine schlechte Methode", murmelte Josh, aber Ely schüttelte den Kopf.
„Wir müssen mit unseren Gefährten beratschlagen. Morgen werdet Ihr von uns hören. Bei den Göttern, wir sind vom Pech verfolgt", rief er aus, als sie über den Hof des Khanats in ihr Quartier zurückkehrten, „möchtest du unserem rothaarigen Freund erklären, dass er auf seinen Lohn verzichten soll?"
„Mich würde der Mut schon verlassen, wenn er noch darüber lacht. Nein, mein Freund, jetzt stecken wir bis zum Halse in der ... uäh, Scheiße", angewidert hob er den Fuß, „du hättest ein bisschen schneller sein können", raunzte er den Jungen an, der mit Eimer und Schaufel herbeilief, um den dampfenden Haufen aufzusammeln. Ka'uddung war begehrt, die Kinder hatten den Hof unter sich aufgeteilt und verdienten sich ein paar Kupferlinge mit dem Verkauf.
„Hier zaubern sie Geld aus Steinen und Mist", lachte Jermyn, der ihnen entgegenschlenderte, außerordentlich zufrieden, nachdem er sich eine Stunde lang von Joshs Altknecht über die Preise von Glas und Glasuren hatte aufklären lassen. „Ich hoffe, Ihr macht einen ebenso guten Schnitt wie ich." Ely und Josh lächelten gezwungen.
Gegen Abend erhob sich Wind. Die schlanken, astlosen Stämme der Bäume bogen sich, die Blattwedel raschelten wie Papier, die Ka'ud schlossen Augen und Nasenlöcher, während die Menschen in den fensterlosen Gebäuden Schutz vor den Staubwolken suchten. In der Nacht begann ein feines, hohes Singen und Pfeifen, das ihnen den Schlaf raubte.
„Wie haltet ihr das aus?", fragte Jermyn missmutig, als sie sich am nächsten Morgen plieräugig und schlecht gelaunt bei dem Meister des Khanats einfanden, der sie mit Kahwe und Tee bewirtete. „Gewöhnt man sich irgendwann an das Gesumse?"

„Ge… gesumse? Ah, ihr meint Klagewind. Manche sagen, ist nur Wind, andere glauben, sind Geister von denen, die Wüste gefressen hat. Rufen, wenn Unheil droht", der Meister schauderte in abergläubischer Furcht.
„Ach ja? Aber das Unheil haben wir doch vertrieben."
„Die Ruinen", rief Ninian aus, „als wir an ihnen vorüberritten, hörten wir die gleichen Töne. Der Wind pfeift durch Fensterhöhlen. Woher stammen diese Überreste? Gab es früher hier eine größere Stadt?"
Aber auch der Meister des Khanats konnte ihr die Frage nicht beantworten.
Nach dem kargen Frühstück aus trockener Grütze, die im Mund zu quellen schien, und süßen, fasrigen Baumfrüchten, besichtigten sie den Brunnen. Eine von Eseln gezogene Seilwinde brachte die Eimer herauf, sie waren nicht voll, das Wasser schmeckte brackig.
„Wir lassen halbes Dutzend Ka'ud trinken", erklärte der Meister, „dann Quelle muss sich erholen, von einem Ruf zum anderen, dann kommt nächstes Dutzend."
„Aber damit sind wir wenigstens sechs Tage beschäftigt und die ersten sind wieder durstig, wenn die letzten gerade gesoffen haben!"
„Ka'ud können trinken für halben Mondwechsel, wenn sein muss. Bis Tris dauert so lange, bleibt euch nix andres übrig."
Der Meister hob die Arme in jener ergebenen Geste, die sie fürchten gelernt hatten.
Die Tage zogen sich hin, die Knechte packten Futter und Proviant, die Kaufleute befragten ihre einheimischen Genossen nach der Marktlage in Tris und rechneten sich ihre Profite aus. Sonst gab es nicht viel zu tun in Jaffa, den Basar hatten sie am ersten Tag erkundet und man brauchte nicht länger als vier Stunden, um einmal um den Ort zu laufen. Für Belustigungen war den vom Wassermangel und den Räubern gebeutelten Bewohnern keine Kraft geblieben und schon am dritten Tag wusste Ninian sich nicht mehr zu lassen vor Langeweile. Da das Wasser nicht so streng rationiert war wie in der Wüste, hatte sie am Anfang Trost bei der Bilha gefunden, aber aus Mangel an Beschäftigung übertrieb sie es. Das anregende Kraut, das man in Jaffa gegen die gefährliche Apathie rauchte, machte sie zappelig und reizbar.
Mit der Untätigkeit kamen quälende Gedanken, das Elend der Leute schien ihr ein stummer Vorwurf.
„Warum zieht ihr nicht fort?", fragte sie, als sie am Nachmittag des fünften Tages zusah, wie die Männer fluchend das schlammige Wasser in

die Tröge leerten. Selbst die anspruchslosen Ka'ud schnaubten unwillig angesichts der trüben Brühe. Der Meister, der das Tränken überwachte, sah sie befremdet an.

„Dann keine Verbindung mehr zwischen Omph und Tris. Solange Wasser fließt, ist unsere Pflicht, Quelle zu pflegen."

Beinahe hätte sie geschnauft wie die Buckeltiere. Pflicht – das Wort reizte sie wie eine grindige Stelle.

Sie verließ den Hof und wanderte an den ärmlichen Hütten vorbei bis zum Rand der Oase. Ein zerbrochener Karren steckte halb begraben im Sand. Sie setzte sich auf die Deichsel und starrte auf die quaderförmigen Gebilde, die in der sinkenden Sonne lange Schatten warfen. Es mussten gewaltige Bauwerke gewesen sein, aus kunstvoll behauenen Steinblöcken exakt zusammengesetzt. Und der Turm in der Mitte – von ihrem Platz aus konnte sie die Fensterhöhlen sehen, durch die das purpurne Nachmittagslicht fiel. Es waren so viele, dass das Gebäude beinahe schwerelos wirkte. Der Wind schwieg, sonst würde sie gewiss das seltsame Singen hören. Wer mochte die Stadt erbaut haben? War sie groß gewesen wie Dea oder auch nur eine kleine Oasensiedlung? In Jaffa und selbst in Omph gab es kein einziges Gebäude, das mit dem Maßwerk des Turmes hätte wetteifern können. Die Entfernung schien nicht groß, sollte sie nicht hinüberwandern und sich ein wenig in den Ruinen umsehen? Es gab nichts Besseres für sie zu tun, Jermyn steckte bis über die Ohren in Glasschmelze und Mischverhältnissen, um so viel wie möglich aus *seiner* Karawane herauszuschlagen. Dabei wusste er noch nicht, dass auch andere die verwaiste Ladung begehrten. Ely hatte sich ihr anvertraut, aber diesmal konnte sie ihm nicht helfen.

„Mir ist es egal, aber Jermyn wird sie nicht mehr hergeben. Ihr habt sie ihm als Lohn versprochen. Er wird ihren Wert von Euch verlangen, wenn Ihr sie dem Bey überlassen wollt."

„Aber wir brauchen das Wasser!"

Sie hatte die Schultern gezuckt.

„Ihr brauchtet auch uns."

Ein heißer Windhauch streifte sie. „Die Wüste seufzt" nannte man in Jaffa die abendliche Brise, und wirklich trug sie ein sanftes Klagen mit sich. Eine seltsame Trauer überfiel Ninian, eine Ahnung von Vergänglichkeit. Nichts war von Dauer in dieser Welt, alles unterlag dem unerbittlichen Gang der Zeit. Diese Stadt dort, die Quelle hier in Jaffa ... einst würde Dea in Schutt liegen. Und die Menschen starben, Eltern, Geliebte ...

Sie sprang auf und schüttelte die wehmütige Stimmung ab. Was für ein Unsinn, das verdammte Nichtstun machte müßige Gedanken. Morgen war die Tränkung abgeschlossen, sie würden endlich weiterziehen. Ely musste den Bey ausreichend bezahlen, sie würde keine lange Verhandlungen über die Glaskarawane dulden.

Cecco sah ihr nach, als sie in den Schatten unter den Bäumen zurückschritt. Er lächelte zufrieden, das Fräulein hatte nicht bemerkt, dass sie einen Zuschauer hatte. Auch nicht, dass er sich ein wenig auf sie *gelehnt* hatte, um ihre düstere Laune zu vertiefen. Wenn es ihm doch gelänge, einen seiner beiden Wachhunde außer Gefecht zu setzen, wie er es zu Beginn der Reise bei dem Patron getan hatte! Der war jetzt auf seiner Hut, aber vielleicht sollte er versuchen, das Fräulein in jene schwarze Niedergeschlagenheit zu stürzen, die ihn selbst bedrohte. Cecco wagte nicht, ihre Namen zu denken. Einige Male, als er die beiden im Geiste verflucht hatte, war es ihm wie ein Messerstich durch das Hirn gefahren, der Herr *hörte* sehr gut. Was aber sollte er tun? Die Aussichten waren wenig erfreulich. Bis Tris musste er diesen schrecklichen Esel Assino ertragen. Und in Tris stand er völlig mittellos da. Was hätte er mit den hundert Goldstücken des Scudo Rossi nicht alles anfangen können! So aber musste er sich als Sänger und Gaukler durchschlagen und die Gefahr, entdeckt zu werden, war hier in den Südreichen weit größer als in Dea. Die meisten seiner Zunft verfügten über Gedankenkräfte, die Obrigkeit wusste darum und hatte ein scharfes Auge auf die Schausteller. Sie verlangte, dass man sich einer Gilde anschloss, und die Gilden achteten selbst streng darauf, dass kein Freier in den Gassen sang.

Galle stieg in ihm hoch, als er daran dachte, welch anderes Leben er führen könnte.

Die Hölle über Euch und Eure Ehrbarkeit, Herr Vater

Der Fluch brachte ihm keine Erleichterung, was war es anders als eine jämmerliche Drohgebärde, die dem alten Geizkragen, wenn überhaupt, kaum mehr als leichtes Schädelweh brachte! Die Genugtuung war schal geworden. Aber die Wut musste raus, sie nagte wie ein Wurm an seinen Gedärmen, fraß ihn von innen auf. Sein Blick wanderte zu den Felsen, zu denen das Fräulein so unverwandt hinübergestarrt hatte.

‚Ruinen' hatte sie das Geröll genannt und das hohe Ding in der Mitte konnte man wohl für einen Turm halten.

„Cecco", die schrille Stimme weckte den kleinen Mann aus seinem Brüten, „Ceeeecco, du missratene Kreatur, wo steckst du?"

Assino musste nicht so lange wie sonst auf seinen Diener warten. Cecco lächelte, als er aufstand, um dem Ruf zu folgen.

Am nächsten Tag machte man sich reisefertig. Sie beschlossen, abends loszuziehen und die kühlen Nachtstunden auszunutzen, da ein voller Mond groß und klar am Himmel stand. Erleichtert, dass es endlich weiterging, ertrug Ninian geduldig Jermyns Ausführungen über die Feinheiten der Glasherstellung,

„Vanno hat erzählt, dass sie eine neue Schmelze entwickelt haben, bei der Blei zugesetzt wird, dadurch können sie das Glas besser schleifen und diese geschliffenen Gläser sind der letzte Schrei bei den reichen Pinkeln. Aber dafür brauchen sie möglichst reinen Sand. Meinen Sand …", er grinste glücklich. „Sie werden ihn mir aus den Händen reißen und mit Gold bezahlen, nach Unzen."

Ninian sog den aromatischen Rauch der Bilha ein und unterdrückte den Drang, ihm zu sagen, dass es noch nicht *sein* Sand war. Sollte Ely sich mit ihm streiten, sie hoffte nur, dass es ihre Abreise nicht hinauszögern würde.

„Ely kann mir dankbar sein", fuhr Jermyn fort, „in Tris sind sie wild nach Glas, aber sie müssen es aus Dea einführen, weil ihnen hier das Holz für die Feuerung fehlt. Erinnerst du dich an Quentin? In Dea verwenden sie Holzkohle aus den Wäldern im Westen. Weißt du, wie heiß so ein Schmelzofen werden muss?"

„Ja", sie setzte das Mundstück ab, „heiß wie das Himmelsfeuer und die Erdgeister. Die Adern im tiefen Inneren der Mutter sind durchsichtig."

Das Lächeln gefror.

„Ich langweile dich, was? Hab Nachsicht mit mir, es ist auch dein Geld."

„Noch nicht, mein Lieber. Im Moment bin ich froh, wenn ich nichts mehr von Sand sehen oder hören muss."

Er warf den Kopf in den Nacken und lachte.

„Hey, sonst bin ich doch immer derjenige, der meckert. Schau, da kommt Ely, er schaut auch recht sauertöpfisch drein. Seid gegrüßt, oh Kaufmann, ein Tässchen Kahwe gefällig?"

Ninian stand auf und löschte die Kohle, obwohl die Bilha noch halb gefüllt war.

„Ich will dabei sein, wenn sie unser Gepäck verstauen, sonst such ich mich tot bei der nächsten Rast."

Dem armen Ely stand eine sehr ungemütliche halbe Stunde bevor, sie wollte nicht Zeuge werden, wie er sich vor Jermyn demütigte.

Als die beiden im Hof erschienen, sah sie sofort, dass sie zu keiner Einigung gekommen waren. Ely wirkte sichtlich zerzaust, sein Gesicht war gerötet und er blickte stur geradeaus, während Jermyn mit seiner üblichen, hochmütigen Miene neben ihm herschlenderte. Aber Ninian erkannte die zusammengebissenen Kiefer, er würde nicht nachgeben. Und jetzt sprach er, Elys Recht als Älterer und Führer der Gemeinschaft missachtend.

„Liebe Leute, es gibt eine kleine Unstimmigkeit wegen der Karawane, die uns in die Hände gefallen ist und die mir zugesprochen wurde. Solange sie nicht beigelegt ist, werden wir nicht losziehen. Lasst euch von unserem verehrten Meister Ely die Einzelheiten erklären. Sagt mir Bescheid, wenn jemand eine Lösung gefunden hat."

Bis zum späten Nachmittag hatte sich die Lage nicht geändert und die Stimmung unter den Reisenden war denkbar schlecht. Manche schimpften über Elys voreilige Zusage, andere über Jermyns Habgier, erst leise, hinter vorgehaltener Hand, dann, als er sich nicht blicken ließ, immer lauter. Niemand machte dem Bey einen Vorwurf, sie beneideten ihn nicht um seine Pflicht, die sterbende Quelle zu hüten, sondern waren froh, den Staub dieses jämmerlichen Ortes von ihren Füßen schütteln zu können.

Ninian hielt sich abseits, der Bey hatte ihnen sein Haus geöffnet und sie wanderte über die gesprungenen Fliesen des Innenhofes auf und ab, bis der Zeitpunkt der Abreise gekommen war. Der Saum ihres blauen Gewandes wirbelte kleine Wolken gelben Wüstenstaubes auf, auch die Kübelpflanzen und der Beckenrand des Wasserspiels, ein Zugeständnis an den Rang des Bey, waren damit gepudert. Ihre Erleichterung vom Vormittag war verschwunden, sie wusste, dass es früher oder später ihre undankbare Aufgabe sein würde, Jermyn zum Einlenken zu bewegen, und die Aussicht auf den Streit, der unweigerlich entstehen würde, erfüllte sie mit Abscheu. Niedergeschlagen lauschte sie dem traurigen Tröpfeln des spärlichen Strahls, als Ely zu ihr trat.

„Soll ich mit ihm sprechen?"

„Nein, Fräulein", er ließ sich schwer auf eine steinerne Bank nieder, „ich werde zahlen, wenn wir unsere Waren in Tris verkauft haben. Josh und Vanno haben den Wert des Gesteins auf rund neuntausend Goldstücke geschätzt."

„Aber ... dann bleibt Euch nichts, die Reise wird ein Fehlschlag sein", entsetzt sah sie auf den gebeugten, kahlen Kopf.

„Nun ja", der Kaufmann zuckte die Schultern, „es ist nicht der erste. Aber es wäre gut gewesen, wenn mein Leben nicht mit einem endete ..."

Ninian kniete, von Reue gequält, neben ihm nieder.

„Verzeiht mir, Ely, es ist meine Schuld. Ich hätte Jermyn nicht zwingen dürfen, er ist rücksichtslos und ich wusste es. Aber ich wollte so unbedingt mitkommen", ihre Stimme zitterte ein wenig und der Kaufmann blickte überrascht auf.

„Nicht doch, liebes Kind. Nehmt nicht mehr auf Euch, als Euch zusteht. Es ist seine freie Entscheidung gewesen. Und der Lohn steht ihm zu, ich hätte vorsichtiger sein müssen, ich habe ihn gut genug kennengelernt. Kommt jetzt, wir wollen die Sache schnell bereinigen, damit wir diesen Ort noch heute verlassen können."

Der Mond stand am Himmel, als sie bereit zum Aufbruch waren. Der Bey hatte ihnen zwanzig Männer mitgegeben, um die Sandkarawane zu betreuen. Nur auf seinen Zügen lag eine gewisse Zufriedenheit, als er sich vor Ely verneigte.

„Ihr habt uns einen großen Dienst erwiesen. Geht im Schutz der Götter, Herr. Sie werden Eure Rechtschaffenheit belohnen … und vertraut den Gewinn unbesorgt meinem Sohn an, er wird die nötigen Waren in Tris erstehen."

Ely erwiderte die Verbeugung, aber er brachte kaum die üblichen Dankesworte heraus, um der Höflichkeit Genüge zu tun. Nachdem er mit den schleppenden Schritten eines alten Mannes zu seinem Ka'ud geschlurft war, rief Ninian Namen um Namen der Gesellschaft auf. Jermyn thronte im Sattel, das Gesicht weiß und unbewegt im Mondlicht. Die Kaufleute und Knechte antworteten prompt, bis sie zu dem Gelehrten kam.

„Messer Assino … Messer Lambin Assino … Cecco … Cecco Aretino."

Schon als sie sich beim ersten Aufruf nicht meldeten, wusste sie, dass etwas nicht stimmte. Trotzdem versuchte sie es ein zweites und drittes Mal. Vergeblich. Unruhe erhob sich unter den wartenden Reisenden. Ninian drängte sich zwischen den wiederkäuenden Ka'ud hindurch zu dem Tier, das Assinos großen Reisekorb trug. Der Ka'udführer sah ihr ängstlich entgegen.

„Wo ist dein Herr?"

Der Mann zuckte die Schultern, er verstand nur wenige Worte des Lathischen und konnte kaum mehr als ja oder nein sprechen. Aber Ninian brauchte keinen Übersetzer. Sie lief zu Jermyns Reittier.

„Wo ist Cecco?"

Er antwortete nicht, aber sein Blick kehrte sich nach innen. Es dauerte eine ganze Weile, bevor er redete.

„Weg, alle beide. Sie sind nicht mehr in Jaffa."
Ely und Josh hatten sich zu Ninian gesellt.
„Ja, wo, in aller bösen Geister Namen, sind sie denn?"
„Dort", Jermyn deutete über ihre Köpfe in die Dunkelheit. Nur Ninian verstand ihn.
„In den Ruinen?"
„Ja, Cecco hat den Esel hingelockt und wenn ich nicht irre", er neigte lauschend den Kopf, „sitzen sie mächtig in der Patsche."

Cecco hockte zähneklappernd in der Dunkelheit und verwünschte seinen närrischen Einfall.
„Überlegt doch nur, Herr, die singenden Türme ... ein Wink des Himmels. Sprachen nicht die Gelehrten in Omph von singenden Türmen? Hier liegen sie, vor Euren Augen und Ihr wollt die Gelegenheit nicht wahrnehmen? Aus Angst, die Karawane zieht ohne Euch weiter? Welcher wahre Gelehrte fürchtet Unbill und Gefahr, wenn er eine solche Entdeckung machen kann? Außerdem gibt es keine Gefahren, Jaffa liegt in Sichtweite, wir kehren zurück und warten auf die nächste Karawane nach Tris. So habt Ihr genügend Zeit, Eure Aufzeichnungen zu machen. Denkt an den Ruhm, die Ehre, den Triumph, die Euch in Dea erwarten!"
Es hatte keiner großen Mühe bedurft, er hatte nicht einmal seinen Geist einsetzen müssen, um Assino zu überzeugen. Der Dummkopf war ihm willig wie ein Lamm gefolgt. Niemand hatte sie im Trubel des Aufbruchs beachtet, um den alten Schwätzer machten sie alle einen großen Bogen. Cecco hatte oft genug beobachtet, wie der Reitknecht ihr Ka'ud zum Niederlegen und Aufstehen bewogen hatte, das Tier kannte ihn und hatte brav gehorcht. Es war ein mühsamer Weg durch den Sand gewesen, aber es hatte sich gelohnt. Je näher sie dem seltsamen Turm gekommen waren, desto mehr war seine Freude über den Streich gewachsen. Und Assino war, kaum dass er aus dem Korb gekrabbelt war, völlig aus dem Häuschen gewesen.
„Bei den Göttern, du hattest recht, Bursche, du hattest recht! Siehst du die Inschriften? Ich, ich werde ihr Geheimnis endlich lüften, man wird mich als den größten Gelehrten aller Zeiten preisen!"
Mit den Händen hatte er den Sand von den Mauerresten gewischt und sich, die Augengläser auf der Nase, davor gehockt, um sie zu entziffern.
„Bring mir Papier und Stift!"
Zitternd vor Aufregung hatte er begonnen, die Zeichen abzuschreiben,

aber an keiner Stelle hatte es ihn lange gehalten, wie ein Hase war er zwischen den Ruinen hin und her gesprungen.

„Hier, schreib du", er hatte Cecco die Schreibutensilien in die Hand gedrückt, Cecco hatte etwas hingekritzelt, um sich dann wieder dem Vergnügen zu widmen, den alten Narren bei seinen Kapriolen zu beobachten. Unentwegt hatte er vor sich hingeredet.

„In der Tat, dies muss die älteste Schrift sein ... hier, die Kartuschen umschließen immer wieder die gleichen Zeichen, ein Name vielleicht, von einem König oder Gott ... man wird sie nach Häufigkeit ordnen müssen ... Schreiber, ich brauche ein Heer von Schreibern ... eine Karawane der Gelehrsamkeit, nicht des schnöden Mammons ... hier, hier hat ein Feuer gewütet, die Barbaren ... was war das?"

Ein Seufzer war über sie hinweggeglitten, gefolgt von einem hohen, süßen Wispern. Selbst Cecco war ein Schauder über den Rücken gelaufen und Assino hatte mit hervorquellenden Augen um sich gestarrt.

„Die Geister, die diesen Ort bewachen. Sollten sie zürnen ..."

„Nein, Herr, seht ..."

Cecco hatte nach oben gewiesen. Verzückt war Assinos Blick seinem ausgestreckten Arm gefolgt.

„Der Turm ... die sprechenden Türme. Ja, ich erkenne es. Im Wind haben die Götter zu den Wissenden gesprochen und die haben es in Stein gemeißelt. In den Türmen müssen die Anfänge bewahrt sein, die Kunde vom Beginn der Welt – die Ewige Chronik! Ich muss hinauf! Die Mächte haben mich auserkoren, die Geheimnisse zu lüften! Hilf mir, Bursche, such mir den Eingang."

Cecco hatte ihm den Gefallen getan. Nach einigen mühseligen Klettereien, bei denen er den Alten über Geröll und Felsblöcke zerren musste, hatten sie am Fuß einer Treppe gestanden, die wie durch ein Wunder heil geblieben war. Unaufhörlich flüsterte der Wind in den Windungen über ihnen, die Laute schienen den Gelehrten in einen zauberischen Bann zu schlagen. Er raffte sein langes Gewand und begann die ausgetretenen Stufen zu erklimmen. Als Stubenhocker war er den Gebrauch seiner Glieder nicht gewohnt und das verkrümmte Sitzen im Tragekorb hatte ihn noch hinfälliger gemacht. Doch alle Unbeweglichkeit schien vergessen und Cecco hatte sich einmal mehr über die Macht der Illusionen gewundert.

Dann war der Spaß aus dem Ruder gelaufen. Warum hatte er nicht an Raubtiere gedacht? Durch und durch irdische Laute hatten das Wispern des Windes übertönt, Grollen und Knurren, das ängstliche Blöken des

Ka'ud, dieses gelassensten aller Geschöpfe, gefolgt von eiligen, dumpfen Hufschlägen. Er musste es nicht richtig festgebunden haben und offenbar war es zu schnell für die nächtlichen Räuber gewesen, sie waren zurückgekommen und hatten *ihn* gejagt.

Er hörte Assino plärren, die Steinwürfe, mit denen der Gelehrte versuchte, sich die Bestien vom Halse zu halten, aber das scherte ihn nicht. Nur um seine eigene Haut tat es ihm leid, die Wahl zwischen dem Zorn der Kaufleute und dem Rachen eines Wüstenwolfes fiel ihm leicht. Er öffnete seinen Geist. Weit senden konnte er nicht, aber ein Gedankenmeister wie Jermyn würde ihn hören.

„*Hilfe, helft uns ...*"

„Fennek", sagte der Bey, „sie haben gute Nase, kennen verborgene Wasserstellen. Manchmal, wenn Futter wird knapp, sie kommen nahe heran. Salzpflanzen schützen uns, verbrennen ihre Pfoten."

„Aha, gut, dass wir die beiden Narren entbehren können, den armen Viechern sei eine gute Mahlzeit gegönnt. Ziehen wir los?"

„Redet keinen Unsinn, man muss ihnen helfen!"

Eine winzige Pause war dem empörten Ausruf vorangegangen, es schien Ninian, als sei Ely für Jermyns herzlosen Vorschlag durchaus empfänglich.

„Man? Wer ist man?", fragte Jermyn gelangweilt.

„Ihr, mein Freund", erwiderte Josh, „es ist Eure Aufgabe, alle Mitglieder der Karawane zu schützen, und Ihr werdet *sehr* gut dafür bezahlt!"

Voller Genugtuung sah Ninian, dass die scharfe Antwort Jermyns lässige Pose erschütterte. Er war nicht ganz so abgebrüht, wie er vorgab.

„Komm", sie kletterte auf ihr Reittier, „je schneller wir sie aus der Patsche befreien, desto eher können wir aufbrechen. Ich habe diesen Ort so satt!" Später dachte sie immer mit einer gewissen Dankbarkeit an Assino und Cecco zurück, denn ohne die beiden Ausreißer hätte sie die Ruinen von Jaffa nie aus der Nähe gesehen.

Als nach einem scharfen Ritt die Reste des Turmes vor ihr emporwuchsen, verschlug es ihr beinahe den Atem. Ihr Großvater hatte von seinen Reisen eine Vielzahl kurioser Dinge mitgebracht, darunter das kegelförmige Gehäuse eines Meerestieres. Es war beschädigt, so dass die Windungen in seinem Inneren sichtbar waren, ein märchenhafter Palast, in den sie sich oft hineingeträumt hatte.

Nun ragte das Gebilde ins Riesenhafte gewachsen vor ihr auf. Die Jaffa zugewandte Seite war eingestürzt, im Mondlicht glänzte der helle Sandstein wie die perlmuttenen Wände der Muschel, über und über bedeckt mit Inschriften und Bildern, durchbrochen von filigranem Maßwerk, durch das der bestirnte Himmel blickte. Es war nur eine Ruine, die unteren zwei oder drei Stockwerke eines einst mächtigen Turmes, aber von solch berückender Schönheit, dass Ninian die herumstreichenden, knurrenden Schatten und die dunkle Gestalt, die auf den Stufen kauerte, vergaß.

Das ängstliche Schnauben des Ka'ud holte sie zurück, dann verriet ein kurzes Aufheulen, dass die Bestien sie gewittert hatten. Sie ließen von der Belagerung ab und glitten zwischen den Ruinen auf sie zu. Ninian hörte sie hecheln, das Kratzen der Krallen auf den Steinen. Sie zählte etwas mehr als ein Dutzend, kleiner als die Wölfe der Berge. Ihr Ka'ud stemmte die Vorderhufe in den Sand, der Knecht drückte sich in seinen Schatten und machte keine Anstalten, es vorwärtszuziehen. Ninian spannte den Bogen, es war hell genug um zu zielen. Den vordersten Fennek traf sie in die Kehle, den nächsten in die Flanke und, als die Tiere sich zur Flucht wandten, streifte ihr Pfeil das Ohr eines dritten. Jermyn war in den Sand gesprungen, hatte hastig ein paar Steine aufgeklaubt und mit einigen gut gezielten Würfen drei weitere verletzt. Ninian rutschte aus dem Sattel.

„Schnell, bevor sie zurückkommen. Kannst du Cecco herzwingen?"

Er schloss die Augen, sein Gesicht wurde im Mondlicht weiß wie gebleichte Knochen.

„Der Idiot sitzt irgendwo da drinnen fest", er deutete auf eine Ansammlung mächtiger Quader im Schatten des Turmsockels, „er kann sich nicht allein befreien."

„Geh du ihn holen, ich kümmere mich um unseren Gelehrten."

Jermyn knurrte etwas, das sie nicht verstand, aber er setzte sich in Bewegung, während sie über das Geröll am Fuß des Turmes kletterte. Die Treppe hatte an der Außenmauer begonnen, was ein Glück war, denn vor dem Säulenportal lagen die Reste des Giebels. Auch die Stufen waren beschädigt und als sie hinaufsprang, wunderte sie sich, dass der unbewegliche Gelehrte den Aufstieg geschafft hatte. Die Treppe wand sich nach innen, aber da die Mauer fehlte, gähnte bei jeder Windung der Abgrund unter ihr. An manchen Stellen ragten nur Stümpfe aus der Achse.

Sie jagten Ninian keine Furcht ein, aber sie begann Assino beinahe zu bewundern. Sie stieß ganz unvermittelt auf ihn. Er hockte auf den Stufen und starrte wie gebannt auf die Zeichen, die in die schimmernde Wand gemeißelt waren. Ninian erkannte sie.

„Das sind die gleichen wie auf dem Pfeiler vor dem Patriarchenpalast."

„In der Tat", erwiderte er eifrig, „aber auch wieder nicht. Hier, seht Ihr, sie scheinen schlichter, aus einer früheren Zeit würde ich meinen."

„Älter als der Pfeiler?"

„Gewiss, die Ewige Chronik muss älter sein als alle Pfeiler und Gebäude der Welt! Hier steht alles geschrieben … aber ich muss höher hinauf, zum Urwort, dort oben im Scheitelpunkt des Turmes."

Ninians Blick folgte dem ausgestreckten Arm hinauf zum bestirnten Himmel.

„Messer Assino, es gibt keinen Scheitelpunkt, der Turm liegt in Trümmern. Aber vielleicht haben wir etwas anderes gefunden", sie fuhr mit den Fingern die vertieften Linien nach und die Berührung des kühlen Marmors ließ sie schaudern.

„Man kann Abreibungen machen", der Gelehrte sprach weiter, als habe er sie nicht gehört, „ja, das geht schneller als sie abzuschreiben, auch schleichen sich keine Fehler ein. Die Abreibungen drückt man in feuchten Lehm, trocknet und pudert ihn, und gießt flüssiges Wachs hinein, dann kommt die Schrift richtig wieder zum Vorschein", murmelte er vor sich hin, „aber ich muss den Anfang finden, ich muss höher hinauf …"

Wie ein Schlafwandler begann er die Stufen zu erklimmen und jetzt erkannte Ninian, dass er wirklich unter einem Bann stand. Cecco musste ihn behext haben. Die Gaukelgabe des kleinen Mannes verfluchend, kletterte sie hinter dem Mann her.

„Messer Assino …"

„Stört mich nicht, holt Papier und Farbe für die Abreibungen."

Von Jermyn wusste sie, dass es gefährlich war, einen Menschen gewaltsam aus seinem Wahn zu reißen, zumal an diesem Ort. Würde der Mann sich des Abgrunds bewusst, neben dem er so unbekümmert stand, müssten die Folgen fatal sein. Jermyn wüsste, was zu tun wäre, aber er war irgendwo in den Ruinen verschwunden und sie wagte nicht, Assino alleine zu lassen.

„Ninian, komm, du musst mir helfen."

Sie fuhr zusammen, als sie seine Stimme hörte und kletterte die Stufen auf die wandlose Seite zurück. Er stand einige Längen vor dem eingestürzten Eingang.

„Komm, du solltest dir das ansehen", er lachte, „die kleine Kröte in ihrem Element. Er steht schon fast bis zum Hals im Wasser, wir brauchen ein Seil oder deine Kräfte, sonst gibt es bald keinen Cecco mehr. Nicht, dass es schade um ihn wäre!"

„Ich kann hier nicht weg", rief sie zurück, „Assino steht unter einem Bann, wenn man ihn nicht weckt, klettert er über den Turm hinaus in den Himmel hinein. Au ..."

Sie duckte sich unter einem Hagel kleiner Steine, losgetreten von dem Gelehrten, der jetzt über ihr auf den Stufen erschien. Nach einer weiteren Windung endete die Treppe. Sie hörte Jermyn anerkennend pfeifen.

„Nicht schlecht für einen gebrechlichen Stubenhocker, aber wenn ich ihn wecke, fällt er auch runter."

„Du kannst ihn vorsichtig hinunterführen."

„Das dauert aber, bis dahin ist Cecco ersoffen. Ich meine, mir ist es gleich."

„Sei nicht albern", schimpfte Ninian, „mach, dass er sich nicht rühren kann, oder so was, dann holen wir erst Cecco und dann ihn."

Sie machte sich an den Abstieg, ohne auf seine Antwort zu warten, aber als sie noch einmal nach oben sah, stand Assino wie versteinert, an die Achse der Treppe gelehnt.

„Hoffentlich hält er es so aus, wir müssen uns beeilen."

„Wie du meinst, aber wir brauchen ein Seil und zwar schnell. Hörst du sie?"

Aus der Wüste erklang ein Heulen, traurig und böse. Mit dem Führerstrick eines Ka'ud bewaffnet und begleitet von einem der Knechte, stiegen sie in die dunkle Höhle. Dem anderen Knecht, der nur ungern allein zurückblieb, hatten sie befohlen, ein Feuer zu entzünden, um die Raubtiere abzuhalten. Das fertig beladene Ka'ud trug zum Glück ein wenig Dung mit sich.

Jermyn ging voran, er hielt die Fackel über den Kopf. In ihrem flackernden Schein sah Ninian, dass der Gang mit denselben Zeichen übersät war wie der Turm. Das würde Assinos Wahn von der Ewigen Chronik bestätigen. Plötzlich konnte sie den seltsamen Kerl verstehen. Welche Geheimnisse würde man erfahren, wenn es gelänge, die Inschriften zu entziffern? Hinter sich hörte sie den Knecht mit den Zähnen klappern, es war kalt unter den Ruinen. Dann übertönte ihn ein anderes Geräusch, das zunehmend lauter wurde. Ein Gurgeln und Brausen ...

„Schnell, es steigt gerade wieder."

Jermyn begann zu laufen, nach einigen Windungen spürten sie, dass sich der Gang weitete. Die Wände wichen zurück und ihre Schritte hallten wie in einer großen Höhle. Das Brausen verstärkte sich und darin hörten sie lautes Zetern.

„Hilfe, Hilfe, Patron ... ich kann nich mehr, Hil...", die Stimme ertrank im Rauschen des Wassers. Der Fackelschein zersprang in tausend glitzernden Funken, als er sich in einer gewaltigen Wassersäule spiegelte, die vor ihnen in die Höhe wallte.

„Bei den Göttern", stieß Ninian hervor, während der Knecht vor Staunen sein Schnattern vergaß.

Mit angehaltenem Atem starrten sie auf das wundersame Schauspiel, bis die Säule in sich zusammenfiel und ein steinerner Pfeiler in der Mitte der sich beruhigenden Wasserfläche erschien. Ein Bündel nasser Kleider klebte daran.

„Sollte mich nicht wundern, wenn er hin ist", murmelte Jermyn, doch da regte sich das Bündel. Der Kopf, den Cecco zwischen die Schultern gezogen hatte, erschien.

„...fe, Hilfe", wimmerte er, seine Klage fortsetzend, wo er sie unterbrochen hatte. Dann hustete er und schnappte nach Luft. Ninian konnte sich das Lachen kaum verbeißen.

„Armer Cecco, er muss halb ertrunken sein."

„Geschieht ihm recht", knurrte Jermyn, „jetzt schnell, ich glaube, viel länger wird er es nicht aushalten. Ich habe keine Lust, eine Leiche zu retten. Du bist die einzige, die schwimmen kann."

Ninian stieß die Stiefel von den Füßen und streifte den Tschalak ab. Sie knotete das Seil um die Taille und watete in Hemd und Hose vorsichtig ins Wasser. Halb erwartete sie, dass es heiß sein würde, wie in ihrer Heimat, stattdessen bekam sie eine Gänsehaut, als es um ihre Knöchel spülte.

„Uff, das ist kalt ..."

„Ja, mach schnell."

Bei Cecco angekommen sah sie, dass er blaue Lippen hatte. Seine Arme waren so fest um den Pfeiler geschlungen, dass sie ihn kaum davon lösen konnte, um ihm das Seil umzubinden.

„Kannst du schwimmen?"

„N...nnein, P...pppatro..."

„Wie bist du dann hergekommen?"

„D...ddie B...bbestien ...", er hustete und würgte, „w...wwarn hihi... hinter mmmir ..."

„Selber schuld! Jetzt lass los."

Sie winkte zum Ufer hinüber und ließ sich mit Cecco ins Wasser gleiten. Jermyn und der Knecht zogen das Seil vorsichtig ein und bald lag der Sänger keuchend und zitternd auf den Steinen. Sie hüllten ihn in Ninians

Tschalak und rieben ihn auf ihr Geheiß kräftig ab, während sie etwas abseits aus ihrem nassen Hemd schlüpfte und Jermyns Gewand überzog. Schließlich war Cecco wieder so weit hergestellt, dass er ohne Stottern erzählen konnte, wie er vor den Fennek in die Höhle geflüchtet war und ihn ihre scharfen Zähne ins Wasser zu dem Pfeiler getrieben hatten.

„Ich kann euch nicht sagen, wie ich es geschafft habe, plötzlich hing ich an dem Ding und dachte, ich müsste dort entweder ertrinken oder verhungern. Und ich muss sagen, da seid sogar Ihr mir lieber, Patron."

„Warte ab, bis ich mit dir fertig bin", erwiderte Jermyn grimmig, dem in seinem dünnen Unterzeug die Ruinenkälte in die Glieder kroch. „Los jetzt, wir müssen Assino von seinem Turm holen, bevor die Fennek uns alle ins Wasser jagen. Beweg dich!"

Er zerrte Cecco in die Höhe, aber der Knecht regte sich nicht. Er starrte mit hängenden Armen auf das Wasser, das sich langsam wieder zu rühren begann. Dann beugte er sich hinab, schöpfte eine Handvoll und nahm einen vorsichtigen Schluck. Ein Leuchten ging über sein Gesicht, er kniete nieder, tauchte beide Hände ein und trank, als wolle er den Durst eines ganzen Lebens löschen.

„Gutes Wasser", stammelte er aufblickend und Cecco nickte.

„Da hat er Recht, das war das einzig Gute, nach der Brühe in den letzten Wochen."

Ninian hockte sich neben den Knecht und folgte seinem Beispiel. Das Wasser war köstlich, es prickelte leise auf ihrer Zunge, wie sie es von manchen Quellen in den Bergen kannte, und hatte einen leicht metallischen Geschmack. Sie legte die Hand auf den Boden und schloss die Augen.

Sand, verdichtet durch die tonnenschwere Last der Ruinen zu Lehm, zäh und widerspenstig und dann – luftiges Gestein, Blase an Blase, zahllos wie Laich in einem Tümpel, gefüllt mit Wasser, und darunter geduldiger Fels, der die Welt auf seinen Schultern trug ...

„Ninian, wach auf, wir haben keine Zeit für Besuche bei der Erdenmutter", Jermyns Finger schlossen sich um ihre Schulter. Sie kehrte zurück und stand auf.

„Die Quelle in Jaffa versiegt und hier ist Wasser im Überfluss. Ich frage mich ..."

„Frag dich später. Wir müssen verschwinden."

Auf dem Rückweg begleitete sie das beständige Klappern von Ceccos Zähnen und Ninian fiel es schwer, nicht einzustimmen.

Als sie ins Freie kamen, hörten sie in der Ferne wieder das Heulen der Fennek und Jermyn befahl dem Knecht, Cecco auf das Ka'ud zu hieven, das sie mitgebracht hatten.

„Jetzt zu unserem Gelehrten."

Assino stand noch so, wie sie ihn verlassen hatten. Seine Finger tasteten über die Zeichen, aber auch als Jermyn ihn aus der Starre weckte, rührte er sich nicht.

„Messer Assino", rief Ninian hinauf, „kommt, es ist kalt und die Raubtiere kehren zurück. Wir müssen nach Jaffa."

„Da kannst du auch 'nem toten Hund ins Ohr schreien."

„Dann hol du ihn doch!"

Jermyn heftete die schwarzen Augen auf Assino, während Ninian zitternd von einem Fuß auf den anderen trat.

„Mach schnell, es ist kalt."

„Verdammt, sein Kopf ist voll mit diesen Zeichen, er ist besessen von ihnen und er will nicht weg. Ich müsste wirklich Gewalt anwenden."

„Du hast doch sonst nicht solche Skrupel."

„Und was glaubst du, wird Ely sagen, wenn ich ihm einen willenlosen Idioten bringe? Da könnte ich ihn ja gleich da oben verrecken lassen!"

„Dann gib ihm ein, er müsse zurück, um Helfer und Material zu holen", Ninian tanzte vor Ungeduld, „ich laufe hoch und lotse ihn herunter. Hörst du die Viecher jaulen? Ich habe keine Lust, mich mit denen rumzuschlagen."

Sie setzte ihre Worte in die Tat um und als sie die Stufen zur Hälfte erklommen hatte, sah sie zu ihrer Erleichterung, das Assino ihr entgegenkam. Seine Augen glänzten, ein verklärtes Lächeln lag auf dem sonst so mürrischen Gesicht. Jermyn musste überzeugend gewesen sein. Sanftmütig ließ er sich von ihr an der Hand führen, die ganze Zeit vor sich hinredend.

„Schreiber, ja, und Zeichner, ich werde hier meine Hütte aufschlagen, im Schatten der Götter."

Lammfromm ließ er sich von ihr hinabführen, wobei er unaufhörlich von seiner Entdeckung brabbelte.

Jermyn nahm ihn unten in Empfang und gemeinsam mühten sie sich, ihn in den Korb zu bugsieren.

„Mein Werk wird es sein, die Ewige Chronik dem Vergessen zu entreißen."

„Ja, ja", knurrte Jermyn, „jetzt setzt Euch endlich, beugt die Knie, bei den Göttern, Mann ..."

Endlich hockte Assino wohlverwahrt in dem Behälter, sie stupsten ihre Ka'ud in die Kniekehlen, damit sie sich hinlegten, und kletterten in die Sättel.

Ninian zitterte, sie war nackt unter dem Tschalak und die eisige Luft der Wüstennacht stach mit tausend Nadeln. Neben sich hörte sie Jermyn mit den Zähnen klappern. Aber sie wendete ihr Reittier nicht und starrte zu dem zerborstenen Turm hinauf. Welche Geheimnisse bargen die Inschriften und was für eine Freude wäre es, sie ihnen zu entlocken! Sie konnte Assino beinahe verstehen ... flüchtig dachte sie an Donovan, den sie mit dem Hinweis abgespeist hatte, man werde keine Zeit haben für die Suche nach versunkenen Städten. Nun, gesucht hatten sie nicht danach, aber von einem Gaukler genasführt, waren sie darüber gestolpert.

„Ninian ..."

„Vielleicht ist das Klia, Jermyn. Vielleicht stehen wir hier in der Heimat von Ulissos. Stell dir vor, wenn wir es wirklich entdeckt hätten ..."

„Was immer du sagst, Süße, aber jetzt sollten wir machen, dass wir verschwinden. Horch, die Biester haben noch nicht aufgegeben."

Das Heulen erklang ganz nah. Seufzend zog Ninian am Zügel. Jermyn hatte Recht, sie würden weiterziehen und die Ruinen ihrem jahrtausendealten Schlummer überlassen. Sie musste zugeben, dass sie es bedauerte.

Bis die Ka'ud sich erhoben hatten, waren die Fennek wieder herangekommen. Als sie ihre Beute entschwinden sahen, fielen sie in springenden Hundetrab und schnappten nach den Flanken der Ka'ud. Ninian musste noch einmal zum Bogen greifen und erst als Jermyn zwei von ihnen so *berührte*, dass sie sich jaulend am Boden wanden, ließ die Meute von ihnen ab.

Erschöpft ritten sie in den Hof des Khanats. Ely empfing sie mit offensichtlicher Erleichterung, wenn er auch mit harten Worten an Assino nicht sparte. Sie glitten an dem sonst so reizbaren Mann ab wie Wasser, er nickte abwesend und fiel vornüber in die Arme des überraschten Kaufmanns. Die Anstrengung war zu viel für ihn gewesen. Auch Cecco befand sich in einem erbärmlichen Zustand und so war an einen Aufbruch in dieser Nacht nicht mehr zu denken. Am nächsten Morgen lagen beide Ausreißer in hohem Fieber. In den drei Tage, die es währte, schwadronierte Assino unentwegt von seiner Entdeckung, rekrutierte Leute und schmiedete kühne Pläne, während Cecco seinen Vater in einer Lautstärke und Beredsamkeit beschimpfte, dass man ihm schließlich einen tauben Pfleger zur Seite gab.

Den ersten Tag des erzwungenen Aufenthalts verbrachte Ninian an dem Brunnen sitzend, der die Quelle beherbergte. Wer sie ansprach, bekam keine Antwort, und wer beharrte, wurde wütend verscheucht. Am Abend bat sie Ely, sie zum Bey zu begleiten. Als Ergebnis der Unterredung durfte am nächsten Tag niemand dem Brunnen nahekommen, ein Wandschirm wurde aufgestellt, der das Mädchen vor neugierigen Blicken schützte. Auf dieses seltsame Treiben angesprochen, schüttelte Ely nur den Kopf, selbst Jermyn schien nicht eingeweiht zu sein, er beäugte den Wandschirm misstrauisch. Als Ninian bei Einbruch der Dunkelheit immer noch nicht zum Vorschein kam, rückte er Ely auf den Pelz.

„Was geht hier vor? Was treibt sie hinter diesem verdammten Ding?"

„Erregt Euch nicht, junger Mann. Sie hat mir aufgetragen, dass sie unter keinen Umständen gestört werden darf, egal wie lange es dauert. Es wäre auch zu Eurem Vorteil. Sie sagte, wenn sie in Not käme, würde sie Euch rufen. Habt Ihr sie gehört?"

Jermyn musste zugeben, dass ihn kein Hilferuf erreicht hatte. Er ließ sich, in eine Decke gehüllt, vor dem Wandschirm nieder und starrte ihn feindlich an. Als es im Osten hell wurde, hörte er sie seufzen, wie jemand, der nach langem, schwerem Schlaf erwacht.

„Jermyn?"

Er stieß den Schirm beiseite und sie fiel ihm in die Arme. Ihr Gesicht, hohlwangig und spitz, jagte ihm Angst ein.

„Was hast du gemacht? Berge versetzt?"

Sie lächelte schwach. „So ungefähr. Ich hab dir dein Glas gerettet … muss ein bisschen schlafen. Mittag sollen alle zum Brunnen komm", ihre Stimme verklang, als ihr Kopf an seine Brust sank.

Am Mittag stand sie blass, mit Schatten unter den Augen, aber bester Laune, neben der Brunneneinfassung. Die gesamte Bevölkerung Jaffas und alle Reisenden hatten sich auf dem Platz versammelt.

„Hört Leute", rief sie und der Meister des Khanats übersetzte ihre Worte, „seit einiger Zeit droht eure Quelle zu versiegen. Ich habe die Ursache herausgefunden. Die Ruinen dort drüben sind die Überreste einer großen Stadt, deren Bewohner große Baumeister waren. Sie haben tiefe Brunnen gebohrt, die durch die Zerstörung verschüttet wurden. Aber Felsen leben und bewegen sich, wenn auch langsam. Das Wasser fand einen Weg zurück in die alten Brunnen und verließ Jaffa. Ich habe diesen Weg wieder verschlossen, Ruinen brauchen kein Wasser. Tretet näher, Bey, Ihr sollt es als Erster versuchen."

Der Mann sah von dem Mädchen zu dem Übersetzer, als müsse einer von beiden Unsinn schwatzen. Zögernd nahm er den Becher aus Ninians Hand und trat an das Becken. Als er das Gefäß eintauchen wollte, wallte das Wasser auf und schwappte über den Brunnenrand auf seine Pantoffeln.

Er sprang zurück und Ninian lachte.

„Der unterirdische Quell ist lebhaft, Ihr werdet den Rand erhöhen müssen. Jetzt trinkt!"

Der Bey gehorchte und nach dem ersten Schluck glitt ein verzücktes Strahlen über sein hageres Gesicht. Andächtig leerte er den Becher, füllte ihn ein zweites Mahl, sprach einen Segen darüber und goss das Wasser auf die Erde. Dann verneigte er sich vor Ninian.

„Ihr habt uns Leben zurückgegeben, Fräulein", sagte er feierlich. „Wie sollen wir Euch das je vergelten?"

„Oh, wir werden uns schon einigen."

Es bedurfte keiner großen Überredungskünste, um den Bey zur Herausgabe der Glaskarawane zu bewegen. Die Männer waren schon damit beschäftigt, das neue Wasser in die Bewässerungskanäle zu leiten, die Frauen standen glücklich schwatzend in langen Schlangen an, um ihre Wasserkrüge zu füllen, und für die Kinder war ein großer Bottich gefüllt worden, in dem sie sich unter ohrenbetäubendem Geschrei tummelten.

Im Hof seines Hauses blickte der Bey entzückt auf das lustig plätschernde Wasserspiel.

„So war nicht mehr, seit ich kleines Kind war", er wandte sich an Ely, „berichtet in Tris von neuem Reichtum, Bote nach Omph ist schon unterwegs. Karawanen können wieder kommen, wir werden zweites Khanat bauen", seine Augen glänzten.

„Leider wird auch Haidara von Eurem neuen Reichtum zehren wollen", meinte Ely.

„Oh, wir sagen, Bote ist losgeschickt, aber Wüste groß und gefährlich. Was Wunder, wenn er nicht ankommt?" Der Bey lächelte verschmitzt, das erste Mal, seit sie ihn kannten, und sie lachten gemeinsam.

„Lasst die Ka'ud noch einmal saufen und füllt alle verfügbaren Gefäße. Dann nutzt die Ruhestunden, morgen Nacht brechen wir endlich auf."

Als Ninian Jermyn folgen wollte, hielt Ely sie zurück.

„Ninian, auf ein Wort", er nahm ihre Hände, „es klingt schon schal, wenn ich Euch schon wieder danke. Aber glaubt mir, es ist mir ernst!"

„Ich weiß, Ely", sie erwiderte seinen Händedruck herzlich. „Ihr habt mich einmal aufgenommen und beschützt und das vergesse ich Euch nicht."

„Ich habe vier Töchter, aber ich wünschte, ich dürfte Euch dazuzählen." Das Lächeln verschwand.

„Das wünscht Euch lieber nicht", sagte sie bitter, „Väter werden oft von ihren Kindern enttäuscht", sie entzog dem verblüfften Kaufmann ihre Hände und lief hinaus.

Jermyn erwartete sie in ihrer Kammer im Khanat.

„Oi, Süße, warum schaust du so finster? Alle hier beten dich an", grinste er.

„Vielleicht mag ich mich selbst nicht", seufzte Ninian.

Jermyn hob die Brauen und zog sie an sich.

„Ach was, du bist schon recht, ich weiß, wovon ich rede. Hör auf, Trübsal zu blasen. Kopf hoch, Süße", es sollte ein tröstlicher Kuss werden, aber sie erwiderte ihn voller Leidenschaft und klammerte sich an Jermyn. Plötzlich gierte sie nach seiner Umarmung, wollte die bedrückenden Gedanken in Rausch und Lust vergessen.

„Leg den Riegel vor", flüsterte sie. Es herrschte Mittagsruhe, niemand würde sie vermissen. Sie halfen sich gegenseitig, die Tschalaks abzustreifen und fielen ineinander verschlungen auf das Bett. Sie waren beide ausgehungert und es wurde ein Fest.

„Ah, das war nötig", murmelte er, als sie wieder zu sich kamen.

„Oh, ja", Ninian räkelte sich zufrieden, „schade nur, dass wir jetzt nicht in das Wasserbecken springen können."

„Das gäbe ein Aufsehen!", sie kicherten bei der Vorstellung.

„Vor allem, weil wir gescheckt wie Ziegen sind. Schau", Jermyns braungebrannte Hand streichelte ihre weißen Brüste, berührte die scharfe Linie an ihrem Hals, über der die Sonnenbräune begann.

„Ich dachte, Wasser wäre dir nicht so vertraut, aber du hast ihm einen neuen Lauf aufgezwungen."

Eine Weile vergnügte sie sich damit, ihre Finger über seinen Bauch wandern zu lassen und das Farbenspiel zu bewundern.

„Ich habe mehr zu den Felsen gesprochen", sagte sie schließlich und fuhr über seine Hüfte bis hinauf zur Achselhöhle.

„Uh, lass sein, das kitzelt. Und ... haben sie geantwortet? Wie geht's der Erdenmutter?" Die Frage war nicht sehr ernst gemeint, Ninian schien sie nicht gehört zu haben, sie schwieg und Jermyn nickte sanft ein. Er fuhr hoch, als sie plötzlich sprach.

„Sie haben mir gehorcht ... autsch", sie schüttelte seine Hand ab und schlug auf ihren nackten Schenkel, „kaum gibt es Wasser, kommt dieses verdammte Getier hervor." Sie kletterte aus dem Bett. „Lass uns sehen, wie es unseren Kranken geht. Ich will endlich weg hier."

Ely erwartete sie und an seiner Miene erkannten sie, dass nicht alles zum Besten stand.

„Was ist?", fragte Ninian, „geht es ihnen schlechter?"

„Nein, sie erholen sich beide. Aber Assino will nicht fort!"

Der Gelehrte saß aufrecht in seinem Bett, ein Brett auf den Knien und darauf Papiere, die übersät waren mit den Zeichen, die sie in den Ruinen gesehen hatten. Er nagte am Ende seines Griffels und würdigte die Besucher kaum eines Blickes.

„Ah, mein Gedächtnis! Wenn ich mich doch besser erinnern könnte! Sobald ich diese lästige Schwäche überwunden habe, werde ich mich in den Ruinen niederlassen. Veranlasst doch bitte das Nötige", rief er Ely zu, wobei es ihm gelang, herablassend zu sein, obwohl er zu dem Kaufmann aufsehen musste.

„Aber wir müssen weiterziehen", wandte Ely ein.

„Schwatzt nicht", schnitt Assino ihm das Wort ab, „hier liegt mein Lebenswerk, ich werde mich nicht vom Fleck rühren, bevor ich nicht alles aufgeschrieben und entziffert habe. Dann können wir nach Dea zurückkehren und ich werde dem Patriarchen kniend mein Opus Magnum überreichen", seine Augen leuchteten und ein rosiger Schimmer überzog die hageren Wangen.

„Verrückt, völlig verrückt", murmelte Jermyn, aber Ninian setzte sich auf die Bettkante.

„Messer Assino", sagte sie sanft, „wir können nicht hierbleiben, wir müssen weiter nach Tris und dann zurück nach Dea. Und wieso seid Ihr so sicher, dass Ihr die Ewige Chronik gefunden habt? Ich glaube viel eher, wir sind auf die Ruinen von Klia gestoßen."

Assino fuhr hoch und die Papiere rutschten auf den Boden. „Junge Frau", er fasste Ninian scharf ins Auge, als erkenne er sie erst jetzt wieder. „Habe ich Euch nicht schon einmal gesagt, Ihr solltet nicht von Dingen reden, von denen Ihr nichts versteht? Überlasst das Urteilen den Weisen. Geht in die Küche oder spinnt oder macht, was Frauen sonst zusteht!"

Jermyn gluckste und Ninian stand auf, rot im Gesicht.

„Ihr seid ein Narr, Assino", meinte sie kalt, „dann müsst Ihr allein hier bleiben. Wir können keine Rücksicht auf Eure Hirngespinste nehmen."

Assino achtete nicht auf ihre Worte, er scheuchte die Besucher fort wie lästiges Getier. Sie überließen ihn seinen Aufzeichnungen und berieten mit dem Bey, was zu tun sei. Schließlich einigten sie sich darauf, den Gelehrten wohlversorgt mit Gold und Waren zurückzulassen. Der Bey verpflichtete sich, ihm ein Haus und Diener zur Verfügung zu stellen und ihm in allen Dingen gefällig zu sein.

„Sollte er jemals mit seiner Schreiberei fertig sein und heimkehren wollen, so bringt ihn nach Tris. Dort legen genügend Schiffe aus Dea an, die ihn mitnehmen können. Aber er soll mir ein Dokument unterschreiben, in dem er versichert, aus freien Stücken zu bleiben, damit ich mich vor seinem Vetter rechtfertigen kann."

Assino unterzeichnete und siegelte das Schriftstück, ohne richtig hinzuschauen. Er war mit allem einverstanden, solange er nur ungestört arbeiten konnte.

„Ich werde Battiste überreden, in Abständen eine bestimmte Summe herzuschicken", erklärte Ely Ninian und lachte ein wenig, „auf diese Weise ist er seinen lästigen Verwandten mit Anstand losgeworden."

Cecco sollte als sein Bediensteter in Jaffa bleiben, doch der kleine Mann zeigte solch wirkliches Entsetzen angesichts dieses Ansinnens und bat so flehentlich, nach Tris mitgenommen zu werden, dass Ely sich erweichen ließ.

„Verdient hast du es nicht", erklärte Ninian streng, als Cecco in Assinos Tragekorb kletterte, da er noch zu schwach zum Laufen war, „und wenn du uns noch einen einzigen Streich spielst, setzen wir dich in der Wüste aus!"

„Nein, wir schicken ihn zu Assino zurück", grinste Jermyn und legte den Deckel auf.

10. bis 30. Tag des Kältemondes 1467 a. DC

Fragte man ihn später nach dem anstrengendsten Teil der Reise, nannte Ely stets den Abschnitt von Jaffa nach Tris. Dabei verlief er äußerlich ereignislos. Unbehelligt von Räubern, Sandstürmen und nörgelnden Gelehrten zogen sie von Sonnenaufgang bis Sonnenuntergang durch die gewaltigen Sanddünen. Selbst Cecco, durch sein Erlebnis in den Ruinen vorläufig gezähmt, saß still in seinem Tragekorb und gab weder Beschwörungen noch Spottlieder von sich. Gerade die Eintönigkeit stellte sie alle auf eine harte Probe, sie waren des Reisens müde. In Dea war ein neues Jahr angebrochen, hier schien die Zeit gefangen im ewigen Wechsel zwischen

Tag und Nacht, es gab keine Jahreszeiten, nur die Glut der Sonne und die eisige Kälte des Sternenhimmels. Sie waren guten Mutes von Jaffa aufgebrochen, froh, endlich wieder unterwegs zu sein, drei Tage später war es, als hätten sie nie in Häusern geschlafen. Das köstliche Wasser verlor in den Schläuchen seinen Geschmack, die Sonne heizte es so auf, dass man kaum Dung brauchte, um es zum Kochen zu bringen. Da sie beinahe doppelt so viele Ka'ud mitführten, war die Karawane oft eine halbe Tagesreise auseinandergezogen. Jermyn und Ninian, die an den Enden ritten, begegneten sich nur, wenn sie sich abwechselten und dann tauschten sie nur ein erschöpftes Nicken.

„Dieses verdammte Tris gibt es gar nicht", knurrte Jermyn einmal, „wir sind in die Hölle verbannt und müssen in Ewigkeit durch den Scheißsand waten!"

Ninian lächelte schwach.

„Dabei bist du doch so scharf auf Sand, dass du ihn sogar mitschleppst. Hamid meint, wir kämen gut voran."

Sie sagte es, als glaube sie selbst nicht daran.

Nach zwölf Tagen wurde das Wasser knapp. Ein Knecht aus Dea konnte sich nicht beherrschen und hatte seine Flasche geleert, lange bevor die Sonne ihren höchsten Stand erreicht hatte. Er bettelte bei seinen Kameraden und zunächst gaben sie ihm, wenn auch zögerlich, bis Hamid sie warnte.

„Ihr wollt helfen, gut! Aber was ihr ihm gebt, fehlt euch später selbst, und bei wem wollt ihr borgen? Er muss warten bis morgen."

Und nun bewahrheitete sich Ceccos Liedchen: Wer sich den Gesetzen der Wüste nicht beugte, den fraß sie. Der unglückliche Knecht blieb immer weiter zurück, und schließlich musste die Hitze seinem ausgedörrten Hirn die plätschernden Bäche seiner Heimat vorgegaukelt haben, denn am nächsten Morgen war er verschwunden. Einem anderen raubten die Glutfinger der Sonne den Verstand, er begann zu toben, bis ihn sechs Männer überwältigten und an Händen und Füßen gefesselt auf ein Ka'ud banden. Er schrie noch eine Weile weiter, dann wurde er still und am Abend fanden sie, dass auch ihn die Wüste an ihre Brust gedrückt hatte.

Am vierzehnten Tag ihres Aufbruchs stolperte das erste Ka'ud und stand nicht wieder auf. Es gehörte zu der Glaskarawane und Jermyn wäre um ein Haar mit Hamid handgreiflich geworden, weil der Führer sich weigerte, die Last des Tieres auf die anderen verteilen zu lassen.

„Sie sind am Rande ihrer Kräfte, jeder Sack mehr bringt sie um."

Jermyn gab schließlich nach, aber sein dunkel gebranntes Gesicht glich einem Gewitterhimmel.

Am Morgen des sechzehnten Tages konnten sie drei Ka'ud nicht zum Aufstehen bewegen und für die Menschen gab es nur eine Handvoll getrockneter Baumfrüchte, die Vorräte waren aufgezehrt. Jeder hatte seine Wasserflasche noch einmal gefüllt und jetzt hingen die Schläuche schlaff herab.

„Bei den Göttern", murmelte Ely mit aufgesprungenen Lippen, „wie konnte ich jemals über *Regen* klagen? Könnt Ihr kein Wasser finden, Ninian, keinen Regen herbeiholen?"

Sie schüttelte den Kopf.

„Wenn wir Tris heute nicht erreichen ...", er vollendete den Satz nicht und niemand antwortete ihm. Sie hatten sich das Reden abgewöhnt.

Ninian ritt an der Spitze des Zuges. Als die Sonne ihren Zenit erreicht hatte und das Wasser in ihrer Flasche laut gluckerte, weil es so viel Platz hatte, beugte sie sich zu dem Führer hinunter.

„Werden wir alle sterben, Hamid?"

Er sah zu ihr auf und enthüllte alle Zahnlücken.

„Nein, Fräulein, diesmal noch nicht. Seht!"

Sie folgte seinem ausgestreckten Arm. In der flimmernden Ferne wuchs ein grauer Streifen empor, über dem ein blitzender Stern stand, so hell, dass sie die Augen abwendete.

„Was ist das?"

„Tris ... das ist Kuppel von Goldenem Tempel."

Am Abend erreichten sie das Äußere Khanat, eine halbe Meile vor den Stadttoren. Einen Tag brauchten sie, um sich von den ärgsten Strapazen zu erholen, und am dreißigsten Tag des Kältemondes zogen sie durch die dreifachen Tore von Tris. Ely ap Bede hatte sein letztes, großes Ziel erreicht.

5. Kapitel

Regenmond 1467 p.DC.

Sie kamen aus Dea, der größten Stadt der Welt, aber sie waren so lange durch die Einsamkeit gereist, dass Tris sie wie ein Hammer traf. Überwältigt von Tönen, Farben und Gerüchen ritten sie die von Bäumen gesäumte Große Allee entlang und nach einer Weile verweigerten Ninians Sinne den Dienst. Die brodelnde Menge, die sich eingefunden hatte, um diese gewaltige Karawane zu begaffen, verschwamm zu einem bunten, flirrenden Schleier, ihr Geschrei, verwoben mit Tierstimmen, Arbeitslärm und Gongschlägen dröhnte betäubend auf sie ein. Sie hatte den blauen Schleier bis zu den Augen heraufgezogen, die aufdringlichen Ausdünstungen einer großen Stadt beleidigten nach den Wochen in der reinen Wüstenluft ihre Nase.

Als sie das Innere Khanat erreichten, wo die Knechte leben würden, wäre sie am liebsten in die Wildnis zurückgekehrt. Die Männer hatten ihre Aufgaben: Waren mussten abgeladen, auf Eselskarren verteilt zu den Ruqs, den Markthallen, gefahren werden. Die Kaufleute standen mit dem Meister des Khanats, einer wahrhaft imposanten Persönlichkeit zusammen und redeten eifrig, während Ninian sich in dem Gewimmel wie ein verlorenes Kind fühlte. Den Tränen nahe hockte sie auf einem Ballen, wo Jermyn sie fand.

„Oi, was ist los? Du siehst aus wie Buttermilch und Spucke."

Ein besseres Mittel gegen die Tränen hätte er nicht finden können.

„Danke, dass du mich darauf aufmerksam machst", fauchte sie, „du bist auch kein schöner Anblick!"

Er war bleich, die Augen lagen tief in den Höhlen, aber er grinste.

„Hundert Millionen Gedanken – fast so schlimm wie der Kampf gegen den Ariten. Ich muss erst meine Sperren wieder aufbauen. Aber ich fühl mich wie zu Hause. Hier wird es uns gutgehen!", er rieb bedeutsam Daumen und Zeigefinger aneinander. Ninian sah ihn groß an.

„Oh, nein, du wirst hier nicht dein, hm, Gewerbe ausüben. Stell dir vor, sie erwischen dich! Der Leibwächter des bedeutenden Kaufmannes Ely ap Bede aus Dea auf dem Richtplatz …"

„Sie erwischen mich nicht", erwiderte er arrogant, „das weißt du doch!"

„Pah", sie winkte lustlos ab, „jeden trifft es einmal. Aber mach doch, was du willst. Ich dachte, du müsstest dich um deinen Glassand kümmern."

„Ely erledigt das für mich ... für uns. Warum sagst du immer *deinen* Glassand? Er gehört uns beiden", fügte er gekränkt hinzu. Ninian zuckte die Schultern.

„Ich weiß nicht. Ich denke nicht gern daran, wie wir dazu gekommen sind. All die armen Männer ..."

„Die werden auch nicht wieder lebendig, wenn wir ihn ins Meer kippen. Eher freut es sie, wo immer sie jetzt sind, dass er seiner Bestimmung zugeführt wird."

Diesmal lachte sie über seine tugendhafte Miene. Ely kam über den Hof. Zu ihrer Verwunderung trug er ein knöchellanges Gewand aus einem schweren, schimmernden Material und darüber eine ärmellose, schwarze Weste mit reicher Stickerei. Ein ebenso besticktes Käppchen thronte auf seinem kahlen Schädel. Anders als seine jungen Wachleute wirkte er frisch und unternehmungslustig. Sein Gesicht glänzte, er schien die Anstrengungen der Reise mit seiner alten Kleidung abgestreift zu haben.

„Kommt, meine Lieben", rief er aufgeräumt, „ich will Euch meinem guten Freund, dem Kaufmann Keram Bachra vorstellen."

„Habt Ihr Euch für ihn so herausgeputzt?", fragte Jermyn respektlos, aber Ely lachte nur.

„Das ist die Kleidung der Vornehmen von Tris, er hat sie mir geschickt, zusammen mit Sänften und zwei Dienern, die mich wie ein Wickelkind gewaschen und angekleidet haben. Ihr seid Gäste in seinem Haus wie Josh und ich."

Sie waren beide so erschöpft, dass sie die Sänften ohne Widerspruch hinnahmen. Auf dem Weg dorthin fragte Ninian:

„Wo bietet Ihr Eure Waren an, Ely? Auf einem Ruq wie in Omph?"

„Nein, wo denkt Ihr hin? Dort verkaufen nur die kleineren Händler. Wertvolle Fracht verhandeln die großen Kaufleute unter sich. Ich werde bei Keram Bachra nicht nur müßiggehen. Den größten Teil der Waren wird er mir abnehmen, aber das Baumharz liefere ich an einen anderen, der sich auf derlei spezialisiert hat."

„Was ist an Baumharz so begehrenswert?"

„Die Ahnungslosigkeit der Jugend!", Ely warf einen leidvollen Blick zum Himmel, „Ihr habt es im Munde, wann immer sich die Gelegenheit bietet, und wisst nichts davon! Was glaubt Ihr, woraus die Mundstücke der Bilhas geformt sind? Sie sind das Kostbarste an dem ganzen Qualmerzeuger. Jede Ladung bedeutet ein Risiko für den Händler, denn erst nach dem Schleifen kann man sagen, ob ein Stück die geschätzten Farbtöne und Transparenz aufweist. Keram meint, ihm fehle das Auge dafür, er überlässt das Geschäft lieber seinem Kollegen."

„Und was ist mit meinem, äh, unserem Glassand?", fragte Jermyn dazwischen.

„Den nehmen wir mit nach Dea", erwiderte Ely, „dort könnt Ihr ihn direkt an die Glasbläser verkaufen und streicht den Gewinn ein, der sonst in den Händen der Zwischenhändler bliebe. In Tris können sie kein Glas herstellen, wie Ihr wisst. Aber hier sind die Sänften."

Eine ganze Weile wurden sie durch die Straßen von Tris getragen, aber Ninian hatte die Vorhänge zugezogen, sie fühlte sich müde und schmutzig, das Badehaus des Äußeren Khanats war voller Männer gewesen, so dass sie sich nur in einer Waschschüssel notdürftig gewaschen hatte. In ihrer weinerlichen Stimmung dachte sie sehnsüchtig an ihr eigenes Badehaus und an LaPrixas luxuriöse Lavatorien und zur ihrer Überraschung traten ihr bei dem Gedanken Tränen in die Augen. Sehnsucht nach LaPrixa – wie würde die Hautstecherin lachen!

Die Sänfte bewegte sich nicht mehr und erst jetzt merkte sie, dass der Lärm der Menge verschwunden war. Ein leises Rauschen ertönte über ihr, als bewegten sich Blätter in einer sanften Brise, die sanften Blumenduft mit sich trug.

Sie hörte Jermyn anerkennend pfeifen. Der Träger öffnete die Vorhänge und es verschlug ihr den Atem. Dass Elys Freund ein stattliches Haus bewohnte, nicht anders als Ely in Dea, hatte sie erwartet. Nicht gerechnet hatte sie mit dem Palast, der sich vor ihr erhob, größer als die Residenzen der Beys in Omph und Jaffa. Ein Prachtbau mit Kuppeln und glänzenden Kacheln, feinstem Maßwerk vor den Fenstern.

„Ich dachte, Ihr führt uns zu Eurem Freund", sagte sie vorwurfsvoll zu Ely, der neben ihr aus der Sänfte gestiegen war, „warum müssen wir jetzt in diesem Aufzug vor dem Bey erscheinen?"

„Das ist das Haus von Keram Bachra", lachte Ely, „er ist der reichste Kaufmann von Tris, allerdings auch einer der fünf Ältesten, die die Stadt regieren."

„Und woher kennt Ihr dieses Prachtexemplar von einem Händler?", fragte Jermyn.

„Ich habe einmal seinem Vertreter in Dea mit einer Summe Geldes ausgeholfen, als seine Flotte ausgeblieben war. Der Mann beteuerte, dass die

Schiffe nur abgetrieben waren, wie ihm ein Gedankenseher in seinen Diensten versichert hatte. Die anderen Kaufherren in Dea misstrauten ihm, vielleicht weil seine Haut dunkel war, aber mir schien er ehrlich zu sein. Ich borgte ihm und die Schiffe kamen, wie er gesagt hatte. Seitdem habe ich einen Freund in Keram Bachra."

In der Halle, die wie eine Meeresgrotte in hunderterlei Blau- und Grüntönen schimmerte, empfing sie ein junger Mann, gekleidet in ein schillerndes, schilfgrünes Seidengewand mit goldgesticktem Überkleid. Sein schwarzes Haar zierte ein kegelförmiger Hut von der gleichen Farbe wie seine Robe, am Rande umwunden mit goldfarbener Gaze. Ein dünner, wie gemalt wirkender Schnurrbart verlieh den fast mädchenhaft weichen Gesichtszügen die männliche Note.

Ohnehin überwältigt von der Pracht ihrer Umgebung, in der sie sich in ihren schäbigen Tschalaks durchaus fehl am Platze fühlten, starrten Jermyn und Ninian dieses Muster an Eleganz an, doch der junge Mann eilte ohne Scheu auf sie zu und verneigte sich mit vor der Brust gefalteten Händen.

„Seid gegrüßt, werte Abenteurer und Reisende. Den Göttern sei Dank, dass sie Euch sicher durch die Wüste geführt haben. Auf dem Lande von Dea bis hierher – mich schaudert, wenn ich an Euren Wagemut denke", sagte er in reinstem Lathisch und tat es ausdrucksvoll. „Ich will alles darüber hören."

Ninian merkte, dass ihr Mund halb offen stand. Wenn sie von Jermyns Gesichtsausdruck auf ihren schließen durfte, benahmen sie sich gerade so hinterwäldlerisch, wie sie aussahen. Auch dem jungen Mann schien ihre Verwirrung jetzt aufzufallen. Mit einer zierlichen Geste schlug er sich gegen die Stirn und rief:

„Verzeiht mein Ungeschick und erlaubt, dass ich mich vorstelle: Mein Name ist Solman Bachra. Mein Vater bat mich, euch zu begrüßen. Er hält seine Arbeitsstunden so strikt ein wie jeder Tagelöhner, heute Abend wird er euch selbst empfangen. Jetzt erwartet er Euch", mit einer Verbeugung vor Ely, „in seinem Kontor, während ihr", er wandte sich Jermyn und Ninian zu, „euch in euren Gemächern vom Staub und den Mühen der Reise befreien könnt."

Er winkte vier tiefschwarzen Männern in weißen Gewändern, die den beiden jungen Leuten lächelnd bedeuteten, ihnen zu folgen. Durch schattige Bogengänge und Innenhöfe mit blumenbedeckten Wasserbecken schritten sie, und nach einer Weile hatte Ninian jeden Richtungssinn verloren.

Müde stolperte sie hinter ihren Führern her und wünschte nur, endlich ihren Bestimmungsort zu erreichen. Jermyn schien es nicht anders zu gehen.

„Bei meinem kleinen Gott", hörte sie ihn murmeln, „wenn wir nicht gleich da sind, leg ich mich auf die nächste Steinbank. Wir sind doch wahrhaftig lange genug herumgewandert!"

Bevor er seine Drohung wahrmachen konnte, blieben die Diener vor zwei völlig gleichen Pavillons aus rosenfarbenem Marmor stehen und hielten die geschnitzten Türen auf. Ninian zögerte.

„Jeder von uns kriegt einen? Wir sind nicht zusammen?" Es gefiel ihr nicht, sich in diesem riesigen, fremden Haus von Jermyn zu trennen.

„Mal sehen, was sie mit uns vorhaben. Wir können uns ja besuchen, einschließen werden sie uns schon nicht. Schrei, wenn sie zudringlich werden", er grinste.

„Idiot", murmelte Ninian und trat über die Schwelle in den schönsten Raum, den sie je gesehen hatte. Durch herrlich geschnitzte Gitter zu ihrer Linken fiel mildes Licht auf ein großes, mit Schleiern verhangenes Bett, das ihr ungeheuer einladend erschien. Vage nur nahm sie zierliche Möbel, üppige Diwane und mit Perlmutt eingelegte Truhen wahr, die Diener, die ihr gefolgt waren, ließen ihr keine Zeit, sich umzusehen. Der eine öffnete eine weitere Tür, der andere schob Ninian sanft hindurch.

Sie hörte kaum, wie die Tür hinter ihr ins Schloss fiel. Vor ihr lag das Paradies.

Ein Badehaus – ein Badehaus von solcher Pracht, dass selbst LaPrixas unterirdisches Reich dagegen verblasste. Zwei große Becken waren im Boden eingelassen, sie hätten einem Dutzend Badenden bequem Platz geboten. Über dem linken lag leichter Dunst, Blütenblätter schwammen auf dem Wasser, die Luft war geschwängert von Rosenduft und anderen schweren Aromen. Als Ninian sie einatmete, wurden ihre Knie weich, ihr war, als lösten sich die Knochen in ihrem Leib auf.

Ruhebetten, eine hohe Liege, bedeckt mit dicken Matten, ein Tisch, üppig beladen mit Früchten, Gebäck, Kannen und Bechern. Ein Paradies, aber eines, in dem sie nicht allein war.

Am Rande des einen Beckens kauerten vier Mädchen. Sie erhoben sich, als sich die Tür geschlossen hatte. Außer goldenen Ketten mit Glöckchen um Hand- und Fußgelenke trugen sie nichts an ihrem Körper. Die Glöckchen klingelten leise, als sie lächelnd auf Ninian zugingen. Zwei weitere Mädchen tauchten mit leisem Plätschern aus dem warmen Wasser auf und stiegen aus dem Becken. Sie waren, im Gegensatz zu den anderen, mit Hemden aus dünnem Leinen bekleidet, die nass an ihren Leibern klebten. Bevor Ninian sich rühren konnte, hatten die Mädchen sie umringt und begannen sie mit zärtlich gurrenden Lauten zu entkleiden. Eine kleine, goldene Schere zerschnitt den Tschalak, so dass er in ein staubiges Bündel zu ihren Füßen fiel, flinke Finger lösten Kopftuch und Gesichtsschleier, sie spürte kühles Metall in Nacken und Rücken, als Hemd und Hose das gleiche Schicksal erlitten wie der Tschalak und überall waren Hände, Hände, die sie streichelten, liebkosten ...

Aus ihrer Erstarrung erwachend, wollte Ninian sie abschütteln, als ein leiser Schrei ertönte. Die Mädchen ließen von ihr ab und wichen zurück.

„Wahi, wahi ..."

Schwarze Augen musterten sie erschrocken. Ein Mädchen deutete auf ihre Brüste und rief etwas. Ninian verstand. Sie hatten sie für einen Mann gehalten.

Die jungen Frauen sahen sich an. Was macht es schon, dachte Ninian, es waren Mädchen wie sie, warum sollte sie sich nicht von ihnen helfen lassen? Dennoch fühlte sie sich unwohl. Die Mädchen tauschten Blicke, eine kicherte, eine andere verbarg ihren Mund hinter der Hand. Ninian stieg das Blut in die Wangen.

Diese Mädchen waren nicht wie sie. Mit ihren weichen, gerundeten Gliedern glichen sie den Hetären, die sie manchmal bei LaPrixa gesehen hatte. Ihre Haut schimmerte wie Sahne und Honig, blauschwarze Locken hingen ihnen bis zu den Knien ... Knie mit Grübchen. Aber außer dieser ölig glänzenden Flut hatten sie kein Haar am ganzen Leib. Selbst ihr Geschlecht war glatt rasiert. Während sie ... Ninian spürte die Blicke der Mädchen wie vorher ihre Finger. Wieder kicherte eine.

Ninian raffte die Reste des Tschalaks um sich und floh.

Auf der anderen Seite der Tür stand sie eine ganze Weile an den Bettpfosten gelehnt, ohne sich zu rühren. Ihre Wangen brannten, gleichzeitig fror sie. Vergeblich versuchte sie, sich zu beruhigen – was war schon geschehen, warum sollte sie sich vor ein paar kuhäugigen Bademädchen schämen, sie hatte Gefahren bestanden, die diesen Gänsen das Blut in den Adern hätten gefrieren lassen...

Es half alles nichts. Mit einem halben Schluchzen ließ sie sich auf das Bett fallen. Nie im Leben hatte sie sich so gedemütigt gefühlt. Sie starrte auf die braune, sehnige Hand, die zur Faust geballt auf ihrem weißen Schenkel lag. Wie albern musste sie aussehen! Kein Wunder, dass sie lachten.

Man hatte sie für einen Mann gehalten. Wer erwartete auch, dass eine von Elys Wachen ein Mädchen war? Hätte man sie als Frau erkannt, wäre sie wahrscheinlich in sein Frauenhaus geführt und von freundlichen Matronen umsorgt worden. Junge Männer wurden eben anders behandelt ... sie richtete sich kerzengerade auf. Der Pavillon nebenan ähnelte ihrem gewiss bis ins Detail, also war auch Jermyn in den Baderaum geführt worden, wo ihn ein halbes Dutzend nackter Schönheiten erwartete, die genau wie mit ihr verfuhren.

Sie sprang auf und hatte schon die Hand an der Klinke, als sie innehielt. Was hatte sie vor? Wollte sie sich noch ärger zu Närrin machen, indem sie in eine Szene platzte, die ihr sicher nicht erfreulich wäre? Auf der anderen Seite des Bettes war ein mannshoher Spiegel in die Wand eingelassen, wundervoll eingefasst in einen geschnitzten Rahmen aus Elfenbein. Aber diesmal hatte Ninian keinen Blick für die Schönheit des Dinges. Sie starrte ihr Spiegelbild an. Ihr Haar, in einen strengen Zopf geflochten, war grau von Staub, der mit dem Öl, mit dem sie es nach der letzten Wäsche in Jaffa eingerieben hatte, eine innige Verbindung eingegangen war, und sie wollte nicht wissen, wie sie roch. Schlüsselbeine, Rippen und Hüftknochen, alles deutlich zu sehen nach den kargen Rationen der letzten Reise – und zu spüren. Weich und wohl gerundet waren die Bademädchen gewesen, mit makelloser, samtig goldener Haut von den Wangen bis zu den Zehen. Sie bestand dagegen aus Muskeln und Sehnen, übersät mit blauen Flecken und Abschürfungen, bleich, bis auf die lächerlich dunklen Hände und das sonnenverbrannte Gesicht.

Warum sollte Jermyn nicht nehmen, was ihm nach den Entbehrungen der Reise geboten wurde, und warum sollte sie ihm das missgönnen, so abstoßend wie sie gerade aussah? Sie schlurfte zum Bett zurück und ließ sich schwer darauf fallen.

So saß sie noch, als Jermyn eine ganze Weile später hereinkam, erholt und zufrieden wie ein Kater nach ausgiebigem Putzen. Der Bart war verschwunden, das rote Haar mit Öl geglättet, nur eine einzelne Strähne fiel ihm neben dem dünnen Zopf in die Stirn. Er trug ein loses Gewand, das an der Brust weit offen stand, und sie sah ihm an, dass er sich außerordentlich wohl fühlte.

Er trat zu ihr ans Bett und reckte sich ausgiebig.

„Ah, hast du so was schon mal erlebt? Ich fühle mich wie neu geboren ... oi, was ist los, Süße? Haben sie dich nicht gebadet?"

„Nein, sie haben sich erschreckt, als sie sahen, dass ich kein Mann bin, die dummen Gänse", erwiderte sie bitter. „Hast du es genossen? Bestimmt, ich sehe es dir an. Und es freut mich, du hast es verdient, ja, gewiss, es macht mir gar nichts, dass sie dich gebadet haben und balbiert und gesalbt und ... und ... was sonst noch ...", mit jedem Wort klang ihre Stimme brüchiger, „ich bin ja auch zu grässlich – mager und gescheckt wie eine Ziege und wahrscheinlich stinke ich auch so und ...", sie ballte die Fäuste, „diese unverschämten Biester haben mich ausgelacht."

Er stand mit dem Rücken zum Fenster, sie konnte seinen Gesichtsausdruck nur erahnen. War das Schuldbewusstsein? Er hatte sie jedenfalls nicht unterbrochen, hieß das, sie hatte Recht? Den Tränen nahe verstummte sie. Ein seltsamer Laut entfuhr ihm. Er bemühte sich, ihn zu unterdrücken, aber es gab keinen Zweifel. Fassungslos starrte sie ihn an.

„Jermyn, du lachst auch?"

„Entschuldige, entschuldige", er japste nach Luft, „nicht über dich. Aber ihre Gesichter hätte ich sehen mögen, als sie merkten, wer du bist."

„Oh, wie schön, dass du so heiter bist", schrie sie, völlig außer sich, „großartig! Du kannst gleich wieder zu ihnen gehen, zu deinen Bademädchen, und dich mit ihnen zusammen über mich lustig machen. Geh doch, los, geh schon."

Sie war aufgesprungen und stieß ihn mit den Händen, mit ihren braunen, schwieligen Händen, gegen die Brust. Er taumelte einen Schritt zurück, dann fing er sich und umklammerte ihre Handgelenke. Es tat weh, aber sie hätte sich eher die Zunge abgebissen, als einen Laut von sich zu geben. Wütend versuchte sie, sich aus seinem Griff zu befreien, sie trat nach ihm, aber er wich aus und hielt sie fest. Einen Moment lang kämpften sie stumm, bis ihr die Tränen vor Wut und Schmerz über die Wangen liefen. Plötzlich ließ er sie los.

„Den Bademädchen hätte ich die Knochen gebrochen", er lachte ein wenig, „du schreist nicht mal. Verdammt, Ninian, wann begreifst du, dass du die einzige Frau bist, die mich interessiert? Ich würde hundert solcher Mädels leichten Herzens stehen lassen für dich. Du bist schön und du erregst mich, verdreckt, verschwitzt, egal wie du aussiehst ... du bist die Einzige, hörst du? Hörst du?"

Er schüttelte sie beinahe heftig, kein Lachen mehr in der Stimme. Ninian fühlte, wie ihre Beine nachgaben, sie tastete sich ein paar Schritte zurück und ließ sich auf das Bett sinken. Seine Worte waren ihr wie das himmlische Feuer durch die Glieder gefahren.

„Ist das so?", flüsterte sie.

„Ja", knurrte er, „und du solltest es eigentlich wissen!"

Seine Hände hatten rote Abdrücke auf ihren Gelenken zurückgelassen, er hob sie an die Lippen und küsste sie. Ninian schauderte. Verzagt blickte sie auf den schmutzigen, zerrissenen Tschalak.

„Ich sehe aus wie ein Haderlumpen", klagte sie. Jermyn grinste.

„Wahrscheinlich, obwohl ich keine Ahnung habe, was das ist."

Sie warf einen sehnsüchtigen Blick auf die Tür zum Baderaum.

„Was haben sie gemacht?"

„Oh, sie haben mich wie ein Kleinkind gebadet, geölt, geknetet, oh, ja, vor allem geknetet nach allen Regeln der Kunst", er rollte genüsslich die Schultern. „Man glaubt nicht, wie steif man von dieser elenden Reiterei wird."

„Hm, das würde mir auch gefallen", sagte sie reumütig, „aber sicher sind sie weg."

Jermyn ging zur Tür des Badezimmers und schaute hinein. „Stimmt, du hast sie vergrault. Hey", er wehrte das Polster ab, das sie ihm an den Kopf warf, „warte, das macht doch nichts. Ich werde dich baden!"

„Du?"

„Ja, komm, ich habe gut aufgepasst, wie sie's gemacht haben!", er ergriff ihre Hand und zog sie in den Baderaum. „Sieht genauso aus wie bei mir. Dieses komische Zeug ist Seife."

Er streifte ihr den Tschalak ab und Ninian spürte, wie sie unter seinem Blick errötete. Albern, wer kannte sie besser als Jermyn und dennoch …

„Setz dich. Wir fangen mit den Haaren an, aber ich zieh vorher das feine Zeug aus."

Zuerst saß sie sehr steif auf dem Hocker, während er behutsam den Zopf löste, warmes Wasser über ihre Haare goss und eine Handvoll der milchigen Salbe auf ihrem Kopf verteilte. Er arbeitete langsam und allmählich überließ sie sich dem wohligen Gefühl, das seine langsam kreisenden Finger heraufbeschworen. Sie lehnte sich gegen ihn, Schaum rann an ihrem Hals vorbei über ihre Brüste, seine Hände kraulten ihren Hinterkopf, den Nacken, bis sie vor Behagen seufzte.

„Gut, nicht wahr?"

„Oh, ja, aber", plötzlich erwachte das Misstrauen wieder, „du hast genau die gleiche Behandlung bekommen?"

„Hör auf zu reden, sonst kriegst du Seife in den Mund. Bei meinem kleinen Gott, diese Haare *sind* schmutzig!"

Mit Hingabe setzte er sein Säuberungswerk fort, auf seine eigene Weise und außerordentlich gründlich. Als er mit ihren Knien fertig war, war sie so weit, dass sie um Gnade flehte.

„Aber die Füße", grinste er zu ihr hinauf. Sie sagte ihm, was er mit ihren Füßen machen könne, und er hob die Brauen.

„Tss, was für Ausdrücke."

Aber auch er hielt es nicht länger aus und so hob er sie auf, legte sie auf die gepolsterte Liege und erlöste sie. Danach sprangen sie in das warme, duftende Wasser und anschließend wollte Ninian sich revanchieren. Als sie endlich genug hatten, war das Becken fast leer und die Seife aufgebraucht. Ein ähnliches Gewand wie Jermyns hing an einem Haken, Ninian schlüpfte hinein und breitete ihr Haar, das sich bei der Nässe kräuselte, über ihre Schultern. Sie nahmen die Speisen mit in das Schlafgemach und fielen ausgehungert darüber her. Dann krochen sie auf das Bett, eng aneinandergeschmiegt und so glücklich in der Gesellschaft des anderen wie lange nicht mehr. Trotzdem murmelte Ninian nach Frauenart:

„Haben sie dich nicht in Versuchung geführt? Du weißt schon – die Bademädchen? Sie waren sehr verführerisch."

In diesem Moment der Seligkeit hätte sie es nicht einmal gestört, wenn er es zugegeben hätte.

„Nun", er dehnte das Wort, „ich hatte wirklich nichts dergleichen im Sinn, jedenfalls nicht mit *ihnen*. Aber du weißt ja – manchmal wird das Fleisch zum Verräter an den guten Absichten. Also hab ich die Mädels in eine Art Halbschlaf versetzt, sie haben mich nur gewaschen, ohne, hm … speziellere Dienste und ich konnte in Ruhe meinen Gedanken nachhängen." Er schwieg und sie nickten beide ein.

Nach einer Weile fragte Ninian: „Welchen Gedanken?"

Sie bekam keine Antwort. Er schlief – oder wollte nichts mehr sagen.

Leise Stimmen weckten sie. Jermyn richtete sich halb auf.

„Was ist?"

Die Diener waren hereingekommen, sie fuhren zusammen und verneigten sich.

„Solman Siddhi sagt, verehrte Gäste kommen, bald Zeit für Abendmahlzeit", radebrechte einer, „wir bringen Gewande", er deutete auf eine große Korbtruhe. Jermyn winkte schläfrig.

„Stellt's irgendwo hin, wir kommen gleich."

Die Männer zögerten.

„Um Vergebung, Solman Siddhi sagt, verehrte Gäste helfen, Festgewand ist schwierig."

„Ja, blas mich doch ans Knie", ärgerlich schlug Jermyn die Decke weg, „sind wir denn Wickelkinder? Ich helf dir nachher, Ninian."

Wie er später feststellte, brauchte man tatsächlich ein wenig Geschick, um den weit geschnittenen Rock so um sich zu winden und mit der langen Schärpe zu befestigen, dass er am Oberkörper eng anlag und in gefälligen Falten um die Knie fiel. Als er die pludrigen Hosen mit Binden um Ninians Waden gewickelt hatte, wischte er sich den Schweiß von der Stirn.

„Uff, gut, dass ich nicht deine Zofe bin."

Ninian bewunderte sich im Spiegel. Weiche, kupferbeschlagene Stiefel mit aufgebogenen Spitzen und eine Kappe aus Goldbrokat vervollständigten ihren Aufzug.

„Warum? Ich könnte mich daran gewöhnen", sie setzte die Kappe auf die offenen Haare, „man hält mich wirklich für einen Mann. Gleich werden sie Augen machen."

Die Diener warteten vor dem Pavillon und führten sie in die Halle zurück, wo Solman sie empfing. Er musste schon von dem Missverständnis gehört haben, denn er entschuldigte sich überschwänglich.

„Ihr müsst unsere Blindheit verzeihen. Wir haben nicht damit gerechnet, dass einer von ap Bede Siddhis viel gerühmten Kriegern eine Frau ist, und eure Namen sind unseren Ohren ungewohnt. Für eine solche Reise und ein solches Amt ist Männerkleidung gewiss praktischer als die Gewänder, die einer ... Frau, äh, Jungfrau ... äh", er verhaspelte sich und seine Augen huschten zwischen ihnen hin und her. Ninian hob das Kinn.

„Ich bin Ninian von der Ruinenstadt", sagte sie kühl, „in Dea nicht weniger bekannt als der Patriarch und eine viel gerühmte Kriegerin, wie Ihr ganz richtig sagtet. Manchmal gefällt es mir, Männerkleidung zu tragen, und in Dea verliert niemand ein Wort darüber."

Jermyn sah sie von der Seite an. Keine Spur mehr von dem Häuflein Elend, in das sie ein paar kichernde Bademädchen verwandelt hatten. Er verkniff sich das Lachen und nickte würdevoll.

„So ist es. Ich denke, hier halten wir es ebenso. Mehr ist über die ganze Sache nicht zu sagen."

Solman verneigte sich geschmeidig. „Wie Ihr wünscht. Gewiss ist es besser, wenn Ihr Euch hier frei bewegen wollt, Lady Ninian, und Euch der nötige Respekt gezollt werden soll. Vornehme, unverheiratete Damen bewegen sich nicht ohne Eskorte in den Straßen und verheiratete ...",

„... tragen Fesseln, ich weiß", fiel Ninian ihm ins Wort, „eine äußerst befremdliche Sitte."

„Findet Ihr? Es wäre gewiss fesselnd", er lächelte glatt, „länger über befremdliche Sitten zu plaudern, aber mein Vater erwartet Euch an seiner Tafel im Saal der Nacht."

„Hoffentlich verhungern wir nicht, bevor wie ankommen", knurrte Jermyn, doch als sie den Bankettsaal betraten, verschlug es ihnen beiden den Atem. Die gewölbte Decke des großen Raumes ahmte den bestirnten Himmel nach, im Licht hunderter Kerzen glänzten goldene Sterne auf tiefblauem Grund. Große Türen öffneten sich zum Garten und gaben den Blick frei auf eine mondbeschienene Wasserfläche, auf der weiße Blumen schwammen. Keram Bachra, in Elys Alter, aber klein und drahtig, ruhte mit seinen Gästen auf silbrig blauen Teppichen, umgeben von üppigen Kissen. Für die Männer aus Dea standen hölzerne Lehnen bereit, falls ihnen das ungewohnte Sitzen Mühe machte, und hinter jedem wartete ein Diener. Jermyn kniff die Augen zusammen.

„Täusch ich mich oder ist das Cecco?"

Ninian konnte nicht antworten, da Solman sie vor seinen Vater geführt hatte. Keram Bachra musterte sie aus scharfen, schwarzen Augen. Mit dem kurzgeschorenen, grauen Haar und der gebogenen Nase erinnerte er Ninian an einen alten Falken. Er trug einen Rock aus schlichter, weißer Seide, aber ein dunkelroter Stein, groß wie ein Taubenei, hing an einer goldenen Kette um seinen Hals, während ein zweiter, etwas kleinerer, die weißseidene Kappe zierte.

„Dies sind also die Wächter, die einen Handelszug über Tausende von Meilen, über Gebirge und durch Wüsten sicher ans Ziel geleiten. Berühmte Leute, auch in Dea. Man hört Erstaunliches von Euch", sein Blick verweilte auf Ninian, aber er enthielt sich jeder Bemerkung zu ihrem Geschlecht und sie hätte nicht sagen können, was er von ihr dachte. „Wie mein Freund Ely erzählt, schätzt Ihr einige unserer armseligen Bräuche und ich bitte Euch, ein unbedeutendes Willkommensgeschenk anzunehmen."

Vor den beiden leeren Plätzen an Josh ap Gedews Seite standen ein Kahwe-Geschirr und eine Bilha aus getriebenem Silber mit Goldeinlagen. Solman führte sie dorthin und nahm selbst auf der anderen Seite neben Ely Platz.

„Oi, Cecco, was treibst du hier?", fragte Jermyn, während der kleine Mann dienstbeflissen die Falten seines Rockes ordnete. „Wir haben dich gehen lassen, ich dachte, du wärst längst auf dem Weg nach Dea."

„Ihr beliebt zu scherzen, Patron, so lange Marmelin dort seine Liedchen trällert, ist mir der Boden in Dea zu heiß. Was würdet Ihr außerdem ohne einen Leibdiener anfangen, dem Ihr vertrauen könnt? Lacht nicht, sonst denkt der würdige Herr dort, Ihr macht Euch über ihn lustig."

Keram Bachra hatte zu einer Begrüßungsrede angesetzt, in der er den Geschäftssinn und Wagemut der Kaufleute aus Dea nicht genug herausstreichen konnte. Er malte die Gefahren, die sie bestanden hatte, in glühenden Farben aus und lobte in schmeichelhaften Worten die „verdienstvollen und tapferen Wachen".

„Er sagt nicht, dass wir nur zu zweit waren", murmelte Jermyn, der nichts davon hielt, sein Licht unter den Scheffel zu stellen. Ninian zuckte nur mit den Schultern, sie war zu sehr damit beschäftigt sich umzusehen.

„Schau, woher sie den Wein holen."

Vor ihnen erhob sich ein Säulenbrunnen, die nackte Figur eines Mädchens hielt ein silbernes Füllhorn, aus dem es tiefrot in das Becken oder die Krüge der Mundschenke floss. Einer näherte sich jetzt mit seinem bauchigen Gefäß, um ihre Pokale zu füllen, und Ninian legte die Hand darüber.

„Wir trinken keinen Wein."

Der Diener schien nicht zu verstehen, er hob seinen Krug und Jermyn wiederholte:

„Hörst du nicht? Keinen Wein!"

„Ist nicht Wein, ist Wasser", behauptete er.

„Unsinn, ich hab doch gesehen, wie du den Krug am Brunnen gefüllt hast."

„Ist Wasser", beharrte der Mann und um kein Aufsehen zu erregen, ließ Ninian ihn kopfschüttelnd gewähren. Die Flüssigkeit war klar und als sie vorsichtig davon kostete, schmeckte sie nichts anderes als Wasser. Der Diener füllte auch Jermyns Becher und trat dann zu Josh. Dunkelrot floss der Wein in seine Schale.

„Wie geht das zu?"

Cecco beugte sich zu ihnen hinunter.

„Zauberei", murmelte er düster, „sie beherrschen die schwarzen Künste, hier im Süden."

„Halt's Maul, du Kröte", befahl Jermyn ärgerlich. Aber in den folgenden Stunden schienen sich die Worte ihres selbsternannten Leibdieners immer wieder zu bestätigen. So stellten die Diener vor jeden Gast ein Becken auf einem hohen Fuß. Als sie Wasser hineingossen, wuchsen Knaben aus der Mitte des Beckens empor, die ein parfümiertes Tuch trugen, mit dem man sich Gesicht und Hände trocknen konnte, nachdem man sich gewaschen hatte. Während die Gäste noch staunten, erklangen aus dem

Garten liebliche Vogelstimmen und als sie hinsahen, erhob sich ein wundersamer Baum vor dem Wasserbecken. Die Rinde schimmerte silbern, die Blätter waren aus grünen, die Blüten aus weißen Steinen geschnitten, in denen goldene Staubgefäße glänzten. In den Ästen aber hockten goldene Vögel, sperrten die Schnäbel auf, so dass man ihre roten Kehlen sah, und sangen aus Leibeskräften.

Nach einer Weile verstummten sie, der Baum schwebte wie von Geisterhand getragen davon und machte einem kleinen Theater Platz, ebenso kunstvoll gestaltet. Hier waren es Nymphen, die trällernd um einen Brunnen standen und erschrocken schwiegen, wenn sich ihnen die Figur eines grimmigen Dämonen mit einem einzigen Auge auf der Stirn zuwandte. Drehte er sich weg, begannen sie ihren Gesang auf's Neue.

Ninian war so gefesselt von dem glänzenden Spektakel, dass sie nur halb wahrnahm, wie Keram Bachra eigenhändig einen großen Pokal füllte, ein paar Worte darüber sprach und einen Schluck nahm. Er reichte ihn Ely und nachdem alle Gäste auf seiner Rechten daraus getrunken hatten, kehrte der Pokal zu seinem Gastgeber zurück und wurde wiederum gefüllt. Dann kam die Reihe an Josh und schließlich hielt Jermyn das große Gefäß in den Händen. Aus dem Augenwinkel sah Ninian, wie er es an die Lippen hob, um der Sitte Genüge zu tun, und es mit einem halblauten Ausruf wieder absetzte.

„Was ist?"

„Hier, ich glaube, die machen sich lustig über uns", er drückte ihr den Pokal in die Hand. Außer einem goldenen Zapfen am Grund war die Schale leer. „Das hat Josh doch nicht alles in sich hineingeschüttet. Entweder er beliebt zu scherzen oder ihm fehlt das rechte Augenmaß", sagte er so laut, dass Keram Bachra es hören musste. Voller Unbehagen spürte Ninian, wie sich alle Blicke auf sie und Jermyn richteten. Auch ihr gefiel es nicht, zum Narren gehalten zu werden, doch Jermyn kannte keine Skrupel, wenn er sich verulkt fühlte.

Bevor die Lage hässlich wurde, neigte Josh ap Gedew sich zu ihnen.

„Nehmt es gelassen, junger Mann. Bevor ihr kamt, haben sie Kannen herumgereicht, aus denen uns Wasser ins Gesicht spritzte. Das alles gehört zu den mechanischen Wunderdingen, mit denen Ely ap Bede den verwöhnten Vornehmen von Dea das Geld aus der Tasche ziehen will. Solche Art Spielzeug scheint ein Steckenpferd unseres Gastgebers zu sein. Morgen will er uns in ihre Geheimnisse einweihen."

Tatsächlich war es Solman, der ihnen am nächsten Tag erklärte, wie

Feuer, Wasser und Luft die wundersamen Kunstwerke in Gang setzten. Der etwas weichliche, junge Mann schien völlig verwandelt, als er mit Eifer die verschiedenen Mechanismen vorführte.

„Ihr kennt Euch gut aus", meinte Ely bewundernd und Solman zuckte die Schultern.

„Ich habe sie entworfen, da sollte ich wissen, wie sie funktionieren. Später stelle ich Euch die Handwerker vor, die den ganzen Schnickschnack drumherum herstellen", er schnippte gleichgültig gegen das juwelenfunkelnde Bäumchen.

Während Ely und Josh ihren Geschäften nachgingen, gab es für ihre Wachleute wenig zu tun. In den ersten Tagen genossen sie das müßige Leben in dem Luxus, mit dem Keram Bachras Gastfreundschaft sie umgab. Die Dienerschaft hatte sich damit abgefunden, dass sie es mit einem etwas merkwürdigen Pärchen zu tun hatte, das ein Bett teilte, dessen weiblicher Teil jedoch Männerkleidung trug und sich frei wie ein Mann bewegte. Die Bademädchen waren verschwunden, statt ihrer wartete ihnen ein Hüne mit drei Kinnfalten und Frauenbrust auf, der ihnen einmal am Tag jeden Muskel im Leib gründlich durchwalkte. Ninian hatte ihn misstrauisch beäugt, als er das erste Mal vor ihnen stand, doch als er sich kurzatmig verbeugte und mit lächerlich hoher Stimme seine Dienste anbot, hatte Jermyn gelacht.

„Keine Sorge, er ist ein Kapaun, wie Biberot."

Weniger erheiternd fand er die beiden rehäugigen Knaben, die ihm ein eifriger Haushofmeister in seinen Pavillon schickte und die ihm in eindeutigen Gesten *ihre* Dienste anboten. Er hatte sie hinausgeschmissen und wütend nach Solman verlangt.

„Seh ich so aus, als stünde mir der Sinn nach warmen Brüdern?"

„Ihr müsst ihm verzeihen", erklärte Solman seinem aufgebrachten Gast. „Er glaubt, Euer Geschmack läge mehr in ... hm, männlicher Richtung", er schielte zu Ninian hinüber, die in ein schwarzes, besticktes Hemd und weiße Hosen gekleidet, auf dem Bett hockte und sich über Jermyns Ärger freute. „Warum regt Ihr Euch darüber auf? Was ist schon dabei? Ob Mann oder Frau – es ist doch ganz gleich."

„Nun, so gleich ist das nicht", warf Ninian ein, „Eure Frauen tragen Fesseln ..."

„Das tun eure auch", gab Solman ungewohnt scharf zurück, „nur sieht man sie bei euch nicht. Und glaubt mir, auch Männer gehen bei uns in Ketten. Entschuldigt mich."

„Oho, er schnappt – das Hündchen zeigt die Zähne", spottete Jermyn, als die Tür recht laut hinter dem jungen Mann ins Schloss fiel.

Im Allgemeinen aber war Solman ein liebenswürdiger, aufmerksamer Gastgeber, sie verbrachten viel Zeit mit ihm und merkten schließlich, dass mehr in ihm steckte als sein aufgeputztes Äußeres vermuten ließ. Er führte sie durch die vier Ruqs von Tris, obwohl Jermyn nach dem ersten Mal murrte, er fände sich auch allein zurecht und brauche keinen Chaperone.

„Sei nicht unhöflich, es hat seine Vorteile", versuchte Ninian ihn zu besänftigen. „Hast du nicht bemerkt, wie zuvorkommend wir behandelt werden? Überall gibt es Geschenke – ich habe mittlerweile drei Bilhas."

„Damit du dir noch eine in jedes Nasenloch stecken kannst?", erwiderte er ungnädig. „In Dea werden wir auch zuvorkommend behandelt. Als ob ich mir nicht selbst Respekt verschaffen kann!"

„Wir sind Fremde, du würdest Ely in Schwierigkeiten bringen, wenn du dir auf deine Weise Respekt verschaffen würdest. Übrigens brauche ich die Bilhas, wenn ich nicht rauche, fressen mich die Mücken auf", sie scharrte mit den Fingerkuppen über eine rote Stelle an ihrem Hals. Solman hatte sie gewarnt, die Stiche blutig zu kratzen, man wisse nie, wo die Tiere zuletzt gesessen hätten.

„Es ist ungerecht, dass sie sich nur an mich halten!", meinte sie ungehalten, aber Jermyn grinste.

„Du bist halt süß, ich könnte dich auch auffressen."

Ninian liebte die Ruqs, die braungoldene Welt mit ihren fremdartigen Klängen und Gerüchen erschien ihr selbst in ihren Träumen. Hätte Jermyn es zugelassen, hätte sie stundenlang in den Nischen der überdachten Gänge gehockt und den Handwerkern zugesehen, unter deren Händen etwa die vielfarbigen Kacheln entstanden, die in Tris alle Gebäude schmückten und die ihren geliebten Steinbildern ähnelten. Doch nach den ersten Tagen erwachte in Jermyn die Unruhe.

„Ich will was tun, sonst komme ich auf dumme Gedanken." Bedeutungsvoll knackte er mit den Fingern und Ninian runzelte die Stirn. „Was macht ihr jungen Männer in Tris?"

„Wonach steht Euch der Sinn?", fragte Solman dagegen. „Debattieren? Musik?"

„Musik?", Jermyn lachte. „Wohl eher nicht. Nein, Bewegung, ein bisschen Kitzel, Wetten, … in Dea gibt es das Himmelsspiel."

„Ich habe davon gehört, aber es hat in Tris keine Anhänger. Viele von uns spielen Stockball, auf Pferden …", Jermyn machte ein langes Gesicht und Ninian kicherte, „und wenn Ihr Geld verlieren wollt – es gibt Hunde- und Hahnenkämpfe. Ich verabscheue das, aber ich habe Freunde, die Euch einführen können."

Danach gingen sie öfter getrennte Wege. Ninian frönte ihrer Leidenschaft für schöne und fremdartige Dinge, ihre Sammlung wuchs beständig, während Jermyn sich begeistert seinem blutigen Sport widmete. Den Wunsch nach Bewegung teilten sie jedoch. Sie nahmen die Übungen wieder auf, die sie auf der Reise vernachlässigt hatten, vor allem jene, die Churo ihnen beigebracht hatte. Kopfschüttelnd schleppten die Diener mehrere der dicken Matten heran, mit denen die Liegen in den Baderäumen gepolstert waren, und beobachteten bestürzt, wie die seltsamen Fremden, die sich doch offensichtlich zugetan waren, alles taten, um sich zu Fall zu bringen.

Solman erfuhr von diesem merkwürdigen Verhalten und brachte sie in eine Ringerschule. Die Männer, die sich dort im Faust- und Ringkampf übten, feixten beim Anblick der schmächtigen Fremdlinge, doch nachdem die beiden einige Übungen an Leitern und Stangen zum Besten gegeben hatten, betrachtete man sie mit größerem Respekt. Zuletzt forderte einer von ihnen Jermyn zu einem Wettkampf heraus.

„Drück mir die Daumen", zischte Jermyn, als er die Oberbekleidung bis auf die Hose abgelegt hatte.

„Ich habe ihn beobachtet", flüsterte Ninian, „er greift ziemlich hoch und belastet den rechten Fuß stärker, wahrscheinlich ist er Linkshänder. Und keine faulen Tricks wie damals bei Quentin. Das würden sie hier bestimmt übel aufnehmen."

Jermyn grinste, nicht im mindesten beschämt, und betrat den Ringplatz. Es wurde ein spannender Kampf und sein Gegner, schwerer und in besserer Form als er, überwältigte ihn am Ende. Aber man beklatschte ihn und der Sieger schlug ihm kameradschaftlich auf die Schulter. Jermyn nickte ein wenig verkniffen, nach der langen Pause hatte er nichts anderes erwartet, aber Verlieren gehörte nicht zu seinen Stärken. Immerhin hatten ihn Churos Tricks vor der ärgsten Blamage gerettet.

„Wir kommen jeden Tag, bis ich den Kerl auf's Kreuz gelegt habe", knurrte er, als er sein Hemd überzog.

„Und das Fräulein?"

Ninian war überrascht. Mit keinem Wort oder Blick hatten die Männer sie bis jetzt spüren lassen, dass sie eine Frau war. Jermyn hielt im Anziehen inne, plötzlich wachsam.

„Sie kämpft nicht mit Männern", sagte er kalt.

„Doch, das tue ich", widersprach sie, „aber nur im Ernst."

„Ihr müsst nicht kämpfen gegen *uns*", erklärte der Ringmeister und pfiff gellend. Dem Jungen, der herbeirannte, rief er ein paar Worte in seiner Sprache zu, worauf dieser die Augen aufriss und verschwand.

Jermyn und Ninian wechselten einen beunruhigten Blick. Sie konnten sich verteidigen, wenn es wirklich gefährlich wurde, aber das würde Aufsehen erregen.

„Wo steckt dieser parfümierte Depp?"

Jermyn sah sich wütend um, aber Solman war verschwunden.

Nackte Füße klatschten auf den Fliesen und der Junge kam mit zwei hochgewachsenen, schwarzen Frauen zurück. Sie waren bekleidet wie die Männer, mit weiten, knielangen Hosen, nur schützte ein straff gebundener Tuchstreifen ihre Brüste. Nicht weniger muskulös als die Männer überragten sie Ninian um Haupteslänge. Lange Reihen von Schmucknarben bedeckten ihre Arme und Schultern, die ausrasierte Stirn und das Gesicht. Auf ihrem kahlen Scheitel thronte, gehalten von einem Messingring, ein schwarzer Haarknauf. Sie trugen keine Fesseln. Ihr Aussehen sollte Furcht einflößen und tat es wohl auch, aber Ninian strahlte.

„Sieh nur, sie sind wie LaPrixa!"

Sie berührte Stirn, Kinn und Brust mit der rechten Hand und verneigte sich. Die Frauen starrten sie an wie einen Geist. In ihren grimmigen Gesichtern zuckte es und eine stieß ein paar heisere Worte aus.

Ninian schüttelte bedauernd den Kopf.

„Ich verstehe eure Sprache nicht, aber ich kenne eine Frau aus eurem Volk, eine Uschtebi."

„Uschtebi, Uschtebi …", wisperten sie und eine große Traurigkeit verschleierte die dunklen Augen. Dann richteten sie sich stolz auf und erwiderten Ninians Gruß.

„Diese waren Sklavinnen", erklärte der Ringmeister, „aber sind zu wild, will niemand haben. So kamen sie hierher, sind gute Kämpferinnen. Willst du versuchen?"

„Sklavinnen?"

Ein böses Licht erschien in den hellen Augen und etwas in ihnen bewegte den Ringmeister eilig zu versichern, dass die beiden Frauen sich lange von ihren Preisgeldern freigekauft hatten.

„Aber sie bleiben, weil sie können nicht zurück, haben Ehre verloren. Also, wie ist?" Er richtete ein paar Worte an die Frauen und jetzt malte sich Erstaunen in den wilden Zügen. Mit beinahe zärtlicher Nachsicht musterten sie Ninian und schüttelten die Köpfe. Doch Ninian hatte schon begonnen, sich ihres Hemdes zu entledigen.

„Du musst es nicht ausziehen", meinte Jermyn mürrisch, „du kannst auch mit Hemd kämpfen."

„Damit sie mich gleich beim Wickel hat? Oh, nein, mein Lieber. Du hattest deine Gelegenheit, jetzt bin ich dran!"

Schließlich ließ sich die Jüngere der beiden Frauen überreden, mit Ninian in den Ring zu steigen. Als sie sich gegenüberstanden, hatten sich alle Männer um den runden Kampfplatz versammelt.

Halblautes Gemurmel lief durch ihre Reihen und Jermyn, dem die Sache äußerst zuwider war, erkannte, dass sie Wetten abschlossen. Einer wandte sich an ihn und er musste seine ganze Selbstbeherrschung aufwenden, um dem Mann nicht ins Gesicht zu springen, sondern stillzuhalten. Wenn er jetzt einen Aufstand verursachte, würde ihm Ninian das nicht verzeihen. LaPrixa – hier wie in Dea machte sie ihm nichts als Ärger!

Der Kampf begann und lange noch sprach man in der Ringerschule davon. Wie Tänzerinnen in einem wilden Tanz voller Kraft und Anmut bewegten sich die große, dunkle Frau und das hellhäutige, zierliche Mädchen. Sie griffen an und wichen aus, und nach wenigen Augenblicken hatte Ninian die Zuschauer vergessen. Die Uschtebi war eine Meisterin, Ninian ahnte, dass sie nicht ihr ganzes Können einsetzte, ihre Berührungen schienen ihr sanft, später erst sah sie die blauen Flecken, die die langen Finger zurückgelassen hatten. Die Männer johlten nicht, sie feuerten keine der beiden an, sie wisperten nur und je länger der Kampf dauerte, desto höhere Summen wagten sie. Der einzige Zuschauer, den nicht Freude und Begeisterung erfüllten, war Jermyn, der die wundersame Vorstellung finster verfolgte. Der Kampf dauerte lange, er endete während einer Umklammerung, als Ninian ausrutschte und das größere Gewicht der anderen sie zu Boden drückte. Die Uschtebi warf sich zur Seite, bemüht, ihre Gegnerin nicht zu verletzen, und als sie sich erhob, sahen sie ihr an, dass es ihr leid tat um das Ende des Gefechts. Sie half Ninian auf die Füße und umarmte sie dabei. Ninian lächelte schweratmend. Die schwarze Frau griff nach einer Locke, die sich aus ihrem Zopf gelöst hatte, und zupfte fragend daran. Ninian nickte und die Uschtebi zog ein kleines Messer aus ihrem Haarknoten. Die abgeschnittene Strähne wickelte sie um ihren Finger. Noch einmal grüßten die Frauen nach der Weise ihres Volkes und liefen aus dem Saal.

Ninian war sehr aufgekratzt, als sie die Ringerschule verließen. Auch Solman hatte sich wieder eingefunden, er hatte das Ende des Kampfes miterlebt und erging sich in Lobeshymnen. Jermyn trottete neben ihnen her und sie bemerkten kaum, wie einsilbig er antwortete.

„Die Wetten waren hoch", meinte Solman, „und sie gingen hin und her."

„Hast du gewettet, Jermyn?", fragte Ninian eifrig, „Wieviel hast du verloren?"

„Nix", erwiderte er mürrisch, „ich habe nicht gewettet."

„Was?", sie blieb stehen, „du hast nicht gewettet? Wo ich es einmal gewünscht hätte, hast du es nicht getan? Traust du mir so wenig zu?"

„Ich wette auf Hähne, nicht auf meine Geliebte!"

Er ließ sie stehen und verschwand im Gedränge. Erst am Abend sahen sie sich wieder und er gestand, dass er eifersüchtig gewesen sei.

„Weil mein Kampf mehr Beifall bekommen hat?", wunderte sie sich. Er zuckte die Schultern und ließ sie in dem Glauben. Wie hätte er ihr erklären sollen, dass er auf eine Frau eifersüchtig war, die durch ein Meer und viele Tausend Meilen von ihnen getrennt war?

Sie sprachen nicht mehr darüber und Jermyn bat Solman, sie zu einer anderen Kampfschule zu führen.

Der Vorfall weckte Gedanken in ihm, die ihn seit ihrer Abreise von Jaffa verschont hatten. Wenn sie durch die Straßen von Tris streiften, überfiel ihn manchmal die Sehnsucht nach Dea so heftig, dass er erschrak. Hier war er einer der Vielen, kein Kopf wandte sich nach ihnen um, keine furchtsamen Blicke, wenn er im Gedränge mit jemandem zusammenstieß. Überrascht stellte er fest, wie sehr er sich an den mit Furcht gemischten Respekt gewöhnt hatte, der ihm in Dea begegnete. Er sehnte sich nach den Wettkämpfen des Himmelsspiels, fragte sich, wie Iwo, der Stotterer, bei den Meisterschaften abgeschnitten hatte, und empfand dabei den alten Ärger gegen Ninian, die ihn darum gebracht hatte. Und er vermisste, so seltsam es ihm schien, die Gesellschaft der Männer, Babitts und des Bullen, der Truppe, mit der er sich in den Höfen herumtrieb. Nein, Dea zog ihn mächtig an, manchmal sogar schmerzhaft, und dann wusste er, dass es mehr als Sehnsucht war. Sie hielten ihn fest, die Geistsphären, mit denen er sich verbunden hatte, und vielleicht würden sie ihm die Lebenskraft aussaugen, wenn er zu lange fortbliebe ...

Andererseits fürchtete er, was ihn nach ihrer Rückkehr erwartete. In Tris bedrohte niemand seine Liebe, er hatte Ninian für sich allein, als Jüngling verkleidet zog sie keine unwillkommenen Blicke auf sich. In

Dea dagegen warteten Donovan, LaPrixa, selbst der Bulle, der sich nicht helfen konnte, und all die anderen ... und eine ärgere Gefahr: ihr Pflichtgefühl.

Hin- und hergerissen zwischen diesen widerstreitenden Empfindungen wuchs in ihm eine Gereiztheit, die sich eines Tages entlud.

Ely hatte sie gebeten, ihn und Josh als Eskorte zu einem Treffen bedeutender Kaufleute zu begleiten.

„Um des größeren Ansehens willen", gestand er, „die entfalten hier eine Pracht, dass man sich schämen muss. Eine Leibwache gibt uns größeres Gewicht." Sie lachten und taten ihm den Gefallen.

Die Zusammenkunft fand im Hause des Kadi statt. Er war der Herr über die Ruqs von Tris und damit, wie Solman ihnen erklärte, auch der oberste Richter der Stadt.

„Eine seltsame Verquickung", meinte Ely, aber Solman zuckte die Schultern.

„Seit undenklichen Zeiten wird es so gehandhabt. Das Ruq ist das Herz unserer Gemeinschaften, in kleineren Städten stellen die Vorsteher der Ruqs sogar den Stadtherrn."

„Und wer ist Stadtherr von Tris?", fragte Ninian. Bisher war von einer solchen Persönlichkeit nicht die Rede gewesen.

„Der Belimbaba, der Rat der Ältesten, von denen mein Vater einer ist, bestimmt über die Geschicke der Stadt. Früher gab es einen Belim, aber er wurde den Kaufherren zu mächtig, sie stürzten ihn."

„Wenn man Donovan das erzählte, würde er sich vor Angst in die Hosen machen,", flüsterte Jermyn und hätte sich im nächsten Moment am liebsten geohrfeigt, denn Ninian verzog unwillig das Gesicht. Welcher Bock ritt ihn, sie an das Weichei in Dea zu erinnern? Er war schlechter Laune, als sie den prächtigen Palast des Kadi betraten.

Man begrüßte sie mit allen Ehren, höfliche Reden wechselten von einer zur anderen Seite, ebenso wie Geschenke und Gegengeschenke. Elys Lebenswasser beeindruckte die Herren wie immer, doch als sie erfuhren, was er dafür verlangte, machten sie lange Gesichter.

„Bedenkt den Zwischenhandel", meinte er, „das meiste bleibt in den Händen der Seeherren hängen."

„Aber Ihr habt den Landweg genommen", wurde ihm erwidert, „da braucht Ihr die Seeherren nicht mehr."

Ely seufzte. „Ich gestehe es ungern, aber der Landweg lohnt nicht. Die Kosten sind kaum geringer und die Strapazen höher. Und nicht immer wird eine solch effektive Wachmannschaft bereitstehen", sein Blick streifte Jermyn, der entschieden den Kopf schüttelte, „und billig war die jetzige auch nicht. Nein, ich habe einen Traum verwirklicht, aber er wird den Handel nicht von Schiffen unabhängig machen."

„So handelt direkt mit uns", schlug Keram Bachra vor, „auch wir haben Schiffe."

„Die Seeherren haben große Privilegien in Dea", warf Josh ap Gedew ein, „sie haben dem Patriarchen eine Schutzsteuer auf alle Waren abgerungen, die nicht von ihnen befördert werden. Damit wäre der Vorteil des direkten Handels wieder aufgehoben."

„Aber das gilt nur für Dea", schmunzelte Keram Bachra, „es gibt andere Häfen auf der Lathischen Halbinsel."

Ely und Josh sahen sich an.

„Vineta wäre froh um jedes zusätzliche Schiff, das seinen Hafen anfährt", murmelte Josh und ein zufriedenes Grinsen breitete sich auf den Gesichtern der beiden Männer aus. Dann verdüsterte sich Elys Miene wieder.

„Wie steht es mit den Battavern? Das Geschmeiß war einer der Gründe, weshalb ich den Landweg einschlug. Deas Verluste sind groß, wie sieht es mit Euren Flotten aus?"

„Seid unbesorgt, wir fahren unbehelligt."

Die Antwort des Kadi kam schnell und ein kurzes Schweigen folgte ihr. Die Gesichter der Männer aus Tris blieben unbewegt, dennoch lag plötzlich eine Spannung in der Luft. Ely und Josh wechselten verwirrte Blicke, und Ninian fühlte sich unbehaglich. Aber auch sie überraschte Jermyns Verhalten.

„Auf Deas Kosten!"

Seine Stimme durchschnitt die Stille wie Stahl durch Seide schneidet. Glut schlug aus seinen Augen und die mächtigen Kaufherren von Tris winselten wie Hunde, als sich seine Gedanken gnadenlos in ihre Köpfe bohrten. Er hielt sie, während ihre Gesichter alle Farbe verloren und sie wie Puppen in seinen Fängen hingen. Ihre Leibdiener, die unauffällig im Schatten gestanden hatten, sprangen hervor, um ihren Herren beizustehen. Ihre Augen waren leer, jeder von ihnen musste den Inneren Blick beherrschen, und Ninian machte sich bereit, Jermyn zu unterstützen. Obwohl es hier in Tris nicht nötig schien, bewahrte sie einen Rest des himmlischen Feuers in sich. Bläuliche Flämmchen züngelten über ihre Finger, es würde reichen, um die Gedankenlenker außer Gefecht zu setzen. Aber

Jermyn brauchte ihre Hilfe nicht. Einer nach dem anderen sanken die Leibwächter in die Knie, beugten sich, bis ihre Stirn den Boden berührte. Ely und Josh starrten Jermyn verstört an. Nie hatten sie ihn im Zorn erlebt und der Anblick seines bleichen, knochigen Antlitzes mit den flammenden Augen entsetzte sie nicht weniger als die Herren von Tris. Und auch Ninian, deren Haar plötzlich um ihren Kopf züngelte, schien ihnen mit einem Mal fremd und furchterregend. Nur Solman zeigte keine Furcht. Neugierig hatte er das Schauspiel verfolgt, nun stand er auf und berührte Jermyn sanft am Arm.

„Zahim – Meister", sagte er leise, „es ist genug. Du tötest sie …"

Zu Ninians Erstaunen schienen die leisen Worte Jermyn aus seiner Wut zu wecken. Die Glut in seinen Augen erlosch. Mit einem Lachen gab er die Unglücklichen frei. Kraftlos sanken sie in sich zusammen. Die meisten hatten das Bewusstsein verloren.

„Zahim", sagte Solman noch einmal. Jermyn schüttelte seine Hand ab, aber sein Blick glitt über seine Opfer. Sie seufzten, die Leibwächter erhoben sich und gingen wie im Traum an ihre Plätze zurück.

Dann schnippte Jermyn mit den Fingern und alle öffneten die Augen.

„Bei den Göttern, ein schwüler Tag", sagte der Kadi und fingerte an seinem Kragen, „die Luft ist wie Blei. Man soll Rosenwasser sprühen! Wovon sprachen wir?"

„Was war in dich gefahren?"

Sie saßen auf dem Rand des Wasserbeckens im Innenhof von Solmans Gemächern und genossen den feinen Staub der aufsteigenden Fontänen. Solman und Ninian hatten eine Bilha neben sich stehen und rauchten.

„Ich weiß nicht. Mich packte nur plötzlich die Wut bei dem Gedanken, dass sie sicher fahren, während Dea von diesen Hurensöhnen heimgesucht wird", verteidigte Jermyn sich. „Es gibt ein Abkommen, nicht wahr?"

„Ja", Solman nickte. „Ein Abkommen zwischen dem Nizam und dem Belimbaba. Die Battaver verschonen unsere Schiffe und die Stadt. Dafür zahlen wir an Haidara und dafür, dass er uns einen Schein von Unabhängigkeit lässt."

„Wen hätte er die Battaver jagen lassen, wenn Duquesne gesiegt hätte und auch einen Schutzbrief für Deas Schiffe ausgehandelt hätte?", höhnte Jermyn. „Viel bleibt dann nicht mehr."

„Oh, doch, sie segeln durch die Tore der Welt, wenn sie Blut riechen.

Nach Norden und rund um den tiefen Süden nach Osten. Und sie treiben Handel mit den räuberischen Stämmen der Großen Wüste."

„Ja, die haben wir kennengelernt", meinte Ninian, aber Solman schüttelte den Kopf.

„Nein, ihr seid auf Räuber der Kleinen Wüste getroffen. Sie greifen Karawanen an. Die anderen überfallen die Dörfer jenseits der großen Wüste und verschleppen ihre Beute. Die Battaver verkaufen die, die überleben."

„So ist Kamante geraubt worden und wahrscheinlich auch LaPrixa und die Uschtebi", flüsterte Ninian, „ich wünschte, wir würden einmal auf solche stoßen!"

Solman starrte auf die Funken, die plötzlich wieder über ihre Finger tanzten.

„Äußert nicht solche Wünsche, Fräulein, Ihr wisst nicht, unter welchen Umständen die Götter sie erfüllen. Doch erinnert Ihr mich an einen Auftrag meines Vaters: Er bittet Euch, Eure Gaben nicht so zur Schau zu stellen. Unter den Kaufleuten, die Ihr heute ... hm, beglückt habt, gehen Gerüchte. Man fragt sich, wer Ihr sein mögt. Kein einfacher Gedankenlenker, soviel steht fest."

Jermyn lächelte geschmeichelt.

„Das freut mich. Wie habt Ihr mich genannt? Zahim? Was bedeutet das?"

„Ein Meister, dessen Geist keine Schranken mehr kennt. Die Zahim meiden die Städte, sie leben in der Wüste."

„Wie der Arit?", fragte Jermyn lauernd. Solman erblasste.

„Der Arit war ein Leerer, einer, der sich dem Bösen geöffnet hatte. Wenn Ihr die seid, die ihn zur Strecke gebracht haben, gebührt Euch mehr Dank, als Ihr ahnen könnt. Als wir die Kunde von seinem Tod bekamen, herrschte Jubel in Tris, wenn auch heimlicher. Dem Nizam aber habt Ihr seine wichtigste Waffe genommen und seine Wut ist ungeheuer. Erfährt er, dass Ihr in Tris seid, dass der Belimbaba Euch empfangen hat und Handel mit Euch treibt, so wird er seine Truppen entsenden, Tris erobern und einen Statthalter einsetzen."

„Wir haben ihm schon einmal widerstanden", fuhr Ninian auf, aber Solman lächelte traurig.

„Wollt Ihr für immer in Tris bleiben? Dea ist Eure Heimat. Vergesst nicht, alle Völker im Süden sind dem Nizam untertan. Er ist klug und lässt den meisten Städten einen Schein von Selbstverwaltung. Warum sollte er sich auch mit lästigen Dingen wie den Abwässern einer Stadt oder der Speisung der Armen abgeben? Solange wir den Tribut zahlen, den er verlangt, und nicht offen gegen ihn rebellieren, rührt er sich nicht, aber wehe denen, die sich gegen ihn erheben. Vor drei Jahren hat er Basra zerstört, nachdem der Arit seine Einwohner in Ungeheuer verwandelt hatte, die sich gegenseitig zerfleischten. Sie hatten sich geweigert, fünfhundert junge Männer und Frauen nach Haidara zu schicken. Das gleiche Schicksal wird uns ereilen, wenn er hört, dass Ihr hier wart und wir Euch nicht ausgeliefert haben."

„Es würde Euch nicht gelingen", meinte Jermyn herablassend.

„Das wäre doch dem Nizam gleichgültig", erwiderte Solman trübselig, „Ihr würdet entkommen, wir müssten die ganze Wucht seines Zornes ertragen. Daher die Bitte meines Vaters … ach, ich bin es leid!"

Er schlug mit der Faust gegen die Bilha, dass sie ins Becken kippte. Zischend und gluckernd versank sie. Die ungewohnte Heftigkeit überraschte seine Gäste und eine Weile saßen sie schweigend.

„Habt Ihr Geschwister?", fragte Ninian plötzlich. Solman blickte rasch auf. Ein seltsames Feuer brannte in den dunklen Augen.

„Nur Schwestern, ich bin der einzige Sohn", es klang bitter und tonlos fuhr er fort: „… und damit ein Gefangener. Glaubt Ihr, es ist mein Wunsch, den Gastgeber und Fremdenführer für die Geschäftsfreunde meines Vaters zu spielen? Nichts gegen Euch, Eure Gesellschaft ist wenigstens unterhaltsam. Wenn ich wählen dürfte, säße ich in der Universität von Kittra zu Füßen der Gelehrten und würde die Geheimnisse der Welt studieren. Ich hasse und verabscheue den Handel, ich tauge nicht zum Händler. Was interessieren mich Gewinn und Verlust? Aber ich bin der einzige Sohn und Erbe, wem sollte Keram Bachra den ganzen Tinnef hinterlassen?", eine Handbewegung tat Palast und Garten verächtlich ab, „vor allem aber will er seinem Haus die Macht erhalten, den Platz im Rat, diesem Rat von Haidaras Gnaden!"

Solman holte tief Luft und redete weiter, als könne er den Strom der Worte nicht aufhalten, da er die Schleusen einmal geöffnet hatte.

„Er hat mir die Erziehung eines Edelmannes zuteil werden lassen, damit ich mich unter den Edlen bewegen kann, aber sie hat mich für den Beruf des Kaufmanns verdorben. Ich habe Herz und Geist der Wissenschaft verschrieben, der Kunde von den Gewalten, die die Welt zusammenhalten", rief er aufspringend.

„Noch so einer – Assino, wie er leibt und lebt", flüsterte Jermyn belustigt, doch Ninian bedeutete ihm, still zu sein.

„Als ich meinem Vater dies eröffnete, lachte er zuerst und als er begriff, dass es mir ernst war, verbot er mir, die Stadt zu verlassen. Er ließ unter den Wächtern verbreiten, dass ich die Tore nicht passieren dürfe, und da ich sein einziger männlicher Nachkomme bin, gab ihm der Kadi Recht."

„Ihr hättet fliehen können", murmelte Ninian mit niedergeschlagenen Augen. Auch sie rauchte nicht mehr. Solman warf ihr einen gequälten Blick zu.

„Ich müsste in Armut leben, Entbehrungen und Schmutz machen mir Angst. Und außerdem ist er mein Vater ... wir haben ein Abkommen getroffen, er lässt mich meine Studien weiterführen, wenn ich sie in Nützliches umsetze – das mechanische Spielzeug, das ihr gesehen habt. Und er drängt mich, zu heiraten. Wenn mein Sohn herangewachsen sei, könne ich machen, was ich wolle. Aber ich will mich nicht an Frauen und Kinder binden, habe ich erst eine Familie, wird es mir noch schwerer fallen, mich von Tris zu trennen. So schiebe ich es immer wieder hinaus und lehne die Mädchen ab, die er mir vorschlägt. Vielleicht kann ich so wenig Söhne zeugen wie er, an seinem Frauenhaus liegt es sicher nicht, dass ich der einzige geblieben bin."

Mit einer hilflosen Geste verstummte er. Das Schweigen legte sich drückend auf die drei jungen Leute. Ein Schatten war auf Ninians Gesicht gefallen, abwesend spielte sie mit dem Mundstück der Bilha. Jermyn beobachtete sie besorgt. Solmans Leiden waren ihm herzlich gleichgültig, doch seine Klage musste Ninian an ihr eigenes Handeln erinnern und das gefiel ihm nicht.

„Väter", stieß er hervor, „bei meinem kleinen Gott, wie bin ich froh, dass ich keinen habe, der mir das Leben schwer machen könnte!"

„Kann ich nur bestätigen, Patron", krähte es hinter ihm. Cecco stelzte mit wichtiger Miene in den Hof.

„Der werte Ely bittet um Eure geschätzte Anwesenheit, soll ich melden."

Er folgte ihnen würdevoll zur Empfangshalle der Zimmerflucht der Kaufleute und postierte sich vor der Tür.

„Der wächst sich allmählich zu einer Landplage aus", knurrte Jermyn und Ninian nickte. In den letzten Wochen hatte Cecco sich mehr und mehr in die Rolle des Leibdieners eingelebt. Er trug eine biedere Miene zur Schau, verzichtete auf seine frechen Sprüche und versuchte sich auf jede mögliche Weise unentbehrlich zu machen. Und er heftete sich an ihre Fersen wie eine Klette. Nur mit Mühe hatten sie ihn davon abhalten können, ihnen auf Schritt und Tritt zu folgen. Als Jermyn grob wurde, erntete er den waidwunden Blick verkannter Tugend und leise schniefend erklärte der Sänger, es werde einem reuigen Sünder nicht leicht gemacht, ein neues, besseres Leben zu beginnen. Beunruhigt erkannten sie, dass er es darauf anlegte, mit ihnen nach Dea zurückzukehren.

„Wag wird sich zu Tode grämen, wenn Cecco sich bei uns einnistet", meinte Ninian, als ihr der Gedanke zum ersten Mal kam.

Jermyn war entsetzt. „Was? Glaubst du, das hat er vor? Verdammt, ich brauche nicht noch einen verrückten Gefolgsmann!"

Und nun schien es, als müssten sie sich diesem Problem bald stellen, denn Ely verkündete ihnen strahlend, dass es nach Hause gehen würde.

„Eine kleine Flotte der Sasskatchevan ist gestern in Tris gelandet. Schnelle Segler, mit einer guten Begleitmannschaft. Sie verlassen Tris in einer Woche und wir werden an Bord sein. Den Göttern sei Dank, ich kann es kaum erwarten, die Meinen wiederzusehen. Jetzt kann ich es ja gestehen: Manchmal habe ich daran gezweifelt, jemals die Verhandlungen um Violettas Mitgift führen zu können. Nun werde ich den Battistes etwas zu knacken geben."

Sie lachten mit ihm, obwohl sie bei dieser Eröffnung beide ein Schrecken durchfuhr. Zurück nach Dea – sechs Mondumläufe waren seit ihrem Aufbruch vergangen, in weniger als einem würden sie, wenn alles gut ging, wieder in der Ruinenstadt stehen.

„Was ist euch, meine lieben, jungen Freunde? Ihr macht ein Gesicht, als brächte ich euch schlechte Nachrichten. Hat euch Tris, die Prächtige, in ihren Bann geschlagen? Wollt ihr hier bleiben?"

„Nein", riefen sie wie aus einem Munde, sahen sich an und lachten wieder, halb verlegen, denn genau das war ihnen durch den Kopf geschossen. Das Leben in Tris war einfach und angenehm, es verlangte keine Entscheidungen ...

„Es kommt so überraschend", meinte Ninian schließlich, „wir haben uns an das Wanderleben gewöhnt."

„Du hast dich gewöhnt, ich werde froh sein, wenn ich zurück bin", erklärte Jermyn entschieden, als wolle er sich selbst überzeugen.

„Ich kann euch verstehen", kam Josh ihnen zu Hilfe, „auch mir gefällt es hier. Ich glaube, für einen alten Junggesellen gibt es kaum eine angenehmere Stadt."

„Wie dem auch sei, in einer Woche segeln wir und vorher wird Keram Bachra uns noch ein rauschendes Abschiedsfest geben, wie er gesagt hat. Ich frage mich, ob er froh ist, uns loszuwerden."

Gefüllt mit reger Betriebsamkeit verrannen die letzten Tage in Tris. Zwei Tage vor der Abreise kam Solman zu Ninian.

„Meine Mutter möchte Euch sehen, Fräulein."

Sie folgte ihm in das Frauenhaus, das herrlicher ausgestattet war als alle anderen Räume, die sie bisher betreten hatte. In einer luftigen, von zierlichen Säulen getragenen Halle empfingen sie Keram Bachras Gattinnen, liebliche Geschöpfe in goldfunkelnden Gewändern, am ganzen Körper mit Juwelen geschmückt. Die jüngste mochte einige Jahre jünger sein als Ninian, die älteste, eine schlanke, aufrechte Dame mit schönem, traurigem Gesicht, etwa so alt wie ihr Gemahl. Die Frauen verneigten sich höflich, keine starrte oder kicherte wie die Bademädchen und dennoch spürte Ninian das Erstaunen über ihre Erscheinung. Sie musste ihnen wie ein junger Mann vorkommen.

„Dies ist meine Mutter, Meret' Nur", Solman küsste die Wange der schlanken Dame und in ihrem Lächeln lag die ganze Liebe, die sie für diesen Sohn empfinden mochte.

„Kommt, Fräulein, ich will ein wenig mit Euch plaudern", Meret' Nur ergriff Ninians Hand und führte sie in ihr eigenes Gemach. Im Vergleich zu der Pracht, die sie vorher umgeben hatte, war es beinahe karg, aber in einer Nische erhob sich die lebensgroße Statue einer Göttin und Ninians Augen wurden groß, als sie das schimmernde Gewebe sah, das sie umhüllte.

„Ein Mondenschleier …"

„Ja, Fräulein, und dennoch hat sie meine Gebete nicht erhört. Doch davon lasst uns nicht reden."

Sie ließen sich auf dem Diwan nieder, der so stand, dass sie die Statue im Rücken hatten, und eine Dienerin brachte Sorbet und Gebäck.

„Mein Sohn hat mir von Euch erzählt. Sind viele Frauen auf Lathica wie Ihr?"

Ninian lachte. „Nein, wenn wir uns auch freier bewegen können als ihr", ihr Blick wanderte zu dem herrlich gearbeiteten goldenen Gürtel, der die zarte Gestalt umschloss, zu den Armreifen an den schmalen Handgelenken. „Ihr tragt alle keine Ketten …"

„Keram Bachra ist ein großmütiger Gatte. Im Haus dürfen wir die Fesseln ablegen. In strengen Haushalten sind die Ketten angeschmiedet, nur der Tod des Mannes befreit die Frauen davon."

„Aber das ist schrecklich", brach es plötzlich aus Ninian heraus, „wie könnt ihr es ertragen, gefesselt zu sein? Als seid ihr Eigentum der Männer. Ich würde es nicht dulden!"

Meret' Nur sah sie groß an. „So ist es Brauch, Fräulein. Wer frei ist, muss für sich selbst sorgen. Bis zu seinem letzten Atemzug, mit allem, was er besitzt, muss unser Gatte für uns einstehen. Gerät er ins Unglück, fällt der letzte Rest seines Besitzes an uns, er muss in den Straßen betteln. Ist es auch so mit Euren Frauen?"

Ninian schüttelte den Kopf.

„Nein, wir teilen das Unglück unserer Männer."

„Seht Ihr, so unterscheiden sich die Bräuche. Aber sagt mir, erlaubt Euer Vater, dass Ihr Euch gebärdet wie ein Jüngling?"

Ninian spürte, wie ihr das Blut in die Wangen schoss.

„Ich habe ihn nicht gefragt", antwortete sie steif. Meret' Nur legte eine Hand an die Brust.

„Bei der Göttin, Ihr wagt es ... nie würde mein Sohn ohne die Einwilligung seines Vaters handeln."

„Und wird elend dabei", gab Ninian hart zurück, denn die Worte der Frau brannten in ihrem Herzen. „Merkt Ihr nicht, wie unglücklich er ist? Warum darf er nicht gehen und seine Studien betreiben? Gibt es keinen anderen männlichen Verwandten, der seinen Platz übernehmen kann? In Dea erben auch Töchter und Schwiegersöhne."

„Glaubt Ihr, ich wüsste nicht selbst, dass mein Sohn leidet?", die dunklen Augen flammten auf, „und ich selbst, wenn ich ihn leiden sehe? Aber das ist unser Los. Die Göttin wird wissen, warum sie Keram Bachra weitere Söhne versagt hat, warum Solman an seine Stelle treten muss. Wir leben nicht für unser eigenes Glück."

„Ich bin wahrhaftig froh, wenn wir Tris den Rücken kehren", mehr sagte Ninian nicht über ihren Besuch im Frauenhaus. Jermyn musterte sie prüfend, aber ihre Miene war verschlossen.

„Übermorgen, nach der großen Sause", meinte er.

„Und was machen wir mit ihm?", sie nickte zu Cecco hinüber, der mit großem Gewese das Verpacken ihrer Schätze überwachte. Jermyn zuckte die Schultern.

„Ich kann ihn einschläfern, wenn er wach wird, sind wir auf See."

Als habe Cecco seine Worte verstanden, sah er auf und blickte flehend zu ihnen herüber. Ninian wusste, dass es ihm ernst war.

„Ach nein, das wäre grausam..."

„Du hast gesagt, Wag würde sich grämen, wenn wir Cecco anschleppen."

„Ich weiß, aber ... ach, es ist schwierig."

Am nächsten Tag schickte Keram Bachra jedem seiner Gäste als Abschiedsgeschenk ein Festgewand mit einer Jacke aus schwerer Seide, weißseidenen Hosen, einem breiten, wunderbar gewebten Brokatgürtel und perlenbestickten Pantoffeln.

„Der Herr bittet, heute Abend zur Feier anzulegen", richteten die Überbringer mit einer tiefen Verbeugung aus.

„Wir werden aussehen wie Zierpuppen", knurrte Jermyn, „mir ist das blaue Zeug lieber."

Doch am Abend erschienen sie beide festlich gekleidet, nachdem sie ein letztes Mal die Annehmlichkeiten ihres luxuriösen Bades genossen hatten. Ein wenig misstrauisch betrachtete Jermyn die Wasserkannen, die zusammen mit den Becken herumgereicht wurden, doch sie waren harmlos und auch die Pokale leerten sich nicht vor ihren Augen.

Eine endlose Reihe von Speisen wurde aufgetragen, köstliche Dinge, um verwöhnten Gaumen zu schmeicheln, Gerichte, die eher aus den Händen von Bildhauern als von Köchen zu stammen schienen. Aus einem gewaltigen Kuchen flatterten bunte Vögel auf, ein Fischgericht erschien in einem Silberbecken in Form eines Sees, und zuletzt wurde eine weibliche Gestalt aus Backwerk hereingeschoben, die über und über mit Früchten und Naschwerk behängt war. Dem künstlichen Geschöpf folgten lebendige Mädchen, Musikantinnen und Tänzerinnen, zum Ergötzen der männlichen Gäste äußerst spärlich bekleidet. Auch Jermyn betrachtete ihre erstaunlichen Verrenkungen mit großem Interesse und bediente sich dabei abwesend aus einem Korb mit knusprigem Gebäck. Ninian kniff ihn und der Bissen geriet ihm prompt in die falsche Kehle.

„Verschluck dich nicht", grinste sie, während Cecco seinem hustenden Patron hilfreich auf den Rücken schlug.

„Schlange", zischte Jermyn, als er wieder reden konnte.

„Schsch, Keram redet."

Auf ein Zeichen verschwanden die Mädchen und Keram Bachra hub zu einer langen Rede an, die Ely ebenso ausführlich beantwortete. Jermyn gähnte, während die Höflichkeiten hin- und herflogen.

„Uff, da waren die Mädels unterhaltsamer."

Endlich kamen sie zum Ende und Keram Bachra klatschte ein weiteres Mal in die Hände.

„Zum guten Schluss, liebe Freunde, erwartet euch der Zauber von Bes."

Erfreutes Raunen begrüßte die Ankündigung, Diener löschten den größten Teil der Ampeln und Fackeln, bis nur Windlichter in milchigen Glaskugeln das milde Licht des Mondes nachahmten. Ein tiefer Gongschlag ertönte, ein zweiter und beim dritten erschien eine Gestalt in den geöffneten Türen, die zum Garten führten. Sie verneigte sich tief und watschelte näher.

„Ach", flüsterte Ninian enttäuscht, „ein Zwerg ..."

Sie verabscheute die Zurschaustellung der Kleinwüchsigen, die in den Gladiatorenschulen als Pausenfüller dienten, und ihre grotesken Späße. Doch erhob sich kein johlender Chor, wie es in Dea bei ihrem Auftritt üblich war, Keram Bachras einheimische Freunde klatschten beinahe ehrerbietig und mit sichtbarer Begeisterung.

Die unförmige Gestalt war ins Licht getreten, nicht mehr als vier Fuß groß. Mit dem übergroßen Kopf und Oberkörper und den kurzen, schwachen Gliedern unterschied er sich nicht von seinen Brüdern in Dea. Im Gegensatz zu ihrer bunten, albernen Gewandung war er ganz in Schwarz gekleidet und trug einen golddurchwirkten Kopfschleier, würdevoll wie seine Zuschauer.

„Was wird er zum Besten geben?", wisperte Ninian.

„Ein paar Gauklertricks, nehme ich an", gab Jermyn gelangweilt zurück.

Doch die Diener trugen flache Becken herein, gefüllt mit schillernder Flüssigkeit. Bes, der Zwerg, legte die Händchen aneinander und verneigte sich lächelnd. Das Lächeln berührte Ninians Herz, ihre steife Ablehnung löste sich. Mit einer schwungvollen Bewegung holte der Kleine ein Stäbchen aus seinem Ärmel, nahm ein Ende zwischen die Lippen, tauchte das andere in eines der Becken und saugte daran. Dann hob er es in die Luft und blies hindurch. Ein perlgroßer Wassertropfen erschien, wuchs und dehnte sich aus, bis er die Größe von Bes Kopf erreicht hatte. Mit einem zweiten Stäbchen stieß er in die schillernde Blase, und eine zweite Kugel entstand im Innern der ersten. Mit einem anmutigen Schlenker des Handgelenks entließ Bes das zarte Gebilde, das schimmernd in den nächtlichen Garten entschwebte. In schneller Folge reihte sich bald Blase an Blase, Bes teilte sie in immer zahlreichere Facetten auf, bis ein luftiger Reigen über dem Wasserbecken tanzte. Als habe der Zwerg ihn damit gerufen, stieg der Mond über die Dächer des Palastes und verwandelte die Kugeln in durchsichtige Perlenketten, die sich sanft in der warmen Luft wiegten. Unter dem ehrfürchtigen Raunen seiner Zuschauer schnippte Bes mit den Fingern und eine nach der anderen Kugel zerplatzte, begleitet von einem leisen, singenden Ton. Ninian bekam nie heraus, ob dieser Ton von einem Instrument herrührte oder ob Bes Kunst die Luftblasen wirklich zum Klingen brachte, denn der Zwerg wob ein zauberhaftes Schauspiel aus Luft und Wasser, das sie alles um sich herum vergessen ließ. Er tauchte Ringe verschiedener Größe in seine Becken und schuf gläserne Schlangen, die er hinter sich her durch den Saal zog. Er winkte eine der Tänzerinnen herbei und schloss sie in eine durchscheinende Säule ein, er füllte den Saal mit Tausenden winziger, bunter Perlen, die wie zarte Liebkosungen auf den Gesichtern und Händen der verzauberten Zuschauer zerplatzten.

Dazwischen verneigte er sich, küsste lächelnd seine Fingerspitzen und als er eine besonders schöne Perlenschnur in Ninians Richtung blies, fühlte sie sich ausgezeichnet und geschmeichelt.

Bisher hatte Bes seine Kunst schweigend ausgeübt. Als nun alle Kugeln zerplatzt waren, faltete er wieder die Hände vor der Brust und sprach.

„Seht Freunde, für jeden von euch will ich eine Sphäre schaffen und ihr sollt darin sehen, was ihr wünscht … oder was euch bestimmt ist. Denn manchmal spiegeln sich nach dem Willen der Götter, Vergangenheit und Zukunft in meinen Werken."

Seine Stimme war volltönend und warm, sie warf einen Zauber über sein Publikum. Einen Moment lang sammelte er sich, dann begann er Kugeln zu blasen, die er vor jeden der Anwesenden dirigierte, bis sie eine Armeslänge vor seinem Gesicht schwebten. Die einheimischen Gäste schienen das Spiel zu erkennen, mit einem Seufzer gaben sie sich der Betrachtung der schillernden Gebilde hin und schon bald zeigten ihre Mienen, dass sie die Welt um sich her vergessen hatten. Ein leises Klingen erfüllte die Luft, sonst war es still bis auf den schweren Atem der Träumenden. Bes stand in der Mitte des Raumes, die Arme erhoben, als halte er die Kugeln an ihrem Platz.

Nur ein Mensch blieb unberührt von seinem Zauber und der Zwerg schien es hinzunehmen.

Vor Jermyn schwebten keine Luftblasen, seine Sperren ließen keinen Zauber ein, kein Gaukelspiel konnte ihn erreichen und er verschloss sich entschieden vor jedem Bild, in dem ein wankelmütiger Gott ihm etwas enthüllen konnte, was er nicht wissen wollte. Was er ersehnte, saß in Fleisch und Blut neben ihm. Er ließ seinen Blick über die entrückten Gesichter gleiten. Nicht alle schienen entzückt, tief gefurcht war Keram Bachras Stirn und sein Sohn starrte mit glühenden Augen und zusammengebissenen Zähnen in den schimmernden Ball. Ely und Josh dagegen lächelten selig und Cecco mochte sich an der Vorstellung vom Tod des verhassten Vaters ergötzen, Jermyn hörte sein vergnügtes Glucksen hinter sich.

Vor dem, was er in Ninians Miene lesen würde, fürchtete er sich beinahe, aber zuletzt konnte er nicht widerstehen.

Ihre Augen waren fest auf die Kugel gerichtet, mit leerem Ausdruck, als begriffe sie nicht, was sie sah. Und dann fiel ein Schatten über ihr Gesicht.

„Genug!"

Die harte Stimme zerriss das zarte Gespinst der Träume, der Zwerg ließ die Arme sinken und die Kugeln zerplatzten. Die Träumenden fuhren auf und blinzelten, als wären sie aus langem Schlaf erwacht. Doch schienen sie nicht zu wissen, was sie geweckt hatte. Keram Bachra gähnte vornehm und rief:

„Wir danken Euch, Meister Bes, Eure Kunst ist, wie immer, außerordentlich."

Er winkte und Diener trugen ein goldglitzerndes Ehrenkleid herein, dass genau auf die Maße des Zwerges zugeschnitten war. Auch die anderen Gäste nahmen Ketten und Armreifen ab, mit denen sich in Tris auch die Männer schmückten, und lösten Juwelennadeln aus ihren Kopfbedeckungen. Diener sammelten die Schätze ein und legten sie Bes in einem großen Korb zu Füßen. Ely, den Keram Bachra vorbereitet haben musste, holte eine durchsichtige Flasche mit seinem honiggoldenen Lebenswasser hervor und Josh spendete eine Schale aus durchscheinendem, weißem Porzellan. Ninian legte nichts in den Korb, sie schien immer noch gefangen von dem, was sie gesehen hatte.

„Was hat er dir gezeigt?", wisperte Jermyn und sie schüttelte sich, als wolle sie sich von den Bildern befreien.

„Ich weiß nicht, ich verstehe es nicht, Berge und grüne Täler, es ... es sah aus wie Tillholde ... ich hatte vorher gar nicht daran gedacht", sie griff an ihre Stirn, „ich ... mein Kopf schmerzt."

„Dieser verflixte Zwerg", begann Jermyn drohend, doch Ceccos verzücktes Schnauben unterbrach ihn.

„Bei den Göttern, was für eine Beute! Das werde ich auch lernen, ich werde das Männeken gleich fragen, ob es nicht einen Gehilfen braucht!", er eilte davon, um sein Vorhaben auszuführen.

Das Bankett war zu Ende, die Gäste aus Dea erhoben sich, um Keram Bachra ihren Dank auszusprechen. Während sie hinter Ely und Josh warteten, spürte Jermyn plötzlich eine kleine Hand in der seinen.

Freund, erlaubt, dass ich zu Euch spreche

Jermyn fuhr zusammen. Er blickte nach unten und sah in das ernsthafte Gesicht des Zwerges.

Der Saal versank, sie standen unter dem bestirnten Himmel der Wüste. Kommt mit mir, Ihr habt das Zeug zum Meister in Euch, aber Euer Geist ist gefangen in Euren Leidenschaften. Folgt mir in die Wüste, löst Euch aus den Banden der Täuschung und werdet in Wahrheit ein Zahim
Die Augen des Mannes glichen tiefen Teichen, doch ihr Wasser war so klar, dass Jermyn bis auf ihren Grund sehen konnte, und er wusste, dass sein Wesen für den anderen ebenso offen lag.
Ich kann nicht, ich kann Dea nicht verlassen und Ninian will ich nicht verlassen. Was habt Ihr ihr gezeigt?
Fürchtet nicht das, was das Fräulein gesehen hat, und zweifelt nicht an ihr, auch wenn Ihr sie verloren glaubt. Sie wird die Prüfungen bestehen. Aber hütet Euch vor Eurem Vater und seinem Dämon
Sie waren zurück in Keram Bachras Saal und als Jermyn sich von seiner Überraschung erholt hatte, war Bes verschwunden.

Die letzte Nacht in dem prächtigen Bett bescherte ihnen keine Erholung. Jermyn musste die Erkenntnis verkraften, dass er einem Meister begegnet war, der ohne Mühe die Sperren durchdrungen hatte, an denen selbst der Arit gescheitert war. Die dunklen Worte, die in seinem Kopf erklungen waren, erfüllten ihn mit Unruhe, denn er sah seine Befürchtungen doppelt bestätigt. Luftblasen enthüllten nicht die Zukunft, eher brachte der Zwerg es mit seinen Gedankenkräften fertig, die Bilder hineinzuzaubern, die den Träumer am meisten beschäftigten. Also spielte Tillholde immer noch eine große Rolle in Ninians Geist, selbst wenn sie es mit ihrem wachen Bewusstsein nicht merkte. Wie schon unzählige Male zuvor wünschte Jermyn, er hätte von ihrem inneren Wesen ebenso Besitz ergreifen können, wie von ihrem Leib. Sie hätte ihre Heimat lange vergessen. So konnte er nie sicher sein, dass die Sehnsucht oder die Reue nicht zu groß wurden.
Er sagte nichts von dem stummen Zwiegespräch, ebenso wie Ninian nicht alles enthüllt hatte, was sie gesehen hatte.
Sie spürte seine Unruhe, aber sie rührte sich nicht. Ein dumpfer Schmerz hämmerte in ihren Schläfen, sie konnte sich nicht von den Bildern befreien, die Bes' Zauber ihr gezeigt hatte. Der prächtige Saal und der dunkle Garten waren unter ihr versunken, sie hatte sich auf einem Turm wiedergefunden, von dem sie über eine vertraute Landschaft blickte – steile, graue Felsen erhoben sich über grünen Matten und kleinen Äckern. Unter ihr lag ein Obstgarten, ein Kind sprang über die Wiese, ein kleines Mädchen mit rötlichem Haar, die helle Stimme drang zu ihr herauf.

Freude hatte ihr Herz erfüllt, eine Freude, der ein Quäntchen Schmerz beigemischt war, wie Salbei Honig eine Prise Bitternis verleiht. Das Kind tanzte in der Sonne, sein Haar leuchtete, doch als Ninian aufsah, stand über der Ebene eine Gewitterwand mit drohenden, blauschwarzen Wolkenmassen. Ihr Herz hatte gebebt bei dem Anblick und die Unruhe erfüllte sie immer noch. Der Schmerz in ihrem Kopf hielt den Schlaf fern und schließlich berührte sie Jermyns Schulter. Er drehte sich um und zog sie beinahe wild an sich.

„Nicht, mein Kopf ... er tut weh", klagte sie wie ein Kind.

Er ließ sofort ab von ihr und nahm stattdessen ihr Gesicht zwischen die Hände. Zart berührten seine Fingerspitzen ihre Schläfen und sie spürte, wie der Druck nachließ, er hatte einen Teil ihres Schmerzes auf sich genommen. Reglos lagen sie beieinander und schliefen erst im Morgengrauen erschöpft ein.

Am nächsten Tag bekamen sie Keram Bachra nicht mehr zu Gesicht, aber von Solman verabschiedeten sie sich und dankten ihm, während er versicherte, er habe ihre Gesellschaft genossen. Als sie auseinandergingen, hielt er Ninian zurück.

„Meint Ihr wirklich, ich soll ... das alles hinter mir lassen?", fragte er leise und sah sie erwartungsvoll an. Sie wich seinem Blick aus.

„Ich ... ich weiß es nicht, niemand kann Euch raten, in einer solchen Sache. Gehabt Euch wohl."

Sie wandte sich schnell ab und folgte Jermyn, dem ihre Antwort nicht gefiel.

Als sie die Sänften bestiegen, die die Gesellschaft aus Dea zum Hafen bringen sollte, trat ihnen Cecco entgegen, immer noch ins Weiß der Hausdiener gekleidet.

„Ich bleibe", verkündete er im Ton eines Mannes, der einen Goldklumpen gefunden hatte. Ninian konnte einen erleichterten Seufzer nicht unterdrücken, doch Jermyn hob die Brauen.

„Hat Meister Bes dich als Schüler angenommen?", fragte er spöttisch.

„Das hätte er", gab Cecco würdevoll zurück, „aber sein Lehrplan schmeckte mir nicht. Ich will schließlich kein Meister der Wüste werden", er zwinkerte und Jermyn dachte mit Unbehagen an sein eigenes Zwiegespräch mit dem Kleinwüchsigen. „Aber ich werde ihm hier in Tris folgen und ihm alles abschauen, was es in seiner Kunst zu lernen gibt. Wenn die Leute wissen, dass sie getäuscht werden, zahlen sie offenbar gerne", er grinste. „Jetzt kann ich es euch ja sagen: Ich wollte in Eurer Gefolgschaft nach Dea zurückkehren, niemand würde wagen, sich an jemandem aus Jermyns Entourage zu vergreifen."

So wie er es sagte, klang es nicht schmeichelhaft und Jermyns Miene verfinsterte sich, aber Ninian fischte rasch ein Goldstück aus ihrem Gürtel und drückte es Cecco in die Hand.

„Hier, für deine Dienste und Glück auf deinem Weg. Versuche, ehrlich zu bleiben. – Sei froh, dass wir ihn los sind", flüsterte sie Jermyn zu, als der kleine Mann davonstolzierte.

Zweiter Teil

Entscheidung

1. Kapitel

1. Tag des Saatmondes 1467 p.DC.

Vor den Toren des Ruq drängten sich die Menschen. Über ihre Köpfe fielen die schrägen Strahlen der Nachmittagssonne in die überwölbte Hauptgasse und verwandelten die großen Teller am Stand eines Kupferschmieds in kleine Sonnen. Nach der mittäglichen Ruhe beeilte man sich, seine Geschäfte zu erledigen, bei Sonnenuntergang würden die Tore für die Nacht geschlossen. Die beiden Wüstenreiter im blauen Tschalak hatten Mühe, sich einen Weg durch das Gewühl zu bahnen. Schließlich retteten sie sich an eine Mauer, aus der Wasser in einen gekachelten Brunnen fiel.

„Willst du wirklich nochmal da rein?", stöhnte Jermyn und wischte sich den Schweiß von der Stirn. Ninian ließ das Wasser aus dem dünnen Bleirohr über die Handgelenke laufen.

„Ja, wenn man erst mal drin ist, verläuft es sich. Erinnerst du dich an den Stand mit den bunten Decken und Stoffen? Sie sahen aus, wie die, die Kamante an ihrer Wand hängen hat. Ich glaube, das sind Waren aus ihrer Heimat, und Rasseln und allerhand Krimskrams gab es da auch, für Cosmo ... außerdem werde ich einen Kräutermann suchen, die Kopfschmerzen sind wieder da."

Jermyn musterte sie. Ihr gebräuntes Gesicht unter dem blauen Kopftuch war fahl, Schatten lagen unter ihren Augen.

„Hab ich dir nicht geholfen?"

Es klang ein wenig gekränkt und sie legte ihre nasse Hand an seine Wange.

„Es hat mir gut getan, aber weg sind sie nicht. Der Kräutermann hat uns auch bei dem anderen ... hm, Unwohlsein geholfen, vielleicht hat er auch was gegen Kopfschmerzen."

Kurz nach ihrer Ankunft in Tris hatten sie beide einen heftigen Anfall von Darmkrämpfen mit äußerst unangenehmen Auswirkungen gehabt. Keram Bachras Heiler hatte sie kuriert, sie davor gewarnt, in manchen Stadtteilen das Brunnenwasser zu trinken, und ihnen die Kräuter genannt, die ihnen helfen würden, wenn das Übel wiederkehre.

„Geht zu Maruf Din, im Westlichen Ruq, er ist ein großer Kräuterweiser."

„Soll ich mitkommen?", fragte Jermyn jetzt zögernd und Ninian lachte.

„Was würdest du tun, wenn ich ja sage? Glaubst du, ich weiß nicht, dass du zu diesen grässlichen Hahnenkämpfen willst? Geh nur, ich komm schon zurecht!"

Jermyn grinste schuldbewusst.

„Naja, sie sind wirklich gut, die Viecher. Heute verkaufen sie Küken. Ich dachte, um Babitt und Knots aufzuheitern."

„Ja, ja," sie winkte ihn beinahe ungeduldig weg. „Vergiss nur nicht, pünktlich zur neunten Stunde an Bord zu sein, sonst laufen wir ohne dich aus!"

„Das gleiche gilt für dich, Süße, wenn du erst mal bei den Kachelmalern oder den Steinschneidern hängen bleibst."

„Hör mal, du Schlaumeier, ich wette deinen ganzen Gewinn, dass ich schon in meiner Koje liege, wenn du zurückkommst! Und jetzt verschwinde, sonst überleg ich's mir doch noch."

Jermyn floh und Ninian tauchte in die Schatten des Ruq ein.

Die Tore waren lange geschlossen, der Mond versilberte die Kuppeln der Stadt und von dem hohen, schlanken Stadtturm hatte achtmal der tiefe, weiche Ton des Muschelhorns geklungen, als Jermyn den Hinterhof verließ, die Taschen voller Silbermünzen und im Arm einen Korb mit zwei gefleckten Küken, die leise glucksten. Er hatte den Preis gezahlt, den der Mann verlangt hatte, mit Hähnen sollte man nicht spaßen. Als Dreingabe hatte der Mann ihm ausführlich beschrieben, wie er die Vögel füttern und pflegen sollte. Jermyn musste plötzlich an Mule denken – der hätte seine Freude an den Vögelchen gehabt.

Zwei Gassen weiter hatte er den großen Mann schon wieder vergessen. Heute Nacht stachen sie in See und bei gutem Wind konnten sie Dea in drei Wochen erreichen. Alles in allem freute er sich auf seine eigene Stadt. Für die Schwierigkeiten mussten sich Lösungen finden.

Er hatte das Flaggschiff erreicht, an dessen Bugspriet die protzige Fahne der Sasskatchevan schlaff in der lauen Nachtluft hing. Hier hatten Ely und Josh für sich und ihre Wachleute die Kajüte des Schiffsmeisters und vier Kojen gemietet.

Jermyn lief die Planken hinauf. Oh, er hoffte, dass der Kräuterkundige Ninian geholfen hatte. Sie sollte in seinen Armen liegen, in dieser ersten Nacht auf See. Vorher aber musste er den Koch suchen, der auch das

Federvieh versorgte, um die wilden Küken in seine Obhut zu geben. Jermyn hatte nicht vor, die Hühnermutter zu spielen.

Ely ap Bede und Josh ap Gedew saßen in der Kajüte und spielten Schach. Sie sahen der Überfahrt nicht ohne Sorge entgegen, beide hatten sie bisher noch nie eine solche Schiffsreise unternommen. Gehört hatten sie jedoch genug von Stürmen, turmhohen Wellen und Seeräubern. Und selbst wenn ihre jungen Wächter diese Gefahren abwenden konnten, so blieb immer noch die berüchtigte Übelkeit, die angeblich jeden überfiel, der sich zum ersten Mal auf die Innere See wagte.

Im Augenblick war von den Unannehmlichkeiten nichts zu spüren. Als der Schiffsmeister sie in die große Kajüte geführt hatte, waren sie vom Luxus der Ausstattung angenehm überrascht gewesen. Ohne die breite Front kleiner, bleigefasster Scheiben, durch die man auf das schmutzige Hafenwasser hinaussah, hätten sie sich in einer behaglichen Wohnstube befinden können.

Sie hatten sich auf den weichgepolsterten Diwanen niedergelassen, eines der kleinen Fenster stand offen, um die stickige Hitze des Tages aus der Kajüte zu lassen, aromatisches Räucherwerk überdeckte die aufdringlichen Hafengerüche. Der Schiffsmeister hatte sie zur Begrüßung zu einem üppigen Abendessen eingeladen und nun standen Wein und Naschwerk neben ihnen. Die wertvolle Fracht, von der sie sich so viel Gewinn erhofften, war gut verstaut und die Knechte auf die Schiffe verteilt. Lambin Assinos Abwesenheit würde den Brüdern Battiste keine schlaflosen Nächte bescheren und Ely freute sich jetzt schon darauf, Scudo Rossi mitzuteilen, dass sie Cecco entlarvt hatten. Sie hatten allen Grund, zufrieden zu sein.

Zwar gab es noch genug zu tun, die Warenlisten zu ordnen, Ausgaben und Einnahmen gegeneinander aufzurechnen und zu einem Urteil über den Erfolg des ganzen waghalsigen Unternehmens zu kommen. Aber wenn die beiden Männer an die langen Tage auf See dachten, an denen es für sie nichts zu tun gab, glaubten sie sich diese Mußestunden erlauben zu dürfen. So lauschten sie auf das beruhigende Knarren der Balken und betrachteten voller Vergnügen die schön gedrechselten Figuren des Schachspiels, ein letztes Geschenk ihres großzügigen Gastfreundes.

Ely hob seinen Becher und trank Josh zu.

„Auf unsere Reise und ihren glücklichen Ausgang, lieber Freund."

Josh erwiderte das Lächeln.

„Noch haben wir nicht abgerechnet, Ely. Wer weiß, ob es ein glücklicher Abschluss wird."

„Nein, egal, was dabei an Gewinn oder Verlust herauskommt – wir alle haben sie gut überstanden und dafür kann man – bei den Fährnissen dieser Reise – dankbar sein!"

Er streckte sich ächzend. „Ich trinke auch auf den alten Sasskatch und seine Schiffe! Ich bin froh, dass ich in den nächsten Wochen auf keinem Reittier sitzen muss. Schlimmer seekrank als auf dem Ka'ud kann man wohl auch auf dem Meer nicht werden!"

Josh lachte und sie wandten sich wieder dem Spielbrett zu, als die Tür aufflog und Jermyn grußlos hereinstürzte. Mit einem Blick umfasste er die Kajüte.

„Wo ist Ninian? Ist sie noch nicht zurück? Ihre Koje ist leer und wir laufen in zwei Stunden aus, sagt der Schiffsmeister."

Als das Muschelhorn die zehnte Stunde blies und die Flut auf ihrem Höchststand gegen die Kaimauern schwappte, war Ely und Josh alle Zufriedenheit gründlich vergangen. Sie hatten die Männer des Wagenzugs, die sich alle brav zur verabredeten Zeit eingestellt hatten, wieder von den Schiffen geholt und in Suchmannschaften eingeteilt, die die Gassen des Hafenviertels bis zum Ruq und zum Palast ihres Gastfreundes abgesucht hatten. Doch das Ruq war geschlossen, Keram Bachras Türhüter versicherten, das hochgeehrte Fräulein habe die Schwelle nicht mehr übertreten und weder in den leeren Prachtstraßen um den Palast noch zwischen dem wüsten Volk in den Hafengassen fanden sie eine Spur von Ninian.

Schließlich standen sie am Kai, denn der Schiffsmeister hatte unmissverständlich klar gemacht, dass er segeln würde, ob sie nun das Mädchen gefunden hatten oder nicht.

Ely war den Tränen nahe, hin- und hergerissen zwischen Dankbarkeit und der Sorge um sein Geschäft. Selbst Josh ap Gedew hatte seine Zuversicht verlassen.

„Sie kann auf sich aufpassen," meinte er in einem schwachen Versuch, sich und die anderen zu beruhigen. Ely schnaubte, nicht im mindesten getröstet.

„Ja, eben, darum mache ich mir ja Sorgen! Was könnte sie davon abhalten, rechtzeitig hier zu sein? Sie weiß so gut, wie wir alle, dass wir mit der Ebbe auslaufen müssen ...", er rang die Hände. „Was sollen wir nur tun? Wenn ihr etwas zugestoßen ist ..."

„Was sollte ihr zustoßen?", wiederholte Josh hilflos.

Der Schiffsmeister, der sich bisher im Hintergrund gehalten hatte, trat näher.

„Herr, die Flut ..."

Jermyn hatte die ganze Zeit nicht gesprochen. Er war in eine seltsame Starre verfallen. Seine Augen brannten in dem schmalen Gesicht, dessen Sonnenbräune im Mondlicht zu fahlem Gelb verblasst war.

„Ich bleibe", er wandte sich zum Gehen wie ein Fremder, als seien die Erlebnisse der wochenlangen Reise weggewischt vor dem Unglück, das ihn getroffen hatte.

„Aber eure Sachen", rief Josh ihm nach, „es ist alles auf die Schiffe verladen."

„Ich brauche nichts von dem Plunder."

Er ging mit schnellen Schritten fort und hatte sich schon ein ganzes Stück entfernt, als Ely zu sich kam und ihm nacheilte.

„Jermyn, wartet!"

Der junge Mann drehte sich um und starrte ihn feindselig an.

„Geht nicht so, mein Freund! Hier, nehmt wenigstens dies. Es wird Euch helfen. Und versucht, mich zu verstehen, sie ist mir lieb und wert, aber ich trage auch Verantwortung für andere. Ich kann nicht bleiben."

Jermyn beachtete die Rolle nicht, die der Kaufmann ihm entgegenhielt.

„Was kümmert's mich? Macht doch, was Ihr wollt!", knurrte er, aber Ely spürte die Verzweiflung hinter den ruppigen Worten. Er drückte Jermyn die Rolle in die Hand.

„Könnt Ihr sie nicht rufen oder ihren Geist suchen?"

„Ich finde sie nicht und sie antwortet nicht.", die Stimme versagte ihm und eine solche Pein verzerrte sein Züge, dass Ely hastig wegsah. Einen Moment später hatte Jermyn sich wieder gefasst. Sein Gesicht war aschgrau, aber er sprach ruhig.

„Ich danke Euch, Ely. Gute Fahrt, euch allen."

Er steckte die Rolle in seinen Gürtel und verschwand in der Dunkelheit.

Ely kehrte seufzend zu Josh zurück und als die Sonne aufging, schaukelten die zehn Schiffe der Sasskatchevan-Flotte auf den sanften Wellen der Inneren See und Ely und Josh erging es wahrhaftig übel.

Die Gedanken, die in seinem Kopf im Kreise liefen, trieben Jermyn durch die dunklen Straßen von Tris. Er wusste kaum, wohin er ging, aber nach einer Weile merkte er, dass er zu allen jenen Stellen kam, an denen er mit

Ninian gewesen war. Die Ringerschule, die großen Tempel, auf deren blau glasierten Kacheln das Mondlicht wie auf dem Meerwasser spielte, die Gärten, deren berauschender Duft ihn an Ninians Entzücken erinnerte, so dass er es kaum ertragen konnte. Aber alle diese Orte waren still und menschenleer und wie sehr er auch *rief* und *suchte,* er fand unter all den schlafenden Wesen keine Spur von ihr.

Die Angst griff mit eisigen Fingern nach ihm, aber er schob sie von sich und eilte weiter, bis er sich erschöpft und verzweifelt vor den Toren des Westlichen Ruq wiederfand. Hier warf er sich in eine Nische, zog die Kapuze des blauen Umhangs über den Kopf und überließ sich dem Elend, das über ihm zusammenschlug. Wenn er sie auf seine Weise nicht finden konnte, gab es nur eine Erklärung.

Stöhnend presste er die Fäuste in die Augen. Es war nicht möglich, sie konnte nicht tot sein, sie durfte nicht tot sein ...

Ninian ... Ninian ... Ninian ... er schrie, brüllte ihren Namen in die flimmernde Nacht des Geistraumes. Und da ... ein Echo, er richtete sich auf. Ein Echo, so schwach, dass er nicht sicher war, ob er es sich nicht eingebildet hatte.

Ninian! Antworte ... wo bist du? Ninian ...

Jermyn ... hilf ... hilf ...

„Ahi, du schwanzlose Wüstenratte, das mein Schlafplatz, geh woanders, du Haufen Ka'uddung. Denks du, du kanns mich von gute Platz vertreibn, Hurnsohn."

Die Wolke übelster Ausdünstungen von ungewaschenen Lumpen und verrottendem Fleisch überschwemmte Jermyn, löschte alle anderen Wahrnehmungen aus. Als er auffuhr, stieß er beinahe mit der einäugigen Fratze zusammen, eine knotige Hand mit drei Fingern zerrte mit aller Kraft an seinem Umhang, die andere schwang einen Knüttel. Das Geschöpf kauerte auf dem Boden und kreischte Beschimpfungen, abwechselnd in der Sprache von Tris und in gebrochenem Lathisch.

Geh und stirb!

Wütende Verzweiflung tobte durch den Schädel des Bettlers, der Schmerz schleuderte ihn rücklings auf den Platz hinaus. Winselnd schlug er sich mit den Fäusten gegen die Stirn, dann humpelte fort, so schnell ihn seine verkrüppelten Glieder trugen.

Vergebens suchte Jermyn, die Spur wiederaufzunehmen, die schwache Stimme war verstummt. Es konnte bedeuten, dass Ninian in tiefe Bewusstlosigkeit gesunken war, an etwas anderes durfte er nicht denken und so klammerte er sich an die Gewissheit, dass sie vor wenigen Augenblicken noch gelebt und nach Hilfe gerufen hatte. Er rang die aufsteigende Angst nieder und zwang sich zu überlegen.

Es war unsinnig gewesen, blindlings in die Nacht hineinzurennen, damit hatte er nur seine Kräfte verschwendet. Er musste auf den Tag warten und wenn er suchte, musste er es richtig anfangen, im Ruq, wo er sie zuletzt gesehen hatte. Bei Sonnenaufgang würden die Tore geöffnet.

2. Tag des Saatmondes 1467 aDC

Jermyn schlief nicht in dieser Nacht, er hatte seinen Geist weit geöffnet, um jeden noch so leisen Ruf aufzufangen. Aber Ninian *rief* kein zweites Mal und als der Morgen graute, musste er sich wieder verschließen, das vielfältige Gewirr der Gedanken bedrängte und störte ihn. Auch spürte er den seltsamen Sog Deas. Sie zerrten an ihm, die Seelensphären, mit denen er verbunden war, sie riefen ihn zurück ...

Grimmig schloss er die Stimmen aus. Was scherten sie ihn? Sollten sie sehen, wie sie allein zurechtkamen, er musste Ninian suchen.

Als der Vorsteher des Ruq mit seinen Knechten kam und die großen Tore sich knirschend in ihren Angeln drehten, erhob Jermyn sich mit schmerzenden Gliedern und betrat die gewölbten Gänge des Marktes. Noch herrschte nicht das übliche Gedränge, viele Händler und Handwerker öffneten erst jetzt ihre Stände, hoben die hölzernen Läden mit Stangen, die sie in Halterungen an der Wand feststeckten. Kohlebecken wurden entzündet und der aromatische Duft von frischgemahlenem Kahwe schwebte durch die Gewölbe.

Jermyn fiel ein, dass er seit dem Mittag des vorigen Tages nichts mehr gegessen hatte, und obwohl er keinen Hunger verspürte, verschlang er in einer Garküche hastig eine Schüssel Hirsebrei. Es nützte Ninian nichts, wenn er bei der Suche schwach vor Hunger war.

In dem winzigen Kahwehaus daneben – es war nicht viel mehr als ein Loch in der Wand des Ruq – schüttete er drei Becher Kahwe herunter. Die alten Männer, die gemächlich ihre erste Runde schlürften, musterten ihn kopfschüttelnd. Der Wirt schob drei Bilhas nach vorne und beim Anblick der verbeulten Messinggefäße schnürte es Jermyn den Hals zu. Er warf ein paar Kupfermünzen auf die verblichenen Teppiche, die den Boden des Lochs bedeckten, und lief weiter.

Er versuchte sich zu erinnern. An welchen Ständen war sie immer stehengeblieben? Sie liebte alle Dinge in diesen verdammten Höhlen, und gestern morgen hatten sie sich lange bei den Goldschmieden und Juwelieren im inneren Bereich des Ruq aufgehalten. Ninian hatte lange Ohrgehänge aus Golddraht und mit Glasfluss eingelegte Scheiben für LaPrixa erstanden und ein Säckchen mit bunten Perlen für Kamantes Zöpfe. Sie hatte sich Zeit gelassen bei ihrer Wahl und ausgiebig gefeilscht, bis Jermyn ungeduldig geworden war. Der Händler musste sich an den hübschen Jüngling mit der hellen Stimme erinnern.

Als er den Stand endlich gefunden hatte, erklärte ihm ein junger Mann, dass sein Onkel unwohl sei und heute nicht komme.

„Morgen? Vielleicht, das wissen nur die Götter …"

Jermyn setzte seine Suche fort, er starrte in die Läden, in denen die Handwerker mit gekreuzten Beinen saßen und arbeiteten. Hier und dort kam ihm ein Stand, ein Gesicht bekannt vor und er fragte nach einem jungen Wüstenreiter im blauen Tschalak, aber stets antwortete ihm bedauerndes Kopfschütteln oder Schulterzucken. So viele Leute kamen hier vorbei, auch Wüstenreiter, wer konnte darauf achten?

Niedergeschlagen setzte er sich vor dem Stand eines Schusters auf den hölzernen Tritt, der zu dem Laden hinaufführte, und stützte den Kopf in die Hände.

Was hatte Ninian gesagt, als sie sich getrennt hatten? Decken für Kamante – sie hatte einen Stand gesehen, wo es Stoffe aus dem tiefen Süden gab, dort hatte sie hingehen wollen.

„Junger Herr, wollet kaufen, dann kauft – wollet Maulaffen feilhalten, dort is Kahwehaus." Die barsche Stimme riss ihn aus seinem Grübeln, er drehte sich um. Der Schuster musterte ihn mürrisch und wog bedeutsam seinen Hammer in der Hand.

„Hast du gestern einen Wüstenreiter gesehen, gekleidet wie ich, gestern nach der Mittagsruhe?"

„Wenn er Faulpelz wie du, mein Sohn, hab ich ihn auch gescheucht."

„Hast du ihn gesehen?"

„Was geht's dich an?"

Jermyn rührte sich nicht, als der Hammer auf den Lehmboden fiel und der Mann nach vorne auf die Knie kippte. Schweißperlen erschienen auf seiner Stirn, er verdrehte die Augen.

„Nein … nein Zahim, verzeiht, verzeiht… nein, niemand gesehen … Zahim …"

Unbarmherzig durchstöberte Jermyn den Geist des Schusters, aber er fand keine Erinnerung an einen blauen Wüstenreiter. Wortlos gab er den Mann frei, der stöhnend hinter seinen Werktisch sank.

Es erleichterte, dem Zorn die Zügel schießen zu lassen, aber es brachte ihn nicht weiter. Jermyn rannte die Gassen entlang auf der Suche nach dem Stand, den Ninian ihm beschrieben hatte. Er war der Verzweiflung nahe, als ein Lichtstrahl aus dem vergitterten Deckenloch gerade auf einen leuchtend roten, mit gelben und schwarzen Streifen verzierten Stoffballen fiel. In den Wintertagen hatte Kamante den Säugling in eine solche Decke gewickelt, wenn sie ihn aus der Küche durch die kalte Halle in ihre Schlafkammer getragen hatte. Hier musste es sein.

Die beiden Frauen, die hinter den Ballen hockten, waren ebenso schwarz wie Kamante, aber als Jermyn seine Frage hervorwürgte, sahen sie ihn nur an. Sie verstanden ihn nicht und Jermyn konnte sich in seiner Aufregung nicht auf die paar Brocken der südlichen Sprache besinnen, die er aufgeschnappt hatte. So griff er sich den erstbesten Vorübergehenden und prägte ihm die Frage mit solcher Gewalt in den Geist, dass der Mann vor Angst schlotterte. Stammelnd brachte er die Worte heraus und dann sprang Jermyn das Herz in die Kehle. Eine der Frauen nickte langsam.

„Frag sie, was er gemacht hat und wohin er gegangen ist!"

Der Mann gehorchte. Die Frau deutete auf den Ballen, fischte eine Muschelkette aus einem flachen Korb und deutete den Gang entlang.

„Er hat Stoff gekauft und eine Kette und ist weitergegangen, dort entlang."

Die Frau sprach weiter und der unfreiwillige Übersetzer neigte lauschend den Kopf.

„Was noch?", fauchte Jermyn ungeduldig.

„Sie sagt, er hätte krank ausgesehen."

Der verdatterte Mann fand ein Silberstück in seiner Hand und auch auf dem roten Stoffballen glänzte eine Münze, Jermyn aber rannte den Gang hinunter, ohne auf die empörten Rufe derjenigen zu achten, die er anrempelte. Er schluchzte beinahe vor Erleichterung.

Der Kräuterkundige – sie war zu dem Heiler gegangen! Vielleicht war ihr dort schlecht geworden und der Mann, der nicht wusste, wohin sie gehörte, hatte sie bei sich behalten. Vielleicht konnte er sie schon gleich in die Arme schließen. Sie würden das nächste Schiff nach Dea nehmen, was machte es schon ... wie hatte der Heiler geheißen? Maruf, Maruf Din ...

Je näher er dem Quartier der Heiler und Kräuterweisen kam, desto mehr wuchs in ihm die Überzeugung, dass er Ninian dort finden würde oder doch wenigstens erfahren würde, wo sie war. Die starken Gerüche der Drogen stiegen ihm in die Nase und lautes Jammern aus den Ständen der Bader wies ihm den Weg.

„Maruf? Maruf Din?"

Von einem Stand zum anderen rannte er, riss Vorhänge beiseite und bekam böse Schimpfworte zu hören, bis er endlich in die milden, braunen Augen des Heilkundigen blickte, der erstaunt von seinem Mörser aufsah. Jermyn stolperte so hastig die hölzernen Stufen hinauf, dass er sich die Schienbeine aufschlug.

„Habt Ihr sie gesehen, ich meine, ihn, ich meine, sie sieht aus wie ein Wüstenreiter, aber sie ist ein Mädchen ... war sie bei Euch? Redet."

Zum Glück verstand der Kräuterkundige das Lathische recht gut und zu Jermyns überbordender Freude nickte er.

„Ja, ja, war hier, das Fräulein ... hab ich gegeben Pulver ... gemach, gemach", als Jermyn Anstalten machte, ihn stürmisch zu umarmen.

„Wo ist sie? Ist sie krank? Wo habt Ihr sie hingebracht?"

Die nächsten Worte trafen ihn wie Keulenschläge.

„Ich weiß nicht. Sie ist gegangen", Jermyns Verzweiflung schien sein Mitleid zu erregen.

Er ließ sich die Geschichte von Ninians Verschwinden berichten und wiegte bedenklich den Kopf.

„Für Pulver zu nehmen, das Fräulein musste zu Brunnen. Wasser in Brunnen hinter dem Ruq ist gut, vielleicht Ihr findet dort Spur. Hört, junger Herr, Ihr müsst wissen ..."

Jermyn wartete nicht, jeder Augenblick, der ihn von Ninian trennte, schien unerträglich.

„Später, ich danke Euch ... wir werden beide wiederkommen, um Euch zu danken."

Das Quartier der Heilkundigen lag nicht weit entfernt von einem Nebentor des Ruq. Es führte auf einen kleinen Platz, von dem eine Reihe enger Gässchen abzweigte. Solman hatte sie vor der Gegend gewarnt.

„Da hocken die, die nicht ins Ruq gelassen werden. Pfand- und Geldverleiher, Trödler, die nie sagen werden, woher ihre Waren kommen ... sie haben einen schlechten Ruf, diese Gassen."

Als Jermyn durch die hölzerne Tür schlüpfte, lag der Platz halb in grellem Licht, auf die andere Hälfte warfen die umstehenden Gebäude tiefe Schatten. Eine böse Ahnung erfasste ihn, ließ die Zuversicht, die er eben noch empfunden hatte, verdorren.

In der Mitte erhob sich der Brunnen, bunt gekachelt, aber viele Kacheln waren gesprungen oder fehlten wie die Zinnbecher, die sonst an dünnen Ketten rund um die Brunnenränder hingen. Das Wasser, mit dem Jermyn Gesicht und Hände kühlte, war jedoch gut und rein, wie der Kräuterweise gesagt hatte. Erst nachdem er getrunken hatte, sah er sich um. Der Platz war so klein, dass er Ninian in ihren blauen Gewändern auf den ersten Blick gesehen hätte, und an dem Kloß in seiner Kehle merkte er, dass er wider besseren Wissens gehofft hatte. Auf der schattigen Seite lehnten ein paar Bettler an den Hauswänden der Häuser. Bei seinem Anblick hatten sie das mechanische Wimmern angestimmt, mit dem sie jeden anbettelten.

Er überquerte den Platz und das Wimmern stieg an, verstümmelte Hände reckten sich ihm entgegen und bei dem Blick in die leeren, wüsten Gesichter verließ ihn der Mut. Diese hier achteten auf gar nichts mehr, sie würden sagen, was er hören wollte, um ein paar Münzen zu ergattern. Dann fiel ihm ein, dass sie wie in Dea ihren angestammten Platz hatten, an dem sie sich den größten Teil des Tages aufhielten. Vielleicht hatten sie Ninian gestern gesehen, das Bild eines Wüstenreiters mochte sich ihren Schädeln eingeprägt haben.

Vorsichtig senkte er seine Sperren und drang in die Köpfe der armseligen Gestalten ein.

Es war ein Gang durch die Wüste – Leere, Elend und Hoffnungslosigkeit bestimmten dieses Dasein. Die Berührung schlug Saiten in seinem Wesen an, die verstummt waren, seit Ninian bei ihm war. Nun begannen sie wieder zu sirren, grell und unheilverkündend, und er wusste, dass ihn nichts mehr von diesen Unglücklichen hier unterscheiden würde, wenn er Ninian verlor.

Er durchwühlte wirre Erinnerungen, trüb, wie der schlammige Bodensatz des Tibra, nur die Erinnerung an Speise oder an Schläge ragten daraus hervor. Er hatte die Hoffnung schon beinahe aufgegeben und wollte sich aus den bedrückenden Bildern befreien, als etwas Blaues in seinem Geist aufblitzte, eine Gestalt, schemenhaft im grellen Sonnenlicht. Es durchfuhr ihn heiß, er riss die Augen auf, um den Bettler zu sehen, in dessen Geist sich dieses Bild gehalten hatte. Es war ein Junge, ein Kind noch.

Aus großen, angstvollen Augen sah es zu ihm auf. Fliegen krochen ungehindert über das schmutzige Gesicht, saßen in den tränenden Augenwinkeln. Beine, dürr und nutzlos, lagen ausgestreckt auf dem Lehmboden, zwei Krücken lehnten an der Mauer.

Jermyn hockte sich nieder. Der Junge kroch tiefer in sich hinein, er presste sich an die Wand, als wolle er darin verschwinden. Als Jermyn die Hand hob, fuhr der knochige Arm schützend vor das Gesicht. Jermyn drückte ihn sanft herunter und legte seine Finger an die grindige Schläfe. Die Augen des Kindes weiteten sich, dann wich die Angst aus seinen Zügen.

„Hast du sie gesehen?"

Der Junge verstand ihn nicht und Jermyn schuf ein Bild von Ninian in ihrem blauen Gewand. Da nickte der Junge und Jermyn drang langsam, so sanft wie möglich in seinen Geist ein.

Eine blaue Gestalt im grellen Sonnenlicht, sie geht zum Brunnen, schöpft mit der hohlen Hand und trinkt. Sie windet das Tuch von ihrem Kopf, taucht es ins Wasser und wäscht ihr Gesicht. Dunkles Haar fällt auf ihre Schultern, Funken glitzern im Sonnenlicht, in dem gleißenden Licht, das in den Augen brennt, die blaue Gestalt schwankt, stolpert über den Platz auf den Schatten der Gassen zu. Sie taucht in die dunkle Öffnung, ein langer, blauer Stoffstreifen, das Kopftuch, schleift hinter ihr her, verschwindet zuletzt, so blau, so blau ...

Jermyn löste sich vorsichtig aus der Erinnerung des Jungen. Das Blau war ihm schön erschienen, deshalb war das Ereignis haften geblieben.

Jermyn nestelte einige Silbermünzen aus seiner Tasche und drückte sie in die schlaffe Hand. Das Kind starrte ungläubig auf das glänzende Metall und Jermyn merkte, dass auch die erwachsenen Bettler aufmerksam wurden.

Wer es ihm nimmt, den häute ich bei lebendigem Leibe!

Ein drastisches Bild begleitete die Warnung und die Bettler zogen jammernd die Köpfe ein. Der Junge stopfte seine Beute in den Mund und griff nach seinen Krücken. Jermyn half ihm auf und er schleppte sich davon, so schnell er es vermochte. Jermyn hatte ihn schon vergessen, als er mit klopfendem Herzen die Gasse betrat.

Erst als er alle Gassen, die von dem Platz wegführten, bis zum Ende abgegangen war, gestand er sich ein, dass sich Ninians Spur hier verlor. Er hatte nichts gefunden, nicht einmal einen Fetzen des blauen, ach so blauen Tuchs.

Bis zum Einbruch der Dunkelheit suchte Jermyn in der Umgebung des sternförmigen Platzes nach einem Zeichen von Ninian. Er hatte ein Netz gegen den Gedankenlärm der Stadt gewoben, das nur ihre Ausstrahlung hindurchlassen würde, aber es war, als hätte sie sich in Luft aufgelöst.

Gegen Abend konnte er sich vor Erschöpfung und Jammer kaum noch auf den Beinen halten. Lästige Dinge wie Hunger und Müdigkeit stellten sich ein, außer dem Hirsebrei am Morgen hatte er nichts gegessen. Auch wollte er keine zweite Nacht auf der Straße verbringen. Zu Keram Bachra wollte er nicht zurück, dort erinnerte ihn alles an Ninian und es stand ihm nicht der Sinn nach Erklärungen, Vermutungen oder Trostworte.

Niedergeschlagen überlegte er, wohin er sich wenden könne, als ihm das Khanat einfiel. Das bedeutete einen ordentlichen Fußmarsch, denn es lag im Südosten von Tris, aber dort sprach man Lathisch und er würde als Reisender nicht auffallen. Seufzend machte er sich auf den Weg.

Zwei Stunden später saß er in einer Zelle im Obergeschoss des Khanats und aß Fleischspieße, Weizengrütze und einen seltsamen Gemüsemischmasch, an dem Ninian ihre helle Freude gehabt hätte. Er hatte Glück gehabt, eine große Karawane war in der Früh aufgebrochen, dadurch waren mehrere Zellen freigeworden und als der Meister gesehen hatte, dass der Wüstenreiter ohne Reittier zahlen konnte, war er freundlich und aufmerksam geworden.

Die Rolle, die Ely ihm zugesteckt hatte, enthielt Goldstücke und Jermyn war dankbar dafür. Er hätte sich das Nötige auch auf seine Weise besorgen können, aber er brauchte alle seine Kräfte, um nach Ninian zu suchen.

Während er aß, grübelte er darüber nach, was ihr zugestoßen sein mochte. Irrte sie in der Stadt herum, wurde sie gefangengehalten? Aber warum befreite sie sich nicht? Wer konnte Ninian gefangen halten? Churo fiel ihm ein, der entführt und auf ein Schiff verschleppt worden war.

Hatte Ninian dieses Schicksal erlitten? Doch wohin sollte sie gebracht werden? Würde sie in einem Bordell in Dea wieder auftauchen ... oder in Battava? Bei dem Gedanken musste er sich beherrschen, um nicht aufzuspringen und von Neuem eine kopflose Suche zu beginnen. Aber warum wehrte sie sich nicht? Es war kaum möglich, Ninian gegen ihren Willen festzuhalten. Wenn sie denn Herr ihrer selbst war. Churo war krank gewesen – lag Ninian vielleicht bewusstlos auf einem Schiff, betäubt von Drogen, damit sie sich nicht wehren konnte?

Er stieß den halbvollen Teller von sich. Der Hafen – er hatte den Hafen vergessen. Morgen musste er fragen, welche Schiffe außer der Flotte der Sasskatchevans gesegelt waren. Aber in Tris legten keine Battaverschiffe an.

Mit aller Macht musste Jermyn gegen die schwarze Verzweiflung ankämpfen, die ihn ergreifen wollte. Morgen würde er seine Suche fortsetzen und wenn er jeden Straßenzug, jede Gasse in Tris *abhörte*. Aber dann musste er schlafen, sonst würde er das Geschrei der unzähligen Geistsphären nicht ertragen. Schlafen! So erschöpft und gleichzeitig überwach war er nie in seinem Leben gewesen.

Im Hof bot ein Weinhändler seine Waren an, er hatte die Männer auf dem Boden hocken und trinken sehen und plötzlich schien es eine Möglichkeit, ein paar Stunden Vergessen zu finden.

Die Matten waren fast alle besetzt und nachdem Jermyn sich einen Becher des schweren, harzigen Weins gekauft hatte, ließ er sich auf dem einzigen freien Platz nieder, neben einer Gruppe von Männern, die schon einiges von dem Wein genossen hatten. Sie redeten laut und ruppig auf Lattisch. Zuerst beachteten sie ihn nicht, doch endlich richtete einer den verwischten Blick auf ihn.

„Wahi, Wüstenmann, ham se dir vergessn?"

Jermyn antwortete nicht und der Mann rutschte näher.

„Redste nich die Lingua Lathica?"

„Nicht mit jedem. Hau ab", erwiderte Jermyn ruhig. Der Mann bleckte die Zähne und rülpste ihm ins Gesicht. Die anderen lachten. Jermyn sah auf. Ka'udknechte vielleicht oder eine Bande von Halsabschneidern. Sie kamen ihm gerade recht.

Die Männer erstarrten, als die Glut in den schwarzen Augen aufflammte.

„Zahim, Zahim", murmelte einer, aber schon peitschten die Ausläufer von Jermyns Geist durch ihre Köpfe. Eine unwiderstehliche Macht beugte ihre Nacken, bis ihre Stirnen die Matte berührten.

„Arit-siddhi, vergebt, vergebt …"

Jermyn zuckte zusammen, als er den üblen Namen hörte, und zog sich rasch zurück. Aber es hatte schon gereicht. Die Männer rutschten ans andere Ende der Matte und drängten sich wie verschreckte Küken aneinander. Eine Weile flüsterten sie nur, aber nach und nach beruhigten sie sich und ihre Stimmen hoben sich wieder.

„Hat er Glück gehabt, der Sohn einer Hündin, wird er reicher Mann, wenn sie ihm nich verreckt."

„Hoho, wird er schon für sorgen. Muss sie nur bisschen füttern, der Belim wiegt sie in Gold auf, wenn sie ihm gefallen."

„Gold? Bei der letzten warns Juwelen, groß wie mein Kopf, aber sie soll Fee gewesen sein."

„Fee – was redst du? Feen lassn sich nich fangn…"

„Ahi, woher weißt du, Mann? Muss sich wohl fangn lassn, sonst hätt der Belim doch keine."

Jermyn, der sich zwingen musste, den ungewohnten Wein zu trinken, horchte auf. Er packte den Sprecher am Ärmel. „Wovon sprecht ihr?"

Der Mann fuhr zusammen und hob abwehrend die Hände. „Vergebt, Euer Gnaden, is nur dumm Gered, hört sofort auf."

Jermyn schüttelte ihn ungeduldig. „Ich will es wissen, was ist mit diesem Belim? Wein für diese guten Leute", rief er dem Weinhändler zu, „so redet sich's besser!"

Er grinste, aber es jagte den Männern ebensoviel Angst ein wie eine Drohung, und sie beeilten sich, zu erzählen.

„Is Belim von Eblis, Oase in Osten von Tris, is reich wie ... wie ...", ihm fiel kein passender Vergleich ein, „is reich un sammelt Frauen, hat Frauenhaus mit hundert oder mehr. Wer schönes Weib findet und bringt nach Eblis, is reicher Mann ... heute is Karawane aufgebrochen."

„Ja und? Da war doch noch was. Wer hat Glück und wer soll nicht abkratzen?"

Die Männer wechselten verstohlene Blicke. „Is Fizan, der Einäugige, hat Frau gefunden, bringt zu B... Belim", stammelte der Sprecher.

„So! Hat Frau gefunden ... warst du auch dabei oder einer von euch?"

Sie ließen sich nicht von Jermyns sanfter Stimme täuschen, sondern schüttelten mit äußerstem Nachdruck die Köpfe.

„Nein, oh nein, Zahim!"

„Nein, nein, wir nich dabei."

„Nur gehört von großem Glück."

„Das freut mich, das freut mich sehr ... für euch, und es wird sich noch zeigen, wie glücklich Fizan ist!"

Hätte sich ein Sandsturm von ungeheuren Außmaßen über ihnen zusammengebraut und wäre dann vorübergezogen, hätten sie nicht erleichterter sein können, als Jermyn aufstand und grußlos fortging. Und sie nahmen sich vor, den Einäugigen, sollten sie ihn je wieder zu Gesicht zu bekommen, vor blauen Wüstenreitern zu warnen.

3. Tag des Saatmondes 1467 aDC

Nach einer weiteren schlaflosen Nacht stand Jermyn am nächsten Morgen in aller Frühe vor dem Meister des Khanats und ließ sich bestätigen, dass die Karawane vor zwei Tagen nach Eblis aufgebrochen war. Dann legte er fünf Goldstücke auf den Tisch.

„Ein gutes Ka'ud, Wasser und Verpflegung für die Reise. Schnell, wenn's beliebt!"

Der Meister musterte das Geld und schob es zurück. „Ich mache keine Geschäfte mit Grünschnäbeln! Steckt es nur wieder ein."

Beinahe toll vor Sorge um Ninian, nahm Jermyn die Abfuhr nicht gut auf. Sein Blick bannte den Mann in seinen Stuhl und seine Gedanken bohrten sich in den Geist des Mannes. Der verschloss sich mit einiger Kunst, aber Jermyn war er nicht gewachsen, bald hing er mit verdrehten Augen in seinem Stuhl. Doch wehrte er sich weiter gegen die wütenden Angriffe, die durch seinen Schädel tobten. Trotz seiner Wut erkannte Jermyn, dass er den Mann umbringen würde, und was würde das nützen? Um dem Meister seinen Willen aufzuzwingen und ihn zu lenken, fehlte ihm dagegen die Geduld.

„Warum willst du mein Geld nicht, du sturer Narr?", brüllte er schließlich außer sich, „ich könnte mir alles auch so nehmen, ohne Bezahlung!"

„Ihr seid der Narr", keuchte der Meister, „die Wüste wird Euch verschlingen und mein Ka'ud damit!"

„Ich bin von Jaffa nach Tris gekommen, da gab's keinen verdammten Tropfen Wasser!"

„Das war nur Kleine Wüste, hier geht um Große Wüste ... lasst mich frei, dass wir können reden."

Jermyns Schläfen hämmerten, er spürte die Anstrengung der geistigen Attacke. Der Mann hatte Recht. Er musste sich anhören, was der Meister zu sagen hatte. Widerwillig zog er sich zurück.

„Na los, redet!"

Der Meister rieb sich die Stirn.

„Wart Ihr allein? Nein? Seht, Weg nach Eblis ist viel länger und voller Gefahren. Treibsand verschüttet Brunnen, ohne Wassersucher zieht keine Karawane durch Große Wüste. Bald beginnt Zeit der Sandstürme, danach Himmel ist tagelang bedeckt, kein Sonne, keine Sterne für Richtung – wie wollt Ihr Weg finden? Doch, was kümmert's mich?", der Meister spuckte verächtlich aus. „Wenn Ihr Euch wollt zu Grunde richten, ich halt Euch nicht auf. Aber ist schade um gutes Ka'ud. Ich verkaufe Euch keins und in ganz Tris werdet Ihr keinen ehrlichen Händler finden, der es tut, wenn er hört, dass Ihr allein nach Eblis wollt!"

Die Arme vor der Brust verschränkt, hielt der Meister Jermyns mörderischem Blick stand. Er wusste offensichtlich, wovon er sprach. Doch noch wollte Jermyn sich nicht geschlagen geben.

„Ich suche mir einen Führer."
Der Meister zuckte die Achseln. „Wünsch Euch Glück bei der Suche."
„Verdammt, irgend jemanden wird es wohl geben, der mein Gold nehmen wird", fauchte Jermyn.
„Aber keinen, der Bescheid weiß. Was nützt Reichtum in Bauch von Aasfresser", gab der Meister ruhig zurück. „Führer durch Große Wüste gibt es wenig, sie ziehen mit den großen Karawanen und lassen sich ihre Dienste mit Gold aufwiegen. Seid Ihr so reich?"
Jermyn zögerte. Durch Elys Gabe war er gut versorgt, andererseits wusste er nicht, was ihn in Eblis erwartete, und wenn er sich auch Geld verschaffen konnte, so würde es ihn doch Zeit und Mühe kosten.
„Gibt es keine anderen, Wüstenreiter, Abenteurer?"
„Jeder, der sich in Große Wüste wagt, ist Abenteurer und Wüstenreiter. Seit Fürst Jephta tot ist, Bassiden kommen nicht mehr in die Stadt, haben sich in Inneres von Wüste verkrochen, wo sie sicher sind vor Haidara – vielleicht."
Die fremden Namen weckten eine unangenehme Erinnerung, ohne dass Jermyn hätte sagen können, warum. Die Hoffnung, die seit der Unterhaltung mit den Zechern in ihm aufgeflammt war, sank in sich zusammen. Es nützte Ninian nichts, wenn er sich kopflos in die Durchquerung der Wüste stürzte und dabei umkam.
„Was soll ich also tun, um nach Eblis zu kommen?", fragte er mühsam beherrscht und der Meister nickte voller Genugtuung.
„Jetzt, Ihr redet vernünftig. Warten sollt Ihr – in drei Wochen Tahal Fadir zieht los, ein guter, erfahrener Mann, hat noch jede Karawane sicher nach Eblis gebracht. Wenn ich sage, wird er Euch mitnehmen!"
„Drei Wochen!", Jermyn konnte seine Verzweiflung kaum verbergen.
„Nehmt es hin, junger Herr", riet der Meister achselzuckend, „von Eblis nichts verschwindet so schnell. Dahinter beginnt in Wahrheit die Große Wüste, nur einmal im Jahr macht sich die Große Karawane auf den Weg in tiefen Süden."
Niedergeschlagen fand Jermyn sich auf der Straße wieder. Wie sollte er die drei Wochen des Wartens überstehen? Aber von welcher Seite er es besah, er fand keine bessere Lösung.
Seine Gedankenkräfte halfen ihm nicht weiter. Selbst wenn er einen Wüstenkundigen fände und in seine Dienste zwänge, es würde all seine Kraft kosten, den Mann am Zügel zu halten, und unwissend wie er war, konnte er nie sicher sein, ob der unfreiwillige Führer ihn nicht in die Irre

leitete. Unwillkürlich dachte er an Vater Dermot, an ihre Reise von Dea ins Haus der Weisen, und seine Achtung vor dem Guten Vater stieg. Den ganzen Weg hatte er seinen widerstrebenden Schüler nicht einmal von der geistigen Leine gelassen. Zu seiner Schande musste Jermyn sich eingestehen, dass er dazu nicht in der Lage wäre. Die Worte des Zwerges fielen ihm ein:
Euer Geist ist gefangen in Euren Leidenschaften
Genau so war es, schon lange hatte er seine Übungen vernachlässigt, auf der ganzen Reise hatte er immer wieder dem ständig schwelenden Ärger nachgegeben, sich nicht um Gleichmut bemüht und jetzt woben Wut und die Angst um Ninian klebrige Schleier um seinen Geist.

Ninian – bei dem Gedanken an sie durchfuhr ihn ein Schmerz, der ihm den Atem nahm. Wenn er sie verlor ... nein, das musste er von sich schieben, es durfte sich nicht einnisten in seine Gedanken. Ein Leben ohne Ninian gab es nicht.

Der Tag dehnte sich unerträglich lange. Jermyn ging zum Hafen, wie er es sich vorgenommen hatte, obwohl er in seinem Herzen überzeugt davon war, dass Ninian in der trockenen, nicht in der nassen Wüste verschwunden war. Trotzdem stand er am Kai und starrte auf das schmutzige Wasser. Ein paar Seeleute machten sich einen Spaß daraus, kleine Münzen ins Wasser zu werfen. Unter ihnen paddelte eine Horde magerer Gassenjungen in der trüben Brühe und tauchte nach der geringen Beute. Beim Anblick der aufsteigenden Luftblasen musste Jermyn an den Zauber von Bes denken. Was hatte Ninian gesehen? Ihr Schicksal? Doch warum hatte sie nichts gesagt? Glaubte sie, sich selbst schützen zu können? Sie bestand auf ihrer Unabhängigkeit und bisher hatte er geglaubt, sie sei ebenso unangreifbar wie er. Vielleicht sollte er den Zwerg suchen, er konnte helfen, freiwillig oder ...

Doch Bes war verschwunden. Wo er auch nach ihm fragte, alle zuckten die Schultern und erklärten, die Wege des Kleinen wären niemandem bekannt. Die Vorstellung, ihn auf dem geistigen Plan zu suchen, entmutigte Jermyn. Es war schwierig genug, unter der Bevölkerung einer großen Stadt einen Einzelnen zu suchen. War dieser dazu noch ein Großer unter den Gedankenlenkern, einer, der den Namen Zahim wahrhaft verdiente, so musste die Suche zum Scheitern verurteilt sein. Jermyn konnte sich nicht einmal überwinden, nach Cecco zu fahnden, der ihm Auskunft über Bes hätte geben können. Er hatte kein Verlangen nach dem frechen Grinsen und den dreisten Fragen des Gauklers.

Am Abend schleppte er sich ins Khanat zurück, aß, ohne zu schmecken, was man ihm vorsetzte, und verbrachte seine dritte schlaflose Nacht.

4./5. Tag des Saatmondes 1467 p. DC

In den nächsten beiden Tagen brachte er sich beinahe um den Verstand. Zäh wie Sirup floss die Zeit dahin, wenn er an die drei Wochen dachte, unendlich dehnten sich die Stunden zwischen einem Ruf des Muschelhorns und dem nächsten. Und dabei rann Ninians Zeit vielleicht schneller dahin als die rasenden Wasser des Ouse-Flusses.

In seiner Kammer im Khanat hielt es ihn nicht. Lag er still, quälte ihn abwechselnd die Frage, wie es ihr gerade ergehen mochte, und die Erinnerung daran, wie oft sie sich auf dieser Reise gestritten hatten. Ertrug er den Zustand nicht mehr, trieb es ihn hinaus, wo er zerrissen zwischen Langeweile und Ungeduld ziellos durch die Gassen wanderte. Orte, die er mit Ninian besucht hatte, mied er, die Erinnerung war ihm unerträglich. Er suchte die Hinterhöfe auf, wo die Hähne miteinander kämpften, um sich durch den Wettkitzel abzulenken. Aber die Kämpfe fesselten ihn nicht, er war nicht bei der Sache und verlor mehr, als er sich leisten konnte. Übernächtigt und verzweifelt wie er war, reizten ihn Kleinigkeiten, er begann einen Streit um eine vollkommen klare Partie und konnte sich gerade noch davon zurückhalten, wie der Arit unter den Männern zu wüten. Dabei schmerzte sein Kopf wie lange nicht mehr, seine Augen tränten und am Abend des dritten Tages ohne Schlaf griff er zu einem Mittel, das er lange nicht mehr gebraucht hatte. Von einem Drogenhändler außerhalb des Ruqs ließ er sich einige Fäden Sternenstaub geben und ging, ohne zu zahlen. Als der Händler nach der nägelgespickten Keule neben sich griff, löschte ein geistiger Peitschenhieb alle Erinnerungen in seinem Hirn aus.

Der Sternenstaub brachte außer bleiernem Schlaf schlechte Träume, in denen alle Ängste, die er um Ninian hatte, lebendig wurden. Als er mit schweren Gliedern und ärgerem Schädelweh denn je erwachte, stand die Sonne hoch am Himmel. Mit hängendem Kopf hockte er auf der Pritsche.

So wird dein Leben ohne sie aussehen! Es war schlimm genug in Dea, bevor sie kam. Jetzt wirst du es nicht mehr ertragen können. Was macht es dann, wenn du dich zu Grunde richtest? Niemand fragt nach dir …

Sein Blick fiel auf die Kerben im Bettgestell. Eine Kerbe für jeden Tag der Wartezeit, den er hinter sich gebracht hatte. Zwei waren es und heute Abend würde er die dritte eingraben. Plötzlich schämte er sich. Er durfte sich nicht gehen lassen, noch hatte er ein Ziel und was half es Ninian, wenn er sich dem heulenden Elend hingab?

Mühsam stand er auf, mit steifen Gelenken, und dann fiel ihm ein, womit er die Dämonen in Schach halten konnte.

Dieser erste Tag in der Ringerschule gehörten zu den schlimmsten Erfahrungen seines Lebens. Nach sechs Stunden Schinderei und einer Stunde im Dampfbad kroch er wie ein alter Mann in seine Kammer, aber er hatte sich den Rest der Droge aus dem Leib geschwitzt und in der Nacht schlief er den Schlaf reiner Erschöpfung. Als Letztes, bevor er umgefallen war, hatte er die dritte Kerbe angebracht.

Nach der zehnten Kerbe war er so weit, dass er mit dem Klettern beginnen konnte, und er entdeckte, dass dies in Tris keine so seltene Kunst war wie in Dea, wenn sie auch anders gehandhabt wurde. Es wunderte ihn, dass er nicht früher etwas von dieser Belustigung mitbekommen hatte. Wahrscheinlich lag es daran, dass das Treiben der jungen Männer nicht gerne gesehen wurde und sie ihre Streifzüge ins Morgengrauen verlegt hatten, wenn wenig Menschen unterwegs waren. Am vierzehnten Tag nach Ninians Verschwinden sprachen sie ihn in der Ringerschule an, als er auf den Händen stehend Armbeugen machte.

„Ahi, Yahmur, bist du nicht schlecht, aber bist du gut? Kommst du morgen bei Sonnenaufgang zu Tempelturm in Weststadt, sehen wir, ob du was taugst!"

Die herablassenden Worte stachelten ihn an und am nächsten Tag stand er in der perlgrauen Dämmerung am angegebenen Ort. Sie warteten schon, eine Horde junger Männer, alle in Hemden und weiten, an den Waden gewickelten Hosen. Ihre unterschiedliche Herkunft überraschte Jermyn: Die einen trugen Seide und feines Linnen, der teure Duft edler Öle umgab sie, die Kleidung der anderen war nicht mehr als Lumpen. Doch Besitz und Stand schienen keine Rolle unter ihnen zu spielen, ganz selbstverständlich ergriff ein Bursche in fadenscheinigem Gewand die Führung.

„Wir machen Turm, Yahmur, leichte Übung, weil du bist fremd in Tris. Lauf mit, wenn du kannst. Bei nächstem Stundenruf sind wir fertig, sonst gibt's Geschrei."

Sie nahmen Aufstellung einige Fuß vom Sockel des Turmes entfernt, Jermyn in ihrer Mitte. Einige Atemzüge standen sie mit geschlossenen Augen, dann, auf einen Ruf des Führers, rannten sie los, sprangen die Mauer an und krallten sich an die steinernen Verzierungen. Wie eine Welle glitten sie die Wand empor, einen Schwarm von Vögeln aufschreckend, die auf den vorragenden Ornamenten geschlafen hatten. Jermyn folgte ihnen und er fand, dass der Führer Recht gehabt hatte: Der Turm bot keine Schwierigkeit. Mühelos zog er sich von Stein zu Stein, überholte die Letzten, erreichte mit dem mittleren Feld die Plattform, auf der der Ausrufer die nächste Doppelstunde ankündigen würde, und sprang als einer der Ersten zurück auf die Erde.

„Gut. Weiter", rief ihm der Führer zu, „fällst du, bleibst du stehen, bist du raus!"

In wilder Jagd ging es durch die Straßen. Sie wichen niemals aus, setzten im Sprung über das Hindernis hinweg oder kletterten darüber. Versperrte ihnen eine Mauer den Weg, flogen sie hinauf, bot sie keine Tritte, halfen sie sich gegenseitig mit der Handleiter. Nie ließ ihre Geschwindigkeit nach und durch menschenleere Stiegenhäuser drangen sie schließlich auf die flachen Dächer vor. Von einem Gebäude auf das nächste sprangen sie, drei, vier Stockwerke hoch über den Gassen, den Aufprall auf der anderen Seite mit Überschlägen abfedernd. Ärgerliche Rufe folgten ihnen, als die Stadt langsam erwachte, aber sie waren weiter, bevor die Scheltenden fertig geschrien hatten. Allmählich wurde die Gruppe kleiner, einzelne fielen zurück, einer verwickelte sich in einer Wäscheleine, ein anderer landete falsch und blieb mit einem Schmerzensschrei liegen, sein Vorgänger hielt im Lauf inne und kehrte mit saurem Gesicht zurück, um ihm beizustehen.

Jermyn hielt sich, bis etwa die Hälfte der Läufer aufgegeben hatte. Dann ging ihm die Luft aus, er wurde so langsam, dass er auf einem niedrigen Haus stehend den Anschluss verpasste und nicht mehr wusste, in welcher Richtung er laufen sollte. Die keifenden Frauen, die ihm mit einem Wäschestampfer zu Leibe rücken wollten, wehrte er mit einem Blick ab. Kreischend flohen sie vor dem Dämon mit den flammenden Augen, der ihr Dach heimgesucht hatte.

Zurück auf der Straße fand er sich in gänzlich unbekannter Gegend, ohne die leiseste Ahnung, in welchem Teil von Tris er gelandet war. Seine Muskeln schmerzten nach der ungewohnten Anstrengung und er fühlte sich flau, da er ohne zu essen losgezogen war, doch zum ersten Mal hatte ihn die lastende Angst um Ninian verlassen. Im ersten Moment schlug ihm das Gewissen, dann schalt er sich einen Narren. Es brachte sie nicht zurück, wenn er bei jedem Atemzug um sie zitterte – und der Lauf hätte ihr Spaß gemacht. Bevor er sich Gedanken machen konnte, was aus den anderen geworden war, stand einer von ihnen grinsend vor ihm.

„Zaid sagt, du gut, komm essen!"

Damit war er in ihren Kreis aufgenommen. Sie nannten sich Percuri, die Läufer, und ihr Zeitvertreib hatte seinen Ursprung in den Fluchten der

Gassenjungen vor den Wächtern der Ruqs. Gelangweilte junge Männer aus gutem Hause hatten den Lauf als willkommene Abwechslung ihres müßigen Lebens entdeckt und er war Selbstzweck geworden.

Als sie ihm in ihrem Quartier nach gönnerhaftem Klatschen seine Fehler aufzählten, erwachte sein Ehrgeiz. Er übte wie besessen und zeigte ihnen schließlich seine Art des Kletterns, denn für sie zählte nur Schnelligkeit, sie scheuten die glatten Wände, bei denen man geduldig nach winzigen Griffen suchen musste. Sie waren beeindruckt, zogen aber weiter ihre Spielart vor.

Am Ende der dritten Woche war er bis zu den fünf Führern vorgedrungen.

„Nicht schlecht", meinte Zaid und knuffte ihn anerkennend. Keiner von ihnen kannte seinen Namen oder wusste etwas von seinen Gedankenkräften. Für sie war er der Fremde aus Dea. Der Name Yahmur, der Rote, war haften geblieben und er ließ es sich gefallen. „Gibt immer fünf Führer, morgen du kannst stürzen einen von uns."

Sie hatten ihn nie lächeln gesehen, doch jetzt lächelte er. Am Abend schnitt er die letzte Kerbe in sein Bettgestell und am nächsten Tag schaukelte er auf dem Rücken des besten Ka'ud, das er hatte auftreiben können, hinter Tahal Fadir in die Große Wüste.

Die Läufer sahen ihn nie wieder, aber sie sprachen lange noch von ihm.

20. Tag des Blütemondes 1467 p.DC.

Bei der Ankunft in Eblis trennte sich Tahal Fadir ohne Bedauern von seinem Gast. Nie war er derart zur Eile angetrieben worden und nie hatte ihm ein Reisender soviel Unbehagen eingeflößt.

Dabei hatte sich der junge Mann, der sich Yahmur nannte, hartnäckig an ihn geheftet und mit Fragen bedrängt. Die Dinge, die er wissen wollte, hatten Fadir verwirrt. Der Junge trug einen blauen Tschalak, doch für einen Wüstenreiter wusste er wenig von der Wüste, auch mit seinem Ka'ud, einem wunderbaren Tier, das alle Knechte neidvoll betrachteten, konnte er nicht recht umgehen. Am Anfang brauchte er noch einen Führer, aber er ruhte nicht, bis es ihm gelungen war, das Tier selbst zu lenken. Doch schien er keine große Zuneigung zu ihm zu hegen, wie es sonst bei den Wüstenreitern üblich war. Sein Verhalten gab Fadir Rätsel auf. Bei jedem Auf- und Abbau des Lagers arbeitete er, obwohl er als Gast bezahlte, ebenso hart wie die Knechte, doch scherzte er nicht und sprach nicht mehr als das Nötigste mit ihnen und sie mieden ihn. Nach der Arbeit machte er seltsame Übungen, verrenkte seine Glieder, dass es beim Zusehen weh tat.

Abends setzte er sich zu Fadir, trank Kahwe, wenn der Wasservorrat es zuließ, und fragte nach den Regeln, die einem in der Wüste das Überleben sicherten, nach den Anzeichen für Stürme, für Wasser, nach den Brunnen, die sicher waren.

Fadir erzählte, was er wusste, die Glut in den schwarzen Augen konnte selbst einem gewichtigen Karawanenführer Angst machen. Überhaupt schien es Fadir, dass er nie eine andere Wahl hatte, als wahrheitsgemäß auf alle Fragen zu antworten. Eine Drohung lauerte hinter dem schwarzen Blick, die beinahe unerträglich wurde, wenn er etwa dem Drängen zum Aufbruch nicht nachgeben wollte. Doch immer, bevor es wirklich schlimm wurde, hatte der junge Mann die Augen gesenkt.

„Wie Ihr meint, Ihr kennt die Wüste."

Tahal Fadir hatte wohl gespürt, wie schwer es ihm fiel, sich zurückzuhalten. Die Reise verlief ruhig, ohne besondere Ereignisse, ein Sandsturm begegnete ihnen, doch baute er sich so gemächlich auf, dass sie Zeit hatten, alle Schutzvorkehrungen zu treffen. Wieder hatte Yahmurs Verhalten Fadir verblüfft. Als die lohfarbene Wolkenwand auf sie zutrieb, war sein Gesicht grau geworden, um seinen Mund hatte es gezuckt. Ein Wüstenreiter, der sich vor einem Sandsturm fürchtete wie das Zicklein vor den Fenneks ... doch hatte jeder Mann seine eigenen Dämonen.

„Kommt zu mir", hatte Fadir ihm angeboten, „meine Zeltbahn reicht für uns beide."

Er hatte den mörderischen Blick gespürt wie einen Schlag, aber Yahmur hatte sich abgewandt, mit einem Knurren, von dem Fadir nicht wusste, ob es ein Dankes- oder ein Fluchwort war. Als der Sturm vorübergezogen war, schien sich das Rätsel aufzuklären: Der Junge hatte sein Kopftuch abgenommen, um den Sand auszuschütteln, und kupferrotes Haar war zum Vorschein gekommen. Also war er ein Fremder, von jenseits der Inneren See, auch wenn er sich mit seinen scharfen Gesichtszügen und den schwarzen Augen kaum von den Kindern des Südens unterschied.

Schlimmeres blieb ihnen erspart, die tückischen Felder aus Treibsand waren nicht über die Route gewandert, die Brunnen waren frei gewesen und dennoch hatte Fadir selten größere Erleichterung verspürt, als die blauen Kuppeln von Eblis aus dem Dunst auftauchten, überragt von dem blendend weißen Wunderbau des Palastes.

Das Khanat hatte sie aufgenommen, Yahmur kam, um den vereinbarten Preis zu zahlen.

„Wie lange bleibt Ihr? Wann bricht die nächste Karawane auf?"

„Wir bleiben eine Weile", erwiderte Fadir vorsichtig. Er legte keinen Wert auf eine weitere Reise mit diesem Gefährten. „Große Karawane kommt in zwei Mondumläufen aus Süden herauf, wir warten auf sie."

Zu seiner Freude schien der junge Mann enttäuscht.

„Zwei Mondumläufe – bei meinem kleinen Gott, ich hoffe, dass es nicht so lange dauert."

Er sprach zu sich selbst und als er Fadirs fragenden Blick bemerkte, rang er sich ein Lächeln ab.

„Ich danke Euch. Wenn ich Euch brauche, suche ich Euch in Eurem Haus auf."

Fadirs Erleichterung fiel in sich zusammen.

Jermyn mietete eine Kammer im Khanat, wo er in seinem blauen Habit nicht auffallen würde. Die Raserei, in die er nach Ninians Verschwinden verfallen war, hatte er überwunden. Jetzt ging es nur noch darum, sie zu finden und zu befreien. Während der Reise hatte er sich bemüht, die gute Form zu halten, die er bei den Percuri erworben hatte.

Doch vor allem hatte er in den langen Stunden auf dem Rücken des Ka'ud seinen Geist geschliffen. In der Eintönigkeit der Wüstenlandschaft fiel es leichter, sich den Mantren der Klärung und Reinigung hinzugeben. Den Blick auf den immer gleichen Horizont gerichtet, löste er sich allmählich aus dem irdischen Stoff, die sinnliche Welt versank und er schwang sich hinauf in das Reich des Geistes. Er sah die Karawane unter sich ziehen, das helle, unruhige Leuchten der menschlichen Sphären, das dumpfe, aber friedliche Glimmen der tierischen. Er sah Fadirs Zweifel, sein Misstrauen, die Abneigung der Kaufleute und Knechte und er kämpfte darum, sie gleichmütig zu ertragen. Es war ein harter Kampf, aber er durfte nicht zulassen, dass Zorn oder Hass seinen Geist trübten.

In den ersten Tagen in Eblis setzte er seine Übungen fort. Um Ninian zu finden, musste er sein geistiges Gehör so schärfen, dass es unter all den fremden Geistsphären den leisesten Hauch ihres Seins wahrnahm. Nichts durfte ihn ablenken, nichts gefangennehmen.

So vorbereitet wanderte er durch die Straßen der Stadt, beginnend in den Vierteln, die an die Stadtmauer grenzten. Er nahm sich Zeit und ließ keinen Hinterhof, keine Sackgasse aus. Zwar war es unwahrscheinlich, dass Ninian in einem Haus in der Stadt festgehalten wurde, doch er wollte nichts übersehen. Das redete er sich zumindest ein. Wenn er sich jedoch abends in die Mantren versenkte, die Wahrhaftigkeit verlangten, musste er sich eingestehen, dass er die Untersuchung des Palastes hinauszögerte. Was sollte er tun, wenn er sie auch dort nicht fand? Er hatte seine ganze Hoffnung auf Eblis gesetzt, wenn sie sich als falsch erwies ... vor diesem Gedanken scheute er wie die Ka'ud vor den giftigen Kriechtieren der Wüste. Am Morgen durchstreifte er wieder die Gassen und kam dabei der Residenz des Belim unaufhaltsam näher.

Wenn er seine Runde in den frühen Morgenstunden begann, schwang er sich auf die Dächer, um sich einen Überblick zu verschaffen. Viele Gebäude waren wie in Tris mit Kuppeln bekrönt. Doch in Eblis waren sie nicht weiß, sondern glänzten blau und grün, und eines Tage entdeckte er, dass die glasierten Kacheln auf jeder Kuppel ein anderes Muster bildeten.

„Ninian hätte ihre Freude daran", dachte er unwillkürlich und der Gedanke ging wie ein Messer durch sein Herz. Früher wäre ihm nichts aufgefallen, außer der fugenlose Glätte, auf der die Füße keinen Halt fanden. Ninian hatte ihm die Augen für andere Dinge geöffnet. Würde er je wieder erleben, wie sie über die Schönheit in Entzücken geriet?

Ninian, Ninian, was ist dir zugestoßen? Was soll ich tun, wenn ich dich nicht finde ...

Er riss sich zusammen – nur der Verzweiflung keinen Raum gewähren. Als er in die Straße hinuntersprang, landete er auf roten Fliesen. Weil seine Füße gewohnt waren, die Beschaffenheit des Bodens wahrzunehmen, war ihm bald aufgefallen, dass alle Gassen gepflastert waren, selbst die kleinsten. Gepflastert und sauber gefegt, kein Unrat, kein Schmutz, wie man ihn sonst in allen Städten fand. Aber die angestrengte Suche nach einem Lebenszeichen von Ninian hatte seinen Blick so nach innen gerichtet, dass er kaum auf die Menschen um sich herum geachtet hatte. Heute betrachtete er sie zum ersten Mal genauer. Die Männer trugen goldbestickte Westen über ihren bodenlangen Gewändern, die Handfesseln und Gürtel der Frauen waren nicht selten aus getriebenem Silber, die Ketten kunstvoll ziseliert. Selbst die Diener, die ihnen folgten, waren gut gekleidet. Die Bürger von Eblis gingen ihren Geschäften nach, zielstrebig, ohne nach rechts oder links zu blicken. Jermyn sah kaum Müßiggänger, die wenigen Kahwestuben in dem kleinen Ruq, der zu diesem Teil der Stadt gehörte, waren selten voll. Eine seltsam gedämpfte Stimmung lag über der Stadt. Eblis war nicht groß, ein Fremder wie er, ein Wüstenreiter, musste hier auffallen. Doch niemand beachtete ihn, nur die Kinder musterten ihn neugierig, wandten sich jedoch ab, wenn er ihre Blicke festhielt. Sie sprangen und schrien nicht, sondern gingen zu zweit oder zu dritt ernsthaft wie Erwachsene daher, viele trugen Bücherrollen und Griffelkästen. Das schrille Gassenvolk, zu dem er selbst gehört hatte, schien es hier nicht zu geben. Und dann fiel ihm auf, dass die Bettler fehlten, weder im Ruq noch in den Straßen sah er eine zerlumpte Gestalt, Krüppel oder Betrunkene. In den nächsten Tagen, als er einen Teil der Stadt nach dem anderen absuchte, stellte er fest, dass es auch keine Armenviertel gab, die Stadt schien von den Göttern gesegnet, sie kannte weder Not noch Armut. Und auch von Übeltätern schien sie verschont, so vielen schwer bewaffneten Wachleuten wie in Eblis war Jermyn selten begegnet. Zu zweit patrouillierten sie durch die Straßen, weiß gewandet, mit Schleiern vor den Gesichtern, die nur die Augen freiließen. Als Jermyn sie vorsichtig prüfte, fand er, dass sie alle in einem gewissen Maße die Gedankenkunst beherrschten. Keiner von ihnen konnte die Täuschung durchdringen, die er um sich gewoben hatte, dennoch wollte er auf seiner Hut sein. Vielleicht hatte der Belim noch fähigere Gedankenlenker in seinen Diensten.

Er musste wohl der reichste Mann der Welt sein. Je näher Jermyn sich zum Palast vorarbeitete, desto unglaublicher dünkte ihn die Pracht, die sich dort entfaltete. Schon die Mauer, die das Gebäude umgab, schien mit Juwelen gespickt zu sein. Wenn das Sonnenlicht darauf fiel, glitzerte sie derart, dass man die Augen schließen musste. Ein paar Tage strich Jermyn um das Geviert, als er alle anderen Gassen abgesucht hatte. Und diesmal erregte er sogar Aufsehen. Zwei weiße Wächter verstellten ihm mit gekreuzten Hellebarden den Weg und sprachen ihn an. Er verstand sie nicht und das war schlecht, denn als Wüstenreiter sollte er wohl der Sprache des Südens mächtig sein. So zuckte er die Schultern und machte sich bereit, in ihren Geist einzudringen, um die Begegnung aus ihrer Erinnerung zu löschen. Doch nachdem der Mann seine Frage zweimal wiederholt hatte, griff sein Gefährte ein.

„Was treibst du?", fragte er in schlechtem Lathisch, „hier kein Platz für... für", er suchte nach Worten, „... für Wüstenfloh."

Jermyn hörte, dass er grinste, und spürte gleichzeitig die tastenden Fühler des anderen, die seinen Geist erforschten.

Er war ein Wüstenfloh, ein argloser Bewohner Jaffas, verirrt in den Weiten der Großen, der Fürchterlichen Wüste, durch die Gnade der Götter gefunden von Tahal Fadir, geblendet vom Glanze Eblis, der Schönen.

„Is echtes Wüstenschwanz", sie lachten, dann stieß der Sprecher ihn beinahe gemütlich vor die Brust. „Weiter, weiter, verschwind ... sonst du kannst ansehen Kasibah."

Jermyn senkte den Blick. Ruhe, keine Wut ... er wollte keine Rache, jetzt noch nicht. Demütig schlich er beiseite und die Wächter wanderten weiter.

In der Nacht kehrte er zurück und jetzt hätte er offen vor den Wächtern paradieren können, sie hätten ihn nicht gesehen. Trotzdem wartete er, bis sie mit ihrem Gang am fernen Ende der Mauer angekommen waren. Es herrschte Neumond, doch der Himmel war klar. Unzählige Sterne standen in der samtigen Schwärze, ihr Licht brach sich flimmernd in der Wand, die den Sitz des Belim schützte.

Jermyn hob die Hand und ließ sie leicht auf den Steinen ruhen, die dicht an dicht in den Mörtel gebettet waren. Er fühlte scharfe Kanten, glasharten Spitzen. Der Belim von Eblis vertraute auf den gleichen Schutz wie Amon d'Ozairis in Dea. Nur waren es hier keine schmalen Bänder aus Kristall, die ein geschickter Kletterer mit Flaschenzug und Seil überwinden könnte. Die gesamte Wand in ihrer ganzen Höhe und Breite glitzerte in tödlicher Schönheit. In diesen Nachtstunden wanderte Jermyn einmal um den ganzen Palast herum, aber auf allen vier Seiten begegnete ihm das gleiche Bild. Der Belim oder seine Vorgänger mussten ein ganzes Bergwerk ausgeweidet haben.

Niedergeschlagen kehrte Jermyn in sein Quartier zurück und den Rest der Nacht zerbrach er sich den Kopf, wie er die Mauer überwinden könnte. Ein Anzug mochte noch so gut wattiert sein, kein Stoff konnte den rasiermesserscharfen Kanten lange widerstehen. Handschuhe aus dickem Leder raubten ihm den Tastsinn, das Gleiche galt für schützende Schuhe. Er dachte daran, eine Spur in das Glitzerwerk zu schlagen, doch der Lärm würde die Wächter anlocken, lange bevor er hoch genug gekommen war. Wie er es drehte und wendete, die Wand blieb unüberwindlich. Also verschaffte er sich nicht heimlich Zutritt, sondern ganz offen – durch das Tor, aus tiefschwarzem Holz geschnitzt, mit Einlagen aus Bein und Perlmutt, aber auch mit eisernen Bändern beschlagen, bewacht von einem halben Dutzend Wächter. Er konnte sie täuschen, konnte als Handwerker, Gaukler, Arzt erscheinen, ohne dass sie sich nachher an ihn erinnerten. Aber das kostete Mühe, wenn er es richtig machen wollte, wie er es ja Ninian am Anfang ihrer Reise unter die Nase gerieben hatte.

Er rollte sich auf den Bauch und presste das Gesicht in die Polster. Diese elende Reise – sie könnten jetzt in Dea sein. Wenn es ihm je gelang, sie zurückzubringen, würde er Donovan eher den Hals umdrehen, als noch einmal den Versuch zu unternehmen, Ninian aus seiner Nähe zu entfernen. Seine Hände ballten sich zu Fäusten, als er mit Mühe die Wut beherrschte, die ihn zu überfluten drohte. Er musste seinen Geist klar halten.

Bei diesem ersten Besuch im Palastbezirk hatte er nicht nach Ninian gesucht. Erst musste er wissen, wie er zu ihr kam und wie er sie befreien konnte. So sagte er sich, aber in seinem Herzen wusste er, dass es wieder Feigheit gewesen war. Wenn er sie dort nicht fand ... aber ruhig, schlafe, schlafe.

Rieselnder Sand, Wellen, die in endloser Folge über die Dünen laufen, Welle auf Welle auf Welle auf Welle ...

25. Tag des Blütemondes 1468 p.DC.

Morgen sende ich meinen Geist nach ihr aus – trotz des Mantras war dies sein letzter Gedanke vor dem Einschlafen gewesen.

Er war früh im Ruq neben seinem Quartier, weil es dort einen Bäcker gab, der das Fett, in dem er die Kringel buk, öfter wechselte als der Koch des Khanats. Während er ein Blatt mit drei Gebäckstücken erstand, zerriss vor den Toren des Ruq Geschrei die morgendliche Stille

„Chela, chela ...", zeterte eine Stimme. Dieb, Dieb – in Tris hörte man den Ruf täglich. Hier war er so ungewohnt, dass Jermyn sein Gebäck nahm und aus dem Ruq trat. Er sah gerade noch eine schmächtige Gestalt in Lumpen um eine Ecke verschwinden, zwei weiße Wächter dicht auf ihren Fersen. Augenblicklich stand Jermyn seine eigene elende Kindheit vor Augen, oft genug war es ihm so ergangen und zudem wollte er wissen, wohin hier ein zerlumptes Geschöpf verschwinden würde. Er steckte die Krapfen in seinen Gürtel, öffnete seinen Geist und lief los. Er *sah* die drei deutlich vor sich – die beiden Wächter gelassen, ihrer Beute sicher, erfüllt von kalter Freude, ihr Opfer ein flackerndes Licht, schwach vor Hunger, aufrecht gehalten von einer Flamme glühenden Hasses. Angst *sah* er nicht, aber lange würde es nicht durchhalten, der Flamme fehlte es an Nahrung, sie verzehrte sich. Jermyn sprang an der nächsten Hauswand empor, bekam das Sims eines Fensters im Obergeschoss zu fassen und zog sich hoch, zwei weitere Züge brachten ihn auf das Dach. Unbemerkt begleitete er Jäger und Gejagten von einem Haus zum anderen, bis die Jagd wenige Straßen weiter endete. Der Flüchtling stolperte und im Nu waren die

Wächter über ihm. Doch noch brannte die Flamme in ihrem Opfer. Es schnappte zu, einer der Männer brüllte auf und schleuderte das Geschöpf, das sich wie ein Hund in seine Hand verbissen hatte, mit einer wilden Bewegung von sich. Es knackte, als es auf dem Pflaster aufschlug und sich nicht mehr regte. Blut tropfte aus dem Handballen des Wächters, fluchend zog er eine Ledergeißel aus dem Gürtel und holte aus. Sein Gefährte sah grinsend zu.

Jermyn sprang. Er landete zwischen ihnen und dem Lumpenbündel. Sie waren so überrascht, dass sie ihn anglotzten – ihre Deckung und die geistigen Sperren waren gelockert. Jermyn lachte, er schwang den Daschiak, den schweren Stock der Ka'udtreiber, um sich der räuberischen Fennek zu erwehren. Das eisenbeschlagene Holz traf den Ellenbogen des ersten Wächters, mit einem Schmerzensschrei ließ er die Hellebarde fallen. Mit dem gleichen Schwung krachte der Stock auf die verletzte Hand des zweiten und brach ihm den Daumen. Dann senkte Jermyn seine Sperren, beinahe gemächlich griff sein Geist in ihre Köpfe, zerfetzte ihren Schutzwall und zeigte ihnen, was sie erwartete, wenn sie einen Atemzug länger an dieser Stelle verweilten. Ihre Augen quollen aus den Höhlen, sie taumelten zurück, drehten sich auf den Absätzen und stürzten davon, schreiend vor Angst.

Jermyn sah ihnen grinsend nach.

„Bei meinem kleinen Gott, Rache schmeckt süß!"

Er wandte sich dem Flüchtling zu, der immer noch reglos dalag.

„Oi, Bursche, Mädel, oder was, alles vorbei", er beugte sich über die Gestalt und berührte die schmutzige Schulter, „lebst du noch?"

Im nächsten Moment fuhr er selbst zurück. Eine kleine, harte Faust traf mit aller Kraft sein Gesicht, schmutzige Krallen verfehlten knapp seine Augen und hinterließen eine brennende Spur auf seiner Wange. Bevor er Luft holen konnte, hing ihm ein fauchendes, beißendes Raubtier am Hals. Und nun zeigte sich, dass es nicht weit her war mit seiner Selbstbeherrschung. Alle Instinkte des Gassenjungen erwachten und er schlug zu, hart und rücksichtslos, er zog seinen Handrücken über das schmutzige Gesicht, dass der Kopf seines Angreifers nach hinten flog. Die rote Wut flammte auf, die er so lange unterdrückt hatte, und er schlug noch einmal, obwohl sein Gegner schon schlaff in seinem Griff hing. Plötzlich spürte er ein zweites Gewicht an seinem Arm.

„Herr, Herr, aufhören, aufhören ... Ihr habt doch geholfen ..."

Die schluchzende, kindliche Stimme, die flehenden Worte, in gutem

Lathisch gesprochen, wirkten wie ein kalter Guss. Jermyn ließ die Hand sinken, er starrte auf das Kind in seinem Griff, denn mehr als ein Kind war es nicht. Er ließ es vorsichtig zu Boden gleiten, stand auf und trat um Fassung ringend beiseite. Das Geschöpf hatte nicht mitbekommen, wie er die Wächter verjagt hatte, es musste ihn für einen der Verfolger halten. Er hätte es sich vom Leibe halten können, ohne es umzubringen ... etwas schnürte ihm die Kehle zusammen:

Einige Wochen ohne Ninian und alle Dämonen in seiner Seele erwachten wieder, forderten grinsend ihren Tribut. Ninian – bei den Göttern, was würde sie sagen, wenn sie ihn gerade erlebt hätte? Sie hätte sich genauso gewehrt ...

Ein Zupfen am Ärmel weckte ihn aus seinem Elend und gleichzeitig spürte er eine Berührung in seinem Geist, zart und vorsichtig wie die Pfote eines Kätzchens.

Herr?

Jermyn drehte sich um.

„Herr, ich brauche Eure Hilfe. Firsa kann nicht aufstehen."

Ein kleiner Junge, auch er ärmlich gekleidet, doch nicht so abgerissen wie das andere Kind. Sein Haar war gekämmt, das Gesicht leidlich sauber, obwohl jetzt Tränenspuren über die mageren Wangen liefen.

„Ich kann sie nicht allein aufheben und wir müssen hier fort, sonst holen die Leute die Weißen."

Jermyn riss sich zusammen. Er folgte dem Jungen und kniete neben dem Häuflein Unglück nieder. Es rührte sich nicht, doch als er, wie eben, die Hand auf seine Schulter legte, blickte es mit einem Knurren auf.

„Firsa, Firsa", der Junge warf sich neben ihm auf den Boden, redete schnell mit hastigen Gebärden. Mühsam richtete sich das andere Kind auf, schob jedoch Jermyns helfende Hand grob beiseite. Unter verfilzten Haarsträhnen fand Jermyn hellbraune Augen hasserfüllt auf sich gerichtet.

„Es tut mir leid", sagte er, obwohl sich schon wieder Unwillen in ihm regte. „Du hast fest zugeschlagen."

Er tastete nach seiner geschwollenen Oberlippe und den Kratzern an seiner Wange und ein breites Grinsen ging über das schmutzige Gesicht. Ein Mädchen, dreizehn oder vierzehn Jahre alt, hübsch vielleicht ohne den Dreck und den Hass. Wieder versuchte es aufzustehen und sank zurück auf das Pflaster, erschöpft vom Hunger, der wilden Jagd und seinem verzweifelten Kampf. Tränen traten in die hellen Augen, doch Jermyn war sicher, dass sie aus Wut über die eigene Schwäche weinte, nicht vor Kummer.

„Komm, lass dir helfen. Er hat recht, wir sollten hier verschwinden."
Jermyn schob seinen Arm unter die Schultern des Mädchens und wieder zischte sie ihn böse an. Er war sehr versucht, in ihren Geist einzudringen, um sie ruhigzustellen, aber er wollte ihr nicht noch mehr Unrecht antun. Wer wusste, was sie erlebt hatte …

Doch nun griff der Junge ein. Mit einem Mal klang die kindliche Stimme streng.

„Firsa! Du machst der Mutter Sorgen! Ich werde dir nicht mehr vorlesen, wenn du nicht aufhörst!", er stampfte mit dem Fuß auf und der Blick des Mädchens huschte zu ihm. Sie presste die Lippen zusammen und ließ es zu, dass Jermyn ihr auf die Beine half. Sie konnte kaum stehen und als er sah, dass sie gewiss nicht laufen würde, hob er sie auf. Er spürte, wie sich der dünne Körper versteifte, aber er folgte dem Jungen, der eifrig neben ihm herlief.

„Wohin gehen wir und wie heißt du?"

„Felis, Herr, und wir gehen zur Unterstadt. Kommt schnell, hier entlang." Sie eilten durch die Gassen, der Junge drückte sich eng an die Häuser. Der Morgen war fortgeschritten, die Straßen hatten sich belebt. Viele Blicke streiften sie, doch alle Leute wandten sich schnell wieder ab, manche finster, andere verlegen.

„Ein komisches Volk ist das hier", knurrte Jermyn, „ist es noch weit?"

„Nein, wir sind gleich an einem heimlichen Einstieg", erwiderte Felis, „die Leute haben Angst, dass ihnen das gleiche passiert wie uns."

„Aha, und was ist das?"

„Das schlimmste Verbrechen, das man in Eblis begehen kann – wir sind in Armut geraten", sagte die Frau, die ihm Firsa abgenommen und auf die dünne Matratze gelegt hatte. Sie hatte die dünnen Glieder befühlt und erleichtert den Kopf geschüttelt. Das Mädchen war unter ihren Händen eingeschlafen, ohne ein einziges Wort zu sprechen. Die Frau hatte einen Vorhang vor die Ecke gezogen und sich zu Jermyn gesetzt.

Es war düster in dem fensterlosen Raum. Eine einzelne Lampe brannte und in ihrem Schein sah Jermyn, dass einige Anstrengungen unternommen worden waren, ihn halbwegs wohnlich einzurichten. Felis war in eine winzige Gasse eingebogen und unvermittelt in die Werkstatt eines Flickschusters getreten. Er hatte nichts gesagt und der Mann hatte nicht von seiner Arbeit aufgesehen. Sie waren eine Treppe hinuntergestiegen und Felis hatte einen Bretterverschlag beiseite geschoben.

„Hier beginnt Kasibah, die Unterstadt." Er hatte eine kleine Öllampe aus dem Ärmel gezogen und entzündet, dann waren sie lange durch finstere Gänge gelaufen, die Jermyn sehr an die unterirdischen Diebeswege in Dea erinnerten. Einige Male musste er verschnaufen, Firsas regloser Körper hatte schwer auf seinen Armen gelastet.

„Es ist nicht mehr weit", hatte Felis beim letzten Mal geflüstert und tatsächlich hatte sich der Gang nach einer weiteren Biegung in ein hohes Gewölbe geöffnet. Fackeln steckten ringsum an den Wänden bis in mehrere Manneshöhen, doch der Scheitelpunkt der Decke verschwand in der Dunkelheit. Es musste dort Öffnungen geben, durch die der Qualm entwich. Auf dem Platz, auf den sie hinaustraten, brannten zahlreiche Feuer. An dreibeinigen Gestellen hingen Töpfe, in denen es brodelte, über anderen lagen die eisernen Platten, auf denen im Süden Teigfladen gebacken wurden. Frauen beugten sich über die Töpfe, Männer hockten auf zerschlissenen Matten, mit kleinen Arbeiten beschäftigt oder müßig in die Flammen starrend.

Alle waren ärmlich gekleidet und nur wenige Frauen trugen Fesseln. Auch Kinder gab es, aber sie waren nicht weniger unkindlich still als ihre Altersgenossen in den oberen Straßen. Als Felis mit Jermyn und seiner Last in den Lichtschein trat, verstummten die leisen Gespräche.

Man hatte sie angerufen, in der Sprache des Südens, aber Felis hatte nur den Kopf geschüttelt und war eilig auf die Wand zu seiner Linken zugestrebt. Da erst hatte Jermyn gesehen, dass die Wände des riesigen Gewölbes mit Löchern übersät waren, bis zur Höhe der Lichtgrenze. Steigbäume führten hinauf und von den höchsten hingen Strickleitern und Seile herab. Jermyn hatte die seichten Kerben der Stämme misstrauisch gemustert.

„Wohnt Ihr sehr weit oben? Wie schaffen wir sie hinauf?"

Seine Sorge war unbegründet gewesen.

„Ein letztes Zugeständnis an Herkunft und Stellung meines Mannes", sagte Felis Mutter jetzt, „wir durften diesen Raum am Fuß der Wand beziehen, der ein wenig größer ist als die oberen."

Wie Felis sprach sie gutes Lathisch, mit der gleichen seltsamen Aussprache.

„Ich weiß nicht, wie ich Euch danken soll. Ich ... ich kann Euch nichts anbieten, ich habe meine Arbeit noch nicht abgeliefert", sie sah auf das Gewebe, das sie vom Tisch genommen hatte. Schwere Seide, mit blinkenden Spiegelchen und Goldfäden bestickt. Vor ihr lagen Nähzeug und weitere Spiegel. Ihr Kopf sank tiefer über ihre Hände. „Das Licht ist so schlecht, aber ich kann nicht mehr Brennöl kaufen."

Hinter ihnen klapperte es, Felis hatte den Deckel von einer Tonschale genommen und sah jetzt schuldbewusst auf.

„Es ist nichts mehr da, ich sagte es doch", meinte seine Mutter mit einem Hauch von Ungeduld.

Jermyn wühlte in seinem Gürtel.

„Hier", er legte eine Handvoll Silbermünzen auf den Tisch. „Schickt ihn los, wenn es hier unten was zu kaufen gibt."

Die Frau errötete.

„So war es nicht gemeint, Herr", sagte sie steif.

„Ich habe es auch nicht so verstanden", Jermyn grinste, „aber ich habe Hunger und ich möchte nicht allein essen. Bedenkt, erst die Verfolgungsjagd, der Kampf mit den Wächtern, und dann musste ich mich mit Eurer Tochter herumschlagen und sie durch dieses Labyrinth schleppen", er wurde ernst, „es tut mir wahrhaftig leid, dass ich so fest zugeschlagen habe, aber sie hat gekämpft wie eine wütende Katze."

„Ich weiß, beunruhigt Euch nicht. Mir ist selbst schon die Hand ausgerutscht, weil ich mir nicht mehr zu helfen wusste. Seit unserem Unglück ist sie ... wie ein wildes Tier."

„Erzählt von Eurem Unglück, von dieser seltsamen Kasibah und vor allem, was eigentlich in Eurem schönen Eblis passiert. Aber schickt vorher Felis los."

Die Frau sah ihren Gast an. Die Worte waren leichthin gesprochen, aber sie spürte den Willen dahinter.

„Seid Ihr sicher?", fragte sie zögernd und Jermyn nickte.

„Ja, ja, er soll alles nehmen und alles ausgeben. Ich habe genug."

„Dann lauf, Felis, bezahl die Schulden und bring Fladen, Pilao und Lampenöl und vielleicht zwei Eier, wenn er welche hat ... für Firsa. Wollt Ihr Wein oder Schnaps, Herr?"

„Nein, ich trinke keinen Wein. Wenn es allerdings Kahwe gibt ..."

Sie machte große Augen. „Ich habe keinen mehr getrunken, seit wir hier unten leben", flüsterte sie.

„Habt Ihr die Geräte?"

„Oh, ja, ich habe sie aufgehoben", sie lächelte ein wenig verschämt, „als Andenken. Sie sind nicht wertvoll genug, um sie zu verkaufen."

„Also, bring Kahweperlen mit, Junge, damit wir deiner Mutter eine Freude machen können. Jetzt redet", sagte Jermyn, als Felis losgerannt war, das Geld in einem Beutel um den Hals gehängt. „Wie heißt Ihr überhaupt?"

„Inzana bibi Hamsa, Herr."

„Ihr tragt keine Ketten."

„Nein, ich bin Witwe, und selbst, wenn ich es nicht wäre, wer achtet hier unten auf den Ruf? Außerdem müssen die meisten Frauen für sich selbst sorgen", sie zuckte die Schultern, „vielleicht habt Ihr gesehen, dass nur wenige zugehörig sind."

„Zugehörig – heißt das so? Ihr habt aber auch keine Narben an den Handgelenken. Ein Freund sagte uns ... sagte mir, bei Witwen seien die Narben der Handfesseln Ehrenmale, je dicker, desto besser."

„Ihr habt einen scharfen Blick, junger Herr. Aber es stimmt, mein Mann hielt nichts von der Fesselung. Ich habe sie im Haus nie getragen, nur draußen, um der Leute willen. Er sagte, wir bräuchten keine Fesseln, um zu zeigen, dass wir einander gehören", ihre Stimme verklang.

„Ich beginne, Euren Gatten zu schätzen", meinte Jermyn. Er dachte an Ninians Abscheu, „und ich wäre nicht der einzige."

„Er war ein guter Mann, aber er hatte seine Fehler, wie alle Menschen. Er war zu arglos, zu gutgläubig, zu sehr versponnen in seine Träume. Er stammt aus einer guten Familie, Gelehrte und Kaufleute, die aus Tris nach Eblis gekommen waren, als der Großvater unseres Belim herrschte. Eblis ist reich."

„Das habe ich gesehen", warf Jermyn ein. „Ich frage mich woher?"

Inzana lächelte bitter.

„Aus zwei Gründen: Ihr kennt das unlöschbare Feuer", sie deutete auf die kleine Lampe, „Eblis ist über der Quelle erbaut, aus der das Steinöl quillt, das für seine Herstellung unerlässlich ist. Die Quelle gehört dem Belim. Und weil es die Kasibah gibt, die Unterstadt. Unsere Arbeit kostet nichts", sie hob den Stoff hoch, der unbeachtet auf ihren Knien lag.

„Früher ging es uns gut. Mein Mann hatte mit Handel nichts im Sinn, er liebte nur Bücher, Sprachen. Unsere Familien haben uns verheiratet, wie es üblich ist, aber wir hatten Glück, wir verstanden uns. Ich teilte seine Freude, wenn er eine neue Sprache, neue Geschichten über ferne Reiche entdeckt hatte. Am meisten liebte er Dea, die Große – schon als Junge hatte er das Lathische gelernt und er brachte es mir und den Kindern bei. Ich trug keine Fesseln, weil man diese Sitte in Dea nicht kennt. Er lebte nicht gern in Eblis, vor allem in den letzten Jahren nicht mehr, seit der Einfluss Haidaras gewachsen ist. Sein Traum war, nach Tris zurückzugehen und von dort nach Dea. Aber er hat diesen Plan nie energisch verfolgt, er hat nie Geld zurückgelegt oder Verbindungen in Tris gesucht. Wir lebten von seinem ererbten Vermögen, denn er war der einzige Sohn. Seine Schwestern haben Hofbeamte des Belim geheiratet. Sie verschafften ihm eine Stelle in den Archiven des Palastes, wo er Schriften sichtete und ordnete. Er sah dort manches, was ihm nicht gefiel. Er sprach nie davon, aber es bedrückte ihn und er redete umso mehr von Dea. Dann brach das Unglück über uns herein. Das Doppelfieber befiel ihn und wir haben es beim ersten Schub der Krankheit nicht erkannt.

Er kränkelte einige Mondumläufe und dann traf uns ein Schlag, der den zweiten Schub auslöste und ihn umbrachte."

Inzana schwieg und blickte auf ihre Hände. Jermyn unterbrach ihr Schweigen nicht. Felis war unterdessen zurückgekehrt und legte seine Einkäufe auf ein wackeliges Regal neben dem Wasserkrug. Er warf einen scheuen Blick auf seine Mutter.

„Wir hatten vier Kinder", fuhr sie endlich fort. Das Sprechen schien ihr schwerzufallen. „Eine Tochter, Sechra, die Zwillinge Firsa und Feisal und den Kleinen. Alle zwei Jahre verlangt Haidara einen Tribut von jungen Männern und Frauen der besetzten Städte und beim letzten Mal fiel das Los auf Feisal. Er war gerade erst fünfzehn geworden und wir baten um ihn, aber sie haben ihn fortgeholt. Am Tag danach fiel mein Mann in das tiefe Fieber, aus dem er nicht mehr erwachte. Dann zeigte es sich, dass sein Erbe beinahe aufgezehrt war, wie ich es immer befürchtet hatte. Den Rest verschlang das Begräbnis und die Grabstelle, die seinem Rang entsprechend prächtig sein musste. Am Zahltag konnte ich die vierzig Silbergroschen für mich und die Kinder nicht vorweisen, man stellte mich vor die Wahl, zu arbeiten oder in die Kasibah zu ziehen. Ihr seht, was ich kann", sie hob die Stickarbeit in die Höhe, „oben müssten sie mir gutes Geld dafür zahlen. Hier unten muss ich es beinahe umsonst machen. Also wollte niemand meine Dienste. Für niedrige Arbeit gibt es genug Leute, auch da wollten sie mich nicht einstellen. Meine Schwägerinnen boten an, mir eine Stelle im Palast zu verschaffen, um der Familienehre willen, wie sie mir erklärten – es macht sich nicht gut, wenn man Verwandte in der Unterstadt hat. Aber dann hätte ich mit den Kindern hinter die Mauern ziehen müssen. Sechra ist schön, Firsa ist seit dem Verschwinden ihres Bruders und dem Tod ihres Vaters nicht mehr bei Sinnen und auch Felis ist ein hübscher Junge. Ich habe die Kasibah vorgezogen. Aber seht", sie stand auf, „Ihr seid hungrig und hier ist Kahwe …", ein halbes Schluchzen entrang sich ihr, aber sie unterdrückte es schnell. In den nächsten Minuten machte sie sich mit den Speisen und einer Kahwemühle zu schaffen, während Jermyn das Gehörte verdaute.

„Was ist dieser Belim für ein Kerl?", fragte er schließlich, „ein Tyrann wie der Nizam? Grausam, gewalttätig?"

„Oh, nein", Inzana hielt im Mahlen inne, „er ist außerordentlich weichherzig. Bei jeder Gelegenheit vergießt er Tränen, erzählte mein Mann. Und seine Tränen sind kostbar, sie werden in kristallenen Gefäßen aufgefangen. Wenn das Wasser verdunstet ist, benutzt er das Salz, das zurückbleibt, als … als Stärkungsmittel. So haben es ihm seine Heiler eingeredet."

„Als Stärkungsmittel?", fragte Jermyn misstrauisch.

„Ja, er ist ein Sammler schöner Dinge, unser Belim. Er kann nichts Hässliches um sich haben. Darum nennen sie Eblis ‚die Schöne'. Warum glaubt Ihr, sieht man keine Bettler, keine Krüppel, keine Armen? Die Menschen dieser Stadt sind nicht gesegneter als die anderer Städte. Aber der Belim will sie nicht sehen! Sie dürfen seine zarten Gefühle nicht durch ihren Anblick beleidigen. Also werden sie in die Unterstadt verbannt. Wer nicht arbeiten kann, wer seine Steuer nicht zahlt, der verliert sein Recht auf das Tageslicht. Der Belim aber umgibt sich mit Schönheit. Mit lebender Schönheit. Pflanzen – seine Gärten sind eine Pracht, in Jahren, in denen das Wasser knapp ist, verdursten schon einmal ein paar Bewohner der Kasibah, aber niemals seine Blumen. Tiere – wenn seine Raubkatzen Auslauf brauchen, müssen die Bewohner von Eblis eben in ihren Häusern bleiben. Vor allem aber Menschen. Habt Ihr nie von seiner Sammlung schöner Frauen gehört? Mehr als hundert leben in seinem Frauenhaus, eine schöner oder sonderbarer als die andere."

„Oh, doch, ich habe davon gehört", stieß Jermyn zwischen den Zähnen hervor. Inzana musterte ihn aufmerksam. Sie füllte Wasser in die Messingkanne und setzte den Einsatz mit dem Kahwepulver hinein.

„Hier, Felis", sie reichte ihm das Gefäß, „bitte Tante Mihal, die Kanne ins Feuer zu stellen. Ich gebe ihr später ein paar von den Perlen ab. Warum seid Ihr hier, Herr?", fragte sie unvermittelt, als der Junge gegangen war. „Ihr seid kein Südländer."

„Woran seht Ihr das? Ich komme aus Omph, dort spricht man eine andere Mundart, das Lathische ist die Lingua der Welt", erwiderte Jermyn ausweichend. Inzana lächelte.

„Daran", sie strich im leicht über die Wange, „die Männer des Südens haben keine roten Bärte, Herr."

„Ach", meinte er, ein wenig überrumpelt, und weil er sich ärgerte, dass er nicht an die verräterischen Stoppeln gedacht hatte, fügte er barsch hinzu: „Nennt mich nicht Herr. Ich bin viel niedriger geboren als Ihr und wenn ich mir die meisten Herren ansehe, will ich nicht zu ihnen gezählt werden!"

„Gut, wie soll ich Euch also anreden?"

Jermyn zögerte. Er vertraute dieser Frau, die soviel Unglück erlebt hatte, und dennoch war es besser, sie kannte seinen Namen nicht.

„Nennt mich Yahmur", sagte er schließlich und sie lächelte, nachsichtig, wie sie vielleicht über ihren Sohn gelächelt hätte.

„Der Rote ... hat Euch Eure Mutter so getauft? Ihr habt Recht, es ist besser, nicht zu offen mit seinem wahren Namen zu sein. Aber Ihr habt meine andere Frage nicht beantwortet. Warum seid Ihr hier?"

„Euer Belim hat etwas gestohlen, das mir gehört. Und wenn er es nicht sehr, sehr gut behandelt hat, wenn er es an Achtung hat fehlen lassen ...", Inzanas Erzählung hatte ihn gefesselt, doch bei ihrer Frage traf ihn die ganze Wucht seines Verlustes. Die nächsten Worte presste er zwischen den Zähnen hervor. „Wenn er sich daran vergreift ... dann werden alle Gefäße von Eblis nicht ausreichen, um seine Tränen aufzufangen!"

Ein Zischen ließ sie beide herumfahren. Firsa stand schwankend neben dem Vorhang. Ihre Augen waren starr auf Jermyn gerichtet und plötzlich fiel ihm ein, woran ihn dieser reglose, hellbraune Blick erinnerte. Die Raubvögel in der Wüste hatten diesen Blick gehabt, grausam. Selbst mit dem Schmutz, der ihr Gesicht bedeckte, und den verfilzten Haarzotteln wäre sie hübsch gewesen, hätte nicht der Hass die immer noch kindlichen Züge verzerrt. Diesmal richtete er sich nicht gegen ihn. Sie lächelte, aber er wusste, dass das Lächeln nicht ihm, sondern nur seinen Worten galt. Inzana sprang auf.

„Firsa, leg dich wieder hin, du bist viel zu schwach. Hier, iss, ich habe Eier für dich."

Das Mädchen schien hin- und hergerissen zwischen Trotz und Hunger. Als ihre Mutter ihr die Eier hinhielt, siegte der Hunger. Sie nickte kurz, knurrte ihrem Bruder etwas zu und schlurfte hinaus.

„Sie geht zur Latrine, danach wird sie essen."

Es war erstaunlich, wieviel der Kleine aus dem einen Laut herauslas.

„Geh ihr nach", bat seine Mutter, „falls sie wieder umfällt. Er ist der einzige, den sie an sich heranlässt", sagte sie, als Felis seiner Schwester gefolgt war. „Er versteht sie und begleitet sie auf ihre verrückten Ausflüge in die Oberstadt, um sie zu beschützen. Ich kann sie nicht zurückhalten."

„Was ist mit Eurer ältesten Tochter?"

Inzana stützte sich schwer auf den wackeligen Tisch. Plötzlich wirkte sie alt. „Sechra hat es hier nicht ertragen", sagte sie ausdruckslos, „sie hat eine Stelle im Palast angenommen. Wie ich sagte, sie ist schön", sie riss sich zusammen, „aber was habt Ihr jetzt vor, Yahmur?"

„Ich hole mir zurück, was mir gehört, und verschwinde damit", er stand auf. „Beantwortet mir noch eine letzte Frage: Warum erhebt sich niemand gegen den Belim? Auch in Dea ... in meiner Stadt gibt es Arme und man ist nicht freundlich zu ihnen. Aber sie werden nicht des Sonnenlichts beraubt und unter die Erde verbannt. Was hindert Euch also, die Ohren dieses weichherzigen Unholds an die Palasttore zu nageln? Bestimmt seid Ihr viele hier unten."

Die Frau seufzte.

„Sprecht nicht so. Wer hier unten angekommen ist, hat keine Kraft mehr zum Kämpfen. Ihr habt die Weißen Wächter gesehen. Der Belim hat eine große Truppe, weil er gut zahlt, die meisten haben den Inneren Blick, vor allem, seit er sich lieb Kind in Haidara gemacht hat. Sogar den schrecklichen kleinen Mann, den Ariten hatten wir hier", sie schauderte, „aber ich habe gehört, er ist tot."

„Das ist er allerdings", erwiderte Jermyn so selbstgefällig, dass sie ihn erstaunt ansah. „Ich danke Euch für Eure Gastfreundschaft", er zögerte, „passt gut auf Eure Tochter auf. Sie spielt ein gefährliches Spiel. Hätte ich sie heute nicht zufällig gesehen ...", er vollendete den Satz nicht, aber Inzana schüttelte betrübt den Kopf.

„Wenn ich sie nicht gerade ankette, kann ich sie nicht halten. Vielleicht sucht sie ja einen solchen schnellen Tod."

‚Ihr wisst nicht, ob er schnell sein wird', lag es Jermyn auf der Zunge, aber er schluckte die Bemerkung hinunter. Warum sollte er ihren Kummer vergrößern?

„Wie kann ich Euch helfen?"

Halb gegen seinen Willen kam es heraus, aber sie beeindruckte ihn.

„Bringt uns aus Eblis fort, am besten gleich nach Dea, wo Hamsa immer hin wollte", sie lächelte. „Ich danke Euch für Euren guten Willen, aber Ihr habt genug getan. Heute habt Ihr meine Kinder gerettet, denn Felis hätte gewiss versucht, seiner Schwester gegen die Wächter beizustehen. Ich wünsche Euch Glück bei Eurem Vorhaben. Es ist nicht leicht, dem Belim etwas zu entreißen, das er begehrt."

Jermyn bleckte die Zähne. „Das werden wir sehen! Gehabt Euch wohl, Inzana bibi Hamsa, Ihr seid eine tapfere Frau."

Als er wieder auf dem Platz stand, sah er sich unschlüssig um. Mehrere Gänge zweigten von der großen Halle ab, er war nicht mehr sicher, aus welchem sie herausgekommen waren. Während er noch zögerte, spürte er wieder das Zupfen an seinem Ärmel.

„Herr", flüsterte Felis, „kommt, meine Schwester will Euch etwas zeigen."

„Aha, und woher weiß ich, dass sie mich nicht in die Latrine schubsen will?", knurrte Jermyn, der Firsa nicht traute.

Felis kicherte, das erste Lachen, das Jermyn an diesem traurigen Ort hörte. „Ich bin dabei, wenn es Euch beruhigt. Außerdem hat sie ihre Meinung über Euch geändert."

Jermyn fragte sich, keineswegs beruhigt, wie der Junge das aus den Knurr- und Zischlauten seiner Schwester heraushörte, als Felis hinzufügte:

„Sie will Euch zu Sechra führen", er senkte verschwörerisch die Stimme, „durch einen Gang, den nur die Heimlichen kennen."

„Einen Gang in den Palast?"

Felis nickte wichtig. Jermyn dachte an die kristallbewehrten Wände und das schwer bewachte Tor.

„Dann los, ich wage es, und sag nicht Herr zu mir. Ich heiße Yahmur."

Felis nickte und führte ihn quer durch die Halle. Er zog sein kleines Lämpchen heraus und sie betraten einen Gang. Jermyn hörte, wie der Junge leise zählte, dann blieb er stehen und hob sein Licht. Firsas besessenes Gesicht schien aus der Wand zu wachsen, sie grinste wölfisch, legte den Finger an die Lippen und verschmolz mit der Dunkelheit, Felis ergriff Jermyns Hand und folgte ihr in einen Gang, so schmal, dass Jermyn die Wände an seinen Schultern spürte. Nach wenigen Schritten war der schwache Schein des größeren Ganges verschwunden, sie bewegten sich in tiefer Finsternis, die durch das winzige Ölflämmchen noch bedrohlicher wirkte. Jermyn hörte nur seine eigenen Schritte, er öffnete seinen Geist, um sich zu vergewissern, dass Firsa nicht einfach verschwand. Der flackernde, irrlichternde Schimmer ihres Geistes schwebte jedoch nur wenige Schritte vor ihnen her. Jermyn empfand selten Mitleid mit anderen, aber angesichts der Wut und Trauer, die das Mädchen vor ihm zerrissen, bedauerte er es, ihr nicht helfen zu können. Die Erinnerung an ihren verlorenen Zwilling durfte er ihr nicht nehmen und ihm fehlten die Fähigkeiten, um die schreckliche Wunde, die sein Verlust ihrer Seele zugefügt hatte, auf andere Weise zu heilen.

Eine ganze Weile wanderten sie schon durch die Schwärze, als er plötzlich das Rauschen von Wasser hörte.

„Bei meinem kleinen Gott, ich komme von den verdammten Kanälen nicht los", dachte er, die Abenteuer fielen ihm ein, die er mit Ninian in den unterirdischen Gängen Deas erlebt hatte, und die Sehnsucht nach ihr wühlte wie ein Krampf in ihm. Felis stieß einen erstaunten kleinen Laut aus.

„Was ist? Hast du Angst?", flüsterte er. „Das musst du nicht, wir kennen uns gut hier aus. Wir kommen gleich an die Wasserleitung, die den Palast versorgt, danach kann man nicht mehr in die Irre gehen."

„Wie kommst du darauf, dass ich Angst habe?", gab Jermyn zurück. Wenn der Junge durch die Sperren hindurch seine Empfindungen wahrnahm, musste der Innere Blick stark in ihm ausgebildet sein.

„Du hast meine Hand beinahe zerquetscht. Aber hier sind wir schon."

Das Rauschen war lauter geworden, Jermyn spürte, wie die Wände zurückwichen, ein kühler Luftstrom strich über sein Gesicht. Die Dunkelheit, die auf seine Augäpfel gedrückt hatte, lichtete sich ein wenig und in einiger Entfernung sah er einen schwachen Feuerschein.

„Sie lassen Fackeln hier unten brennen, weil sie manchmal die Gitter reinigen müssen. Im Wasser sind Stoffe, die sich an den Stäben absetzen – Vater hat es mir erklärt, aber ich habe die Namen vergessen."

Felis Stimme schwankte ein wenig und Jermyn fragte schnell:

„Woher wissen wir, dass wir keiner solchen Reinigungstruppe begegnen?"

„Sechra würde uns an solchen Tagen nicht bestellen."

„Ihr trefft sie regelmäßig?"

„Ja, aber Mutter weiß nichts davon. Sie würde sich zu sehr sorgen und vor allem fragen, wie es Sechra geht. Das will sie nicht. Und ich darf sie auch nicht sehen, nur Firsa."

Sie waren unter der Fackel angekommen und Jermyn sah, dass das Wasser in einem etwa drei Fuß breiten Graben neben ihnen entlangfloss. Die Rinne war aus weißem Stein gehauen, sie erinnerte ihn an die unterirdischen Wasserläufe in Dea.

„Wer hat das angelegt?", fragte er und wurde sich gleichzeitig bewusst, dass er diese Frage früher nicht gestellt hätte.

„Vater sagte, die Kaiser aus Dea hätten Eblis erbaut, weil sie dort das brennende Öl gefunden hatten, auch die Kasibah, damit die Sklaven es nicht weit zu den Quellen hatten. So, hinter der nächsten Biegung liegt das Tor. Weiter gehe ich nicht."

Firsa hatte auf sie gewartet. Felis flüsterte etwas in seiner Sprache, sie nickte ungeduldig und winkte Jermyn.

Wie Felis gesagt hatte, sahen sie nach der nächsten Biegung ein Tor, das den ganzen Gang versperrte. Das Wasser schoss darunter hindurch, aber der Graben war mit dem Gitter verschlossen, von dem Felis gesprochen hatte. Das Tor bestand aus schweren, eisenbeschlagenen Balken, es sah aus, als sei es seit den Tagen der Kaiser nicht mehr geöffnet worden. Aber während Jermyn sich noch fragte, wie es hier zu einem Stelldichein kommen konnte, zog Firsa ihn in eine Nische in der Wand neben den Torpfosten. Die Pfeiler bestanden aus dem gleichen weißen Stein wie der Graben, doch das Gestein, in das sie eingelassen waren, schien weicher zu sein. Fleißige Hände hatten einen mannshohen Spalt hineingegraben, den man jedoch nur sah, wenn man die Fackel direkt in den Schatten hinter den Pfeilern hielt. Die Leute des Belim würden vielleicht die Gitter und die Torflügel prüfen, nie aber die unvergänglich wirkenden Pfeiler.

Firsa steckte die Fackel, die sie mitgenommen hatte, in einen Halter, holte eine Maurerkelle aus ihren Lumpen und begann zu kratzen, um den Spalt zu vergrößern. Das Geräusch wurde vom Rauschen des Wassers übertönt, doch musste jemand auf der anderen Seite darauf gelauscht haben, denn ein Lichtschein fiel durch die Öffnung. Firsa ließ die Kelle sinken und drückte ihren Kopf an den Spalt. Als sie sich zu Jermyn umdrehte, liefen ihr Tränen über die Wangen. Sie winkte ihm, näherzukommen und trat beiseite.

Ein Gesicht erschien und Jermyn schnappte unwillkürlich nach Luft. Was hatte Inzana gesagt?

Sechra ist ein schönes Mädchen

Es stimmte, er konnte es selbst jetzt noch erkennen, trotz der Brandnarben, die ihr Gesicht entstellten. Wie durch ein Wunder musste die furchtbare Verletzung ihre Augen verschont haben, sie musterte ihn mit dem gleichen hellen Raubvogelblick wie Firsa. Aber dieses Mädchen hatte weder den Verstand noch die Sprache verloren.

„Du hast Firsa gerettet und du hasst den Belim", stellte sie fest, als reiche ihr das als Empfehlung.

Jermyn zuckte die Schultern. „Ich hasse ihn nicht, ich will mir nur zurückholen, was er mir gestohlen hat."

„Ist es wertvoll?"

„Wertvoller als alles andere auf der Welt!", stieß er hervor. Sechra lachte, kein schönes Lachen.

„Also eine Frau. Die sind sein wertvollster Besitz, seine Schätze", sie spuckte das Wort aus. „Ich wünschte, der Schwanz würde ihm verdorren!"

Nicht nur wegen ihres verwüsteten Gesichts wollte sie Felis nicht dabeihaben, sie tat ihrer Zunge keinen Zwang an. Aber Jermyn erkannte, dass er hier eine Verbündete gefunden hatte.

„Hilfst du mir, sie herauszubringen?"

„Ich habe keinen Zugang zum Inneren Palast, mein Aussehen würde die heiligen Hallen besudeln, aber wir werden dir trotzdem helfen, wenn wir können."

„Wer ist *wir*?", fragte Jermyn.

„Die Heimlichen. Wir haben nicht alle aufgegeben, weißt du? Aber wir müssen vorsichtig sein, seine verdammten Gedankenschnüffler kommen jeder Verschwörung nur allzu leicht auf die Spur. Wenn wir an dieser Stelle den Palastbezirk unbemerkt verlassen und wieder betreten können, werden wir weitersehen." Sie hieb mit der Kelle gegen den Sandstein, dass Brocken davon auf die Erde sprangen. Jermyn betrachtete den Spalt.

„Wie weit seid ihr?"

„Oh, wir brauchen nicht mehr lange, zwei, drei Nächte vielleicht. Sieh her", sie schob die Schulter und ein Bein hindurch.

„Wäre ich keine Frau, wäre ich vielleicht schon draußen. Ein paar Zoll Haut kann ich schon verschmerzen." Sie lachte wieder ihr unangenehmes Lachen und zog sich zurück.

„Lass es mich versuchen."

Jermyn spannte die Muskeln und schob sich in die Öffnung. Er spürte die gezackten Ränder und der weite Tschalak störte, aber wenn er ihn ablegte, würde er sich hindurchwinden können. Unwillkürlich dachte er an Ninian. Sie würde einmal ihre Hand auf den Stein legen …

Warum tut sie es nicht, warum befreit sie sich nicht? Blitze, Sturm, alle Kräfte der Erde gehorchen ihr. Warum benutzt sie keine davon? Jermyn spürte, wie ihm der Schweiß auf die Stirn trat. *Denk nicht darüber nach, heute wirst du deinen Geist auf die Suche nach ihr schicken und du wirst sie finden. Du musst sie finden …*

„Was ist dir? Bleibt dir die Luft weg? Geh lieber wieder zurück."

Er beachtete Sechras Worte nicht.

„Wohin führt der Gang auf deiner Seite? Zum Frauenhaus?"

„In sein Allerheiligstes? Bist du von Sinnen? Nein, man kommt nur in den äußeren Palastbezirk, in die Wirtschaftsräume, die Küche, wo ich am Anfang gearbeitet habe."

„Am Anfang?"

„Ja, ich habe mich sehr bemüht, nicht aufzufallen – schließlich hängt jedes Mädchen an seiner Schönheit – bis einer der Aufseher begonnen hat, mich anzusehen", sie verstummte und schabte wie besessen an dem porösen Gestein.

„Und dann?"

„Dann ist mir eine Kelle kaltes Wasser in siedendes Öl gefallen. Mein Gesicht war gerade über dem Topf, aber zum Glück hatte ich die Augen geschlossen", sie sagte es beinahe heiter.

„Bei meinem kleinen Gott – wenn die Heimlichen alle so sind wie du, sollte der Belim um sein Leben bangen!"

„Ja, leider sind sie nicht alle wie ich. Jetzt sieht mich keiner mehr an", sie fuhr sich mit dem Ärmel über die Stirn. „Ich hatte wieder Glück, dass ich im Palast bleiben durfte. Es gibt eben überall Arbeiten, die niemand gern tut."

„Was machst du jetzt?", fragte Jermyn. Dieses ungewöhnliche Mädchen beeindruckte ihn.

„Ich säubere die Latrinen, eine sehr angenehme Arbeit, nicht so ekelerregend wie die in seinem Frauenhaus", sie lächelte.

Jermyn schwieg, ihre Worte dröhnten in seinen Ohren.

Ekelerregend – Belim von Eblis, vielleicht wünschst du noch einmal, nicht geboren worden zu sein

„Hey", das Mädchen vor ihm wich einen Schritt zurück, „deine Augen – sie glühen. Wer bist du? Einer von seinen Gedankenschnüfflern?", ihre Hand fuhr in den Kittel. „War Firsas Verfolgung ein abgekartetes Spiel?"

Sie war sehr schnell und das Messer in ihrer Hand sah sehr scharf aus, aber Jermyn war schneller. Er griff in ihren Geist und bannte sie.

„Ich bin ein Gedankenlenker, wie du siehst", er nahm ihr das Messer ab, „aber ich habe nichts mit ihm zu tun. Es stimmt alles, was ich gesagt habe. Er hat meine Freundin geraubt oder von den Räubern gekauft, was auf das Gleiche herauskommt. Ich will sie zurückholen, alles andere interessiert mich nicht. Du kannst deine Lider bewegen, schließ die Augen, wenn ich dich loslassen kann, *und glaub mir, du kannst mich nicht täuschen!*"

Ihr Blick flackerte, als sie seine Stimme in ihrem Kopf hörte und tat, was er verlangte.

„Bei den Göttern, du bist stark", keuchte sie, als er sie freigegeben hatte. „Jetzt verstehe ich auch, wie du die Weißen in die Flucht geschlagen hast. Wenn du uns helfen würdest ..."

Jermyn schüttelte den Kopf. Ein tapferes Mädchen und ein gerechter Kampf, aber es war nicht seiner. Dea genügte.

„Das kann ich nicht. Ihr müsst eure eigene Schlacht schlagen. Aber für deine Familie will ich tun, was ich kann."

In ihrem verheerten Gesicht zuckte es. „Mutter will fort", flüsterte sie.

„Ja, vielleicht kann ich ihr dabei helfen."

„Und welche Hilfe erwartest du von uns?"

„Erweitert das Loch, so schnell es geht. Ich weiß nicht, in welchem", er schluckte, „in welchem Zustand meine Freundin ist. Vielleicht kann sie sich nicht durch einen so engen Spalt zwängen. Und wenn wir drinnen sind, zeig mir den Weg zum Frauenhaus."

Sechra zuckte die Schultern.

„Das ist nicht schwer zu finden: der türenlose Turm in der Mitte des Gartens. Fragt sich nur, wie du hineinkommen willst. Es gibt nur einen Zugang, durch ..."

„... einen unterirdischen Gang, der vom Schlafzimmer des Belim führt. Ja, ich kenne solche Anlagen."

„Tatsächlich", sie hob die haarlosen Brauen, „woher, frage ich mich?"

„Nun, sagen wir mal, es ist mein Geschäft, sie zu kennen", er grinste.

„Aber selbst, wenn *du* mit deinen Kräften durch diesen Gang hineinkämest, brächtest du deine Freundin nicht auf diesem Weg hinaus. Soviel ich gehört habe, steht das Bett des Belim über dem Einstieg und seine Gemächer werden außerordentlich gut bewacht."

„Dann ist auch eure Aufgabe nicht leicht."

„Nein, aber wir geben nicht auf."

„Wäre es nicht einfacher gewesen, in sein Frauenhaus aufgenommen zu werden und bei der passenden Gelegenheit dieses zu verwenden", er gab ihr das Messer zurück.

„Ich habe daran gedacht. Aber dazu war ich zu schwach", sie ließ den Kopf hängen, „die Vorstellung seiner weichen, fetten Finger und seines schwabbeligen, parfümierten Wanstes", sie schüttelte sich, „ich hätte ihn sehr nahe an mich heranlassen müssen. Außerdem werden seine Frauen natürlich splitternackt ausgezogen und von Kopf bis Fuß untersucht, schon weil er furchtbare Angst vor ansteckenden Krankheiten hat. Es wäre nicht leicht gewesen, ein Messer zu verbergen. Jetzt glühen deine Augen schon wieder, aber es wundert mich nicht", sie sah ihn mitfühlend an. „Weißt du sicher, dass deine Freundin dort ist?"

„Nein", musste er zugeben, „ich bin auf ein Gerücht hin von Tris nach Eblis gekommen und ich habe noch nicht nach ihr *gerufen*. Ich wage es nicht – wenn sie nicht antwortet ..."

„... ist sie nicht hier."

„Oder sie kann nicht antworten. Beides wäre furchtbar."

„Latrinenputzer bekommen nicht viel mit von den Vorgängen im Frauenhaus, aber ich weiß, dass es zum nächsten vollen Mond ein Fest der Fesselung geben wird, das heißt, er ergreift Besitz von einer neuen Frau und legt sie danach in Ketten."

„Dann hätte er lange gewartet. Sie müsste seit drei oder vier Wochen in seiner Gewalt sein", er zwang sich, sachlich zu sprechen, obwohl der Gedanke an die Ketten, die Ninian so hasste, ihn rasend machte.

„Ja, aber es muss alles seine Ordnung haben, die Sterne müssen zum Beispiel günstig stehen. Es ist ja nicht so, dass er keine anderen hätte, um sich zu vergnügen. Ruf deine Freundin, der Mond ist in drei Tagen voll. Wenn du sie findest, musst du dir einen Fluchtplan überlegen. Wenn nicht ... kannst du uns vielleicht doch in unserem Kampf unterstützen, aber", sie langte durch den Spalt und legte ihm die Hand auf die Schulter, so elend sah er plötzlich aus, „ich hoffe, du hast Erfolg."

„Ja, es wäre besser. Noch eins: Ist der Turm mit dem gleichen dämlichen Zeug gespickt wie die Palastmauer und hat er Fenster?"

„Ja, gewiss, wunderbare Fenster, die erste Reihe liegt vier Manneslängen über dem Boden. Seinen Schönen gönnt er das Tageslicht, sollen ja nicht so bleiche Larven werden wie die Bewohner der Kasibah. Und nein, der Turm ist mit weißen Platten verkleidet, aber ich sagte dir, es gibt keinen Zugang."

„Das werden wir sehen. Ich komme morgen zur gleichen Zeit wieder her, dann weiß ich, woran ich bin."

„Ich wünsche dir Glück. Ich werde dafür sorgen, dass die Öffnung breit genug wird. Leb wohl. Firsa ..."

Das Mädchen trat aus dem Schatten und die Schwestern flüsterten miteinander, während Jermyn sich zu Felis zurücktastete.

„Hast du Sechra gesehen?", fragte der Junge eifrig, „geht es ihr gut? Kann ich der Mutter sagen, dass es ihr gut geht?"

Firsa hatte Jermyn eingeholt und war an ihm vorbeigeschlüpft. Jetzt fand er die Raubvogelaugen auf sich gerichtet.

„Ja", antwortete er, „es geht ihr gut. Sie tut das, was sie tun möchte."
Er dachte an das Mädchen mit den Narben, als er die Kasibah verlassen hatte. Die kurze Dämmerung der Wüste war angebrochen, bald würde es dunkel sein. Heute Nacht, wenn alles Kommen und Gehen in den Straßen beendet war, musste er den Palast nach Ninian absuchen. Er durfte nicht länger zögern.

Zurück in seinem Quartier im Khanat aß er ein wenig und legte sich auf die Pritsche. Dem Pfad der Mantren folgend, versuchte er, seinen Geist von den umklammernden Empfindungen zu reinigen, jenes wilde Schwanken zwischen Hoffnung und Angst. Langsam zog er sich aus der äußeren Welt zurück. Die Pritsche, die Kammer, das Khanat glitten davon, bis er schwerelos im grenzenlosen Reich des Geistes schwebte. Nur ein dünnes Band hielt die Verbindung zu seinem Körper, damit er wieder zurückfand. Er wartete, bis die lärmenden Gedanken einer ganzen Stadt zu leisem Summen herabsanken, ihre Bewohner einer nach dem anderen in Schlaf fielen.

Als es so still war, dass er seine Sperren öffnen konnte, ohne gestört zu werden, sandte er seinen Geist in die Dunkelheit. Er hatte sich den Weg zum Palast gut eingeprägt und war ihn oft in Gedanken abgegangen, so dass er keine Mühe hatte, sein Ziel zu finden. Wie erwartet, hatte der Belim, ebenso ängstlich wie misstrauisch, seinen Besitz mit dichten Sperren geschützt. Dicke, graue Schwaden, in deren trägen Wirbeln die meisten Sphären die Richtung verlieren mussten. Der Dunst verdichtete sich zu Bildern, erschreckend oder verlockend, ganz nach der Befindlichkeit des Eindringlings, doch Jermyns Geist glitt hindurch wie eine Klinge zwischen die Falten eines Gewandes, ohne dass der Träger es merkte. Er hielt sich nicht damit auf, nach dem Belim zu suchen. Für seine Rache würde er sich Zeit nehmen, wenn er wusste, was mit Ninian geschehen war. Wahrscheinlich hielt sich der Mann ohnehin bei seinen Frauen auf.

Die Sperren waberten dicht um den Frauenturm. Einen Moment zögerte Jermyns Geist, und schon bildeten sich Schatten in den Wolken, die sich zu Bildern zusammenfügen wollten. Bilder, die Ninian leidend oder sterbend zeigten ... er durfte nicht die Herrschaft über sich verlieren, aber er schreckte davor zurück, er fürchtete das, was er finden würde. Unvermittelt schob sich Sechras zerstörtes Gesicht vor sein inneres Auge und er schalt sich einen Feigling.

Wenn ein Mädchen sich siedendes Öl ins Gesicht spritzen konnte, musste er wohl den Mut aufbringen, sich dem Ergebnis seiner Suche zu stellen.

Getrieben von diesem Willen brach er durch die trügerischen Wolken und näherte sich den schimmernden Sphären, die den größten Schatz des Belim ausmachten. Nicht alle schliefen, viele brannten hell, manche in Lust, andere in Schmerzen. Während er Stufe um Stufe den Turm hinaufglitt, streifte er das kalte Licht der Grausamkeit, das flackernde des Irrsinns, das verlöschende der Verzweiflung, aber er erkannte keines von ihnen. Seine Zuversicht schwankte, die grauen Fäden der Angst begannen ihn zu umgarnen. Er hatte die Spitze des Turmes erreicht, nur zwei Lichter glommen hier, keines glich dem klaren Perlenglanz, den er suchte. Seine Reise war vergebens gewesen. Nur um die Suche zu vollenden, näherte er sich den beiden.

Das eine Licht pulsierte trüb, dämmernd zwischen Schlafen und Wachen, er spürte einen Geist am Rande der Umnachtung, ähnlich dem Firsas ohne deren Wildheit. Hätte er die Anteilnahme aufbringen können, hätte er das arme Geschöpf vielleicht von dem Elend seines Daseins befreit, doch verstrickt in seine enttäuschte Hoffnung, ließ es ihn kalt. Das andere Mädchen war in einem ähnlichen Zustand, aber sie umfingen Lagen um Lagen dünner Schleier, ihr Geist regte sich darin, wie ein Vogel, der sich in den Leimruten gefangen hatte.

Er berührte die Umhüllung, löste die Fäden, sie boten keinen Widerstand.

Jer... Jermyn? JERMYN, WO BIST DU? KOMM, KOMM ...

Die Gedanken trafen ihn wie Geschosse, sein Körper auf der Pritsche zuckte unter ihrer Gewalt. Für einen Moment packte ihn Schwindel.

Ninian? NINIAN ... ich bin hier, in Eblis ...
Hol mich, hol mich schnell ... ich halte es nicht mehr aus ...
Ninian ...

Das Licht hinter den Schleiern flackerte, aber er *hörte* nichts, als schaffe sie es nicht, Gedanken zu formen. Es machte nichts, sie war da, er hatte sie gefunden.

Ninian, du musst keine Worte formen. Verstehst du mich?

Ein kurzes Aufleuchten antwortete ihm.

Ich komme morgen Nacht und hole dich ... ich hole dich ...

Er stürzte mit solcher Hast zurück, dass er einige Augenblicke brauchte, bevor er sich wieder in seinem Körper zurechtfand. Dann sprang er auf, zitternd, außer sich vor Freude und Sorge. Es ging ihr nicht gut, er hatte Verzweiflung gespürt.

Ich halte es nicht mehr aus ... ich kann nicht mehr ...

Was hatten sie ihr angetan? Oh, er würde sie büßen lassen, er würde diesen Scheißer von einem Belim ... er ächzte und das Wasser schoss ihm in die Augen. Mit einer fahrigen Bewegung hatte er sich im Dunkeln den Knöchel an der Tischkante angeschlagen. Der scharfe Schmerz brachte ihn zur Besinnung. Alle Gedanken an Rache waren Narrheit, es gab nur eins für ihn zu tun: Er musste Ninian befreien und mit ihr aus Eblis verschwinden. Und dazu brauchte es ruhige Überlegung, denn viel Zeit hatte er nicht, in zwei Tagen war der Mond voll. Wenn es ihm nicht gelang, sie morgen Nacht zu holen, wäre ein unauffälliges Entkommen nicht mehr möglich. Seine erste Pflicht war es, jetzt zu schlafen, seine Kräfte zu sammeln, in den nächsten Tagen und Nächten würde er dazu keine Zeit mehr finden.

Tahal Fadir machte keinen Hehl daraus, wie wenig erfreut er war, als Yahmur in seinem Haus erschien.
„Wollt Ihr nun doch mit uns nach Tris zurückziehen?", fragte er misstrauisch.
„Nein, beunruhigt Euch nicht", der junge Mann lächelte mit falscher Freundlichkeit, „ich brauche nur Eure Hilfe."
„Meine Hilfe?"
„Ich werde die Rückreise allein wagen und dafür brauche ich alles Nötige. Drei Ka'ud, ein Reittier und zwei Lasttiere, die besten, die zu haben sind, ausreichend Nahrung, Brennstoff und vor allem Wasser."
„Ihr wollt allein durch die Wüste ziehen?", unterbrach ihn der Karawanenführer ungläubig, „seid Ihr von allen guten Geistern verlassen?"
„Hört zu, ich will nicht mit Euch streiten, ob es klug ist, was ich tue. Ihr sollt mir nur helfen! Heute Abend muss alles bereit sein. Ach ja, einen zweiten Tschalak brauche ich und Stiefel, alles in meiner Größe, Kochgeschirr, verdammt, eben alles, was man braucht, Ihr wisst das besser als ich", die gezwungen freundliche Miene bekam Risse.
„Bis heute Abend?", Fadir dehnte die Worte, „das kommt ein wenig ungelegen. Drei gute Ka'uds auszuwählen und die Dinge, die Ihr verlangt, – dafür braucht man Zeit. Bis heute Abend ... und ich erwarte Freunde."
Ihm fehlte plötzlich der Atem, um weiterzureden. Von einem Lidschlag zum anderen hatte sich Yahmur in einen Dämon verwandelt. Flammen schlugen aus seinen Augen, Fadir fühlte sich an seinem seidenen Hauskleid gepackt, der bestickte Stehkragen schnitt in seinen Hals. Keuchend rang er nach Luft.

„Es gibt zwei Möglichkeiten", zischte der Dämon, „tust du willig, was ich verlange, werde ich dich sogar bezahlen. Weigerst du dich … hast du je vom Ariten gehört? Hast du? Nicke, wenn du nicht reden kannst!"

Der Kragen schnürte ihm die Kehle zu, aber Tahal Fadir nickte in Todesängsten.

„Alle haben ihn gefürchtet, oder? Niemand konnte ihn bezwingen, nicht wahr? Nun, *ich* habe ihn besiegt. Soll ich dir zeigen, wie?"

Eine Flammenzunge leckte in Fadirs Geist. Das Kopfschütteln war noch schmerzhafter, aber Fadir verneinte stöhnend.

„Siehst du. Heute Abend ist alles bereit, nicht wahr?"

Plötzlich war der Karawanenführer frei und verschluckte sich an den tiefen Atemzügen, die er in seine gequälte Kehle sog. Vor ihm stand der schmächtige Wüstenreiter und lächelte sein falsches Lächeln.

„Nicht wahr?"

„Ja, Herr, gewiss, Herr. Ich tue, was Ihr verlangt, Herr", er raffte sein Gewand und rannte hinaus, laut nach seinem Verwalter rufend.

Jermyn war sich seiner Sache nicht so sicher, wie er getan hatte. Er wusste nicht, in welchem Zustand er Ninian finden würde, und allein, mit einer Kranken oder Verletzten, die Wüste zu durchqueren, blieb ein Wagnis. Etwas stimmte nicht mir ihr, das hatte er deutlich gespürt. Sie schien den Gebrauch ihrer Fähigkeiten nicht wiedererlangt zu haben, sonst säße sie nicht in diesem Turm gefangen. Das bedeutete, er konnte auch auf dieser Wüstenfahrt nicht mit ihren Kräften rechnen. Aber er wollte nicht in Eblis bleiben, bis Tahal Fadir aufbrach. Selbst wenn sie sich in der Kasibah versteckten, musste Ninians Verschwinden einen gewaltigen Aufruhr auslösen.

Der Belim würde alles daran setzen, sie zu finden, und die Karawane gewiss nicht ziehen lassen, ohne sie gründlich zu durchsuchen. Das bedeutete Kampf, den er allein ausfechten müsste, da er sich auf die Unterstützung durch die Unterirdischen nicht verlassen wollte. Hörte der Belim dagegen, dass sie allein geflohen waren, überließ er vielleicht der Wüste seine Rache. Sie mussten es versuchen, er hatte sich alles eingeprägt, was der Karawanenführer gesagt hatte. Und wenn es nicht gelang – so starben sie wenigstens zusammen. Aber daran wollte er nicht denken.

Sein nächster Gang führte ihn zu dem Kesselschmied, durch dessen Werkstatt Felis ihn aus der Kasibah herausgeführt hatte.

„Wir benutzen möglichst verschiedene Ausgänge", hatte der Junge auf seine altkluge Art erklärt, „um unsere Freunde nicht in Gefahr zu bringen."

Der Mann unterbrach seine Arbeit und sah den Wüstenreiter ängstlich an. Bestimmt sprach er kein Lathisch.

„Kasibah", versuchte Jermyn. Der Kesselschmied verzog keine Miene, er mochte eine Falle befürchten.

„Kasibah", wiederholte Jermyn ungeduldig, „Felis, Firsa ..."

Die Namen wirkten. Der Handwerker klopfte an ein Tonrohr, das im Boden verschwand, und kurz darauf schlüpfte Felis herein. Sein Gesicht leuchtete auf, als er Jermyn sah.

„Yahmur! Willst du mit mir kommen?"

„Nein, jetzt noch nicht. Kannst du Sechra nach Sonnenuntergang zum Wassertor bestellen? Sag ihr, ich habe gefunden, was ich gesucht habe, und werde es mir heute Nacht holen."

„Ich versuche es."

„Gut, dann bin ich bei Anbruch der Dunkelheit hier."

Den Rest des Tages verbrachte Jermyn damit, seine Ausrüstung zu beschaffen. Er suchte einen Seiler auf und zwang ihn, zwei Seile aus Seidensträngen von je hundert Fuß Länge herzustellen. Dass der Mann dafür alle anderen Aufträge liegen lassen musste, scherte ihn nicht. Den Gedanken, Haken und einen Hammer zu besorgen, verwarf er. Wenn der Turm mit Marmor verkleidet war, nützten sie ihm wenig, es kostete zu viel Mühe, sie einzuschlagen und machte zu viel Lärm. Er musste sich auf sein Können verlassen.

Im Ruq, wo er hastig ein paar Fladen hinunterschlang, erstand er zwei lange Lederriemen mit Löchern und Schnallen. Der Händler maß seine schmale Gestalt.

„Was brauchst du Gürtel für Fettwanst? Kannst du nehmen einen für zwei", er lachte laut über seinen Witz und Jermyn lächelte freundlich.

„Du hast's erraten, Bruder, genau das tue ich."

Der Mann nickte begeistert, als die Münzen für einen Riemen in seine Hand fielen. Dass es zu wenig waren, bemerkte er erst, als Jermyn verschwunden war.

Tatsächlich gab es keinen Grund, über die Gürtel Witze zu reißen. Er wusste nicht, in welcher Verfassung er Ninian finden würde, aber wenn es nötig war, würde er sie auf dem Rücken aus dem Turm tragen. Als er an einer Barbierstube vorbeikam, griff er sich ans Kinn. Inzana hatte an den Bartstoppeln erkannt, dass er ein Fremder war, außerdem wollte er Ninian nicht wie ein Strauchdieb gegenübertreten. Rasch entschlossen setzte er sich in den Stuhl, ließ sich Bart und Haare scheren und kaufte endlich bei einem Kleiderhändler neue Untergewänder und einen neuen Tschalak.

Zurück im Khanat, verbrachte er den Rest des Tages damit, sich durch Übungen geschmeidig zu machen. Dankbar dachte er an die Läufer von Tris, ohne sie wäre er nicht in so guter Form. Zuletzt ging er ins Badehaus des Khanats. Wer wusste schon, wann er das nächste Mal genügend Wasser für ein Bad fand ...

Tahal Fadir hielt Wort. Am Abend stand alles bereit, was Jermyn verlangt hatte. Der Schrecken steckte dem Mann offenbar noch in den Gliedern, er wollte die fünf Goldstücke nicht annehmen. Jermyn steckte sie ihm in den Gürtel.

„Schenkt sie den Armen, wenn Euch mein Geld zuwider ist. Ich mache keine Schulden."

Fünf Goldstücke blieben ihm noch, das musste reichen, um eine Überfahrt für Ninian und sich zu bezahlen. Wenn sie jemals in Tris ankamen.

Hör auf damit, du hast sie gefunden, das allein zählt

Und dann war es so weit. Er stand vor dem Bretterverschlag im Haus des Flickschusters und Felis kam, um ihn in die Kasibah zu führen. Diesmal blieb ihr Eintritt in die Halle nicht unbemerkt, unter den Bewohnern der Unterstadt schien sich herumgesprochen zu haben, dass jemand tollkühn genug war, den Belim seiner schwer bewachten Schätze zu berauben. Sie sahen ihn an, die meisten furchtsam, aber einige der jungen Männer mit brennenden Augen.

Inzana war unter ihnen.

„Wollt Ihr es wirklich versuchen, Yahmur? Ihr geht ein großes Wagnis ein, niemand ist bisher in den Frauenturm eingedrungen. Wenn sie Euch entdecken – sein weiches Herz hindert den Belim nicht, Euch seinen Folterknechten auszuliefern ...", sie stockte.

„... und alle, die mir geholfen haben? Sorgt Euch nicht, Inzana, wenn sie mich erwischen, haben sie genug mit mir zu tun. Ich werde alles Wissen um meine Helfer aus ihren Köpfen tilgen und wenn es das Letzte ist, was ich tue!", so hart sagte er es, dass die Frau unwillkürlich zurückwich.

„Aber ich habe noch eine Bitte: Fragt, ob uns zwei Männer mit einer Bahre begleiten können. Vielleicht geht es meiner Freundin nicht gut ..."

Sie rief den Leuten die Worte zu, sie zögerten, aber schließlich fanden sich zwei Burschen, die bereit waren, an der Spalte zu warten. Jermyn hatte sich die Seile und die Riemen über die Schultern gehängt, er sah sich nach Felis um, aber Inzana zog den Jungen an sich.

„Ich wage nicht, ihn gehen zu lassen", sagte sie entschuldigend, „er ist noch klein. Firsa kann ich doch nicht zurückhalten, sie wird Euch führen. Mögen die Götter gnädig auf Euch blicken."

Das Mädchen trat auf ihn zu und nahm seine Hand. Ein wildes Licht leuchtete in ihren Augen, sie schien ihre Abneigung vergessen zu haben.

„Ich danke Euch, Inzana, Ihr ahnt nicht, was Eure Hilfe für mich bedeutet."

„Kommt gesund zurück."

Firsa zischte und zupfte ungeduldig an seinem Ärmel. Jermyn winkte und folgte ihr. Bevor sie den Gang betraten, hörte er von ferne den dumpfen Klang des Muschelhorns, viermal rief es, jetzt stieg der fast volle Mond über den Horizont, zur fünften Doppelstunde würde er den Turm in silbernes Licht tauchen. Dann musste Jermyn ihn bezwungen haben. Zwei Stunden und er wusste nicht, was ihn an der Wand erwartete. Aber es hatte keinen Sinn, sich in Vermutungen zu ergehen.

Am Wassertor klopfte Firsa an das Gitter und bald näherte sich ein Lichtschein. Im Schein von Sechras Fackel sah Jermyn, dass die Heimlichen nicht untätig gewesen waren. Der Spalt war jetzt so breit, dass er sich ohne große Mühe hindurchzwängen konnte.

„Wartet hier", sagte er zu Firsa und den beiden Burschen, die sowohl ihre Umgebung als auch ihre Begleiterin unbehaglich musterten. Jermyn konnte es ihnen nicht verdenken, aber er und Sechra hatten den Durchschlupf kaum hinter sich gelassen, als die Burschen schon vergessen waren.

Sie folgten dem Wasserlauf, bis er sich in vier verschiedene Richtungen aufspaltete. Sechra wählte den zweiten von links.

„Dieser bewässert den Garten, der um den Turm angelegt ist. Ich nehme an, du kannst klettern, sonst wärest du nicht so gelassen geblieben, als du hörtest, dass es von außen keinen Zugang gibt."

Jermyn hob die Brauen. „Du bist verdammt schlau."

„Ja, hoffentlich nützt die Schlauheit auch einmal mir selbst. Ich bringe dich zum Brunnenschacht. Wenn du ihn hochkletterst, kommst du im Brunnenhaus heraus. Von dort musst du dir allein weiterhelfen."

Das Gewölbe war niedriger als der Hauptkanal, sie mussten die Köpfe einziehen. Endlich änderte sich das Geräusch des Wassers und sie kamen zu dem Becken, in dem es sich sammelte.

„Jetzt musst du dir nasse Füße holen. Ich gehe nicht weiter. Wie lange soll ich warten?"

Jermyn starrte in den dunklen Schacht hinauf.

„Von der fünften bis zur sechsten Doppelstunde steht der Turm in vollem Licht. Wenn ich bis dahin oben bin, warte ich, bis der Mond weitergewandert ist. Dann machen wir uns an den Abstieg", er ließ sich nichts anmerken, aber sein Herz setzte einen Schlag aus bei diesem ‚wir'. „Es geht schneller hinunter als hinauf."

„Das glaub ich auf's Wort", meinte Sechra trocken und trotz der wachsenden Anspannung musste er lachen.

„Nicht, wie du es verstehst. Ich weiß nicht, wie schnell sie laufen kann", die Stimme blieb ihm fast im Halse stecken, das Mädchen klopfte ihm aufmunternd auf die Schulter und er riss sich zusammen.

„Also, sagen wir, wenn wir bis zur zweiten Doppelstunde nach Mitternacht nicht zurück sind, solltest du mal vorsichtig hören, ob da oben was los ist."

„Ist recht. Ich wünsch dir Glück," plötzlich brach der Hass durch ihre beherrschte Miene, „ich hoffe, er heult sich seine verdammten Augen aus, wenn er merkt, wen er verloren hat!"

Jermyn zögerte, dann griff er in seinen Gürtel.

„Hier, gib das deiner Mutter, wenn es schiefgeht und ich nicht zurückkomme. Damit sollte sie mit der nächsten Karawane nach Tris kommen, vielleicht reicht es ja sogar für die Überfahrt nach Dea für euch vier."

„Ich verlasse Eblis nicht, bevor der Belim nicht *dafür* gezahlt hat", sie wies auf die Brandnarben in ihrem Gesicht, „aber ich danke dir und will es meiner Mutter geben. Wenigstens für sie und Felis, Firsa wird nicht mitgehen."

Jermyn zuckte die Schultern und sie merkte, dass er schon nicht mehr bei der Sache war. Er hob die Fackel über seinen Kopf und leuchtete die Wände des Schachts ab. Sie bestanden aus großen Quadern und Sechra schienen sie glatt, aber er nickte zufrieden.

„Gute Fugen, eine leichte Übung. Auf geht's."

Er ließ sich von dem schmalen Gang ins Wasser, das ihm bis zur Taille reichte, und watete zu der Stelle, die ihm am wenigstens veralgt schien. Und dann sah Sechra mit offenem Munde zu, wie die dunkle Gestalt die Wand hinaufglitt, nicht anders als eine große Spinne.

„Oh, du wirst weinen, Belim, weinen!", murmelte sie mit einem zufriedenen Lächeln.

Jermyn schwang sich auf den Rand des Beckens und lauschte. Still und dunkel war es im Brunnenhaus, aber durch das filigrane Gitterwerk der

Fenster konnte er in den mondbeschienenen Garten sehen. Er öffnete seinen Geist und zu seinem Erstaunen fand er keine Spur eines Wächters. Der Belim verließ sich auf die unbezwingbaren Mauern seines Turms. Natürlich – auch Wächter waren Männer, eine der Schönen mochte versuchen, ihren Bewacher mit lieblichen Worten zu umgarnen, auch aus seidenen Schals ließen sich Seile flechten ...

Halb erwartete er, auf die ungleich furchterregenderen, vierfüßigen Wächter zu stoßen, doch außer Vögeln, kleinem Getier und dem kaum wahrnehmbaren Flimmern der Insekten gab es kein empfindendes Geschöpf dort draußen. Nachdem er seine Hände gewaschen hatte, nahm er eines der beiden Seile ab und legte es in den Schatten der Beckenmauer. Dann verließ er das Brunnenhaus.

Am Fuße des Turms angelangt, verstand er, weshalb der Belim keine Wächter brauchte.

Niemand konnte glauben, dass es möglich war, diese schieren Mauern zu erklimmen. Klug hatten die Erbauer auf Verzierungen verzichtet, und im ersten Moment sank ihm das Herz, die glatte, schimmernde Fläche schien uneinnehmbar. Er unterdrückte die aufsteigende Panik und legte die Hände auf den kühlen Stein. Seine Fingerspitzen glitten über die Wand und erleichtert atmete er auf. Die Baumeister hatten sich für kleine Platten entschieden, die Fugen lagen nur drei Handbreit auseinander. Schwierig, aber nichts, was ihn so dicht am Ziel aufhalten würde. Er zog die Stiefel aus und versteckte sie unter einem ausladenden Busch mit weißen, duftenden Blütendolden, damit er sie im Dunkeln leichter wiederfand. Dann öffnete er seinen Geist.

Ninian ...

Sie war da, er spürte die schmerzhafte Spannung, mit der sie auf ihn wartete. Doch ihre geistige Stimme drang nur schwach zu ihm, als käme sie von weit her.

Jermyn, wo bist du ...

Am Fuß des Turms, auf der Südseite. Ich weiß nicht, wie lange ich brauche ...

Der Turm – und ich bin ganz oben! Oh, Jermyn, sei vorsichtig ...

Ihre Stimme verklang und er schirmte sich gegen ihre Angst, die ihm entgegenströmte. Nichts durfte ihn jetzt ablenken. Er schloss alles andere aus und begann den Aufstieg.

Nach wenigen Zügen hätte es der Sperren um seinen Geist nicht mehr bedurft, es gab nur noch die Wand und ihn. Die Marmorverkleidung verlangte ihm sein ganzes Können ab. Die spiegelnden Platten der Kaiserfassade in der Ruinenstadt mochten schwieriger sein, aber sie bedeckten nur kurze Strecken. Hier gab es bis zu den ersten Fenstern, zehn Manneslängen über dem Erdboden, keine Möglichkeit auszuruhen. Die Fugen waren winzig, nur die obersten Fingerglieder fanden Halt, seine nackten Zehen, beweglich wie Finger, nutzten die seichten Höhlungen, der kurze Widerstand der Fußballen auf den glatten Kacheln musste für den nächsten Schub reichen. Er hielt nicht an, nichts durfte den Fluss der Bewegung unterbrechen, nach Griffen suchen musste er ja nicht, die regelmäßigen Abstände der Fugen boten immerhin diesen Vorteil. Er dachte nicht mehr, nicht einmal an Ninian. Wie ein Zuschauer sah er sich die Wand hinaufgleiten und doch war sein Geist eins mit seinem Körper. Er steckte in jedem Muskel, jeder Sehne, spürte das Leben und den Willen, der ihn vorwärts trieb, mit jeder Faser seines Wesens. Es war die beste Kletterei, die er jemals erlebt hatte.

Die untersten Fenster glitten vorbei, verschlossen durch Marmorgitter, lieblich anzusehen, doch unüberwindlich. Er fragte sich nicht, was er tun sollte, wenn Ninian hinter einem solchen Gitter gefangen war. Er stieg weiter, immer weiter, nur die nächste Länge vor Augen. Sein Zeitgefühl verließ ihn und er wusste nicht, ob ihn der Mond nicht gleich in sein verräterisches Licht tauchen würde. Und dann sah er plötzlich Zinnen und den bestirnten Nachthimmel über sich. Das Ende des Turms, er hatte sein Ziel erreicht. Drei hohe, spitzbogige Fenster, geteilt durch schlanke, gedrechselte Säulchen. Keine Gitter. Hier oben glaubte der Belim seine Schätze vor jedem Räuber sicher.

Als Jermyn die Hände auf das Sims legte, rauschte das Blut in seinen Ohren, er fühlte die Tiefe in seinem Rücken und der Atem stand in seiner Kehle. Jetzt ...

Er schwang sich auf das Sims, sein Herz raste, wirre Gedanken bedrängten ihn:

Sie hat sich nicht befreien können, die Schleier um ihren Geist, der Belim, ich halte es nicht mehr aus

„Jermyn!"

Hände zerrten ihn vom Fensterbrett, sie stolperten ins Zimmer hinein, er spürte ihre Arme um seinen Hals, umschlang sie und dann pressten sie sich gegenseitig den Atem aus dem Leib.

„Oh, meine Süße, meine Süße ..."

Er hörte sie an seinem Ohr Worte stammeln, lachend und schluchzend, aber er konnte nichts anderes sagen. Endlich schob er sie ein wenig von sich, nahm ihr Gesicht in seine Hände und sah sie an.

Eine schmale, blasse Ninian, mit Augen, größer und dunkler, als er sie in Erinnerung hatte, und kurzen Haaren. Tränen liefen ihr über die Wangen, aber sie war sie selbst und gesund, wie es schien. Die Kraft, mit der sie ihn umarmt hatte, sprach dafür.

Seine Erleichterung war so groß, dass er mit dem ersten herausplatzte, was ihm in den Kopf kam.

„Bei meinem kleinen Gott, Süße, was hast du angestellt?"

Sie lachte, strahlend, glücklich.

„Oh, es war furchtbar, furchtbar, aber jetzt bist du da und alles ist gut. Oh, mein Liebster, mein Liebster ... dieser Turm, ohne Seil ... du musst erschöpft sein."

Er wollte es empört verneinen, als er spürte, dass seine Beine nachgaben. Auch Ninian merkte es und zog ihn zu dem üppig gepolsterten Bett. Dankbar ließ er sich darauf fallen.

„Du musst dich ausruhen, bevor wir da runter gehen", sie schauderte ein wenig.

„Das hat Zeit, wir warten, bis der Mond weiter gewandert ist. Was ist in Tris geschehen? Du bist krank geworden, nicht wahr?"

„Ja, die Kopfschmerzen wurden immer schlimmer, sie haben mich fast wahnsinnig gemacht. Ich war bei dem Kräutermann, dann kann ich mich noch an den Brunnen erinnern, das Flimmern des Wassers war unerträglich. Das letzte ist eine dunkle Gasse und ein paar Gestalten, die sich auf mich stürzten. Ich habe versucht, sie mir vom Leibe zu halten, aber ich konnte nicht einmal eine Hand heben."

„Und das himmlische Feuer?"

Sie schüttelte den Kopf und verzog den Mund, als ob sie weinen wollte.

„Es wurde alles dunkel, ich weiß nicht ..."

„Sie haben dich verschleppt, wie Churo", er ballte die Hand zur Faust, „wenn ich sie je in die Finger kriege ..."

„Ich habe sie nie gesehen, Jermyn. Als ich wieder richtig zu mir kam, war ich hier."

„Was? Aber der Ritt durch die Wüste ..."

„Ich dachte, ich träume. Es war immer dunkel und kühl, sie müssen nachts gereist sein, um mich zu schonen. Ich erinnere mich, dass mir jemand zu trinken gab und mich versorgte, aber es ist alles undeutlich und verschwommen."

„Und der Belim, dieser Scheißer, hat er dich angerührt?", die schwarzen Augen glühten auf.

„Noch nicht, ich war ihm zu hässlich. Sie haben mich vor ihn gebracht, als ich halbwegs stehen konnte. Er begutachtete mich durch ein Augenglas, wie die vornehmen Ziegen in Dea. Ich bot bestimmt keinen schönen Anblick, sie hatten mir die Haare abgeschnitten... oh, ich sehe schrecklich aus", plötzlich befangen griff sie nach den kurzen Locken.

„Das ist mir doch egal, wie du aussiehst", sagte er wenig galant, aber sie lächelte trotzdem.

„Aber irgendetwas schien ihm zu gefallen, er ging um mich herum, piekte mich hier und da und meinte, er wollte warten, bis ich ganz gesund sei. Wir wären gewiss ein schönes Paar", sie brach ab und biss sich auf die Lippen.

„Ich sollte ihm einen Besuch abstatten", knurrte er, „und ihm ein für allemal die Lust an Frauen austreiben. Bist du jetzt ganz gesund, seiner Meinung nach?"

„Bei seinem letzten Besuch sagte er es. Morgen Nacht sollten wir ... sollte ich in Ketten gelegt werden, und dann wollte er mich in Besitz nehmen ... brrr", sie schüttelte sich, dann warf sie die Arme um Jermyns Hals. „Deshalb war ich so froh, so froh, als ich dich endlich *hörte*. Du bist gerade noch rechtzeitig gekommen."

Er erwiderte ihre Umarmung und dann stellte er die Frage, die ihn die ganze Zeit beschäftigt hatte.

„Ninian, warum bist du noch hier? Du hast dich erholt, es ist nicht mehr wie in Tris. Warum hast du dich nicht befreit, keinen Sturm gerufen, kein himmlisches Feuer?"

Ihre Arme sanken herab. Das Leuchten verschwand aus ihrem Gesicht. Sie starrte vor sich hin.

„Ich konnte nicht", flüsterte sie, „ich war ... ich bin blind, taub, gelähmt ... ich weiß nicht, wie ich es sagen soll."

Er wusste, was sie meinte.

„Du findest nicht zur Erdenmutter?"

„Nein, der Weg ist versperrt, ich bin gefangen in ... in ..."

„... Schleier?"

„Ja", rief sie verzweifelt, „du hast es gemerkt, nicht wahr? Ich stecke in einem dicken, grauen Nebel. Wahrscheinlich konntest nur du ihn durchdringen, ich musste meine ganze Kraft zusammennehmen, um dir zu antworten. Aber ich war erleichtert, so erleichtert, ich hoffe, es kommt zurück. Ich wollte meine Kräfte sparen, um mich gegen den Belim zu wehren, ihn zumindest zu erschrecken. Sie kommen wieder, nicht wahr, Jermyn? Sie kommen wieder ..."

Flehend sah sie ihn an. Das Zimmer lag unterdessen im vollen Licht des Mondes und ihre Augen glänzten von aufsteigenden Tränen. Jermyn wollte sie an sich ziehen, als ihn eine Bewegung in den Tiefen des Raumes ablenkte.

Jemand seufzte, ein Rascheln von Seide, das leise Klingeln zarter Ketten. Ihm fiel ein, dass er eine zweite Sphäre wahrgenommen hatte, eine, die dabei war, sich zu verlieren. Ninian saß ganz still, als warte sie, und etwas in ihrer Reglosigkeit erschreckte ihn.

„Du bist nicht allein. Wer ..."

Eine Gestalt löste sich aus den Schatten und glitt zögernd näher.

Jermyn starrte.

Im weißen Mondlicht stand das prachtvollste Geschöpf, dem er je begegnet war.

2. Kapitel

Das Mädchen musste geschlafen haben. Ihr Blick war verhangen, die Pupillen im Dämmerlicht so erweitert, dass er ihre Augenfarbe nicht erkennen konnte. Vielleicht hätte ein Bildhauer sagen können, worin der Zauber des blassen, lieblichen Gesichts lag, aber Jermyn war sicher, nie ein schöneres gesehen zu haben.

Sie rührte sich nicht, hätte sich ihre Brust nicht heftig gesenkt und gehoben, hätte er sie für ein Standbild aus Silber und Elfenbein halten können. Ihre Gestalt schien wie geschaffen für Männerträume, die enge Jacke, die knapp unter den Brüsten endete, die weiten, tiefsitzenden Hosen aus durchscheinendem Stoff verbargen nur wenig.

Doch all die Herrlichkeit verblasste vor der Pracht ihrer Haare. Zuerst glaubte Jermyn, sie trüge einen Mondenschleier, bis er erkannte, dass die schimmernde Flut, die über ihre Schultern bis zu ihren Kniekehlen floss, ihr eigenes Haar war. Glänzend wie gesponnenes Silber, dem gerade soviel Gold beigemischt war, dass es nicht kalt, sondern warm und lebendig wirkte.

Er merkte, dass sein Mund offen stand. Neben ihm atmete Ninian, schnell und flach.

„Sie ...", stotterte er, „ihr Haar ..."

„... ist blond", sagte sie kalt, „du hast so was schon öfter gesehen. Und sie ist ein Mädel, eine Gefangene wie ich."

Jetzt bemerkte er die Ketten, die von juwelenbesetzten Armreifen zu dem breiten Perlengürtel um die Hüften des Mädchens reichten. Die Glieder klingelten melodisch, als sie sich unsicher bewegte.

„Bei meinem kleinen Gott, was für ein Prachtexemplar", keuchte er.

„Ja, ja, ich glaube, der Belim sagt jedes Mal das Gleiche, wenn er sie sieht. Wir hausen zusammen, seit ich hier bin. Ich glaube, er will uns als Pärchen. Morgen sollten wir aneinander gekettet werden, damit er uns immer gleichzeitig genießen kann, wie mir unsere Aufseherin jeden Tag erzählt. Siehst du, hier liegt schon meine Henkerskleidung", der Klang ihres Lachens gefiel ihm nicht. Achtlos hob sie ein perlenbesticktes Jäckchen hoch und ließ es wieder fallen. Es klirrte, als es auf einen Haufen Geschmeide fiel, Ketten, Armspangen, Ringe. Jetzt erst fiel ihm auf, dass sie mit einer schlichten, weißseidenen Jacke und ebensolchen Hosen bekleidet war.

„Versteht sie unsere Sprache? Wie heißt sie?"

„Sie nennen sie Bayad hier, aber ich glaube nicht, dass es ihr richtiger Name ist, und nein, sie versteht kein Lathisch, auch nicht die Sprache des Südens. Sie spricht überhaupt nicht, sie heult nur. Wenn sie ihren Schlaftrunk bekommen hat und endlich still ist, legen die Zofen ihr zerquetschte Rosenblätter auf die Augen, damit sie abschwellen."

Ihre Stimme klang unfreundlich. Das Mädchen schien zu spüren, dass von ihm die Rede war. Die volle, rot geschminkte Unterlippe zitterte, als wollte sie weinen.

„Warum bist du so schroff gegen sie?"

Er verstand es nicht, in ihrer Schönheit und ihrem Unglück schien sie das Mitleid herauszufordern. Sie hatte ein ähnliches Schicksal durchmachen müssen wie Ninian und wenn er sich nicht irrte, war sie schon länger die Gefangene des Belim. Ninian zuckte die Schultern.

„Du hast Recht, ich sollte ihr dankbar sein, sie hat mich gepflegt", sagte sie gleichgültig, „aber ihr Gejammer macht mich wahnsinnig. Ich will es keinen Tag länger hören!"

Ein Verdacht keimte in ihm auf.

„Das meintest du, mit ‚ich kann nicht mehr'?"

„Ja, was dachtest du denn? Glaubst du, ich habe Angst vor diesem erbärmlichen Belim?", stieß sie hervor. „Wenn meine Kräfte zurückkehren, lege ich ihm seinen ganzen Palast in Schutt und Asche! Und selbst wenn sie es nicht tun, ich bringe ihn um, sobald er mich anrührt, ob meine Hände gefesselt sind oder nicht! Ich werde mich bestimmt nicht mit Heulen begnügen!"

Sie griff eine Handvoll Juwelen und schleuderte sie durch das Zimmer. Jermyn stand auf.

„Warte, das können wir noch gebrauchen."

Er hob das glitzernde Zeug auf, das nicht weit von dem Mädchen niedergefallen war. Scheu wich sie zurück. Ihr Duft stieg ihm in die Nase und er merkte, dass er schon wieder starrte.

Ihre Blicke begegneten sich und jetzt sah er, dass ihre Augen von hellem Grün waren wie der Edelstein, den Ninian aus dem Schatz von d'Ozairis behalten hatte. Als sie sich abwandte, schwang die silbrige Flut hinter ihr her, eine seidige Strähne berührte sanft seine Hand. Haar wie flüssiges Mondlicht ... wer war sie? Wie kam ein solches Geschöpf hierher? Sie war geraubt worden, stammte weder aus dem Süden noch aus Lathica. Etwas tauchte aus seiner Erinnerung auf, eine Erzählung ...

„Jermyn?"

Er fuhr zusammen.

„Ich will weg von hier, jetzt, sofort. Ich will keinen Augenblick länger in diesem verdammten Zimmer bleiben."

Ninians Stimme klang zu hoch, er drehte sich um und sah sie am Fenster stehen, auch sie war, trotz ihrer zornigen Worte, den Tränen nahe.

„Du hast Recht", er trat zu ihr und nahm das Seil ab. Nach einem abschätzenden Blick in die Tiefe knotete er es um eine der Säulen.

„Ich denke, es wird uns aushalten. Die passende Kleidung hast du ja schon an, in dem weißen Zeug bist du an der Mauer so gut wie unsichtbar. Schaffst du es alleine oder soll ich dich auf den Rücken nehmen?", er deutete auf die Riemen über seiner Brust.

„Abseilen? Natürlich schaffe ich das, ich kann alles, wenn es mich nur hier rausbringt!"

Er grinste. „Gut, pack das Glitzerzeug ein, wir nehmen es mit."

„Warum? Ich will den Plunder nicht, ich will durch nichts an diese elende Zeit erinnert werden", erwiderte sie störrisch.

„Es ist nicht für uns, ich habe Helfer, denen wir etwas schuldig sind."

Das schien ihr einzuleuchten. Sie zerriss eines der seidenen Laken, so heftig, als habe sie den Belim vor sich, raffte alles zusammen, was an Juwelen auf ihrem Bett lag, und wickelte sie zu einem Bündel zusammen, das sie sich auf den Rücken hängte.

Ein seltsamer, kleiner Klagelaut ließ sie beide aufsehen. Das Mädchen hatte ihnen schweigend zugesehen, jetzt aber offenbar begriffen, was diese Vorbereitungen bedeuteten. Mit flehend ausgestreckten Händen trat sie aus dem Schatten. Ninian achtete nicht auf sie, doch Jermyn fing ihren Blick ein und für einen Augenblick tauchten die harten, schwarzen Augen in die angstvoll aufgerissenen grünen.

„Wir nehmen sie mit", sagte er.

„Ja, ja, ich hab's verstanden, ich pack sie ja schon ein."

„Nein, ich meine nicht die Juwelen. Bayad oder wie sie heißt."

„Was?" Ninian ließ das Bündel sinken. „Bist du sicher? Wie soll sie von diesem Turm herunterkommen? Und durch die Wüste? Schau sie doch an! Sie wird es nicht schaffen ..."

Sie wies mit dem Kinn auf das zitternde Mädchen in den verführerischen Gewändern.

325

„Sie hat die Reise schon einmal gemacht", erwiderte Jermyn, „und überlebt. Außerdem scheint sie körperlich in keiner schlechten Verfassung zu sein."

„Nein, ich weiß", fiel Ninian ihm ins Wort, „sie ist ein Prachtexemplar. Aber sie wird uns aufhalten, ihretwegen werden sie uns einholen."

„Ninian, willst du sie wirklich hierlassen? In der Gewalt des Belim, wenn er entdeckt, dass du geflohen bist?"

Sie antwortete nicht. Alle Freude war aus ihrem Gesicht gewichen, es wirkte sehr bleich im Mondlicht.

„Sag es. Ich überlasse es dir. Sag, dass du sie zurücklässt."

Er war ganz ruhig, weder Ärger noch Vorwurf lagen in seiner Stimme. Ninian senkte den Kopf und machte sich wieder an dem Bündel zu schaffen.

„Wie du meinst", sagte sie mürrisch, „nimm sie mit."

„Sehr gut, dann schnell jetzt. Sie muss andere Klamotten anziehen."

„Das geht nicht, dazu muss sie die Ketten ablegen und den Schlüssel hat die Aufseherin."

„Ach Scheiße, na, dann muss es so gehen. Hilf mir, sie auf meinen Buckel zu schnallen."

„Was ... du willst sie ..."

„Ja, glaubst du im Ernst, sie schafft das allein? Du kannst es, wie du eben gesagt hast!"

Sie sah ihn an, als habe er einen Verrat begangen, aber Jermyn wich ihrem Blick aus. Er trat auf das Mädchen zu, nahm ihre Hand und führte sie zum Fenster. Sie folgte ihm gehorsam, doch als er auf sich und Ninian, dann auf sie und zuletzt in die Tiefe deutete, fuhr sie zurück und schüttelte heftig den Kopf.

„Siehst du, sie traut sich nicht, sie hat keinen Funken Mut im Leib."

„Warte."

Er konnte sich nicht mit Worten verständlich machen, aber er ließ Bilder in ihrem Geist entstehen, die ihr die Angst nahmen. Er machte es gut und mit einem leisen Seufzer entspannte sie sich.

„Das muss verschwinden", Jermyn deutete auf die Masse silberner Haare. Das Mädchen schien zu verstehen. Schnell und geschickt flocht sie einen Zopf, schlang ihn zweimal um den Hals und steckte das Ende in den Ausschnitt des knappen Jäckchens.

„Pack ein paar einfache Kleider für sie ein, solche wie du sie trägst. Und dann ..."

Ein Schlüssel rasselte im Schloss und die Tür schwang auf. Eine hochgewachsene Frau mit scharfen Gesichtszügen stand im Lichtschein.

„Bräute sollten schlafen", begann sie, als ihr strenger Blick die drei Gestalten erfasste. Ihr Mund öffnete sich, Jermyns Augen glühten auf und das Gesicht der Frau erschlaffte. Sie murmelte etwas, drehte sich um und schloss die Tür hinter sich.

„Schnell, jetzt. Vielleicht will Euch der Belim ja auch einen nächtlichen Besuch abstatten und es würde auffallen, wenn er plötzlich den Verstand verloren hat."

Noch einmal prägte Jermyn dem Mädchen ein, wie es sich verhalten musste, dann setzte er sich auf das Sims, die Beine über dem Abgrund. Sie stellte sich hinter ihn, legte die Arme um seine Brust und mit fest zusammengepressten Lippen half Ninian, die Riemen um beide zu schlingen.

„Sei vorsichtig", sagte Jermyn. Es passte ihm nicht, als Erster zu gehen, doch sie musste ihm helfen, mit seiner Last über das Sims zu klettern und die richtige Stellung zu finden.

„Mach dir keine unnötigen Gedanken, auf mich kommt's nicht an, ich kann ja allein ...", ihre Stimme brach und er schnappte nach ihrer Hand.

„Red keinen Quatsch!", fuhr er sie an und sein Blick zeigte so deutlich seine Angst, dass sie lächelte.

„Ja, ja, ich pass schon auf. Aber du sei auch vorsichtig, wenn du stürzt, spring ich hinterher! Oh, sie ist ohnmächtig geworden."

„Um so besser, dann fängt sie nicht plötzlich an zu zappeln. Wir sehen uns unten."

Der Abstieg war nicht einfach. Trotz der nächtlichen Kühle rann ihm bald der Schweiß übers Gesicht. Seine Handflächen brannten, obwohl er sich so langsam wie möglich abwärtsgleiten ließ. Das Gewicht des bewusstlosen Mädchens zerrte an ihm – was immer der Belim seinen Gefangenen antun mochte, er fütterte sie gut. Sie wimmerte ein paar Mal, doch als er vorsichtig nach ihrem Geist tastete, war sie immer noch ohne Besinnung. In seinem Kopf arbeitete es, die kurzen Blicke in ihr verstörtes Wesen hatten ein ganzes Räderwerk in Gang gesetzt. Was für Möglichkeiten eröffneten sich ... sein Fuß rutschte ab, er geriet ins Taumeln. Ninians angstvoller Aufschrei klang erschreckend laut durch die Stille und er rief sich zur Ordnung. Eins nach dem anderen, erst mussten sie hier weg, nachdenken konnte er später.

Unten angekommen, kniete er nieder, löste die Schnallen und ließ das Mädchen sanft auf den Boden gleiten. Dann zog er am Seil, drei Mal. Sie hatten vereinbart, dass Ninian erst folgen sollte, wenn er Boden unter den Füßen hatte, außer wenn erneut unerwünschte Besucher erschienen. Mit angehaltenem Atem beobachtete er, wie ihre dunkle Gestalt sich gegen den Sternenhimmel abhob, als sie jetzt über das Sims kletterte. Vielleicht war es ein Fehler gewesen, ihr den Abstieg zuzutrauen, vielleicht war sie nicht so kräftig, wie er dachte ... aber sie kam die helle Wand herab, schnell und leicht, wie er es von ihr kannte. Er fing sie in seinen Armen auf, sie klammerte sich an ihn und für einen Augenblick vergaßen sie die Gefahr, in der sie schwebten.

„Oh, Jermyn, manchmal dachte ich, ich müsste in dem verdammten Turm versauern, nie werde ich dir das vergessen."

„Eigennutz, Süße, reiner Eigennutz ... komm, wir müssen weiter. Hier sind meine Stiefel, was habt ihr an den Füßen? Ach Scheiße, daran hab ich nicht gedacht."

Das Mädchen trug bestickte Pantoffeln, Ninian hatte die ihren ausgezogen, um klettern zu können, und ihre Sohlen waren von der langen Untätigkeit weich und schutzlos.

„Wir müssen es versuchen. Hoffen wir, dass die Gärtner die Wege in Ordnung halten. Aber sie muss ihre Füße gebrauchen, warte", er lief zu einer marmornen Muschelschale und tauchte einen Zipfel seines Kopfschleiers in das Wasser. Der tropfnasse Lappen fuhr dem Mädchen ins Gesicht und mit einem leisen Aufschrei kam sie zu sich. Sie halfen ihr auf und zogen und schoben sie zum Brunnenhaus.

„Uff, jetzt noch mal die ganze Prozedur, hilf mir ..."

Als das Mädchen begriff, dass sie in den dunklen Schacht hinab sollte, sank sie am Rand des Beckens in die Knie und vergrub das Gesicht in den Händen.

„Ich habe dir gesagt, sie wird uns aufhalten."

Jermyn achtete nicht auf Ninians düstere Worte. Er hockte sich neben dem Mädchen hin, strich ihr sanft über die Stirn und legte seine Finger auf ihre Schläfe. Die Angst verschwand aus ihren Zügen, sie wurden leer. Wie eine Schlafwandlerin erhob sie sich und ließ sich gehorsam an Jermyn binden. Sie mussten das Seil an den mittleren Türpfosten binden, ein ganzes Stück vom Beckenrand entfernt. Jermyn spähte in die dunkle Tiefe.

„Ich denke, es wird reichen, der Schacht ist lange nicht so hoch wie der Turm."

Er hatte richtig geschätzt. Bald wateten sie durch das Wasser, ihre willenlose Gefährtin zwischen sich haltend.

„Da, siehst du den Lichtschein? Dort warten die Leute aus der Kasibah ... oi, Sechra, wir sind es!"

Sie hatten den Spalt erreicht, schoben das Mädchen hindurch und kletterten hinterher. Helfende Hände streckten sich ihnen entgegen.

„Zwei? Willst du dem Belim nacheifern?", Sechra stieß einen Pfiff aus. „Oh, ja, jetzt verstehe ich, für die lohnt sich der Aufwand."

Das Licht der Fackel war auf Ninians Leidensgenossin gefallen, beleuchtete nackte Haut und glitzernde Juwelen, silbern schimmerte die armdicke Flechte, die sich von ihrem Hals gelöst hatte und über ihren Rücken fiel.

Die jungen Männer starrten mit offenem Mund, sie wären beinahe übereinander gefallen, so eifrig bemühten sie sich, dem Mädchen auf die Bahre zu helfen, wobei sie Jermyn neidvolle Blicke zuwarfen.

Er erkannte sein eigenes Verhalten und ärgerte sich um Ninians willen.

„Glotzt nicht, um die ging es nicht", sagte er grob, „die war nur zufällig da. Die Trage war für dich, Ninian, ich wusste nicht, wie es dir ging, aber jetzt ..."

„Ich kann laufen", fiel sie ihm ins Wort. Ihre Augen funkelten, die Verwechslung war ihr nicht entgangen. Sie schüttelte seine Hand ab und marschierte mit einem wütenden Blick an Sechra vorbei.

„Ah, ja, diese passt auch besser zu dir."

„Wie schön, dass du meine Wahl billigst", erwiderte Jermyn kalt. Sechra grinste nur, sie war nicht so leicht zu erschrecken. „Ich geh zurück ins Brunnenhaus, um das Seil zu lösen. Sonst wissen sie zu schnell, wohin wir verschwunden sind, und auch, dass wir Helfer aus der Kasibah hatten. Sorg dafür, dass die beiden zu deiner Mutter kommen. Du könntest dich auch bei ihr blicken lassen, sie hat Angst um dich und Müttern ist es egal, wie ihre Kinder aussehen."

Das Grinsen verschwand, sie zischte etwas in ihrer eigenen Sprache. Jermyn hob die Brauen.

„Hat dein Vater dir keine lathischen Schimpfworte beigebracht? Soll ich raten? Ich bin ein Scheißkerl, was?"

„Eine fast wörtliche Übersetzung!"

Er lachte. „Mach dir nichts daraus. Bis gleich."

Er platschte zurück zum Brunnenschacht, kletterte hinauf und löste das Seil. Vorsichtig spähte er in den Garten und zu dem obersten Fenster hinauf. Es war ein Jammer, dass er das andere Seil nicht auch holen konnte. Dann hätten sie etwas zum Grübeln gehabt! Aber ein erneuter Aufstieg und ein Abstieg ohne Seil würde zu lange dauern.

Nichts rührte sich. Wie bald mochte die Aufseherin ihren nächsten Kontrollgang machen? Er hatte ihr nur das Gesehene aus dem Gedächtnis getilgt und keinen größeren Schaden zugefügt. Das hätte Spuren hinterlassen und wenn die Verfolger argwöhnten, dass ein geübter Gedankenlenker am Werk war, würde der Belim seinerseits seine besten Gedankenmeister einsetzen. Jermyn würde einen viel dichteren Schleier um sich und die Mädchen weben müssen und das kostete Kraft. Vielleicht übersahen sie ja die Schlinge an der Säule und rätselten erst einmal, wie die Gefangenen überhaupt entkommen waren. Das blasse Seil hob sich kaum vom hellen Gestein des Turms ab. Nach diesem Verlust stand dem Belim bestimmt nicht der Sinn danach, sich in seinem Garten zu ergehen. Wahrscheinlich suchte er die Schuldigen unter seinen Dienern.

Jermyn hängte sich das aufgewickelte Seil um und machte sich an den Abstieg.

Sechra wartete auf ihn. Sie schien nicht mehr ärgerlich.

„Du hattest Recht, ich komme mit. Sie wird traurig sein, aber sie wird verstehen, warum ich es getan habe."

„Das glaube ich auch, sie ist eine erstaunliche Frau."

In der Kasibah hatte die Ankunft der Träger mit den geretteten Mädchen für einigen Aufruhr gesorgt. Vor allem starrten sie das silberblonde Geschöpf an, das ihnen vorkommen musste wie eine Unirdische. Inzana wollte sie und Ninian gerade in ihre Behausung führen, als Jermyn und Sechra hereinkamen. Beim Anblick ihrer entstellten Tochter wurde Inzana leichenblass. Sechra rannte zu ihr, umarmte sie und zog sie in die Zelle. Als sie wieder herauskamen, lächelten sie beide unter Tränen.

Kurz darauf saßen sie alle auf geborgten Stühlen um den Tisch, bis auf Ninians Leidensgenossin, die Inzana auf das Lager hinter dem Vorhang gebettet hatte. Ninian hatte sich strikt geweigert, sich zu ihr zu legen, obwohl sie erschöpft wirkte und tiefe Schatten unter den Augen hatte. Sie saß dicht bei Jermyn, ihre Hand in der seinen. Sie hatten gegessen und jetzt betrachtete Inzana ungläubig die Juwelen, die vor ihr im Schein des Öllämpchen funkelten.

„Das … das ist ein Vermögen", murmelte sie.

„Genug, um Euch die Reise nach Tris, und, wenn Ihr wollt, weiter nach Dea zu ermöglichen."

„Oder einen langen, schmerzhaften Tod in den Kerkern des Belim", meinte Sechra, „er hat die unangenehme Angewohnheit, alles, was ihm gehört, zu kennzeichnen."

Sie hob einen Anhänger hoch und zeigte auf einen deutlich sichtbaren Stempel auf der Rückseite.

„Kein Händler in der ganzen Stadt wird uns das abnehmen und die Karawanenführer auch nicht."

Jermyn nahm ihr das Stück aus der Hand.

„Gibt es einen Händler, dem Ihr gram seid?"

Inzana und Sechra wechselten einen Blick.

„Hamilkar Barkas ist durch die Besitztümer der Unglücklichen, die in die Kasibah verbannt wurden, ein reicher Mann geworden", erwiderte Inzana ruhig, „für die Bibliothek meines Gatten hat er nur einen Bruchteil dessen gezahlt, was sie wert war. Wie ich hörte, hat er einen großen Teil der Bücher an die Universität von Kittra verkauft, bestimmt nicht zu seinem Nachteil."

„Dann werde ich ihm mit dem Zeug einen Besuch abstatten und dafür sorgen, dass er diese verräterischen Klunker in nette, unauffällige Goldmünzen verwandelt", er löste sanft seine Hand aus Ninians, „vorher aber muss ich zu Tahal Fadir. Vor Sonnenuntergang bin ich zurück und wenn es dunkel ist, ziehen wir los."

„Und du kippst aus dem Sattel vor lauter Müdigkeit", spottete Sechra, „wann willst du schlafen?"

Jermyn starrte sie an.

„In der Wüste, wenn wir genügend Meilen zwischen uns und Eblis gelegt haben."

„Ich will mit dir kommen, Jermyn", während des Gesprächs war Ninians Kopf an seine Schulter gesunken, jetzt richtete sie sich auf.

„Nein, Süße", er zog sie kurz an sich und erhob sich, „du musst dich ausruhen. Wenn sie eure Flucht entdecken, wird in der Stadt die Hölle los sein. Ich will nicht riskieren, mit dir den Patrouillen zu begegnen. Hast du etwas, das ich anziehen kann, Inzana? Dieses blaue Zeug ist auffällig."

Tahal Fadir traf beinahe der Schlag, als im Morgengrauen eine dunkle Gestalt durch sein Fenster kletterte. Und das, was diese Gestalt ihm zuflüsterte, war nicht dazu angetan, ihn zu beruhigen.

„Lass die beiden Ka'ud und alle Vorräte aus dem Khanat in dein Haus bringen, auf der Stelle. Besorg ein weiteres Reittier, einen weiteren Tschalak, genügend Wasser und Nahrung für eine dritte Person und sag mir, wo ich Hamilkar Barkas finde. Ich bezahle dich, wenn wir die Sachen holen. Und halte alles so geheim wie möglich, wenn dir dein Leben lieb ist."

Bevor Fadir sich von seinem Schrecken erholt hatte, war die Gestalt wieder verschwunden. Jedes der geflüsterten Worte aber dröhnte unaufhörlich in seinem Schädel, so dass er keine Sekunde zögerte, sich ans Werk zu machen.

Dem Händler Barkas erging es nicht besser. Er duckte sich unter den flammenden, schwarzen Augen und legte bebend vor Entsetzen Rolle um Rolle von Goldmünzen auf den Tisch. Mit einem Blick hatte er gesehen, dass er den glitzernden Haufen, den er dafür erwarb, am besten gleich im Brunnen seines Hauses versenkte, wenn er seine Haut retten wollte.

Als Jermyn nach diesem Besuch auf die Straße trat, fand er seine Befürchtungen bestätigt. Die Stadt wimmelte von weißen Wächtern, die jeden anhielten und überprüften. Den Schreiber in seinem unauffälligen, grauen Gewand und der schwarzen Filzkappe belästigten sie nicht lange, aber aus dem Geschwätz in einem der Kahwehäuser, die heute voller waren als gewöhnlich, erfuhr er, dass alle Tore der Stadt streng bewacht wurden und niemand ohne gründliche Untersuchung hinausdurfte.

Er suchte sich ein Haus in der Nähe der Stadtmauer, kletterte unbemerkt auf das Dach und fand die Gerüchte bestätigt. Wie Aasfliegen um einen Kadaver wimmelten die Weißen um das Tor, außen und innen, unter ihnen einige fähige Gedankenseher. Das bedeutete, er musste drei Menschen und vier Ka'ud aus der Stadt bringen, ohne dass sie Verdacht schöpften. Er traute sich das zu, aber es würde bedeuten, dass er sich aus der äußeren Welt zurückzog, Ninian würde die Tiere führen müssen ... plötzlich überfielen ihn Zweifel. Sie hatte auf seltsame Weise ihre Fähigkeiten eingebüßt, er stünde allein gegen einen Haufen entschlossener Männer, im Äußeren und auf dem geistigen Plan. Wenn es nicht gelang, wenn sie gefasst würden – die Angst, sie wieder zu verlieren, ging wie ein Messer durch sein Herz.

Diese Angst begleitete und schwächte ihn. Was bedeutete es, einen Menschen so zu lieben, wie er Ninian liebte? Eines Tages würde der Tod zwischen sie treten ... er dachte an Inzana, an Firsa, die der Verlust ihres Zwillings um den Verstand gebracht hatte. Wie sollte er es ertragen, Ninian zu verlieren ...

Ein heißer Windstoß traf ihn, dann merkte er, dass sich die Luft nicht geregt hatte, die machtvolle Bewegung hatte nicht seinen Körper, sondern seinen Geist ergriffen. Gleichzeitig tönte lautes Geschrei vom Tor. Er schloss seine Sperren dichter um sich und blickte hinüber. Alle Bürger, die auf der

Straße gewesen waren, lagen auf dem Bauch im Staub, auch die meisten Wächter waren auf die Knie gesunken, nur einige wenige standen aufrecht, die Köpfe zur Wüste gewandt, wie witternde Hunde. Jermyn beschattete die Augen. Eine Dunstwolke hatte sich am Horizont erhoben. Sie näherte sich rasch und löste sich in einzelne Reiter auf, schwarz gekleidet mit blitzenden Lanzen. Eine Standarte wehte ihnen voran und als sie nahe genug waren, erkannte er sie. Ein großes, schwarzes Auge auf weißem Grund – Haidara. Im ersten Moment fürchtete er, der Belim habe Verstärkung herbeigeholt, dann wurde ihm klar, dass nicht einmal die gutgeschulten, vom Willen des Nizam getriebenen Krieger die Strecke von Tris in wenigen Stunden zurücklegen konnten. Sie hatten ihre eigenen Gründe, Eblis heimzusuchen, und plötzlich musste er lachen. So unwahrscheinlich es schien, diesmal waren sie seine Rettung. Was immer der Nizam von seinem Vasallen wollte, er würde seine ganze Aufmerksamkeit verlangen, die Suche nach zwei entlaufenen Sklavinnen musste davor gewiss zurückstehen. Das Geschehen am Tor bestätigte seine Vermutung, die Haidarana zogen hindurch, er hörte befehlende Rufe und die Weißen Wächter des Belim schlossen sich ihnen bis auf die übliche Torbesatzung an.

Jermyn rutschte vom Dach – wahrlich ein denkwürdiger Tag, an dem er erleichtert war, einen Trupp Haidarana zu sehen!

Über die Werkstatt des Kesselschmiedes kehrte er in die Kasibah zurück. Den Meister zwang er, seinen Laden zu schließen und ihn mit seinem Handwerkszeug zu begleiten.

Trotz seines Rats hatte Ninian sich nicht hingelegt. Sie saß am Tisch und als er eintrat, sprang sie auf und umarmte ihn, ohne sich um die Zuschauer zu kümmern. Die Freude schoss wie eine Lohe in ihm auf, aber darunter spürte er den kalten Finger der Angst. Sanft löste er ihre Arme und zog den Vorhang zurück. Das Mondscheinmädchen richtete sich auf und sah ihn furchtsam an.

„Die Fesseln müssen weg", befahl Jermyn dem Schmied, dem bei ihrem Anblick auf die schon bekannte Weise die Kinnlade herunterfiel.

Nachdem er sich gefangen hatte, machte er sich ans Werk. Ketten und Armbänder waren tatsächlich aus Silber und boten keinen großen Widerstand.

Als das erste Band fiel, einen breiten, roten Streifen auf der weißen Haut hinterlassend, schien das Mädchen zum ersten Mal zu begreifen, dass sie ihrem goldenen Gefängnis wirklich entronnen war. Sie lächelte und der Meister ließ seine Feile fallen. Das Lächeln belebte die lieblichen Züge auf reizende Weise, es machte ihre Schönheit anbetungswürdig ...

„Er soll sich beeilen, damit sie endlich das lächerliche Zeug ausziehen kann."

Ninians Stimme klang schneidend und Jermyn merkte, dass auch er wieder in das alberne Starren verfallen war. Er räusperte sich.

„Wo ist Sechra?"

Sie war zu ihren abstoßenden Pflichten verschwunden.

„Ich konnte sie nicht zurückhalten, sie will ihre Mitverschwörer nicht im Stich lassen", sagte Inzana traurig, „aber sie wird kommen, um euch Lebewohl zu sagen. Wie es aussieht, werde ich außer Felis alle meine Kinder verlieren, Firsa wird ohne Sechra nicht mitkommen."

„Vielleicht könnt Ihr Firsa einreden, dass sie in Tris eher etwas über Feisals Schicksal erfährt", versuchte Jermyn sie zu trösten, „es gibt gute Heiler dort."

„Ja", ihr Gesicht erhellte sich, „und dank Eurer großzügigen Hilfe können wir sie sogar bezahlen."

Jermyn grinste.

„Dankt dem Belim, nicht mir."

Der Schmied beendete seine Arbeit und nahm mit sichtlichem Bedauern Abschied von der Schönen. Jermyn bezahlte ihn gut und tilgte den Vorfall aus seinem Gedächtnis.

„Zu seinem eigenen Schutz."

Während Inzana dem Mädchen hinter dem Vorhang half, die einfachen Kleider anzulegen, hatte Jermyn sich auf einen Stuhl fallen lassen und den Kopf auf die Arme gelegt. Ninian setzte sich dicht neben ihn. Nach einer Weile berührte sie ihn sanft.

„Jermyn ..."

Er schreckte auf. „W... was? Bin ich eingeschlafen?"

„Ja, Sechra hat es ja gesagt: Du wirst vom Ka'ud kippen. Müssen wir wirklich schon los?"

Jermyn gähnte. „Ja, unbedingt. Ich dachte, du wolltest so schnell wie möglich weg von hier."

„Schon, aber erstens bist du müde und zweitens ...", sie stockte und fuhr hastig fort: „Wir waren noch keinen Moment alleine. Wenigstens ein paar Stunden, vielleicht gibt es irgendwo eine leere Höhle ..."

„Ich könnte mir nichts Schöneres vorstellen, Süße", er zog sie an sich, „aber es hilft nichts. Die Abordnung von Haidara hat die Aufmerksamkeit von der Suche nach euch abgezogen, aber sicher nicht für lange. Heute Nacht werden sie den Belim das Schlottern lehren, aber wenn sie von seinem Verlust erfahren, helfen sie ihm womöglich. Noch mehr Wachen an den Toren und vor allem: noch mehr Gedankenseher. Je länger wir warten, desto schwieriger wird es, dieses verdammte Eblis zu verlassen. Nach Sonnenuntergang brechen wir auf. Mach dir um mich keine Sorgen, ich habe gelernt, im Sattel zu schlafen."

Ninian seufzte, aber sie drang nicht weiter in ihn. Es blieb ihnen noch Zeit zu essen, dann verkündete das Muschelhorn die vierte Doppelstunde und sie mussten sich von ihren Helfern verabschieden. Sechra war zurückgekommen.

„Schade", raunte sie Jermyn zu, als sie ihn umarmte, „wir hätten dich brauchen können."

„Wendet Euch an Tahal Fadir", riet er Inzana, „bevor die nächste Karawane loszieht. Er wird Euch sicher nach Tris bringen. Ich danke Euch für alles, was Ihr für uns getan habt."

Sie gab den Dank unter Tränen zurück.

„Lebt wohl, geht unter dem Schutz der Götter!"

Sie verließen die Kasibah durch das Haus des Flickschusters, ohne dass dieser es merkte, und eilten im Schutz der Dunkelheit zum Hause Fadirs. Es waren Patrouillen der Weißen unterwegs, doch Jermyn gelang es, ihnen auszuweichen. Tahal Fadir hatte die Dienerschaft schlafen geschickt und erwartete sie allein. Er hatte alles ausgeführt, was Jermyn ihm aufgetragen hatte. Sie schlüpften in die blauen Tschalaks und hüllten auch das Mädchen darin ein, das alles willenlos mit sich geschehen ließ. Als Fadir das verstörte, liebliche Gesicht sah, wurde er bleich.

„Wahnsinnig", murmelte er, „Ihr seid wahnsinnig ... wie wollt Ihr mit diesen beiden die Wüste durchqueren?"

„Das lasst meine Sorge sein", erwiderte Jermyn kalt. „Wisst Ihr, warum Haidara die Stadt heimsucht?"

„Der Nizam wirft Eblis vor, es sei saumselig in seinen Abgaben, vor allem, was das Steinöl angeht. Der Belim muss sich vor seinem Gesandten rechtfertigen."

Fadir sprach mit düsterer Befriedigung – wenigstens war er nicht der einzige, den das Schicksal beutelte. Jermyn lachte.

„Wunderbar, hoffentlich nehmen sie ihn gründlich in die Mangel!"

Sie halfen dem Mädchen in den Sattel und banden es fest. Sie zitterte, die seegrünen Augen waren dunkel vor Angst, aber sie wehrte sich nicht.

Ninian kletterte allein auf das Gestell, sie schnalzte und das Ka'ud erhob sich majestätisch. Fadir hob die Brauen.

„Diese hier kennt sich aus."

„Ja, so gut wie ich. Nun seid Ihr bald von uns befreit, Meister. Ich danke Euch und hoffe, Ihr verzeiht mir die Ängste, die Ihr meinetwegen erlitten habt. Bezahlt habe ich Euch, aber ich gebe Euch noch etwas anderes: Fürchtet nicht die Nachstellungen des Belim, er wird nichts bei Euch finden."

Bevor Tahal Fadir sich rühren konnte, lag Jermyns Hand an seiner Schläfe und wenige Augenblicke später wunderte sich der Karawanenführer, warum er allein in seinem nächtlichen Hof stand.

29. Tag des Blütemondes 1468 aDC

Zwei Tage später fragte Jermyn sich, ob Fadir nicht recht gehabt hatte mit der Einschätzung seines Geisteszustandes. Man musste wahnsinnig sein, um zu dritt die Durchquerung der Wüste zu wagen. Vor die Wahl gestellt, hätte er einen zweiten Kampf gegen Duquesne und die Haidarana vorgezogen.

Dabei hatte das Unternehmen nicht schlecht begonnen. Niemand war ihnen auf dem Weg zum Tor begegnet, die beiden Wächter hatte er in Schlaf versetzt, nachdem er sie gezwungen hatte, die Tore zu öffnen. Erst die Schritte der Ablösung würden sie wecken. Das ihre Pflichtvergessenheit sie das Leben kosten konnte, scherte ihn nicht.

Er hatte vorgehabt, die ganze Nacht hindurch zu reiten, doch Eblis war noch in Sichtweite, als ein Warnruf von Ninian und ein leiser Aufschrei ihn zwangen, sich umzudrehen.

„Vorsicht, sie fällt ..."

Das blonde Mädchen hing gefährlich schräg in seinem Sattel, nur gehalten durch den Gurt, mit dem sie festgeschnallt war, und Jermyn kam gerade rechtzeitig, um sie aufzufangen.

Er brachte das ärgerlich schnaubende Ka'ud dazu niederzuknien und half dem Mädchen zurück in seinen Sitz. Sie war blass und zitterte und schien kaum zu begreifen, als er ihre Hände an den hohen Sattelstock legte und ihre einschärfte, sich festzuhalten. Bevor der Morgen graute, hatte sich das Schauspiel dreimal wiederholt und eine leise Verzweiflung hatte ihn ergriffen. Nach dem letzten Sturz erbrach das Mädchen und blieb weinend am Boden liegen.

„Wir können nicht weiter", meinte Ninian, auch sie schien erschöpft, aber er wusste, dass sie noch durchgehalten hätte.

Ich habe es dir ja gesagt. Sie sprach es nicht aus, aber es stand deutlich sichtbar in ihrer Miene.

„Dann rasten wir jetzt."

Früher als er geplant hatte. Die Sterne verblassten gerade erst, aber nach dieser dritten durchwachten Nacht war auch er am Rande seiner Kräfte und ihre stumme Missbilligung hob seine Laune nicht. Immerhin war Eblis hinter den Sanddünen verschwunden und so stellte er mit Ninians Hilfe das Zelt aus gegerbten Ka'udhäuten auf, das ihnen während des Tages Schutz vor der Sonne bieten sollte.

Kaum hatte die Fremde ein paar Schlucke Wasser getrunken, schleppte sie sich in den Schatten und rollte sich dort zusammen wie ein verletztes Tier. Ihre Schultern zuckten, ab und zu lief ein Schauder über ihren Rücken. Jermyn und Ninian wechselten einen Blick.

„Sie kann nicht alleine reiten."

„Nein", antwortete er einsilbig. Mehr gab es dazu nicht zu sagen. „Leg dich hin, ich füttere die Ka'ud und *horche*, ob uns jemand folgt."

Als er sich öffnete, flutete die ungeheure Stille der Wüste in seinen überreizten Geist, wohltuend wie Balsam. Für einen Augenblick schüttelte er mit der Last des Leibes die Sorgen ab, die ihn plagten, und schwebte frei über dem endlosen Sandmeer, bis er sich an seine Aufgabe erinnerte. Er fand kein menschliches Leben in weitem Umkreis, dennoch wob er einen Schleier um sich und die beiden Mädchen. Danach war er so erschöpft, dass er sich neben Ninian auf die Decke warf und einschlief.

Hitze und Durst weckten ihn. Er stand auf, holte den Wasserschlauch und rüttelte Ninian wach.

„Hier, trink und gib ihr auch."

Das Mädchen fuhr mit einem Aufschrei hoch, als Ninian sie berührte. Sie wimmerte und wehrte sich schwach, bis Jermyn zu ihr kroch, um sie zu beruhigen. Kaum fiel ihr Blick auf ihn, gab sie ihren Widerstand auf. Ein winziges Lächeln zuckte um ihre Mundwinkel. Ninian sah es und presste die Lippen zusammen.

„Schlafen wir weiter", sagte sie schroff, „etwas anderes können wir vor Einbruch der Dunkelheit doch nicht tun."

Als Jermyn zum zweiten Mal erwachte, war das Licht blass geworden. Ninian war dicht an ihn herangerückt, ihr Arm lag über seiner Brust. Eine Weile lag er still und kostete das vertraute Gefühl aus. Unwillkürlich wanderten seine Gedanken zu der goldenen Statue des Merses in ihrem Schlafgemach. Hatte er nicht allen Grund, dem kleinen Gott zu danken? Ninian war bei ihm, sie würden nach Dea zurückkehren und wenn der Plan gelang, den er in seinem Kopf bewegte, seit er die Mondscheinschöne gesehen hatte, würde er seinem Beschützer ein Tempelchen aus dem kostbaren Glas bauen!
Doch dafür mussten sie die Wüste meistern. Er küsste Ninian, um sie zu wecken, und mit einem Seufzer legte sie beide Arme um seinen Hals.
„Oh, wie ich es vermisst habe, wachgekratzt zu werden", murmelte sie und einen Moment lang hielten sie sich fest umschlungen.
„Wir müssen die Nachtstunden nutzen, Süße", flüsterte Jermyn und sie nickte.
„Ja, je schneller wir hier durch sind, desto besser."
Sie lächelten sich zu, ohne zu wissen, dass dies für viele Tage der letzte glückliche Moment auf ihrer Reise war.

Nachdem sie ihre Gefährtin geweckt hatten, teilte Jermyn jedem seine Ration Wasser und Gerstenfladen aus und sie bauten das Zelt ab. Das blonde Mädchen kauerte im Sand, während sie das Lasttier beluden. Ihre Blicke folgten Jermyn unablässig und Ninian meinte ärgerlich:
„Sie könnte auch mit anpacken, sie ist nicht verletzt, oder?"
Jermyn zuckte die Schultern.
„Doch, ihr Gemüt ist schwer verwundet. Sie hat ihren Lebenswillen verloren. In dem Zustand nützt sie uns so wenig wie eine Schwachsinnige."
Er sagte die harten Worte in liebenswürdigem Ton und das Mädchen erwiderte schüchtern sein Lächeln. Als sie jedoch ihr Ka'ud besteigen sollte, begann sie zu weinen. Weder Ninians ungeduldige Aufforderung noch Jermyns sanfteres Zureden konnten sie dazu bewegen. Unterdessen war der Mond über den Horizont gestiegen und versilberte die Tränen, die über ihre Wangen rollten. Hilflos und liebreizend, hätte ihr Anblick den Belim wahrscheinlich in Ekstase versetzt. Sie schüttelte den Kopf, Ninian bekam ihren „ich hab's dir ja gesagt"-Blick und Jermyn fluchte freundlich.
„Verdammte Scheiße, aber wahrscheinlich würde sie nur wieder runterfallen. Ihr müsst zu zweit reiten, die Sättel sind geräumig für zwei so schmale Geschöpfe."

„Was? Ich soll die ganze Zeit an sie gefesselt sein, immer ihr Gejammer in den Ohren?", brauste Ninian auf. „Am Ende wird ihr wieder schlecht und sie kotzt mir in den Nacken! Du bist auch nicht gerade dick ... oh", sie biss sich auf die Lippen, aber es war zu spät.

„Du hast recht", fiel ihr Jermyn glatt ins Wort, „es ist besser, ich nehme sie vor mich, dann kann ich sie leichter beruhigen. Genug mit der Trödelei, wir müssen das Mondlicht ausnutzen."

Er gab Ninian keine Gelegenheit zu antworten, sondern führte das Mädchen zu seinem eigenen Ka'ud. Sie verstand schnell und ließ sich widerstandslos in den Sattel helfen.

„Jermyn ..."

„Still jetzt, ich muss die Bilder des Sternenhimmels heraufholen, die ich aus Tahal Fadirs Kopf habe, damit ich die richtige Richtung einschlage."

Sie sprachen kein Wort mehr in dieser Nacht, der ersten von vielen. Jermyn ritt mit dem blonden Mädchen voran, das Lasttier hinter sich herziehend, und Ninian folgte mit dem überzähligen Ka'ud im Schlepptau. Am Anfang drehte er sich manchmal zu ihr um, aber sie antwortete einsilbig auf seine Fragen und ihre Miene war so finster, dass er es achselzuckend aufgab. Sie pfiff, wenn sie anhalten wollte, um ein Bedürfnis zu verrichten, sonst hörte er ihre Stimme nicht. Nach der zweiten Nacht hatten sie sich alle drei wundgeritten. Da die leidvollen Erfahrungen mit tagelangem Reiten nicht vergessen waren, hatte Jermyn von Fadir heilende Salbe besorgen lassen, um die Schmerzen zu lindern. Als er die Dose hervorholte, riss Ninian sie ihm aus der Hand, scheuchte das Mädchen in das Zelt und an den schwachen Jammerlauten hörte er, dass sie nicht sanft damit hantierte.

Ihre unverhohlene Abneigung gegen ihre Leidensgefährtin erleichterte die Reise nicht. Jermyn verstand sie und am nächsten Morgen wartete er, bis das Mädchen eingeschlafen war, um ungestört mit Ninian zu reden. Doch sie entzog sich ihm, schützte Müdigkeit vor und vielleicht stimmte es sogar. Die dunklen Schatten unter ihren Augen verschwanden nicht und trotz ihrer hochmütigen Versicherung, dem Ritt gewachsen zu sein, musste auch sie manchmal schnell vom Ka'ud springen, weil ihr übel wurde.

Der Ritt strengte sie an, aber er war sicher, dass sie es allein schaffen würde. Wollte er dagegen das blonde Mädchen heil an Leib und Seele durch die Wüste bringen – und das war sein erklärtes Ziel – musste er alle Kräfte einsetzen.

Ihr Leib war gut gepflegt worden, äußerlich wirkte sie gesünder als Ninian, doch um Geist und Gemüt stand es schlecht. Während der Rast schlief sie unruhig, Alpträume plagten sie, ihr Stöhnen und Weinen störte ihn und Ninian, so dass er eingriff und sie in Tiefschlaf versetzte. Er tat es nur einmal, denn es barg seine eigenen Gefahren, er hatte Mühe, sie wieder zu sich zu bringen, sie sträubte sich, als sehne ihre Seele sich nach dem Vergessen. Saß sie vor ihm auf dem Ka'ud, so übermannte sie in der stillen Wüstennacht die Müdigkeit. Schwer an ihn gelehnt, schlief sie, aber auch dieser Schlaf war unterbrochen von angstvollem Seufzen und einmal schrak sie so heftig zusammen, dass sie beinahe aus seinem Griff geglitten wäre. Als er fest zupackte, um sie zu halten, schrie sie laut auf, er musste das Ka'ud zügeln, um sie zu beruhigen. Es machte das Reiten mühevoll und in der vierten Nacht begann er, behutsam ihren Geist nach den Wurzeln ihrer Ängste zu durchforschen. Sie vertraute ihm unterdessen rückhaltlos und nach dem ersten Erschrecken darüber, eine fremde Stimme in ihrem Kopf zu hören, ließ sie ihn ein.

Er fand einen lieblichen Garten, geschändet und zertreten, und er musste lange suchen, bis er ihr innerstes Wesen fand. Die erlittenen Gräuel hatten es in tiefe, lichtlose Schluchten getrieben, aus denen es sich nicht mehr herauswagte. Bilder verstellten den Weg, Bilder von blutiger Grausamkeit, von vertrauten Wächtern, abgeschlachtet in einem Rausch der Gewalt, von unsäglichen Scheußlichkeiten, begangen an geliebten Gefährtinnen. Jermyn war nicht zimperlich, aber bei einigen dieser Erinnerungen drehte sich selbst ihm der Magen um. Die Fratzen, die sie heimsuchten, kannte er: schlimmster Abschaum, verderbt und gnadenlos – Battaver. Keiner hatte Hand an *sie* gelegt – sie hatten ihren Wert, heil und unverletzt, schnell erkannt. Besudelt hatte sie erst der Belim, aber den Qualen der Freundinnen zusehen zu müssen, zu erleben, wie die zerrissenen, blutenden Leiber wie Abfall über Bord geworfen in die kalten Wogen klatschten, hatte ihrer Seele grausame Wunden zugefügt. Sie würde keine Ruhe finden, außer in der Stumpfheit des Schwachsinns oder der Stille des Todes und er sah, dass sie nicht weit von beidem entfernt war. Bei der nächsten Rast wartete er, bis beide Mädchen eingeschlafen waren, dann machte er sich daran, die Bilder aus dem Gedächtnis seines Schützlings zu lösen.

Es war ein grausames Geschäft, jede ihrer Empfindungen auf sich zu nehmen, den ersten herzzerreißenden Schrecken, ungläubiges Entsetzen, Abscheu und Todesangst zu fühlen, die Erniedrigungen von den Händen des Belim bis zur letzten dumpfen Hoffnungslosigkeit, ja und auch die

Abneigung der Leidensgenossin, deren Pflege den Alptraum für kurze Zeit erträglich gemacht hatte.

Als er sich am Ende von ihr löste, fühlte er sich wie ein Gefolterter, dem man durch einen Trichter Jauche eingeflößt hatte. Er kroch aus dem Zelt, stolperte durch den glühenden Sand, bis er außer Sichtweite war, und spie all das Elend in die gewaltige, gleichmütige Stille der Wüste.

Erst als er hörte, dass Ninian seinen Namen schrie, kehrte er zurück. Sie stand vor dem Zelt, weiß vor Angst.

„Bist du verrückt? Du kannst doch nicht einfach verschwinden …", sie sah sein Gesicht und unterbrach sich. „Werden wir verfolgt? Warum hast du mich nicht geweckt? Jermyn, was ist los?"

„Nichts, leg dich wieder hin. Es ist alles in Ordnung."

„Alles in Ordnung? Du siehst aus wie der Tod! Was hast du gemacht?"

Er antwortete nicht. Ihre Stimmen hatten das Mädchen geweckt, sie richtete sich auf und sah sich um, verwundert, als wisse sie nicht, wo sie war. Ein Schatten fiel über ihr Gesicht, sie runzelte die Stirn, aber keine Erinnerung suchte sie heim. Die lieblichen Züge glätteten sich, ihr Blick fiel auf ihn, fragend, aber nicht furchtsam, der offene, unschuldige Blick eines Kindes. Er lächelte und sie erwiderte das Lächeln. Er hatte gute Arbeit geleistet.

„Jermyn! Was hast du gemacht?"

Ninians Stimme klang schrill. Er zuckte die Schultern.

„Das Gleiche, was ich für Kamante getan habe. Sonst hätten wir sie nicht lebend durch die Wüste gebracht. Jetzt gib Ruhe, wir müssen schlafen."

Er sah Ninian die Worte an, die ihr auf der Zunge lagen, aber sie biss sie zurück und kroch neben ihre Gefährtin, ohne sie anzusehen. Früher hätte ihn ihre Eifersucht vielleicht gefreut, jetzt war er zu erschöpft, um etwas zu fühlen.

Als sie am Abend vor ihrem Aufbruch aßen, sprachen sie kein Wort. Nachdem sie zusammengepackt hatten, erklomm Jermyn einen der Hügelrücken und sah sich um. Vor ihm und zur Linken dehnten sich die Dünen in die Unendlichkeit, doch zu seiner Rechten flachten sie ab und endeten in einer von Geröll bedeckten Ebene. Er hörte das Wispern rieselnden Sandes und als er sich umdrehte, arbeitete sich Ninian zu ihm den Hang hinauf.

„Sind wir auf dem rechten Weg?"

„Ja, siehst du das?", er deutete auf eine tiefviolette Linie am westlichen Horizont. „Solange sie sich dort zeigt, sind wir richtig. Wir kommen dem

Gebirge immer näher, irgendwann reiten wir fast in seinem Schatten. Wenn alles mit rechten Dingen zugeht, müssten wir übermorgen den ersten Brunnen erreichen."

Ninian nickte aufatmend. „Wie lange wird es dauern, bis wir in Tris sind? Ich habe keine Erinnerung an die Reise."

„Drei Wochen, ohne Zwischenfälle, auf dem Weg nach Eblis hatten wir Glück."

Sie schwiegen eine Weile.

„Eigentlich müsste sie reiten können", sagte Ninian unvermittelt, „schließlich ist sie ja auch nach Eblis gekommen."

„Sie hat in einem Tragekorb gesessen, genau wie du."

„Woher weißt du das?", fragte sie scharf.

Damit beschäftigt, die Sterne zu beobachten, die am dunkler werdenden Himmel aufleuchteten, hatte er nicht aufgepasst.

„Ich habe es in ihren Gedanken gesehen", erwiderte er knapp. Er hatte keine Lust, Ausflüchte zu suchen.

„Du hast ... ach ja, du hast ihr geholfen, wie Kamante", der bittere Ton zeigte, dass sie trotz der vernünftigen Worte verletzt war, und plötzlich widerte ihn die vertrackte Lage an.

„Willst *du* mit ihr reiten?"

Ninian schüttelte den Kopf.

„Warum?", erwiderte sie mürrisch, „ihr kommt doch sehr gut zurecht."

Sie schlitterte die Düne hinunter und er folgte ihr langsam. Ihre Sturheit verdross ihn und doch erleichterte sie sein Vorhaben.

Nachdem er das Mädchen von seinen Dämonen befreit hatte, war ihr Schlaf erholsam gewesen. Mit wachen Augen sah sie sich um, als sie ihre nächtliche Reise begannen. Offenbar schmerzten die wunden Stellen noch, denn sie hatte sich geweigert, rittlings in den Sattel zu steigen, und saß nach Frauenart vor ihm. Am Anfang ritten sie schweigend. Sie hielt sich aufrecht und ein wenig steif, als scheute sie die Berührung, doch als sich der Schimmer des aufgehenden Mondes zum kalten Glanz des Sternenlichts gesellte, fühlte er ihre Augen auf sich gerichtet. Er erwiderte ihren Blick und hielt ihn fest.

Ich bin Jermyn

Er spürte ihr Erschrecken, als sie seine Stimme in ihrem Geist hörte, und streckte einen beruhigenden Gedanken aus. Dann deutete er auf sich.

Jermyn

Ein Lächeln erhellte ihr Gesicht, als sie verstand.

„Dsermin, Dsermin ...", er erwiderte das Lächeln, als der merkwürdige, kleine Zischlaut, mit dem sie seinen Namen versah, seine Ohren kitzelte. Fragend hob er die Brauen und sie nickte eifrig.

„Dagny Solveig", sie stockte, ihr Gesicht verzog sich zum Weinen, „Dagny Solveigdothir", vollendete sie flüsternd und in ihrem Geist sah er das Bild einer hochgewachsenen Frau, hellhaarig wie das Mädchen vor ihm, doch ohne seine unirdische Schönheit.

„Dagny Solveigdotir", sprach er ihr schnell nach und wie er gehofft hatte, kicherte sie trotz ihres Kummers, als er es falsch sagte.

„...dothir", zischelte sie, die rosige Zungenspitze zwischen ihre Zähne nehmend. „Dagny Solveigdothir, Fyrsti", stolz tippte sie mit dem Finger auf ihre Brust und die grünen Augen funkelten. Jermyn starrte sie an. Sie war wahrhaftig reizend, er hätte es nicht besser treffen können. Sie musste jeden Mann um den Finger wickeln. Da er nicht mit ihr sprechen konnte, schuf er in ihrem Geist Bilder. Die mühsame Wüstenfahrt streifte er nur kurz, er zeigte ihr die Ankunft in Tris, das Schiff, das sie über die Innere See bringen würde, in die große, glänzende Stadt Dea. Eine Stadt mit einem jungen Fürsten, der dafür sorgen würde, dass sie in ihre Heimat zurückkehren konnte ... wo lag diese im Übrigen?

Sie hatte mit angehaltenem Atem *gelauscht* und öffnete sich jetzt bereitwillig. Jermyn *sah Gischt umtoste Klippen, Inseln in einer rauen See, von eisigen Stürmen heimgesucht, schwarze Gebirge und Ebenen voll schwarzer Asche. Ihn schauderte, bis er dieselben Inseln von einem grünen Schimmer überzogen sah, junges, silbergrünes Getreide unter einem kühlen, blassblauen Himmel, Weiden übersät von zarten, weißen Blumensternen.*

Durch dunkelgrüne Wogen glitten große, kühne Schiffe, die sich zu den Kauffahrerschiffen Deas verhielten wie Raubvögel zu behäbigen Enten. Eine Halle, gewaltig wie der Tempel Aller Götter, aber aus Holz errichtet. Säulen geschnitzt aus riesenhaften Baumstämmen, übersät mit Bildwerken und vergoldet bis unter das im Dunkel verschwimmende Dach. Ein hoher, goldener Stuhl unter einem schwarzen Baldachin, darin ein alter Mann, bleich mit scharfen Zügen und grauen Augen, kälter als die eisigen Wogen, die an die Küsten seines Reiches schlugen ...

Ein heftiger Ruck, als das Ka'ud stolperte, rief ihn zurück in die kurze Dämmerung des Wüstenmorgens. Dagny Solveigdothir lehnte an ihm, den Kopf an seiner Schulter. Aus ihren Erinnerungen gerissen, sah sie auf und er sah das Grün jener Inseln in ihren Augen wiedergespiegelt. Dann erst hörte er Ninians Stimme.

„Verdammt, bist du taub? Jermyn! Die Viecher sind müde und ich auch, wir müssen rasten."

Sie war wütend und er konnte es ihr nicht verdenken, sie hatte bestimmt nicht zum ersten Mal gerufen.

In grimmigem Schweigen half sie ihm, das Lager aufzubauen, nahm ihre Ration Wasser und Nahrung und verkroch sich damit in das Zelt, als sei es ihr unterdessen gleichgültig, ob die andere neben ihm lag. Dagny Solveigdothir blickte unglücklich auf die abweisende Gestalt, sie sagte etwas in ihrer weichen, singenden Sprache und er ahnte, dass Ninian ihr nicht zum ersten Mal den Rücken zukehrte. Mit einem Schulterzucken reichte er ihr den Wasserschlauch. Der letzte und nur noch halbvoll.

Sie verschliefen die Hitze des Tages und als er am späten Nachmittag erwachte, war Ninian schon aufgestanden. Sie sah zu der blassen Mondsichel hinauf, die in der grünblauen Dämmerung schwamm. Hier und dort leuchteten die ersten Sterne. Sie drehte sich um, als sie seine Schritte hörte, und ihr Blick war nicht weniger unglücklich als Dagnys. Doch bevor er sie ansprechen konnte, wandte sie sich ab und steckte den Gesichtsschleier fest. Die ablehnende Geste weckte die Bosheit in ihm, auch ihm gefiel die Lage nicht, aber sie gab sich keine Mühe, die Sache leichter zu machen.

„Wir müssen heute den Brunnen finden", sagte er abrupt, „das ist alles, was wir noch haben." Er schüttelte den Schlauch, in dem das Wasser verräterisch hin- und herschwappte. Mit Genugtuung sah er den Schrecken in ihren Augen. Sie sollte auch einen Teil der wirklichen Sorgen tragen!

Bevor es ganz dunkel wurde, prüfte er die dunkle Linie im Westen. Sie war breiter geworden. Selbst in dem schwindenden Licht konnte er die dunklen Berge erkennen, die trostlos in den Abendhimmel ragten. Ein gutes Zeichen, sie waren immer noch auf dem richtigen Weg.

Er ertappte sich dabei, dass er an den Reisesegen dachte, den Ely ap Bede am Beginn dieser elenden Fahrt ausgesprochen hatte,

Merse, Merse, sihu dine Gesinde ...

Er lachte ein wenig verlegen. In Dea hatte er nie einen Gedanken an die Götter verschwendet, doch hier, in dieser unendlichen, lebensfeindlichen Wüste wäre ein wenig Beistand willkommen.

Um Mitternacht hielt er an und ließ das Ka'ud niederknien.

„Was ist?", fragte Ninian, als sie herankam.

„Wir rasten jetzt und reiten bei Tagesanbruch weiter. Ich habe Angst, dass ich im Dunkeln die Markierungen übersehe.Wenn sie nicht schon von einem Buran oder den wandernden Sandseen ausgelöscht sind."

Am Morgen leerten sie den Schlauch, niemand sagte etwas, aber alle drei spürten die dunklen Schwingen des Todes.

Doch es schien, als ließe der kleine Gott seinen Schützling nicht im Stich. Die Sonne hatte noch nicht ihren höchsten Stand erreicht, als Jermyn einen so lauten Juchzer ausstieß, dass Dagny Solveigdothir, aus ihrem Dösen aufgeschreckt, beinahe aus dem Sattel gefallen wäre. Ninian brauchte keine Erklärung und auch die Ka'ud fielen ohne Ansporn in ihren gemächlichen Trab und hielten auf eine Pyramide aus weißen Steinen zu.

„Gut gefüllt", grinste Jermyn, als er das Seil mit dem Ledereimer um den Steinkegel wand.

„Woher weißt du das? Du hast doch den Eimer noch gar nicht runtergelassen", vor Freude über das Wasser vergaß Ninian ihren Ärger.

Jermyn lachte. „Siehst du, wie dicht die Steine am Rand liegen? Ich brauch nur diese Länge Seil, um den Wasserspiegel zu erreichen. Jeder, der die Quelle benutzt, versetzt den Kegel entsprechend, damit der Nächste sofort weiß, wieviel Wasser der Brunnen führt. Wir bleiben hier."

„Oh, du bist ja ein richtiger Wüstenreiter geworden", spottete sie, aber es klang gutmütig.

Sie tränkten die Ka'ud und wagten es, Feuer zu machen. Die Suppe aus getrocknetem Fleisch und Grütze und den Tee verzehrten sie einträchtig, die Erleichterung hatte sie friedlich gestimmt.

Am Abend tranken sie, bis sie das Gefühl hatten, keinen Tropfen mehr aufnehmen zu können, und füllten alle Schläuche.

„Das müsste reichen bis zum nächsten Brunnen, kurz nachdem wir den Gebirgsausläufer erreicht haben", meinte Jermyn, als sie die Ka'ud beluden.

„Ja, ich hatte wirklich Bedenken", gestand Ninian, „aber wenn du uns weiter so gut führst, schaffen wir es nach Tris. Sogar sie", sie wies mit dem Kinn auf das blonde Mädchen, das die Decken zusammenrollte.

Ermutigt durch ihr Lob sagte er:

„Sie heißt Dagny Solveigdothir, sie stammt von ...", er hatte einen Fehler gemacht. Ihr Gesicht verfinsterte sich.

„So? Gefällt es dir gut in ihrem Kopf? Wie schön, aber ich muss das nicht unbedingt wissen."

„Verdammt, Ninian, was soll das? Sie ist ein menschliches Wesen ..."

„Ach ja? So viel Rücksicht nimmst du doch sonst nicht", unterbrach sie ihn. „Sie ist mir zu anspruchsvoll", fügte sie bitter hinzu, „sie bekommt das, was mir zusteht!"

Sie stapfte zu ihrem Ka'ud und Jermyn hielt sie nicht zurück. Sie hatte Recht, aber es war nicht zu ändern.

Die nächsten Tage verliefen ereignislos. Sie ritten und rasteten und schoben sich immer näher an das Gebirge heran. Mit Ninian wechselte er kaum die nötigsten Worte, ihre Miene blieb verschlossen und er fragte sich, was während der langen, eintönigen Stunden im Sattel in ihr vorging. Ihn plagte keine Langeweile, abgesehen davon, dass er auf den Weg achten musste, fuhr er fort, seinen Schützling auszuhorchen. Sie zeigte ihm bereitwillig alles, was er wissen wollte, und sein Plan nahm weiter Gestalt an. Notgedrungen musste er dafür in ihren Geist eindringen, aber Ninians Bemerkung hatte ihn nicht unberührt gelassen. Nie hatte er die Berge von Tillholde durch ihre Augen gesehen, es musste ihr wie ein Verrat erscheinen, dass er sich so eng mit diesem Mädchen verband, das sie nicht leiden konnte. Also hatte er begonnen, Dagny Solveigdothir Lathisch beizubringen, damit sie auf die übliche Weise reden konnten. Sie lernte schnell, denn er prägte ihr Phrasen und Worte ins Gedächtnis und bald radebrechte sie in ihrer merkwürdig singenden Art. Doch entgegen seinen Hoffnungen verschärfte ihre neue Fähigkeit die Lage eher. Sie wagte nicht, Ninian anzusprechen, die bei den Rasten steinernes Schweigen bewahrte, und so redeten nur er und Dagny miteinander, während Ninian stumm ihre Ration verzehrte und sich dann im Zelt verkroch.

Als sie vier Tage später die Dünen endgültig hinter sich gelassen hatten, wurde es gefährlich, nachts zu reiten. Die Ka'ud mussten sich ihren Weg zwischen scharfkantigem, schwarzem Geröll suchen und wenn ihre Reiter vermeiden wollten, dass die Tiere Schaden nahmen, mussten sie die Gluthitze des Tages ertragen. Jermyn und Ninian hatten sich auf ihrer langen Reise an solche Härten gewöhnt, doch ihre Gefährtin war unter einem kälteren Himmel geboren. Trotz der Verhüllung und obwohl sie die größte Wasserration bekam, schien sie vor Jermyns Augen zu vertrocknen.

Zwei Wochen nach ihrem Aufbruch von Eblis erreichten sie kurz vor der Mittagsstunde die ersten Ausläufer des Gebirges. Wie Jermyn es auf der

Fahrt mit Tahal Fadir erlebt hatte, hielten die Ka'ud zielstrebig auf die Felswand zu und er ließ sie gewähren. Erst als sie dort angelangt waren, sahen die Reisenden den Versatz, hinter dem sich ein Spalt öffnete, gerade breit genug, um einem Tier mit Reiter Durchlass zu gewähren. Sie kamen zu einem kleinen Platz, der durch ein überhängendes Felsdach vor der brennenden Sonne geschützt war. Bedächtig leckten die Ka'ud die Reste von Feuchtigkeit von den Steinen, bevor sie sich ohne Aufforderung niederlegten.

Mit einem Seufzer der Erleichterung glitt Jermyn aus dem Sattel und konnte gerade noch Dagny Solveigdothir auffangen, die sich einfach fallen ließ. Am Ende ihrer Kräfte hatte sie an ihm gelehnt, bis er glaubte, sein Rücken müsste brechen. Wie konnte ein so zartes Geschöpf so schwer sein? Bei der kargen Kost war ihre weiche Üppigkeit dahingeschmolzen, so dass sich ihre Schulterblätter manchmal schmerzhaft in seine Brust bohrten. Er sah zu Ninian, doch obwohl auch sie zuletzt nur noch zusammengesunken auf dem unbeirrt ausschreitenden Ka'ud gesessen hatte, war sie schon abgestiegen und verschwand gerade zwischen den Felsen.

„Dsermin ..."

Klagend drang die süße Stimme an sein Ohr und er wandte sich Dagny zu, die wie ein Häuflein Elend am Boden hockte. Geschlafen hatte sie nicht, ihre Lippen waren rissig, die Augen rotgerändert, doch wie immer vertrauensvoll auf ihn gerichtet. Er holte den Wasserschlauch und gab ihr zu trinken wie einem kleinen Kind. Dann sah er sich um und entdeckte auf der anderen Seite des Platzes eine Nische in der Wand, groß genug für einen einzelnen Menschen. Aus Decken bereitete er ein Lager und winkte Dagny.

„Komm, hier kannst du schlafen, es ist kühl."

„Hilf du mir, Beine sin sswach ...", sie streckte die Arme nach ihm aus. Er murmelte etwas Unfreundliches, aber er ging zu ihr und zog sie hoch. Schwer hängte sie sich an ihn und er trug sie mehr als dass er sie stützte zu der Nische.

„Schlaf, Dagny, du kannst den ganzen Tag und die Nacht verschlafen, wir reiten erst morgen weiter."

„Nich weggehen", flehend sah sie ihn an. Er lächelte beruhigend und legte wie liebkosend die Hand an ihre Wange.

„Nein, nein ... *schlaf jetzt, Dagny Solveigdothir, schlaf ...*"

Ihre Lider flatterten und schlossen sich, und nach zwei Atemzügen war sie fest eingeschlafen. Jermyn stand auf und rieb sich sein schmerzendes Kreuz. Es war wirklich nötig, dass sie lange schlief, manchmal fühlte er sich wie sein eigener Großvater – aber er würde sie heil und gesund nach Dea bringen, in all ihrer Schönheit, und wenn er den ganzen langen Weg Kinderfrau spielen musste!

Nachdem er seinen Durst gestillt hatte, machte er sich mit dem Wasserschlauch auf die Suche nach Ninian. Der Spalt, in dem sie verschwunden war, stieg steil an und führte ihn auf ein kleines Plateau im Schatten großer Felsbrocken. An einem lehnte Ninian mit geschlossenen Augen. Sie musste ihn hören, aber sie rührte sich nicht, ihre ganze Haltung sagte: Lass mich in Ruhe.

Aber er hatte ihr giftiges Schweigen satt und setzte sich neben sie.

„Hier, trink."

„Hab ich schon", sie hob ihre Wasserflasche, *„ich* kann ja allein für mich sorgen."

Er überhörte den Hohn.

„Wir bleiben hier bis morgen, wir brauchen eine Rast."

„Och, so ein Pech – zum Teufel mit den zimperlichen Weibern, was? Aber auf mich musst du keine Rücksicht nehmen."

Wieder schien es ihm das Beste, nicht auf ihr Sticheln einzugehen.

„Ich habe herausgefunden, wer die Kleine ist. Als ich sie sah, habe ich so was vermutet und ihre Erinnerungen haben es bestätigt. Sie …"

„Das ist schön für dich", unterbrach sie ihn, „aber du kannst es für dich behalten, ich will nichts von ihr wissen!"

Eine Weile war es still, dann sprach Jermyn, langsam und mit Bedacht.

„Ich habe nicht geglaubt, dass ich das jemals zu dir sagen würde, Süße, aber dein Getue geht mir auf den Sack. Du benimmst dich wie die adeligen Hexen in Dea, oder noch schlimmer, denn du müsstest es besser wissen!"

Sie fuhr auf und starrte ihn an, unter der Sonnenbräune bleich bis in die Lippen. Er hatte mit wütendem Protest gerechnet, doch sie rang nach Atem, als habe er die Luft aus ihr herausgeprügelt. Dann zerbrach ihr Gesicht vor seinen Augen.

„Du hast Recht", flüsterte sie, „ich bin eine Hexe geworden … eine nutzlose, vertrocknete Hexe", trockenes Schluchzen schüttelte sie und entsetzt über die Wirkung seiner Worte, riss er sie in seine Arme. Sie wehrte sich nicht, sondern klammerte sich an ihn, das krampfhafte Zittern, das ihre abgerissenen Klagen begleitete, vibrierte durch seinen Körper.

„Ich fühle nichts, Jermyn, nichts, nichts, ich höre keinen Ton von ihr, sie hat mich verlassen, die Erdenmutter hat mich verlassen, ich bin allein, allein …"

Ihre Stimme, halb erstickt in seinem Tschalak, stieg gefährlich an.
„Ninian ... Ninian, hör auf!"
„Aber es stimmt – ich bin so allein in dieser verdammten Wüste, und du ... du kümmerst dich nur um dieses, dieses ... blonde Mondkalb."
Trotz seines Schreckens über ihren Ausbruch musste er lachen und das brachte sie zu sich. Sie rückte von ihm ab.
„Lach nicht, sie ist ein Mondkalb und du drückst sie und schwatzt mit ihr und hätschelst sie und ich könnte vom Ka'ud fallen und du würdest es nicht mal merken ... oh, Jermyn, bin ich wirklich wie die Zicken in Dea?"
„Jetzt hör schon auf, es tut mir leid, dass ich das gesagt habe. Natürlich bist du nicht so, aber was meinst du damit, dass die Erdenmutter dich verlassen hat?" Er war sich plötzlich des körnigen Gesteins in seinem Rücken und unter seinem Gesäß bewusst, ein bekanntes, verlässliches Gefühl. „Spürst du die Erde nicht?"
„Doch, doch, aber ich finde den Weg zur Erdenmutter nicht mehr", ihre Augen füllten sich mit Tränen, „ich kann sie nicht erreichen und mich nicht mit ihren Kindern verbinden. Wie ich dir schon im Turm sagte: Ich stecke in einem grauen Nebel – ein Sumpf oder klebrige Spinnweben, ich weiß nicht, aber es ist furchtbar. Als ob du nicht mehr Herr über deine Gedanken wärst und ... und ich bin dir keine Hilfe."
Sie brach ab und jetzt strömten die Tränen über ihre Wangen. Jermyn schauderte, aber er unterdrückte sein Erschrecken und setzte sich so, dass er sie mit Armen und Beinen umschlingen konnte. Den Mund an ihrem Ohr begann er leise und eindringlich zu sprechen.
„Wir schaffen es auch so und deine Fähigkeiten werden wiederkehren, du bist noch nicht ganz gesund." Er sagte es mit mehr Überzeugung als er fühlte, aber er hätte das Blaue vom Himmel gelogen, um sie zu beruhigen.
„Wegen Dagny musst du dir keine Sorgen machen. Natürlich ist sie atemberaubend, aber sie ist mir so gleichgültig wie ... wie die Ka'ud", Ninian kicherte und eifrig fuhr er fort, „aber genau wie die Viecher brauchen wir sie. Erinnerst du dich an die Geschichte vom liebenden Vater, die Cecco in Molnar erzählt hat? An diesen Fürsten im Norden – wie hieß er noch, ah, Kanut Laward, der seine Tochter an den Meistbietenden verschachern wollte und sie an die Battaver", er spuckte aus, „verlor? Weißt du noch, was Cecco über die Belohnung sagte? ‚Rotes Gold und weißes Silber, mehr als ein Mann zu tragen vermag – unsere Mondscheinschöne ist Dagny Solveigdothir und wir werden sie ihrem trauernden Vater zu-

rückbringen und die Belohnung einstreichen, soviel wir beide zusammen tragen können. Aber dafür muss sie heil und gesund nach Dea kommen, und deshalb muss ich mich um sie kümmern."

Sie glaubte ihm. Während er sprach, schmolz sie immer tiefer in seine Umarmung und er erkannte, dass Dagny ihm bei all ihrer Schönheit tatsächlich nicht mehr bedeutete als ein Ka'ud. Im Sattel hatte er sie oft genug so in den Armen gehalten, ohne dass sich sein Verlangen wie jetzt regte. Er schob Ninians Kopfschleier zurück und vergrub seinen Mund in den kurzen Locken. Sie gab einen kleinen, kehligen Laut von sich und er wühlte seine Hände in die weiten Falten ihres Tschalaks. Seine Finger tauchten in die warme Höhlung unter ihren Armen, tasteten ... ihre Haut war glatt und seidig, die Dienerinnen des Belim hatte sie gewiss jeden Tag gesalbt ...

Sie ächzten gleichzeitig, als er ihre Brüste fand. Ninian drehte sich halb, zog seinen Kopf zu sich. Gierig suchte sie nach seinem Mund, sie verloren sich ineinander. Sie zerrte an der Schärpe.

„Zieh den Tschalak aus", keuchte sie, „wir legen ihn auf den Boden, sonst stoßen wir uns grün und blau ..."

Ihre Pupillen waren weit geöffnet, die Haut um ihren Mund schon rotgescheuert von seinem Bart. Jermyn lachte heiser, sie mussten sich gegenseitig helfen, so zitterten ihre Finger. Auch mit den Tschalaks war es alles andere als ein weiches Lager, zumal sie beide kein überflüssiges Fett mehr am Leibe hatten, aber als Ninian sich über ihn beugte, elfenbeinblass gegen den dunklen Felsen, verschwendete Jermyn keinen Gedanken mehr an blaue Flecken.

Ein Verdurstender klagte auch nicht, dass das Wasser warm war, Hauptsache, es löschte den Durst, den brennenden Durst ...

„Dsermin ... Dsermin ..."

Sie erstarrten, lauschten, voller Hoffnung, dass die klagende Stimme wieder verstummte. Doch sie erklang erneut, wie das aufreizende Surren eines lästigen Insekts.

„Dsermin ... wo ... wo ... Dsermin ..."

„Lass sie", flüsterte Ninian in seinen Mund, „bleib bei mir, sie wird schon aufhören."

Sie drückte ihn mit ihrem ganzen Gewicht auf den Boden, gebrauchte Lippen und Zunge, um ihn zu halten.

„Dsermin ... Dsermin ..."

Die wachsende Panik in der hellen Stimme wirkte wie ein eisiger Guss.

„Ninian ..."

Sie löste sich von ihm, das Gesicht immer noch gerötet, und als er die Enttäuschung in ihrem Blick sah, hätte er schreien mögen. Dennoch begann er, sich den feuchten, zerknitterten Tschalak überzustreifen. Ninian kauerte vor ihm, den Blick starr auf ihn gerichtet.

„Jermyn, wenn du jetzt gehst ..."

„Ich kann nicht anders, kapierst du das nicht?", fuhr er sie an. „Hörst du, wie sie schreit? Am Ende kippt sie zurück in den Wahnsinn und alles war umsonst, vielleicht haut sie sogar ab. Versteh doch, ich hab's dir doch erklärt ..." Er redete vergebens, mit versteinerter Miene wandte sie sich ab, warf sich auf den Boden, das Gesicht zur Felswand und zog das blaue Tuch um sich.

Fluchend stolperte Jermyn den schmalen Pfad hinunter. Dagny Solveig schrie jetzt, und als er bei ihr anlangte, fuhr er sie zum ersten Mal hart an. Sie duckte sich wimmernd, die Hand erhoben, als wolle sie sich gegen einen Schlag schützen. Die Geste und das Entsetzen in ihren Augen ernüchterten ihn. Sie konnte nichts dafür.

Er brauchte lange, um sie zu beruhigen, und als sie endlich still geworden war, kehrte er nicht zu Ninian zurück.

Mit dieser missglückten Rast wendete sich ihr Glück. Sie ritten bei Tagesanbruch weiter, ohne dass Ninian ein Wort gesprochen hätte. Als sie von ihrem Ruheplatz kam, hatte sie den Gesichtsschleier bis zu den Augen hochgezogen.

Am nächsten Tag stießen sie, wie vorgesehen, auf den nächsten Brunnen, doch der Steinkegel stand so weit vom Rand des Loches entfernt, dass Jermyn voll böser Ahnung in die Tiefe spähte. Seine Miene rüttelte selbst Ninian aus ihrem Schweigen.

„Ist er vertrocknet?"

„Nicht ganz, aber es fehlt nicht viel."

Sie zogen drei Schläuche herauf, der letzte enthielt mehr Schlamm als Wasser, die Ka'ud schlürften es ungnädig auf. Niemand sprach, als sie wieder aufsaßen, an diesem Ort durften sie sich keine Rast gönnen.

Der Weg führte sie jetzt wieder vom Gebirge weg in die Sandwüste, aber noch lag zu viel Geröll verstreut, als dass sie ihre Reise nachts hätten fortsetzen können. Dagny Solveig lehnte schlaff an Jermyns Schulter, die helle Haut spannte sich wie wächsern über den zarten Knochen ihres Gesichts. Er sprach nicht mit ihr, sein Mund war ausgedörrt und seine Gedanken hätten sie in Angst und Schrecken versetzt.

Am einfachsten wäre es, wenn sie sterben würde. Es war ein Fehler gewesen, das Mondscheinmädchen mitzunehmen, ohne sie würden Ninian und er die Reise überstehen und wenn nicht, würden sie miteinander sterben. Es wäre nicht so schlimm. Mit der Last dieses hilflosen Geschöpfes waren ihre Aussichten auf ein Überleben viel geringer und der Tod würde sie zerstritten finden. Nichts war zwischen ihnen geklärt, sein Versuch, Ninian zu beschwichtigen, war umsonst gewesen und dazu kam, dass er sie belogen hatte.

Dabei war ihm der Plan so verlockend erschienen. Es stimmte schon – als ihm das erste Mal eine Ahnung gekommen war, um wen es sich bei Ninians Gefährtin handelte, hatte er nur an die Belohnung gedacht. Dann aber, als er das großmäulige Staunen der Männer aus der Kasibah sah, hatte ihm plötzlich aus weiter Ferne eine sanfte Stimme im Ohr geklungen:

Wenn er doch bald eine Gemahlin fände

Er würde Donovan eine zuführen! Eine Braut, wie kein Mann sich eine schönere wünschen konnte, und von edler Geburt, worauf man in diesen Kreisen ja so großen Wert legte. Und er würde dafür sorgen, dass Donovan sie nicht ablehnen konnte, der weichherzige Trottel! War er erst verheiratet, so würde endlich Ruhe sein, der Ehrenmann – Jermyn spürte, wie sich seine Oberlippe höhnisch zurückschob – würde sich an die heiligen Schwüre der Ehe halten, Narr, der er war.

Ein blendender Plan, wegen dem sie nun in der Wüste krepieren würden! Das Ka'ud schien seine Verzweiflung zu spüren, es verlangsamte seinen würdevollen Gang und blieb endlich stehen. Der Strick um den Sattelknauf erschlaffte, das Lasttier hatte es seinem Genossen gleich getan.

„Verdammtes Biest..."

Voller Wut hieb Jermyn seinem Ka'ud den Daschiak, den Treiberstab, auf den Schädel, aufbrüllend machte es einen Satz und stürmte vorwärts. Der Strick straffte sich, als das zweite Tier sich dagegen stemmte, aber mit einem Ruck wurde es mitgezerrt. Ein paar Schritte nur, dann stolperte Jermyns Ka'ud.

„Jermyn ... bei den Göttern, Jermyn, was tust du denn? Pass doch auf, zurück, zurück..."

Ninians Stimme überschlug sich und Dagny begann zu schreien, als das Tier zur Seite kippte. Jermyn stieß sie auf die andere Seite und schwang sein Bein über den Sattelknauf. Wenn sie unter den schweren Körper gerieten, wäre ein Beinbruch das Harmloseste. Doch der Aufprall war seltsam weich, Sand spritzte hoch, wie Wasser. Er hörte Ninian schreien und sah hinter sich das zweite Ka'ud. Im ersten Augenblick glaubte er, es habe seine Beine verloren, es lag mit der Brust auf dem Sand, seine sprichwörtliche Gelassenheit war verschwunden, brüllend warf es den Kopf zurück. Jermyn starrte. Der Sand stieg, er reichte jetzt bis zu den Kinnzotteln und schob sich an dem Packen empor, der ihr Zelt mit den Vorräten enthielt. Und die Schläuche.

„Das Wasser ...", er dachte, er riefe es, aber nur ein Krächzen kam aus seiner Kehle. Das Gebrüll des Lasttieres war verstummt, Sand füllte sein Maul, nur die wild rollenden Augen verrieten seine Qual. Jetzt verstand Jermyn. Der Sand stieg nicht, er verschluckte das Tier. Schwimmsand, sie waren in eines der wandernden Felder mit Schwimmsand geraten ...

„Dsermin, Dsermin ...", Dagnys Schluchzen weckte ihn aus seinem törichten Glotzen. Sie zerrte an seinem Tschalak. „Sieh, sieh ..."

Auch ihr Ka'ud sank. Es schlug wild mit den vorderen Beinen um sich und fieberhaft suchte Jermyn nach den Ratschlägen, die Tahal Fadir ihm gegeben hatte. Auf der Reise nach Eblis hatten sie nur von ferne einen Ausläufer des trügerischen Sandes gesehen.

Leg dich flach hin, alle Glieder von dir gestreckt, zapple nicht und halte dich still und hoffe, dass geschickte Männer mit Seilen bei der Hand sind. Tun sie das nicht, so empfiehl den Göttern deine Seele.

Seile – er warf einen hoffnungslosen Blick auf den Sattelknauf, der gerade unter ihm versank und die Seilrolle mitnahm. Aber noch lebten sie.

„Runter", brüllte er Dagny an, „Wasserflasche?"

Er hob seine eigene, die er an einer Schnur um den Hals trug. Dagny Solveig nickte, schneeweiß vor Entsetzen. Er breitete die Arme aus und deutete auf den Sand, sie verstand nicht und in rasender Eile schuf er ein Bild in ihrem Kopf. Sie wimmerte, weil die grobe Berührung schmerzte, aber sie wehrte sich nicht, als er sie vorsichtig vom Leib des Ka'ud schob. Der Kopf des armen Tieres war schon versunken, aber wohl weil es leichter beladen war, sank der Rest nicht so schnell wie das Lasttier. Jermyn sah sich nach Ninian um.

Ihre Tiere waren in Sicherheit, sie war aus dem Sattel gesprungen und stand am Rand der glitzernden Fläche, etwa zwei Manneslängen von ihm entfernt. Sie hatte sich den Schleier vom Gesicht gerissen und er sah die Angst in ihrem weißen Gesicht.

Ich kann mich nicht mehr mit ihren Kindern verbinden – ich bin dir keine Hilfe

„Leg dich hin", schrie er ihr zu, „vielleicht kannst du meine Hand erreichen." Sie ließ sich auf den Boden fallen und kroch so weit sie es wagte in den tödlichen Sand hinaus. Jermyn hielt Dagny mit einer Hand und ließ sich selbst von dem Ka'ud gleiten. Sofort spürte er den Sog, der ihn verschlucken wollte. Ohne Dagny loszulassen, streckte er sich nach der Hand, die Ninian ihm entgegenhielt. Es fehlte eine halbe Länge.

„Du musst näher kommen", rief sie, aber er schüttelte den Kopf. Vielleicht könnte er es schaffen, aber das Mädchen ... als verstünde sie seine Lage, erschlaffte die Hand, die sich bisher an die seine geklammert hatte. Er packte zu und als er sich nach ihr umsah, blickte sie ihn aus hoffnungslosen Augen an.

„Blessathur", flüsterte sie, „blessathur ..."

Mit einem hässlichen, rieselnden Geräusch schloss sich der Sand über dem Ka'ud und Dagny schluchzte auf. Jermyn presste ihre Hand, die Körnchen krochen in den Tschalak und machten ihn schwer. Er wandte sich dem rettenden Ufer zu.

„Es geht nicht", sagte er ruhig. „Ninian ..."

Sie hatte sich auf den festen Boden zurückgezogen. Ihr Gesicht war knochenweiß.

„Ich kann nicht ..."

„Ninian."

Einen Moment starrte sie ihn an. Er spürte, wie seine Beine in die Tiefe gesogen wurden. Dagny wimmerte.

„Ninian."

Sie senkte den Kopf und kroch wieder nach vorne, weiter und weiter. Ihre Hände verschwanden im Sand, ihre Knie. Auf allen Vieren hockte sie inmitten der goldenen Körnchen, ihr Kopf sank tiefer, bis ihre Stirn die Oberfläche des Feldes berührte. Jermyn fühlte, wie sich der Sand träge unter ihm bewegte ... und zur Ruhe kam.

„Schnell", krächzte Ninian, er erkannte ihre Stimme nicht, „schnell!"

Er robbte auf sie zu, Dagny Solveig hinter sich herziehend. Als sie Ninian erreicht hatten, schwankte sie, sie packten sie unter die Arme und zogen sie mit sich auf den festen Boden.

Dort blieben sie liegen, alle drei zu Tode erschöpft.

Jermyn raffte sich schließlich auf und kroch zu Ninians Ka'ud. Er zog es zu den beiden Mädchen und brachte es dazu, sich hinzulegen. Mit Dagnys Hilfe schaffte er Ninian, die sich nicht rührte, in den schmalen Schatten des Tieres. Er setzte Ninian seine Wasserflasche an ihre Lippen und benetzte ihr Gesicht mit dem kostbaren Nass. Es war sein Fehler gewesen, er musste auf das Wasser verzichten. Zu seiner Überraschung legte Dagny ihre Hände auf Ninians Stirn und summte leise. Ninians Lider flatterten, sie öffnete die Augen. Für einen Moment lag kein Erkennen in ihrem Blick. Dann schob sie Dagnys Hände beiseite und setzte sich auf. Wenn sie Freude oder Erleichterung empfand, so zeigte sie es nicht.

„Haben wir die Ka'ud verloren?", fragte sie nur. Jermyn zuckte die Schultern. Wenn sie gleichgültig tun wollte, konnte sie es haben.

„Ja, mit allem, was sie geladen hatten."

„Das Wasser?"

„Ist weg. Los jetzt, wir müssen weiter. Dagny und ich nehmen das zweite Ka'ud."

„Warte, wieviel Wasser haben wir noch?"

„Jeder von uns eine Flasche. Zu essen haben wir gar nichts mehr. Wenn es nicht anders geht, müssen wir ein Ka'ud schlachten und zu Fuß weitergehen, bis wir zum nächsten Brunnen kommen."

Sie schleppten sich zwei Tage lang weiter, aber der Brunnen kam nicht. Um den Schwimmsand zu umgehen, mussten sie einen weiten Umweg machen. Entweder sie hatten die Wasserstelle verfehlt oder der Sand hatte sie verschüttet. Jermyn dachte nicht darüber nach. Es war sinnlos.

Am Abend des zweiten Tages tötete er das erste Ka'ud. Er hatte sein Messer nicht verloren und im Höcker des Tieres fanden sie ein schwammiges Gewebe, dass sie aussaugen konnten.

Es war eine widerwärtige Angelegenheit und sie ekelten sich, aber es gab ihnen neue Kraft. Am nächsten Tag zogen sie mit dem letzten Tier weiter. Zuerst nahmen Jermyn und Ninian abwechselnd den Platz hinter Dagny Solveig ein, aber schließlich merkte Jermyn, dass Ninian nicht mehr weiterkonnte, obwohl kein Laut über ihre Lippen kam. Er zwang sie, auf dem Ka'ud zu bleiben, und die beiden Mädchen hingen schweigend im Sattel.

Als die Nacht kam, hockten sie alle dicht an das Tier gedrängt, um sich durch seine Wärme vor der Wüstenkälte zu schützen.

Dagny war eng an Jermyn herangerückt, sie hielt seine Hand und er hinderte sie nicht. Ninian schien es nicht einmal wahrzunehmen. Von Durst und Hunger geplagt, von den Schmerzen in ihren wunden Gliedern und den aufgesprungenen Lippen, fanden sie keinen Schlaf.

„Was machen wir?", fragte Ninian und ihre Stimme klang seltsam fremd.

„Ich weiß es nicht", erwiderte Jermyn gleichgültig. „Wenn wir das Ka'ud schlachten, kommen wir nicht mehr hier weg und sterben. Tun wir es nicht, verdursten wir und sterben auch. Was ist dir lieber?"

Sie antwortete so lange nicht, dass er glaubte, sie sei eingeschlafen. Doch als die Sterne ihre Wanderung über den Himmel beinahe vollendet hatten, sagte sie: „Keines von beiden. Ich will leben."

Danach sprach sie nicht mehr. Als die Sonne aufging, sah Jermyn, dass beide Mädchen schliefen, und er wusste, dass sie nicht mehr aufwachen würden. Er seufzte. Er hatte gehofft, Dagny unerkannt durch die Große Wüste zu bringen. Jeder, der sie sah, musste in Versuchung geraten, sie für sich zu behalten, und wenn er verriet, wer sie war, um sie davor zu schützen, konnte er sowohl die Belohnung als auch seinen schönen Plan vergessen. Aber das konnte er auch, wenn sie hier draufgingen. Und es ging ihm wie Ninian. Er wollte leben.

Er legte sich neben sie und nahm sie in die Arme. Dann senkte er alle Sperren, um seinen Geist hinauszusenden. Zu seiner Überraschung fiel es ihm schwer, sich zu lösen. Zwar begann sich die Bindung zwischen Leib und Geist zu lockern, doch sein irdischer Teil wollte den Geist nicht gehen lassen, als fürchte er, zurückgelassen zu werden. Verräterisch gaukelte ihm seine Erinnerung alle Genüsse der Sinne vor, und die Sehnsucht nach dem irdischen Leben hielt ihn mit aller Macht in ihren Banden, ein Hunger, wie er ihn selbst in seiner entbehrungsreichen Kindheit nicht gekannt hatte.

Ohne Leib bist du nichts flüsterte es in ihm *der Tod ist schlimmer als die Ödnis der Wüste*

Stärker als je zuvor spürte er Ninians reglose Gestalt an seiner Brust, er presste sie an sich.

Narr, du verlierst nicht nur dein Leben, sondern auch ihres

Der Gedanke durchfuhr ihn, streng, beinahe verächtlich und gab ihm die Kraft, sich loszureißen.

Es wirbelte ihn weit über die Wüste, durch die Leere des geistigen Raumes. Es gab kein Leben in dieser Todeslandschaft, und als er endlich menschliche Sphären fand, hatte sich die Verbindung zu seinem Leib beinahe aufgelöst. Er musste schleunigst zurück, um ihn nicht gänzlich unbewohnbar vorzufinden, und als er in sich eintauchte, verschlang ihn das Dunkel.

Als er erwachte, lag er im Schatten. Etwas wurde zwischen seine Lippen geschoben. Ein wassergetränkter Lappen. Gierig saugte er die Feuchtigkeit heraus und wollte in die angenehme Dunkelheit zurücksinken, aber fremde Laute schwebten über ihm, es klatschte zweimal und seine Wangen brannten.

„Was ... du verdammter Scheißer", hörte er sich krächzen, aber als sein Geist versuchte, seinen Angreifer zu erreichen, zuckte ein höllischer Schmerz durch seinen Schädel und er fiel stöhnend zurück.

Lieg still, ihr seid bei Freunden

Die Worte verstand er nicht, doch ihr Sinn prägte sich ihm ein. Er gehorchte und wieder berührte etwas seine Lippen, ein dünner Brei, salzig und mit bitteren Kräutern gewürzt. Er schluckte ein paar Löffel und die Pein in seinen Schläfen ließ nach. Vorsichtig versuchte er, die Lider zu öffnen, doch sie waren verklebt. Jemand wischte mit dem feuchten Tuch darüber und er blinzelte.

Ein dunkles Gesicht unter einem blauen Kopfschleier beugte sich über ihn, stolze, scharf geschnittene Züge, eine gebogene Nase mit schmalem Rücken. Jermyn fuhr hoch, obwohl er es sofort bereute. Dieses Gesicht ... hatte er es nicht zuletzt auf einem brennenden Dach gesehen?

„Bei meinem kleinen Gott ..."

Hände drückten ihn sanft nieder und er sah, dass die prüfenden Augen schwarz waren wie seine eigenen, nicht eisig blau. Seufzend ließ er sich auf sein Lager zurücksinken.

Die Mädchen fielen ihm ein. Er drehte den Kopf, vorsichtig, eingedenk des Schmerzes. Sie lagen neben ihm, eines auf jeder Seite. Dagny schlief, aber Ninian sah ihn an. Ihre Wangen waren eingefallen, aber ihre Augen blickten klar und ihre dick mit Fett eingeschmierten Lippen verzogen sich zu einem winzigen Lächeln.

Man ließ sie ruhen, fütterte und tränkte sie, bis ihre Kräfte zurückkehrten. Erst am Abend des zweiten Tages, als die Nacht hereingebrochen war, führte der Mann, der Duquesne glich, sie hinaus. Ein Feuer brannte, der Schein flackerte über drei kleine Zelte und die schattenhaften Umrisse lagernder Ka'ud. Vier Männer saßen am Feuer und sahen ihnen entgegen. Ihr Begleiter bedeutete ihnen, sich zu setzen, wobei Dagny Solveig sich dicht neben Jermyn kauerte. Die Blicke der Männer wanderten immer wieder zu ihr, obwohl sie sich sichtlich bemühten, nicht zu starren. Jermyn stöhnte innerlich. Alle Mühe umsonst, was konnte er gegen diese echten Wüstenreiter ausrichten, außer sie alle umzubringen und ihrer Reittiere zu berauben? Und sie hatten ihnen das Leben gerettet...

Er kratzte seine Kenntnisse der südlichen Sprache zusammen: „Shukra, jah sidhi ..."

Die Männer neigten die Köpfe, der älteste antwortete, doch Jermyn zuckte die Schultern.

„Es tut mir leid, ich verstehe Euch nicht."

„Ich spreche lathisch, ein wenig...", radebrechte der Mann, der Duquesne ähnelte. „Meine Name ist Aleph." Es klang anders als alle Variationen, die sie bisher auf ihrer Reise gehört hatten, heiser, als litte der Mann an Halsschmerzen.

Sie erfuhren, dass sie Glück gehabt hatten. Die Männer waren nicht allzu weit entfernt gewesen, als Jermyns Hilferuf sie erreicht hatte.

„Wir gekommen, um Brunnen zu heilen", der Sprecher wies auf den älteren Mann, „er großer Wassermeister. Was führt euch durch Große Wüste? Ist selten, nur drei Reiter, ohne Schutz von Karawane."

„Wir sind aus Eblis geflohen", antwortete Ninian, „Räuber hatten uns an den Belim verkauft."

„Aber ihr kommt nicht aus Tris", fragte Aleph und sein Blick ruhte auf Dagny Solveig.

„Nein, aus Dea", erwiderte Jermyn hastig, bevor Ninian mehr sagen konnte. Wenn sie ausplauderte, das Dagny von den nördlichen Inseln stammte, erinnerten sie sich womöglich an Gerüchte, die bis in ihre Einöde gedrungen waren. Der Mann sprach lathisch, ab und zu kam er vielleicht nach Tris.

„Aus Dea", wiederholte er. Die Männer sahen sie mit unergründlichen Mienen an und Jermyn begann, sich unwohl zu fühlen. Der Älteste sprach, seine Stimme grollte.

„Wir keinen Grund, Dea zu lieben", übersetzte Aleph, „hat großes Unheil über Bassiden gebracht."

Jermyn spürte, wie Ninian neben ihm zusammenzuckte. Höflich hob er die Brauen.

„Tatsächlich? Ich kann mir nicht denken ..."

„Hat uns genommen Führer und Beschützer", der Mann sprach weiter, als habe Jermyn nichts gesagt. „Jetzt gibt nur Wüste Schutz. Bassiden leben in Herzen von Große Mutter, sehr elend. Aber lieber Elend als Joch von Haidara!", die dunklen Augen flammten auf und er ähnelte Duquesne mehr denn je. Mürrisch sah Jermyn zu, wie Ninian die Hand ausstreckte und den Tschalak des Wüstenreiters berührte. Noch eine Schuld, die sie auf sich laden wollte ...

„Verzeiht", flüsterte sie, „wir haben nicht gewusst ..."

„Ihr?", Aleph lächelte, nicht einmal höhnisch, „Anissa, könnt Ihr töten Nizam, zerstören Haidara oder zurückholen Tote? Sonst, nichts hilft uns. Götter haben vielleicht Ende von Bassiden beschlossen."

In einer ergebenen Geste hob er die Hände und seine vier Gefährten nickten bedächtig dazu.

„Was wollt Ihr also von uns?", fragte Jermyn ungeduldig. Er wollte es hinter sich bringen. Wenn sie die Mädchen verlangten, musste er sie umbringen. Sehr weit konnte es nicht mehr sein bis Tris. Vielleicht sollte er einen der Männer zwingen, sie zu führen.

„Gebt uns Gold. Wir haben gesehen, dass Ihr nicht arm. Wir müssen kaufen Nahrung."

Jermyn verbarg seine Erleichterung, Ninian stieß ihn an.

„Gib ihnen, gib ihnen alles, was wir haben!"

„Ganz gewiss nicht", knurrte er, aber er holte den Beutel hervor und zählte mehr als die Hälfte in die ausgestreckte Hand.

„Den Rest brauchen wir, um nach Dea zurückzukehren."

Er sah ihnen fest in die Augen, bereit, eine Warnung durch ihre Köpfe zu schicken, doch der Mann schloss die Finger um die glänzenden Münzen und nickte.

„Ihr könnt haben zwei Ka'ud, nicht schnell, aber stark und klug, gehen nicht in schwimmenden Sand, finden guten Weg. In Tris bringt sie zu südliche Khanat, dort wir haben Freunde, können Tiere holen. Wir geben euch Wasser und Fladen und setzen euch auf richtige Weg. Und vergesst nicht Bassiden."

Es war eine der seltenen Gelegenheiten, bei denen Jermyn Scham über seine Gedanken empfand. Er schätzte das Gefühl nicht und war froh, als sie sich am Abend des nächsten Tages verabschiedeten. Die Sandwüste war nicht mehr fern, es war gefahrlos, nachts zu reisen.

Außer Wasser und Nahrung hatten die Bassiden ihnen ein Ka'udfell und zwei Stangen mitgegeben, aus denen sie sich einen notdürftigen Sonnenschutz bauen konnten. Als sie ihn im Morgengrauen errichteten, legte sich Ninian nicht sofort hin, wie sie es bisher getan hatte.

Sie setzte sich neben Jermyn und spielte mit dem harten Gerstenfladen in ihrer Hand.

„Wir sind schuld an ihrem Unglück. Ich habe mit Aleph gesprochen. Sein Vater war ein Bruder von Duquesnes Großmutter, der Frau des Emirs Jephta."

„Was können wir dafür, dass Duquesne lieber Wachmann in Dea spielen wollte?", knurrte Jermyn, aber sie beachtete seinen Einwurf nicht.

„Der Arit war dem Emir verpflichtet, er hat die Bassiden vor der Gier des Nizam geschützt. Wir haben den Ariten getötet und sie haben ihren Schutz verloren. Es sind gute Menschen, sie hätten uns berauben und töten oder zurück nach Eblis bringen können. Aber wir mussten doch Dea vor dem Ariten und Duquesne retten, oder? Was ist richtig und was falsch, Jermyn?", verloren starrte sie ihn an.

„Das, was uns hilft, am Leben zu bleiben", erwiderte er grob und dachte an die Erleichterung, die er beim Einzug der Haidarana in Eblis empfunden hatte. „Warte, bis wir wieder in Dea sind, bevor du dir den Kopf über solche Spitzfindigkeiten zerbrichst. Schlaf jetzt."

22. Tag des Weidemondes 1467 p. DC

Vier Nachtritte brachten sie vor die Mauern von Tris und als die Tore des südlichen Khanats in der Morgendämmerung des fünfundzwanzigsten Tages nach ihrem Aufbruch aus Eblis aus dem Dunst auftauchten, schwor Jermyn sich, nie wieder in Begleitung zerstrittener Frauenzimmer zu reisen. Ninian hatte in den vergangenen Tagen keine drei Sätze gesagt, sie war in ein seltsames Brüten verfallen, aus dem sie nichts, was er tat, aufwecken konnte. Dagny Solveig dagegen schien nach ihrer Rettung durch die Bassiden zu glauben, dass Jermyn selbst eine Art Gott wäre. Seit sie erfahren hatte, dass er die Wüstenreiter durch seine Gedanken gerufen hatte, hingen ihre Blicke versonnen an ihm, sie kuschelte sich in seine Arme und vor allen Dingen schwatzte sie. Es gefiel ihr, die lathischen Worte und Wendungen auszuprobieren, die er ihr beigebracht hatte, und am Ende wusste er nicht, was schlimmer war: Ninians Schweigen oder Dagnys Reden.

Er ließ die Mädchen im Schatten der mächtigen Mauerpfeiler zurück und ritt allein zum Tor. Die Wächter beäugten ihn misstrauisch, selten kam ein einzelner Reiter aus der Großen Wüste, aber als er nach dem Mann fragte, den Aleph ihm genannt hatte, ließen sie ihn passieren. Chalaph, der unter dem Futtermeister arbeitete, hatte selbst Bassidenblut in den Adern, die Botschaft Alephs reichte ihm.

„Jeder, der aus Süden kommt, muss gemeldet werden", erklärte er, „Befehl von Nizam", er stach mit Zeigefinger und kleinem Finger in die Luft und spuckte kräftig aus, „aber ich bringe euch in die Stadt, wenn es dunkel ist. Wird niemand merken."

Er hielt Wort und beinahe drei Mondumläufe, nachdem sie sich auf dem Schiff nach Dea hätten einfinden sollen, standen sie wieder am Hafen

von Tris, mit nichts als ihren Tschalaks am Leibe und einem Mädchen im Schlepptau, das die Begehrlichkeit aller Männer und Sklavenhändler diesseits und jenseits der Inneren See wecken musste. Zweifelnd betrachtete Jermyn die schäbige Herberge, zu der Chalaph sie geführt hatte.
„Nicht sehr vertrauenerweckend."
„Nein, aber Wirt ist mir Gefallen schuldig, wenn du gut bezahlst, er wird euch in Ruhe lassen."

Sie betraten die Schankstube und nachdem der Wirt Chalaph erkannt und Gold gesehen hatte, wies er sie katzbuckelnd in eine Nische im hinteren Teil des Schankraumes. Ninian, die lustlos hinter Jermyn hergetrottet war, ohne die bekannten Straßen oder Plätze eines Blickes zu würdigen, warf sich auf den schäbigen Diwan und zog den Kopfschleier tief in die Stirn. Dagny Solveig setzte sich auf die äußerste Kante.

„Nicht sschön hier, Dsermin", flüsterte sie und sah sich unglücklich um. „Will nich hier bleiben ohne dich", fügte sie entsetzt hinzu, als Jermyn den Raum verlassen wollte.

„Doch, doch, sei ein braves Mädchen", mit kaum verhohlener Ungeduld drückte er sie auf den Diwan zurück. „Ihr bleibt hier, ich sehe zu, dass ich ein Schiff finde, das bald nach Dea aufbricht. Wir sind in einer miesen Gegend, aber der Wirt ist Chalaph verpflichtet, hier seid ihr sicher. Behaltet die Umhänge um und lasst euch nicht auf der Straße blicken, habt ihr verstanden?"

Dagny ließ den Kopf hängen und nickte.
„Ninian?"
„Ja doch, ich bin ja nicht taub", sie sah nicht einmal auf. Jermyn starrte auf sie hinunter, dann stapfte er davon und schlug die Tür so heftig zu, dass der Putz von den Wänden bröckelte und der Wirt hinter ihm herschimpfte. Ninian rührte sich nicht, doch Dagny fuhr erschrocken zusammen. Tränen füllten die grünen Augen, hingen an den langen Wimpern. Sie schniefte leise.

„Heul nicht", zischte Ninian ohne aufzusehen, „sie müssen nicht wissen, dass wir Mädchen sind. Halt einfach den Mund."

Es war still in der Schankstube, der Wirt konnte kein reicher Mann sein, nur wenige Gäste tranken Kahve und sogen an ihren Bilhas. Niemand achtete auf die beiden müden Wüstenreiter. Der Wirt brachte ihnen Tee und ließ sie in Ruhe. Dagny Solveig hockte wie ein Häuflein Elend in den fadenscheinigen Polstern, die kleinen Hände krampfhaft ineinander verschlungen. Ninian kümmerte sich nicht um sie und glitt zurück in den

Dämmerzustand, in dem sie die letzten Tage verbracht hatte. Ihr war, als sänke sie immer tiefer in das Gespinst seltsamer Bilder, düster und jammervoll. Und doch war es besser, als Jermyn und der blonden Katze zuzusehen, wie sie miteinander schwatzten und lachten.

Sie merkte nicht, wie ihre Gefährtin das Kopftuch abstreifte und die dicke Flechte hervorholte, ebensowenig wie sie die Blicke der Männer bemerkte oder den spitzgesichtigen Burschen, der sich kurze Zeit später unauffällig aus dem Schankraum schlich.

Erst die rauen Stimmen und Dagnys entsetztes Aufstöhnen drangen durch ihr Brüten. Sie fuhr hoch und sah das Nordlandmädchen starr vor Schreck neben sich sitzen, den Kamm in der Hand.

Bei jeder Rast hatte es geduldig Strähne um Strähne gelöst und mit dem juwelenverzierten Kamm gestrählt, das einzige, das sie von all ihrem Geschmeide behalten hatte.

Die blonde Flut floss über Rücken und Schultern, haftete knisternd an dem dunkelblauen Tschalak, selbst im Schein der trüben Funzeln schimmernd wie Perlenstaub.

„Bei den Göttern, wie kann man so dumm sein …"

Die Männer, die das Wunder grinsend betrachteten, erkannte sie auf den ersten Blick: Menschenhändler der übelsten Sorte. Auch Dagny musste sie erkannt haben, alles Blut war aus ihrem Gesicht gewichen, sie sah aus, als wollte sie ohnmächtig werden. Keine Hilfe also. Ninian sprang auf.

„Ruf Jermyn … nicht so, du dämliche Gans", fauchte sie, als Dagny angstvoll den Mund öffnete, „denk an ihn, so fest und drängend du kannst", sie tippte sich an die Stirn und dann konnte sie dem albernen Geschöpf keine Aufmerksamkeit mehr schenken.

Ihr Kopf schwamm, früher wären die Kerle keine Gegner für sie gewesen, doch jetzt … die Beruhigung des Treibsandes hatte sie all ihre Kraft gekostet. Aufgeladen hatte sie sich schon lange nicht mehr und wenn sie versuchte, sich mit dem Boden unter ihren Füßen zu verbinden, drohten ihr die Sinne zu schwinden. Das Messer in ihrem Gürtel vergaß sie am besten gleich, sie konnte werfen, aber sie hatte noch weniger Ahnung vom Nahkampf als Jermyn. Sie musste ihren einzigen Vorteil nutzen, die Überraschung.

Die Männer hatten entdeckt, dass sie einen doppelten Fang gemacht hatten, zwei Mädchen ohne Schutz. Ninian konnte die Freude über die leichte Beute an ihren widerwärtigen Visagen ablesen. Mädchen kämpften nicht …

Mit einem Satz stand sie auf dem niedrigen Tisch, ihre Stiefelspitze traf den Zunächststehenden im Schritt. Er krümmte sich und sie rammte ihr Knie gegen sein Kinn. Schwer krachte er zu Boden. Es war schnell gegangen, doch die Überraschung hielt nicht lange vor. Seine Kumpane stürzten sich auf sie, unter dem Arm des ersten duckte sie sich hindurch und als er nach ihr griff, warf sie sich mit aller Kraft gegen ihn. Er hatte nicht damit gerechnet, taumelte gegen einen Tisch und stürzte schwer auf den Rücken. Ninian wartete seinen Sturz nicht ab, sie wirbelte herum und sah sich dem dritten gegenüber. Das Schicksal seiner Gefährten schien ihn nicht zu beeindrucken. Faulige Zahnstümpfe grinsten ihr entgegen, er hatte sein Messer gezogen.

„Wildes Tierchen, macht Spaß zu zähmen …"

Die anderen Gäste hatten sich längst aus dem Staub gemacht, auch von dem Wirt war nichts zu sehen. Ninian schnappte sich eine Bilha, die verlassen neben einem Diwan stand, und schleuderte sie ihrem Angreifer entgegen. Als der Mann den Arm hob, um sich vor dem heißen Wasser zu schützen, trat sie von unten gegen seinen Messerarm, genau unter den Ellenbogen, wie Churo es ihr beigebracht hatte. Mit einem Aufschrei ließ der Mann das Messer fallen, die gelähmten Finger hingen schlaff herab. Gemächlich löste sich jetzt ein vierter Mann vom Schanktisch und schlenderte auf sie zu. Furchtlos sah sie ihm entgegen, es tat gut, dem Zorn die Zügel schießen zu lassen, und in ihr hatte sich eine Menge Zorn angesammelt in den letzten Wochen!

Sie bemerkte die Falle zu spät. Ehe sie es hindern konnte, ergriff ein fremder Wille von ihr Besitz. Die Augen des Mannes hielten sie gefangen, sein Geist drang in sie ein, ergoss sich in ihre Sphäre. Sie versuchte sich zu wehren, die Hindernisse aufzurufen, die Jermyn sie gelehrt hatte, doch er war zu stark. Alle Kraft wich aus ihren Gliedern, wie ein Stück Holz lag die Zunge in ihrem Mund. Der Mann wanderte um sie herum, nickte beifällig. Seine Finger umschlossen ihren Arm, kniffen sie so fest, dass ihr das Wasser in die Augen schoss.

Die anderen Männer rappelten sich auf, einer packte die weinende Dagny und der, dessen Hand Ninian gelähmt hatte, trat zu ihr und riss an ihren Haaren. Er würde ihr Gesicht nicht verletzen …

„Das genug, is nich für dich zum Kaputtmachen", der Gedankenlenker, offenbar der Anführer der Bande, stieß ihn beiseite. „Beide Vögelchen geben gutes Geld, feines Geld. Die eine für Seidenkissen, die andere für Strafe."

Er fuhr mit dem Messer über ihre Brüste, richtete dann die Spitze gegen sie. Das Grinsen verzerrte sich zu einer furchterregenden Grimasse. Ninian wappnete sich, aber der Schmerz blieb aus, stattdessen verdrehten sich die Augen des Mannes, Äderchen platzten und färbten das Weiße rot. Ein dicker Strahl Blut schoss ihm aus Mund und Nase, er keuchte, schwankte und krachte zu Boden. Hinter ihm stand Jermyn, sein Gesicht war leichenblass, Höllenfeuer schlug aus seinen Augen. Es musste die anderen Schurken in die Flucht geschlagen haben, denn der Schankraum war leer. Dagny Solveig streckte jammernd die Arme aus, aber diesmal kümmerte er sich nicht um sie, sondern sprang herbei, um Ninian aufzufangen, als sie, von dem fremden Willen befreit, zusammenbrach.

Geht es dir gut, hat dich das Aas verletzt, Ninian, Ninian …
Ihr war übel, aber seine Angst tröstete sie.
„Es geht schon, mir ist nur schlecht und ich kann nicht stehen."
„Dagny …"
Zusammen führten sie Ninian zu dem Diwan und betteten sie vorsichtig darauf. Die ganze Zeit redete Dagny Solveig abwechselnd in beiden Sprachen. Sie bezichtigte sich der Torheit und berichtete begeistert von Ninians Kampf, bis Jermyn sie bat, still zu sein. Sanft löste er die Spuren der widerwärtigen Berührung aus Ninians Gedächtnis und hielt sie in den Armen wie ein kleines Kind. Der Wirt kam eilfertig herbei und versicherte ängstlich, er wisse nicht, woher die Männer gekommen seien, er habe nichts gegen sie ausrichten können.
„Sind Schurken", wetterte er, „gefährlich, der hier vor allem", er stieß mit dem Fuß gegen den Leichnam des Menschenhändlers. Dann leuchtete sein Gesicht auf.
„Ist Belohnung auf seinen Kopf. Oder wollt *Ihr* anzeigen?", seine Miene verdüsterte sich wieder.
„Von mir aus kannst du ihn einpökeln", knurrte Jermyn und der Wirt watschelte händereibend davon. „Ich will nur noch weg hier. Heute Nacht geht ein Schiff nach Dea, die *Meerhexe*, ich hätte fast geflennt, als ich die Matrosen lathisch schwatzen hörte. Mit der Flut laufen sie aus und wir können an Bord kommen, sobald du laufen kannst, Ninian."
„Oh, an mir soll's nicht liegen", sie rappelte sich auf, „wenn ihr beiden helft, wird es schon gehen."
Einträchtig machten sie sich auf den Weg und in den Stunden bis zur Abfahrt herrschte eine ungewohnt friedliche Stimmung. Ninian nahm gnädig Dagnys Entschuldigung und ihren Dank entgegen und wechselte

sogar ein paar Worte mit ihr. Einige Stunden später sahen sie zu, wie sich der Streifen öligen Wassers zwischen den Kaimauern von Tris und dem Rumpf der *Meerhexe* stetig verbreiterte. Jermyn stieß einen großen Seufzer aus und legte beiden Mädchen die Arme um die Schultern.

„Wir haben es geschafft, nicht wahr?"
Und sie nickten einträchtig.

Sie hatten gutes Reisewetter. Das behauptete jedenfalls der Kapitän und nachdem Jermyn die ersten drei Tage fest davon überzeugt gewesen war, sterben zu müssen, musste er ihm beipflichten. Dagny Solveig war nicht von seinem Lager gewichen, während er sich, wie er es nannte, fast die Eingeweide aus dem Leib gekotzt hatte, obwohl er sie wie alle anderen Menschen auf der Welt verflucht hatte. Sie blühte auf dem Wasser auf, die Angst, die sie so lange niedergedrückt hatte, fiel von ihr ab wie eine alte Haut und sie stieg heraus, so strahlend schön, dass Jermyn sich wieder Sorgen machte. Schließlich bestand die ganze Mannschaft aus Männern und er konnte das Mädchen nicht wochenlang unter Deck einsperren. Also prägte er den Seeleuten vom Kapitän bis zum Schiffsjungen ein, was er mit ihnen machen würde, wenn sie Dagny Solveig auch nur schief ansahen. Oder Ninian. Wobei das zu seinem Kummer nicht nötig war. Anders als er konnte sie die Seekrankheit nicht überwinden. Meistens lag sie in ihrer Koje, da sie den Anblick der sich ständig hebenden und senkenden Wasserfläche nicht ertrug. Jermyn wusste nicht, wie er ihr Linderung verschaffen sollte, und Dagnys Beistand lehnte sie schroff ab.

Als sie etwa die Hälfte des Weges zurückgelegt hatten, gerieten sie in eine Flaute. Die See war so glatt, dass es selbst Ninian besser ging.

„Du solltest an die Luft gehen", meinte Jermyn, als er ihr ein wenig Brühe und Hafergrütze brachte. „Das ist besser, als die ganze Zeit hier unten in dem Mief zu liegen."

„Ja, vielleicht", murmelte sie und betrachtete misstrauisch den Inhalt des Löffels, bevor sie ihn in den Mund schob. „Wenn man denkt, was ich früher alles gegessen habe ...", sie schauderte.

Am Abend war der Himmel immer noch wolkenlos. Jermyn und Dagny Solveig saßen an Deck und betrachteten die blaugrüne Dämmerung. Eine dünne Mondsichel hing über ihnen, begleitet von einem einzelnen Stern.

„Sieh nur, wie schön", wisperte Dagny. Sie hatte ihre Flechten hochgesteckt, wie eine silberne Krone schwebten sie über dem lieblichen Gesicht. Die Seeluft hatte ihren blassen Wangen die Farbe alten Elfenbeins verliehen und ihre Augen leuchteten grün wie der Himmel. Wie ein Juwel in einem einfachen Holztrog saß sie auf dem Deck des Kahns und auf die eine oder andere Weise hatten alle Männer in ihrer Nähe zu tun. Wenn einer von ihnen wie ungefähr an ihr vorbeiging und sie ehrerbietig grüßte, lächelte sie freundlich und arglos, als sei alles Schreckliche, was sie erlebt hatte, ausgelöscht.

Doch Jermyn sah sie nicht an. Das Kinn in die Hand gestützt starrte er zu dem dunkler werdenden Himmel empor.

„Ja", murmelte er, „so war es, als ich Ninian zum ersten Mal begegnet bin, ein Nichts von Mond und der Abendstern."

„Oh, ich liebe ihr", erklärte Dagny ernsthaft, „sie ist ... sie ist ... fraobart, ein ... ein ... ingeridda."

„Eine was?", fragte Jermyn belustigt.

„Sie haut und sschlägt, sie hat mir, wie sagt man, gerett..."

„Gerettet? Meinst du, sie ist eine Kämpferin?"

„Eine Kämpf... Kämpferin, ja, ja, fraobart ... wunderbar und du auch ... ein Kämpferin."

Sie merkten nicht, dass Ninian die Luke heraufgeklettert war. Sie war zu weit entfernt, um zu verstehen, wovon die beiden sprachen. Sie sah nur, dass Dagny Solveig, die schöne Dagny Solveig, zufrieden in die Hände klatschte und dass Jermyn lachend den Arm um ihre Schulter legte und sie an sich zog.

Als er später in die Koje hinunterkletterte, ein wenig enttäuscht, weil sie sich nicht hatte blicken lassen, wandte sie ihm wieder einmal den Rücken zu, so entschieden, dass er es schließlich aufgab, ihr eine Antwort zu entlocken.

Am nächsten Tag frischte der Wind auf, nach einer Woche guter Fahrt sichteten sie die Küste von Lathica und in der Frühe des 9. Tag des Reifemondes im Jahre 1467 nach der Gründung der Stadt sah Jermyn die Seevögel über der Steinwüste von Dea kreisen, neun Mondumläufe, nachdem er mit Ely ap Bedes Handelszug aufgebrochen war. Er schwor sich, die Stadt nie wieder zu verlassen.

Die Taue waren kaum festgemacht, als Jermyn schon einen Boten in die Ruinenstadt und einen zu Kaye jagte. Er konnte es kaum erwarten, die Sache zum Abschluss zu bringen und Dagny Solveigdothir, schön und reizend wie sie war, endlich loszuwerden. Ninian hatte während der letzten Tage kein Wort mehr gesprochen.

Er hatte den Boten unter Androhung schwerer Strafen eingeschärft, dass nichts von ihrer Ankunft laut werden dürfe, und dieses Schweigegebot auch Wag und Kaye auferlegt. Ungeduldig wartete er mit den Mädchen unter Deck, während über ihm die Schritte des Hafenmeisters auf den Balken dröhnten. Dann hörten sie Hufe klappern und die Räder einer Kutsche in scharfem Tempo heranrollen. Eine Türe schlug, wieder Schritte, schnell und eifrig. Zwei Stimmen, beide schrill vor Aufregung.

„Wo sind sie? Wo sind sie?"

Jermyn stand auf, Dagny Solveig sah ihn ängstlich an und selbst Ninian hob den Kopf. Jemand kam die Treppe herunter, es gab ein Gerangel in der schmalen Tür und wie zwei Pfropfen aus der Flasche schossen endlich zwei Männer in die Kajüte. Mit zusammengekniffenen Augen plierten sie in das Dämmerlicht, das die Öllampe an der Decke verbreitete, dann stürzte der eine vor.

„Patron, Patron ... dass du wieder da bist ... wir ham nich gedacht, dass wir euch wiedersehn!"

Wag, mit mehr Falten und weniger Haaren, machte Miene, sich auf Jermyn zu werfen, doch der Mut verließ ihn, er blieb mit hängenden Armen stehen und starrte seinen Herrn an, während ihm die Tränen über die Wangen liefen. Kaye kannte weniger Zurückhaltung, er warf sich Jermyn an die Brust, umhalste ihn und stieß unverständliche Laute der Freude aus.

„Mein liebster, bester Freund, du ahnst ja nicht, wie wir uns gesorgt haben, wo ist ... und wer ... ah!"

Seine Blicke waren von einem blau verhüllten Mädchen zum anderen gegangen, Verwirrung, Erschrecken und endlich ungläubige Bewunderung huschten über seine beweglichen Züge. Auch Wags Kinnlade klappte herunter, als Dagnys weißsilberne Schönheit im Lichtschein aufblühte. Beide Männer starrten sie wie eine Erscheinung an, doch während Kaye seine Augen nicht von ihr lassen konnte, schlich Wag zu Jermyn, nahm seine Hand und drückte sie an die Brust.

„Patron ..."

Jermyn packte ihn an der Schulter und schüttelte ihn freundschaftlich.

„Wag, ob du's glaubst oder nicht, ich bin froh, dich zu sehen. Wie geht es Dea?"

„Es steht noch, Patron", flüsterte Wag überwältigt. Jermyn lachte und Wag wandte sich Ninian zu. Sie hockte auf dem Rand der Koje und als sie aufsah, fiel Wag vor ihr auf die Knie.

„Ninian ... Patrona, was ham sie mit dir gemacht?"

Sie lachte krächzend.

„Ich seh aus wie ein Gespenst, nicht wahr, Wag? Aber ich bin es, man muss mich nur ein bisschen waschen und ausklopfen, dann bin ich vielleicht wieder zu gebrauchen."

Hilflos blickte Wag von dem eingefallenen, hohläugigen Gesicht zu Jermyn. Kaye riss sich von Dagny los und setzte sich neben Ninian. Er schlang einen langen Arm um sie.

„Ja, was haben sie mit dir gemacht, meine Süße?"

Ihr Mund verzog sich weinerlich bei der zärtlichen Anrede und plötzlich fuhr die Angst durch Jermyn. Er biss die Zähne zusammen.

„Seekrankheit, halb so wild", sagte er mit erzwungenem Lächeln. „Habt ihr mitgebracht, was ich euch aufgetragen habe?"

Sie nickten eifrig. „Ja, die Kutsche eingeschlossen."

„Na, dann legt mal los."

Sie verschwanden durch die Luke und kamen zurück, beladen mit zwei großen Buckelkörben und mehreren Schachteln. Wag lief ein zweites Mal, brachte Schüsseln und Wasser und Kaye begann sein Verschönerungswerk. Jermyn war schnell fertig, er hatte jede Hilfe abgelehnt. Einer der Seemänner hatte ihn barbiert, die Haare hatte er lang wachsen lassen und nach Art der Seeleute zu einem festen Zopf geflochten und mit geteertem Faden umwickelt.

„Vielleicht bleibe ich so", grinste er, als Kaye ihn naserümpfend betrachtete, „dann bleibt mir wenigstens LaPrixas Geziepe erspart. Ich warte auf Deck, hier unten ist es zu eng."

Dagny sah ihm ein wenig ängstlich nach, doch Kaye machte ein solches Gewese um sie und breitete Herrlichkeiten wie Leibwäsche aus feinstem Leinen, hauchdünn gewirkte Strümpfe und Berge seidig schimmernder Röcke vor ihr aus, so dass ihr Entzücken bald ihre Furcht besiegte. Wag kümmerte sich um Ninian, er schwatzte glücklich von Kamante und dem kleinen Cosmo, ohne zu merken, dass ihre Antworten einsilbig blieben.

Jermyn hatte begonnen, vor Ungeduld an den Nägeln zu kauen, als Kaye zu ihm trat.

„Fertig", meinte er zufrieden, „bei den Göttern, es ist eine wahre Freude, dieses Feenwesen zu gestalten. Sie ist meiner Anstrengungen wahrhaft würdig", er küsste seine Fingerspitzen, „aber, mein Freund, bist du sicher, dass nur die Seekrankheit meine liebe Ninian heimgesucht hat? Sie ist … geradezu ausgezehrt."

„Die Reise vorher war auch kein Spaziergang", fiel Jermyn ihm ins Wort. Die Anspielung gefiel ihm nicht. Kaye zuckte die Schultern.

„Du scheinst es recht gut überstanden zu haben", er musterte das gebräunte Gesicht, das die reichliche Kost des Schiffskochs wieder etwas ausgefüllt hatte, die straffe, aufrechte Gestalt. „Und das Prachtstück da unten auch. Woher hast du sie überhaupt?"

„Ich hab sie unterwegs gefunden", erwiderte Jermyn ausweichend, Kaye war ein Schwatzmaul, er brachte es fertig und verdarb alles.

„Aha, und was hast du mit ihr vor?"

„Das wird sich zeigen. Was treibt unser geschätzter Patriarch, außer Laute schlagen und Liedchen singen?"

„Du tust ihm unrecht", rügte Kaye, „er ist ein fleißiger Landesherr geworden, von hervorragendem Geschmack, wenn ich das sagen darf. Neuerdings versucht er sich sogar in der Diplomatie, er hat Botschafter aus den verschiedensten Ländern eingeladen, um mit ihnen über die Bedrohung durch die Battaver zu beraten. Sogar von Nördlichen Inseln sind sie gekommen, der Herr von Pykla vertritt den Großfürsten Kanut Laward und liegt sich ständig mit Marmelin vom Borne in den Haaren, der für den Sohn des Großfürsten spricht. So ein schöner Mann", Kaye schauderte wohlig, „au, was treibst du denn?"

Jermyn hatte ihn fest am Handgelenk gepackt.

„Ist das wahr, ein Vertreter von Kanut Laward treibt sich im Patriarchenpalast herum?"

„Ja, lass los, das tut weh. Wenn du dich beeilst, erwischst du sie noch alle bei der Vormittagsaudienz … warte, warte, du brichst uns noch den Hals."

Jermyn zerrte ihn die Treppe hinunter und kurz darauf saßen sie alle in Kapuzenumhänge gehüllt in der Kutsche, die der Fuhrknecht in einem Tempo durch die Stadt jagte, dass Wag auf dem Bock um sein Leben fürchtete.

„Und ich sage Euch, wir müssten diese Bestien nicht fürchten, wenn die Inseln einig wären und die Nachgeborenen ihren Vätern die rechte Achtung erweisen würden", giftete der Herr von Pykla, „bestellt das dem Welpen! Er sollte mit eingezogenem Schwanz um Vergebung bitten und sich nicht mit Gauklern und Liederjanen umgeben!"

Marmelin vom Borne sprang auf, rot im Gesicht.

„Und der alte Hund sollte nicht einen ungehobelten Klotz für sich reden lassen", fauchte er zurück.

Ralph de Berengar hämmerte auf den Tisch, während die Ratsherren gequält die Augen verdrehten. Donovan kniff sich in die Nasenwurzel. Sein Heiler hatte ihm gesagt, damit ließe sich Kopfschmerz lindern, und in den letzten Tagen hatte er häufig Zuflucht zu dieser Geste genommen. Er hob die Hand.

„Ihr Herren, mäßigt Euch, solche Streitigkeiten nützen nur den Battavern. Solange wir nicht gemeinsam handeln, überfallen sie unsere Schiffe und Küstendörfer, und manche von uns plagen zusätzliche Sorgen", er nickte einem müde dreinblickenden Mann zu, dessen Gesicht von tiefen Falten gezeichnet war. „Man hat uns um Hilfe gebeten und wir wollten überlegen, ob wir nicht einen Bund schließen, auf dass wir nicht allein stehen gegen das Unheil, ob es nun von Menschen oder von Göttern gesandt wird."

Seine Stimme klang eindringlich, eine kaum wahrnehmbare Härte schwang in ihr und die Streithähne setzten sich nach einem letzten, grimmigen Blickwechsel.

Donovan seufzte. Wieder waren sie nicht so weit gekommen, wie er gehofft hatte, aber er hatte gelernt, die Anzeichen der Ermüdung bei seinen geschätzten Ratsherren zu erkennen.

„Schließt die Sitzung, Berengar, wir tagen morgen weiter", Bonventura, der hinter seinem Stuhl stand, flüsterte ihm etwas zu und Donovan verbesserte sich mit vorwurfsvollem Blick, „… übermorgen. Wie ich höre, beginnen morgen die Frühjahrsrennen."

In das allgemeine Rascheln und Füßescharren hinein pochte es gebieterisch laut und die großen Tore flogen so schnell auf, dass sich die beiden Palastwachen mit einem Sprung in Sicherheit bringen mussten. Alle erstarrten in ihren Bewegungen und sahen zu den beiden verhüllten Gestalten, die in den Saal traten, gefolgt von Kaye, der eine dritte an der Hand führte und sich sichtlich unwohl fühlte. Bevor jemand sich rühren konnte, warf die größere Gestalt den Mantel ab.

„Freut Euch, wir sind zurück, liebes Volk!"

Ein Keuchen ging durch die Versammlung, Donovan umklammerte die Armlehnen, er beugte sich vor, die Augen fest auf die zweite Person gerichtet, so bleich, dass Bonventura schnell neben ihn trat. Jermyn lachte unangenehm.

„Ja, ja, wir sind es beide. Ich weiß schon, dass ich hätte wegbleiben …"

„Genug mit dem Mummenschanz!"

Ninian riss sich die Kapuze vom Kopf und wieder lief das Zischen durch die Reihen der Ratsherren. Doch auf Donovans Antlitz zeigte sich weder Schrecken noch Enttäuschung. Immer noch blass erhob er sich, trat auf Ninian zu und umarmte sie. Jermyns Lächeln saß wie eingefroren auf seinem Gesicht. Als Donovan Ninian freigab und ihm zögernd die Hand hinstreckte, ergriff er sie.

„Vielleicht glaubst du es nicht", murmelte Donovan, „aber ich bin wahrhaftig froh, auch dich wiederzusehen."

Jermyn hob die Brauen.

„Das fällt mir tatsächlich schwer", erwiderte er ebenso leise. Laut sagte er: „Herr von Dea und ihr, ehrenwerte Ratsherren, ich bringe einen Gast mit, das bedauernswerte Opfer eines grausamen Überfalls. Ich erinnere an Euren Edelmut, Euer gutes Herz, Patriarch und bitte Euch, nehmt Euch dieses Gastes an."

Er drehte sich um und streckte die Hand aus. Die dritte verhüllte Gestalt legte ihre Fingerspitzen hinein und er führte sie zu Donovan.

„Hier ist Dagny Solveigdothir, Tochter des Großfürsten Kanut Laward. Neigt das Knie vor der Fürstin der Nördlichen Inseln."

Mit Schwung zog er den Umhang von ihren Schultern und trat zurück.

Kaye hatte gute Arbeit geleistet, er hatte ihr Haar offen gelassen, wie Jermyn ihm befohlen hatte. In ihrem weißen Kleid schimmerte sie wie ein Mondstrahl unter den dunkel gekleideten Ratsherren. Zuerst hatte sie scheu die Augen gesenkt, doch als sie die eindrucksvollen Namen hörte, die so lange nicht an ihr Ohr gedrungen waren, hob sie die wundervollen Wimpern und ihre liebliche Gestalt straffte sich. Und als sie Donovans fassungslosen Blick sah, lächelte sie. Es war ganz still geworden. Jermyn blickte sich um. Sie glotzten alle, alle. Dort war Marmelin, sein Gesicht eine seltsame Maske aus Freude und Scham, und ihm gegenüber ein Mann von ähnlicher Statur, nur waren die langen, lockigen Haare grau. Jetzt hatte er ihre ganze Aufmerksamkeit.

„Hört, welche Leiden dieses arme Geschöpf erdulden musste: Nachdem die Battaver sie aus ihren eigenen Gewässern geraubt hatten, ohne dass sich eine Hand zu ihrem Schutz gerührt hätte", hier überflutete tiefe Röte die Züge des unglücklichen Marmelin, „haben sie das Fräulein und ihre Begleiterinnen verschleppt. Von ihren Frauen hat keine das Grauen an Bord dieser Schiffe überlebt, Dagny Solveigdothir aber haben sie zu den Sklavenmärkten von Battava verschleppt. Dort wurde sie verkauft für ihr doppeltes Gewicht in Gold und zu einem Mann gebracht, der Frauen sammelt, wie Ihr Figuren der Alten Zeit. Er hat sie in sein Frauenhaus genommen und in Ketten gelegt, wie es Brauch ist in den Südreichen. Seht die schändlichen Male", er hob Dagnys Hand hoch und auf der weißen Haut zeichnete sich deutlich der rote Streifen der Handfessel ab. „Dort haben wir sie gefunden, auf unserer langen, abenteuerlichen Fahrt, befreit und unter großen Mühen hergebracht."

Er spürte alle Blicke auf sich, Dagnys zweifelnde vermied er. Sie hatte nicht alles verstanden, was er sagte, aber vielleicht spürte sie, dass er sie verraten hatte. Mit einem Mal war ihm sein eigenes Spiel zuwider, aber jetzt musste er es zu Ende bringen.

„Nehmt die Fürstin Dagny Solveigdothir in Eure Obhut, Patriarch, bis wir ihrem Vater die freudige Nachricht zukommen lassen und er sein Kind wieder in die Arme schließen kann."

Er hielt Donovan Dagnys Hand hin und er hatte richtig gespielt. Der weichherzige Mensch konnte nicht anders: Er nahm ihre Finger und führte sie an die Lippen.

Ein gläserner Tempel, oh, Merse, kleiner Gott der Diebe und Betrüger Plötzlich fühlte Jermyn sich erschöpft, er wagte nicht, Ninian anzusehen. Auch sie musste seinen Plan durchschaut haben, doch dann merkte er, dass sie nicht mehr neben ihm stand. Bevor er sich nach ihr umsehen konnte, stürzte ein schwerer Körper vor Dagny Solveig zu Boden, so dass sie erschrocken ein paar Schritte zurückfuhr. Marmelin vom Borne hatte sich entschieden zu handeln. Er machte seine massige Gestalt so klein es ihm möglich war und haschte nach dem perlenbestickten Saum ihres Gewandes.

„Fyrstinde, sode ejerinde ... tilgive, tilgive ..." er haspelte in großer Schnelligkeit Worte in seiner eigenen Sprache heraus. Dagnys Augen füllten sich mit Tränen. Flehend sah sie Jermyn an, aber Donovan bückte sich und legte Marmelin eine Hand auf die Schulter.

„Mäßigt Euch, Meister", sagte er mit mehr Strenge als Jermyn ihm zugetraut hätte, „Ihr erschreckt die Herrin! Bonventura, bring die Fürstin Dagny Solveigdothir zu Lady Sasskatchevan, sie wird sich ihrer annehmen. Geht mit ihm, Herrin, Ihr kommt in gute Hände."

Er lächelte beruhigend und mit einem letzten Blick zu Jermyn ließ Dagny sich fortführen.

Unterdessen war die ganze Ratsversammlung in erregtes Gerede ausgebrochen, niemand achtete auf die beiden jungen Männer, die sich vor dem Thron gegenüberstanden.

„Halt sie fest, Donovan. Wenn du sie wirklich ihrem Vater zurückgibst, bist du ein größerer Trottel, als ich dachte. Sie hat das süßeste Wesen, das du dir vorstellen kannst, nicht eigenwillig und bissig wie andere. Eine bessere Patriarchin wirst du nie finden!"

„Du hättest sie nicht vor allen bloßstellen dürfen. Der Gesandte ihres Vaters spricht gut genug lathisch, um alles verstanden zu haben. Soviel ich weiß, legen sie auf den Nördlichen Inseln genausoviel Wert auf unversehrte Jungfräulichkeit wie bei uns, jedenfalls bei den hochgestellten Frauen."

„Deshalb hab ich es ja getan, damit ihr Vater sie nicht zurücknehmen will! Hör zu, es gibt nur eine Sache auf der Welt, die ich fürchte: Ninian zu verlieren. Ich werde alles tun, alles, hörst du, alter Freund, um das zu verhindern. Dafür spiele ich den Heiratsvermittler und ruiniere den Ruf eines unschuldigen Mädchens, denn das ist sie, egal was der Belim getan hat. Sei klug und geh auf meinen Vorschlag ein. Du musst nur ein bisschen nett zu ihr sein, sing ihr was vor, schreib ihr Gedichte, sie ist leicht zu beeindrucken und verschenkt ihre Zuneigung schnell. Geh jetzt und kümmere dich um deine Dame, damit", er seufzte, „ich mich endlich um die meine kümmern kann!"

Er ließ Donovan stehen und sah sich suchend um, doch Ninian war verschwunden.

„Wo ist sie?", fragte er Kaye.

„Sie fühlte sich nicht wohl, das arme Kind, ich habe ihr gesagt, sie soll sich von Wag in der Kutsche nach Hause bringen lassen."

Jermyn schlug dem Schneider auf die Schultern, dass er beinahe in die Knie ging.

„Das hast du gut gemacht. Sie wird sich erholen, jetzt wo wir endlich wieder sind, wo wir hingehören. Gehab dich wohl und danke für deine Hilfe."

„Willst du nicht mit mir fahren? Ich habe nach Biberot schicken lassen."

„Nein, ich laufe, ich muss sehen, ob alles beim Alten ist."

Doch er hatte vergessen, wie schnell Gerüchte in Dea reisen und wie schlecht man hier ein Geheimnis bewahren konnte. Als er den Palast durch den Volksausgang verließ, fand er sich in einer gewaltigen Umarmung wieder.

„Brrruder", in seiner Begeisterung hob ihn der Bulle fast von den Füßen und rollte die Rs doppelt so stark wie sonst. „Bist du es wirrrklich? Witok meinte, wirr sehen dich nie wiederr, aberrr ich hab nie Hoffnung aufgegeben …"

„Das hätte er gerne, der gierige Wicht", knurrte Jermyn, „meinen Anteil einsacken", er boxte den Bullen gegen die Schulter. „Ich freu mich auch, dich zu sehen, Mann. Ich sag's nicht gern, aber ihr habt mir gefehlt!"

„Wir auch?", krähte Knots, der hinter Babitt angekeucht kam.

„Wir wollen es nicht übertreiben", grinste Jermyn.

„Und wie ist es euch ergangen?", fragte er nach ausgiebigem Händeschütteln und Schulterklopfen, wie es bei Männern üblich ist, die sich lange nicht gesehen hatten. „Habt ihr zugenommen an Reichtum und Würden?"

„Ich weiß nich, wie's mit der Würrde aussieht", meinte der Bulle, „und über den Rreichtum sprichst du besser mit Witok. Die Schule läuft gutt, wir könnten ein paar mehr Schüler brauchen, und das Dach ...", er unterbrach sich rasch, „aber, hier, unser Babitt", er boxte den ehemaligen Maulwurf freundschaftlich gegen den Arm, „der, verrrkehrt mit den reichen Pinkels in den Handelshallen, er is ein feiner Herr geworden, kommt alles von gutem Einfluss von Jungfer Dulcia", er lachte schallend und die anderen feixten. Babitt lächelte säuerlich.

„Ja, ja", sagte er ausweichend und fuhr schnell fort: „Wo ist Ninian? Warum ist sie nicht hier?"

„Ja", fiel der Bulle ein, „du hast sie doch mitgebracht, oder?"

„Glaubt ihr, ich wäre ohne sie hergekommen?"

„Nein, wirr haben von Ely ap Bede gehört, dass sie dir abhanden gekommen war", erwiderte der Bulle aufatmend, „es wäre kein Leben ohne das Fräulein in dieser Stadt."

Jermyn spürte das seltsame kleine Zwicken der Eifersucht und unterdrückte es. Sie alle liebten Ninian auf ihre Weise und er musste sich damit abfinden. Von ihnen drohte keine Gefahr und er hatte alles getan, was nötig war, um die wirkliche Gefahr zu bannen.

„Da hast du Recht, Junge, und wenn es ihr wieder gut geht ..."

„Wenn es ihr wieder gut geht?", unterbrach Babitt. „Ist sie krank?"

„Ein bisschen erschöpft von der Seekrankheit und allem", wiegelte Jermyn ab, mehr zu seiner eigenen Beruhigung. „Sie wird bald wieder auf den Beinen sein und dann werden wir euch unsere Abenteuer erzählen. Ich weiß nicht, was sie preisgeben will und was nicht."

Sie grienten und pfiffen, aber als er sich verabschieden wollte, hielten sie ihn zurück. „Du musst mit uns kommen, ich will dir zeigen, was wir in der Schule verändert haben, und wir haben ein Denkmal für Churo aufgestellt und du musst dir Iwo ansehen, er ist dermaßen groß geworden."

„Hat er Gambeau geschlagen?"

Sie sahen sich an und schüttelten die Köpfe.

„Du warst nicht da, Bruder", meinte der Bulle traurig, „aber er hat jetzt eine kleine Freundin, er stottert kaum noch. Frauen wirken oft Wunder, wie dir unser lieber Babitt bestätigen kann."

„Ich werd dir gleich, du Plattnase", es gab ein kleines Handgemenge und Jermyn merkte plötzlich, wie sehr er ihre Gesellschaft vermisst hatte. Ninian ist in guten Händen, beruhigte er sich, Wag und Kamante werden sie hätscheln wie ein Kleinkind. Am Ende riefen sie LaPrixa und der musste er nicht unbedingt begegnen.

Der unbehagliche Gedanke streifte ihn, dass auch LaPrixa Ninian liebte und daher ein Recht hatte, von ihrer Rückkehr zu erfahren, aber er schob ihn beiseite. Solange Wag und Kamante bei ihr waren, würde nichts geschehen. So ließ er es zu, dass sie ihn in die Mitte nahmen und mit sich fortzogen.

Als sie ihn gehen ließen, war es dunkel. Er hatte es genossen, aber während er durch die vertrauten Straßen eilte, war ihm nicht wohl in seiner Haut. Wie er es auch von sich schieben mochte, er sorgte sich um Ninian. So oft hatte er in den vergangenen Stunden Leute über ihren Zustand beruhigt, dass er allmählich zu zweifeln begann. Außerdem hatte sie ihre eigenen Ansichten über Zweck und Mittel und er ahnte, dass ihm noch ein kräftiger Streit darüber bevorstand. Dennoch frohlockte er im Grunde seines Herzens. Donovan würde Dagny Solveig heiraten und sich Ninian aus dem Kopf schlagen. Sein großer Plan war geglückt. Es würde vielleicht ein wenig länger dauern, Ninian zu besänftigen, aber am Ende würde es ihm gelingen. Als er die Brücke erreichte, musste er an die Läufer von Tris denken und eine wilde Freude durchfuhr ihn. Ninian würde Augen machen, wenn er ihr diesen neuen Zeitvertreib zeigte ...

Am Rande des Brachfeldes begann er zu rennen. Konnte es sein, dass man sich beim Anblick von ein paar schäbigen Ruinen derart freute? Er sprang durch die Lücken in Ninians Schutzgürtel und stürzte in den Hof des Palastes.

„Ninian, Ninian ..."

Sie war nicht in der Küche, nur Wag und Kamante saßen dort mit dem kleinen, schwarzen Knirps und sahen ihn mit großen Augen an.

„Patron ..."

Er wartete nicht ab, was Wag ihm zu sagen hatte, und stürzte die Treppe hinauf, drei Stufen auf einmal nehmend. Übungsraum, Wohnzimmer, Schlafgemach – die vertrauten Räume waren dunkel und leer. Einen Moment lang stand er unschlüssig vor dem großen Bett. Niemand hatte darin gelegen. Eine Türangel quietschte, die Tür, die nach draußen, auf die zerstörten Räume führte ...

Langsam kletterte er hinaus, das Herz saß ihm in der Kehle. Hier lagen die Trümmer wie an dem Tag, an dem er zum ersten Mal hier gestanden hatte. Es dauerte eine Weile, bis er sie sah. Reglos saß sie inmitten des Gerölls auf einem Türsturz und sah zu den Sternen hinauf.

„Ninian."

Er setzte sich neben sie, aber sie rührte sich nicht, selbst als er ihr die Hand auf die Schulter legte.

„Süße, was machst du hier? Du bist erschöpft, komm mit …"

Er wusste nicht, ob sie ihn gehört hatte. Keine Bewegung ging durch die stille Gestalt, ihr Antlitz war weiß und starr wie die Gesichter der steinernen Göttinnen.

„Ninian, was ist los, sprich doch …"

Ihr Schweigen legte sich wie Mehltau auf seinen Geist. Eine Dunkelheit türmte sich vor ihm auf, tiefer als die Nacht, Kälte kroch ihm in die Glieder. Die Genugtuung, die er noch vor kurzem über seinen gelungenen Plan empfunden hatte, war vergessen. Er fasste Ninian an den Schultern und drehte sie zu sich herum. Ihre Augen glitten über ihn hinweg, als sei er ein Fremder, den sie nie zuvor gesehen hatte. Es war mehr, als er ertragen konnte.

„Ninian, sag was!"

Er schüttelte sie und plötzlich begann sie zu sprechen, monoton wie eine Seelenlose.

„Es gab ein Erdbeben in Tillholde, ein schweres. Die Burg steht und meine Eltern leben, aber viele Dörfer sind zerstört, ein Gesandter des Fürsten ist nach Dea gekommen, um Hilfe zu erbitten. Er hat es mir erzählt. Es ist meine Schuld, ich habe mich meiner Pflicht entzogen und bin fortgegangen. Aber jetzt kehre ich zurück. Ich bin hässlich und nutzlos, nichts hält mich hier. Wenn ich den Weg zu ihr noch finde, werde ich mich der Erdenmutter zu Füßen werfen und sie bitten, mir meine Kräfte zurückzugeben, damit ich mein Volk und mein Land schützen kann."

Ihre Stimme klang ruhig, die Qual, die sie ihm bereitete, schien sie nicht zu berühren. Sie wies in den flimmernden Himmel hinauf.

„Dort oben steht die Herrin AvaNinian, sie ruft mich und ich gehorche. Morgen verlasse ich Dea."

3. Kapitel

9. Tag des Reifemondes 1467 p.DC, abends

„Danke, Bonventura, das ist nun alles. Ich komme allein zurecht, du kannst dich zurückziehen."

Mit einem mitleidigen Blick auf seinen Herrn verließ der Kammerdiener das Schlafgemach und schloss leise die Tür hinter sich.

Lange blieb Donovan in der gleichen Haltung vor dem Kamin stehen und starrte auf das Blumengebinde in der kalten Feuerstelle.

Sie waren also zurück. Wie oft hatte er sich den Moment ausgemalt, in allen Variationen, die sich denken ließen: Sie kehrten beide wieder, gesund und munter; Jermyn kam allein mit der Nachricht, dass Ninian tot sei; sie blieben beide fort ... alles hatte er sich vorgestellt, hatte überlegt, wie er damit umgehen sollte, mit der Freude und mit dem Schmerz. Aber niemals war ihm in den Sinn gekommen, dass sie nicht allein zurückkehrten, dass sie jemanden mitbrachten, für ihn ...

Der Patriarch von Dea stieß die geballte Faust gegen den Marmorsims und zuckte zusammen, als der Schmerz durch die malträtierten Knöchel fuhr. Brüsk wandte er sich ab und wanderte zu seinem Schreibtisch, wo aufgeschlagen der Closius lag. Dieser elende Jermyn – nun begann alles wieder von vorne. Wäre es nicht besser gewesen, sie wären ihm beide nie wieder unter die Augen getreten? Schon spürte er, wie ihn die neugewonnene Sicherheit verließ. Bitter dachte er an die Mondumläufe, die hinter ihm lagen.

Als der Wagenzug Dea verlassen hatte, war er zurückgeblieben wie ein verlorenes Kind – was ihn nicht überraschte, hatte er doch Ninians Abreise von dem Augenblick gefürchtet, an dem ihm Elys Vorhaben zum ersten Mal zu Ohren gekommen war. Ihre Anwesenheit in Dea hatte ihm oft Schmerzen bereitet, doch war sie ihm nahe gewesen. Wenn ihr in der Fremde etwas zustieß? Gegen Krankheiten war auch sie nicht gefeit. Vielleicht sah er sie nie wieder.

In der ersten Zeit trieb es ihn ruhelos um, nichts konnte ihn fesseln. Berengar gab es auf, ihn für den Zustand der Staatskasse zu interessieren und selbst die geduldige Sabeena war schließlich ratlos. Nur wenn Kaye erschien, erwachte Donovan aus seiner Lethargie, mit dem Schneider durfte er über den Wagenzug und Ninian sprechen – Kaye wusste, wie es um ihn stand, und machte kein Aufhebens darum.

Nach einer Weile ließ die Unruhe nach, die Staatsgeschäfte verlangten seine Aufmerksamkeit, ein ungeschickt formulierter Erlass hatte die ohnehin erregten Gemüter der Seeherren in Rage gebracht, beleidigt wurden sie vorstellig und mussten besänftigt werden. Marmelin brachte ein charmantes Couplet, dessen zweite Stimme selbst für einen geübten Lautenspieler wie Donovan nicht ohne Tücken war, und schließlich, zwei Wochen, nachdem die Wagen durch das Tor gerollt waren, fanden die Kleinen Meisterschaften statt, bei denen Iwo, der Stotterer, Meister Gambeau herausforderte.

Donovan hatte den Endspielen in den Höfen beigewohnt, maskiert, wie es für adelige Herren üblich war, und auf den amtierenden Meister gesetzt, den er verehrte. Zwei Partien hatten unentschieden geendet und zu Beginn der dritten und letzten hatte Donovan um seinen Einsatz fürchten müssen. Iwo spielte mit gespenstischer Sicherheit, seine Jugendkräfte schienen unerschöpflich, während Meister Gambeau, der sich für das gewagte Höllenspiel entschieden hatte, nach dem ersten, schwierigen Sprung über das ganze Spielfeld hinweg bei der Landung fast das Gleichgewicht verloren hätte und kurz mit den Zehen des linken Fußes den Boden berührte. Es hatte ihn einen halben Punkt gekostet. Iwo hatte seinen Vorteil wahrgenommen und immer kühnere Ansagen gemacht, die den Älteren in Zugzwang brachten. Alles war zu seinen Gunsten gelaufen, eine Sensation hatte sich angebahnt, bis der Junge in der Aufregung über ein Wort stolperte.

„I spring ins Pa... paparadies ..."

„Haha ... Paparadies ... wo is es denn, des Paparadies, he?"

Jemand unter den Zuschauern hatte den Versprecher hämisch aufgenommen und alle hatten unwillkürlich den Atem angehalten – der Mann war lebensmüde oder ein Auswärtiger, der nicht wusste, dass sich niemand ungestraft über Iwos Leiden lustig machte.

„Oi, paß auf, der Patron zieht dir das Fell ab ..."

Aber der Patron war nicht da. Jermyn hockte nicht am Rand des Spielfelds, um seinen Schützling zu unterstützen. Ein einzelnes Lachen ertönte, als es ihnen klar wurde, ein zweiter fiel ein, ein dritter griff das alberne Wort auf.

„Papa... Paparadies, Papa... Paparadies ..."

Sie skandierten es, Meister Gambeau hatte viele Anhänger, die sich über das „Landei", den Grünschnabel, geärgert hatten, der ihrer Meinung nach nur durch Jermyns Protektion groß geworden war. Iwos Freunde hielten tapfer dagegen, der Bulle warf wilde Blicke um sich und Babitt brüllte aus Leibeskräften, aber sie konnten Jermyn nicht ersetzen. Es gab ein großes Geschrei, aber alle, die etwas davon verstanden, erkannten, dass der Schaden geschehen war. Iwo war erst dunkelrot angelaufen, dann blass geworden, hilfesuchend war sein Blick über die Menge der Zuschauer geirrt, ein verräterischer Blick, der seine Gegner noch mehr angefeuert hatte. Niemand hegte großen Zorn gegen ihn, die meisten bewunderten sein Spiel, aber manchmal ergreift die Menschen, besonders in der Masse, eine blinde Grausamkeit. Vielleicht schämten sie sich ihrer später, aber diesmal kostete sie Iwo, den Stotterer, den ersehnten Sieg.

Donovan hatte nicht mitgeschrien, er hatte tiefes Mitleid mit dem armen Kerl empfunden, aber wie in einem Blitzstrahl war ihm aufgegangen, dass er hätte schreien können, ohne dass ihm ein Stich durch den Schädel fuhr, dass er seinen Gefühlen freien Lauf lassen konnte, dass er ohne Angst zu Meister Gambeau gehen konnte, um ihn zu umarmen und ihm die kostbare Juwelennadel aus seinem Barett zu schenken.

Dieses Gefühl der Befreiung begleitete ihn, es überkam ihn wie eine Erleuchtung. Zum ersten Mal war er frei. Es gab niemanden, dessen Urteil, dessen Gedanken er fürchten musste. Sein Vater und Duquesne waren tot, Jermyn war fort und Ninian auch. Er spürte es mit Staunen, auch ihre Abwesenheit erleichterte ihn, obwohl er sie gleichzeitig vermisste und die Götter jeden Abend um ihre Rückkehr bat. Und so kam es, dass Donovan, Patriarch von Dea, seiner Abhängigkeiten ledig, um sich sah wie ein Erwachender.

Mit neuem Eifer widmete er sich seiner Regierungsarbeit, da er sich zum ersten Mal als alleiniger Herrscher der Stadt fühlte, und er nahm manches wahr, was ihm vorher nicht zu Bewusstsein gekommen war, vielleicht weil anderes Kopf und Herz beschäftigt hatte.

Die wachsende Dreistigkeit der Battaver etwa beschäftigte den Rat: Die Angriffe auf die Fischerdörfer an der langen Westküste Lathicas hatten zugenommen, immer wieder tauchten die kleinen, schnellen Segler dort auf, kaperten die Fischerboote und ihre Besatzungen und überfielen die Dörfer. Dank ihrer Wachsamkeit konnten sich die Bewohner häufig rechtzeitig in den Dünen verstecken, doch ihr Hab und Gut ging in Flammen auf. Und manchmal kam der Überfall zu überraschend ... in den letzten Tagen des Windmondes 1467 hatten die Battaver das Vertrauen der Fischer auf die Herbststürme ausgenutzt. Alle Jungen und Kräftigen hatten sie verschleppt, die übrigen hatten sie getötet. Ein Mädchen, das dem Massaker entkommen und Tage später völlig verängstigt gefunden worden war, berichtete von Gräueltaten, die den Ratsherren das Blut in den Adern gefrieren ließen.

„Wir müssen die Küstendörfer schützen", hatten sie nach dem ersten Schrecken geschrien, eine Forderung, der Donovan begeistert zustimmte.

„In der Tat, in der Tat", selbst de Cornelis verließ seine Behäbigkeit. Der Mann hatte beinahe Tränen in den Augen und der weichherzige Donovan fühlte mit ihm, bis der Mann fortfuhr: „Das waren reiche Dörfer: Siebenhundert Goldstücke haben sie mir jedes Jahr gebracht. Wie soll ich solch einen Verlust ausgleichen?"

„Sie haben ihre Lektion schon wieder vergessen", quäkte Artos Sasskatchevan, „wer weiß, ob sie sich nicht sogar wieder an Dea vergreifen."

„Ja, vor allem jetzt, wo wir schutzlos sind ..."

Der Sprecher hatte den Satz nicht vollendet, aber die Worte hatten im Raum geschwebt. Man nickte zustimmend, alle wussten, was er meinte. Donovan aber trafen sie härter als die Schreckensnachricht. Schutzlos fühlten sie sich, ohne die beiden aus der Ruinenstadt.

Wie zum Tort, hörte er am nächsten Tag aus Kayes Mund Ähnliches.

„Habt Ihr von der Randale in den Höfen gehört, lieber Herr? Da sind sie sich an die Kehle gegangen wie Metzgerhunde", hatte der Schneider mit ausdrucksvollem Schaudern berichtet. „Fünf Tote hat es gegeben und fast wäre alles in Flammen aufgegangen."

„Warum?", es hatte Donovan geärgert, dass er nicht Bescheid wusste. Im Allgemeinen kamen die Hauptleute der Stadtwache nicht mit jeder kleinen Rauferei zu ihm, aber Unruhen von solchem Ausmaß sollten sie melden.

„Wegen der Kleinen Meisterschaften. Iwos Anhänger behaupteten, Gambeau trüge seinen Titel unrechtmäßig, man habe den Jungen mit faulen Mitteln um den Sieg gebracht. Erst flogen Worte, dann Fäuste, schließlich haben sie Pflastersteine aus dem Boden gerissen und dabei sind wohl Töpfe mit unlöschbarem Feuer umgefallen ... zum Glück hatten sie Sand in dem Hof gelagert, mit dem sie die Flammen ersticken konnten."

„Und die Stadtwache?"

„Na, ja, bis sie da waren, hatte es schon ein paar erwischt, Thybalt und

Dubaqi sind persönlich erschienen, mit einer großen Truppe, trotzdem hat es eine ganze Weile gedauert, bis einigermaßen Ruhe war." Kaye seufzte schwer. „Es ist schon ein Elend – ohne den lieben Jermyn geht sofort alles drunter und drüber in dieser Stadt, er hätte schnell ein Ende gemacht mit den Raufbolden."

Er hatte es in aller Unschuld gesagt und da er vor Donovan kniete, um den Saum einer Schaube aus geflammtem Samt festzustecken, hatte er nicht gesehen, wie sich die Miene seines hohen Gönners verfinsterte.

„So! Hätte er das? Brechen wir die Anprobe ab, Meister, mich plagen Kopfschmerzen."

Die Gedanken, die ihn nach diesen Begebenheiten quälten, ließen ihn nicht mehr los.

So stand es also um sein Ansehen in Dea – sie trauten ihm nicht zu, die Stadt zu schützen, sie jammerten Jermyn nach, ausgerechnet ihm! Wahrscheinlich trauerten sie auch ihrem alten Patriarchen und Duquesne hinterher! Selten hatte Donovan solchen Zorn empfunden, aber wie stets nagte auch der Zweifel an ihm. Hatten sie nicht Recht? Was hatte er schon getan, um ihr Vertrauen zu verdienen? Was konnte er besser als die, die ihm vorgezogen wurden? Laute schlagen – er lächelte bitter, wenn er daran dachte, wie verächtlich gerade diese drei auf sein Spiel gesehen hatten und wie gönnerhaft der große Marmelin es lobte. Was stand noch auf seiner Habenseite? Die klassische Erziehung, die keiner der anderen genossen hatte? Ha, was hatte er davon, dass er das Urlathische beherrschte und damit die alten Schriftsteller im Original lesen konnte? Abgesehen davon, dass er sich mit Ninian über die alten Quellen unterhalten konnte und damit seine unglückliche Liebe nährte, statt sie zu unterdrücken.

Die Schriftrollen von Citatus und Therodon lagen noch auf seinem Schreibtisch, wo er sie ausgebreitet hatte, um für seine Gespräche mit ihr interessante Hinweise auf die südlichen Länder und Klia zu finden. Ungeduldig wischte er sie beiseite – nutzloses Zeug! Eine Rolle fiel zu Boden, sie steckte in ihrem Behälter und als er sie aufhob, las er die Worte, die der Archivar darauf geschrieben hatte: Closius Vegetius: Vom Kriege.

Donovan warf die Rolle nicht zurück. Er erinnerte sich: Wochenlang hatte ihn sein Lehrer mit diesem Werk gequält, lange, gewundene Sätze über Kriegsführung, Strategien, Dinge, die seine träumende, schwärmerische Seele damals nicht im geringsten interessiert hatten. Kurz darauf hatte der Vater ihn ins Haus der Weisen geschickt, wo er seinem Schicksal begegnet war, der Liebe und dem Stachel. Er starrte auf die Rolle und plötzlich ordnete sich alles, was er an diesem Tag gehört und gedacht hatte, zu einem Bild.

Krieg! Ein Krieg war die Lösung ... Erregung packte ihn, so stark, dass er ein paar Schritte ziellos ins Zimmer lief, die Rolle wie ein Schwert umklammert.

Der Krieg ist aller Dinge Vater, die einen macht er zu Sklaven, die anderen zu Freien ...

Auch diesen Satz hatte er wiederholen und aufschreiben müssen, aber jetzt verstand er ihn zum ersten Mal. Ein Krieg würde ihn befreien. Ihn und Dea – die Stadt vom Fluch der Seeräuber, ihn vom Makel der Bedeutungslosigkeit. Sein Vater hatte keine Kriege geführt, ein offener, gerader Angriff war seinem gefinkelten Wesen fremd gewesen, in seinen Aufzeichnungen hatte er davor gewarnt und empfohlen, sein Ziel auf andere Weise zu erreichen, solange, bis ein Waffengang unumgänglich war, ihn dann aber mit äußerster Härte zu verfolgen. Duquesne dagegen – Donovan wusste nicht, was sein Halbbruder vom Krieg gedacht hatte – war mehr Wachmann als Soldat gewesen, aber gewiss hatte der schlaue Cosmo ihn nicht in die Geheimnisse der Kriegskunst einweihen lassen. Nein, dieses Wissen besaß Donovan allein und er würde es anwenden. Ein Feldzug gegen Battava! Das Übel an der Wurzel ausreißen – wenn ihm das gelang, würden sie ihn nicht nur Patron, sondern Pater Urbis Patria, den Vater der Vaterstadt nennen. Oh, ja, er würde Jermyns und vor allem Ninians Hilfe brauchen, aber sie waren keine Strategen, sie würden unter seinem Befehl stehen, *er* war der Feldherr, *ihm* würde das Volk zujubeln, wenn er im Triumph nach Dea zurückkehrte und vor dem Tempel Aller Götter die Gründungsurkunde Battavas verbrannte, zum Zeichen, dass diese Brutstätte des Verbrechens zerstört war.

Wie so oft berauschte Donovan sich an einer Vorstellung, er hörte die Jubelrufe, das feierliche Geläut der Tempelglocken. Aber diesmal rief er sich zur Ordnung: Dies würde keine Schwärmerei bleiben! Schritt für Schritt wollte er sein Vorhaben in die Tat umsetzen und damit beginnen, den Closius zu studieren. Und das war nicht das einzige! Jetzt konnte er endlich in eigenem Namen regieren, und sollten sich seine Untertanen als allzu ungebärdig erweisen – nun, so konnte er immer noch einen Hilferuf aussenden. Aber er nahm sich vor, dies nur dann zu tun, wenn ihm das Wasser bis zum Munde stand.

Dann waren die Kauffahrer zurückgekehrt, allein, ohne ihre Wächter. Ely ap Bede und Josh ap Gedew hatten noch keinen Fuß an Land gesetzt, als Donovan die Nachricht erreichte, Ninian sei verschwunden und Jermyn zurückgeblieben, um sie zu suchen. Sie hatte ihn wie ein Blitz getroffen. Eine Weile hatten der Schrecken und die Angst um sie alle anderen Gedanken aus seinem Kopf vertrieben. Nur mit Mühe hatte er sich beherrschen können, die beiden Männer nicht sogleich vor sich zu rufen, sondern ihnen zwei Tage zu gönnen, um sich von den Strapazen der Seereise zu erholen. Bis tief in die Nacht hatte er dann ihren Berichten gelauscht und sich immer wieder die Umstände von Ninians Verschwindens wiederholen lassen. Den Drang, einen Suchtrupp auszusenden, hatte er unterdrückt – wie hätte er im Rat die Kosten dafür rechtfertigen sollen? Und wen hätte er schicken können, der besser geeignet war als Jermyn? Wenn jemand Ninian fand, dann ein Gedankenseher, der die Gegend kannte, wie Ely versicherte, und den die Liebe trieb.

Um sich abzulenken, hatte er sich mit Eifer in die Studien der alten Militärschriften versenkt. Am Anfang war es ihm schwergefallen, seine Kenntnisse des Altlathischen waren ein wenig eingerostet und die Behandlung von Strategien, Truppenbewegungen und Belagerungszuständen war staubtrockene Kost. Aber allmählich hatte er sich eingelesen, zumal er unter den Texten, die der Archivar mit wachsender Begeisterung heranschleppte, den unterhaltsamen Bericht eines Offiziers gefunden hatte, der an der letzten Belagerung Battavas teilgenommen hatte. Enricus Faberi war ein Draufgänger gewesen, der alle Schlachten und Gemetzel offensichtlich unbeschadet überstanden und sie in seinen späteren Lebensjahren seinem Leibsklaven diktiert hatte. Der Mann hatte die Gabe besessen, den trockenen Humor seines Herrn wiederzugeben, und manches Mal blickte Donovans Sekretär Creolo d'Este erstaunt von seiner Arbeit auf, wenn der Patriarch plötzlich auflachte. So viel er wusste, stand nicht viel Erheiterndes in den Staatsberichten auf seinem Schreibtisch.

Doch ungeachtet der launigen Memoiren, die grausame Schlachten wie Bubenstreiche erscheinen ließen, erkannte Donovan schnell, welche gewaltige Aufgabe ein Feldzug über die Innere See wäre. Er besaß keine ausgebildete Armee, nicht einmal kriegsgewohnte Untertanen, die er schnell zu einer schlagfertigen Truppe zusammenstellen konnte. Die Seeleute von Dea mochten geschickt und fahrkundig sein – Krieger waren sie nicht. Er brauchte Hilfe, Unterstützung, Verbündete ... Wer wäre bereit, sich den Seewölfen von Battava entgegenzustellen? Welche Landstriche hatten ebenso wie die lathischen Küsten unter ihren Angriffen gelitten? Bei der Beschreibung der Rückkehr nach Dea im Spätherbst des Jahres 1057, als

Enricus Faberi und seine Kameraden durch einen plötzlichen Kälteeinbruch auf den Schiffen beinahe erfroren wären, kam Donovan ein Gedanke.

Er ließ Marmelin vom Borne rufen und befragte ihn eindringlich zu der Entführung von Kanut Lawards Tochter. Der Barde wiederholte gerne den Bericht über die Gräueltaten der Battaver, unwillig bemerkte Donovan, dass das schreckliche Erlebnis schon zu einem Kunstwerk, einer dramatischen Ballade fermentiert war, die Marmelin mit großem Pathos vortrug. Nur, als er die Schönheit seiner armen Herrin schilderte, schien seine Bewegung echt.

„So wäret Ihr, um des Fräuleins willen, gewiss bereit, als Bote vor Kanut Laward zu treten und ihm den Vorschlag eines Bundes gegen diese Geisel der Menschheit zu unterbreiten", meinte Donovan, als Marmelin geendet hatte, nicht ohne leise Bosheit. Beinahe hätte er gelacht, als dem Mann die sorgfältig studierte Miene aus dem Gesicht fiel.

„Wie? Was? Vergebung, edler Herre, verstand ich Euch recht? Ihr wisst, ich diene Euch mit ganze Kraft, aber ein Seereise ... zu diese Zeit? Die Kälte, die Stürme ... meine Stimme, ja, meine Stimme, Ihr versteht, lieber Herre ..."

Donovan erlöste ihn schließlich und beschränkte seine Bitte darauf, einen Händler ausfindig zu machen, der einen Boten des Patriarchen sicher in die Große Halle von Kalaalit Nunaat bringen sollte. So erleichtert war Marmelin, dass er den Auftrag prompt erfüllte, und schon eine Woche später war der Gesandte an Bord eines Erzhändlers in den Norden aufgebrochen, ausgestattet mit einem Brief von Donovans eigener Hand, Fässern des besten Falarner Weines, süßen, getrockneten Früchten und Krügen voll dunkelgrünen Kernöls, welches auf den kargen, felsigen Inseln heiß begehrt war, wie Marmelin versicherte.

Einen Mondumlauf später war der Bote zurückgekehrt. Der Großfürst hatte ihn huldvoll empfangen und zum Zeichen seines Wohlwollens den Herrn von Pykla gesandt, einen Inselmann, groß wie Marmelin, mit prächtigen, ergrauten Flechten und der rötlichen Gesichtsfarbe des Seefahrers.

„Gruße, gnadiger Herre", dröhnte er, zog den überraschten Donovan an die breite Brust und herzte ihn wie einen lange entbehrten Verwandten. „Gruße von Kanut Laward, gesproken vor die Thing in Kalaalit Nunaat. Als hochste und einzige Herrscher über Nördliche Inseln, bietet er Pakt für Rat und Hilfe und schickt mir, dir zu lehren von unsere Sitten und Brauchen."

Er brachte es heraus, als sei es eine besondere Ehre.

„Eure Sitten und Gebräuche sind mir nicht ganz unbekannt", meinte Donovan milde und entwand sich der überwältigenden Umarmung, „Euer Landsmann, der berühmte Marmelin vom Borne, hat mir viele Sagas von Eurer Heimat gesungen", er deutete auf den Barden, der vortrat und sich elegant verneigte. Von Pyklas wasserblaue Augen glitten kalt über ihn hinweg.

„Ah, der Meister vom Borne. So hat Er die lange Reise heil überstanden, bei seine zarte Gesundheit und sogar gefunden eine neue Gonner", er wandte sich wieder Donovan zu. „Sagas? Fürwahr, um totzuschlagen die mußige Stunden, Sagas sind gut. Aber ich werde spreken zu Euch von die wichtige Dinge, die ernste Dinge. Danach mogt Ihr wieder lauschen auf Saitenklange."

Als er sich zurückzog, war es ihm gelungen, in Donovan gründliche Zweifel an der Klugheit des Bündnisgedankens zu wecken, Marmelin aber hatte er sich zum erbitterten Feind gemacht, der nichts Eiligeres zu tun hatte, als die Bedenken seines Mäzens zu schüren.

„Der von Pykla! Da hat er Euch die dümmste Ochse aus sein Stall geschickt, lieber Herre. Wahrhaftig, Kanut Laward wird alt. Vielleicht Ihr hättet doch lieber zu Rurik senden solle."

Und so hatte Donovan erfahren, dass es um den absoluten Herrschaftsanspruch des Großfürsten nicht gut stand, das Inselreich war geteilt, den fruchtbaren Süden beherrschte der abtrünnige Sohn.

„Warum habt Ihr das nicht gleich gesagt?", fragte er ärgerlich, aber Marmelin zuckte nur die Schultern.

„Ihr habt nicht gefragt danach, lieber Herre, und es war mir entfallen, ein Künstler lebt im Hier und Jetzt."

Er hatte sein Versäumnis wettgemacht, indem er anbot, sich doch wieder den Gefahren einer Seereise auszusetzen und als Bote nach Norden zu reisen, zu Rurik, dem Verbannten, Geächteten. Seufzend hatte Donovan eingewilligt, die Vorstellung, den Streit zwischen Vater und Sohn nach Dea zu tragen, hatte ihm gar nicht gefallen. Erst vor einer Woche war Marmelin wieder gelandet, mit dem Bescheid, selbst als Ruriks Gesandter zu dienen, da der junge Mann einem Bündnis zwar zustimmte, aber keinen seiner Ratgeber und Feldherren entbehren mochte.

Und jetzt war Ninian zurückgekehrt, eine traurig veränderte Ninian, mit leeren, wilden Augen und Jermyn auch, auf den Donovan gerne verzichtet hätte, und in unbegreiflicher Weise hatten sie die entführte Prinzessin mitgebracht, deren Schönheit Marmelins schwärmerische Balladen nicht gerecht geworden waren. Und als sei er nie fort gewesen, hatte Jermyn sogleich in unerschütterlicher Überheblichkeit in Donovans Leben eingegriffen, indem er ihm das schöne Mädchen als Braut aufdrängte, in einer Weise, die beleidigend war für die geraubte, geschändete Braut wie für den Bräutigam. Es hatte Donovan so erzürnt, dass er es gewagt hatte, Jermyn das Verbrecherische seines Tuns vorzuwerfen, aber empfindsam wie er war, hatte er auch die Erschöpfung des Rivalen, seine wirkliche Erleichterung, das Fräulein los zu sein, und seine Angst um Ninian wahrgenommen. Konnte man es ihm verdenken, wenn er alles tat, um seine Geliebte für sich zu behalten?

Verzweifelt fühlte Donovan, wie ihm der Zorn abhanden kam, wie sich das verdammte Verständnis einschlich, das er immer für das Verhalten seiner Mitmenschen hatte, das ihn hinderte, auf seinem Standpunkt zu verharren. Aber diesmal würde er stark bleiben! Entschlossen richtete er sich in seinem Stuhl auf. Er hatte nicht gemerkt, dass er sich gesetzt hatte, und jetzt erst sah er, dass die Kerzen heruntergebrannt waren und graue Dämmerung durch die Fenster fiel. Die ganze Nacht hatte er vergrübelt! Aber es sollte nicht umsonst sein, was er sich im vergangenen Jahr errungen hatte! Seine Hand umfasste den Closius, hier würde er seine Stärke finden. Er würde sich nicht wieder von Jermyn herumschubsen lassen, sondern seine eigenen Entscheidungen fällen!

Lady Sasskatchevan – den Göttern sei Dank für die verlässliche Freundin! – hatte sich des verstörten Mädchens angenommen, so hatte es ihm Bonventura berichtet. Gemeinsam mit Sabeena würde er überlegen, wie man der Fürstentochter helfen konnte, ohne dass er sich Jermyns Diktat beugen musste. Dabei war sie ein Wunder an Schönheit, das musste man zugeben, dieses Haar wie gesponnenes Silber …

Schwärme nicht, rief er sich streng zur Ordnung, *diesmal wird er dich mit all seiner Geisteskraft zwingen müssen. Freiwillig wirst du das Fräulein nicht heiraten!*

Der Entschluss tröstete ihn, er stand auf und legte den Hausmantel ab, in den ihn Bonventura fürsorglich gekleidet hatte. Ein wenig Schlaf wollte er sich noch gönnen, bevor er nach Sabeena schicken würde, um über das Schicksal des Fräuleins zu beratschlagen.

Die Nachrichten, mit denen Bonventura ihn einige Stunden später weckte, trieben jedoch jeden Gedanken an die Nordlandprinzessin aus seinem Schädel.

9./10. Tag des Reifemondes 1467 p.DC

„Dort oben steht die Herrin AvaNinian, sie ruft mich und ich gehorche. Morgen verlasse ich Dea."

Jermyn war krank vor Elend.

Die Worte rissen seine Welt ein und der Nachthimmel stürzte auf ihn herab. Wie versteinert hockte er neben Ninian auf dem Steinbrocken. Plötzlich drang ein leises Geräusch in das Gefängnis aus Kälte und Dunkelheit. Ninians Zähne schlugen aufeinander, er spürte, dass sie zitterte. Als er ihre Hand nahm, lag sie klamm und leblos in der seinen.

„Du musst hier weg."

Ohne eine Antwort abzuwarten, hob er sie auf. Sie war so leicht geworden, dass es keine Mühe machte. Er legte sie auf das Bett und kroch neben sie, zog die Decken über sie beide und umschlang sie mit Armen und Beinen. Sie ließ es geschehen und allmählich durchdrang sie seine Wärme. Aber sie regte sich nicht, steif lag sie bei ihm, nur ab und zu spürte er einen Schauer durch ihren Leib gehen. Verzweifelt presste er sie an sich.

Trotz des Kummers musste er eingeschlafen sein, Poltern und Rumoren weckte ihn. Im ersten Moment glaubte er sich wieder an Bord des Schiffes. Aber nicht die stickige Luft der engen Koje umgab ihn, er spürte die Weite über sich: Dea, er war in Dea, in seinem eigenen Bett – allein. Er fuhr hoch und ein neuerliches Poltern trieb ihn auf die Beine. In der hellen Sommernacht sah er Ninian vor der Truhe stehen. Sie mühte sich mit dem Deckel, der ihr aus der Hand gefallen sein mochte. Immer noch trug sie das taubenblaue Gewand, in dem sie im Ratssaal gestanden hatte. Erst jetzt fiel ihm auf, wie lose es an ihr herabhing ...

Es war ihr gelungen, den Deckel zu öffnen, sie kniete schwerfällig vor der Truhe nieder und begann, wahllos Kleidungsstücke herauszuholen, eines nach dem anderen fiel neben ihr zu Boden. Jermyn hörte sie murmeln, endlich stemmte sie sich hoch, machte ein paar Schritte, blieb stehen und griff sich an die Stirn, als sei sie unschlüssig, was zu tun sei. Es war kein böser Traum gewesen – sie packte ihre Sachen, sie verließ ihn! Der Schmerz traf ihn wie ein Keulenschlag, ihm wurde übel. Sein Planen, die Mühen der letzten Wochen, der Ritt durch die Wüste, der sie beinahe das Leben gekostet hatte – alles umsonst. Er verlor sie, verlor sie so sicher, als hätte die Große Wüste sie gefressen. Stumpfsinnig sah er zu, wie sie hin- und herlief, ziellos Sachen in die Hand nahm und wieder fallen ließ. Er konnte es nicht fassen.

„Ninian ..."

Sie erschrak, machte eine seltsam fahrige Bewegung und brach lautlos zusammen. Mit einem Satz war er bei ihr. Ihre Lippen bewegten sich ununterbrochen, aber er hörte keine Worte. Sie zitterte, ihr Atem flog. Krank, sie war krank, schlimmer als er gedacht hatte. Behutsam hob er sie auf und legte sie zurück ins Bett. Sobald es hell war, würde er Wag zu LaPrixa schicken.

Er brachte es nicht über sich, sich wieder hinzulegen, und kletterte auf das Dach.

Was sollte er tun, wenn sie ihre Androhung wahr machte? Er konnte ihr nach Tillholde folgen, aber der Gedanke, Dea schon wieder zu verlassen, verursachte ihm Übelkeit. Noch auf dem Schiff hatte ihn der Sog ergriffen – all die Geistsphären, die ein Teil von ihm in sich trugen. Er hatte schleunigst seine Sperren hochgezogen, damit nicht gleich die ganze Stadt wusste, dass er zurück war. Es war lästig, dieses Anrecht, das sie an ihm hatten, aber er brauchte sie auch, sie machten ihn stark. In Tillholde war er niemand und er hasste das Landleben, er war nicht wie Ninians Vater, er gehörte zu Dea. Aber dann verlor er sie ...

Er fand keine Lösung und im Morgengrauen schlich er zurück, durchfroren und verzweifelt. Sie lag so, wie er sie hingelegt hatte, winzig wie ein Kind in dem großen Bett. Etwas in ihrer Reglosigkeit erschreckte ihn. Als er leise ihren Namen rief, rührte sie sich nicht. Er stieg die beiden Stufen hoch und beugte sich über sie. Ihre Augen standen halb offen, doch die Decke über ihrer Brust bewegte sich kaum. Vorsichtig berührte er ihre Wange – und zog die Hand weg, als habe er sich verbrüht. Sie brannte, in einem hitzigen, trockenen Fieber, als verzehre die Sonnenglut der Wüste sie von innen.

In jäher Angst stürzte er aus dem Zimmer, die Treppe hinunter. Er hielt sich nicht damit auf, Wag zu wecken, und kurze Zeit später hämmerten Schläge durch LaPrixas stilles Badehaus.

„Lasst mich rein, macht auf, macht die verdammte Tür auf!"

Cheroot und LaPrixa standen gleichzeitig vor ihm und LaPrixas Augen flammten, als sie ihn erblickte.

„Sieh an, wer wieder da ist! Gestern habt Ihr wohl den Weg vom Palast zu mir nicht gefunden, mein rothaariger Freund?"

„Halt's Maul", fuhr er sie an, rasend vor Sorge. Die Pein hinter der Häme bemerkte er nicht, auch nicht, dass die narbigen Wangen hager geworden waren.

„Pack deinen Kram zusammen und komm. Ninian ist sterbenskrank." Das höhnische Grinsen wich aus dem dunklen Gesicht, wenige Augenblicke später war sie angekleidet und rannte hinter ihm her durch das Ruinenfeld. Er blieb nicht stehen und als sie den Palast erreichten, arbeitete ihre Brust wie ein Blasebalg.

„Was ist mit der Patrona?" Wag und Kamante standen am Fuß der Treppe, die Augen angstvoll aufgerissen.

Jermyn antwortete nicht, drei Stufen auf einmal nehmend rannte er an ihnen vorbei und LaPrixa folgte ihm. Ihr Busen hob und senkte sich heftig.

„Wenn das nicht ernst ist, Söhnchen", keuchte sie, doch ein Blick in Ninians stilles, glühendes Gesicht reichte, um sie zu überzeugen. Sie wurde so grau wie damals, als er ihr die Sklavenurkunde gegeben hatte.

„Seit wann ist sie so?"

„Ich weiß nicht, in der Nacht hat sie gefroren, dann ist sie zusammengebrochen und heute morgen hab ich sie so gefunden."

LaPrixa legte eine große, dunkle Hand auf die weiße Stirn.

„War ... war sie vorher schon mal krank, in den letzten Wochen oder Monden?"

Ihre Stimme klang belegt, als fürchte sie die Antwort.

„Ja, in Tris, deshalb sind wir nicht mit Ely zurückgekommen. Diese verdammte Krankheit hat ihr ihre Fähigkeiten genommen, sie wurde überfallen und verschleppt. Ich musste sie zurückholen. Es war ein weiter Weg." Er fuhr sich mit der Hand über das Gesicht, die Erinnerung an die Reise überwältigte ihn beinahe.

„Du wärest nicht ohne sie zurückgekommen."

LaPrixa sah ihn mit mehr Zuneigung an als jemals zuvor.

„Nie, eher wäre ich auch dort krepiert! Aber was ist los mit ihr, sie war so anders in den letzten Wochen."

„Anders ...", ihre Schultern sanken nach vorne, als drücke sie eine große Last. „Das übersteigt meine Kunst. Schick nach Hakim Basra im Fremdenviertel, er weiß mehr als ich über dieses Übel."

„Ja, was ist es denn, verdammt nochmal", schrie Jermyn außer sich.

„Der Oasenfluch – das Doppelfieber, es trifft nur die Bewohner der wasserreichen Oasen. Ein Scherz der Götter, sie nehmen mit der einen Hand, wo sie mit der anderen geben", erklärte sie bitter.

„Doppelfieber ..."

Das Doppelfieber befiel ihn und wir haben es beim ersten Schub der Krankheit nicht erkannt. Inzanas Mann war daran gestorben.

„Heißt das – sie stirbt?"

LaPrixa machte eine heftige Bewegung. „Schick nach Hakim Basra!"

Es hatte seine Vorteile, in den Köpfen von fünfzigtausend Menschen zu stecken. Binnen kürzester Zeit erschien die hochgewachsene, hagere Gestalt des alten Heilers in der Halle des Palastes, von einer großen Menge verängstigter Bürger wie auf einer Welle getragen.

Jermyn entschuldigte sich nicht, er führte den erschreckten Mann an Ninians Lager und Hakim Basra vergaß Angst und Ärger. Er setzte sich und legte der Kranken die Hände auf Stirn und Brust. Lange saß er so mit geschlossenen Augen.

Jermyn und LaPrixa litten in seltener Eintracht, während der Kopf des Arztes immer tiefer sank. Als er sprach, schien seine Stimme von weither zu kommen.

„Chuma Muzdawa, athani daradja ... seirba, seirba djazin ..."

„Was heißt das? Was schwatzt er da?", Jermyns Augen brannten, sein Gesicht war zu einer Maske aus Angst und Wut erstarrt. LaPrixa packte ihn am Arm.

„Stör ihn nicht, er liest in ihrem Lebensäther, gleich werden wir wissen ...", sie sprach nicht zu Ende, ihr Blick hing am Gesicht des Heilers, bis er sich mit einem Seufzen zurückzog.

„Das Doppelfieber, im zweiten Schub, und Behandlung bei erstem nicht richtig."

„Was können wir tun, Meister?"

Die langgliedrigen Finger machten eine müde Geste.

„Wenig, es gibt kein Heilmittel", er sah das Entsetzen in ihren Gesichtern, „aber das Wenige muss sorgfältig ausgeführt werden. Sie ist jung, ihre Lebenskräfte sind stark. Wenn das Fieber innerhalb der nächsten vier, fünf Tage nach außen bricht, wird es sie nicht töten. Bleibt es in ihr, zeigt sich ein weißer Ring um ihren Mund ... müsst ihr sie ziehen lassen."

Jermyn gab ein trockenes Würgen von sich und LaPrixa wiederholte ihre Frage, obwohl auch sie elend aussah.

„Ich werde eine Lösung herstellen, um das Fieber herauszutreiben und sie zu erleichtern. Sie muss stündlich davon nehmen, ihr dürft keine Gabe versäumen. Haltet sie warm, doch begrabt sie nicht unter Decken, und wascht sie einmal am Tag mit lauem Essigwasser. Achtet darauf, dass sie nicht austrocknet, gebt ihr Getreideseim mit ein wenig Öl und schwach gesalzene Brühe, feste Nahrung verträgt sie nicht. Wenn sie es überlebt, wird es lange dauern, bevor sie wieder auf den Beinen steht."

„Wenn sie es überlebt ...", krächzte Jermyn, „wie viele überleben es? Sag es, verdammt!", brüllte er, als Hakim Basra schwieg.
„Zwei von zehn ... zwei von zehn leben. Ich bereite die Lösung und schicke sie Euch."

Der Kampf um Ninians Leben begann. Jermyn, LaPrixa und Kamante teilten sich die Pflege. Wag ertrug es nicht, an ihrem Lager zu sitzen. Außerdem hatte er alle Hände voll zu tun, die Besucher zu empfangen, ihre Geschenke und Genesungswünsche entgegenzunehmen und sie wieder abzuwimmeln. Wie ein Lauffeuer hatte sich die Kunde von ihrer Rückkehr verbreitet und dass Ninian mit dem Tode rang. Ein nicht endender Strom ergoss sich durch die Trümmer, geduldig warteten sie an den Durchgängen, einfaches Volk, Gauner und leichte Mädchen aus den dunklen Vierteln, hier und dort eine Kalesche oder Sänfte – nicht alle Vornehmen hatten vergessen, was sie den beiden aus der Ruinenstadt zu verdanken hatten. Donovan schickte täglich Boten und eines Tages standen auch Ely und Josh in der Halle. Jermyn wollte sie nicht sehen. Als sie fragen ließen, was mit dem Glassand geschehen solle, war seine Antwort so unflätig, dass Wag sich weigerte, sie auszurichten. LaPrixa fertigte sie schließlich barsch ab und als sie betreten abzogen, klagte Ely:
„Ich kann es ihm nicht verdenken, ich habe sie auf diese Reise gelockt. Wenn sie stirbt, werde ich es mir nie verzeihen."
„Ach, mein Freund, das sind große Worte", erwiderte Josh trübselig, „unser Leben liegt in den Händen der Götter. Woher willst du wissen, ob ihr nicht auch in Dea ein Unglück zugestoßen wäre? Sie leben nicht gerade vorsichtig, diese beiden."
Selbst Dulcia bedauerte Jermyn, für den sie trotz der Rolle, die er bei ihrer Rettung gespielt hatte, keine Freundschaft empfinden konnte. Babitt und der Bulle aber boten ihre Hilfe an, wie sie es in den Tagen nach dem Einsturz des Zirkus getan hatten. Sie wurde abgelehnt, es war nicht leicht gewesen, Jermyn zu überreden, LaPrixa und Kamante an Ninians Bett zu lassen. Am liebsten hätte er allein für sie gesorgt, er fürchtete jeden Augenblick, den er nicht bei ihr war. Aber so einfach ließ LaPrixa sich nicht abhalten.
„Spätestens in zwei Tagen können wir dich neben sie legen, wenn du alles allein machen willst, Junge", wies sie ihn zurecht. „Hör auf die, die älter und klüger sind, und lass uns helfen."
Sie wechselten sich ab, benetzten die blutleeren Lippen mit Flüssigkeit,

hantierten mit Bettpfanne und Schwamm und flößten ihr zu jedem Stundenschlag Hakim Basras wasserklaren Trank ein. Der Heiler kam täglich, um den Zustand der Kranken zu prüfen, aber sein Gesicht blieb sorgenvoll. Als der vierte Tag ohne Veränderung vorübergegangen war und Jermyn LaPrixa abgelöst hatte, nahm Hakim Basra die Hautstecherin beiseite.

„Wenn es bis morgen Abend nicht zur Krise gekommen ist, wird sie sterben. Vielleicht bereitet Ihr ihn vor."

Das Gesicht der Frau verzerrte sich qualvoll.

„Nein", sagte sie rau, „Ihr wisst nicht, was Ihr verlangt." Die Hand auf den Mund gepresst, eilte die Treppe hinunter.

Jermyn hatte nichts von ihrem Gespräch gehört, aber auch er zählte die Tage und wusste, dass die Frist beinahe abgelaufen war. Die Stunden der Wache verstrichen zäh und zerrannen ihnen doch zwischen den Fingern, bemessen an den Gaben des Tranks, der keine Besserung brachte. Den Kopf in den Händen vergraben wartete er auf den nächsten Schlag der Tempelglocken, die Phiole griffbereit neben sich und den Löffel, mit dem er Ninian fütterte. Sie schluckte nur wenig von dem, was sie ihr einflößten, die Hände auf der Decke waren wächsern und so dünn, dass es ihm das Herz umdrehte.

Als die Schatten länger wurden, hörte er leise Schritte hinter sich und Kamantes zögernde Stimme.

„Patron, es ist Zeit für Wechsel, aber ich finde die Mbwani nicht. Soll ich..."

Sie waren übereingekommen, Kamante, die die Hausarbeit und den kleinen Jungen zu besorgen hatte, von den Nachtwachen auszunehmen, und Jermyn konnte es nicht ertragen, Ninian zu verlassen.

„Nein, geh zu Bett", sagte er schroff, „ich komme schon zurecht, ich bin nicht müde."

In seinem Kopf drehten sich die Gedanken, stets die gleichen, seit er hier saß und Dinge tat, von denen er nicht gedacht hatte, dass er sie vermochte.

Das einzige, was ich fürchte, ist, Ninian zu verlieren.

So verdammt unbekümmert hatte er das zu Donovan gesagt. Und jetzt verlor er sie tatsächlich, ganz gleich, was geschah.

Um ihretwillen sollte er wohl wünschen, dass sie lebte. Aber dann würde sie nach Tillholde zurückkehren, wie sie es angekündigt hatte. Er konnte ihr nicht folgen, untrennbar war er mit Dea verbunden, mit der Stadt, den Menschen. Was sollte er auch in Ninians Heimat? Es gab keinen Platz für ihn in ihrer Welt, keine Bedrohung, die er bekämpfen musste, keine

Herausforderung. Er war kein Verwalter wie ihr Vater, kein geduldiger Landesvater. Nur *ihre* Kräfte brauchte das Land, es würde ihm gehen wie auf dem ersten Abschnitt ihrer Reise, als er sich nutzlos und überflüssig gefühlt hatte. Das brachte nicht gerade die besten Seiten in ihm zum Vorschein. Und Dea blieb ungeschützt ...

Nein, sie würde allein gehen und sich verändern. Vielleicht fand sie einen anderen Mann, einen, der besser geeignet war, die Last des Herrschens mit ihr zu tragen. Sie würde Jermyn und ihr Leben in Dea vergessen oder sogar mit Abscheu daran zurückdenken. Die Schuldgefühle wegen des Erdbebens hatten den zweiten Schub des Doppelfiebers ausgelöst, und Anfälle von Reue hatte sie immer wieder gehabt, gerade auf dieser elenden Reise. Was war leichter als die Schuld an ihrer Pflichtvergessenheit ihm zuzuschreiben? Für ihn hatte sie Tillholde verlassen. Wie konnte sie ihm das vergeben? Sie würde sich weiter und weiter von ihm entfernen, bis sie sich so verändert hatte, dass er sie nicht einmal im Tode wiederfinden würde ...

Der Tod – in den langen Wachen hatte er begonnen, über den Tod zu grübeln. Vater Dermot hatte von jenem anderen Reich gesprochen, in das die Menschen hinüberwechseln, wenn sie ihren Körper verlassen. Jermyn hatte nichts an solchen Kenntnissen gelegen, er wollte hier leben, in dieser Welt, mit all ihren Gefahren und Genüssen. Doch jetzt erinnerte er sich an Vater Dermots Lehren.

Ein wahrer Meister lebt in beiden Welten. Er wandert über ihre Grenzen wie gewöhnliche Sterbliche von den Bergen in die Ebene wandern. Der Tod birgt keine Schrecken für ihn.

Ein Zahim, ein Meister, der keine Schranken mehr kennt. Er wusste, wie weit er von diesem Zustand entfernt war, doch Bes, der Zwerg, hatte behauptet, dass er das Zeug dazu in sich hatte.

Wenn Ninian jetzt starb und er an sich arbeitete, bis er dieses hehre Ziel erreichte, so konnte er ihr auf die andere Seite folgen, wo er sie finden würde, unverändert, so wie er sie jetzt kannte.

War es daher nicht besser ... sie starb?

Als ihm der Gedanke zum ersten Mal durch den Kopf geschossen war, hatte er ihn entsetzt zurückgewiesen, aber er kehrte wieder und mit jedem Mal schien er gefälliger.

Ninian stöhnte. Er tauchte den Löffel in die dünne Grütze und fuhr vorsichtig damit über ihre Unterlippe. Ihre Zunge leckte die Schicht Brei ab, noch einmal und ein drittes Mal, dann sank die Kranke zurück in ihre

Fieberträume. Jermyn starrte in das ausgezehrte Gesicht. Die Augen lagen tief in den Höhlen, Nase und Kinn ragten spitz hervor. LaPrixa hatte die dunklen Locken abgeschnitten. Es war nötig gewesen und doch hätte er sie schlagen können.

Es war nichts mehr übrig von seinem reizenden Fräulein, aber seine Sehnsucht brannte stärker denn je, als wollte sie sich in der kurzen Zeit verzehren, die ihm noch blieb.

Die Stunden verrannen, die Tempelglocke schlug und er träufelte die Tropfen in ihren Mund. Jedes Mal wartete er angstvoll, dass sie schluckte, und bisher hatte sie es mit einer qualvollen Bewegung getan. Das Licht nahm ab und um die richtige Dosis abzumessen, musste er die Lampe mit dem gläsernen Schirm entzünden, die Hakim Basra gebracht hatte. Doch er rührte sich nicht.

Die Medizin half nicht, warum sollte er sich und sie länger quälen? Warum sollte sie nicht hinübergehen in jenes andere Reich, wo sie frei war von Reue, von Vorwürfen, wo er sie finden konnte …

Er hatte versprochen, nie gegen ihren Willen in ihren Geist einzudringen, und er hatte sich daran gehalten, obwohl es ihm so Vieles erspart hätte. Damals in den Wilden Nächten, beim Tanz der Trommeln, hatte sie ihn beinahe eingelassen, sie wären wahrhaft eins gewesen, ein Leib und ein Geist. Niemand hätte sie ihm mehr streitig machen können, er hätte ihrem Wunsch nach dieser Reise nicht nachgeben müssen und sie wäre nicht krank geworden. Dafür war es zu spät, aber warum sollte er sich an ein Versprechen halten, das bald sinnlos sein würde?

Die Phiole lag unberührt.

Er beugte sich über Ninian. Die Haut spannte sich trocken wie Pergament über ihren Knochen, die Schläfen glühten unter seinen Fingerspitzen. Er schloss die Augen und überschritt die Grenze.

Hitze, ärger als er sie je erlebt hatte, ein wütendes, pulsierendes Tosen. Eine leer gebrannte Wüstenei, alle Empfindungen und Erinnerungen verdorrt im Fieber. In der flirrenden Glut hätte er die schwach schimmernde Sphäre beinahe übersehen. Durchsichtig war sie geworden, nur mehr ein trauriger Abglanz der leuchtenden Perle, die er bei den früheren, flüchtigen Berührungen gefunden hatte.

Und während sein Geist in Wut und Trauer erbebte, stieg eine purpurne Düsternis wie Rauch aus dem Fieberbrand, rollte heran und verschlang den blassen Schemen. Ohne zu zögern, stürzte Jermyn hinterher.

Im Nu war alles geistige Empfinden, die Sinne, mit denen er gelernt hatte, im Reich des Geistes zu schauen, zu hören, ausgelöscht. Er zerfaserte, löste sich auf in dem wirbelnden Dunst.

‚*Ich bin Jermyn ... Jermyn ... bin ich ... ich ... ich*'

Mit aller Kraft klammerte er sich an dieses Mantra, um nicht zu verwehen in dem Sturz, der einen Augenblick oder Äonen dauern konnte – es gab keine Zeit in diesem Reich. Dann spürte er den Sog, er zerrte sein im unendlichen Raum verstreutes Wesen in einen Strudel, zwirbelte ihn zusammen wie die Stränge eines Taus, fester und fester. Er schrie oder glaubte zu schreien ... dann war es vorbei.

Er war Jermyn, im Geiste oder im Fleische, er wusste es nicht und es spielte keine Rolle. Vor ihm dehnte sich eine weite, öde Heide unter einem lastenden Himmel. Sie endete an einer einfachen Mauer, aus grauen Steinen aufgeschichtet, nicht hoch, man konnte leicht hinübersteigen. Und dort stand Ninian. So wie er sie kannte, kein Schemen, sondern Fleisch und Blut oder ein Abbild davon. Sie blickte über die Mauer in das Land dahinter, das er nicht sehen konnte. Das niemand sah, bevor nicht seine Zeit gekommen war. Ihre Haltung verriet keine Angst, versonnen stand sie da und plötzlich wusste er, dass sie die Wahl hatte. Alle hatten die Wahl, niemand überschritt diese Grenze, ohne es zu wollen. Sie kamen an diese Mauer und blieben dort, bis sie aus freien Stücken hinüberstiegen oder zurückkehrten, es konnte Jahrhunderte dauern oder nur einen Augenblick, Zeit gab es nicht in diesem Niemandsland zwischen den Welten. Die Erkenntnis erschütterte ihn, er hatte kein Recht, in ihr Schicksal einzugreifen. Es war, wie es immer gewesen war, er musste sie gewähren lassen, nach ihrem eigenen Willen, und ihre Entscheidung hinnehmen. Und ebenso sicher erkannte er, dass er daran zugrunde gehen würde.

VERLASS MICH NICHT.

Er wusste nicht, ob er es geflüstert, geschrien oder gedacht hatte.

Sie machte eine Bewegung, aber er wartete nicht ab, ob sie zurückkam oder den verhängnisvollen Schritt tat. Unfähig, die Qual länger zu ertragen, drehte er sich um und rannte. Der Boden verschwand unter seinen Füßen und er stürzte, stürzte ...

Als er zu sich kam, kauerte er auf dem Boden vor dem Bett. Es dauerte einen Moment, bis er ganz bei sich war, dann überfiel ihn das Entsetzen. Die Medizin ... wie lange war er ohne Bewusstsein gewesen? Wie oft hatte die Tempelglocke inzwischen geschlagen?

Ninian lag reglos neben ihm, er hörte sie nicht atmen. Es war schön und gut, zu wissen, dass sie wählen konnte – warum sollte sie bei ihm bleiben, wo er sie um Dagnys und seines verdammten Planes willen vernachlässigt hatte, und jetzt nicht einmal fähig war, ihren Leib am Leben zu halten? Er hatte ihren Tod gewollt! Selbstsüchtig, nur auf seine eigenen Wünsche bedacht. Warum sollte sie bleiben? Vor Erschöpfung kamen ihm die Tränen und auf den Knien vor dem Bett liegend, schluchzte er sein Elend mit schrecklichem, zerreißendem Würgen in die Laken.

Eine federleichte Berührung auf seinem Nacken, so zart, dass er nicht sicher war, ob er sie wirklich gespürt hatte, ließ ihn erstarren. Da war es wieder, dann ein Hauch, kaum mehr als ein Seufzen.

„Jermyn ..."

Er fuhr hoch, sein Herz raste. Zitternd tastete er nach ihrer Stirn. Sie war schweißnass unter seiner Hand, aber nicht mehr heiß. Auch das Hemd war nass, als hätte man sie in einen Wassertrog getaucht, doch als er sich über sie beugte, sah sie ihn an, mit klaren Augen. Die aufgesprungenen Lippen bewegten sich.

„Durst ... Durst ..."

Er wusste nicht, was er zuerst tun sollte, seine Hände zitterten derart, dass die Hälfte des Wassers auf ihr Kinn tropfte, als er ihr mit dem Löffel zu trinken gab.

„LaPrixa ... Wag!"

Seine Stimme gellte durch die alten Räume, riss die Bewohner aus ihrem unruhigen Schlummer und brachte sie keuchend auf die Schwelle des Schlafgemachs.

Wag erzählte die Szene später dem Bullen, Kaye und jedem, der es hören wollte. „Ich hab gedacht, das war's, jetz hat sie sich davongemacht. Das Herz is mir aus'm Schlund gehüpft, Kamante hat geplärrt un der Kleine auch. LaPrixa hat die Augen gerollt, zum Fürchten. Der Patron stand da, weiß wie 'n Laken, er sah nich weniger verhungert aus wie unser armes Fräulein. Gesagt hat er nix, nur mit 'm Finger gezeigt. LaPrixa is zum Bett gestürzt un denn is sie auf die Bettkante geplumpst un hat auch geflennt. Aba ich wusste sofort, das war glückliches Heulen. Sie hat genickt un der Patron hat dreingeschaut wie damals, als unsere Süße zum ersten Mal aufgetaucht is, un ich lass mich totschlagn, wenn er vorher nich auch geheult hat wie 'n Schlosshund. Ich hab's jedenfalls getan!"

LaPrixa ließ ihnen nicht viel Zeit zum Weinen, sie entwickelte große Geschäftigkeit, schickte Wag nach warmem Wasser und Kamante nach frischer Wäsche.

„Die Krise, das Fieber ist nach außen gebrochen", meinte sie, als die beiden mit Cosmo verschwunden waren. Jermyn schluckte.

„Meinst du, sie ... sie wird leben?", er wagte kaum, es auszusprechen, aber sie nickte grimmig.

„Oh, ja, das wird sie, so wahr ich LaPrixa heiße!"

„Aber sie ... sie schläft schon wieder."

Angstvoll betrachtete er die durchsichtigen Lider.

„Soll wohl sein, sie ist schwach wie ein Wickelkind, wir haben noch einen langen Weg vor uns. Jetzt verschwinde, ich will das Hemd und das Bettzeug wechseln. Lauf und hol den Heiler, dann stehst du nicht im Weg herum!"

Er gehorchte ohne Widerspruch, diese LaPrixa war ihm lieber als die finstere, schweigende Frau der letzten Tage.

Hakim bestätigte ihre Worte, doch seine Miene blieb ernst.

„Das Schlimmste ist überstanden, aber sie bedarf sorgfältigster Pflege, damit sie nicht an schierer Erschöpfung stirbt. Sie hat lange im Schatten des Todes gelegen ... ich werde ein Medikament aus Eisen und Gold bereiten, um ihr Wesen wieder in unserer Welt zu verankern. Und schickt *ihn* ins Bett, sonst habt ihr bald einen zweiten Patienten."

Es war nicht leicht, Jermyn zu überreden, aber er hatte sich kaum auf der Pritsche im Übungsraum ausgestreckt, als er schon schlief, den ganzen Tag und den größten Teil der folgenden Nacht.

Seine Freude erhielt einen kräftigen Dämpfer, als er erkannte, dass die Veränderung zum Besseren nur sehr langsam vor sich ging. Ninian konnte nicht sprechen und mehr als ein, zwei Blicke unter müden Lidern wurden ihm nicht zuteil, dann scheuchten LaPrixa und Kamante ihn wieder hinaus.

„Verschwinde, du regst sie nur auf."

Wie es schien, war er nicht der Einzige, der ungeduldig auf Ninians Genesung wartete. Als es sich herumsprach, dass sie das Schlimmste überstanden hatte, schwoll der Strom der Besucher wieder an. Diesmal kamen sie beladen mit dem, was ihnen für die Genesung einer Schwerkranken wichtig schien, bis Wag jammerte, er könne mit all den Speisen und Hausmitteln bald ein Gasthaus oder einen Baderladen aufmachen.

Einige Tage später erschien er in aller Frühe aufgeregt im Übungsraum, wo Jermyn versuchte, seine Unruhe auszuschwitzen.

„Patron, komm schnell, der Herr Donovan is da, bei der großen Säule. Mit dem schönen Frollein un 'ner andern großen Dame. Sie wolln nich weiter rein, aber des schöne Frollein will unbedingt mit dir sprechn."

„Ach, sieh mal, ‚das schöne Frollein' – ich denke, das liegt da drin", knurrte Jermyn, dem nichts ferner lag als ein Gespräch mit Donovan und Dagny Solveig.

„Das is die Patrona", erwiderte Wag würdevoll, „an die reicht gar niemand nich dran, aber die kleine Fürstin is nu mal 'n Hingucker un unsre zukünftge Frau Patriarchin, da möcht ich drauf wetten!"

Mürrisch ließ Jermyn sich dazu bewegen, die drei hochgestellten Besucher am Rand des Ruinenfeldes zu empfangen. Er grinste höhnisch, als er die unauffällige Kalesche sah – schließlich sollte nicht alle Welt merken, dass der Herr der Stadt sich zum Schlupfwinkel eines Gaunerpärchens bequemte! Donovan sah ihm denn auch mit schlecht verhohlenem Unbehagen entgegen, aber bevor Jermyn die hämische Begrüßung aussprechen konnte, die ihm auf der Zunge lag, flog der Wagenschlag auf und Dagny Solveig sprang heraus.

„Geht es sie besser, Dsermin? Wird sie nisst ssterben? Oh, ich bin so bedruckt, wir haben nicht auf ihr aufgepasst, haben nicht gesehen, wie sie krank ist ... sag, dass sie ist ...", sie redete in ihrer eigenen Sprache weiter, als ihr die lathischen Worte ausgingen. Jermyn starrte sie an. Sie hatten Schlimmes zusammen durchgemacht und viele Wochen lang in enger Gemeinschaft gelebt, aber in den wenigen Tagen, die Ninian am Rand des Grabes verbracht hatte, war ihm entfallen, welche Wirkung von Dagny Solveig ausging. Donovan hatte sich nicht lumpen lassen: Glänzende Seide und Spitzen umhüllten die liebliche Gestalt, Perlenschnüre schimmerten in der kunstvoll verschlungenen Frisur. Isabeau hätte nicht mehr herausgeputzt sein können und doch hätte Isabeaus Anblick niemals seinen Ärger zum Schmelzen bringen können, wie Wags schönes Frollein es tat.

„Es geht ihr besser", unterbrach er ihren Redestrom, aber er lächelte dabei, und als sich die andere Dame aus der Kutsche beugte, gewann das Lächeln an Wärme.

„Wir hatten so gehofft, dass Ihr das sagen würdet, Jermyn", Sabeena Sasskatchevan reichte ihm die Hand. „Werdet Ihr in den Palast kommen und von Eurer Reise berichten? Schon das, was der Ehrenwerte Ely ap Bede erzählte, hat uns den Atem geraubt, doch Dagny Solveigdothirs Andeutungen spannen uns auf die Folter, denn ihr fehlen die Worte. Obwohl ich selten ein Mädchen erlebt habe, das so schnell lernt wie sie."

„Der Ehrenwerte Ely, hä?", Jermyn grinste und Donovan blickte ein wenig töricht drein.

„Immerhin hat er den Landweg nach Tris aufgetan und die Reise angeführt, auf der die Ruinen von Klia entdeckt wurden", verteidigte er sich, „man hat Leute für weniger ausgezeichnet."

Aber Jermyn hatte schon das Interesse verloren.

„Ihr habt, wie immer, über jeden etwas Gutes zu sagen, Sabeena", er zog ihre Hand an die Lippen, sie war die einzige Frau, bei der ihm eine solche Geste nicht albern vorkam. „Was ist mit Euch, geht es auch Euch gut?", er blickte auf ihren Leib, der sich unter dem weiten Gewand deutlich wölbte. Sie errötete, aber sie antwortete freimütig genug.

„Ja, den Göttern sei Dank. Es ist bald so weit und ich hoffe, es wird ein Junge, damit die Familie meines Gatten endlich ihren Erben bekommt und Ruhe gibt." Sie sprach beinahe herablassend und er hob die Brauen.

„Und Eure Tochter?"

„Wird Lady Castlerea", sie richtete sich stolz auf, „und ihr Ehemann trägt gefälligst ihren Namen!"

Jermyn lachte, dann wurde er ernst.

„Ich danke für Eure Einladung, aber es wird noch lange dauern, bevor ... bevor Ninian irgendwohin gehen wird. Sie ist sehr schwach", er brach ab.

„Das haben wir gehört und wir dachten ...", Sabeena sah Donovan an, der sich sichtlich unwohl fühlte. „Hier ist es sehr unruhig", begann er, „so viele Leute, sie schwatzen und schreien, und die Luft ist nicht gut, die Ausdünstungen des Flusses, und der Rauch der Feuer, man wird schlecht gesund in Dea, und da haben wir gedacht, wir dachten ...", er verhaspelte sich vor Jermyns Miene, die sich mehr und mehr verfinsterte.

„Bringt sie auf das Landgut der Vesta", sagte Sabeena ruhig. „Es gehört dem Patriarchen von seiner Mutter her. Vom Meer weht eine gute Brise und doch liegt es nicht allzu weit von der Stadt entfernt. Ich würde Euch das Schloss der Sasskatchevan am Ouse-See anbieten, doch Thalia hat darauf bestanden, es vor dem Sommer von oben bis unten neu ausstatten zu lassen."

Ihre Stimme zeigte deutlich, was sie von diesen Neuerungen hielt.

„Ja, Dsermin", fiel Dagny Solveig eifrig ein, „bring Ninian dahin. Ich wohne auch da und pflege ihr. Ich pflege ihr gut, wie in ... wie in ...", sie brachte es nicht über sich, den verhassten Namen auszusprechen, doch Jermyn erinnerte sich, dass sie Ninian durch die erste Stufe des Doppelfiebers gebracht hatte.

„Ich habe mit Violetta ap Bede gesprochen", meinte Sabeena, „sie wäre bereit, Dagny Solveigdothir beizustehen."

„So? Ihr habt schon alles eingefädelt. Die reinste Verschwörung", Jermyn lächelte, aber das Lächeln war so unangenehm, dass selbst Sabeena ein wenig blass wurde.

„Und dann ist dieser Tölpel damit herausgeplatzt, dass er sich nicht blicken lassen würde, solange Ninian dort ist", erzählte Jermyn in der Küche des Palastes, wo er von dem vornehmen Besuch und Donovans Angebot berichtete. LaPrixa pfiff durch die Zähne.

„Das muss ihn allerhand Überwindung gekostet haben", meinte sie und mit einem boshaften Seitenblick fügte sie hinzu: „Ihr Wohl liegt ihm, scheint's, wirklich am Herzen."

„Ich finde, wir sollten die Patrona nicht hergeben", erklärte Wag, „sie is doch bei uns in guten Händen." Es schepperte, als Cosmo, der durch die Küche wackelte, gegen einen Stapel Töpfe stieß. Erschreckt begann der Kleine zu brüllen, Kamante schimpfte auf Wags Saumseligkeit und Jermyn und LaPrixa nahmen Reißaus.

„In guten Händen, vielleicht", sagte die Hautstecherin in der Halle, „aber sie haben schon Recht, es ist unruhig und ungesund. Das Badehaus ist meilenweit entfernt und wenn die Trockenheit anhält, fliegt beim leisesten Windhauch der Staub und dringt überall ein. Und du, mit deiner Angst und deinem ewigen ‚Wie geht es ihr, wie geht es ihr?' bist auch keine große Hilfe. Außerdem findest du auch nicht ins Leben zurück, solange sie hier ist. Himmelsspiel, Wetten, was ihr Männer so macht. Ich werde sie begleiten, wenn es dich beruhigt."

„Nein, tut es nicht", fauchte er und ließ sie stehen.

Doch als Hakim Basra eindringlich für Ninians Entfernung aus der Stadt sprach, gab Jermyn widerwillig nach.

Eine Woche nach Mittsommer rollte ein gepolsterter Ochsenwagen mit ihrem Lager durch das Nordtor und neben ihr saß LaPrixa, schweigend und grimmig.

10. Tag des Hitzemondes 1467 p.DC

„Ist das im Ernst sein letztes Wort?" Donovan fiel es schwer, sein Missfallen zu verbergen. Der Herr von Pykla neigte wichtig das Haupt. Es schien ihm nichts auszumachen, die niederträchtige Botschaft zu wiederholen. „Die Schreiben meines Herrn sind eindeutig, Patriarch. Lest selbst", er wies auf die Papiere auf dem Schreibtisch. „*Wir, Kanut Laward, Großfürst über die Nördlichen Inseln und Herr über alle Gewässer der Nördlichen See, geben hiermit Unsere Einwilligung zur Heirat Unserer fürstlichen Tochter, Dagny Solveigdothir, mit dem Herrn Donovan Fitzpolis da Vesta, Patriarch von Dea. Haltet sie in Ehren, wie es einer Frau ihres Standes geziemt. Über die Mitgift werden wir uns einigen.*"

Unterschrieben und gesiegelt mit dem Staatssiegel. Ein zweites Blatt war in das erste gerollt, ein bloßer Zettel und eng beschrieben, in steiler, hastiger Schrift.

„*Ich will sie nicht wiedersehen. Sie hat für mich keinen Nutzen mehr, nachdem man es für nötig gehalten hat, ihre Schande vor der ganzen Welt auszubreiten. Mein treuloser Sohn hat dafür gesorgt, dass die Kunde auf allen Inseln verbreitet wurde. Keiner meiner Barone wird eine Frau schätzen, an der sich andere vergriffen haben. Nehmt sie, wenn Ihr sie wollt, meine Einwilligung habt Ihr. Sie ist schön und liebenswürdig. Ich werde es nicht übelnehmen, wenn Ihr sie Euch nur zur linken Hand vermählt und für Euren Erben eine würdigere Dame wählt.*"

Donovan war froh, dass er den Gesandten des Großfürsten allein empfangen hatte, er konnte seinen Ärger nicht unterdrücken. Von Pykla sah es und verstand ihn falsch.

„Mein Herre wollte Euch nit beleidigen, Patriarch. Verzeiht eine vergramte, von Sorge geplagte alte Mann, wenn er falsche Worte schreibt. Vielleicht Ihr habt unter Eure Vornehme eine Mann, der das Froulein zu sich nimmt. Sie ist schon und gewiss ... nun, Ihr wisset schon, geschickt", der Gesandte zwinkerte lüstern und Donovan stand so schnell auf, dass sein Stuhl umfiel.

„GEHT JETZT!"

Der Herr von Pykla trat einen Schritt zurück. Die Stimme ging ihm durch Mark und Bein, fuhr ihm in die Füße, dass sie sich wie von selbst bewegten, und ehe er sich versah, fand er sich vor der Tür des Audienzzimmers wieder.

Donovan musste mehrere Male die ganze Länge des großen Raumes durchmessen, bevor sein Zorn sich einigermaßen gelegt hatte. Manchmal fragte er sich, warum er sich mit von Pykla abgeben musste, oder auch mit seinem Herrn. Was er bisher von Kanut Laward vernommen hatte, stieß ihn ab und Rurik, der abtrünnige Sohn, hatte sein ganzes Mitgefühl. Seine Pläne für eine Allianz gegen die Battaver fanden bei beiden ein offenes Ohr. Zu seinem Unglück wollten sie jedoch nicht gemeinsam in einem Bund vertreten sein und dem jüngeren Mann fehlte es an Mitteln. Kanut Laward beherrschte die Minen des Nordens, für Waffen brauchte man Erz ...

Es klopfte und Creolo d'Este steckte den Kopf herein.

„Herr, der Gesandte aus Tillholde wartet."

„Ist er schon zurück? Bittet ihn, sich einen Augenblick zu gedulden, ich werde ihn sogleich empfangen."

Auf den Rat der Guten Väter aus dem Haus der Weisen hatte der Fürst von Tillholde nach dem verheerenden Beben um Hilfe gebeten und Donovan hatte sie gerne gewährt. Baumeister mit schwerem Werkzeug, Heiler und Wagen mit Getreide, Bohnen und Salzkohl waren nach Norden gezogen, um die schlimmste Not zu lindern. Der Fürst hatte versprochen, alles zu bezahlen, wenn erst die Straßen zu den Salz- und Tonminen wieder passierbar waren.

Creolos Nachricht hatte Donovan einen Moment lang von Herrn von Pykla abgelenkt, jetzt kehrte sein Ärger zurück und nicht auf den Nordländer allein. Er hatte Jermyns Absicht, ihn von Ninian fernzuhalten, durchaus erkannt und immer noch erzürnt über die bedenkenlose Einmischung in sein Leben, den Versuch, ihm eine Gattin aufzuzwingen, hatte er sich nicht überwinden können, Dagny Solveig aufzusuchen. Am Tag nach ihrem denkwürdigen Auftritt im Ratssaal hatte er einen Boten mit einem Brief in den Norden geschickt, in dem er verschwieg, wie schändlich sie in Eblis behandelt worden war. Da jedoch am gleichen Tag ein Mann aus dem Gefolge von Pyklas und ein Beauftragter Marmelins abgereist waren, konnte er sich denken, dass sein Plan, Kanut Laward das Schicksal seiner Tochter zu verheimlichen, scheitern musste.

Tatsächlich war es, neben der Heimkehr ihres geliebten Gaunerpärchens und Ninians Krankheit, Stadtgespräch von Dea gewesen, in den Salons der Edlen ebenso wie in den Straßen. Und es gab nichts, was er daran ändern konnte. Dann hatte die Angst um Ninian den Zorn aus seinem Herzen vertrieben. Jeden Tag hatte er gebetet, sie möge dem Tod entgehen, selbst wenn sie im Fall ihrer Genesung Dea verließ – der Mann aus Tillholde hatte ihm berichtet, wie sie die Nachricht über das Erdbeben aufgenommen hatte. Er mochte nicht an ein Leben ohne sie denken, ertappte sich sogar dabei, dass er Jermyn bemitleidete. Als Lady Sabeena schließlich bei ihm vorstellig wurde und ihn bat, die fremde Fürstentochter zu besuchen, die fürchtete, sein Missfallen erregt zu haben, schlug ihm das Gewissen und er ließ sein Pferd satteln.

Donovan sah zum Gemälde seiner Mutter, wie er es auch vor seinem

Besuch bei Dagny Solveig getan hatte. Romola da Vesta sah unter schweren Lidern in die Ferne. Ihr Antlitz strahlte würdevolle Ruhe aus, wie es bei einer Dame aus uraltem Adel nicht anders zu erwarten war. Der Maler hatte ihren Zügen mehr Schönheit verliehen, als ihr eigen war, damit sie ihrem Eheherrn Ehre machte, doch ihre Hände verrieten sie. Verkrampft lagen sie auf dem golddurchwirkten Prunkgewand, weiß traten die Knöchel unter den kostbaren Ringen hervor. Seine Mutter war zur Hochzeit gezwungen worden, sie hatte in ihrer Ehe gelitten. Donovan hatte geschworen, sich Jermyns Befehl nicht zu beugen, sollte es der Dame zuwider sein, ihn zum Mann zu nehmen. Es würde andere Möglichkeiten geben, ihr zu helfen. Mit diesem festen Vorsatz war er hinaus zum Landhaus da Vesta geritten, wo er sie auf Sabeenas Rat untergebracht hatte. Bei seinem Eintritt war sie aufgesprungen.

„Wie geht es ihr? Habt Ihr Nachricht? Oh, liebe Herr, ich bete und bete jede Augenblick für ihr ..."

Mit ausgestreckten Händen war sie ihm entgegengelaufen, die grünen Augen voller Tränen. Es hatte ihm die Sprache verschlagen, er hatte vergessen, wie schön sie war, aber mehr noch rührte ihre offensichtliche Betrübnis sein weiches Herz. Sanft hatte er ihre Hände in die seinen genommen.

„Es tut mir leid, Dagny Solveigdothir, ich habe nichts Neues gehört. Wir alle hoffen ..."

„Ja, nicht wahr? Sie wird gesund werden, nicht wahr? Sie ist so tapfer, wenn Ihr gesehen hättet, wie sie gekämpft hat, für mich ..."

Sein eigener Jammer um Ninian hatte ihm beinahe wieder die Kehle zugeschnürt, aber die Anteilnahme dieses schönen Mädchens tat ihm wohl. Ehe er sich versah, saßen sie zusammen und sie lauschte gebannt seinem begeisterten Bericht von Ninians Taten. Als er sie verließ, mit der Versicherung, bald wiederzukommen, hatte er nicht mehr an erzwungene Ehen gedacht. Unter dem Vorwand, ihr von Ninians Zustand zu erzählen, war er jeden zweiten Tag zu ihr geritten. Zusammen hatten sie sich gefreut, als sie die Krise überwunden hatte. Dann war der Bote mit der ersten Antwort von Kanut Laward gekommen.

„Ich will sie nicht mehr sehen."

Mehr hatte nicht auf dem Streifen Pergament gestanden, das ihm von Pykla überreichte. Zum ersten Mal war ihm da ernsthaft der Gedanke an eine Ehe mit Dagny Solveig durch den Kopf gegangen. Noch bevor er auf ihr Drängen seinen Besuch in der Ruinenstadt gemacht hatte, war ein Eilbote nach Norden gezogen und Kanut Lawards Antwort hielt er jetzt in den Händen. Wenn die Dame ihre Einwilligung gab, hatte Dea bald eine Patriarchin. Noch einmal wallte der Ärger in ihm hoch. Jermyn hatte, wie immer, sein Ziel erreicht. Nicht, dass es ihm um Dagnys willen schwerfallen würde. Er hielt sich gewissenhaft an sein Versprechen, sie nicht auf dem Landgut aufzusuchen, solange Ninian dort weilte, und schon jetzt fehlte ihm ihre Gesellschaft. Auch Sabeena, auf deren Urteil er große Stücke hielt, hatte schnell Zuneigung zu dem lieblichen Mädchen gefasst. Warum sollte er also nicht das schönste und liebevollste Geschöpf unter der Sonne zu seiner Patriarchin machen? Ninian konnte er nicht haben ... sein Gesicht verdüsterte sich. Vielleicht würde auch Jermyn sie verlieren. Tag für Tag brachten die Boten die gleiche Kunde – ihr Zustand änderte sich nicht, sie lag blass und still, ohne Anteil an dem, was um sie her vor sich ging.

„Sie bekommt die beste Pflege, die man sich denken kann", berichtete Sabeena, nachdem sie der Villa einen Besuch abgestattet hatte, „diese furchterregende, schwarze Frau weicht nicht von ihrer Seite, aber es scheint, als habe sie alle Lebenskraft verloren. Gestern war der Heiler aus den Südreichen bei ihr und er sagte, wer zu lange im Schatten des Todes gewandert sei, könnte den Verlockungen des anderen Reiches erliegen und versucht sein, den Bedrückungen dieses Lebens zu entfliehen. Aber gebt die Hoffnung nicht auf", mitleidig hatte sie ihm die Hand auf den Arm gelegt, als er ein Stöhnen nicht hatte unterdrücken können.

Auch jetzt fiel der Schatten wieder auf ihn. Hastig griff er nach der Glocke auf seinem Schreibtisch. „Bitte den Gesandten herein, Creolo. Ich will einen genauen Bericht hören."

Die Gerüchte über Ninians zögernde Genesung ließen sich vor Jermyn nicht verbergen. Zermürbt durch die Ungewissheit machte er seiner Umgebung das Leben zur Hölle, bis nicht einmal mehr der Bulle sich bei ihm blicken ließ und Wag sich weigerte, einen Fuß in die oberen Gemächer zu setzen. Sie ahnten nichts von dem Dämon, der ihm im Nacken saß. Hatte er nicht in der Nacht vor der Krise ihren Tod herbeigewünscht? Hatte sie es am Ende gespürt, dort an der Grenze zwischen Leben und Tod? Vielleicht straften ihn die Götter, indem sie seinen unseligen Wunsch jetzt erfüllten – Tag und Nacht drehte sich die Mühle in seinem Kopf, er konnte die Schuld auf niemanden abwälzen. In den düsteren Stunden, die er schlaflos zwischen Bett und Diwan verbrachte, gelang es ihm nicht, Herr seiner unbotmäßigen Gedanken zu werden. Er versuchte, sich in die

Mantren zu versenken, aber die Worte verdrehten sich und kehrten sich gegen ihn, quälten ihn mit Einsichten, die er nicht haben wollte.

Donovan hielt sich, wie versprochen, von der Villa fern, das hatte Kaye bei seinem einzigen Besuch im Ruinenpalast berichtet.

„Dabei ist er vorher jeden zweiten Tag hingeritten, um unsere Mondscheinschöne zu sehen", hatte er hinzugefügt, „und er ist keineswegs unglücklich von diesen Besuchen heimgekommen."

Vielleicht würde es tatsächlich eine Verbindung geben, die beide zufriedenstellte, doch Jermyn musste sich eingestehen, dass er bei dieser Ehestiftung eine unrühmliche Rolle gespielt hatte. Der verachtete Donovan besaß mehr Großmut und innere Stärke als er selbst. Seit Jahren ertrug er es, dass die geliebte Frau den Rivalen vorzog, er hatte Schmähungen und Demütigungen über sich ergehen lassen und dennoch half er jetzt selbstlos. Und wenn Ninian lebte, war sein ganzer Lohn, sie weiter an der Seite eines anderen Mannes sehen zu müssen.

Jermyn schätzte diese Erkenntnis nicht, aber sie ließ sich nicht vertreiben. Nicht einmal die Übungen an den Geräten brachten ihm Erleichterung. „*Schuldig, schuldig*", rauschte das Blut in seinen Ohren, wenn er sich bis zur Erschöpfung an ihnen abarbeitete.

Nach einer elenden, durchwachten Nacht traf er eine Entscheidung. Wenn es seine Schuld war, musste er die Götter besänftigen – oder bestechen.

22. Tag des Hitzemondes 1467 p.DC

Dem Hohepriester von Dea war nichts Weltliches fremd. Er liebte den Pomp und setzte ihn geschickt ein, um dem einfachen Volk Achtung vor den göttlichen Gewalten einzuflößen. Eindrucksvolle Umzüge, goldglänzende Gewänder und Tricks, wie sich von Geisterhand schließende Tempeltore, beeindruckten schlichte Gemüter mehr als die Kontemplation der letzten Dinge oder Predigten über den Zustand ihrer Seelen. Wobei er auch die meisten Hochgeborenen zu den schlichten Gemütern zählte. Dennoch war er auch ein Mann des Geistes, der tiefe Erkenntnisse über das Wirken der Wünsche und Triebe in der Natur des Menschen erlangt hatte. Etwa wozu sie bereit waren, um ihrem Streben nach Erfüllung dieser Wünsche Nachdruck zu verleihen ...

So überraschte es ihn nicht, als man ihn in der Morgenfrühe weckte, mit dem Bescheid, ein Bittsteller habe an die kleine Pforte geklopft und Einlass verlangt.

„Wobei es ihm wohl anstünde, zuerst um die angemessene Demut zu bitten, Ehrwürdiger", fügte der Acolyt hinzu und rieb sich die Schläfe, „er sagte, Ihr solltet Euch gefälligst beeilen, er habe nicht viel Geduld und wüsste nicht, wie lange seine Reue halten würde."

„Die Demut kommt oft von selbst", murmelte der Hohepriester, aber er ließ sich mit mehr Eile als sonst ankleiden. Wer so dringlich bat, brachte am Ende eine große Gabe.

Als er seinem Besucher gegenüberstand, konnte er jedoch seine Verwunderung nicht verbergen. „Ich habe nicht damit gerechnet, Euch jemals hier zu sehen."

„Grämt Euch nicht, mich wundert es nicht weniger."

Sie maßen sich, der kluge, alte Priester und der überhebliche, junge Patron von Dea. Der Junge senkte als erster den Blick.

„Hört zu, ich will nicht lange herumreden. Wie Ihr sicher wisst, droht mir ein Verlust, den ...", er schluckte hart, „den ich nicht verwinden könnte. Ich habe nicht gedacht, dass ich einmal mit den Göttern schachern würde, aber nun bin ich so weit. Ich gebe dies, die Gunst und das Glück und alles, was damit verbunden ist, wenn die hohen Mächte sie mir lassen", er schob ein Bündel nach vorne, wohlverpackt in Tüchern und verschnürt mit festen Stricken. „Ich hab ihn mit dem Handkarren hergebracht und es ist mich sauer angekommen! Er hat ein prächtiges Gewicht."

Der Hohepriester wusste, was vor ihm stand, bevor die letzte Hülle gefallen war. Nachdenklich blickte er in das überlegen lächelnde, goldene Antlitz.

„Merses, Gott der Kaufleute, der Schelme und der Diebe."

„So ist es und Ihr wisst, wie er zu mir gekommen ist. Ich habe Euch damals gesagt, ich würde ihn nicht wieder hergeben, aber jetzt tue ich es, damit ...", seine Stimme versagte. Bisher hatte er gesprochen wie ein großer Herr, jetzt fuhr er sich mit der Hand über das Gesicht. Der Hohepriester hatte oft erlebt, dass sich in diesem Raum ein steifer Nacken beugte, aber keinem Bittsteller war es so schwer gefallen. „Damit die Schuld von mir genommen wird", er presste es zwischen den Zähnen hervor, als müsste er sich jedes Wort abringen.

„Mit allem, was dazu gehört, mit der Gunst und dem Glück? Wisst Ihr, was Ihr sagt?"

„Ja, ich gebe alles auf, wenn sie lebt."

Der Hohepriester ergriff die goldene Statue und stellte sie ehrerbietig auf. Sie war schwer, der Junge musste wahrhaftig geschleppt haben.

„Ich nehme Eure Gabe an, der Merses wird seinen Platz unter den Göttern dieses Tempels einnehmen. Was Eure Bitte betrifft, so wird er sie vor die Mächte tragen, die über das Schicksal der Menschen entscheiden. Aber bedenkt, die Götter treiben ihre Schulden ein, oft, wenn man es am wenigsten erwartet und wenn es am schmerzlichsten ist."

Ein Schatten glitt über das abgezehrte Gesicht des Besuchers. Auch er schien nicht frei von der Angst vor den Gewalten und für einen Moment flackerte der machtvolle Blick. Dann festigte er sich und der Junge zuckte die Schultern.

„Und wenn schon ..."

Der Hohepriester nickte. „Ich werde dafür beten, dass Eure Bitte angenommen wird. Geht behütet."

Als Jermyn auf den Tempelplatz hinaustrat, fühlte er sich wie ein Kletterer, der in schwindelnder Höhe das sichernde Seil in den Abgrund geworfen hatte. Aber er war auch seltsam erleichtert. So schwer, wie es ihm gefallen war, sich von seinem kleinen Gott zu trennen, musste es etwas gelten, wenn es denn Götter gab.

Es schien, als hätten sie ihr Urteil schnell gefällt. Am nächsten Tag erfuhr Jermyn, dass LaPrixa nach Dea zurückgekehrt war, allein. Der Weg zum Badehaus kam ihm vor wie der Gang zum Richtplatz. Cheerots Gesicht war ausdruckslos, stumm bedeutete er Jermyn, die Räume der Hautstecherin aufzusuchen. Er stieß die Tür auf und sie sah ihm unter schweren Brauen entgegen.

„Du könntest auch anklopfen, Söhnchen."

Er ließ den angehaltenen Atem in einem großen Seufzer entweichen, einen Moment lang musste er sich gegen den Türpfosten lehnen.

„Verdammt, LaPrixa, warum bist du hier?"

„Hab's nicht mehr ausgehalten unter dem schafsnasigen Volk in der Villa", erwiderte sie mürrisch. „Wenn du immerzu angestarrt wirst wie eine Missgeburt mit zwei Köpfen und niemand dir beim Reden in die Augen schauen kann, hast du irgendwann die Schnauze voll. Dass mein Anblick der Gewöhnung bedarf, weiß ich, aber dass ein Mädel auch nach zehn Tagen immer noch mit den Zähnen klappert, wenn sie mir unversehens begegnet, scheint mir übertrieben. Wie schön, dass es dich erheitert!"

Kalt sah sie ihn an, während er sich in hilflosem Gelächter schüttelte.

„Verzeih", japste er, „haben sie dich schlecht behandelt?"

„Nein, sie sind auf Zehenspitzen um mich herumgeschlichen und haben mir jeden Wunsch erfüllt. Ich habe selbst gehört, wie unser gnädiger Patriarch ihnen eingeschärft hat, mich mit allen Ehren zu behandeln. Er ist ein wohlerzogener, junger Mann, nicht unverschämt, wie manche …", sie schoss ihm einen bedeutungsvollen Blick zu und er grinste schwach.

„Geschenkt, aber ich hätte nicht gedacht, dass du so zart besaitet bist, dass dich ein paar geschürzte Lippen von Ninians Seite vertreiben."

Er bereute seine Worte sofort, ihr Gesicht verzog sich, als wollte sie in Tränen ausbrechen.

„Ich habe ihr nicht gutgetan", flüsterte sie, „wenn ich an ihr Bett kam, wurde sie unruhig, sie aß kaum, wenn ich sie fütterte … es schien mir besser, sie der Fürsorge der anderen beiden zu überlassen. Du kannst jetzt verschwinden, die Fahrt hat mich angestrengt."

Er fand sich draußen wieder, zerrissen von der Ungewissheit, als LaPrixa noch einmal den Kopf herausstreckte. „Die kleine Fürstin ist guter Dinge, sie scheint fest überzeugt zu sein, dass unsere … dass deine Liebste wieder gesund wird. Deshalb hab ich sie ihr überlassen."

Die Tür knallte zu und er wanderte in die Ruinenstadt zurück, gefangen zwischen Hoffen und Bangen.

In der Halle stand ein Mann, der ihm den Rücken zukehrte. Als er sich umdrehte, sah man, dass sein vornehmes, schwarzes Gewand an den Beinen weiß befleckt war, als hätte er im Staub gekniet. Jermyn wäre grußlos an ihm vorbeigegangen, hätte sich der andere nicht zwischen ihn und die Treppe gestellt.

„Ich grüße Euch, junger Mann. Auch wenn Euch mein Besuch lästig ist, habe ich doch etwas mit Euch zu bereden."

„Ach ja? Was soll das wohl sein, Violetes?"

„Euer Glassand liegt in meinem Lager. Ich hatte von Ely ap Bede ein Vorkaufsrecht erhalten, bis Ihr selbst zurück wäret, um über den Preis zu verhandeln. Die unselige Krankheit des Fräuleins hat verhindert, dass ich Euch früher aufsuchte, doch jetzt höre ich, dass es ihr besser geht. Wollt Ihr mir den Sand verkaufen, so müssen wir uns über den Preis einigen."

„Steckt Euch doch den Sand …"

Meister Violetes hob die Hand. „Seid nicht kindisch. Sonst müsste ich meine gute Meinung über Euren Verstand ändern."

Die kühle Verachtung in seiner Miene brachte Jermyn ein wenig zu sich. „Ihr habt recht, verzeiht, Meister …"

„Es ist schon gut, ich weiß, welche Sorgen Euch bedrücken, aber glaubt mir, es hilft, sich mit anderen Dingen zu beschäftigen. Als meine Frau starb, habe ich alle Brücken der Stadt vermessen und gezeichnet ... aber genug davon. Was habt Ihr mit dem Sand vor? Wollt Ihr ihn ganz verkaufen, oder habt Ihr eigene Pläne?"

„Was sollte ich damit anfangen? Er sollte der Lohn für unsere Dienste sein", sein Gesicht verzerrte sich und für einen Moment wich selbst der unerschrockene Baumeister vor der Qual und dem Zorn in den schwarzen Augen zurück. Dann hatte Jermyn sich wieder in der Gewalt. „Gold, versteht Ihr? Viel Gold, wenn ich es richtig verstanden haben."

Violetes neigte den Kopf. „Das habt Ihr richtig verstanden, es herrscht große Nachfrage. Fenster sind das neueste Spielding der Reichen. Thalia Sasskatchevan möchte einen Pavillon aus Glas im Garten ihres Sommerschlosses am Ouse-See errichten und Scudo Rossi liegt mir in den Ohren wegen eines gläsernen Beckens für sein Badehaus. Ich warte nur darauf, dass einer ein durchsichtiges Dach verlangt. Nun, mir soll es recht sein, ich baue ihnen, was sie wollen, wenn sie zahlen und ich das nötige Material finde ... Was ist Euch, junger Mann, hat Euch der Schlag getroffen?"

Jermyn hatte ihn am Ärmel gepackt und starrte über seine Schulter ins Leere. Der Baumeister öffnete den Mund, um nach Wag zu rufen, als er sprach. Zuerst blickte Violetes ihn an, als sei er nicht bei Sinnen, dann packte auch ihn die Vision, die Jermyn in abgerissenen Worten entwarf und seine Miene nahm den gleichen entrückten Ausdruck an. Als Wag kurz darauf in die Halle trat, fand er die beiden ungleichen Männer in eifrigem Gespräch und seit langer Zeit richtete Jermyn zum ersten Mal das Wort in normalem Ton an seinen leidgeprüften Gefolgsmann.

24. Tag des Fruchtmondes 1467p.DC

„Jetz is er vollends übergeschnappt! Bei uns geht's zu wie im Zirkus, als der alte Patriarch ihn wieder aufbauen wollte. Jeden Tag kommen Wagen, der ganze Hof is voller Bauzeug, un ein Lärm, dass de dein eignes Wort nich verstehst." Wag nahm einen ordentlichen Schluck aus seinem Humpen, während Knots mitfühlend nickte. Zwischen den beiden Männern war eine Freundschaft entstanden, die nicht zuletzt darauf beruhte, dass sie sich beieinander ungestraft über ihre Patrone beklagen konnten, denen sie im Übrigen mit unbedingter Treue anhingen.

„Un wenn de fragst, was der ganze Zauber soll, kriegste 'ne dumme Antwort", fuhr Wag vorwurfsvoll fort und Knots nickte weise.

„Jou, da sagste was, Bruder. Wenn ich Babitt drauf anhau, wann wir mal wieder 'nen anständigen Bruch machen, springt er mir fast ins Gesicht. Un du darfst nich vergessen, dass ich es nich allein mit ihm zu tun habe", er senkte die Stimme und zeigte bedeutungsvoll an die Decke von Babitts großem Zimmer.

Manches hatte sich verändert. Die Ecke neben dem Kamin, in der sie saßen, war durch Stellwände abgeteilt, die jetzt zurückgeschoben waren. Außer Tisch und Stühlen standen hier Bett, Schrank und Waschtisch. Auf einem zweiten Tisch türmten sich Schlösser der verschiedensten Art, Drähte, Haken und Ölkännchen. Die Fenster waren geöffnet, aber lange Bahnen aus Leinwand hielten die Sonnenhitze ab.

„Sie is zwar milder geworden, aber wenn sie will, hat sie immer noch Haare auf den Zähnen. Un jetz halten sie auch noch zusammen. Als ich neulich ein bisschen angesäuselt nach Hause kam", Knots ließ seine Gelenke knacken, „ham sie mich beide fertig gemacht. Er wie so 'n Echo immer hinter ihr her. Deshalb hab ich jetz ja Hausarrest. Allerdings hat Babitt nachher gesagt, ich hätt's verdient, weil ich so dumm war, sie aufzuwecken, un weil ich vergessen hatte, die Vögelchen zuzudecken", er machte ein glucksendes Geräusch zu den Käfigen, die wieder an der Wand aufgestapelt waren, und leises Tockern antwortete ihm. „Is jedenfalls prächtig von dir, dass de hergekommen bist."

„Nich doch", Wag winkte großzügig ab, „für's Futter hat sie ja 'n Händchen." Achtungsvoll schaute er auf den reich gedeckten Tisch.

„Hast recht, da lässt sie sich nich lumpen. Un Bier kann ich haben, soviel ich mag. Nur nix Stärkeres. Auf Dulcia", sie hoben ihre Krüge und tranken. Wag sah sich um.

„Du schläfst jetz allein hier, oder?"

„Jou, Babitt hat sein Bett oben. Wenn sie Alpträume hat ... Dot kann sie nich beruhigen."

„Is wahr? Sind se ...?", er machte eine sprechende Geste und Knots grinste.

„Weiß nich, aber sie ham sich beide verändert. Du hast ihn ja gesehen, so sauber un ordentlich kenn ich meinen Babitt gar nich un sie ..."

Ein Schlüssel drehte sich im Schloss und beide Männer sprangen schuldbewusst auf. Als sich die Tür öffnete, machte Wag einen tiefen Diener.

„Seid gegrüßt, Jungfer Dulcia, un Dank für die freundliche Bewirtung", sagte er artig. Die junge Frau, die hereinhinkte, nickte ihm zu.

„Wohl bekomm's. Es ist brav, dass du dem armen Sünder Gesellschaft leistest. Hast du die Vögel versorgt, Knots?"

„Jawohl, Jungfer, alles erledigt, bevor wir uns zum Essen gesetzt haben." Knots stand so stramm wie seine spindelige Gestalt es zuließ. Dulcia neigte beifällig den Kopf.

„So ist's Recht. Erst die Arbeit, dann das Vergnügen. Wenn dein Gast gegangen ist, komm bitte hinauf. Dot hat den Schlüssel zu dem Kasten mit den kostbaren Spitzen verloren und ich brauche welche für die Hemden des Herrn von Battiste", sie deutete auf den mit Schlössern überladenen Tisch und lächelte, „manchmal muss man geradezu dankbar sein für Knots außergewöhnliche Gabe, wenn er sie bisher auch nicht eben segensreich eingesetzt hat. Aber er hat seinen Irrtum eingesehen, nicht wahr, und ist auf dem besten Wege, ein redlicher Mensch zu werden. Ich jedenfalls habe noch keinen Knoten gesehen, den er nicht aufbekommen hätte."

Fürchterlich schielend bemühte Knots sich um ein kreuzbraves Gesicht, seine Gelenke knackten und schnell verschlang er die Finger ineinander und senkte schließlich bescheiden das Haupt, während Wag sich damit begnügte, fromm zu schauen. Nach kurzem Zögern, fragte Dulcia:

„Wie geht es ... wie geht es deiner Herrin?"

„Besser, Jungfer. Wir hör'n nur gute Nachrichten", Wag strahlte.

„Das ist gut", Wag sah ihr an, dass sie sich bemühte, freundlich zu sein, „ich werde es Babitt berichten. Jetzt lasst euch nicht länger stören. Vergiss nicht, das Goldstück nachher in die Sonne zu setzen, wegen des Ungeziefers."

Als sie gegangen war, setzten sich die Männer aufatmend.

„Siehste, sie hat uns fest am Wickel", seufzte Knots.

„Ja, aber jetzt, wo sie nich mehr wie 'ne schwarze Krähe rumläuft und ihr Haar zeigt, is sie gar nich unhübsch, trotz Buckel un Hinkefuß. Wer hätte das gedacht? Un so gut wie sie kocht, könnt ich Babitt glatt verstehn."

„Sag ich doch, aber früher, wie Mule noch dabei war, war's trotzdem schöner ..."

Zur gleichen Zeit ging Babitt in den Handelshallen ein ähnlicher Gedanke durch den Kopf, aber er verscheuchte ihn schnell, da er seinen ganzen Witz zusammenraffen musste, um sein Gegenüber zu verstehen.

„Risiko? Ei bewahre, lieber Herr, was für ein Risiko sollte dabei sein? Die Begleitmannschaft ist ausgesucht: Zwei schnelle, wendige Segler, deren Besatzung weder Sturm noch Seewölfe fürchten. Die Route ist geheim, nur der Kaufherr und der Schiffsmeister kennen sie, Schwäger, die einander gewiss nicht in den Rücken fallen, da besteht keine Gefahr. Das Wetter bleibt gut, die Ladung ist ungefährlich, Tuche vor allem, ein wenig Kupfer und Öl, aber von letzterem zeichne ich Euch frei, wenn Ihr Bedenken habt. Ich will nicht drängen, überlegt in Ruhe. Hier, nehmt noch ein wenig Wein, 65er, ein großer Jahrgang, milde wie Muttermilch."

Zuan Trevisan holte eine Korbflasche unter dem Tisch hervor, schenkte ein und lehnte sich, die Weinschale zum Munde führend, in seiner Bank zurück. Er war ein passionierter Angler, schon als elternloser, barfüßiger Gesindebub auf einem der großen Landgüter im Westen hatte er die Fischgründe heimgesucht. Fünfzehnjährig war er in die Stadt gekommen, um sich Namen und Stellung zu erringen. Beides war ihm gelungen, er hatte sich dem Gefolge eines großen Kaufherrn angeschlossen und das Glück gehabt, seinem Brotgeber angenehm aufzufallen. Jetzt hatte er den heimatlichen Dialekt abgelegt und ging gekleidet wie ein Herr, aber die Neigung zum Fischen war ihm geblieben. Manchmal, wenn ihm ein gutes Geschäft geglückt war, das sein Patron besonders belohnte, fuhr er hinaus in sein Heimatdorf, stieg mit großem Pomp im besten Gasthaus ab und verbrachte mehrere Tage damit, schenkeltief im Wasser zu stehen und sich mit misstrauischen, alten Raubfischen zu messen. Aber im Grunde war es ihm gleich, wonach er seine Angel auswarf, in jedem Fall brauchte man List und Geduld, weder die geschuppte Beute noch die zweibeinige durfte man durch voreilige Bewegungen kopfscheu machen. Hatten sie jedoch einmal den Haken geschluckt, durfte man sie nicht mehr von der Leine lassen.

So betrachtete er auch jetzt das Treiben in den Handelshallen, als habe er alle Zeit der Welt, winkte einem Bekannten und tauschte ein Scherzwort mit einem anderen seiner Zunft. Sein Klient, ein vierschrötiger, junger Mann mit kurz geschnittenem braunen Haar, saß, wie zur Flucht bereit, nur halb auf der Bank in Trevisans Nische und betrachtete stirnrunzelnd die schwarzen Zahlenreihen auf dem Pergament in seinen Händen.

„Und wenn sie aber doch untergeht?"

Trevisan fuhr zusammen, als habe er seinen Kunden ganz vergessen. Mit breitem Lächeln wandte er sich ihm wieder zu.

„Nun, so zahlt Ihr ... einen Anteil, einen kleinen Anteil nur", zwischen Daumen und Zeigefinger zeigte er die Winzigkeit des Betrages, „Ihr seid doch nicht der einzige Bürge. Seht, diese Namen, alles Männer von guter Bonität, wie Ihr auch, nicht wahr? Allen voran Messer Rossi selbst ...

hätte er sich dieses feine Geschäft wohl ausgedacht, wäre er sich seines Profites nicht sicher gewesen? Seht Ihr! Zweifelt doch nicht, immerhin steckt auch Euer Geld im Seehandel, wäret Ihr da nicht froh über ein paar wohlgefüllte Beutel in Eurem Rücken?"

Der Klient nickte halb widerwillig. In seiner respektablen, braunen Schaube mit dem Pelzbesatz unterschied er sich nicht von den anderen Besuchern der Handelshallen, doch schien er sich in seiner Haut nicht wohlzufühlen. Aber es saß fest am Haken und Zuan Trevisan gedachte nicht, ihn entkommen zu lassen.

„Also, rekapitulieren wir: Ihr beteiligt Euch mit einem Sechstel an der Versicherung der ‚Filia', ausgeschickt von Miro di Ponte, das entspricht 400 Goldstücken, die Ihr Euch zu zahlen verpflichtet, sollte das Schiff samt Ladung auf See bleiben. Als Prämie zahlt Euch di Ponte den sechsten Teil von Hundert, das sind 24 Goldstücke, abzüglich von einem Goldstück für die Vermittlung. So seid Ihr, ohne einen Handschlag zu tun, um ein nettes Sümmchen reicher."

„Und vielleicht bald um ein noch viel netteres ärmer", brummte der Fisch. Zuan Trevisan zuckte die Schultern.

„Vertraut auf Euer Glück, Herr. Ich sag's Euch im Vertrauen", er sah sich verstohlen um, „Messer Rossi nimmt jeden Auftrag, der ihm angeboten wird. Aber … wer nicht wagt, der nicht gewinnt", er griff nach dem Pergament und begann es zusammenzurollen. „Ich habe keine Mühe, einen Mutigen zu finden, dem daran gelegen ist, schnelles Geld zu machen. Es ist freilich kein Geschäft für jedermann, nichts für Zauderer und Stubenhocker", verführerisch zuckte der Köder und der Fisch schnappte zu.

„Nein, nein, gebt schon her, ich wag es ja", ungeduldig tauchte der Mann seinen Siegelring in die rote Stempelmasse und setzte einen großen, schmierigen Abdruck unter den Vertrag.

„Eine gute Entscheidung", Trevisan verstaute das Dokument in einer Schatulle und zahlte aus einer anderen dreiundzwanzig Goldstücke auf den Tisch. „Ihr werdet es nicht bereuen, Messer Babitt, wir machen noch einen Geschäftsmann aus Euch."

Der junge Mann schnaubte. Das Kompliment schien ihn nicht zu freuen. Er drückte sich das pelzverbrämte Samtbarett auf den Schädel, nickte dem Makler zu und schob sich aus der Bank. Zuan Trevisan sah ihm nach und bleckte die Zähne beinahe wie Scudo Rossi, sein Patron.

Babitt verließ die Nischen der Makler und trat in die Halle hinaus. Eigentlich hatte er noch bei der Versteigerung vorbeisehen wollen, aber der Kragen des wollenen Wamses drückte ihn und er schwitzte in seiner vornehmen Schaube. Vor dem Treffen mit Trevisan hatte er einen frischen Krapfen gegessen und, um sich Mut zu machen, einen Humpen Starkbier getrunken. Beides rumorte ihm im Magen und wollte sich lautstark in Erinnerung bringen. Früher hätte er dem Drang ohne Bedenken nachgegeben, in seinen Kreisen wurden ein rollender Rülpser, ein saftiger Furz mit wohlwollendem Johlen gewürdigt, in dieser Umgebung durfte er sich das nicht erlauben – pah, er durfte es nicht einmal mehr in seinen eigenen vier Wänden wagen! Uff, da machte er sich schon wieder bemerkbar, der Krapfen. Die Hand vor dem Mund, drängte er sich durch die Menge. Er musste sehen, dass er aus diesen verdammt ehrwürdigen Hallen herauskam. Das ernste Gehabe der Männer um ihn her, ihre gewichtigen Mienen und Gesten erweckten in ihm nur Verdruss und Ärger. Am Anfang war es ein erhebendes Gefühl gewesen, zu diesen aufrechten Bürgern zu gehören, geachtet und respektiert, aber das hatte nicht lange vorgehalten. Oft dachte er sehnsüchtig an sein altes Leben, aber er wusste, dass es keinen Weg zurück gab.

Begonnen hatte es in jener denkwürdigen Mittwinternacht des Jahres 1465, als Jermyn ihn im Haus der Berengars zurückgelassen hatte. Natürlich hatte er in dieser Nacht keinen Karren für die Leiche des armen Mule auftreiben können, nicht mit dem heulenden Knots und der verstörten Dulcia im Schlepptau. Unter großen Anstrengungen war es ihm gelungen, Mule in einer der Truhen zu verstecken, die in der Vorhalle an den Wänden standen. Zu seiner Überraschung hatte Dulcia ihm geholfen, mit zitternden Händen zwar und weiß bis in die Lippen, aber was in ihren schwachen Kräften stand, hatte sie getan. Und das war nicht das Einzige gewesen: Als sie Mule am nächsten Tag aus dem immer noch wie ausgestorbenen Haus heimgeholt hatten, erwies sie ihm mit Dot den letzten Liebesdienst, hatte ihn entkleidet, gewaschen und ihm eines seiner geliebten Rüschenhemden und seine besten Beinlinge angezogen. Für schweres Geld war der Getreue in einer Nische des nächsten Beinhauses bestattet worden. Der Priester des Orkus hatte von einem Glockenschlag zum nächsten gesungen und salbadert, um die Seele des großen Mannes sicher ins Jenseits zu geleiten. Alle Jungs des Viertels, die Hehler, Himmelsspieler und Hahnenzüchter und nicht zu vergessen, die Huren, die den gutmütigen Mule ausgenommen hatten, hatten geweint wie die Schlosshunde.
Zuletzt waren auch Jermyn und Ninian erschienen, obwohl Babitt ih-

nen keine Nachricht geschickt hatte, aber natürlich wusste Jermyn über die Bescheid, die zu ihm gehörten, das war so sicher wie der Furz nach dem Krapfen. Beide waren sie recht angeschlagen gewesen und zu der anschließenden Sause, mit der sie das Andenken an den großen Mann gefeiert hatten, waren sie nicht mitgekommen. Auch da hatte Babitt Dulcias Benehmen überrascht: Sie hatte sich nicht blicken lassen, doch als Babitt zwei Tage später mit dröhnendem Schädel in der verwüsteten Wohnung erwachte, hatte sie sich, mit rotgeweinten Augen zwar, aber ohne ein vorwurfsvolles Wort, mit Dot ans Aufräumen gemacht. Babitt hatte vom Fleck weg zwei Frauen angestellt, die ihr zur Hand gehen sollten, und sie hatte ihm mit einem Nicken gedankt, ohne missbilligend geschürzte Lippen.

Ein paar Tage waren sie umeinander herumgeschlichen, um dann gleichzeitig den Entschluss zu fassen, sich anzusprechen.

„Hört einmal, Jungfer Dulcia …"

„Ich hab Euch etwas zu sagen …"

„Verzeiht, nach Euch, Jungfer …"

„Nein, nein, sprecht nur …"

Schließlich hatte er es auf sich genommen, zu beginnen und er hatte reinen Tisch gemacht. Sie wusste jetzt, was er war und woher sein Geld kam, von der Liebschaft mit ihrer Schwester hatte er ihr schon in dem furchtbaren Keller erzählt.

„Aber glaubt mir, ich habe sie wirklich geliebt und ich hätte für sie allem unrechten Tun abgeschworen. Bis ans Ende meiner Tage werde ich meine Schuld nicht vergessen. Ich hab es ihrem Mörder heimgezahlt, und … und wenn Ihr es wollt, werde ich für Euch sorgen, so lange es mir möglich ist. Aber ich könnt's verstehen, wenn Ihr mich nicht mehr sehen mögt, jetzt, wo Ihr alles wisst."

Ihre Tränen waren wieder geflossen, als er von Ciske sprach, doch bei seinen letzten Worten hatte sie sie beinahe heftig abgewischt.

„Ich … ich habe auch Schuld auf mich geladen … Babitt", es war das erste Mal, dass sie ihn beim Namen nannte. „Ich habe Euch misstraut und mich mit jenem … jenem schlechten Menschen eingelassen", sie war dunkelrot geworden und ihre Unterlippe hatte gezittert. „Darum habt Ihr Euren Freund verloren … weil Ihr gekommen seid, um mich zu retten. Ich habe manches erkannt in jener Nacht, was gut ist und was böse, und dass man es nicht immer auf den ersten Blick erkennt. Ihr habt mir geholfen, aber ich kann Euch auch helfen, ich kann Eure Wirtschaft in Ordnung halten und so meine Schuld abtragen, aber …", sie war noch röter geworden und hatte die Hände fest in einander verschlungen, „ich weiß, ich kann nicht bei Euch bleiben, wenn Ihr weiter auf diese … auf diese Weise Euer Brot verdient."

Er hatte sofort verstanden, was sie meinte. Kein Dasein mehr als Maulwurf, ein ehrbarer Bürger sollte er werden.

„Ich kann von Eurem Geld nur leben, wenn Ihr es ehrlich erworben habt. Sonst will ich versuchen, mir eine andere Arbeit zu suchen. Allerdings, in dieses Haus will ich nicht zurück …", ein wenig verloren hatte sie den Kopf geschüttelt.

Noch heute, zwei Jahre nach diesem Gespräch, sah Babitt sie vor sich, ein wenig schief, die Hände vor der Schürze gefaltet. Sie besaß nichts von Ciskes sprühendem Leben, aber die weichen Löckchen ringelten sich unter der weißen Haube um einen zarten, faltenlosen Hals, es wirkte rührend und verletzlich. Und ihre Lippen waren nicht so dünn, wie es ihm immer hatte scheinen wollen … sie hatte aufgesehen, und es waren nicht Ciskes Glutaugen gewesen, aber der bittende Ausdruck in ihnen hatte ihn bewegt.

Mit einem Schock war es damals über ihn gekommen, dass sie nicht fort wollte. Die Erfahrungen mit dem kleinen Scheißkerl hatten den Panzer der steifen Rechtschaffenheit zerbrochen, hatten sie weicher gemacht und damit verletzlicher. Nichts schützte sie jetzt, allein, auf sich gestellt, ohne seine Hilfe, wäre sie verloren. Aber sie konnte es nicht ertragen, von ergaunertem Gut zu leben. Was war ihm also übriggeblieben?

Er hatte dem Dasein als Maulwurf abgeschworen. Seit mehr als einem Jahr versuchte er, ein rechtschaffener Mensch zu werden und nicht selten schien ihm dies eine unerfüllbare Aufgabe. Mit den Hähnen hatte sie sich abgefunden, ja, im Laufe der Zeit hatte sie sogar Anteil an den Tieren genommen. Niemals hätte sie sich das blutige Spektakel angesehen, aber sie hatte Freude an den Küken, hegte und pflegte sie und hatte so, bewusst oder unbewusst, Mules Erbe angetreten.

Babitt wäre es recht gewesen, er hatte in seiner Zeit als Maulwurf einen ordentlichen Batzen zusammengerafft und Knots und er hatten Mules Anteil unter sich aufgeteilt. Er hätte seine Zeit mit Hahnenkämpfen und Himmelsspiel wohl ausfüllen können, wäre da nicht Dulcias Empfindlichkeit gewesen.

Sie bestand darauf, dass er, wenn er das ergaunerte Geld schon nicht zurückgeben wollte, es doch wenigstens in ehrliches umtauschen sollte.

Zu einem Handwerk konnte er sich nicht bequemen, er wollte den Nacken nicht unter einem Meister beugen. Dann waren ihm die Handelshallen eingefallen, es hieß, dort wurde auch Geld gemacht, viel Geld, und so war er kurz nach der Abreise von Elys Wagenzug dorthin gegangen und Zuan Trevisan in die Hände gefallen ...

„He, du ... komm her!"
Er hatte die Hallen hinter sich gelassen und winkte mit einer Kupfermünze. Der Abtritter kam heran und Babitt erleichterte sich hinter dem ausgebreiteten Umhang in seinen Eimer. Gekleidet, wie er war, konnte er sein Wasser schlecht an der nächsten Hauswand abschlagen ... er seufzte, das ehrbare Leben hatte seine Beschwernisse.
„Das macht zwei Kupferlinge, werter Herr", winselte der Abtritter.
„Was? Seit wann?"
„Immer schon, Euer Gnaden, eins für den Eimer un eins für den Umhang. Nur für eins müsst Ihr ohne Umhang pischern. Aber wenn Euer Gnaden knickern wolln", das Männchen machte Miene, die Arme zu senken. Babitt packte ihn mit der freien Hand am Brustlatz.
„Pass auf, Pissesammler, lass dich nich von meiner Kledasche täuschen, ich wohn im Gerberviertel, ich weiß, was die dir für den Eimer zahlen. Ein Kupferling oder ich wisch das Zeug mit deiner Fresse auf", drohend stieß Babitt mit dem Stiefel gegen das Gefäß. „Wenn de kräftig ausspuckst, kriegste noch 'nen halben Eimer zusammen."
„Oi, nix für ungut", jammerte der Abtritter, „sach doch gleich, dass de einer von die unsrigen bist."
Eingeschüchtert hielt er still, bis Babitt fertig war, und trollte sich dann eilig. Babitt setzte seinen Weg finster fort. „Einer von de unsrigen", das war er eben nicht mehr.
Der Wechsel hatte sich nicht sogleich vollzogen, die Gewohnheiten eines Lebens legte man nicht so schnell ab. Er hatte allerdings kein Ding mehr gedreht, in die Schatzkammer der Handelshallen waren Jermyn und Ninian allein eingebrochen. Sie hatten die Beute mit ihm geteilt, wie es abgemacht gewesen war, und er hatte das Geld angenommen – soweit ging die Entsagung denn doch nicht. Aber nach einer ehrbaren Beschäftigung hatte er sich lange nicht umgesehen. Solange der Streit in der Ruinenstadt währte, war er mit Jermyn um die Häuser gezogen, sie hatten Iwo betreut und den größten Teil ihrer Zeit in den Höfen verbracht. Er war nicht gerne in seine Räume im Gerberviertel zurückgekehrt, wo ihn

Sauberkeit, Ordnung und Dulcias traurige Blicke erwarteten. Es war nicht wie früher, sie sagte kein Wort, aber er las den Vorwurf in ihrem Gesicht, sie konnte sich nicht helfen. Dann hatte Jermyn mit der Reiterei begonnen und sich mit Ninian versöhnt, der Verkehr mit Babitt war seltener geworden, doch bis zum Aufbruch des Wagenzuges hatte Babitt seine Lebensweise kaum geändert, statt mit Jermyn hatte er mit dem langen Petke und den anderen Jungs aus dem Viertel in den Kneipen gesessen. Erst als die Wagen fort waren, hatte er sich ermannt und manchmal stieg in ihm der Verdacht auf, dass ihn nicht zuletzt die Furcht vor Jermyns Hohn abgehalten hatte, die Sache ernsthaft anzugehen.

Und ohne Zuan Trevisan wäre er mit seinem Vorhaben wahrscheinlich kläglich gescheitert. Tatsächlich hatte der Makler ihn vor einem schmählichen Rausschmiß bewahrt, als er endlich den Mut aufgebracht hatte, sich in den Handelshallen nach einer Möglichkeit umzusehen, sein Geld reinzuwaschen. Das geschäftige Treiben hatte ihn verwirrt, all die Männer, die offenbar genau wussten, was sie zu tun hatten, die so verständig von Ladungen, von Verkauf und Gewinn sprachen, hatten ihn eingeschüchtert. Mehrmals hatte er die große Halle umrundet, in die Nischen geschaut, in denen eifrig verhandelt wurde, und sich schließlich an einen der Pfeiler gelehnt, niedergeschlagen, weil es ihm nie gelingen würde, Zugang zu dieser Gesellschaft zu finden. Und ehe er sich versehen hatte, waren zwei Wächter an seiner Seite gestanden. Nicht die Blauroten, mit denen sich reden ließ, sondern bullige Kerle in Kettenhemden, mit schweren Säbeln an der Seite, Söldner, die im Dienst der reichen Kaufleute standen. Sie hatten nach einem Pass verlangt, der ihm den Zutritt erlaubte, und als er sich rechtfertigte, jeder freie Bürger könne die unteren Hallen betreten, hatten sie erklärt, wer freier Bürger sei, bestimmten sie, und er gehöre eindeutig nicht dazu. Sie hatten ihn am Ellenbogen gepackt und zu einem der hinteren Tore geschoben, die Kaufleute hatten ihre Gespräche unterbrochen und ihn halb verächtlich, halb belustigt gemustert. Die Galle war ihm hochgekommen, er hatte die Fersen in den Boden gestemmt und gewiss hätte es einen Auftritt gegeben, der ihm für alle Zeiten den Zutritt zu den Hallen verwehrt hätte, wäre nicht plötzlich ein schmächtiger, elegant gekleideter Mann zu ihnen getreten.

„Mein lieber Freund, habe ich Euch nicht gesagt, Ihr solltet ohne Verzug zu mir in meine Nische kommen? Die dritte von oben auf der linken Seite – habt Ihr es vergessen? Es ist in Ordnung", hatte er sich an die Wächter gewandt, die ihn ausdruckslos angestarrt hatten ohne Babitt loszulassen, „ein junger Mann vom Lande, der zu ein bisschen Geld gekommen ist. Er kennt die Sitten der Hallen nicht. Ich soll ihn beraten und ich fürchte, er hat es bitter nötig." Als sie sich immer noch nicht rührten, hatte er sich vorgebeugt und ihnen etwas zugeflüstert. Sie hatten Babitts Arme augenblicklich losgelassen und waren plötzlich sehr höflich geworden. Trevisan hatte ihn geschickt von den beiden weggelotst und in seine Nische geführt. Dort hatte er zunächst einmal das gesträubte Gefieder seines Schützlings glätten müssen.

Nach der privilegierten Stellung, die Babitt in Jermyns Gesellschaft genoss, hatte ihn die Behandlung durch die Wächter auf's äußerste gereizt, aber das war nicht seine schlimmste Klage.

„Landei? *Landei?* Geboren un aufgewachsen in Dea, ich kenn die Stadt wie mein Hosensack", schnaubte er, „un Ihr nennt mich einen Krautkopf! Un seit wann darf nich ein ehrlicher Kerl hier rumspaziern, hä, das frag ich Euch?"

„Nun", Trevisan hatte ihn von Kopf bis Fuß gemustert, „sehr vertrauenerweckend seht Ihr nicht gerade aus. Was ist etwa mit Eurem Haar geschehen?"

Hastig hatte Babitt sich an den Kopf gegriffen. Nach der vollzogenen Rache an Paul hatte er sich den Filz vom Kopf scheren lassen. Die Haare waren nachgewachsen, aber da ihm mit Ciske auch das Interesse an seinem Äußeren abhanden gekommen war, hatte er selbst zum Messer gegriffen, als seine Kopfzier zu lang wurde. Und auch mit dem Barbieren hatte er es nicht mehr sehr genau genommen, vor allem seit Jermyn fort war, der es durchaus fertigbrachte, mit ätzenden Worten auf ein stoppeliges Kinn hinzuweisen.

„Und Eure Kleidung ... hm ..."

Babitt hatte an sich herabgesehen. Er hatte geglaubt, man müsse sich herausputzen, aber schon nach kurzer Zeit unter all den zurückhaltend schwarz und braun gekleideten Herren war es ihm vorgekommen, als seien ein violettes Wams und senfgelbe Beinlinge, gekrönt von einem federngeschmückten Barett nicht recht am Platze.

Unter Trevisans kritischem Blick war er errötet wie ein Mädchen, doch dann hatte der Makler eine erste Probe seiner außerordentlichen Menschenkenntnis gegeben.

„Nun, sei das, wie es sei, am Äußern kann man etwas tun. Aber jetzt sagt mir: Hatte ich nicht recht? Ihr *seid* ein junger Mann, der zu etwas Geld gekommen ist."

Babitt hatte die Version gefallen, er hatte genickt und Trevisan hatte nie weiter gefragt, woher das Geld stammte. Stattdessen hatte er Babitt unter seine Fittiche genommen, hatte ihn, als sich herausstellte, dass der raubeinige, junge Mann immerhin mehr als dreitausend Goldstücke wert war, zum Barbier gebracht und zu einem ordentlichen Schneider und ihm dann geraten, was er mit seinem Geld machen sollte. Seitdem segelten Schiffe über die Innere See, an deren Ladung von Öl, Hanf oder Getreide Babitt einen Anteil hatte. Die ersten Unternehmungen verliefen glücklich, obwohl Babitt sich schlaflose Nächte machte bei der Vorstellung, was *seinen* Schiffen alles passieren konnte. Als Jermyn im Reifemond des Jahres 1467 auf so spektakuläre Weise mit zwei Mädchen statt mit einem von seiner Reise zurückgekehrt war, hatte sich ein Drittel von Babitts verbrecherischem, erdbeschmutztem Gold in unschuldiges, sauberes Handelsmetall verwandelt. Dulcia bekam rosige Wangen, wenn er sich, in seine respektablen Gewänder gekleidet, von ihr mit dem Hinweis verabschiedete, dass er sich zu den Handelshallen begeben würde. Nur Knots war nicht ganz damit zufrieden, wie sich die Dinge entwickelten, aber darauf konnte Babitt keine Rücksicht nehmen.

Einige Sorgen hatte ihm bereitet, was Jermyn zu seiner neuen Ehrbarkeit sagen würde, doch bisher hatten sie sich kaum gesehen, Ninians Krankheit hatte alles andere aus Jermyns Kopf vertrieben. Wobei Babitt sich eingestand, dass es ihn getroffen hätte, wenn sie gestorben wäre. Als er hörte, dass sie über den Berg war, hatte er wirkliche Freude empfunden. Nun, er würde es abwarten, aber er nahm sich fest vor, sich durch nichts, was Jermyn sagen würde, von seinem Weg abbringen zu lassen. Und dank Zuan Trevisan, dem er mittlerweile bedingungslos vertraute, hatte er heute einen weiteren Schritt auf diesem Weg getan, eine Wette, ja eine Wette für Männer mit Verstand und Wagemut.

Babitt hob den Kopf, zog die Schaube enger um die Schultern und machte sich, bemüht um die gesetzte, würdige Haltung, die einem erfolgreichen Kaufmann anstand, auf den Heimweg.

4. Kapitel

20. Tag des Rebenmondes 1467 p.DC

Als sich das Laub der Bäume rund um die Villa da Vesta golden färbte, verkündete Dagny Solveig eines Morgens, dass sie in die Stadt zu reiten gedenke. Ohne großes Gefolge, nur in Begleitung Violetta ap Bedes und zweier Reitknechte. Die Bedenken ihres kleinen Hofstaats wischte sie ungerührt beiseite.

„Aber Herrin, bedenkt das Ungewöhnliche, ja, ich wage zu sagen, Unschickliche Eures Tuns", barmte ihr Haushofmeister. „Wenn der Patriarch davon erfährt!"

Dagny Solveig richtete sich zu ihrer ganzen Größe auf.

„Die Sorge könnt Ihr mich getrost überlassen", erklärte sie würdevoll, „ich habe beschlossen und so wird es gemacht!" Bei aller Sanftheit war sie Kanut Lawards Tochter, gewohnt, ihren Willen durchzusetzen.

Am nächsten Tag trabte sie auf dem verlässlichen, weißen Zelter, den Donovan ihr geschenkt hatte, über die Alte Straße nach Dea.

Es war ein angenehmer Ritt unter einem leuchtend blauen Himmel und bald streifte sie die Kapuze des schweren Umhangs ab, den ihr die Jungfer wegen der morgendlichen Kühle umgelegt hatte. Violetta schwatzte munter drauflos, sie war glücklich über diesen Ritt, denn sobald Ninian die Villa verlassen hatte, würden die Vorbereitungen für ihre Hochzeit beginnen.

Dagny Solveig antwortete nur einsilbig. In den Weinfeldern rund um die Stadt war die Lese eifrig im Gange und sie dachte daran, dass in ihrer Heimat die ersten Schneestürme über das graue Meer fegten, die Pelze hervorgeholt wurden und die Menschen sich auf die Monate der langen, kalten Dunkelheit vorbereiteten. Hier erinnerte nichts außer den purpurnen Trauben und dem blassen Gold der Blätter daran, dass sich das Jahr dem Ende zuneigte. Eine eigentümliche Erleichterung erfüllte sie – nie wieder endlose Wochen ohne Tageslicht, das qualvolle Warten auf die Rückkehr der Sonne! Konnte es sein, dass aus jenem schrecklichen, albtraumhaften Tag, als die fremden Schiffe wie Raubvögel aus dem Meer aufgetaucht waren, etwas Gutes für sie erwuchs?

Die Erinnerung daran würde sie nie ganz verlassen, aber sie war gedämpft, das Wissen um einen lang vergangenen Schmerz. Manchmal wehte sie ein Schatten an, wie ein übler Geruch, der ihr Entsetzen weckte, aber er brachte keine Bilder mit, nicht einmal im Traum suchte sie die Vergangenheit heim. Es musste etwas sein, was Jermyn getan hatte. Violetta hatte ihr von seinen außerordentlichen Fähigkeiten erzählt und obwohl ihre Dankbarkeit und Bewunderung nur noch gewachsen waren, hatte sie sich mit leisem Schrecken gefragt, wieviel er wohl von ihren Gedanken wusste, die um seine Person kreisten ...

Schärfer quälten sie die Gedanken an ihren Vater. Niemand hatte es ihr gesagt, aber sie wusste wohl, warum er nichts hören ließ, weder Brief noch Boten schickte und der Heirat mit Donovan so rasch zugestimmt hatte. Zwei Wochen, nachdem sie Ninian geholt hatten, war die Lady Sasskatchevan zu ihr gekommen und hatte ihr den Antrag des Patriarchen von Dea überbracht. In warmen Worten hatte sie für ihn gesprochen und Dagny war überzeugt, dass er ihr Lob verdiente. Dennoch hatte es ihr die Sprache verschlagen und die Lady Sabeena hatte sie taktvoll allein gelassen.

Eine Nacht lang hatte Dagny Solveigdothir, Fürstin der Nördlichen Inseln, darum gerungen, zu verstehen, dass ihr Vater keine Verwendung mehr für sie hatte. Dass er froh war, sie, für die ihm kein Freier gut genug gewesen war, dem ersten Besten zu überlassen, der sie nehmen wollte. Vielleicht tat sie dem Herrn von Dea damit Unrecht, aber leider hatte ein anderes Gesicht sie in ihren Träumen heimgesucht, ein hartes, spöttisches. Niemals hart gegen sie, aber sie wusste, dass die Erfüllung dieser Träume noch unwahrscheinlicher war als eine Rückkehr in die Heimat. Und so hatte sie am nächsten Morgen zugestimmt, ihren Platz neben Donovan als Patriarchin von Dea einzunehmen. Lady Sabeena hatte sie herzlich umarmt und ihr einen Brief von ihrem Bräutigam überreicht. Liebenswürdig und respektvoll hatte er geschrieben und die freundlichen Worte hatten sie getröstet.

Kurz vor Mittag erreichten sie das Nordtor. Dagny zog die Kapuze in die Stirn und wandte sich Violetta zu.

„Reite voran, Liebe, sag ihnen, du besuchst zu deine Eltern, wenn sie fragen. Sie sollen mir nicht erkennen."

Violetta setzte sich an die Spitze der kleinen Gruppe und als die Glocken der Tempel die Mittagsstunde läuteten, hatten sie den Rand des Ruinenfeldes erreicht. Dagny Solveig stieg ab und reichte ihre Zügel dem Reitknecht.

„Wartet auf mich", befahl sie und obwohl Violetta neugierig über das Ruinenfeld spähte, führte sie ihr Pferd gehorsam in den Schatten eines halben Torbogens.

Dagny Solveig raffte ihre Röcke zusammen und schritt vorsichtig zwischen den Trümmern und Grasbüscheln über die zerborstenen Steine der alten Straßen. Vieles erkannte sie wieder.

Jermyn hatte es in ihrer Vorstellung erstehen lassen auf jenen endlosen, nächtlichen Ritten, wenn sie glaubte, vor Durst und Schwäche keinen Moment länger im Sattel ertragen zu können. Ungeheure, tonnenförmigen Gewölbe, alte, immer noch prächtige Fassaden mit leeren Fensterhöhlen, Reihen zerbrochener Säulen, hier, der kleine, runde Tempelbau, von dem nur noch eine Hälfte stand, Figuren mit zerfressenen Gesichtern ...

Sie schauderte, aber sie setzte ihren Weg fort, bis sich vor ihr die säulengeschmückte Front eines Palastes erhob, überschattet von einem viereckigen Wachturm. Niedriges Gestrüpp wuchs hier und kleine knorrige Bäume, deren schmalblättriges, silbernes Laub leise raschelte.

Bis hierher war eine Straße frei geräumt worden, breit genug, dass Wagen darauf fahren konnten. Sie endete plötzlich an einem Säulenstück, das mit roten Bändern umwunden war. Eine ungeschickte Hand hatte mit roter Farbe eine furchteinflößende Fratze auf den Stein gemalt. Unwillkürlich blieb Dagny stehen. Ein Wagen rumpelte hinter ihr heran, sie trat beiseite, aber der Ochsentreiber führte das Gespann neben dem Weg zum Stehen und Männer begannen, in Rupfen gehüllte Gegenstände abzuladen. Sie trugen sie an dem bemalten Säulenteil vorbei, einer hinter dem anderen, wobei sie sorgfältig darauf achteten, auf dem schmalen Weg zu bleiben, zu dem sich die Straße verengte. Dagny schloss sich ihnen an und ging an der Mauer entlang bis zu der kleinen Pforte, in der sie verschwanden. Sie zögerte und lauschte.

Der Palast lag nicht verlassen, wie sie ihn in den Wüstennächten gesehen hatte. Raue Stimmen schallten über die Mauer. Sie nahm ihren Mut zusammen und schlüpfte durch die Pforte. Im Hof stapelten sich Holz und Steine, große Bütten standen im Weg und ein Gerüst versperrte den Blick auf das Gebäude. Die Männer schleppten die Rupfenbündel zu einem breiten Korb. Ihre Last schien schwer zu sein, sie bewegten sich vorsichtig und Dagny hörte „Obacht, Obacht"-Rufe.

„Vorsicht, Vorsicht! Passt doch auf, ihr Deppen", schrillte es, „der Patron reißt euch den Kopf ab, wenn was kaputt geht!"

Ein kleiner, magerer Mann sprang gestikulierend zwischen den Trägern her, sein schütteres Haar stand in alle Richtungen ab. Dagny Solveig lächelte. Das musste Wag sein, der Erste Gefolgsmann, wie Jermyn ihn halb gereizt, halb nachsichtig genannt hatte. Jetzt stemmte er die Arme in die Seiten und schrie nach oben:

„Oi, ihr da, die Fuhre is voll, ihr könnt hochziehen!"

Dagny folgte seinem Blick. Schwarz hob sich der Hebearm eines Krans von dem blauen Herbsthimmel ab, knirschend setzten sich die Rollen in Bewegung, als die Männer oben die Kurbel drehten. Einer beugte sich gefährlich weit über den Rand, um die heraufschwebende Last heranzuziehen. Dagny Solveig stockte der Atem.

Sie hatte sich mit dem Schicksal abgefunden, das sie zu Donovan geführt hatte, aber Jermyn hatte sie aus den unerträglichen Umarmungen des Belim gerettet und für einen Moment erwachte die anbetende Bewunderung, die sie während der Reise für ihn empfunden hatte. Doch in seinem Herzen war kein Platz für eine andere Frau, selbst wenn er Ninian verlor. Soviel hatte sie aus den Erzählungen der Lady Sabeena und auch des Schneiders Kaye erfahren. Mit einem Male fühlte sie sich befangen und wusste nicht recht, wie sie sich den fremden, geschäftigen Männern nähern sollte. Aber Wag hatte sie entdeckt.

„Was gib's, Jungfer? Was is Euer Begehr?", fragte er wichtig und versuchte unter ihre Kapuze zu schielen. Sie trat einen Schritt zurück.

„Ich ... ich habe ein Nachricht für ... für deine Herre."

„Was? Was für 'ne Nachricht, Herzchen? Der Patron is beschäftigt."

„Wag, was treibst du da unten?"

Beide schauten auf. Dagny Solveigs Kapuze fiel nach hinten und Wag blieb der Mund offen stehen.

„Oha, die Mondscheinprinzessin!"

Aber auch Jermyn hatte sie erkannt. In halsbrecherischer Geschwindigkeit turnte er das Gerüst hinunter. Dagny schnappte nach Luft.

„Dsermin ... er wird sstürzen ..."

Wag warf nur einen kurzen Blick hinauf.

„Ah was, das kann er im Schlaf. Aber, is was mit der Patrona?"

Sie antwortete nicht, Jermyn sprang das letzte Stück zu Boden und kam mit schnellen, seltsam steifen Schritten auf sie zu.

„Verschwinde."

Mit rebellischem, unglücklichem Gesicht schlich Wag davon. Dagny merkte es nicht einmal. Sie konnte ihren Blick nicht von Jermyn lösen.

Gekleidet war er wie einer der Arbeiter, das rote Haar hing ihm, grau von Staub, in wirren Strähnen in die Stirn. Doch es wäre ihr nicht aufgefallen, wenn er in Lumpen und kahl geschoren gewesen wäre, so sehr hielt sie der Anblick seines Gesichts gefangen.

Sie hatte einmal miterlebt, wie man ein paar junge Männer aus dem Gefolge ihres Bruders vor den Vater gebracht hatte. Ihr kleiner Segler hatte den Weg von Kanut Lawards Flaggschiffs gekreuzt und obwohl sie widrige Winde für die Begegnung verantwortlich machten, hatte ihnen Kanut Laward in seiner ständigen Angst vor Anschlägen vorgeworfen, es im Auftrag seines Sohnes auf sein Leben abgesehen zu haben. Sie hatten ihre Unschuld beteuert, aber an ihren starren Mienen hatte sie lesen können, dass sie ihr Todesurteil erwarteten. Später hatte sie erfahren, dass sie am gleichen Tag hingerichtet worden waren.

Genau so sah Jermyn sie an, die Augen wie bodenlose Löcher in dem bleichen Gesicht, die Kieferknochen schienen sich durch die Haut zu bohren, so fest hatte er die Lippen zusammengepresst. Da wusste Dagny Solveig, dass sie mit dieser Botschaft ihre Schuld beglich.

„Ssie ist wieder heil, Jamin, wieder gesssund", stieß sie hervor, die fremden Laute zischten durch ihre Zähne, als hätte sie nie mit Violetta geübt.

Jermyn starrte sie an, als begreife er nicht, was sie sagte, und verzweifelt bemühte sie sich, ihre ungelenke Zunge zu den richtigen Lauten zu zwingen.

„Gans gesund ... hörsst du..."

Jäh wandte er sich ab und stolperte ein paar Schritte beiseite, seine Schultern zuckten. Dagny Solveig betrachtete unsicher seinen Rücken. Warum freute er sich nicht? Hatte er sie nicht verstanden? Gerade als sie die Botschaft wiederholen wollte, drehte er sich um. Ohne sich um die Zuschauer zu kümmern, zog er sie in seine Arme und presste sie fest an sich. Er tat es nur aus Dankbarkeit, aber sie schmiegte ihre Wange an das grobe Wams und schloss für einen Moment die Augen. Dann war es vorbei und er schob sie ein wenig von sich, um sie anzusehen. Seine Augen glänzten verdächtig, er lächelte unsicher, als habe er in den vergangenen Wochen das Lächeln verlernt.

„Das haben wir dir zu verdanken, Dagny, du hast uns beiden das Leben gerettet", seine Stimme schwankte, „ich werde es niemals gutmachen können."

Würdevoll wischte sie seine Worte beiseite.

„Du hast es sson gutgemacht, Jamin, du hast mich von den ssreklikn klein Mann gerettet", widersprach sie, „ohne dich wäre ich in diese Wüste gesstorben und du hast mich ssu mein lieben Donovan gebracht", setzte sie entschlossen hinzu. Sie schien den richtigen Ton getroffen zu haben, er grinste breit und die ungewohnt demütige Miene verschwand.

„Gut, dass du es so siehst, Dagny! Wenigstens dafür hat es sich gelohnt."

Sie verstand ihn nicht, aber seine Freude war ihr genug.

Jermyn begleitete sie bis zum Rande des Ruinenfeldes, wo Violetta und die Knechte auf sie warteten. Wenn Dagny enttäuscht war, dass er sie nicht in seine Wohnung geführt hatte, so verbarg sie es gut. Beim Abschied war sie heiter und bat ihn, einen Boten zu schicken, bevor er kam, um Ninian zu holen, damit sie ihn gebührend empfangen konnte. Jermyn lächelte freundlich, dabei war ein pompöser Empfang unter den gönnerhaften Blicken von Donovans Gesinde das letzte, was er bei seinem Wiedersehen mit Ninian brauchte. Am liebsten wäre er sofort losgelaufen, um sie zu holen, aber erstens war seine große Überraschung noch nicht ganz fertig und zweitens ...

Die freudige Lohe, die Dagnys Botschaft – gelobt sei ihr liebevolles Wesen! – in ihm entfacht hatte, verblasste ein wenig, als er zum Palast zurückging. Ninian würde leben und er bereute nicht, dass er dafür die Huld des Kleinen Gottes geopfert hatte, aber bei dem Handel war es nicht darum gegangen, dass sie zu ihm zurückkehrte. Das große Erdbeben in Tillholde konnte er nicht ungeschehen machen – vielleicht war sie nur gesund geworden, damit er sie umso sicherer an ihre krausen Vorstellungen von Verantwortung und Pflichterfüllung verlor.

Er biss die Zähne zusammen. Es war nicht zu ändern, wenn dies ihr Wunsch war, musste er es hinnehmen – soviel hatte er in diesen schrecklichen Wochen gelernt. Tagsüber lenkte ihn die Arbeit am Palast ab, die Geheimnisse der Baukunst hatten sein Interesse geweckt. Wenn er mit Meister Violetes plante oder stritt, konnte er so tun, als sei alles in Ordnung. Doch in den Nächten, wenn er auf der Pritsche im Übungsraum lag, überfiel ihn die Angst und er hatte alle Mühe, sie zu bändigen. Es half nichts, er war zutiefst dankbar, dass sie lebte, und alles andere ... aber daran wollte er nicht denken.

Die folgenden Tage waren erfüllt von hektischer Betriebsamkeit, so dass ihm keine Zeit zum Grübeln blieb. Die gute Nachricht war im Palast von Mund zu Mund gegangen, die alten Mauern hatten vom Jubel widergehallt. Die Arbeiter hatten sich mächtig ins Zeug gelegt und am Abend die Kunde in der ganzen Stadt verbreitet. Am nächsten Morgen fanden sich der Bulle und Witok ein, gefolgt von Babitt und Knots, und den ganzen Tag über zwängten sich die Bewohner der angrenzenden Viertel durch die Öffnungen in Ninians Schutzgürtel. Abends erschien sogar LaPrixa mit Cheroot. Jermyn fand seine eigene Erleichterung in dem grimmigen, schwarzen Gesicht gespiegelt und diesmal war er ihr deswegen nicht gram.

Bis tief in die Nacht planten sie, wie sie Ninian gebührend empfangen konnten, und die Vorbereitungen erfüllten den Palast in den folgenden Tagen mit zusätzlicher Unruhe.

Jermyn ließ sie machen. Meister Violetes und er richteten all ihre Kräfte auf die Vollendung des großen Werkes, das sie zu Ninians Freude unternommen hatten – oder zu ihrem Andenken.

Zehn Tage, nachdem Dagny Solveig in die Stadt geritten war, standen sie auf dem Dach des Palastes und betrachteten ihr Werk. Violetes schnalzte ungläubig mit der Zunge.

„Jetzt kann ich es ja eingestehen, mein Junge, ich habe nicht daran geglaubt, dass wir es schaffen. Es ist ein wahres Wunder und ich glaube nicht, dass es seinesgleichen hat in der Welt, noch jemals hatte. Ohne Eure Vision hätte ich es niemals unternommen, aber damit habe ich mit den berühmten Baumeistern der Alten gleichgezogen."

Die Begeisterung machte seine Stimme jung und seine Augen leuchteten vor Stolz, aber obwohl Jermyn den Triumph des Mannes verstand, konnte er seine Freude nicht teilen. Dieses Ding, so wunderbar und prächtig es sein mochte, bedeutete ihm nichts, wenn es nicht auch Ninian etwas bedeuten würde.

„Ja, es ist ganz gut geworden. Lasst uns runtersteigen, sonst wird es zu dunkel für Euch."

Er trat zurück, um Violetes den Vortritt zu lassen, ohne auf die beleidigte Miene des Meisters zu achten, und in der Halle erwiderte er kaum seinen knappen Abschiedsgruß. Abwesend starrte er vor sich hin.

„Ich meine, wir bestellen ein paar Garköche, solche, die Ninian mag", schlug Kamante gerade vor, als er die Küche betrat.

„Von mir aus, aber ich weiß nich, ob wir Immergrün zum Schmücken nehmen oder rotes Weinlaub oder beides", grübelte Wag, „was meinst du, Patron?"

Jermyn antwortete nicht, er nahm sich einen Brotfladen, Käse und eine Kanne Wasser und verschwand. Kurze Zeit später hörten sie die Übungsgeräte knarren.

Wag verdrehte die Augen.

„Was ist los mit ihm? Wir würden am liebsten alle Räder schlagen vor Freude un er schleicht rum mit 'nem Gesicht wie saure Milch. Man möcht fast meinen, er will nich, dass sie wieder kommt", er sah Kamante groß an. „Glaubst du, er hat sich in das Mondscheinfräulein verguckt? Wenn de gesehen hättest, wie er sie umarmt hat, als sie hier war ..."

„Red kein Quatsch, Wag", unterbrach ihn Kamante streng. „In solche Dinge bist du dumm wie ... wie Bohnenstroh!"

Sie klopfte vielsagend mit dem Knöchel gegen seine Stirn und Wag, der dies nicht leugnen konnte, zog den Kopf ein und nickte demütig. Aber er war nicht der Einzige, der sich über Jermyns scheinbare Gleichgültigkeit wunderte. Keiner wusste etwas von seinen Ängsten.

Drei Tage nach Beendigung der Bauarbeiten beschlossen sie, ohne dass er etwas dazu gesagt hätte, Ninian am nächsten Tag zu holen. LaPrixa besorgte einen Wagen, der sie nach Dea bringen sollte.

Doch als Jermyn nach kurzem, unruhigem Schlaf bei Sonnenaufgang erwachte, wusste er plötzlich, dass er weder die hektischen Vorbereitungen noch die Ungewissheit auch nur einen Tag länger ertragen konnte. Rasch entschlossen zog er sich an und sprang die Treppe hinunter.

„Ich geh zur Scytenschule", rief er in die Küche, wo Kamante um diese Zeit den kleinen Cosmo fütterte, und verschwand, ohne eine Antwort abzuwarten.

Herbstlicher Nebel hing zwischen den Trümmern des Ruinenfeldes und seine Stiefel wurden nass vom Tau, als er über das Brachfeld lief. Die Luft war klar und kalt, es roch nach Rauch und er behielt den schnellen Lauf bei, bis das Ruinenfeld und die schweigende Masse des Alten Zirkus weit hinter ihm lag. Als sich der Dunst über dem Fluss aufgelöst hatte und die Stadt allmählich erwachte, hatte er das Stadttor passiert und marschierte über die blanken Steinplatten der Alten Straße nach Norden.

3. Tag des Windmondes 1467 p.DC

Ninian setzte sich in der Astgabel zurecht und spähte durch flirrendes Laub. Der Erdboden rund um die großen Laubbäume vor der Vesta-Villa war golden gefleckt, die Kronen hatten sich so gelichtet, dass sie die Straße unter sich ein gutes Stück weit überblicken konnte.

Zufrieden zog sie ein Bein hoch und ließ das andere über der Tiefe baumeln, hier oben musste sie sich nicht um damenhafte Haltung bemühen. Sie streichelte dankbar die glatte graue Rinde, dabei war sie nahe daran gewesen, den Baum zu hassen.

Als sie das erste Mal versucht hatte, ihn zu erklimmen, war sie kläglich gescheitert, mit Tränen der Wut und der Schwäche hatte sie erkennen müssen, dass sie als Fassadenkletterin nicht mehr taugte als der kleine Cosmo. Sie hatte sich in ihre Übungen gestürzt, hatte Dagny Solveig so lange bestürmt, bis sie widerstrebend Gewichte und Übungsgeräte herbeischaffen ließ. Am Anfang war es eine grausame Quälerei gewesen, sie hatte die Tür verriegelt, damit niemand Zeuge ihrer verzweifelten Bemühungen wurde. Den Baum hatte sie gewählt, weil das dichte Laub ihre lächerlichen Kletterversuche verbarg. Nach dem ersten Versuch hatte sie am nächsten Tag solche Schmerzen gehabt, dass sie sich nur noch ins Badehaus schleppen konnte, um Trost im heißen Wasser zu suchen. Sie hatte geglaubt, nie wieder klettern zu können, und war zu ihrer Schande vor Dagny Solveig in Tränen der Enttäuschung ausgebrochen.

Die kleine Gans hatte sie zunächst ratlos aus ihren unwahrscheinlichen Augen angesehen und vor lauter Anteilnahme beinahe mitgeweint. Dann war sie auf den großartigen Einfall mit der Schwitzhütte gekommen.

„In meine Heimat, wir kurieren damit viele Krankheiten." Sie hatte den Dienern erklärt, wie sie die Hütte bauen sollten, und nun erhob sich der hässliche, braune Kegel aus Reisig und Rasensoden in einer Ecke des Gartens zwischen zierlich gestutzten Büschen und gepflegten Blumenbeeten.

Das erste Mal war Ninian nur hineingekrochen, um Dagny nicht zu kränken, sie war sich lächerlich vorgekommen, als sie splitternackt im Dampf über den heißen Steinen gesessen hatte. Dagny hatte sie nicht lange darin gelassen und als sie herauskam, war sie erschöpft gewesen wie in der ersten Zeit nach ihrer Krankheit. Doch nachdem sie sich ausgeruht hatte, war die Steifheit aus ihren Gliedern verschwunden und etwas beschämt hatte sie der strahlenden Dagny gedankt. Langsam war es aufwärts gegangen, obwohl sie sich heftig geplagt und Ströme von Schweiß in der Schwitzhütte vergossen hatte.

Der Wind fuhr in die Krone und ein Schauer von Blättern und Rindenstücken fiel auf Ninian herab. Sie schüttelte den Kopf. Während der Krankheit hatte man sie ein zweites Mal kahlgeschoren und jetzt berührten die dunklen Locken gerade wieder ihre Schultern. Dagny Solveig nannte es hübsch.

„Du hast es gut, du musst nicht jede Tag unter den Kamm von deine Jungfer leiden."

Bei jedem anderen Mädchen hätte Ninian eine geschickte Bosheit hinter diesen Worten vermutet, aber Dagny war zu solchen Sticheleien nicht fähig, sie meinte, was sie sagte.

Ninian seufzte.

Sie sah nur ungern in den großen Spiegel in ihrem Zimmer. Als sie ihr Lager endlich verlassen konnte und auf wackeligen Beinen gestanden hatte, war sie vor dem hageren, hohläugigen Wesen zurückgeschreckt, das ihr daraus entgegenblickte. Unterdessen war es wohl besser geworden, ihr Appetit war zurückgekehrt und Dagny Solveig scheute weder Kosten noch Mühen, um sie mit den erlesensten Speisen zu füttern. Dagny und Violetta gurrten über ihr Aussehen wie zwei Verliebte, aber die beiden zählten nicht.

Sie zog das andere Bein hoch und umschlang die Knie mit den Armen.

Die Zeit vor ihrer Krankheit lag in dichte Nebel gehüllt, sie erinnerte sich daran wie an böse Träume. Die Reise durch die Wüste, die grässliche Überquerung des Meeres und jener letzte schreckliche Tag im Patriarchenpalast – Träume voll Verbitterung und Einsamkeit. Und doch wusste sie, dass es ihre eigenen Erlebnisse waren, keine Phantasien, Dagny Solveig war der lebende Beweis dafür.

Und Jermyn?

Sie konnte es kaum ertragen, an ihn zu denken. Mit allen Erinnerungen an ihn verband sich solches Herzeleid, dass sie vor ihnen zurückschreckte. Das letzte gute Bild war der Abschied vor dem Ruq in Tris. Wenn sie die Augen schloss, sah sie ihn scharf umrissen vor sich stehen, das halbe Lächeln, die Hand flüchtig erhoben. Ihr Gruß war ebenso kurz gewesen, weil ihr Kopf schmerzte und sie aus der grellen Sonne in den Schatten des Ruqs flüchten wollte – sie hatte damit gerechnet, ihn in wenigen Stunden wiederzusehen. Es war anders gekommen.

Während des ersten Fieberschubes hatte sie durchaus mitbekommen, was ihr zugestoßen war, nichts konnte schlimmer sein als die Hilflosigkeit, mit der sie ihren Entführern ausgeliefert gewesen war. Kein Gedanke formte sich in ihrem brennenden Kopf, um die Erdenmutter oder Jermyn zu Hilfe zu rufen. Einen einzigen schwachen Ruf hatte sie ausstoßen können, bevor sich die glühenden Schleier um sie geschlossen hatten. Auch an die Reise nach Eblis erinnerte sie sich, das harte Geflecht der Körbe, das Übelkeit erregende Schwanken, wenn die Ka'ud sich von der Rast erhoben. Als man sie vor den Belim geführt hatte, war ihr schon alles gleichgültig gewesen. Bis heute konnte sie nicht verstehen, was ihm an ihr gefallen hatte, vom Fieber ausgezehrt wie sie war. Aber er hatte mit seinen dicken, parfümierten Fingern das lächerliche Kinnbärtchen gestreichelt und genickt. Man hatte sie zu der silberblonden Schönheit gebracht, von der Ninian geglaubt hatte, sie sei einem ihrer Fieberträume entsprungen, bis zum ersten Mal Dagnys Tränen auf sie getropft waren. Dann war Jermyn gekommen ...

Sie presste den Rücken gegen den harten Stamm. Nie würde sie die Freude vergessen, die sie wie eine Flamme durchfahren hatte, als er über das Sims kletterte, auch wenn sie bald zu Asche geworden war.

Der zweite Schub der Krankheit hatte sie in einen tiefen, heißen Rachen gesogen, weiter und weiter, bis sie an jene Grenze gekommen war, deren Überquerung Erlösung versprach von der quälenden Hitze, dem schrecklichen Gefühl von Schuld und Verlust. Ein verzweifelter Ruf hatte sie zurückgehalten, die Gewissheit, etwas zu verlieren, das wichtiger war als Frieden im Vergessen. Sie hatte sich abgewandt von der Lockung jenes anderen Landes und den langen, mühsamen Rückweg angetreten.

Von der Übersiedlung in Donovans Villa hatte sie nichts gemerkt, sie war so schwach gewesen, dass selbst LaPrixas angstvoll gespannte Sorge sie bedrückt hatte. Und sie hatte zum ersten Mal gemerkt, dass an dieser Sorge nichts Mütterliches war, an den Worten, die LaPrixa flüsterte, wenn sie geglaubt hatte, Ninian schliefe, den Berührungen – nein, die Abreise der Hautstecherin hatte sie, in der Selbstsucht der Kranken, ungemein erleichtert. Endlich hatte sie Dagny Solveigs heitere Ruhe genießen können.

Es war wie ein Wunder gewesen. Als sie im Frauenhaus des Belim so weit gesundet war, dass sie wieder Anteil an ihrer Umgebung nahm, hatte sie ebenfalls Dankbarkeit für Dagny empfunden. Aber dieses Gefühl war schnell der Ungeduld gewichen. Sie hatte nicht verstanden, wie das Mädchen sich so widerstandslos in seine Lage schicken konnte. Nachdem Ninian ihre Hilfe nicht mehr brauchte, war sie im Jammer versunken, hatte weinend auf ihrem Bett gelegen und jeden Versuch, den Ninian unternommen hatte, um sie aufzurütteln, nur mit neuen Tränenströmen beantwortet. Dieses Verhalten hatte schnell Ninians Verachtung geweckt und sie am Ende so gereizt, dass sie manchmal nahe daran gewesen war, das rückgratlose Geschöpf zu schlagen, um es aus seiner Teilnahmslosigkeit zu reißen. Mittlerweile ahnte sie, dass Dagnys Lebenswille zu jenem Zeitpunkt beinahe zerbrochen war, und die Kälte, mit der Ninian sie schließlich behandelt hatte, ihre letzte Verzweiflung heraufbeschworen hatte. Und auch, dass die Verachtung ihrer eigenen Angst entsprang, hatte Ninian unterdessen begriffen, der Angst, selbst keinen Ausweg aus diesem Gefängnis zu finden, der Angst, die Verbindung zu allen, die sie liebte, verloren zu haben. Dann hatte sie Jermyns Ruf *gehört* ...

Sie wischte sich ärgerlich über die Augen. Immer noch kamen ihr die Tränen, wenn sie an jenen Moment dachte. Die Freude, die Hoffnung, den er in ihr geweckt hatte ... das Gefühl, als er im Fenster erschienen war, und sie ihn endlich, endlich wieder in den Armen gehalten hatte ... und dann war Dagny in seinen Gesichtskreis getreten, die Mondscheinprinzessin mit ihrer unirdischen Schönheit. Ninian hatte es wie einen körperlichen Schmerz empfunden, als sich seine Aufmerksamkeit von ihr abwandte ... und sie hatte begonnen, Dagny zu hassen.

Während der grausamen Reise durch die Wüste hatte der Hass sie begleitet, ein tiefer, bohrender Orgelton in dem Mahlstrom dunkler, verzweifelter Gefühle von Angst und Verlust. Schlimmer und schlimmer war er geworden, dieser Strudel, bis sie die verdammende Nachricht über das Erdbeben in Tillholde in den Abgrund gerissen hatte.

War es also kein Wunder, dass ihr Dagnys Nähe wohltat, als sie langsam, langsam ins Leben zurückgekehrt war? Während sie allmählich kräftiger geworden war, hatte sie beinahe Freundschaft für Dagny Solveig empfunden. Mit Violetta hatten sie lange, ruhige Nachmittage auf der schattigen Veranda verbracht und Dagnys Erzählungen von blauen Schneefeldern und zugefrorenen Meeren gelauscht, die in der sommerlichen Hitze wie Märchen geklungen hatten.

Träge und schläfrig war sie gewesen – zufrieden, das Leben wieder in ihren Gliedern zu spüren, bis sie eines Nachts ein nagendes Gefühl der Leere geweckt hatte. In ihrer Torheit hatte sie geglaubt, es sei Hunger, und es hatte eine Weile gedauert, bevor sie erkannte, dass ihr Jermyn fehlte.

Von diesem Moment an war es mit der Ruhe vorbei. Die Sehnsucht überfiel sie mit solcher Macht, dass sie aufspringen wollte, um zu ihm zu laufen. Und da erst merkte sie, wie schwach sie geworden war – und wie hässlich. Der Zweifel hatte sie gepackt und nicht wieder verlassen. Lohnte es sich für Jermyn, sie zu sich zu holen? Sie hatte ihre Fähigkeiten verloren, die Verbindung zur Erdenmutter, ihre Macht über die Elemente, sie war schwach wie ein Kleinkind und ihre Schönheit war im Fieber verbrannt. Was sollte er noch mit ihr? Auf dem Ritt durch die Wüste war sie eine Last für ihn gewesen und er hatte er sie nicht mehr angerührt, seit Dagny ihn aus ihren Armen fortgerufen hatte. Vielleicht hatte er seine Liebe zu ihr verloren ...

Gewiss, da war die Erinnerung an das trockene, hoffnungslose Schluchzen, nachdem sie sich von jenem Land des Todes abgewandt hatte. Aber danach war alles wieder im Nebel versunken und jetzt grübelte sie unaufhörlich, ob sie nicht geträumt hatte. Der Zweifel sagte: *Jermyn weint nicht* und der Zweifel hatte sie bei ihren Übungen begleitet, wenn sie in der Schwitzhütte saß und sich an ihrem Baum abmühte. Er nagte an ihr bei jedem Blick in den Spiegel und er blähte sich auf, wenn sie Dagny Solveigs silberne Schönheit betrachtete.

Allmählich hatte sie sich von einer Vogelscheuche in Ninian vom Ruinenfeld zurückverwandelt. Dagny hatte Kleider bringen lassen, um sie von Wams und Hose wegzulocken, und mittlerweile füllte Ninian die Mieder tatsächlich aus. In einem dunkelgrünen Samtkleid mit kostbaren Spitzen an dem viereckigen Ausschnitt fand sie sich sogar recht nett, aber Dagnys überschwängliche Begeisterung hatte sie gereizt und sie hatte es sofort wieder ausgezogen.

Sie haschte nach einem Ast, der vor ihrer Nase hin und her schwankte. Seit es ihr besser ging, erloschen die freundlichen Gefühle. Wahrscheinlich hatte die Nordländerin ihr Leben gerettet und damit ein Recht auf Dankbarkeit und Freundschaft. Und Dagny war ihr zugetan, daran gab es keinen Zweifel. Doch Ninian vermochte ihre Zuneigung nicht zu erwidern, ja, sie hatte Mühe, ihre wiedererwachende Abneigung zu verbergen. Das verzagte Greinen und Wehklagen hatte Dagny zwar abgelegt, sie hielt sich mit einer reizenden, schlichten Würde, die ihr wohl von jeher zu eigen gewesen sein musste, und keinem Mitglied ihres kleinen Hofes wäre es eingefallen, ihre Anweisungen zu missachten.

Doch Ninian plagte die Eifersucht, warum sollte sie es sich nicht eingestehen? Dagny Solveigs Wirkung auf Männer war nicht zu übersehen. Warum also hatte Jermyn sie hergebracht? Wegen der Belohnung, wie er behauptete? Dagny sprach nie davon, dass sie in ihre Heimat zurückkehren würde, und wie vertrugen sich die Gerüchte von ihrer Heirat mit Donovan mit diesen Plänen? Ninian kannte Jermyns Neigung zur Intrige – fädelte er hier eine Ehe ein, um Dagny in seiner Nähe zu behalten? Sie schalt sich eine Närrin, aber der Stachel blieb.

Wenn sie in ihrem Grübeln an diese Stelle kam, versuchte sie sich darauf zu besinnen, was Jermyn am Tag ihrer Rückkehr im Ratssaal gesagt, wie er ausgesehen hatte. Aber damit stiegen andere Erinnerungen auf, an die letzten, wachen Augenblicke, bevor sie im heißen Schlund des Fiebers versunken war. Wie Alpträume lauerten sie seitdem am Rande ihres Bewusstseins. „Ihr macht Euch keine Vorstellung von dem Ausmaß des Unglücks, Fräulein. In manchen Dörfern ist kein Stein auf dem anderen geblieben. Ohne die Voraussicht unseres Fürstenpaares hätte es noch viel mehr Opfer gegeben, aber sie haben den Drill eingeführt, damit wir wissen, wie wir uns benehmen, wenn die Erde zornig wird. Die Burg ist unbeschädigt und viele haben dort Zuflucht gefunden. Wenn uns nur die junge Herrin nicht im Stich gelassen hätte ..."

Der Gesandte aus Tillholde hatte sie nicht erkannt, aber jedes seiner Worte traf sie wie ein Keulenschlag, hallte in ihrem Kopf wider, bis das Dröhnen sie aus dem Saal getrieben hatte. Sobald sie daran dachte, kehrte es zurück und auch jetzt übertönte es das Rauschen der Blätter. Sie wusste, was es bedeutete, und scheute davor zurück wie vor rotglühendem Eisen.

Das Unheil war geschehen, sie konnte es nicht rückgängig machen. Was erwartete sie, wenn sie jetzt heimkehrte? Würde man sie nicht mit Vorwürfen und Anschuldigungen empfangen? Aus den Aufzeichnungen ging hervor, dass die Erdgeister nach einer heftigen Entladung für lange Zeit Ruhe gaben. Die Gefahr war vorüber, man brauchte sie nicht mehr ... und Ely ap Bede hatte Recht.

Sie warf die Reste des Astes weg, den sie, ohne es zu merken, abgerissen und in Stücke gebrochen hatte.

Vor zwei Wochen waren Dagny und Violetta in die Stadt geritten. Um Violettas Eltern zu besuchen, wie sie sagten. Aber sie konnten sich beide nicht gut verstellen und an ihrem verstohlenen Zwinkern und aus mancherlei Andeutungen hatte Ninian erraten, dass sie in der Ruinenstadt gewesen waren, um von ihrer Genesung zu berichten. Seither wartete sie und mit jedem Tag wurde ihr Herz schwerer. Von ihrem Baum aus konnte sie die Straße bis zu der Bodenwelle überblicken, hinter der sie zur Stadt hin abfiel, und jedes Mal, wenn sich eine Staubwolke darüber erhob, die Wagen oder Reiter ankündigte, ging ihr Atem schneller. Doch es war immer nur der Karren mit den Vorräten gewesen, der Bote mit den täglichen Grüßen von Donovan, Battiste, der seine Braut besuchte oder auch Ely ab Bede, der sich nach seiner Tochter und seiner geschätzten Wachfrau erkundigen wollte. Stets hätte Ninian vor Enttäuschung weinen mögen, doch für Elys Besuch war sie dankbar gewesen. Unfähig ihre Seelenqual länger für sich behalten zu können, hatte sie ihm ihren Kummer um Tillholde anvertraut. Seine Worte hatten sie getröstet.

„Mein liebes Mädchen, steht zu dem, was Ihr entschieden habt, und vergesst nicht: Wäret Ihr in Tillholde geblieben, hätten viele Tausende den

Zusammenbruch des Zirkus nicht überlebt und Dea wäre dem Nizam in die Hände gefallen. Vielleicht werdet Ihr Eure Schulden eines Tages zahlen müssen, aber ganz ohne Aktiva seid Ihr nicht."

Aber auch er hatte ihr nicht sagen können, warum Jermyn nicht kam. „Ihr müsst nicht auf ihn warten, Ninian. Ich kann Euch mitnehmen", hatte er vorgeschlagen, aber sie hatte sein Angebot abgelehnt, weil sie sich vor dem fürchtete, was sie in Jermyns Gesicht sehen würde, wenn sie unerwartet vor ihn trat.

Eine Staubwolke erhob sich über der Straße und sie kletterte ein paar Äste hinunter, wo es größere Lücken im Laub gab. Die Wolke wuchs und niederschlagen erkannte sie, dass dort kein einzelner Reiter kam, sondern ein Wagen oder ein ganzer Trupp. Oder wollte Jermyn sie, bei seiner Vorliebe für große Auftritte, im Triumph nach Dea holen? Begleitet von Gladiatoren und herausgeputzten Bademädchen, mit Blumenbögen, bunten Fahnen und Fanfaren, eine etwas ernsthaftere Version des Umzugs des Bettlerkönigs?

Ihr graute vor der Vorstellung. Wie würden die vornehmen Bediensteten der Villa die Nasen rümpfen ... Der Kasten des Vorratswagens tauchte hinter der Bodenwelle auf und unter ihren Lidern brannte es. Warum kam Jermyn nicht? Umgeben von goldenem Dunst ruckelte der Wagen gemächlich näher, fuhr unter ihrem Baum hindurch und hielt vor den Toren. Sie kniff die Augen zusammen und hörte den Kutscher einige Worte mit dem Torwächter wechseln. Dann fuhr der Wagen wieder an, sie wartete einige Atemzüge, bis der Staub sich gelegt hatte, und öffnete vorsichtig die Augen.

Gerade unter ihr stand ein Mann und sah sich unschlüssig um. Sein Haar flammte kupferrot in der Sonne.

Jermyn war froh gewesen, dass der Wagen ihn überholt hatte. Heiß und staubig hatte die Straße sich vor ihm hingezogen, und wie ein blutiger Anfänger war er losgelaufen, ohne sich mit Wasser und Proviant zu versorgen. Dankbar hatte er das Angebot des Wagenführers angenommen und sich auch seiner Wasserflasche bedient, gute Gesellschaft, wie es sich der Mann vielleicht erhofft hatte, war er nicht gewesen.

Seine Gedanken liefen im Kreise. Das hatte er davon, dass er den Kuppler für Donovan spielen musste! Warum hatte er nicht Dagny ihrem Schicksal überlassen und war allein mit Ninian geflohen? Dann wieder schlug ihm das Gewissen. Ninian wäre in jedem Fall krank geworden, vielleicht wäre sie gestorben, wenn Dagny sie nicht zum zweiten Mal gesund gepflegt hätte.

„Oi, du, mach ma runter. Wir sin gleich da un du verschwindst besser vorher, die ham nich so gern hergelaufenes Volk in der Villa", brummte der Fuhrknecht. Unter anderen Umständen hätte er sich eine Kopfnuss eingefangen, doch die Angst hatte Jermyn jetzt fest im Griff. Er wollte kein Aufsehen und rutschte ohne Einwand vom Wagen. Verzagt betrachtete er die gelben Mauern mit ihren massiven Stützpfeilern. Die Villa gehörte Donovan, vielleicht erlebte er die grausamste Niederlage seines Lebens auf dem Grund und Boden des verachteten Rivalen ...

Das Rumpeln des Wagens war verstummt, außer dem leisen Wispern der Blätter störte kein Laut die mittägliche Stille. Jermyn gab sich einen Ruck. Es nützte nichts, den Augenblick der Wahrheit hinauszuschieben! Besser, er brachte es hinter sich.

Über ihm rauschte es, als ob sich ein großer Vogel in der Baumkrone bewegte. Jermyn sah auf. Etwas Dunkles brach durch das goldene Laub und stürzte in einem Schauer von Blättern und kleinen Ästen auf ihn herunter. Unwillkürlich hob er die Arme, um sich zu schützen.

„Jermyn!"

Der Aufprall riss ihn fast zu Boden, aber er griff zu und hielt sie fest. Sie stolperten ein paar Schrittevorwärts, so eng umschlungen, dass jeder den Herzschlag des anderen in der eigenen Brust spürte.

„Geht es dir gut?", brachte er endlich hervor.

„Ja, ja. Sieh mich doch an!"

Beinahe heftig rief sie es und löste sich ein wenig von ihm. Es kostete ihn Überwindung, Tag und Nacht hatte er ihre vom Fieber verheerten Züge vor sich gesehen ...

Doch seine Furcht war umsonst gewesen, die Krankheit hatte keine Spuren hinterlassen. Ihr Gesicht leuchtete, die Schatten unter ihren Augen waren verschwunden. Er spürte Leben und Gesundheit in ihrem festen Griff.

„Warum bist du nicht früher gekommen?"

„Ich ... ich wusste nicht, ob ich ... ob du mich gerne gesehen hättest."

„Warum sollte ich nicht? Ich habe so auf dich gewartet!"

„Wirklich? Dann könnte ich mich ohrfeigen, dass ich so lange getrödelt habe", er grinste, als sich der Knoten in seinem Inneren löste. „Ich war nicht sicher, ob du mit mir kommen würdest."

Ungläubig schüttelte sie den Kopf.

„Dachtest du, ich wollte hier bleiben? Du ahnst nicht, wie ich euch alle vermisst habe."

Es verschlug ihm die Sprache. Wortlos nahm er ihr Gesicht in die Hände, fuhr mit den Daumen über den weichen, anmutigen Schwung der Wangenknochen und küsste sie sacht auf die Lippen. Mehr wagte er nicht, aus Angst, nicht aufhören zu können. Sie lächelte mit geschlossenen Augen.

„Lass uns nach Hause gehen, jetzt gleich …"

Jermyn zögerte. Er warf einen flüchtigen Blick auf die Villa. Hatten sie nicht dort ein Recht auf Dank und einen Abschiedsgruß? Aber auch ihn verlangte es nicht danach, Dagny Solveig zu sehen und an alles erinnert zu werden, was er durchgemacht hatte.

„Glaubst du, du schaffst den Weg? Es ist ein ordentlicher Fußmarsch nach Dea."

Sie warf den Kopf zurück und lachte. „Du wirst schon sehen, ich habe nicht auf der faulen Haut gelegen. Und ich will nicht länger hier bleiben."

„Na, dann los!"

Sie hatte nicht übertrieben, mühelos hielt sie mit ihm Schritt. Die ersten Weglängen rannten sie, Hand in Hand, wie Kinder, die aus der Obhut gestrenger Hüter fliehen. Erst als sie aus der Sichtweite der Villa waren, fielen sie lachend und atemlos in eine langsamere Gangart.

Wenn Jermyn später daran zurückdachte, schien es ihm, als sei er selten so glücklich gewesen, wie während dieses Marsches auf der heißen, staubigen Landstraße. Nichts war geklärt, er musste immer noch damit rechnen, dass sie ihn verließ, doch nicht einmal das trübte seine Freude. Als sie an einem kleinen Gehölz mit reichlich Buschwerk vorbeikamen, ging es ihm durch den Sinn, warum sie warten sollten, bis sie im Palast waren, der zum Platzen voll war mit Leuten, die Ninian willkommen heißen wollten.

„Hör zu, Süße …"

„Sag mal, Jermyn …"

Sie lachten.

„Du zuerst!"

„Nein, du …"

Sie stritten hin und her, entzückt über die lang entbehrte Neckerei, aber schließlich trug Jermyn den Sieg davon.

„Also gut, du Tyrann – wie geht es allen? Wag und Kamante und der Kleine … redet er schon? Als wir … als wir abgereist sind, kroch er herum, nicht wahr? Kann er jetzt laufen?"

Er war ein wenig enttäuscht, dass sie jetzt von den anderen anfing, aber er ließ sich nichts anmerken.

„Laufen? Wenn's nur das wäre! Der Bursche klettert, dass es einem angst und bange wird. Ständig kommt er uns zwischen die Beine und ich weiß nicht, wie oft wir ihn schon vom Gerüst geangelt haben ... eine richtige Plage!"

Ninian lachte ungläubig. „Ich hör wohl nicht richtig! Du regst dich auf, weil jemand gern klettert?"

„Süße, er ist noch nicht zwei Jahre! So viele Augen hast du gar nicht, um auf den Bengel aufzupassen. Neulich hatten wir eine Bütte mit ungelöschtem Kalk im Hof stehen, da hat Kamante ihn angebunden."

Er unterbrach sich und begann hastig von Wag zu sprechen, aber Ninian war schon aufmerksam geworden.

„Kalk? Gerüst? Was treibt ihr denn da in meinem Palast?", fragte sie misstrauisch. Er hätte sich treten mögen.

„Och, nichts weiter, ein bisschen ausbessern und so." Um das gefährliche Thema zu vermeiden, stürzte er sich in einen ausführlichen Bericht, erzählte vom zunehmenden Erfolg der Scytenschule und von Babitts fortschreitender, nicht ganz freiwilliger Verwandlung zum ehrbaren Bürger.

„Was ist mit deinem Schützling, dem stotternden Himmelsspieler? Hat er es geschafft?"

„Nein, er hat den Druck nicht ausgehalten, ohne mich."

„Und – bist du enttäuscht?"

Jermyn zuckte die Schultern. „Nein, es war nicht mehr wichtig. Nichts war mehr wichtig in den letzten Wochen." Er drückte ihre Hand, dass sie zusammenzuckte. „Und du? Wie ist es dir ergangen?"

Ninian lachte.

„Was gibt's da schon zu erzählen? Ich bin gehätschelt und gepflegt worden wie ein Säugling, bis ich wieder gesund war, und am Ende bin ich es leid gewesen", sie unterbrach sich schnell, „nein, es ist unrecht, so zu reden. Bestimmt verdanke ich Dagny Solveig mein Leben."

„Ja." Er konnte nicht verhindern, dass seine grenzenlose Dankbarkeit in der einsilbigen Antwort mitschwang, und für einen Moment fiel ein Schatten zwischen sie. Aber die Freude war stärker und der Schatten verflog, als hätte es ihn nie gegeben.

An einem Gehöft erbaten sie sich Wasser, die Speisen, die ihnen die Hausfrau geschäftstüchtig anbot, lehnten sie ab. Sie wollten sich nicht aufhalten.

Die Sonne warf lange Schatten, als sie die Ausläufer der Stadt erreichten. Im Norden Deas besaßen viele herrschaftliche Familien Landhäuser, es hatte hier nie Sickergruben oder Abdeckereien und Schlachthäuser gegeben, die Augen und Nasen der vornehmen Herrschaften beleidigten. Aber den ganzen Tag hatte die Hitze über den staubigen Straßen gebrütet, jetzt, gegen Abend, blies der Seewind von Süden den Gestank der Kloaken und den beißenden Urindunst aus dem Gerberviertel vor sich her. Das Volk von Dea rüstete sich zur Abendmahlzeit und Gerüche nach Holzfeuer, Kohl und altem Fett mischten sich in den Atem der Stadt. Aus dem Augenwinkel sah Jermyn, wie Ninian die Nase rümpfte. Es versetzte ihm einen Stich. Sie liebte die Stadt nicht wie er, alle Nachteile mussten ihr nach der langen Abwesenheit doppelt auffallen. Ohne dass er es ändern konnte, kehrte die Angst zurück.

Als er am Morgen aufgebrochen war, hatte er sich vorgenommen, sie möglichst unentdeckt zum Palast zu bringen, aber er war viel zu erfüllt von ihr, um daran zu denken, als sie in die belebten Straßen hinter dem Nordtor eintauchten.

„Oioioi, Leute – sie is zurück, das Fräulein is wieda da!"

Die helle Stimme gellte durch die Gasse, der schrille Ruf brach sich an den Hauswänden und mit der Zweisamkeit war es vorbei. Von allen Seiten kamen sie herbei, nicht nur das Gassenvolk – Bettler, Tagediebe und Kinder –, sondern auch ehrbare Leute, Händler mit ihren Bauchläden, Handwerker, die ihren Stand für die Nacht schlossen, und Matronen, die das Nachtmahl für ihre Brut von den Garküchen holen wollten.

„Geht's wieda, Fräulein?"

„Da seid's wohl dem Tod von der Schippe gehüpft, was?"

„Schön, Euch zu sehen, wir ham Euch vermisst!"

Viele wandten sich nach den freundlichen Worten ihren eigenen Geschäften zu, aber alle, die nichts Besseres zu tun hatten, gaben ihnen das Geleit, so dass der Zug von Straße zu Straße anschwoll. Jermyn hätte darauf verzichten können, so sehr er große Auftritte schätzte. Er spürte, wie sie an ihm zerrten, und er musste die Sperren schließen, die er weit geöffnet hatte, um so viel wie möglich von Ninians Wesen in sich aufzunehmen.

Der Ärger trübte das Glück, das er empfunden hatte, und er war nahe daran, sie zum Teufel zu schicken, als er merkte, dass Ninian die Aufmerksamkeit nicht unlieb war. Sie erwiderte die Grüße, winkte und ließ es zu, dass einige Mutige schüchtern ihren Arm berührten.

„Sie mögen mich, nicht wahr?", sagte sie leise, dass nur Jermyn es hören konnte.

„Das will ich ihnen auch geraten haben!", knurrte er ungnädig.

„Nein, ich meine es ernst", beharrte sie beinahe heftig. „Sie sind froh, dass ich hier bin, oder? Bei ihnen, in Dea ..."

Er sah, dass es ihr wichtig war, und so nickte er.

„Ja", *und du gehörst hierher* – er wagte nicht, es hinzuzufügen, aus Furcht vor ihrer Antwort. Vielleicht wollte sie sich nur versichern, dass man sie vermissen würde, wenn sie fort war.

„Oi, Patrona, da biste ja wieda. Des is prima, ich hab nämlich auf dir gesetzt!"

Plötzlich tanzte der Ducker vor ihnen von einem Bein auf das andere.

„Was? Du hast auf sie gewettet? Na warte, du dreister Hosenscheißer."

Blitzschnell verzog der Junge sich an Ninians Seite, bevor Jermyn ihm in die schmutzige Mähne greifen konnte.

„Nee, nich nur auf ihr, auch auf dir. Ob ihr beide heile zurückkommt, un die andern wollten nur zahlen, wenn auch die Patrona dabei is. Autsch, Patron, war doch nur'n Späßchen."

„Lass ihn, Jermyn, du müsstest doch wissen, wie es ist mit dem Wetten. Erzähl, Ducker, wie geht es eurer Maggia? Hat sie ihr Kind?"

„Zwei", krähte der Ducker und hielt Daumen und Zeigefinger hoch. „Zwei Mädels, un die machen ihrem Bruder jetzt schon Feuer untern Arsch!"

Als sie das Ruinenfeld erreichten, war das Geleit zu einem wahren Triumphzug angewachsen. Man schien sich darauf einzustellen, das umjubelte Pärchen bis zu seiner Schwelle zu bringen und ihm zu Ehren die Nacht durchzufeiern. Viele hatten Fackeln mitgebracht, die quäkenden Töne von Schalmeien und Mundorgeln schwebten über dem Geschrei und die geschäftstüchtigen Garköche Deas rollten eifrig ihre zweirädrigen Karren heran, um für Speis und Trank zu sorgen.

Jermyn musterte die Menge mit zwiespältigen Gefühlen. Ein solcher Empfang hätte ihnen zugestanden, nachdem sie Elys verdammten Wagenzug sicher nach Tris gebracht hatten. So war die Abmachung gewesen. Wie hätte er den Trubel, die Begeisterung genossen! Sogar jetzt spürte er die tiefe Befriedigung, die ihm der Jubel von Deas wankelmütigem Volk bereitete. Aber Ninian liebte das Aufsehen nicht wie er und im Moment fürchtete er alles, was ihr Missfallen erregen konnte. Als ein Bänkelsänger eines der kruden Loblieder anstimmte, die nach der Befreiung der Stadt

von den Haidarana in Umlauf gekommen waren, und viele Leute aus voller Kehle mitgröhlten, meinte er halb belustigt, halb verzweifelt:
„So war das nicht geplant, Süße."
„Nein? Es hätte aber zu dir gepasst."
Beunruhigt sah er sie an, aber sie lächelte.
„Mach dir nichts daraus. Als du mich zum ersten Mal herbrachtest, war alles einsames Silber, jetzt ist es eben lärmendes Gold", sie wies auf den Glutball, der Trümmer und trockenes Gras in Flammen tauchte und den aufgewirbelten Staub in leuchtende Schleier verwandelt hatte. Sie ließen das Brachfeld hinter sich und stießen auf den breiten Weg, den sie für die Baufahrzeuge freigeräumt hatten. Ninian runzelte die Stirn.
„Wozu die Straße?"
„Du wirst es schon sehen, wir haben ein bisschen, hm ... verschönert."
„Verschönert – du und Wag?" Ihr Misstrauen kehrte zurück und er bemühte sich, ein harmloses Gesicht zu machen.
Vor der Säule, die den Durchgang markierte, blieb sie stehen. Jermyn spürte ihr Unbehagen. Sie drehte sich um und betrachtete die Menge, die sich entlang der unsichtbaren Grenze sammelte. Der fröhliche Lärm war zu leisem Murmeln herabgesunken.
„Sollen sie mit hinein?", fragte sie. Jermyn zuckte die Schultern.
„Wenn du es willst."
Sie straffte sich und kniete nieder. Das Raunen der Menge verstummte. Nur Jermyn hatte Seelenqual in ihrem Blick gesehen. Sie stützte die Handflächen auf und presste die Stirn an die Knie. Jermyn ließ sie nicht aus den Augen, aber er wusste, dass er ihr nicht helfen konnte.
In der Ferne meckerte eine Ziege, sonst war es ganz still unter dem dunkler werdenden Himmel. Ninian rührte sich nicht, aber es schien Jermyn, als sänke sie tiefer in den Staub der Straße. Die Menge begann, unruhig mit den Füßen zu scharren. Dann hörten sie es: ein tiefes, finsteres Grollen. Alle spürten das Zittern, das durch die Erde lief, in drei langgezogenen Wellen, wie Seufzer. Aufgeschreckt sahen sich die Leute um, die vordersten drängten rückwärts.
„Ein Beben ..."
„Lauft ..."
Doch die Stärke der Stöße nahm ab, nach dem dritten beruhigte die Erde sich wieder, es wurde still. Ninian richtete sich auf. Sie machte eine weite, einladende Bewegung.
„Tretet ein", rief sie, „ich habe die Sperre aufgehoben!"

Die Spannung löste sich in lautem Jubel, wer sich eben noch ängstlich davonmachen wollte, stürmte jetzt begeistert vor. Sie pfiffen gellend und ließen Ninian hochleben, aber Jermyn sah die Schweißtropfen auf ihrer Stirn.

„Hast du den Weg gefunden?", fragte er leise. „War sie zornig?"

Sie schüttelte den Kopf, aber eher so, als wolle sie seine Frage abwehren. Ihre Lippen zuckten.

„Sie liebt mich." Mehr sagte sie nicht und er wollte nicht weiter in sie dringen.

„Komm jetzt, drinnen warten sie auf dich."

Aber sie hatten lange genug gewartet. Aufgescheucht vom Lärm der Menge kamen sie aus der Pforte: Wag und Kamante mit dem kleinen Cosmo auf dem Arm, Babitt und Knots, der Bulle und Witok, die Iwo und sein Mädchen mitgebracht hatten. Kaye, der sich an Biberots Arm klammerte und vor Aufregung von einem Bein auf's andere hüpfte. Hinter ihnen ragte Cheroot wie ein Berg und neben ihm stand, groß und dunkel, LaPrixa. Sie hielt sich zurück, als die anderen auf Ninian zustürzten und sie umarmten.

„Das war nich nett, Patron, dass du sie einfach ohne uns holen gegangen bist", sagte Wag vorwurfsvoll und wischte sich die Augen.

„Sei stille, Wag", fuhr Kamante dazwischen, „du redst schon wieder von Sachen, von wo du keine Ahnung hast!" Sie ließ Cosmo, den der Begrüßungslärm zu lautem Geschrei angeregt hatte, auf ihrem Arm hüpfen.

„Sie hat dich also wirklich gesund gepflegt", meinte LaPrixa, als sich endlich eine Lücke im Kreis der glücklichen Gratulanten öffnete.

„Ja, wie du siehst", erwiderte Ninian, doch als sie den Schmerz in dem dunklen Gesicht sah, fügte sie hinzu: „Aber ich weiß, dass du vorher mit dem Tod um mich gekämpft hast, und dafür danke ich dir. Ich bin froh, wieder hier zu sein."

Sie umarmte die Hautstecherin, der es für diesmal die Sprache verschlug. Ehe sie sich gefangen hatte, saß Ninian auf Cheroots und Biberots Schultern und wurde im Triumph in ihr Heim getragen.

„Bist du jetzt zufrieden?", fragte LaPrixa, die dem Zug mit brennenden Augen nachsah.

„Ja", Jermyn lachte, aber es klang verzweifelt, „und doch kann morgen alles Schutt und Asche sein."

Jahre später sprach man noch von der großen Sause, mit der sie die Rückkehr Ninians in die Ruinenstadt feierten. Seit die Barbaren den Palast der Nebenfrauen gestürmt hatten, war es dort nicht wieder so hoch hergegangen. Gegen Morgen tanzten die Bademädchen auf den Tischen, während Wag, in seinem Lehnstuhl thronend, Hof hielt und das große Wort führte: Hatte er nicht alles von Anfang an miterlebt? Von der Auffindung des Brautschatzes bis zur Vertreibung Duquesnes, wer hatte an Jermyns Seite gestanden, mit Rat und Tat geholfen? Sein Anteil an den Taten wuchs, je öfter sie seinen Becher füllten. Babitt und der Bulle begannen einen Ringkampf, dann rannten sie gemeinsam gegen Cheroot an, der sie sich milde lächelnd vom Hals hielt. Biberot gab nach einiger Ziererei ein paar Arien zum Besten, die die Gläser zum Klirren brachten. Wer nicht tanzte, prahlte, raufte oder sang, der aß und trank, denn Kamante machte ihrem Ruf als gute Hausfrau alle Ehre – sie hatte Vorräte für mehrere Monate angelegt. Es herrschte allgemeines Wohlwollen und es gab viele Verbrüderungen, von denen einige sogar die Ernüchterung der nächsten Tage überdauerten.

Nur die, um die es ging, genossen das Fest nicht in vollen Zügen.

Zwar hatte die offenkundige Begeisterung ihrer Freunde Ninian zunächst überwältigt – wer ließ sich nicht gerne so feiern? Sie hatte gelacht, gescherzt, stehend auf Cheroots Schultern balanciert, um zu zeigen, dass sie ganz hergestellt war, sie hatte sogar eine Kostprobe ihrer Kräfte zum Besten gegeben: Als ein Vorwitziger die ersten Stufen zur Galerie hochsprang, klappten die Trittflächen auf einen Wink von ihr auf und der Bursche rutschte die glatte Fläche auf dem Hosenboden hinunter. Verdattert rappelte er sich auf und fand sich gleich darauf im Hof wieder. Schallendes Gelächter folgte ihm, auch Jermyn lachte, aber über die Köpfe der anderen suchte er Ninians Blick.

Seit sie den Palast betreten hatten, war er kaum in ihre Nähe gelangt, sie war umlagert von allen, die sie begrüßen und ihr Glück wünschen wollten. Es machte ihn stolz, zu sehen, wie sie gefeiert wurde, und die Freude, ihre helle Stimme in den vertrauten Mauern zu hören, genügte ihm für eine Weile. Doch seine Unruhe kehrte bald zurück und als die Nacht fortschritt, fiel es ihm zunehmend schwer, die aufgekratzte Fröhlichkeit der anderen zu ertragen. Vielleicht war es der Grabgesang seiner Liebe – zögerte sie am Ende das Alleinsein mit ihm hinaus, weil sie ihm etwas sagen musste, was ihn vernichten würde?

Seine Angst wuchs, aber die Ungewissheit quälte ihn nicht weniger. Als er ihrem Blick begegnete, deutete er mit dem Kopf nach oben. Sie nickte unmerklich, sagte etwas zu ihren Bewunderern und drängte sich aus ihrem Kreis. Da Biberot gerade eine neue Arie anstimmte, wandte sich die Aufmerksamkeit ein wenig von ihr ab.

„Sie sind lieb und süß, aber ich glaube, ich habe genug", flüsterte sie, als sie zu ihm in den Schatten der Treppe schlüpfte, „ich bin es nicht mehr gewohnt."

„Von wegen lieb und süß, ein selbstsüchtiges Pack sind sie", knurrte er, „lass uns nach oben verschwinden."

Sie nickte und lief voraus, aber als er ihr folgen wollte, fasste ihn jemand am Handgelenk.

„Warte."

LaPrixa stand unter ihm. Sie hatte kräftig mitgetan beim Trinken, auf jeden Trinkspruch hatte sie angestoßen und ihren Becher immer neu gefüllt. Oft hatte er ihr raues, tiefes Lachen gehört, die Spottworte, mit denen sie auch zu diesem Anlass nicht geizte. Jetzt schien alle Lustigkeit von ihr abgefallen, sie umklammerte sein Handgelenk, als wolle sie ihm den Arm brechen. Er kannte die Qual in ihrem Gesicht und beinahe hatte er Mitleid mit ihr.

„Jungchen, wenn du jetzt zu ihr gehst", wisperte sie, als ersticke sie fast an den Worten, „denk daran, dass ihr Aussehen täuschen kann. Es ist heimtückisch, dieses Fieber, manchen lässt es ein schwaches Herz ... vergiss das nicht, gleich, wenn du bei ihr bist."

Sein Blick bohrte sich in ihre brennenden, schwarzen Augen. Er war blass geworden. „Sei froh, dass ich dir verpflichtet bin, LaPrixa!"

Er entriss ihr seine Hand und rannte hinter Ninian die Treppe hinauf.

Sie stand im Übungsraum. Unten schepperte es, als wäre ein ganzer Stapel Becher zu Bruch gegangen, gefolgt von Gelächter und Scheltworten. Er warf die schwere Tür hinter sich zu und der Lärm verstummte. Ninian lachte ein wenig atemlos.

„Was für eine verrückte Bande! Glaubst du, sie lassen einen Stein auf dem anderen?"

„Und wenn schon! Was kümmern sie uns?" Jermyn starrte sie an, sein hungriger Blick machte sie befangen und sie sah sich um. Der Übungsraum war säuberlich aufgeräumt und Wag hatte es sich nicht nehmen lassen, die Geräte mit Weinlaub zu umkränzen. Kerzen verbreiteten mildes Licht, jemand musste sie zwischendurch erneuert haben, sie waren nicht weit heruntergebrannt.

„Nichts hat sich verändert", murmelte Ninian, dann runzelte sie die Stirn. „Wo ist dein kleiner Gott? Hast du ihn wieder hinübergeschafft?"

Er nahm ihre Hand und zog sie durch den Wohnraum in ihr Schlafgemach. Auch hier brannten Kerzen, sogar den Kamin hatten sie entzündet. Im Windmond wurde es nachts in dem alten Gemäuer schon empfindlich kühl – besonders, wenn man nackt im Bett lag.

Ein süßer Duft legte sich schwer auf ihre Sinne. Ninian schnupperte.

„Rosen – wo haben sie die her? Es ist schon spät im Jahr", sie ließ seine Hand los und machte ein paar Schritte ins Zimmer hinein. „Aber hier ist er auch nicht. Wo ist der kleine Gott? Ach ..."

Vor der Bettempore blieb sie stehen und sah zur Decke hinauf.

Nichts hielt ihren Blick, die Bretter waren verschwunden. An ihrer Stelle, gerade über dem Bett, erhob sich eine sanfte Wölbung, blau und golden glänzend. Die Täfelchen waren größer, gröber als die winzigen Steinwürfel im Tempel Aller Götter, dennoch schufen sie das Bild eines nächtlichen, bestirnten Firmaments – bis es der samtigen Schwärze des wirklichen Sternenhimmels wich. Zuerst glaubte sie, ein Loch in der Decke zu sehen, dann bemerkte sie die zarten Stege, den kristallenen Schimmer.

„Jermyn ... eine ... eine Kuppel aus Glas?"

Während der Bauarbeiten hatte er sich diesen Augenblick oft ausgemalt. Wie er ihr dieses Geschenk zeigen wollte, diese Gabe seiner Liebe, seiner Reue – die Worte, die er zu ihr sprechen wollte ... aber vielleicht kamen sie gar nicht zum Reden, vielleicht sollte er warten, bis sie es selbst entdeckte, nachdem sie sich geliebt hatten. Wenn sie in seinen Armen lag, wollte er ihr erzählen, wie ihm der Einfall gekommen war, ihr den Sternenhimmel zu schenken, den sie so liebte, damit sie darunter schlafen konnte. Wie er hier mit Violetes geplant und geschuftet hatte, und mit dem Meister Glaser in der Glashütte, wo sich ihm das Geheimnis des armseligen Sandes enthüllt hatte. Und er hatte sich ihr Staunen vorgestellt, ihre Freude ... jetzt blieben ihm die Worte in der Kehle stecken.

„Ja, ich ... wir haben sie gebaut, Meister Violetes und ich, für dich", stieß er hervor.

„Für mich", sie starrte zu den Sternen hinauf. „Wo ist der kleine Gott?", fragte sie zum dritten Mal, ihre Stimme war zum Flüstern herabgesunken.

„Weg, ich wollte ihn nicht mehr. Ist doch ganz gleich."

Verzweifelt griff er nach ihr, stolperte vorwärts. Ihre Füße strauchelten auf den Stufen der Empore, er hielt sie fest und zusammen fielen sie auf das Bett.

„Du hast sie gebaut ... für mich ... aus dem Glassand der Karawane?"

„Jaja, von unserem Lohn."

Er nickte achtlos. Was scherte ihn die Kuppel? Der Triumph, der Stolz, mit der er ihr das Werk hatte vorführen wollen, waren vergessen. Nichts zählte mehr als ihre Nähe.

Die Schnürung des dünnen Hemdes hatte sich gelockert, er presste sein Gesicht an den dunklen Schatten zwischen ihren Brüsten, spürte die glatte, ein wenig feuchte Haut, den zarten, rauchigen Duft nach Sonne und Luft. Er öffnete den Mund, roch und schmeckte sie, gierig, als sei sie das Leben selbst.

Seine Leidenschaft überflutete sie, riss jeden Zweifel hinweg. Sie spürte die verzweifelte Not, seine Einsamkeit – und ohne, dass er es erklären musste, verstand sie, warum der kleine Gott verschwunden war. Überwältigt öffnete sie sich, rückhaltlos, und empfing ihn, überströmend von Zärtlichkeit.

Es war wie nie zuvor. Sie vergaßen sich selbst, verloren sich. Die Lust hüllte sie in ein flammendes Tuch, verschmolz sie zu einem Wesen. Der Griff der Ekstase beugte seinen Nacken und sie spürte seine Wange an der ihren, nass von Tränen.

„Jermyn …"

Seine Stirn sank an ihre Schulter. „Verlass mich nicht, nie, hörst du … nie … ich kann nicht leben ohne dich."

„Nein, nein, niemals, ich verspreche es, niemals … niemals …"

Sie wiederholte es, wieder und wieder und wiegte ihn im Rhythmus der geflüsterten Worte. Es war die Wahrheit. Sie würde manchmal bei dem Gedanken an Tillholde leiden und vielleicht eines Tages dafür zahlen, aber sie würde sich nie von ihm trennen. Sie konnte es nicht. Ihr war, als dränge ihr Herz aus ihrer Brust zu ihm.

„Ich lasse dich ein", hauchte sie in seinen Mund, „ganz, wenn du willst."

Sie spürte, wie es ihn durchfuhr, das Verlangen, sie ganz zu besitzen, aufflammend wie eine Sonne, in der die körperliche Lust beinahe verbrannte. Dann schüttelte er den Kopf.

„Nein, nicht so", keuchte er, „du bist nicht bei dir …" Es war sein letztes Geschenk an sie und so gab sie ihm alles, außer ihren Geist – diesmal.

Am nächsten Morgen weckte sie die ungewohnte Helligkeit, die durch die gläserne Decke hereinfiel. „Jou", murmelte Jermyn, als er die Decke über sie beide zog, „da wird man was dran tun müssen."

„Aber nicht jetzt, Liebster", erwiderte sie verschlafen, „bestimmt ist es noch zu früh um aufzustehen. Die schlafen alle ihren Rausch aus."

Er freute sich am vertrauten Klang ihrer Stimme. „Alle? Ich hoffe doch, dass alle verschwunden sind – bis auf die, die Frühstück machen und das Badewasser anheizen!"

Sie kicherte. „Oh, du bist ja doch der Alte geblieben."

„Was dachtest du? Dass ich langsam den Pfad der Heiligkeit beschreite? Außerdem ist es nicht zu früh für alles ..."

Er machte sich ans Werk und nachher seufzte sie:

„Nein, ganz sicher nicht den Pfad der Heiligkeit."

Sie schliefen, bis Wag klopfte und anfragte, ob die gnädige Herrschaft an diesem Tage noch aufzustehen gedenke. Sie gedachte, doch als Wag vorschlug, das Frühstück – wenn man diese späte Mahlzeit noch so nennen wollte – heraufzubringen, schüttelte Ninian den Kopf.

„Nein, es soll wie immer sein. Wir kommen in die Küche, ich will mit Kamante schwatzen und Cosmo anschauen."

Jermyn hätte nichts dagegen gehabt, die Zweisamkeit weiter auszukosten, aber er wollte ihr nichts abschlagen.

„Oi, Mann, willst du hier Wurzeln schlagen? Wir wollen aufstehen."

Wag, der Ninian andächtig anstrahlte, fuhr zusammen.

„'zeihung, Patron, ich bin nur so froh ..."

„Ich auch, werter Wag, ich auch, aber noch froher wäre ich, was zwischen die Zähne zu bekommen."

„Deshalb bin ich ja hier, es is schon alles fertig. Kriegt keinen Schrecken, unten liegn noch 'n paar Leichen rum", fügte er entschuldigend hinzu, „wir ham's nich geschafft, sie alle wegzuräumen."

„Fragt sich, wer hier den Schrecken kriegen wird", knurrte Jermyn, dem es gar nicht behagte, immer noch nicht in seinem Bau alleine zu sein. „Raus jetzt!"

Trotz der barschen Worte herrschte später in der Küche eitel Wonne. Zufrieden saßen sie am Tisch, der sich unter Kamantes Köstlichkeiten bog.

„Erinnerst du dich an die Fladen, mit denen wir uns durch die Wüste gerettet haben?", seufzte Ninian und goss Honig und Sahne über duftende, goldgelbe Grütze. „Und an das Dörrfleisch? Es war so hart, dass man die halbe Nacht darauf herumkauen musste ... lass mir was von den Eiern übrig, du Gierschlund."

Wag machte große Augen, Kamante schnalzte bedauernd, aber Jermyn nickte nur. Er hatte den Mund voll.

Cosmo saß auf Kamantes Schoß und sah die fremden Menschen ernsthaft an. Jermyn hatte nie viel Notiz von dem Kleinen genommen, seine

Mahlzeiten hatte er meistens mit Violetes in der Halle oder auf dem Dach eingenommen. Auch jetzt beachtete er das Kind nicht, doch Ninian lachte ihm zu, während sie die Grütze löffelte. Plötzlich streckte Cosmo die Ärmchen nach ihr aus und quarrte etwas in seiner unverständlichen Sprache. Erfreut legte Ninian den Löffel weg.

„Will er zu mir?"

„Ja, ich glaube ... magst du ihn nehmen?"

Kamante schien nicht weniger erfreut, als sie den kleinen Jungen über den Tisch reichte. Ninian nahm ihn vorsichtig entgegen. Kaum saß er auf ihrem Schoss, öffnete er den Mund und deutete gebieterisch auf den halbvollen Teller. Jermyn grinste.

„Von wegen: zu dir – auf die Grütze hat er es abgesehen!"

„Er kann sie gerne haben. Hier, ein Löffel für die Mama, einen für den lieben Wag, einen für den schlimmen Onkel ..."

„Was – schlimmer Onkel! Ich habe noch nie ein böses Wort zu ihm gesagt!"

„Ja, weil du gar nicht mit ihm sprichst!"

Sie lachten und Cosmo haschte fröhlich kreischend nach dem Löffel, dass die Grütze in alle Richtungen spritzte.

Nachdem das Mahlheur beseitigt war, fragte Wag: „Un was hat sie zu unserm großen Werk gesagt, Patron?"

Sie wechselten einen Blick. Die Worte brachten die Erinnerung an die Leidenschaft der vergangenen Nacht zurück, die sie mit niemandem teilen wollten. Doch Wag strahlte sie so erwartungsvoll an, dass Ninian es nicht über sich brachte, ihn zu enttäuschen.

„Nicht viel, Wag, es hat mir die Sprache verschlagen."

„Ja, nich wahr? Wir ham aber auch geschuftet dafür! Steine geschleppt un Mörtelwannen un der ganze Hof stand voll mit Bauzeug, genau wie als wir unser Badehaus gebaut ham. Un angeschrien ham sie sich un geflucht, der Violetes un der Patron, wenn's nich geklappt hat! Die halbe Zeit sind sie in der Glashütte gesteckt un wenn sie zurück warn, ham uns nur so die Ohrn geklungen von Schmelze un Rohglas un Mi ... Mischungsverhältnisse, ich bin schon selber 'n halber Glaser!"

„Das scheint mir auch so", Ninian lachte laut, als sie Wag so verständig mit Fachworten um sich werfen hörte. „Hat er euch sehr geplagt mit seinem neuesten Steckenpferd? Ich habe auch schon Kostproben davon zu hören bekommen – in Jaffa, wo wir das Zeug, nun ja, gefunden haben."

„Hey, du machst dir keine Vorstellung davon, was für eine Kunst das

Glasen ist", verteidigte sich Jermyn. „die Meister mussten erst herausfinden, welche Mengen von Soda in die Mischung gehören, damit das Glas so klar wird, dass man die Sterne hindurchsehen kann. Und du ahnst nicht, wie lange sie für das große Mittelstück gebraucht haben – es ist das größte, gebogene Glasteil, das je hergestellt wurde."

„Du sagst das so stolz, als habest du es eigenhändig gemacht", lachte Ninian.

„Hab ich auch, sozusagen. Sie hätten vielleicht aufgegeben, wenn ich sie nicht so getriezt hätte", gab er schamlos zu. „Aber mach dir keine Gedanken", beschwichtigte er, als sie die Stirn runzelte, „Violetes hat ihnen auch zugesetzt, er ist viel schlimmer als ich, wenn es um Perfektion geht. Er will mit den Baumeistern der Alten gleichziehen und meint, mit der Kuppel sei ihm das gelungen. Allein die Wandung zu mauern war nicht einfach und die Verkleidung mit den glasierten Scherben auch nicht. – Was ist?"

Ninian rümpfte die Nase. Das Gesicht des kleinen Jungen, den sie abwesend auf ihren Knien schaukelte, während sie zuhörte, hatte einen nachdenklichen, nach innen gekehrten Ausdruck angenommen. Sie hob ihn hoch.

„Uh, Kamante, ich glaube, er ist ... irgendwie ... voll."

„Ah ja, das war der Honig in der Grütze – der treibt. Gib ihn her."

Als sie Cosmo aus der Küche trug, steckte sie noch einmal den Kopf zur Tür herein. „Du kannst ihm gleich selbst Danke schön sagen, Ninian. Violetes ist da – mit einer ganzen Schar Leute."

„Was?"

„Oh, das hatte ich ganz vergessen, ich Depp", Jermyn schlug sich mit der flachen Hand gegen die Stirn. „Ich hatte ihm zugesagt, dass er sein Meisterwerk herzeigen dürfe, wenn du es gesehen hast – anderen Kunden, die vielleicht auch so etwas haben wollen."

„Du meinst, er führt sie in unsere Wohnung und sie schauen sich in unserem Schlafgemach um?"

„Ich hab nicht darüber nachgedacht", gestand er schuldbewusst, „wir waren beide so begeistert, als es endlich klappte, dass ich es erlaubt habe. Du warst nicht da und ohne dich bedeuten mir die Räume oben nicht mehr als die hier unten. Außerdem hatte ich das Gefühl, ich bin ihm das schuldig – er hat nichts für die Bauerei verlangt."

Ninian hob die Brauen, noch nicht ganz versöhnt. „Das glaube ich, er wird mehr als genug an den anderen Aufträgen verdienen. Dabei hätte es mir gefallen, als einzige in Dea eine solche Glaskuppel zu besitzen."

„Ich weiß, aber Dea ist eine freie Stadt, dafür haben wir schließlich gesorgt. Du wirst dich daran gewöhnen müssen, dass sie alles kopieren, was du tust ... was wir tun", er grinste schon wieder und sie lachte halb widerwillig.

„Also gut, dieses eine Mal. Aber sie werden nicht zwinkern und sich die Mäuler über den Zustand unseres Bettes zerreißen – Wag wird zuerst Ordnung schaffen. Und ich habe keine Lust dabeizustehen, während Violetes den Fremdenführer spielt!"

Sie dankte ihm jedoch gebührend, als sie ihm wenig später gegenüberstand. „Ihr habt Euch selbst übertroffen, Meister. Ich habe viele prächtige Dinge in Tris gesehen, aber keines kam dieser Kuppel gleich. Ich werde Euch immer dankbar sein."

Violetes errötete vor Freude. Ohne sich Gedanken über das Trüppchen reicher Begleiter zu machen, die sich halb neugierig, halb unbehaglich in der Palastruine umsahen, beugte sich der würdige Baumeister tief über die Hand der jungen Gesetzlosen.

„Glaubt mir, es war mir eine Ehre und ein Vergnügen, Fräulein."

Sie nahm die Huldigung lächelnd entgegen und Jermyn versetzte es, bei allem Stolz, den er in diesem Augenblick empfand, einen Stich. Sie machte das wie eine geborene Fürstin ...

„Seht Euch um", sagte er barsch, „aber entschuldigt uns. Komm, Ninian, wir verziehen uns."

Es zeigte sich, dass sie weder im Hof noch außerhalb des Palastes Ruhe fanden. Wie Wag gesagt hatte, hockten im Hof noch Gäste der vergangenen Nacht und pflegten ihren Brummschädel, während sich draußen zwischen den Ruinen schon wieder Schaulustige herumtrieben. Einfache Leute aus den umliegenden Straßen waren es, die meisten so offenkundig froh, Ninian zu sehen, dass sie es nicht über's Herz brachte, sie zu vertreiben.

„So wird es überall sein, ganz gleich, wo wir hingehen", seufzte Jermyn, nachdem sie sich vor den gut gemeinten Wünschen und Ratschlägen in den Hof zurückgezogen hatten.

„Ja, mir schwirrt schon der Kopf. Es war doch sehr ruhig, in der Villa da Vesta."

Dass sie sich dorthin zurücksehnte, war das letzte, was Jermyn wollte. Entschlossen packte er sie am Handgelenk.

„Komm, wenn wir unsere Ruhe haben wollen, müssen wir in die Höhe."

Sie kletterten über die äußere Fassade, um den Weg durch ihre Gemächer zu vermeiden. Im Allgemeinen war dies ein einfaches Stück Kletterei, doch Ninian stöhnte, als sie auf dem Dach des zweiten Stockwerks am Fuß des Turms standen.

„Was ist? Keine Puste mehr?"

„Nein, das ist es nicht. Ich habe lange nicht im Stein geklettert, meine Finger und Zehen sind empfindlich, am Baum ist es anders", sie schlenkerte ihre Hände.

„Dann geh ich voraus und bring das Seil an."

Sie setzten sich so, dass sie auf die Kuppel sehen konnten. Die tief stehende Sonne ließ das Glas rubinfarben leuchten. Ninian seufzte.

„Schön ist das! Wir werden jede Nacht die Sterne sehen, den Mond und wie die Wolken über den Himmel jagen, wenn es stürmt. Regentropfen, Gewitter ... ist es sicher? Erinnerst du dich an den Hagel im letzten Sommer?"

„Violetes hat daran gedacht, er meint, das Glas sei dick genug. Gefällt es dir wirklich? Weißt du noch, wie du davon gesprochen hast, dass du dir von dem Gold aus dem Brautschatz eine Kuppel aus Glas machen lassen wolltest?"

„Ja, ‚Geld zum Fenster hinausschmeißen' nanntest du es."

„Aber jetzt habe ich sie für dich gebaut."

„Und eine größere Freude hättest du mir kaum machen können."

Sie zog seinen Kopf zu sich heran und er dachte, dass er leichten Herzens ein Dutzend Glaskuppeln geben würde, um der Freude willen, ihre kühlen, süßen Lippen zu spüren. Eine Weile gaben sie sich dem zärtlichen Spiel hin, dann rückte sie von ihm ab und umschlang die hochgezogenen Beine.

„Erzähl."

„Was?"

„Alles... alles, was du erlebt hast, nachdem ich verschwunden bin."

Er besann sich und begann von seiner Suche zu berichten. Sie lauschte aufmerksam, das Kinn auf den Knien. Das herbstliche Dea versank, wieder hastete er durch das Ruq von Tris, zog mit Tahal Fadir durch die Große Wüste und kroch durch die dunklen Gänge der Unterstadt von Eblis. Die Sonne rollte dem Horizont zu, während er sprach, sie sog einen feuchten Schleier vom Meer her über die Stadt, und als Jermyn endete, schwamm ihr purpurner Ball in bläulichem Dunst.

„Von da an weißt du, wie es weiter geht. Wir haben die Wüste durchquert ..."

Er verstummte und sie schwiegen, bis die Stille schwer auf ihnen lastete.

„Sie war grausam, diese Wüstenfahrt", leise sagte sie es, nicht einmal anklagend. „Nie in meinem Leben habe ich mich so einsam gefühlt, ausgestoßen, verlassen. Als ich im Turm des Belim gefangen saß, war ich wütend und ungeduldig, am Ende nur noch gereizt. Ich hoffte auf dich oder dass meine Kräfte zurückkehren würden. Ich hatte keine Angst, aber von dem Moment, als wir Eblis hinter uns ließen, bin ich immer weiter in die Dunkelheit gesunken. Alles entglitt mir, und du ... du hattest nur Augen für dieses Mädchen ... als sie dich rief, hast du mich allein gelassen ... ich konnte es nicht verstehen."

Auch Jermyn hatte die Arme um die Knie gelegt, er sah sie nicht an.

„Nein, wie solltest du auch. Ich war besessen von dem Gedanken, sie unversehrt nach Dea zu bringen. Ich dachte, du schaffst es allein, ich habe nicht erkannt, wie krank du warst. Bei dieser Rast in den Felsen habe ich dir nicht alles erzählt. Es ging mir nicht um die Belohnung, nicht nur ... ich wollte eine Frau für Donovan beschaffen, weil ich glaubte, dann sei er keine Bedrohung mehr für mich. Ich liebe dich, Ninian – das ist die einzige Sicherheit meines Lebens und ich würde alles tun, um dich nicht zu verlieren. So dachte ich. Und ich habe es getan, auch das, was verboten ist."

Er gestand, dass er Dagny Solveig absichtlich bloßgestellt hatte, um Donovan zu zwingen, sie zu heiraten, und verschwieg auch den Wunsch nicht, Ninian lieber tot zu sehen, als sie an Tillholde zu verlieren. Zuletzt sprach er von seinem unerlaubten Eindringen in ihr inneres Wesen und der Erkenntnis, dass er Unrecht tat.

„Als du nicht zu Kräften kamst, habe ich den kleinen Gott hergegeben, um die Schicksalsmächte zu bestechen: ihre Gunst für dein Leben. Sie scheinen es angenommen zu haben."

Abwesend schnippte er Samenhülsen, die der Wind hergetragen hatte, über den Rand des Sims.

„Ich werde nicht mehr versuchen, dich festzuhalten, wenn du zurück nach Tillholde willst. Ich kann nicht mit dir gehen, ich bin nicht wie dein Vater. Sie halten mich fest, die fünfzigtausend aus dem Zirkus, und die anderen auch. Aber du bist frei – du kannst Ava sein, wenn du willst. Nur, wenn du mich verlässt, gehe ich zugrunde", er lachte ein wenig, „ich sage das nicht, um dich zum Bleiben zu bewegen. Es ist einfach so."

Wieder fiel die Stille zwischen sie. Ein Seevogel zog mit schrillem Schrei über sie hinweg, der sichelförmige Schatten glitt über die Glaskuppel, etwas klatschte nicht weit von ihr entfernt auf die steinerne Einfassung.

„Uff, ab und zu wird Wag sie schrubben müssen."

„Oh, da wird er sich freuen ... Du hast nicht alles getan, um mich zurückzuhalten, Jermyn. Ich habe dich wahrgenommen, als ich an dieser Grenze stand, ich habe gespürt, wie du an mir gezogen und mich dann freigegeben hast. Mit deinem starken Geist hättest du mich festhalten können. Wie du es immer hättest tun können. Der Drang war stark, mein ganzes Elend zu vergessen und Trost in jenem anderen Land zu suchen. Aber als ich mich entscheiden konnte – da wollte ich dich nicht verlassen. Weißt du, ich hatte viel Zeit zum Nachdenken in der Villa da Vesta und ich habe mir ausgemalt, wie es wäre, nach Tillholde heimzukehren und Ava zu sein", sie schauderte und rückte näher an ihn heran. „Ich will es nicht, mir graut davor. Kann sein, dass es meine Pflicht ist, aber sie wurde mir aufgezwängt, ich habe sie nicht aus freien Stücken gewählt wie mein Vater. Und ich will nicht, dass es mir ergeht wie meiner Mutter! Vielleicht wäre sie jetzt eine Mondenweberin im Obusson-Kloster … Sie hat sich gebeugt, aber ich beuge mich nicht! Ich tue, was ich will: Ich bin Ninian und ich bleibe bei dir", sie umklammerte seinen Arm, dass die Handknöchel weiß hervortraten. „Ely hat gesagt, ohne mich hätte es tausende Tote beim Einsturz des Zirkus gegeben und Dea trüge jetzt das Joch von Haidara, wenn wir unsere Kräfte nicht in die Waagschale geworfen hätten! Das zählt doch, oder? Es muss doch zählen!"

„Ja, bestimmt tut es das!" Sie suchten Gewissheit in den Armen des anderen und hätte ganz Dea zugesehen, es hätte sie nicht gestört.

„Und wie ich dir schon ein Dutzend Mal gesagt habe", flüsterte sie, die Lippen an seinem Ohr, „du musst keine Angst vor Donovan haben und mich in Schrecken versetzen, nur weil du bedrängten Jungfern aus der Patsche helfen willst."

„Ich werd's mir merken, Süße", murmelte er, „die Herzensangelegenheiten unseres verehrten Patriarchen sollen mir von jetzt an gestohlen bleiben!"

Doch so leicht entkam er dem, was er angestiftet hatte, nicht. Eine Woche nach Ninians Rückkehr läutete ein Herold des Patriarchen die Glocke. Ein wenig verstaubt nach dem Marsch durch das Ruinenfeld, aber durchaus würdevoll, trug er seine Botschaft vor.

„,Wir entbieten Euch Unseren Gruß und hoffen, Euch in zwei Tagen bei einem kleinen Empfang zu sehen, um Unserer Freude über die vollständige Genesung des geschätzten Fräuleins von der Ruinenstadt Ausdruck zu verleihen. Gezeichnet, Donovan Fitzpolis da Vesta, vierter Patriarch von Dea, gegeben im zweiten Jahr seiner Regentschaft.' Der Herr bittet, mir eine Antwort zu geben", schloss er und rollte sein Pergament zusammen.

Ninian sah, dass es um Jermyns Mundwinkel zuckte, auch sie musste das Lachen unterdrücken. Aber ein wenig schlug ihnen das Gewissen – ohne Gruß und Dank hatten sie sich aus der Villa Vesta davongeschlichen und so warf Jermyn sich in Positur.

„Richtet Eurem Herrn aus, er darf uns zur angegebenen Stunde erwarten. Gezeichnet Jermyn und Ninian von der Ruinenstadt, im ... wie viele Jahre sind es ... dritten Jahr *unserer* Regentschaft ... nein, lasst das weg, wir wollen ihn nicht ärgern. Wir kommen."

12. Tag des Windmondes 1467 p.DC

Als sich die Flügeltüren des Audienzzimmers öffneten und der Zeremonienmeister „die Herrschaften aus der Ruinenstadt" ankündigte, sahen sie sich einer Schar geladener Gäste gegenüber, unter ihnen Ely ap Bede mit Frau und Tochter und Josh ap Gedew, vornehmes Volk wie Francesco d'Este und seine Gemahlin sowie einige hochrangige Offiziere der Palastwache wie Hauptmann Battiste und sein Leutnant, Giles D'Aquinas. Im Hintergrund an einer Säule lehnte mit mürrischer Miene Artos Sasskatchevan. Donovan saß in seinem Stuhl.

„Verdammt, was soll das werden", knurrte Jermyn aus dem Mundwinkel, „eine gnädig gewährte Audienz?"

Als habe er die Worte gehört, erhob Donovan sich, dennoch hätte Jermyns Eintritt nicht anmaßender ausfallen können. Ninian wollte beruhigend seine Hand drücken, als zwei blonde Damen an Donovans Seite traten. Sabeena Sasskatchevan und Dagny Solveigdothir – sie spürte, wie sich Jermyns hochmütige Starre löste, und jetzt stellten sich *ihre* Nackenhaare auf. Das würde ein netter Empfang werden ...

Doch Dagny Solveig wartete nicht, bis sie sich in eisigem Schweigen in der Mitte des Raumes gegenüberstanden. Sie raffte ihre Robe und lief auf die Eintretenden zu. „Ninian! Ich freue mir so! Die ganze, lange Weg nach Dea bist du gelaufen – ich habe dir gut gepflegt!"

Sie meinte es ehrlich, ohne Vorwurf, und Ninians Ablehnung schmolz vor ihrer ungekünstelten Freundlichkeit.

„Das hast du, und ich habe mich nicht einmal bedankt."

Sie umarmte Dagny, die die Geste herzlich erwiderte. Unterdessen war

Donovan mit Sabeena herangekommen. Ein wenig unbeholfen stand der Patriarch von Dea da, unsicher, was er wagen durfte, und plötzlich grinste Jermyn. „Wahrhaftig, unsere Manieren lassen zu wünschen übrig. Seht es uns nach, wir danken Euch für Eure Hilfe."

Er streckte die Hand aus, die Donovan mit sichtlicher Erleichterung ergriff. Sie sahen sich an, diese beiden ungleichen Rivalen, die sich verabscheut hatten vom ersten Augenblick ihres Zusammentreffens und doch untrennbar verstrickt waren – in ihrer Liebe zu derselben Frau und ihrer Stellung zu Dea: Patriarch der eine durch Herkunft und Beharren, Patron der andere, weil der Geist der Stadt ihn dazu berufen hatte. Zuneigung würden sie nie füreinander empfinden, aber für den Moment hatten sie Frieden geschlossen.

Ein wenig verlegen traten sie zurück. Donovan errötete, hastig begann er zu sprechen: „Wir verstanden Euer Bedürfnis nach Ruhe, aber Wir wünschten Euch dabeizuhaben, weil Wir ... weil Wir ... etwas ankündigen wollen", schloss er ein wenig lahm.

Jermyn ahnte, worum es ging, und nickte wohlwollend.

„Das ist schön, kündigt nur immer an!"

Damit war seinem Bedürfnis, das letzte Wort zu haben, Genüge getan, er schob seinen Arm unter Ninians Ellenbogen und zog sie zu Ely ap Bede.

„Stellen wir uns zu dem neuen Ehrenwerten."

Donovan war zu Dagny Solveig getreten und bot ihr seine Hand. Sie legte die Fingerspitzen hinein und ließ sich mit niedergeschlagenen Augen zu dem Stuhl führen, der neben dem seinen stand. Donovan blickte in die Runde der Anwesenden. Vor sieben Jahren hatte ihn der Vater hier, in diesem Raum, als Nachfolger präsentiert, bevor er ihn ins Haus der Weisen geschickt hatte. Manches hatte sich geändert in diesen Jahren, damals hatte kein Auge ohne Spott oder Mitleid auf ihm geruht, jetzt neigten die Männer den Kopf, die Frauen sanken in die Knie, ehrerbietig, zumindest gaben sie sich Mühe, so zu wirken. Er war erwachsen geworden in dieser Zeit, unter Schmerzen, und er vermied es, die beiden anzusehen, die so viel dazu beigetragen hatten. Besser war es, Dagny anzuschauen, die so schön und lieblich an seiner Seite stand – und seines Schutzes bedurfte.

„Wir, Donovan, Patriarch von Dea, verkünden hiermit, dass Wir Dagny Solveigdothir, Fürstin der Nordlandinseln, unsere Hand geboten haben, um sie neben uns als Patriarchin über Dea einzusetzen. Wir haben Euch hergebeten, damit Ihr als Vertreter der Großen von Dea ihre Antwort hören könnt."

Ein Raunen ging durch die Versammlung. Es war ungewöhnlich, eine Verlobung auf solche Weise anzukündigen. Im Allgemeinen sprachen die Eltern der Brautleute oder ältere Verwandte. In Donovans Fall gab es niemanden, der dieses Amt hätte übernehmen können, noch merkwürdiger aber dünkte es die vornehme Gesellschaft, dass niemand für das Fräulein auftrat. Alle hatten von ihrem traurigen Schicksal gehört, es war, als schwebe der Geist des Belim zwischen ihnen und vergifte ihre Gemüter, so dass sie nur mit Verachtung auf die junge Frau blicken konnten. Sie spürte es und alle Farbe wich aus ihren Wangen. Donovan machte eine Bewegung, als wolle er schützend den Arm um sie legen, aber unwillkürlich rückte sie von ihm ab, und Ninian dachte bei sich, dass auch die süße Dagny Solveig ihren Stolz hatte.

Unter den schweigenden Zuschauern entstand Unruhe, ein großer Mann drängte sich nach vorne. Er trat auf die kleine Fürstin zu und beugte das Knie vor ihr. Blondes, modisch gekräuseltes Haar fiel ihm vor das Gesicht, als er den Kopf neigte.

„Herrin, Ihr müsst nicht annehmen die Gnade des Herrn von Dea, wenn Ihr nicht wollt. Im Auftrag Eures Bruders, des Fürsten Rurik, werde ich Euch an seinen Hof geleiten. Er will Euch in alle Ehren aufnehmen und Euch an die Stelle setzen, die Euch gebührt", Marmelins Stimme, warm und voll, füllte den ganzen Saal und übertönte mühelos das wachsende Murmeln: „Er weiß, dass Ihr unschuldig seid, und ist bereit, alles zu vergessen, was geschehen ist!"

Seine ersten Worte hatten eine außerordentliche Wirkung gezeigt. Dagny Solveig hatte den Kopf gehoben, die Farbe war in ihre Wangen zurückgekehrt, die grünen Augen hatten gefunkelt wie das Sonnenlicht auf den vom Eis befreiten Wogen. Donovan dagegen war dunkelrot geworden, mit einer hoffnungslosen Geste hatte er die ausgestreckte Hand fallen lassen, während Jermyns Gesicht sich so verfinsterte, dass Ely unwillkürlich einen Schritt zur Seite getan hatte. Der letzte Satz aber machte die Wirkung zunichte und Dagnys Augen erloschen wieder. Das Gespenst war nicht gebannt, es würde sie begleiten, der Bruder, den sie nicht kannte, mochte versprechen, was er wollte.

„Er wird sie benutzen, wie ihr Vater sie benutzt hat", murmelte Jermyn, nur für Ninian hörbar.

„Und du", gab sie zurück und er schwieg.

Donovan hatte sich gefasst. Er sah Marmelin nicht an. „Dagny Solveigdothir, Ihr seid frei. Nehmt Ihr das Angebot Eures Bruders an, werden Euch

Unsere besten Wünsche begleiten, Unsere Hoffnung auf Eure glückliche Heimkehr, auch wenn Wir anderes für Uns gewünscht hätten."

Am Ende ließ ihn seine Stimme im Stich, mit einem seltsamen, kleinen Sprung, wie bei einem Knaben im Stimmbruch. Doch niemand lachte.

Dagny Solveig presste die Hände zusammen, sie war wieder sehr blass geworden und Sabeena Sasskatchevan trat besorgt an ihre Seite. Mitleidig sah sie das Mädchen an. Als Dagny sprach, tat sie es so leise, dass man sie kaum verstand. Wie Marmelin benutzte sie das Lathische.

„Ich danke meine Bruder. Richte ihm das aus, Marmelin vom Borne, aber ich werde nicht zurückkehren zu die Nördliche Insel", sie wandte sich Donovan zu. „Eure Antrag nehme ich an, Donovan von Dea, mir wird bei Euch besser gehen als bei anderswo auf der Welt."

Ihre Stimme hatte an Festigkeit zugenommen und als sie endete, zog sie Donovans Kopf zu sich herab und küsste ihn auf beiden Wangen.

„Ein Hoch auf Dagny Solveig", brüllte Josh ap Gedew so laut, dass die Damen ap Bede zusammenzuckten, „ein Hoch auf unsere gnädige Frau Patriarchin!"

„Konnte mich einfach nicht zurückhalten", entschuldigte er sich später, als die Hochrufe verklungen waren und die Gesellschaft sich zerstreute, um sich an den Erfrischungen zu laben, die Diener herumreichten.

Jermyn grinste und da Ninian in sicherer Entfernung mit Ely sprach, erwiderte er: „Ich kann's Euch nicht verdenken, sie ist ein echtes Prachtstück, nicht wahr?"

Donovan wäre nicht Donovan gewesen, hätte es nicht zur Feier des Tages Musik gegeben. Das kleine Hoforchester, das er gegründet hatte und dem er sich mit seiner Laute zuweilen zugesellte, spielte eine eigens komponierte Suite. Marmelin vom Borne mochte davor nicht zurückstehen und bald schlug seine Stimme, schwer und süß wie dunkler Honig, die Gäste in ihren Bann. Die Bewegung der Gesellschaft hatte es gefügt, dass Jermyn neben Donovan stand.

„Ein eitler Fatzke, aber er hätte bei seinem Gesang bleiben sollen", murmelte er.

„Nach seinem Auftritt eben denke ich das auch. Aber er bot sich an, für mich zu Rurik zu reisen. Vielleicht fühlte er sich nicht ausgelastet, es gibt nicht genug Intrigen an meinem Hof", Donovan lachte ein wenig.

„Das glaube ich gern. Die Zeiten von Isabeau und Fortunagra sind vorbei", erwiderte Jermyn abwesend, sein Blick ruhte auf Ninian, die mit höflicher Miene einer Unterhaltung zwischen Dagny, Sabeena und Violetta lauschte. Ihre Haltung zeigte, dass sie sich meilenweit wegwünschte. Ihm entging nicht, dass auch Donovan zu den jungen Frauen sah – warum auch nicht, seine Braut und seine gute Freundin standen dort ...

„Was hat dich überhaupt dazu getrieben, Boten in den Norden zu schicken?", fragte er unvermittelt.

„Die Überfälle der Battaver haben wieder zugenommen, während ihr fort ward. Sie wagen nicht, Dea anzugreifen, aber sie bedrängen unsere Schiffe, und nachdem ich gehört habe, dass der Landweg, wenn auch nicht unmöglich, so doch langwierig und gefährlich ist, hat sich unsere Lage seit dem Überfall nicht wesentlich gebessert. Mir sind verschiedene Gedanken durch den Kopf gegangen, unter anderem, dass wir uns Verbündete suchen müssen. Von Marmelin wusste ich von Dagnys Entführung und so wandte ich mich zuerst an Kanut Laward, der mir den Herrn von Pykla schickte, einen unangenehmen Menschen, aber sei's drum ... Dann stellte ich fest, dass das Inselreich gespalten ist, die beiden aber aufeinander angewiesen sind. Von Pykla weigerte sich, für Rurik zu sprechen, und so brauchte ich einen weiteren Gesandten – ergo, der Aufstieg Marmelins."

„Ich dachte mir doch, dass das Ganze heute nur Schmu war", erzählte Jermyn Ninian auf dem Heimweg, „er braucht uns. Wir sollen an einer kleinen Ratssitzung teilnehmen – klein im Sinne von geheim –, bei der er irgendwelche Pläne enthüllen will. Es geht nicht ohne uns, wie ich vorausgesagt habe."

„Wir haben ihm unsere Unterstützung zugesagt", erinnerte sie ihn.

„Stimmt, aber lästig ist es doch."

Sie hatten das Ruinenfeld erreicht, er nahm Anlauf, rannte ein paar Schritte die Reste eines Torbogens hinauf und kam nach einem Überschlag wieder auf die Füße.

„Jetzt gehören wir also zum Zirkel des Patriarchen, alle naselang wird er uns auf Empfänge einladen, wir müssen elegant parlieren und uns gut benehmen ..."

„Tu nicht so, als würdest du das verabscheuen", Ninian lachte, „du liebst das vornehme Getue – und wenn wir keine Lust haben, gehen wir einfach nicht hin."

* * *

Epilog

Bis auf den heutigen Tag werden in Dea Geschichten über Jermyn und Ninian erzählt und Lieder gesungen von ihren Abenteuern und ihrer Liebe zueinander.

Die große Saga aufzuschreiben blieb, wie könnte es anders sein, Marmelin vom Borne überlassen, der das letzte Jahrzehnt seines Lebens damit verbrachte. Die Sieben Bücher AvaNinian sind sein Vermächtnis, wobei sein Schüler Normanus nach Marmelins Tod im Jahre 1493 den sechsten Band vollendete und den siebten nach den Notizen des Meisterbarden und seinen eigenen Erinnerungen verfasste. Der erste Teil des Manuskriptes ruht im Archiv des Patriarchen, der zweite wird in der Burg von Tillholde verwahrt. Abschriften gab es viele und seit in Dea auch der Druck mit beweglichen Lettern üblich geworden ist, stehen die Sieben Bücher AvaNinian beinahe in jedem Haushalt.

Jene Leser, die nur von Abenteuern und Romanzen hören wollen und ein gutes Ende lieben, beenden die Lektüre im Allgemeinen nach dem fünften Band.

Wer jedoch die Wahrheit nicht scheut, der liest weiter ...

Glossar

Personen

AvaNinian
Zweigestaltige Göttin

Ava (Ninian)

Guy d'Aquinas
Edelmann von Dea, Ratsherr

Giles d'Aquinas
Sein Neffe und Erbe

Lady d'Aquinas
Mutter von Guy

Der Arit
Gedankenlenker aus den Südreichen

Cecco Aretino
Sänger, Begleiter Marmelins vom Borne

Lambin Assino
Vetter der beiden Herren Battiste, Gelehrter

Keram Bachra
reichster Kaufmann von Tris, Mitglied des Belimbaba

Solman Bachra
sein Sohn

Babitt
Anführer des Maulwurftrios

Eraste de Battiste
Hauptmann der Palastwache

Hypolite de Batistte
sein älterer Bruder, Oberhaupt der Familie

Ely ap Bede
Kaufmann, Anführer des Wagenzugs

Enis ap Bede
Seine Frau

Violetta ap Bede
Seine jüngste Tochter

Der Belim von Eblis
Herrscher einer Wüstenstadt in der Großen Wüste

Ralph de Berengar
Kämmerer von Dea, Ratgeber des Patriarchen

Paul de Berengar
Sein Neffe, Mitglied der Palastwache

Berit
Alte Hauswirtschafterin in der Burg von Tillholde

Bes, der Zwerg
Illusionist und Gedankenlenker in Tris

Marmelin vom Borne
Berühmter Barde

Buffon
Patron auf der westlichen Seite des Flusses

Der Bulle
Berühmter Gladiator

Bysshe
Bademädchen bei LaPrixa

Caedmon
Leutnant der Palastwache, Stellvertreter von Battiste

Argon Canopus
Archivar im in der Bibliothek des Patriarchen

Der Ehrenwerte Gereon Castlerea
Letzter Vertreter eines alten Adelsgeschlechts, Ratsherr von Dea

Lady Adela Castlerea
Seine Gattin

Sabeena Castlerea/Sasskatchevan
Seine einzige Tochter, Gattin von >Artos Sasskatchevan

Churo
Kämpfer aus dem Osten in der Gladiatorenschule des Bullen

Ciske
Babitts Geliebte

Cosmo
Sohn von Kamante

Dagny Solveigdothir
Tochter des Großfürsten Kanut Laward

Vater Dermot
Gedankenlenker, Jermyns Lehrer im Haus der Weisen

Donovan FitzPolis da Vesta
Rechtmäßiger Sohn und erklärter Erbe des Patriarchen

Dot
Magd von Dulcia

Dubaqi (Malachi Yufat)
Seemann aus den Südreichen, Sohn von Vitalonga

Dulcia
Schwester von Ciske

Yezid-Henri Duquesne
Illegitimer Sohn des Patriarchen und Hauptmann der Stadtwache

Elenor, Fürstin von Tillholde
Mutter von Ninian

Creolo d'Este
Sekretär Donovans

Francesco d'Este
Sein ältester Enkel und Nachfolger

Piero d'Este
Oberhaupt der Adelsfamilie d'Este, wie Castlerea eines der Sieben Großen Häuser

Lorenzo (Lauro) d'Este
Sohn Francescos und Urenkel Pieros

Niccolo d'Este
Sein Neffe Francescos und Mitglied der Palastwache

Paola d'Este
Gattin von Francesco

Eyra
Älteste Schwester der Fürstin von Tillholde

Eta
Landsmann und Diener von Churo

Yassir Faarat
Hauptmann des Nizam, Anführer der Invasionstruppe

Tahal Fadir
Karawanenführer aus Eblis

Der Ehrenwerte Basileos Fortunagra
Edelmann von Dea, Ratsherr und Patron der Unterwelt

Josh ap Gedew
Kaufmann, handelt mit Keramik

Felis bin Hamsa
Inzanas Sohn

Firza bin Hamsa
Inzanas Tochter

Inzana bibi Hamsa
Bewohnerin der Kasibah in Eblis

Sechra bin Hamsa
Inzanas älteste Tochter

Imke
Küchenmädchen in der Burg von Tillholde

Isabeau
Zweite, junge Gattin des Patriarchen

Iwo
Dorfjunge, Himmelsspieler

Jermyn

Kamante
Mädchen, aus dem Tiefen Süden geraubt, lebt bei Wag in der Palastruine

Kaye
Berühmter Schneider in Dea

Knots
Schlossknacker, gehört zu Babitts Trio

Der große Knut
Wachmann in Tillholde

Lalun
Zweite Schwester der Fürstin von Tillholde

Kanut Laward
Großfürst des Nördlichen Inselreiches

Rurik Lawardson
Sohn und Rivale Kanut Lawards

Malateste
Kammerdiener des Patriarchen

Mule
Maulwurf, Mitglied von Babitts Trio

Neela
Weberin in der Weberschule von Tillholde

(Ava) Ninian

Der Nizam
Tyrann von Haidara, einer Stadt in den Südreichen

Marco Nobilior
Herr der Spiele

Opadjia
Leibdiener von Duquesne

Amon d'Ozairis
vornehmer Bürger Deas

Raoul Pello
entfernter Verwandter der d'Este, Freund Lorenzos

Vater Pindar
Lehrer für Ausdauer und Geduld im Haus der Weisen

Braggo de Pocole
reicher Kunstsammler

Cosmo Fitzpolis, gen. Politanus
Der Patriarch von Dea

Meister Priam
Notar und Vertrauter von Fortunagra

LaPrixa
Hautstecherin und Badehausbesitzerin

Quentin
Wettermeister, Mitschüler im Haus der Weisen

Scudo Rossi
Reicher Kaufherr und Bankier

Armenos Sasskatchevan
sagenhaft reicher Kaufmann

Artos Sasskatchevan
sein Sohn, Gatte von Sabeena

Thalia Sasskatchevan
seine Tochter

LaSeda
Putzmacherin, bei der Ciske gearbeitet hat

Slick
Gefolgsmann Fortunagras

Sooza
Zofe im Haus ap Bede

Ekkert Suchbrot
Ehemaliger Sänger, Kneipenwirt

Vitali Scythos, gen. Der Bulle
Berühmter Gladiator

Tartuffe
Gefolgsmann Fortunagras

Thybalt
Vizehauptmann von Duquesne

Tidis
Kräuterweise am Ouse-See

Tifon
Leiter der Großen Gladiatorenschule

Fürst von Tillholde
Vater von Ninian

Zuan Trevisan
Agent von Scudo Rossi

Vater Troy
Lehrer für Erdenkunde im Haus der Weisen

Margeau Valois
Kusine und Freundin von Isabeau

Ducas Violetes
berühmter Baumeister

Vitalonga (Naphtali Yufat)
Stummer Kunsthändler aus den Südreichen

Wag
Jermyns Gefolgsmann

Witok
Freund und Partner des Bullen

Jahreszeiten

FRÜHLING
Saatmond
Blütemond
Weidemond

SOMMER
Reifemond
Hitzemond
Fruchtmond

HERBST
Rebenmond
Windmond
Nebelmond

WINTER
Wendemond
Kältemond
Regenmond

Tageszeiten

Stunden werden durch das Läuten der Tempelglocken angegeben.

Von Mitternacht bis Mittag:
1. bis 12. Stunde a.N. (ab Nadir): Vormittagsstunden

Von Mittag bis Mitternacht:
1. bis 12. Stunde a.Z. (ab Zenit): Nachmittagsstunden

Quellen

Die Gedichte im 2., 3. und 4. Kapitel:

„Ihr Wellen, die ihr durch die Lande gleitet ..."
Luis de Camoes (1524-1580)

„Das Jahr gab seinen Mantel her ..."
Charles D'Orleans (1394-1465)

„Seit erst die Liebe grausam trat ins Leben ..."
Louise Labé (1525-1566)

„Wär ich der Wind, ich risse die Welt in Fetzen ..."
Cecco Angiolieri (1250-1313)

„Solang vergeblich, deinem Haar zu gleichen ..."
Don Luis de Gongora y Argote (1561-1627)

„In ihrer Schönheit wandelt sie ..."
George Gordon Lord Byron (1788-1824)

„Mit ihrer Augen zaubervollem Licht ..."
Raffaelo Santi (Rafael) (1483-1520)

„Schöne, die du mein Leben ..."
Nachdichtung der Pavane „Belle, qui tiens ma vie ..."
Thoinot Arbeau (1519-1595)

„Oh, wie ich meinen Vater hasse ..."
Cecco Anglioliéri (1250-1313)

„Drei Dinge sind's, die Freude mir im Leben gaben ..."
Cecco Anglioliéri (1250-1313)

464

Über die Autorin

Ina Norman erblickte am 4. September 2004 das Licht der Welt, aber wer ist die Person dahinter?

Geboren wurde sie im Januar 1961 in Krefeld, wo sie die Schule bis zum Abitur besuchte. Die Liebe zum Fernen Osten bewog sie zum Studium der Japanologie und Sinologie in München, wo sie auch ihren Lebensgefährten traf.

1987 beendete sie ihr Studium und begann im gleichen Jahr mit der Geburt des ältesten Sohnes ihre Karriere als Hausfrau und Mutter. Fünf weitere Kinder folgten und mit ihnen das schöne, wenn auch nicht immer ganz leichte Leben in einer großen Familie. Viel Zeit für Hobbies hatte sie nicht, aber einem ist sie immer treu geblieben: dem Lesen.

Alles, was sie las, lebte in ihr weiter, sie spann es aus, dachte sich hinein und erfand neue Geschichten. Und eines Tages reichte es nicht mehr, zu lesen oder zu träumen. Eine Geschichte, die sie jahrelang begleitet hatte: „Avaninian", wollte heraus. Ein Lebensjahrsiebt – von 43 bis 50 – dauerte es vom ersten Wort, das sie in den PC tippte, bis zum fertigen Buch.

Das Pseudonym Ina Norman hat sie gewählt, weil sie über das Genre Phantastik hinaus weiter schreiben möchte.

Erhältlich über den Buchhandel oder beim Verlag

Pomaska-Brand Verlag
Holthausen 1 · 58579 Schalksmühle
Tel. 02355-903339 · Fax 903338
info@pomaska-brand-verlag.de
www.pomaska-brand-verlag.de